铁马冰河四平街

贾东福　贾玥　著

中国文史出版社

图书在版编目（CIP）数据

铁马冰河四平街 / 贾东福，贾玥著. —北京：中国
文史出版社，2021. 2
ISBN 978-7-5205-2935-8

Ⅰ. ①铁… Ⅱ. ①贾… ②贾… Ⅲ. ①长篇小说-中国-
当代 Ⅳ. ①I247. 5

中国版本图书馆 CIP 数据核字（2021）第 075788 号

责任编辑：方云虎
封面设计：张　军

出版发行：**中国文史出版社**
社　　址：北京市海淀区西八里庄路 69 号　　　邮编：100142
电　　话：010-81136630
传　　真：010-81136666
印　　装：廊坊市海涛印刷有限公司
经　　销：全国新华书店
开　　本：787 毫米×1092 毫米　　1/16
印　　张：29.25
字　　数：420 千字
版　　次：2022 年 2 月北京第 1 版
印　　次：2022 年 2 月第 1 次印刷
定　　价：78.00 元

序　言

四平在远古的时候属于红山文化圈。

6000 年前的红山文化是西辽河流域的发达文明。四平辖下的郑家屯过去曾是辽西地区重要的水旱码头，其水码头是著名的三江口；三江口正是西辽河与东辽河的交汇处。

西辽河流域的红山文化是富有生机和创造力的优秀文化，内涵非常丰富。

号称"中华第一龙"的玉器，在红山文化遗址出土。这标志着红山文化是中华民族的龙文化和玉文化的发源地和发祥地。由此，考古学家认为，黄河流域的龙文化和玉文化，是红山文化圈的龙文化和玉文化的南移。

公元 668 年，唐高宗李治遣薛平贵征高丽，拔扶余城（今天已经属于四平道东市区的一面城），克南苏城（位于今天的二龙湖），附近 30 余城皆降。朝廷为表彰此次战功，在四平东郊的山顶建塔纪功，此山故得名"塔子山"。

元朝的时候，四平西部地区是成吉思汗纵马驰骋的科尔沁大草原。

说起大清朝，就必然说到叶赫，位于四平东部山区的叶赫古国是清朝的发祥地之一，四平是叶赫古国的故地（叶赫镇现隶属于四平市铁东区政府）。且不说清末的慈禧皇太后是叶赫那拉氏；追根溯源，清太祖努尔哈赤的母亲是叶赫氏，因而，努尔哈赤是叶赫的外甥；努尔哈赤的孝慈高皇后孟古娘娘也是叶赫氏，他们是皇太极的生身父母，因而，皇太极也是叶赫的外甥。

努尔哈赤开疆拓土，虽然曾与叶赫古国发生过三次战争，但是，叶赫古国与大清朝的关系却应了那句民间谚语："姑舅亲，辈辈亲；打断骨头，连着筋。"

由此，人们说，四平乃是龙兴的祥瑞宝地。

1898 年清政府和沙皇俄国政府合作修筑南满铁路，并且，在四平街设立"五站"——由长春到四平是第五站。后移用附近地名，遂改"五站"为"四平街站"。

于是，始有"四平街"立"市"。

清末民初，国家积贫积弱，列强乘虚而入，攫取利益，妄图分裂并吞噬中国的疆土……以马龙潭将军、吴俊升将军为代表的四平军民，为维护国家的统一和领土完整，与沙俄侵略军进行战斗；对沙俄怂恿的乌泰王爷的"独立"……成功地进行了武力清剿；又取得了剿灭巴布扎布的所谓"复辟大清朝"的战争的胜利，巴布扎布是日本人图谋猎取满蒙的代理人。

马龙潭和吴俊升都是东北大帅张作霖的拜把子兄弟，吴俊升是东北军的仅次于张作霖的副帅。

在民间，英雄的于家沟屯民勇敢地抗击沙皇俄国的侵略军……威震遐迩。

东北人民为自力更生地发展经济，独立自主地修筑了中国人自己的铁路——四洮铁路，马龙潭将军曾任四洮铁路局的局长。

四平位于东北的心脏地带，是著名的粮食集散地……为抵制日本的政治与经济的侵略，在四平道东兴建开发区，以优惠的政策招商引资，与日本人的所谓"铁路附属地"的政治与经济蚕食相对抗，取得了显著的成效，打击了日本人的侵略野心。

同时，东北的国民政府贴近日本人控制的南满铁路而在其南北两侧修筑了两条铁路，致使日本人控制的南满铁路运输被架空……在 1931 年的上半年，巨额盈利的南满铁路，出现了亏损的赤字……世界出现经济危机，日本法西斯穷途末路，铤而走险，发动了"九一八事变"，赤裸裸地以武力侵略中国的东北。

《铁马冰河四平街》一书写的就是这一时期的内容，从 1898 年修筑南满铁路伊始，到 1931 年"九一八事变"，四平军民反对沙皇俄国和日本妄图分裂并吞噬中国满蒙地区而进行的保家卫国的战争。

"九一八事变"发生，中国人民的抗日战争在东北首先爆发。

四平周围集聚了四万抗日义勇军，之后，他们都集结在中国共产党领导下的"东北抗日联军"的光辉的旗帜下，以昂扬的民族气节，英勇顽强的斗争精神，不屈不挠、前仆后继地进行着反抗日本法西斯侵略的伟大的抗日战争。

对日抗战长达 14 年，但是，从 1931 年"九一八事变"，到 1937 年"七七事变"——中国爆发了全面抗战，这中间有六年时间，抗击日本法西斯侵略的战争是在东北广袤的大地上；在这片广袤的大地上进行着不屈不挠、艰苦卓绝的抗战，只有中国共产党领导下的英雄的东北抗日联军，而没有国民党军队指挥下的一兵一卒。

中国共产党领导下的东北抗日联军，在沦陷的东北的肥沃的黑土地上和秀丽的河山上，英勇、顽强地抗击着日本的法西斯侵略，起着伟大的中流砥柱的作用。

四平军民和全国军民一样，支持黑龙江省主席马占山将军对日军的"江桥抗战"，即嫩江铁路大桥的抗战。

怀德县长赵泽民不惧牺牲，哪怕粉身碎骨也拒绝日寇的接收而守城抗战。

日本侵略者贴出《公告》，宣传马龙潭将军是日寇的"中满自治会"的会长，企图以他的威望笼络人心，但是，具有崇高民族气节的马龙潭将军得知后，愤怒填膺，来到日本宪兵队，以死相抗争，使日本人不得不向他道歉，马龙潭将军遂派人撕毁日本人贴出的《公告》。

抗联名将李红光领导工农抗日义勇军——东北历史上第一支工农红军的队伍，破袭吉海铁道线……活跃在吉东山岭，打击日寇。

于海川不忍日本鬼子凌辱和欺压中国人，卖掉了家产，购买枪支，联手志士，高举起民族的义旗，发起暴动，攻陷了日军侵占下的辽北重镇——郑家屯。

以孙荣为首的梨树抗日义勇军，袭击十家堡火车站，在大土山弯道处扒铁轨，颠覆日寇军列，使之后车与前车相撞。

抗日义勇军在沙河口大桥颠覆日本军列，使之落入悬河。

以活人进行毒气和化学的活体试验的臭名昭著的日本"七三一部队"的前身，其魔窟以"关东军防疫供水部"的名义建立在四平街。

受中共满洲省委派遣而赴苏联的姬兴周，在接受训练后，成为苏联远东情报局领导下的国际特工组织——"姬兴周抗日谋略纵火团"的领导者，活跃于东北各地，用火焚和爆炸方式，破坏日军的后勤辎重基地，沉重地打击了日本侵略者。

活跃在四平周边的抗日义勇军曾英勇地攻进了四平街……所有这些发生在四平街及其周边的具有传奇性的历史，为撰写小说《铁道烽火四平街》提供了丰富的绝佳的素材。

《铁道烽火四平街》，从1931年"九一八事变"写起，直至1945年8月15日——日本天皇宣布投降，中国人民经历了14年艰苦卓绝的战斗，取得了抗日战争的伟大胜利。

东北经济发达，交通便利。

1945年，东北以中国1/9的土地，在中国的工业总产值中占有85%的份额，其经济规模超过日本本土而居亚洲第一。

四平位于东北的心脏地带，是南满铁路、四洮铁路、四梅铁路的交汇点——重要的铁路枢纽，因而，成为东北的战略要塞。

抗战胜利后，国、共两党都英明地认识到：得东北者得中国，得四平者得东北。

国、共两党都派出自己的杰出将帅和精锐的主力部队抢占大东北，四平街必然成为国共两党、两军争夺的焦点——震惊世界的影响深远的四战四平的战争，爆发在这里，成为历史的必然。

《铁血四战四平街》描绘的就是国共两党、两军"四战四平"的战争的历史。这场战争，极具曲折性与戏剧性，是一场惨烈而诡谲、壮观而恢宏的战争。

从1898年修筑南满铁路，始有"四平街站"，到1948年四平彻底解放，历时正好半个世纪。

四平街半个世纪的变迁与发展，是整个东北的缩影，更是整个中国的缩影。

东北，是沙皇俄国和日本军国主义者长期觊觎、垂涎欲滴的宝地……由此，演绎出了东北乃至整个中国的近、现代历史的不平凡的历程——这三本书是这段历史的真实写照。

我们重温这段历史，缅怀为反对国家分裂、为反对日本法西斯侵略、为国家的民主与富强而奋斗的前辈们，激发起昂扬的中华民族的民族气节和爱国热忱，并且，立志为中华民族的伟大复兴的中国梦而奋斗。

目　录

炮轰喇嘛兵，然后，杀过了洮儿河大桥，乌泰叛军败缩葛根庙，被围歼。围攻突泉城的乌泰叛军，被马龙坤部队驱赶、焚杀在芦苇荡。

战士打个鼻青脸肿。日本兵因此到奉军驻地寻衅闹事，发生枪击……各有死伤。马龙坤与日方代表谈判，日方提出诸多无理要求，被拒绝——这就是名噪一时的"郑家屯事件"。

巴布扎布溃窜到郭家店。肃亲王和川岛浪速为巴布扎布补给弹药，补充兵员，又找退路……在东辽河口和喇嘛苍地区，叛军连续被奉军伏击。叛军残军兵抵林西县城，叛魁巴布扎布被炸死，叛军兵败。

张凤珍去四平街站接姜营长的太太蓝芳姿，却都被日本军官及其同伙绑架，卖到了公主岭的妓院。老鸨给张凤珍取妓名"小凤凰"，让她接客。张凤珍杀死了日本嫖客，又救出了蓝芳姿和另外两位被押在黑房间里的不屈服于老鸨的妓女姊妹。

传闻妻子被卖到了妓院，姜营长怒闯妓院……被日本人扣押。在离开公主岭的路上，张凤珍救了被日寇追杀的二龙山义士，随义士上了二龙山，当上了二掌柜的。被救出的妓女姊妹讲述了她们被卖到妓院的经过。马龙坤接回了被日本人扣押的姜营长。

她在铁道线上伏击日军守备队，枪杀了把她们卖到妓院的日本军官。在清泉屯，得知豆腐坊李家的闺女被黄龙岭的刘大疤瘌绑了"红票"，她侠义，独胆上了黄龙岭要人，毙杀了刘大疤瘌，又伏击杀死了与日军窜通的匪首薄益三。

在四平街道西的日本附属地，赵翰章揭露日本商人作弊，反被日本人敲诈。尹泽民奉命开发道东，以优惠条件招商引资，成绩斐然。马龙坤调任四洮铁路局长，他拒绝日本人的贿赂，而执意把工程承包给了中国人。民国交通部来查他受贿，反遭尴尬。

第一章

俄寇施淫威在条子河畔毙命

1898 年 8 月 19 日（农历戊戌年七月初三）。

条子河村，马家的庄稼院，院子里住着马龙乾和马龙坤兄弟两家。

按条子河的东西走向，条子河村的村民们的庄稼院，坐北朝南，离离拉拉地排列着，面向着川流不息的条子河。

马龙乾家的芦花母鸡，咯咯咯的，带着它的一窝小鸡崽儿，在房后的菜园里扑扑棱棱地向前院飞跑，发出恐惧的惨叫声。

"嗷——嘶——"马龙乾的媳妇李凤莲听到了芦花母鸡的惨叫声，她发出声音，呼应着芦花母鸡，赶紧向后院跑，她边呼应边叫喊："忠华——老鹰又来吃小鸡了。"

但是，却没有儿子马忠华的回应。

她自言自语地叨咕道："这个小崽子，又跑到哪儿疯去了？"

老鹰展开长长的双翼，在空中盘旋着，俯冲下来……但是，看到了已经跑到了后院的李凤莲愤慨地向它挥动着双手，又听到了她口中的"嗷——嘶——"的驱赶的声音，急忙收敛了它的俯冲，慌张地打了一个旋儿，又腾空而起。

"妈，你来得真不是时候……"映身在大柳树后面的马忠华，突然间钻了出来，埋怨地说。

"你这个小死鬼儿，冷不丁地钻了出来，吓了我一跳。"李凤莲嗔怪道。

"只要老鹰扎了下来，它就没命了。"马忠华摇动着手里的弹弓，自信地说。

"哟，你跟你二叔索要两根洋人的听诊器的皮管，懂点医术的你二叔还

· 1 ·

就惯着你，把个听诊器都给了你，你呢，把个听诊器硬是给毁了，做成弹弓了……"李凤莲说，"不过，儿子，你好像还真的挺灵巧的啊。"

"妈，你看着。"马忠华说着，只听得"噗"的一阵风，他手起弹弓，弹子儿飞出，一只落在菜园秫秸帐子上的麻雀，"吱"的一声有气无力地惨叫，从秫秸帐子的杆头掉了下来。

"哟，打得还挺准的呢。"李凤莲说。

"那是啊。"马忠华骄傲地说。

"你二叔说是今天从奉天回来，家里让该死的老鹰咬死了两只母鸡，那鸡可是肥肥的，血是让老鹰给喝了。"李凤莲说，"我让你二婶把鸡给炖上了……要是没有这老鹰咬死的肥鸡，就让你打些麻雀，来一道油炸麻雀，香着呢。"

"这该死的老鹰，我非打死它不可。"马忠华说。

"你在地上，它在天上，那么好打的？"李凤莲瞟了一眼儿子说。

"这老鹰盯上咱们家这群鸡了，不打死这只老鹰，家里的这群鸡，都得让这只老鹰给祸害了。"马忠华愤愤地说。

"儿啊，你还是把心思放在学习上吧，读书识字是大事。"李凤莲说，"你二叔回来后，去胡思楞家当教书先生。你二叔跟胡思楞说好了，教他家里的孩子读书，也要带上你去读书，胡思楞答应了。"

"胡思楞家的，挺傲气的啊。"马忠华说。

"胡思楞家可是有来头的，他和蒙古王爷乌泰郡王有亲戚。这里的土地就是蒙古王爷家的，我们租的就是蒙古王爷家的土地，由胡思楞代管。胡思楞这个人可不一般，他在中间可以捞一把。"李凤莲说。

"我有点讨厌他。"马忠华说。

"讨厌归讨厌，但是，也还得来往……他管着一大片土地。"李凤莲说，"你爹和你二叔从关里的河北老家，来到了这里，落脚谋生，不种地，怎么生活啊？"

"我爹和二叔就在河北老家过活……可以不来这里嘛。"马忠华说。

"说起来话长了，你爷爷是咱们大清朝的云骑尉。"李凤莲说。

"云骑尉是个什么官？"马忠华说。

"就是军队里的武教官。"李凤莲说，"他在镇压捻军的时候，战死沙场……朝廷封他为振威将军，赏四品顶戴花翎，但是，至此家道中落……"

"爷爷不是封了振威将军吗？"马忠华说。

"管什么用？都是虚的，人走茶凉……朝廷让你爹承袭云骑尉一职，你爹不干，于是，就闯关东，到这里来寻生路了。"李凤莲说，"你二叔承袭了云骑尉一职，但是，他性格耿直，看不惯上司克扣军饷、贪赃枉法……他得罪了上司，就主动请辞，投奔你爹来了。"

"哦，在关里家不也可以耕田种地吗？"马忠华说。

"关里家的地啊，别提了，尽是些碱巴拉子地，而且，人多地少，那地啊，不下雨就旱，下雨就涝……不像这东北的黑土地，地广人稀，旱涝保收。"李凤莲说，"你二叔喜爱骑马放枪，玩刀弄剑，又爱好诗词歌赋，写得一手好字，不然的话，胡思楞能相中你二叔，让你二叔去教他家孩子读书？"

"我爹呢？"马忠华说

"都是将门之后，舞枪弄棒，又识文篆字……不然的话，你姥爷也不会相中你爹做我们李家的姑爷子。"李凤莲说，"你爹闯关东就在你姥爷家落了脚，吃劳金，说起来，你姥爷在老四平街，也算是个财主啊。"

"我姥爷既然是财主，我们还干啥要租胡思楞的地？"马忠华说。

"你爹不肯寄人篱下，非要自己闯天下……好在这里离你姥爷家也不过十几里地儿，挺近便。"李凤莲说，"我呢，只好嫁鸡随鸡，嫁狗随狗，唉——认命喽。"

说完，她笑了。

马忠华也笑了，说："我知道我姥爷时常接济我们……"

"我这个闺女呀，也是你姥爷心头肉啊，他能不惦记吗？你爹心里也有数……这不，赶着马车，又去老四平街，帮你姥爷拉土抹房子去啦……"李凤莲说，"哦，说起你二叔，你二叔身上还带着一把枪呢，世道混乱，土匪横行……防身备用啊。"

"哇——"婴儿的哭声。

"你弟忠民，大概在悠车里又尿了，刚喂了奶，要不，不能哭。"李凤莲对马忠华说，"你把芦花鸡和小鸡崽儿都轰到屋里去吧，省得它们被老鹰咬死了。"

说完，她就三步并两步地向屋里走。

马龙乾家的院落，坐北朝南，是四间房。

一进门是灶房，灶台、大锅，旁边是风匣……烧水做饭的烟火走东边的两间屋的通铺大炕；水缸、菜墩，还有一堆随时都可以烧大锅的柴禾，柴禾是一些秸秆，苞米秆子、高粱秆子、豆秆子……西屋是一间房，粮食囤子啥的，还有一铺炕，来了客人可以住。

房子是土坯房，房基是从半拉山门拉来的石头筑就的，上面垒砌的是泥草混合的土坯，土坯房的内外都要抹草泥巴。垒好的土坯的墙壁当中，按距离摆好顶梁柱。顶梁柱上架梁，梁下是间壁墙。梁与梁之间搭上檩子，檩子上是椽子，椽子上是高粱帘子。

高粱帘子上抹的草泥巴，形成漫弧形的房顶，是所谓"平房"。平房的房顶上要抹三层草泥巴，最后一层草泥巴之上，要撒盐，再抹一抹，泥、水、盐混合，太阳一晒，表层会形成个硬实的盐盖，房子就不会漏。所以，俗话说，"平房不漏，有言（盐）在先"——既表明了生活中抹房子要用盐，更是借"言"与"盐"的谐音，把生活中发生事情的可能意外的结果，预先说在了前头。

窗子，上下两扇。花窗棂的窗扇，在外面糊着窗户纸，纸上涂抹了豆油，以增加透明度。下扇是固定的，上扇在边框上有个轴，可以推动或拉动上扇，使之打开，然后，用木棍把上扇支起来，通气或者向外探视。

李凤莲从吊挂在梁上的悠车里，抱起了才几个月的虎头虎脑的小忠民，果然是尿了。她得给小忠民换尿布……吊挂在梁上的婴孩儿的悠悠车，是关里人称谓关外人的"三大怪"之一。

关里人与关外人的分界是所谓"天下第一雄关"的山海关。山海关以西——以里，为关里人；山海关以东，为关外人，也叫关东人、东北人。所谓"闯关东"，就是闯东北。

李凤莲顺口哼起了关东的"二人转"小调儿：

唱起了关东哎——
咿呀嘛呀呼嗨嗨，
出了名的三大怪：
窗户纸儿啊糊在外；
大姑娘叼个大烟袋；
养活个孩子哟，
吊呀嘛吊起来。

咿呀嘛呀呼嗨——
……

哼到了这儿，她停了下来，向屋外喊道：

"忠华，把晒在外面挂绳上的尿布片子拿进来……"她喊了几声，没有回应，她叨咕道，"这小死鬼儿，不知道又跑到哪儿去了。"

"喏，给你尿布。"有人把尿布递了过来。

"哟，他二婶啊。"李凤莲扭头一看，接过了尿布片子，笑了，说道，"他二婶——于桂花，就是有眼力见儿……"

"我用不着你赞美，应该的。"于桂花说。

"你有了，都四个多月了吧？有点显怀了……等你生了，嫂子也给你递尿布，嘻嘻。"李凤莲说。

"嫂子就是嘴儿好。"于桂花说。

"哎哟哟，你咋说话呢，我是尿罐子镶金边——嘴儿好，是不是？"李凤莲说，"我不仅仅嘴儿好，没有我，你跟他二叔龙坤能亲亲热热地成一家吗。"

"哎哟哟，再一次感谢我的大媒人，我的大嫂——我的莲姐姐。"于桂花拉着长声嬉皮笑脸地说。

"嗯，这话说得我爱听，没有你的莲姐姐啊，你于桂花就是长得再俊俏，兴许还蹲在你们于家沟里呢，成了嫁不出去的老姑娘……"李凤莲说着，话锋一转，她说，"看你一口一个地吃着大'山里红'的那个吃相，哎哟，我的嘴里都流酸水儿了。"

"山里红"，东北山野里独有的一种野山果儿，类似于山楂，但是，比山楂要小；熟了的时候，果实通红，味道酸甜可口；熟透了之后，甜度增大，又变得绵软。

"那是我爹让人从于家沟捎来的，个头大，酸甜酸甜的……"于桂花得意地说。

"酸儿辣女，你怀的可能又是一个小子。"李凤莲说。

"他爹说了，要是个小子，就起名叫马忠廷。"于桂花说。

"说不准是个闺女呢？"李凤莲说。

"不可能，我的感觉是跟怀忠国时一模一样。"于桂花说。

"呵呵，马家娶了你这么个好媳妇。"李凤莲说。

"咋呢?"于桂花说。

"传宗接代的能手啊。"李凤莲说。

"哎哟,我的大嫂——我的莲姐姐,你不也是一样吗?生了一个小子忠华,又生了一个小子忠民。"于桂花说。

"哎,你个小妖精,说你呢,你却非得拐上我不可。"李凤莲说。

"你我是妯娌,平等嘛。"于桂花说。

"噢,看来啊,是马家的种儿好,种一个,生出来的带个小鸡子;再种一个,生出来的又是个带小鸡子的……呵呵呵。"李凤莲笑着说。

"嗯哪呗,你可真会说大实话……嘻嘻。"于桂花说。

"哎,他二婶,我可告诉你……"李凤莲的脸上,突然变得严肃起来,一副正儿八经的样子,然后,又故意左顾右盼,她说,"这是孩子不在咱们跟前儿……"

"咋了?"于桂花迷惑不解地问。

"他二叔去奉天有些日子了吧,久别如新婚啊,这冷不丁儿地一回来,见到自己俊俏的媳妇,如狼似虎的,恨不得把你吞了,朝你脸蛋上又咬又啃的,非得急不可耐地跟你肚皮蹭肚皮不可……你可要小心了。"李凤莲说。

奉天,即今天的沈阳。

于桂花的脸蛋泛起了红晕,她说:"嫂子,看你说的,羞死人不?"

"西头张武家的就是,怀孕四个月了,磨磨叽叽地非得干那事儿……结果呢,把孩子捅掉了。"李凤莲说,"张武家的哭了,这个哭啊……唉,哭了顶啥用?"

她说完,嘻嘻地笑。

"嫂子,你是拿我开涮是不是?"于桂花说。

"哪里啊,你名如其人,长得像盛开的桂花似的,俊俏着呢,桂花又香气袭人,着人迷啊……"李凤莲说,"我是怕我们那二小叔子,不管不顾的,霸王硬上弓……俗话不是说吗,英雄难过美人关啊,英雄和美人在炕头上,哎哟喂,闹翻了天啊……"

"嫂子,你也是老四平街里财主家的大小姐,不,绅士家的大小姐,怎么说话咋还'来大彪'?啥都敢说。"于桂花说。

"来大彪"——东北方言,就是口无遮拦地说脏话的意思。

"嗯,说我是绅士家的还挺对路子。哎,以后别说我家是啥财主家的好不好?财主的、财主的,多俗气啊。他二婶,记住啦,我爹叫李德善,是远近有名的'李大善人'，你应当说我是老四平街的'李大善人'家的大小姐——"李凤莲说，"再说啦，财主家的大小姐咋了，我是'来大彪'吗？孔子曰：食、色，性也。"

"哎呀呀，又孔子曰了，啥'食色性也'啊？"于桂花说。

"孔老夫子说，人的吃饭和人的男女性爱交欢，是人的天然本性——这是中国古代圣人对人的本性所做的总结……所以，谈这事儿，有啥还不好意思的呢，又没在孩子们的面前说。"李凤莲说。

"怪不得听人说，你和龙乾哥要好儿，还往高粱地里钻……你家李大爷没办法，只好把你嫁给龙乾哥了，是不是？"于桂花故作揶揄地说。

"是也不是，都不重要，反正都是说，我当年是个野丫头就是了……说我钻高粱地了，钻苞米地了，还是钻一个被窝了……总之，我是明媒正娶、吹吹打打地嫁给了马龙乾，甭管他是穷与富，人都是三穷三富活到老……"李凤莲说，"我跟司马相如和卓文君相比，还差得远呢，说句到家的话，没私奔……呵呵呵。"李凤莲落落大方地说。

"我不跟你说了，话从你嘴里出来，总是没羞没臊似的……"于桂花嗔怪地说着，嘻嘻地笑，向屋外走去。

"哎哟哟，他二婶，我说的可是实话，谁知道我这是噘嘴骡子——卖出个驴价钱，他二婶，你这可是狗咬吕洞宾——不识好人心啊。"李凤莲望着于桂花的背影，慢悠悠地，拉着长声地说。

于桂花回过头来，红着脸，抿嘴一笑，说：

"知道了啊。"

然后，她走出了屋门。

李凤莲喊叫，而没有应声的马忠华呢。

他没有遵从妈妈的话，把芦花鸡和它的小鸡崽儿都轰到屋里去，反而把芦花鸡和小鸡崽儿都轰进了房后的菜园子里……他要把它们做诱饵，吊老鹰的胃口。他要用他的命中率极高的弹弓，猎杀老鹰。

他看到，老鹰在村西头盘旋。

他走到了院子的门口，看到张武家的小山子正在遛他家的枣红马，小山子跟他般对般，也九岁了，他说："小山子，把马借我。"

"干啥？"小山子说。

"我去村西头杀了老鹰，说不上老鹰又要祸害村西头谁家的鸡了。"马忠华说。

"咋杀啊?"小山子说。

"用弹弓子打。"马忠华说。

说着,他手起弹飞,门前杨树上的一只"吱吱"叫的麻雀被他射中,从树尖上扑簌簌地掉落了下来。

"好弹法。"小山子称赞道,他把枣红马的缰绳递给了马忠华。

马忠华蹿起一个高,抓住马的鬃毛,飞身上马,一抖缰绳,一拍马的屁股,喊了声:

"驾——"

枣红马撒开蹄子,向西跑去。

当马忠华跑到了村西头,老鹰已经向村东头盘旋而来,他知道老鹰惦记着他家的芦花鸡呢,他家已经有两只下蛋的母鸡被老鹰咬死了,老鹰对于自己曾经两次成功猎获的地方肯定是记忆犹新。

马忠华又让枣红马撒开蹄子向回跑。

到了自家的院门口,他把枣红马的缰绳丢给了张小山,奔到房后的菜园子,他映身到了柳树的后面,眼睛盯着在菜园上空盘旋的老鹰。

突然,老鹰一个猛子从空中扎了下来,一边扎下来,一边发出威慑性的"嘎呕、嘎呕"的战叫。听到这趋近的老鹰的威慑性的战叫,警觉的芦花鸡知道自己厄运难逃,它惊恐地"咯咯"地叫着,仓皇地逃窜了几步,就吓得麻爪了,不跑了,扒拉着膀子,仿佛在等待即将到来的死亡。

老鹰抵落在了芦花鸡的身上,尖利的双爪嵌进了芦花鸡的脊背。芦花鸡的嗓子里发出"咕咕噜噜"有气无力地绝望地哀鸣。

老鹰用它弯钩的嘴,狠狠地箍掉芦花鸡脖颈后部的羽毛,它要享用这顿美餐。忽然,它敏锐地感觉到了空气中的微弱的窸窣的声音,它扇动翅膀要起飞,但是,已经晚了。说时迟,那时快,就在这一刹那间,映身在柳树后的马忠华,手起弹射,正好击中了老鹰的脑袋上,老鹰都没来得及叫一声,脑浆迸裂……从芦花鸡的身上滚落了下来。

芦花鸡见状,抖落抖落几下羽毛,恢复了常态,"咯咯"地叫了几声,慌忙率领它的小鸡崽儿们,一窝蜂地向前院里跑去。

马忠华收起弹弓,走过去,拎起了被他猎杀的老鹰,来到了院子里,他喊道:"妈、二婶,我把老鹰杀死了。"

"忠华哥真的把老鹰杀死了哎——"小山子也凑了过来,喊叫道。

　　李凤莲和于桂花听到了马忠华和小山子的喊叫声，来到了院子里。她们都惊喜地看到了马忠华拎在手里的老鹰。老鹰的脑袋被打碎了，鲜血滴滴答答地流淌着，两只长长的翅膀耷拉到了地上。

　　"忠华为咱们村里除去了一个祸害，这只该死的老鹰都咬死了咱们村里多少只肥鸡了。"李凤莲说。

　　"忠华可真有本事，简直就是个小小的神弹手。"于桂花说。

　　"有本事好，将门之后嘛，想当年岳母在英雄岳飞的背上刺字——'精忠报国'。"李凤莲庄重而严肃地对马忠华说，"如今世道混乱，洋人乘着混乱，欺负咱们中国人，你要学习岳飞，要有中华民族的气节，精忠报国。"

　　"妈的话，孩儿记住了。"马忠华说。

　　"忠华哥哥把老鹰打死了，太好了啊。"马忠国从他家的屋子里蹦跳了出来，欢快地说。

　　"你要向你哥哥学习啊。"于桂花对儿子马忠国说。

　　"那是当然啦。"马忠国说。

　　"我们于家沟那儿，发现有老毛子的骑兵转悠……"于桂花说。

　　"老毛子"，是对胡子拉碴、体毛丛生的俄国人的不雅的俗称。

　　"朝廷跟老毛子签了协议，要修南满铁路，铁路线就从咱们这东边路过，一直到旅顺口，听说旅顺口租给了老毛子了……老毛子修铁路，老毛子的骑兵也就跟着来了。"李凤莲说。

　　"修铁路就修铁路呗，老毛子的骑兵来干啥啊？咱们这儿是大清国的地盘，老毛子不在他们的俄国的地盘上待着，来我们这儿干啥？"于桂花说。

　　"老毛子乘着修铁路的机会，插一杠子，想要攫取咱们东北的肥田沃土。"李凤莲说。

　　"哼，狼子野心。"于桂花说。

　　"南满铁路说好了的，是中、俄共建，连俄国人想要运兵啥的都不可以，何况，他们的骑兵践踏我们的国土呢。"李凤莲说，"老毛子的骑兵来了，明显的是肆无忌惮的侵略。"

　　"就是嘛。"于桂花说。

　　"早几年就有老毛子骚扰咱东北这地方，老毛子觊觎咱们东北，不是一天两天的事儿了。"李凤莲说，"老毛子很骚性……见女人，就蠢蠢欲动。"

　　"是啊，可得加倍小心。"于桂花说，"听说胡思楞家就跟老毛子有着联络……"

"听说胡思楞家跟乌泰王爷家关系比较密切，而乌泰王爷家跟老毛子的联系比较密切……胡思楞家也不隐晦。"李凤莲说。

"妈，我把老鹰埋了吧？"马忠华说。

"不用埋，把老鹰扔到粪坑里去，沤了、烂了，当粪肥。"李凤莲说。

"嗯哪。"马忠华答应着。

他出了院门口，把老鹰扔在了院门口旁边的粪坑里。庄稼院里的家家户户都有沤粪的粪坑，粪坑往往连着猪圈或者马厩，积肥方便。

小山子和忠国还向粪坑里投土坷垃块儿，砸向粪坑里的死亡了的老鹰，直到老鹰被粪便尿水彻底淹没了。

三个小孩儿呼叫着：

"该死的老鹰，被彻底消灭喽——"

孩子们又蹦着跳着，回到了院子里。

于桂花从屋里端出了烤好的土豆，她们住在这个院落里的西厢房，西厢房是个小三间。她说："忠华、忠国、小山子，你们吃土豆。"

孩子们乐颠颠地跑过来，从于桂花端着的高粱秸秆编的小簸箕里，把烤得黑乎乎的熟土豆拿到了手里，然后，剥皮儿，把热乎乎的土豆掰开，填在嘴里。

马忠国说："妈，这土豆烤得真香。"

张小山说："又面又起沙。"

于桂花说："咱条子河的河淤土是肥沃的沙土地儿，沙土地儿里的新土豆嘛，当然好吃。"

农历三月，犁杖也就豁起犁头那么深浅，下面就是还没有融化的冰碴儿，就顶着冰碴儿种土豆……农历六七月间可收获。但是，要储藏过冬，就必须再推迟一个月之后从地里起土豆，才能不腐烂，而储藏得住。

"火盆里焙烤的土豆，当然更好。"李凤莲说。

这里的家家户户都有火盆，做完饭菜，把灶坑里的尚未烧尽的柴草的炭火灰渣扒出来，放在火盆里，再把土豆或者地瓜塞进炭火灰渣里，一会儿工夫，土豆或者地瓜就被烤熟了。

当然，若是冬天，火盆放在炕上，不仅仅是焙烤土豆、地瓜、苞米，更重要的是坐在热炕上，还可以围着火盆，暖手、暖身子。

马忠华吃了两个烤土豆，说："我去河里摸几条鱼来，二叔要回来了，鸡肉有了，老鹰帮助宰杀的……但是，守着河边，不能没有鱼啊。何况，二叔还要教我读书呢。"

"嗯，说得对。"李凤莲说，"做人就是要有情有义，知恩图报。"

马忠国说："我也跟忠华哥哥去。"

张小山说："我也去。"

于桂花说："去，可是去，要早点回来，快要吃晌饭了。"

"嗯哪。"马忠华和马忠国都答应道。

"小山子，你回来也在我家吃吧。"于桂花说，"忠国他爹也就回来了。"

"好嘞。"张小山笑呵呵地答应着。

马忠华拎着柳条编的没有梁的土篮子，兜鱼。马忠国提着一只铜盆，装鱼。张小山把枣红马送回了家，拖着一支粪叉，追赶上来了，要用粪叉，插大鱼。

三个人乐颠颠地奔向了条子河。

发源于东部绵延山岭的两条河流——北河与南河，孕育着新兴的城市——四平街。从四平街诞生的那天起，北河与南河就伸出臂膀，拥抱着她；又以宽阔而博大的胸襟、丰富的乳汁，滋养着她。

四平街，位于一个巨大的簸箕状的原野上，簸箕的后背是大山，伸展出的边缘是万千年来流淌着的南河和北河。

从远古到今昔，北河出自郁郁葱葱的下山台，冲刷与把玩着砂金般的岩石的颗粒，水流清纯而透彻，像曼妙而俏丽的美女，一路上翩翩前行；南河由断崖峭岩的半拉山门，闯关般地夺路而出，激裹起尘泥，浑浑浊浊而又荡荡漾漾，像条勇猛而潇洒的壮汉，阔步奔流。

北河与南河，俏丽的美女与潇洒的壮汉，沿着巨大的簸箕状的原野的边缘，相向地迂回地行走；北河与南河，阴柔与阳刚，婉约与豪放，侠贞与忠义，终于，如约地见面了；北河与南河，牵手了，拥抱了，狂吻了；北河与南河，激情澎湃地融汇了，合二而一了，形成了一条新的河流——条子河。

激情的条子河，欢欣、快乐而又眷恋、沉迷地向西流淌。

由于条子河水的冲击，南岸形成略显高耸的泥沙重叠的陡壁。北岸平坦，条子河村就在北岸。千百年来形成的河淤土，正是肥沃的庄稼地。

条子河，岸边的百八十米是树丛带，一丛丛枝条密集柳树毛子。柳树难以长得高耸，因为村民们在秋后要来割条子，编筐编篓。柳树的枝条细长而柔性，是编筐编篓的好材料，而且，枝条年年更新，取之不尽，用之不竭。

柳树毛子里，夹杂着枝繁叶茂的杨树。

这里是鸟雀的天堂，鸟雀在里面做窝……叽叽啾啾的歌唱声，此起彼伏。树丛外是庄稼地，在庄稼地和树丛的接壤处，保持着一定的距离，给犁铧在地头上留下了回旋的余地，又给运送粪肥的车马，留下了一条不是道路的道路。

七八月，正是雨季，河面宽阔，水势浩浩，却流淌得沉沉郁郁、波澜不惊。条子河向西流淌，然后，汇入大辽河。

条子河，大辽河的一条支流。

三个小家伙儿来到了岸边，都脱了衣服，把衣服放在了青草上。

忠华首先跳进了河水里，他疾速地游到了河中间儿，一只手举起，另一只手放在了下巴底下，他喊叫道：

"忠国、小山子，你们瞧，河水只有这么深……还没到我的脖子呢。"

小山子说："呵呵，唬谁啊？这么大的水，河中间儿至少也得有两房深。"

忠国说："不就是在河里踩水吗，谁不会啊？"

三个小家伙儿都下了水，像三只水獭，在河水的波浪里嬉戏、玩耍。玩了一阵子，马忠华说："哎，行了，咱们得干正事了。"

忠国说："什么正事？"

小山子说："你爹要从奉天回来，咱们不是来给你爹捞鱼，给你爹加道菜吗，你忘了？"

忠国说："哦哦，是的啊，我这一玩儿起来，就啥都忘了似的，呵呵……"

三个小家伙儿上了岸，忠华说：

"咱们在河边上用土篮子，兜树毛子底下……那里是鱼窝。"

小山子说："好咧，我来兜。"

忠国说："我在你旁边，你兜到鱼了，我就装在铜盆里。"

河边挨着河水的，是一丛丛的柳树。柳树的树根底下，往往被河水掏空。细密的根系，一边深深地扎进土岸，一边却悬浮在水中。鱼儿会在悬浮的根系里藏身。岸边的河水比较浅，是捕鱼容易得手的地方。

小山子拿着土篮子，在柳树的树根底下，兜起鱼来。忠国拿着铜盆站在了他的身边，当小山子的助手。

小山子在树根底下一下一下地耐心地兜鱼，"扑扑棱棱"——兜上了一条鲤鱼，尺把长的鲤鱼。小山子喊道：

"快，兜上来了。"

忠国端着铜盆，小山子用手一扒拉，鲤鱼进了铜盆，忠国叫道：

"胜利喽——"

然后，忠国端着铜盆上了岸，把鲤鱼倒进了岸边柳树毛子里的一个小小的水坑里，小水坑成了鲤鱼的临时的牢笼，然后，他又回到了小山子的身边。

小山子在柳树的树根底下继续兜鱼，一会儿工夫，兜上了两条尺把长的黄乎乎的摇头摆尾的鲇鱼，他把土篮子里的鲇鱼向忠国手里的铜盆里倒。一条鲇鱼进了铜盆，另一条鲇鱼却"哧哧溜溜"地没被忠国捂住，凭借着它的黏腻油滑，狡黠地顺着铜盆的边沿儿，钻进了河水里，疾速地逃匿了。

忠国惋惜地说："唉，可惜了。"

小山子说："没啥可惜的，咱们再兜……鱼不是有的是吗。"

忠华在河边转了一圈儿，回来了，说：

"抓了几条了？"

小山子说："五条了，一条鲤鱼，一条花鲢鱼，还有三条鲇鱼，哪一条都是尺把长。"

忠国说："哥，收获不小的啊，鱼都在柳树毛子里的那个小水坑里呢。"

忠华说："我看见旁边的小沟汊子里有不少鱼……还有一群小花狸棒子鱼和泥鳅牯子。"

小山子说："那敢情好，大鱼咱们吃，小花狸棒子鱼和泥鳅牯子喂鸭子、喂鹅。"

忠华说："我们用粪叉子插泥，把小沟汊子连着河口处堵住。河口处很浅，好堵。然后，用铜盆往外舀小沟汊子里的水……水舀干了，鱼也就逮住了。"

小山子和忠国说："嗯哪。"

他们开始堵小沟汊子的河口处，然后，把小沟汊子里的水，轮流地向外舀泼……这里的鱼，是在水大的时候，从河里漫流进来的，当大水悄悄地撤去的时候，它们却仍然在享受这里的温馨与安宁……大水过去，沟汊子里的水在慢慢地沉沦，沟汊子与河口的连接处，水变得浅薄，鱼儿们只能滞留在沟汊子里了。

　　小沟汊子里的水，被舀得越来越少了。大一点的鱼，一条条黑色的脊背，明显地暴露出来了，但是，显得还是那么沉稳，仿佛具有绅士风度。小一点的鱼，却是集群，在狭小的水域里慌慌张张地乱窜，而且，忽快忽慢。

　　忠国对忠华说："哥，这沟汊子里水，越来越少，这里的泥鳅牯子会不会都钻到地里去啊？我听说，泥鳅牯子会往地里钻。"

　　忠华说："钻不了。"

　　忠国说："咋呢？"

　　小山子笑了，说："你没看吗，这个沟汊子是沙子底儿，泥鳅牯子钻不进去。"

　　"小山子说得是。"忠华说，"要是烂泥的底儿，兴许泥鳅牯子会钻进去躲起来。"

　　忠国说："泥鳅牯子钻不到地里去，跑不了就好，喂鸭子、喂鹅，可是有的喂喽。"

　　三个少年沉浸在捕获的愉悦的乐趣中，早已忘记了时间，忘记了家长让他们早点回家吃晌饭的叮嘱。

　　突然，不远处，柳树毛子里，传来声音爆裂的愤怒的喊叫：

　　"畜生……你们这些畜生——"

　　"哥哥，不好了，这是我妈妈在喊叫，是谁欺负我妈了？"忠国敏感地做出了判断，急迫地说道。

　　"是二婶的声音。"忠华肯定说。

　　"我们快去。"小山子说。

　　忠华抄起了弹弓，小山子拖着粪叉，向着忠国妈妈的喊叫声传来的地点，迅速地跑去。忠国跟随其后，也紧跑着……他们看见了，忠国的妈妈于桂花，正在跟一个塌鼻子的俄国士兵手挠脚蹬地撕巴，她一边撕巴反抗，一边咒骂着俄国士兵。

　　于桂花已经被塌鼻子的俄国士兵推搡倒地，正在撕扯于桂花的衣服……旁边还站着一个长着钩鼻子的抱着膀子欣赏的俄国士兵，他的身边有两匹自由自在地正在用嘴巴啃食青草的洋马。显然，他们是俄国的骑兵。

　　塌鼻子的俄国骑兵用俄语跟长着钩鼻子的俄国骑兵说："这个小媳妇，长得很漂亮……她越骂，我就越来劲。"

　　长着钩鼻子的俄国骑兵说："怀孕了，肚子都鼓起来了。"

"这并不妨碍我们要干的事儿……嘿嘿嘿。"塌鼻子的俄国骑兵淫笑地说。

原来，吃晌饭了，孩子们还没有回来，等啊等，还是不回来，知道孩子们贪玩……于桂花就跟嫂子李凤莲打个招呼，然后，到河边来找孩子们，叫他们回家吃饭。

她走着走着，听到身后有声音，回头一看，是三个骑着洋马的俄国骑兵，慢悠悠地尾随在后……她快步走，有两个俄国骑兵紧跟着，尾随其后。

她跑了起来，跑进了柳树毛子里。

两个俄国骑兵催动着洋马，也跑进了柳树毛子里，并且，拦住了她的去路。

于桂花瞪起了眼睛，她质问："你们要干啥？"

两个俄国骑兵听不懂她的话，嬉皮笑脸地跳下洋马，丢下了枪支，向她扑来……塌鼻子的老毛子过来抱住她，摸她的身子，撕扯她的衣服；钩鼻子的俄国骑兵狞笑着，站住了脚。

这才有于桂花爆裂的愤怒的喊叫声，让不远处的三个孩子听到了她的喊声。

忠国刚要张口喊，小山子刚要端起粪叉子冲……忠华把手指横在了嘴唇中间，发出了轻轻的"嘘"声，制止了忠国和小山子。

他悄悄地抄起弹弓子，狠狠地一弹射去……正中钩鼻子俄国骑兵的眼窝，钩鼻子俄国骑兵"嗷"地惨叫一声，本能地用双手去捂自己的眼睛，鲜血从他的指缝里流了出来。疼痛，钻心的疼痛，他自顾不暇地哇啦哇啦地惨叫着。

按倒了于桂花，而且，正在得意地淫笑着，撕扯着于桂花的衣服的塌鼻子的俄国骑兵，听到了钩鼻子的俄国骑兵的惨叫声，虽然双手还在撕扯于桂花的衣服，却不得不扭过头去看钩鼻子的老毛子……看见钩鼻子的老毛子用双手捂着眼睛，而且，手指缝里流出了滴滴答答的鲜血，他惊愕了。

就在这时，忠华的弹弓子准确地发出了一弹，击中在塌鼻子的俄国骑兵的太阳穴上。塌鼻子的俄国骑兵，顿时，脑海的上空仿佛一道闪电，起了炸雷，眼睛冒金星，金星四射……顷刻间，闪电、炸雷、金星，又急速地消失，变成了一片空白……他昏死了过去，倒在了草地上。

忠华说："小山子，冲上去，插死他。"

小山子端着粪叉子，凶猛地冲了上去，把粪叉子插进了塌鼻子的胸膛……但是，由于用力过猛，粪叉子却拔不出来了。

忠华果断地上去，帮小山子拔出了粪叉子，鲜血从塌鼻子俄国骑兵的胸膛处，咕嘟咕嘟地淌了出来。然后，他们用粪叉子戳向了钩鼻子俄国骑兵。粪叉子戳进了站在那里痛苦号叫的钩鼻子的俄国骑兵的腹部，钩鼻子的俄国骑兵栽倒在地。他们觉得不解气，拔出了粪叉子，又向钩鼻子的胸部戳去……

"太凶狠残忍了，我毙了你们这些小崽子。"第三个骑着洋马的连毛胡子的俄国骑兵出现了，他是听到了钩鼻子的惨叫声，急忙地催马跑过来的。他看到了已经躺在地上，流血殷殷的惨不忍睹的两个同伙，他用俄语喊叫道。

忠华、小山子、忠国也没有想到，突然间，又冒出了一个俄国骑兵。

连毛胡子的俄国骑兵原以为塌鼻子和钩鼻子会把中国的怀孕的柔弱的小媳妇蹂躏得服服帖帖，发泄着他们的兽性……所以，他信马由缰，慢腾腾地走在后面。眼前的一切，实在是出乎他的意料，他端起了手中的枪支，气势汹汹地用俄语大声地嚷道：

"我要一个一个地枪毙了你们……"

"嘭"的一声枪响。

撂倒的不是孩子，而是连毛胡子的俄国骑兵手中的枪支掉在了地上。连毛胡子的俄国骑兵的胳膊，被突如其来的子弹击中了。瞬间，他下意识地反应过来了，于是，双脚一踹马镫，撒丫子就想逃。

"嘭"，又是一声枪响。

子弹击向了撒丫子逃命的连毛胡子的俄国骑兵，但是，没有击中。连毛胡子的俄国骑兵纵马蹿出了柳树毛子，沿着似路非路的柳树毛子的边缘，向西逃窜。

在这关键时刻，出现的是忠国的父亲——从奉天归来的马龙坤，他用他手中的德国造的左轮手枪，在千钧一发的时刻，击中了连毛胡子的老毛子的胳膊，解救了孩子们，也解救了自己的妻子于桂花。

衣衫不整的于桂花，委屈地扑在了丈夫的怀里，哭了起来。

马龙坤抚慰地说："没事啦，别哭……小心肚子里的孩子。"

一提到肚子里的孩子，这话果然好使，于桂花立马停止了哭泣。她抬起了头，抹了抹脸颊上的眼泪，答应着：

"嗯哪。"

马龙坤说："我得去追这个逃跑的老毛子。"

于桂花说："咋的呢？"

马龙坤说："如果不杀死这个俄老毛子，他会勾引来更多的老毛子来这里进行报复，兴许会血洗咱们村子……"

于桂花听了，说："那就赶紧去追那个老毛子去吧。"

马龙坤说："你们弄些草，把这两个老毛子的尸体先盖上……等我回来再处理。"

于桂花说："嗯哪。"

马龙坤说："忠华，你跟我骑上老毛子的洋马，务必追杀了那个逃跑的老毛子。"

马忠华说："好的，二叔。"

马龙坤和马忠华飞身上了老毛子的洋马，催动洋马。洋马放开四蹄，四蹄生烟，向连毛胡子的俄国骑兵追去。

连毛胡子的俄国骑兵仿佛听见了后面奔驰的马蹄声，他转回头看见了远远地追赶他的两匹马……他更加仓皇。他的胳膊流着血，但是，他顾不得流血和疼痛了，逃命要紧。他的军帽被速跑所形成的风，给掀掉了，他更顾不得了。他用他发出的对马的叫喊声，以及他的夹紧的双脚，催促着坐骑，加速奔跑。

突然，前面出现了龙卷风，像一个漏斗，一头在天上，一头在条子河的河面上，整个一个龙吸水。游动的龙卷风，底盘不小，吸力强劲，不但卷起了河水，还卷起了树叶、树枝、尘埃……整个风柱，犹如一条身体旋动的黑龙。

当连毛胡子的俄国骑兵跑到附近时，龙卷风却上了岸。连毛胡子的俄国骑兵赶紧躲避，但是，龙卷风却灵动地向他扑来。连毛胡子的俄国骑兵躲避的速度，哪里赶得上龙卷风游动的速度，龙卷风把连毛胡子的俄国骑兵围在了垓心，连毛胡子的洋马在旋转的风中，马首上仰，前蹄崛起，发出了慌乱而惊恐的嘶鸣。连毛胡子的俄国骑兵被惊吓仰起的洋马坐骑向后甩了出去，身体在风中似乎飘飘欲坠……突然间，在龙卷风中，仿佛伸出了无形的大手，抓住了他，把他旋转着拎向了悠悠的高空……在空中，他升腾，他旋转，他晕眩，他恐惧，他失魂落魄……脸色苍白的他，在空中舞蹈，不由自主地舞蹈，却是死亡之舞……被吸裹上来的条子河的河水、纷纷扬扬的树叶、杂乱无绪的残枝、迷迷漫漫的无孔不入的尘埃，围裹着他，他无处躲藏，也无法躲藏……不管他愿意还是不愿意，在空中的条子河的河水呛进了他的鼻子，细密的尘埃涌进了他的口腔，残枝败叶击打在他的额头上、脸颊上、耳郭上、下巴上、脖颈上，击打在他的腿脚上、胯骨上、腰腹上、胸背上，以及胳膊上，击打的瘙痒和疼痛，早已让他忘记了胳膊上的枪伤的疼痛，枪伤的疼痛已经变得麻木了，枪伤流出来的血液已经淤黑了、凝滞了……此时此刻，他要生，生命诚实可贵，他却求生不得；他要死，死亡是一种超脱，可以免去了惶惑、惊恐、瘙痒、疼痛，以及麻木，但是，他却求死不得。

他只能随着龙卷风的气流，做扑朔迷离的狂乱的悬浮之舞——他别无选择。

他无可奈何地成了龙卷风嬉戏与调侃的玩偶……龙卷风似乎把他玩耍够了，旋转着把他甩出了风圈之外。他从空中掉落了下来，摔成了肉饼。他烂泥般地瘫软地仰卧在了一片挂满豆荚的即将丰收的黄豆地里。然而，他的结局并未到此结束，龙卷风又把一支折断的撕破了长长的杨树皮的树杈子甩出了风圈，粗壮的树杈子的枝叶的大头朝上，旋舞着，竟然笔直地扎下来，枝干恰好扎在了连毛胡子的俄国骑兵的胸部，穿透了他的脊梁，扎进了泥土里。这根粗壮的树杈子立在那里，像一根耻辱柱，把连毛胡子的俄国骑兵固定在那里。

龙卷风的烈风，折断并卷起树杈子，在折断并卷起树杈子的刹那间，强力地撕去了一大条子粘连的树皮，使扎在连毛胡子俄国骑兵胸部的树杈子的枝干，既尖利又鲜活。

随即，龙卷风收起了搅动河流与大地的尾巴，扬长而去。

这一切，都被停在了圈外的马龙坤和马忠华看在了眼里。他们纵马向前，来到了连毛胡子俄国骑兵的身旁。连毛胡子俄国骑兵睁着眼睛，眼球突兀，鼻孔、嘴巴、耳郭都是淤泥，身上也是湿漉漉、脏兮兮的。他的死相，如同恶鬼一般狰狞。

"二叔，埋了他吗？"马忠华说。

"不用。"马龙坤说。

"省事了。"马忠华说。

"他死了，就灭口了。"马龙坤说。

"真是险啊，我们要是追不上他呢？"马忠华说。

"苍天佑我，人不灭洋鬼子，却是天灭洋鬼子，天意如此啊。"马龙坤感慨地说。

"嗯哪呗。"马忠华说。

"老毛子的尸体放在这儿，人们就会猜测到这是龙卷风的绞杀……即使查验到胳膊上枪伤，也会以为要么是官兵、要么是土匪，曾经枪击过这个老毛子。"马龙坤说，"只要老毛子不到咱们村子来血腥报复就成。"

"死了一个老毛子，又失踪了两个老毛子。"马忠华说，"就会让老毛子知道，中国人的地方，不是老毛子可以随意撒野的地方。"

"大侄子说得对。"马龙坤赞同地说。

然后，他们找到了柳树毛子里的连毛胡子的坐骑洋马，马龙坤把这匹马的缰绳连在了自己的坐骑上，回到了条子河村。

第二章

送洋马给吴俊升奇袭俄军小分队

马龙坤和马忠华没有直接回家，而是回到了塌鼻子和钩鼻子两个俄国骑兵死亡的柳树毛子的地方，他们看到于桂花在放风。

于桂花看见了马龙坤和马忠华，她说：

"大哥回来了，正在挖坑呢……"

马龙坤说："哦，大哥回来得正是时候。"

他和忠华下了马，走进了柳树毛子。

是的，马龙乾正在挖坑，旁边站着小山子。

马龙坤叫了一声："大哥——"

正在挖坑的马龙乾，抬起了头，说："追上那个老毛子了吗？"

马龙坤说："没追上……"

马龙乾惊讶地问："让他跑了？"

马龙坤说："没有。"

马龙乾如释重负，吁了一口气，说："哦，那就好——"

马忠华说："我和二叔追啊追，拼命地追那个老毛子，但是，前面出现了龙卷风……"

于桂花说："我们在这里看见西边的龙卷风了，旋转地滚动着，顶天立地的。"

马忠华说："龙卷风把老毛子从马上卷起来了，卷到了天上……然后，又把这个老毛子从天上摔下来了，还撇下一根树杈子，扎进了老毛子的胸腔上。"

于桂花恨恨地说："老天报应……"

尸坑已经挖好了，马龙乾和马龙坤把两具俄国骑兵的尸体拖进了坑里，用土掩埋了。这时，忠国从家里跑来了，他说：

"我大娘让你们都回家吃饭呢。"

于桂花说："你吃了吗？"

马忠国说："我吃完了。"

马龙坤说："那好，你就在这儿悄悄地看着这三匹大洋马，我们回家吃饭。"

马忠国说："嗯哪。"

小山子说："把这三匹大洋马牵回去不行吗？"

"不行，这三匹洋马是军马，身上都有编号，明眼人一眼就能看出是受过训练的军马。"马龙坤说，"不仅仅是扎眼，还会让人产生怀疑……我们没必要去找麻烦。"

小山子说："噢。"

他们把三匹大洋马拴在了柳树毛子的深处的两棵杨树上，然后，留下忠国，他们向村子里走去。

条子河村，马家院落。

看见马龙乾他们回来了，李凤莲把毛巾放在了井口旁的喂牲口的食槽子上，她说：

"洗手，进屋吃饭。"

马龙乾摇起了辘轳把，吊进井口里的辘轳把上的比大拇指还粗壮的绳子，不断地收缩着，拴在绳头上的柳罐斗子被拉了上来。他一手握住辘轳把，另一只手把柳罐斗子提出了井口，然后，把柳罐斗子里的水，倒在了挨着井口的牲口槽子里。

马龙坤、马忠华、张小山洗手，然后，是马龙乾洗手。他们用毛巾擦了手，进了屋。炕上已经摆上了饭桌，炖好的鸡肉土豆，焖好的鲇鱼茄子，尖椒炒干豆腐，还有黄瓜丝葱叶丝上面撒着些许黄豆酱。

饭盆在炕头，用盖帘子盖着。忠华掀起盖帘子，饭盆里是香喷喷的高粱米饭，是在大锅里煮熟了，用笊篱捞出来的。他给大家盛饭。

李凤莲说："喝点老白干不？"

马龙坤说："不啦，还是说说这三匹大洋马咋处置吧？这是留不得的。"

马龙乾说："给谁？要不，送到老四平街忠华他姥爷家？"

马龙坤说："不行，老四平街离这儿才十几里地……大洋马显眼，尤其是军马……会给老李家带来麻烦的。"

李凤莲说："我说啊，还是把这军马归到军营里为好。"

马龙坤说："嫂子，咋个意思？"

李凤莲说："把军马给吴大哥送去，他会用得上。"

马龙坤说："你说的是那个吴俊升，字兴权，外号吴大舌头。"

马忠华："呜、呜……你个浑犊子。"

他学起了吴俊升大舌头的说话。

李凤莲说："你个小兔崽子，你还没见过你吴大舅呢，你咋知道他像你那样说话？"

马忠华说："我是去姥爷家，听他们学的。"

李凤莲说："你要是当着你吴大舅的面这么学他，他非揍你的屁股不可。"

马忠华一伸舌头，说："妈，我也就是在背后学学，当着吴大舅的面，就是借我两个胆儿，我也不敢哪。"

"还算你识时务。"李凤莲说，"他是小时候家里穷，冻伤了嘴，留下了后遗症，所以，发音有些不清……他家祖籍山东历城县，从他爷爷那辈逃荒过海到了关外，落脚在昌图府……他七八岁就给人家放牛放马，贴补家用，由于他放牛放马，再加上他爹当过马贩子，他有很好的马上功夫……别提他当马倌的时候啦，衣衫褴褛，鼻涕'过河'，他仅有一条露肉的裤子遮体，换洗时只好躲在水泡子里遮羞，开饭时伙计们都不愿与他同桌吃饭……他13岁到了老四平，在我爹开的当铺里学徒，我爹和他爹是旧交，一来他爹认识我爹，二来不少人劝他爹让他经商……但是，他干啥都不怕苦，不装假，肯出力……别以为你吴大舅表面上傻里傻气的，好像是一介莽夫，他打起仗来勇猛过人，冲锋在前，奋勇杀敌，而且，他精明得很，有心计……他给人家放牛放马时，为人憨厚可爱，又会来事，人家就认他做'干儿子'，他在我家学徒，我爹跟他爹是旧交，他就认我爹为'干爹'……他晚上常常露宿在大车的铺板上，有一次，我爹出外解手，天黑看不清，误以车上趴着一只大黑熊，吓得拔腿就跑……我爹说，吴俊升是福相福将，他是'天熊星转世'，'黑熊显相'就是明证……他17岁了，要当骑兵，没有战马咋当骑兵啊，还是他这两个'干爹'帮助了他，我爹给他出了一匹马，是一匹独眼龙，他的那个干爹送的是鞍子……吴大哥现在官至'都司候补'了，全都是凭借自己的本事……哦，去年过大年的时候，他还特地送给了我爹一块匾，匾额上写着'积善成德'。他每次路过老四平，都不忘了去看我爹，有情有义的。"

"都司候补"，相当于现今的团长。

马忠华说："哇，我吴大舅还真的不简单啊。"

李凤莲说："你吴大舅刚当兵，他以为他直接就能当骑兵了呢，人家看他是个粗壮的膀汉，看着蠢巴拉怪的，就让他当了伙夫。骑大马挎洋枪的事儿，离他远着呢。有一次，捕盗营的营兵在院子里遛马，一匹'鹰膀子'烈马尥蹶子，一蹶子把遛马的营兵撂了个四仰八叉。其他营兵看了，一起上前拉扯'鹰膀子'烈马，但是，'鹰膀子'扬身嘶叫，又踢又踹，桀骜不驯……几个营兵手足无措。在一旁看热闹的你吴大舅看了，哈哈大笑，他大喊一声，'呜呜，你们闪开'，他从一个营兵的手里抢过鞭子，一个箭步蹿上去，双手一搭马鬃，像一只轻盈的鹞鹰一样，飞身上了'鹰膀子'烈马。'鹰膀子'哪里肯就范，狂嘶怒叫，蛮踢猛颠，蹦跶得那叫一个凶，但是，你吴大舅仿佛驾轻就熟，就像一块大年糕，粘在了'鹰膀子'烈马的身上一样。他扬起手中的鞭子，在空中像鸣放小鞭炮似的'啪啪啪'地爆响，嘴里还'嗷嗷嗷'地得意地叫着，然后，猛地回手把鞭子抽在了'鹰膀子'烈马的屁股上，'鹰膀子'烈马疼痛难忍，尥了一个蹶子。就这一鞭子，'鹰膀子'烈马知道遇到了对手，尥了一个蹶子之后，不蹦不跳了，乖乖地顺从了你吴大舅的指向，绕着偌大的院落，转着圈儿地奔跑，四蹄生风，风驰电掣。众多围观的营兵，齐声喝彩，高声叫好。在这些围观者中，有个丁把总，他立马找到上司，非得把你吴大舅从伙房要去不可，不给的话，就赖在上司那儿不走。就这样，你吴大舅成了丁把总麾下的一员不可多得的骑兵——骁勇战将。"

马忠华说："哇，吴大舅，好神奇啊！"

李凤莲说："你吴大舅当过马贩子，摆弄马，如同挥舞着锋利的镰刀，搂草割麻，砍菜切瓜，呵呵，轻松加愉快着哪。"

马忠华说："噢——"

马龙乾说："忠华他姥爷说，吴大哥袭击俄军的马队……他说，俄军的马队到咱这里是侵略，保家卫国，匹夫有责。"

李凤莲说："所以，我说把这三匹马给他送去，听说，他驻扎在郑家屯。"

马龙乾说："我听忠华他姥爷说，吴大哥刚刚看望了他姥爷，刚从他姥爷家走……他和他的部队去了牤牛哨了，临时驻扎在牤牛哨。南满铁路的铁路线，路过牤牛哨。俄军的马队以卫护南满铁路线的勘测为借口，在这一带骚扰。"

李凤莲说："牤牛哨离咱们条子河村，也不过30里地。"

马龙坤说："我去送，现在走，天黑之前怎么也回来了。"

马忠华说："我也跟我二叔去。"

李凤莲说："也好，你去，跟你二叔也是个伴儿。"

马龙坤说："事不宜迟，说走就走，早去早回。"

于桂花说："你吃饱了吗？"

马龙坤说："一边说话，一边就没住嘴儿地吃……吃饱了。"

他和忠华起身下炕，出了院门，快步地来到了河边的柳树毛子里。马忠华对马忠国说："我们到牤牛哨去，把洋马给吴大舅送去。"

说着，他和马龙坤都跃身上了洋马。

马忠国说："爹、哥哥，你们早去早回，我在家等着你们。"

马龙坤说："乖儿子，回家去吧，天黑之前，我们就回来了。"

说完，马龙坤和马忠华就一溜烟儿似的，骑着洋马，沿着条子河向东走，在河面最宽阔处，也就是河水比较浅的地，蹚水过河。

过了河，他们就向南，奔向了牤牛哨。

他们骑着洋马，跑一跑，走一走，不到半个时辰，来到了一处岗子，就要到牤牛哨了。突然，他们看见前后有四匹马从远处向岗子上奔来。登高望远，可以看得很清楚，前面跑的两匹马是官兵，后门追赶的是俄国人的骑兵。

马龙坤说："忠华，抄家伙，让过前面的官兵，打击后面的老毛子。"

马忠华说："知道了。"

他们进了旁边的黑松林子，急速地把马拴在松树林里。然后，马忠华噌噌地上了树，手持弹弓，坐在了树枝上。

马龙坤映身在松树的后面，手里握着锋利的匕首。

嗒嗒嗒，跑在前面的两名骑马的官兵疾驰而过，后面的俄国骑兵赶上来了。虽说是策马奔驰，但是，这里毕竟是个岗子，速度都有所减缓。两个俄国骑兵跑到了树下的时候，前后错开，也有两匹马身的距离。马龙坤挥手甩出了锋利的匕首，扎进了前面的俄国骑兵的软肋上。与此同时，马忠华射出的弹子，击中了后面的俄国骑兵的鼻梁骨上。两个俄国骑兵都从马身上跌落下来。

马龙坤瞪着眼睛，把他的手枪逼向了两个老毛子；马忠华也从树上蹦了下来。

一胖一瘦的两名官兵，回首见了，策马返了回来。胖的30岁出头，瘦的20岁左右。胖的是位军官，瘦的是位士兵。军官下了马，围着两个俄国骑兵转了一圈，他朝着马龙坤和马忠华说：

"呜、呜，不赖啊，刀插软肋，弹打鼻梁骨……好身手啊。"

瘦的士兵从马上跳下来，话也没说，却从他的背后抽出了红穗子的雪亮的大刀，嗖嗖地两下子，如同砍菜切瓜，让俄国骑兵的人头落了地。两个俄国骑兵的脑袋像两个肉球，沿着岗坡叽里咕噜地向下滚动，斜刺里扎进了草丛。然后，他把老毛子的两匹洋马拢在了手里。

"你是吴大舅。"马忠华对胖军官说。

"呜、呜，你个小崽子，管我叫'吴大舅'，还认识我？"胖军官说。

"我是马忠华。"

"呜、呜，马忠华是谁？"胖军官说。

"我妈是八面城李家的李凤莲。"马忠华说。

"呜、呜，老四平李家，我干爹的亲闺女，莲妹子啊。"胖的军官说，"那是我吴俊升的恩人家，可不是吗，你是莲妹子的儿子，嗯，你个小崽子，你长得像你娘啊，我当然是你吴大舅、亲大舅，嘿嘿。"

"我是马龙坤，忠华的亲二叔。"马龙坤自我介绍道。

"呜、呜，听说过……这么说，你和莲妹子的女婿，都是将门之后，佩服、佩服。"胖军官吴俊升说。

"吴大哥过誉了。"马龙坤说。

"呜、呜，我说小崽子，你个马忠华，你咋知道我就是你的'吴大舅'呢？"吴俊升说。

马忠华嘻嘻地笑，笑而不答。

"呜、呜，我知道了，你是听我说话像个大舌头，是不是？"吴俊升说。

"我妈不准我那样说，她说，如果我那样说了，吴大舅会打我的屁股的。"马忠华说。

"呜、呜，我的这个亲外甥还真他娘的挺乖巧伶俐的，跟着我，来当兵吧，咋样？"吴俊升喜爱地用手指刮了一下忠华的脸蛋，亲昵地说，"你这个小兔羔子。"

马忠华望着马龙坤说："吴大舅，我二叔让我跟着他读书。"

"哦、哦，还是读书要紧。"吴俊升说，"我小时候何尝不想读书……可惜啊，读不起书，到现在还是个大老粗，但是，我尽量学得斯文点，如果能当上个儒将更好。"

"吴大哥何以被老毛子追赶到这里？"马龙坤说。

"老毛子抢了牤牛哨村民的牛……村民向我报告。我就带着传令兵来实地侦察一下，果然有十几个老毛子的骑兵在前边的河沟子里，拢起篝火，正在烤牛肉呢……我俩正要向回返，碰巧这两个老毛子的哨兵发现了我们俩，我们俩就逗试哨兵，把个哨兵惹恼了，然后，又佯作胆怯，逃跑……这两个老毛子就在后面紧追。我们俩正要杀他个回马枪，正好遇到了你们……我俩才磨回身。"吴俊升说。

"噢。"马龙坤说。

"我的部队千什余人，现在驻扎在这里的队伍，有二百来人，区区几个老毛子，剿灭了他……"吴俊升说着，把头转向了传令兵，"传我的命令，消灭俄匪。"

"是。"传令兵答应道。

然后，他向他们部队的临时驻扎地跑去了。

"我俩是给你送军马的。"马龙坤说，他指着在黑松林里的三匹洋马，把在条子河边杀死了俄国骑兵的经过，向吴俊升述说了一遍。

"好、好、好。"吴俊升鼓掌，说道，"我要扩军，需要的正是军马……想当年，正是我干爹送给我的军马，我才当上了骑兵。如今莲妹子给我又送来了军马，知我者，莲妹子也。我要官运亨通啦，哈哈哈。"

"报告大人，部队都带来了。"传令兵回来了，在吴俊升面前，立正，敬礼说。

"那……我们就走了，别打扰了你们的军事行动。"马龙坤说。

"呜、呜，别介，跟我们一起行动，看我是咋收拾这些老毛子的。"吴俊升说。

"好啊。"马龙坤答应道。

他们从这个岗子过了一个岗子，到了另一个岗子，有五六里地。他们站在了另一个岗子上，看到岗子下边，小溪的旁边，两堆篝火，篝火上架着牛腿和牛排骨，十几个俄国骑兵正聚集在那里。老毛子的马匹散放着，还把枪支集中地支架在了一边。有几个在剥食烤熟了的牛肉，喝着皮囊里的烧酒……还有几个居然拉起了风琴，甩胳膊掷腿地跳起舞来。

吴俊升说："传我的命令，悄没声儿地从两旁的树林子里包抄过去，靠近了……听见我的射击的枪声就像猛虎一样地扑上去……"

官兵分成了两队，吴俊升率领一队从西边包抄，另一队从东边包抄……他的人马具有绝对的优势，况且，老毛子还在吃肉与狂欢之中。

树林子里荫翳蔽日，草稀蒿短，行走比较方便，待到了老毛子的近前，又是跟人差不多高矮的蒿草，便于隐蔽。

官兵们尽量地靠近老毛子们。

马忠华像个猴子似的探头探脑地在老毛子架枪的地方，钻出了草丛，抱起了十几支枪就往草丛里拖拽，有马龙坤接应。

拖拽的动静，惊动了老毛子。

这个时候，吴俊升看准了老毛子当中的当官模样的，抬手就是一枪，将其击毙。他手下的二百来人，枪弹齐发，喊声震天：

"杀老毛子啊——"

不到抽一袋烟的工夫，就结束了这场奇袭战的战斗。十几个俄国骑兵，全部毙命。吴俊升缴获了十几支枪和十几匹战马。他得意地扭起了秧歌舞，用二人转的调调，大舌头唧叽地哼唱了起来：

> 八月里来，八月中啊，
> 老天爷刮着那个东南风啊，
> 奇袭战，成了功，
> 老毛子，毙了命，
> 枪支弹药，和战马，
> 统统统，统统统，
> 统统归了我吴俊升，
> 哎嗨嗨，哎嗨哟——

"扭得好，唱得好。"官兵们鼓掌，一齐叫好。

"说起扭秧歌，我想起了一件事儿。"吴俊升说。

"吴大舅，啥事儿？"马忠华问。

"在老四平扭秧歌时，一个小子的屁股上，让我用小刀捅了一下……捅出血了，疼得他龇牙咧嘴。"吴俊升说。

"噢？"官兵们惊奇。

"正月十五扭秧歌、踩高跷，过大年了嘛。扭秧歌、踩高跷的有男有女。我的扮相是一只凶猛的东北虎。那小子呢，是一条白嘴唇的粉巴晕儿的色驴，他借这个机会，专门逗女的，不管是大姑娘还是小媳妇，专挑嫩的，不是拍人家的屁股就是摸人家隆起的胸脯。故意的，他娘的耍流氓……我实在是看不过眼儿了，就用小刀捅了这头色驴的屁股，把这头色驴的屁股给捅出血了。"吴俊升笑嘻嘻地说。

"这叫路见不平，拔刀捅色驴的屁股。"传令兵说。

"后来，我知道了他的名字，他叫童瑟奇。"吴俊升说，"这个名字倒是挺文雅的，但是，念白了，不就是'捅色驴'嘛。"

哈哈哈，官兵们大笑。

"说起这乐子事儿。"吴俊升说，"还有呢。"

"都司大人，讲啊。"士兵们说。

"你们这些小兵嘎子呀，就他娘的愿意听我自揭自丑。"吴俊升说，"好吧，我说。"

"都司大人，说啊。"士兵们难得听到长官的隐私而轻松一下，就打趣地喊道。

"那一年，我跟你们一样，也是小兵嘎子的时候，当兵才不久嘛。我爱马呀，我的上司丁把总，骑的是匹好马。马无夜草不肥，我给我的独眼龙战马添草加料，也就给丁把总的战马添草加料。没想到，让丁把总看见了，他不但看见了我给他的战马添草加料，还看见了我的襟袍子边上，露出了我光着的大屁股……"吴俊升说。

"哈哈哈……"士兵们开怀大笑。

"呜，呜，丁把总就问我，咋回事？"吴俊升说，"我说，我八面城的李干爹和我的一个朋友特地来看我来了……虽然我的李干爹是财主有钱，但是，他们来看我来了，到饭馆子吃饭，我能让他们花钱吗？我穷，穷也得穷出个志气来。我就把我的裤子押在当铺了……那是我的朋友、我的恩人来了。没有我干爹赞助我的独眼龙战马，我他娘的能有当上了都司候补的今天吗？我吴俊升知恩图报。我吴俊升宁可露着大屁股，也绝不能丢了脸面。"

"嗷——义气哟。"士兵们兴致勃勃地喊叫着。

"你们猜，咋着？"吴俊升说。

"咋着？"士兵们说。

"丁把总就把他的一身新内衣，还有他的羊皮裤子，给了我了。"吴俊升说，"丁把总拍着我的肩膀，他断然地说：'交哥们，就交你这样的。'我的一盘白亮亮的大屁股，换来了一身新内衣和羊皮裤子，哈哈哈……"

"嗷——，够意思哟。"士兵们赞誉地喊叫着。

"祝贺吴大哥打了胜仗。"马龙坤说。

"呜、呜，祝贺个啥，稀松平常的事儿。"吴俊升说。

"我们该告辞了。"马龙坤一抱拳，他说。

"咋走啊？"吴俊升说。

"走着回去，有一个时辰，咋也到家了。"马龙坤说。

"那哪行啊。"吴俊升说，"传令兵。"

"到。"传令兵立正，说道，"大人，有何吩咐？"

"你找两个弟兄，把他们俩送回到条子河村，他们是特地来给咱们送战马的，所以，你们要一直送他们到家门口。"吴俊升说，"然后，把他们骑的马，牵回来。"

"是。"传令兵说。

吴俊升对马龙坤、马忠华说："你们回到家，给我的莲妹子和妹夫问好，有劳他们惦记我……我也惦记着他们呢，一旦有机会，我会看他们的。"

"告辞。"马龙坤再次抱拳，说道。

"吴大舅，有工夫到我家去串门。"马忠华说。

"呜、呜，只是军务在身，身不由己啊。"吴俊升说，"我不是说了吗，有机会，会去的。"

传令兵找了两个士兵，骑着马，护送马龙坤和马忠华回条子河村。

第三章

闹起义和团南满铁路起波澜

1899 年，春夏之交。

条子河村，村西头，胡思楞家。

青砖房，四合院。青砖房，举架高，房顶是青色鸳鸯瓦，半圆形青色瓦扣着房脊，房山的上部是祥鸟瑞兽的砖雕。正房，东厢房，西厢房。前庭院，高耸的双扇的紫漆大门，朝南开。围起的石基青砖墙，形成了内宅。

宅外有宅，外宅左右，皆有住房，只不过举架比内宅要矮一些，而且，房顶虽然也起脊，却是草房，芦苇草或者是稻秸草的房盖。后边是仓院，圆形的装粮食的仓囤，石头底儿，仓囤的周边是编织的枝条篱笆，然后，篱笆的内外，抹着河淤土混合着碎草的泥巴。囤顶是芦苇草或者稻秸草的囤盖。后院的后墙上，有后门，是单扇的厚实的黑漆木门；内宅与外宅之间，有角门相联通。

然后，围绕着外宅，又是一圈石基土坯围墙。石基土坯围墙的四角筑有炮楼，有人日夜值守瞭望，防的是"胡子"。

东北黑土好河山，十万胡子乱尘烟。

"胡子"，即东北人对土匪的通俗称呼。

马龙坤从紫漆大门上的小门进了胡思楞家的庭院，然后，开启了正房的门，进了屋。胡思楞坐在屋里，正等着他呢。

马龙坤说："胡爷叫我？"

胡思楞方脸膛，脸膛红润。大眼睛，塌鼻子，大嘴巴。他身材魁梧。他戴着狐皮帽子，即使是在屋子里，也没有摘去。上身是黑底儿黄花的绸缎马褂。下身是羊皮裤子。脚上是牛皮靴子。

他吸了一口握在右手里燃烧的烟袋锅子。烟袋锅子是黄铜的，烟袋嘴儿是白玉的。烟袋杆儿，不长不短。烟袋杆儿靠前的地方，挂着一个黑色的布烟袋。布烟袋里装着烟草末儿。这样，便于把烟袋锅儿伸进布烟袋里，去盛满烟草末儿。

他把吸了进去的烟儿，又不紧不慢地吐了出来。他的面前，飘浮着蓝色的袅袅的烟雾的云丝儿。屋子里弥漫着烟草的味道。

除了袅袅的烟草味儿，还有淡淡的香氲。原来是挨着西墙摆着香案，香案上摆着香炉。香炉里插着三炷高香，燃起的烟缕，氤氤氲氲，缓缓升空。墙上供着的是成吉思汗和努尔哈赤的画像，都是铁甲戎装，横刀立马，威风凛凛，叱咤风云。画像的两侧，挂着用蒙文书写的对联。

"找你有事儿。"胡思楞向自己坐着的八仙桌的另一边，用手一指，说道，"马先生，你请坐……有沏好的茶，你自己倒。"

马龙坤坐在了八仙桌的另一侧，也就不客气地倒了茶。红色的茶汁儿，鲜鲜亮亮，浓郁而又淳厚。沏的是红茶，红茶有利于消化东北人食用的肉类及其脂肪，也有利于解酒。因为要抵御寒冷，东北人喜欢大块儿吃肉，大碗儿喝酒。

马龙坤饮了一口茶，说道："啥事儿？"

胡思楞说："南满铁路动工了，就在咱们东边经过。"

马龙坤说："这是好事儿啊，有人不是说吗，火车一响，黄金万两吗。"

胡思楞说："我听说，就在咱们村的东北面不太远，建一站。从长春到咱们这儿，中间隔着范家屯、公主岭、郭家店三站，因为到咱们这儿是第五站，有人管咱们这一站叫'五站'；也有人说这儿离'老四平街'近，把'老四平街'的地名挪过来，叫'四平街站'。"

马龙坤说："依我说，这个站名还是借用'老四平街'的名儿，叫'四平街站'为好，四通八达，四面来风；四平八稳，四方平安；四方进财，四季祥瑞。"

"我也是跟你一个想法，认为咱们这一站，还是叫'四平街站'为好。"胡思楞说，"图个顺当、吉利。"

马龙坤说："胡爷咋想起来说这个？"

胡思楞说："铁路工程要建设，我托人说合，包了一段工程。"

马龙坤说："胡爷睿智啊，这可是招财进宝的事儿……不知包的是哪一段？"

胡思楞说："北河上要建大铁桥，这个本事我没有，但是，从大桥往北，经过杨木林子，再到十家堡，这30里地的土石基础工程，我还是可以的吧?"

马龙坤说："当然可以。"

胡思楞说："这么一大摊子工程……我需要一个管家啊。"

马龙坤说："哦……"

胡思楞说："我看你来给我当这个管家合适。"

"我……"马龙坤说，"那么，令郎喜和顺的学业呢?"

"我儿喜和顺，和你侄子忠华，以及你家儿子忠国的学业，我另请高明来执教……"胡思楞说，"但是，我承包的这一段铁路工程的管家，却非你莫属。"

马龙坤说："难得胡爷这么信任我。"

"你家的地租，免了。"胡思楞慷慨地说，"铁路工程，除了你的薪俸以外，工程结束之后，我还将另付你一个大'红包'……我吃了肥肉，也得让你马先生喝上肉汤啊。"

"胡爷仗义。"马龙坤说，"我当尽心尽责。"

"谁都知道承包铁路工程是一块肥肉，我能承包这一段铁路工程，说起来，也并不容易。"胡思楞说，"还得感谢乌泰王爷……"

马龙坤说："俗话说得好，朝中有人好做官，朝中有人好办事嘛。"

胡思楞说："乌泰王爷，命好啊。"

马龙坤说："哦，咋说呢?"

胡思楞说："你看哪，科尔沁大草原，草原辽阔，水草丰美，牛羊肥壮，那真是沃野千里……皇太极就把这块大草原的扎萨克图旗封给了达布齐郡王，而且，是世袭。但是，到了十世郡王，身后无子，七世郡王的后人根敦占散过继为嗣，继承王位。可惜啊，第十一世郡王根敦占散，命薄福浅，在位数年一命归天，又是身后无子。王位继承，激烈争斗……你猜咋着?"

马龙坤说："是啊，咋着啊?"

胡思楞说："十世郡王的夫人、太福晋格根珠拉，坚持要将十一世郡王根敦占散的长兄乌泰，过继给第十世郡王，承袭郡王的封号……你说这乌泰是不是命好?"

马龙坤说："是命好。"

胡思楞说："这个时候啊，乌泰正出家当和尚呢，相当一部分王公贵族认为乌泰还俗继承王位不合适……但是，太福晋格根珠拉坚持自己的意见，最后是胳膊拧不过大腿，21岁的乌泰一步登天，成了扎萨克图旗执掌旗政的十二世扎萨克旗郡王，还出任哲里木盟的副盟长。"

扎萨克图旗，即为今天哲里木盟的科右前旗。

说到这里，他把含在嘴里的已经燃尽烟末的烟袋锅子，朝着自己的牛皮靴子的底儿上，"啪啪"地磕了几磕，磕去烟袋锅子里的烟灰。然后，顺势向吊在烟袋杆子上的布烟袋里一挖，挖满了一烟袋锅子烟草末子，又用大拇指向烟袋锅子上一按，把烟袋锅子里的烟草末子按了个结结实实。他擦着火柴，把烟袋锅子重新燃起，狠吸了一口，也许是吸得猛了，呛着了，咳嗽了几声，就把吸进去的烟儿，咳嗽出来了。接着，他"噗叽""噗叽"，吐出了一口口水痰，这口口水痰，像窜箭似的，窜出有两米多远，窜到了他对面的墙根处。

马龙坤说："果然如胡爷所说，这个乌泰王爷命好，时来运转……"

胡思楞笑了，说："要不啊，乌泰王爷就守着青灯，念着佛经，苦熬干休地当他的和尚去吧……人家乌泰当了王爷哟，在热乎乎的被窝里，搂着他的福晋、侧福晋……嘿嘿嘿……甭说吃香的、喝辣的，花钱像流水似的，而且，那驾势、那排场，一呼百应啊。"

"唉，人这一辈子，往往是甜中有苦，苦尽甜来……还是老话说得好，三穷三富活到老啊。"马龙坤说，"乌泰王爷哪儿来的这么些钱呢？"

胡思楞说："卖地放荒。"

"卖地放荒"，就是把无人垦种放牧的荒地、草场，卖给外来流民，任其自由开垦；或者租给外来流民，收取地租。

"这可是犯法的啊。"马龙坤说，"按照大清的律例，蒙地封禁，没有朝廷的恩准，任何人不得出放土地……"

胡思楞说："啥恩准不恩准啊……这年头，兵荒马乱的，先是闹太平军、捻军，这又在闹义和团……咱这里是山高皇帝远，撑死胆儿大的，饿死胆儿小的。"

马龙坤说："我是说，不怕一万，就怕万一……"

"万一……万一又咋着？那郡王是铁帽子王，大清朝开国的时候，就钦封的，世袭的。"胡思楞说，"树木大了，就有鸟愿意来做窝，一个俄籍蒙古人云丹，又引来了一个叫格罗莫托夫的俄国人，跟乌泰交了朋友……这才有我承包南满铁路的这一段工程啊，呵呵，我是谁？我是乌泰王爷的外甥啊，姑舅亲，辈辈亲；打断骨头连着筋嘛，呵呵呵……"

"是啊，是亲三分向嘛。"马龙坤嘴上说，心里却想，姑舅亲？哪辈子的姑舅亲？跟乌泰家有关系，关系不错，倒是有可能的——胡思楞倒是挺会往自己的脸上贴金，"你来承包这一段的铁路工程，这也叫，肥水不流外人田嘛，姑舅亲嘛。"

马龙坤知道：

——沙俄从1891年开始，修筑西伯利亚大铁路，决定从外贝加尔，使铁路径直穿过中国领土，主要是穿过蒙古和满洲北部，到达海参崴。1897年沙俄开始在东北境内修筑连接西伯利亚铁路的中东铁路。第二年，即1898年，"租借"了旅顺地区，决定并实施修筑中东铁路支线——南满铁路，使包括辽东半岛在内的整个东北地区与西伯利亚连成一片，以使中国东北变成沙俄垄断的势力范围。

马龙坤听朋友讲过：

——大清朝国势虚弱，成为帝国主义列强争夺的重要目标。沙俄意欲向远东扩张，企图利用与中国接壤的地理条件，吞并中国的东北、西北的大片领土，并谋求在太平洋西岸寻找一个常年不冻的军港。沙俄的目的，在于直接占领一直到长城脚下的大片中国领土，以获得在东亚的霸权。

现在，南满铁路已经修筑到家门口了……胡思楞找他，正是为了修筑家门口的这一段的铁路工程。

"我承包铁路工程挣了钱，一定会孝敬乌泰王爷的……好处不能都是我一个人的。"胡思楞说，"在昌图府、郑家屯、八面城……贴出告示，招工啊。"

马龙坤说："如果在昌图府、郑家屯、八面城这些地方招工，眼看春耕大忙了，招得的人数会很有限。"

胡思楞眉头一蹙，说："嗯……你说的也是。"

马龙坤说："胡爷，你说的这些个地方，也贴出招工告示，但是，要想招工招足人数，我需要坐在奉天城招工。"

胡思楞说："嗯，你的脑袋瓜儿，想得宽阔。"

"奉天城里，从河北、山东来关东的流民、难民，好多都是两眼一抹黑啊，生活所迫，谋生路，要么咋叫闯关东呢，一个'闯'字，就意味其中了……即使是来投亲靠友的，也都想挣俩钱儿，好落脚。"马龙坤说，"我在奉天城里，把这招工的大旗一举，呼呼啦啦的，用不了几天，人数就招够了……再说，奉天城里，政界军界，我都有朋友，而且，吃的住的，都方便着呢。"

"好。"胡思楞说，"招工的费用，由我来出。"

马龙坤说："胡爷痛快。"

胡思楞一拍桌子，断然地说："就这么定了。"

1900 年 8 月。

南满铁路，杨木林子工地。

这里，位于四平的北河与十家堡的中间地带。

工地上，一派繁忙的景象。挖土的，挑土的，填土的，夯土的，沿着铁路线构筑路基。石料场上，一车一车的石头，拉到了这里，抡锤砸石，大锤砸成小石，又有把小石砸成拳头大的碎石，然后，又有人把碎石挑到路基之上。木料场，把运来的一棵棵落叶松，一头架起来，按照绷好的墨线，用快码子大锯，一锯一锯地拉，拉成枕木；再把这枕木放在注入了沥青的铁槽子里，底下是烧着的柴禾，把铁槽子的沥青煮得咕咕嘟嘟，既煮出了枕木里的水汽，沥青又渗进了枕木里；落叶松本身就抗腐蚀，再加上渗进去的沥青，就更加抗腐蚀；然后，把枕木从铁槽子里捞出来，垛成垛；再把这渗进沥青的枕木，四人一抬地抬到路基的碎石上去……枕木之上就可以铺轨了。

空气里弥漫着沥青味儿，大石砸得嘣嘣响，小石砸得噼里啪啦，刺啦刺啦的锯木声，再加上夯土的抑扬顿挫有节奏的号子……构成了铁道筑路的交响乐。

工棚子外，用大铜壶烧着茶水，然后，把茶水倒进一个个大碗里。这里，又放着数条小板凳，供筑路的民工们来饮水、歇乏。

马龙坤在工棚子里整理好工程报表，也出来坐在板凳上，与民工们一起饮茶水。

"马掌柜……"有人说道。

"咦，可别叫我马掌柜，不敢当。"马龙坤说，"掌柜的是胡爷胡思楞，我不过就是一个临时来管管事的……跟你们一样，也是给人家打工，吃劳金。"

"马掌柜谦逊，令我尹泽民钦佩。"

"你识文篆字，早就看得出来了。"马龙坤说。

"读过几年私塾……"尹泽民说。

"后来咋不继续读了？"马龙坤说。

"我爷爷抽大烟，在关里家，把土地房产都抽光了，我一气之下，趁着年轻，孤身一人来闯关东了……"尹泽民说，"我钦佩林则徐虎门销烟，他是大大的民族英雄，英国人输入的鸦片，可把中国人害惨了。"

"你识文篆字的，咱们接触了这么长时间，我一直把你当朋友待。我寻思啊，你将来一定是我的一个好帮手。"马龙坤说。

"我也早就看出来了，马掌柜是条卧龙，这区区的小掌柜的——这么个小池塘，养不住你这条卧龙，日后必有发达。"尹泽民站起身来，一抱拳，"日后如果能给马掌柜的牵马坠镫，也是我尹泽民三生有幸。"

"别跟我文绉绉的，我可是个行伍出身……以后你我之间，以兄弟相待就是了。"马龙坤笑了笑，他说。

"马爷是河北人？"一个小伙子说。

"我说话可是东北腔啊，娶的是东北媳妇……在条子河安家落户了。"马龙坤说，"你能听出我是河北人……"

"我赵翰章虽然年纪小，但是，也随着我父亲走南闯北的……听的、见的，见识也不算少，不是说，人要有出息，就要读万卷书，走万里路嘛。"

"哟，看得出来，你人小志不小啊。"马龙坤说。

"咱们俩的老家并不远，过了唐山就到我家了。"赵翰章说。

"你说话还保留着老疃儿的味儿，我是深州人……深州有大蜜桃。"马龙坤说，"你小小年纪也闯关东了？"

"跟着我父亲……现在落户在老怀德了。"赵翰章说，"我父亲做买卖，本来做得很红火，结果呢，让人坑了，连老本都赔进去了……没办法，带着我闯关东来了。"

"你多大了？"马龙坤说。

"十三了。"赵翰章说。

"哟，岁数小，你的个头长得可是不小，还挺魁实，正是长身体的时候，干活时候，悠着点。"马龙坤说。

"砸石头子儿……我肯出力气，挣钱来养家糊口嘛，怕出力气还行？"赵翰章说。

"小伙子，你是个机灵人，我观察你有些日子了。"马龙坤说。

"马爷夸奖，机灵个啥呀，还不是出苦力。"赵翰章笑了笑，他说。

"关里家闹义和团，闹得凶。"尹泽民说。

"是啊，我也知道些。"马龙坤说。

"要说闹义和团，首先是从我们山东闹起的……然后，蔓延到了直隶。"一个人过来，端起了茶碗，还没等喝呢，就说道。

"哦，纪义方，你来了。"马龙坤跟来人打招呼。

纪义方向马龙坤一招手，算是跟马龙坤打了个招呼。他膀大腰圆，一腮的连毛胡子，上身是白色的粗布的汗褟儿，敞着怀儿，胸膛上也是浓重的胸毛，免裆的黑色的粗布裤子，腰间是白色的粗布腰围，束着红色的粗布带子，脚踏纳底儿的布鞋。他喝了一口茶水，然后说：

"去年十月，俺们山东平原县杠子李庄，那些教堂的信徒，仗着洋毛子教堂的势力，欺负俺老百姓。一位叫朱红灯的，豪侠仗义，就率领义愤填膺的老百姓冲进了教堂，砸了教堂。"

马龙坤说："洋毛子有'治外法权'，官府奈何他们不得，所以，有些教民就不知道自己半斤八两，狗仗人势……"

纪义方说："知县蒋楷派兵前来镇压，朱红灯振臂一呼，响应者千余众，头扎红头巾，这就是义和团……跟数百名官府的骑兵，打了起来，官兵战败……俺们山东冠县、直隶威县都在闹义和团，闹得很凶，他们烧教堂，杀洋人连同教众……"

赵翰章说："我听说，你要是不信洋毛子他的，他就暗中下毒手，挖你的眼睛配药……取男童子和女童子的心肝脑髓来吃……神父还用特制器具吸男孩儿的阳精，然后，再剪掉男孩的小鸡子和卵子仔儿……还把怀孕妇女剖开肚皮，然后，把这脱得溜光儿的妇女，钉在十字架上……好恐怖哟。"

尹泽民说："这话，说得有点邪乎，难免是以讹传讹……洋毛子的教会包庇教民，教民狗仗人势，欺负老百姓，这倒可能是真的。"

纪义方说："我听说，义和团毁铁路，烧车站，拔电线杆子……"

马龙坤说："那恐怕是防止用铁路运兵来镇压义和团，当然啦，铁路、电线杆子……也属于洋玩意儿，义和团'反洋'嘛。"

赵翰章说："咱们这儿，还流传着义和团的民谣呢。"

尹泽民说："你知道？说说。"

赵翰章说："我给你们说说，你们听着。"

说着，他像说快板似的，叨咕了起来：

……

浑河北，
龙河南，
村村镇镇立了团，
哪怕洋人闹得欢，
百姓个个拿了刀，
见了鬼子往上窜，
剁的剁，
砍的砍，
只要齐心就好办。
还我江山还我权，
刀山火海爷敢钻。
哪怕皇上服了外，
不杀洋人誓不完。

男练义和团，女练红灯照。
砍倒电线杆，扒了火车道。
烧了毛子楼，灭了耶稣教。
杀了洋杂毛，再跟大清闹。

尹泽民说："你就知道这些?"
赵翰章说："这才哪儿到哪儿啊，还有呢。"
于是，他又叨咕了起来：

大刀一耍，地崩山塌；
大刀一耍，洋头搬家。

拿起铡刀片，好把鬼子砍。
练好义和拳，洋人变泥滩。

艮字团，不简单；
上廊坊，去决战；
顶枪子，冒炮弹；

洋人砍没数，
铁道都扒断。

纪义方说："我还知道一些呢，你们听。"
于是，他也像说快板似的，叨咕了起来：

见洋人就杀，
见洋货就烧，
不杀洋人没饭吃，
不烧洋货气不消。

还我江山还我权，
刀山火海爷敢钻。
哪怕皇上服了外，
不杀洋人誓不完。
义和团，真勇敢，
一心只想灭洋人。
不怕枪炮和子弹，
顶着枪子往上窜。
杀尽洋人头，
中国保安全。

马龙坤说："义和团和太平军、捻军不同，太平军是要建立太平天国，捻军是要推翻大清朝，而义和团是扶清灭洋，朝廷应该因势利导，对义和团进行安抚才是……压制义和团，只能使朝廷涣散人心，而洋人却有恃无恐，肆意妄为。"

纪义方说："这义和团闹得人心惶惶的，会不会也闹到咱们这儿来？"

尹泽民说："难说啊。"

纪义方说："马掌柜，上个月的工钱就没发，这个月的工资明天就到日子了，会不会又……俺们这卖苦力的，一家家的都张着嘴，等米下锅呢。"

赵翰章也噘起了嘴巴，喃喃地说："我们也是……"

马龙坤说："我也催促了，胡爷说是明天连同上个月的工钱一起都发了，你放心，亏不着你们。"

纪义方说："俺担心，山东、直隶、烧车站、扒铁路……这股风要是吹到了这儿，俺们干的活儿，兴许就白干了，工钱也瞎了，那可就把俺们都毁了。"

马龙坤说："明天再说明天的事儿，记住，老天爷饿不死瞎家雀儿。"

纪义方说："有你这话就好，俺也就把心放在肚子里了，要不，这俩月这心老是提溜着，不落体儿。"

尹泽民说："听马爷的，没错。"

第二天，下午。

纪义方领着一大帮工友，走到工棚子这里，来找马龙坤，工棚子里里外外都是工友，他们手持尖锹、洋镐、扁担。

纪义方说："马掌柜，这都下午了，还不开工钱，都两个月了，谁受得了啊？"

手持尖锹、洋镐、扁担的工友们跟着嚷嚷，嚷嚷的声音像一锅粥："俩月没开钱了，都拖家带口的……我们还活不活啊？"

"不开工钱，安的是什么心啊？"

"……"

马龙坤平静地说："我也为这事儿着急呢，我理解大家的难处。"

纪义方说："你是掌柜的，我们只能找你要钱。"

马龙坤说："你们找我要工钱，也对也不对。"

纪义方说："咋不对了？"

马龙坤说："我说过，我跟你们一样，都是吃劳金的，掌柜的是胡思楞，我也是吃胡思楞的劳金，胡思楞不给我拨钱，我咋给弟兄们开工钱？"

纪义方说："关里家闹义和团闹翻了天，烧车站，破坏铁路线，杀洋毛子……这胡思楞是不是怕他承包的这块铁路工程也被义和团毁了……于是，就不发工钱给俺们，钱儿握在他的手心里，他落个旱涝保收，让俺们去顶倒霉的那个角儿。"

一个工友说："不给工钱，就不干了。"

另一个工友说："罢工。"

再一个工友说："咱们找胡思楞要工钱去，去他家，他不让咱们得好，咱们也不让他过消停了。"

赵翰章说："我知道胡思楞的家，他家在条子河村，离这儿也就十里地。走着去，半个时辰也就到了。他家住村西头，好气派的四合院，还有炮楼呢。"

纪义方说："俺们干活出苦大力，去要应当给俺们的工钱，理直气壮。"

一个工友说："咱们人多势众，就是撒泡尿，也把他给淹死了。"

另一个工友说："他不给咱们工钱，咱们就坐在他家门口，闹他个几天几夜……光脚丫子的，就是不怕他穿鞋的。"

纪义方说："马掌柜，你领着俺们去……"

马龙坤苦笑了一下，两手一摊，为难地说："从打上个月没给弟兄们发工钱，我就多次催促过他，我再去说……不顶用啊。"

尹泽民说："我跟着大家伙儿去讨工钱。"

马龙坤对尹泽民和纪义方说："你们去可是去，切切不可胡来……去是为了讨工钱，能把工钱拿到手，这才是真的。你们手里又是尖锹、洋镐，又是扁担的，如果胡来，甚至伤了胡思楞……不但工钱要不回来了，还得吃官司，犯得上吗？"

尹泽民说："马掌柜的话，说得在理。"

马龙坤说："我还是那句话，老天爷饿不死瞎家雀儿。"

纪义方把大手一挥，喊叫道："弟兄们，把工友们都招呼着，俺们去胡思楞家要工钱去啊，走哇。"

纪义方、尹泽民领着工地上的工友们，呼呼啦啦地奔向了条子河。马龙坤站在工棚子外边，望着远去的工友们。

这时，跑来了两匹马，马上是马忠华和马忠国，马龙坤看见了，说："咦，你们两个小崽子，咋来了？"

马忠国说："爹，我妈让给你送饺子来了。"

马忠华说："二叔，你趁热吃吧。"

"忠华，你爹去江东看你老叔去，该回来了……"马龙坤说，"回没回来呢？"

马忠华说："还没哩。"

"噢，还没回来……"马龙坤说，"你们俩来得正是时候，赶紧去给我传个口信儿。"

马忠国说："啥口信？"

马龙坤说："工地上的工友们都呼呼啦啦地去胡思楞家讨工钱去了，沿着铁道线走的，气势汹汹的……你们俩赶紧走小红嘴子那条道，到胡思楞家报个信儿，让他有个准备。"

马忠华说："胡思楞家那么有钱，还欠人家工钱?"

马龙坤说："别说了，都是各有各的难处，你们快去吧。"

马忠华说："好嘞。"

马忠华和马忠国骑着马，取道小红嘴子，去报信儿。

条子河村，村西头，胡思楞家。

马忠华和马忠国在胡思楞家读书，跟胡思楞的儿子常在一起玩耍，因而，对胡家轻车熟路，径直闯进了胡思楞的厅堂。

胡思楞正在跟云丹说话。

马忠国进门就叫道："胡大爷。"

胡思楞见是马忠国和马忠华，忠国又急迫迫地招呼他，知道必定有事，问道："小忠国，啥事?"

马忠国看了看陌生的云丹。

胡思楞指着云丹，说道："他不是外人，有啥话，你就说吧。"

马忠国说："我爹让我来告诉你，铁路工地上的民工们呼呼啦啦地地往咱们条子河村来了，要向你讨工钱。"

胡思楞一愣，说："噢?"

马忠华说："民工们的手里还拿着铁锹、洋镐、扁担啥的……我二叔让你加点小心。"

胡思楞眉头一蹙，说："忠华，你去把我家的'刘炮头'叫来，我有话说。"

"刘炮头"，即是胡思楞家保安的头目。

马忠华说："好嘞。"

马忠华和马忠国出去了。

不一会儿，刘炮头进来了，一抱拳，说道："胡爷召唤我，有啥吩咐?"

胡思楞说："我那段铁路工程的民工们要来讨工钱，我已经俩月没给他们开工钱了，他们居然闹着要讨上门儿来了……想要闹义和团吗?"

云丹插嘴道："义和团是民变，他们杀洋人、烧车站、破坏铁路线、拔电线杆子……可以说是无恶不作，俄国军队可是堂而皇之地开进来了，荷枪实弹……目的就是镇压义和团，保护南满铁路。"

"俄国军队开进来了，保护南满铁路，这可是好消息。"胡思楞说，"这让我想起了前年在咱们条子河村外死的那个连毛胡子的俄国兵……死得那叫一个惨哪。"

云丹说："虽说是遇上了龙卷风……但是，胳膊上有枪伤。再加上，当天在牤牛哨附近，有一小队俄国兵被打死了……"

胡思楞说："谁干的呢？"

云丹说："肯定都是吴大舌头干的。"

胡思楞说："我早就听说吴大舌头了，这小子可是心狠手辣啊。"

刘炮头说："胡爷，让我说啊，把工钱给那些民工就是了……民工们不就不闹了嘛。"

"你懂个屁。"胡思楞说，"我要是把工钱给了，民工们要是和义和团串通一气，毁坏我承包的这一段铁路工程……我可是赔大发了，所以，我才压着民工们的钱。"

云丹说："胡爷，工程款，我可是撺掇着，让我们俄国人给你预付了。"

胡思楞说："云丹兄弟，你的好处，我是记在心里了。"

云丹说："些许民工算个屁，都是些无根的草民，尽是些从关里来的盲流儿，胡爷家有炮楼，放上几枪，就把他们都吓得屁滚尿流的了……呵呵呵。"

"盲流儿"，东北方言，对于从关里来闯关东的流民的通俗的称呼，带有贬义。

胡思楞说："刘炮头，你去做好看家护院的准备吧，告诉你手下的人，养兵千日，为的是用兵一时，都精神着点儿。"

刘炮头掏出了亮铮铮的手枪，手枪的把上还系着个红缨穗儿，他把手枪一晃，道了一声："是，胡爷。"

然后，他退了出去。

云丹说："我说胡爷，你根本就用不着担心这些个民工……我得到的消息，八国联军已经进了北京城了，消灭的就是义和团，连慈禧老佛爷都被八国联军吓得屁滚尿流地逃出北京城了。"

胡思楞说："我还真不担心这些个民工，只是……唉……"

云丹说："你干啥唉声叹气的呀？"

胡思楞说："我是说乌泰王爷呀，朝廷下令，竟然把他的哲里木盟的副盟长的官衔给罢免了……不就是卖地放荒吗，不这么干，他排场大，花销多，满是亏空，咋来弥补？"

云丹说："不少王公贵族望着他，嫉妒他，连续地向朝廷奏本……朝廷也是无奈。"

胡思楞说："云丹兄弟啊，知道了乌泰王爷的官衔被朝廷罢免了的这个消息，我这心里啊，不好受哇。"

云丹说："有我们俄国人在呢，我会帮他想辙……"

胡思楞说："那就好。"

这时，刘炮头来报告："胡爷，民工们来了，把咱们整个家院给围上了，说是要找你来说话，讨要工钱，否则，不会罢休。"

胡思楞说："啥事儿都是既来之，则安之，我来跟他们说说……走，上炮楼。"

于是，胡思楞、云丹，还有刘炮头，上了炮楼。

胡思楞在炮楼上望着下面的民工们，说道：

"弟兄们，我知道你们是来跟我要工钱的，我不是不给你们工钱，只是让你们等等……我不仅会照数发放，而且，还会给你们一个红包。"

尹泽民说："胡爷，你都俩月没发工钱了，大家伙儿还活不活啊，这一家老小，拖儿带女的……希望胡爷能体谅我们大家伙儿，把工钱给发了。"

纪义方说："胡思楞，你别想糊弄俺们，你就是说一千，道一万，俺们也不听，俺们只是要应当给我们的工钱。"

胡思楞说："我是承包这一段工程，上边还没有把工程的款拨下来，我咋给你们呀？我同情你们，可是，我也是两头为难啊。"

尹泽民说："胡爷，你财势广大，可以想办法通融一下嘛，我们这些人基本都是从山东、河北来的……人生地不熟，不容易啊。"

纪义方说："胡思楞，你要是不给俺们工钱，俺们就把你的铁路工程给毁了……让你吃不了，兜着走。"

胡思楞说："我可警告你们，你们要是胡来，我这儿有你们的花名册……你们可是要吃官司的，昌图府衙门里的铁牢、枷锁、板子……可不是吃素的。"

纪义方说："胡思楞，你不给俺们工钱，俺们就不走了，看咱们谁能耗过谁？"

"我已经说过了，过几天上边把工程款拨下来，我就把工钱给你发下去，还送你们一个红包，这还不行吗？"胡思楞说，"天可是要黑了，你们围在这儿，万一我的炮手以为来了土匪，向你们开了枪……我可是不负责任，我这是丑话说在前头。"

刘炮头命令他的手下放枪，"嘭嘭嘭"，数声枪响，枪是平放的。由于天黑了，子弹带着亮光，从民工们的头顶上划过……令人心惊胆战。

尹泽民说："咱们是来要工钱的，但是，咱们不能要钱不要命啊，有了命才会有钱。"

纪义方说："你说咋办好？"

尹泽民说："咱们先找个台阶下，说是过两天再来要工钱，给他吃个忧心的药丸儿……然后，咱们就撤，回到工地再商量办法。"

赵翰章说："是个好办法。"

纪义方说："胡思楞，你听着，今天天晚了，我们先回去，我们过两天再来要工钱，你把钱准备好，你要是再不给，我们可就不客气了。"

胡思楞听了，知道这是民工们在给自己找下台阶，他也就高骑驴，说："弟兄们，你们给我干活，咱们就是自家兄弟，我绝不会亏待你们的。"

天，已经大黑了。

民工们互相招呼着，故意把手中的洋镐、铁锹、扁担等家什儿，互相碰撞着，弄得叮当响，从包围着的胡思楞的家院撤离了。

站在炮楼上的胡思楞，看着渐渐远去的民工们，他挺起了胸脯，霸气地说："这帮小兔崽子，居然敢跟我胡爷较劲，还他妈的嫩点儿，喊。"

刘炮头说："那是、那是。"

"刘炮头，你很会吓唬人……这帮小兔崽子，经不起你们的这一放枪，吓唬他们……"胡思楞把嘴一撇，用手捋了一下自己的小髭胡儿，傲气地说，"走，咱们回屋去，你陪着我喝酒，弄上几个小菜儿，来他个一醉方休。"

刘炮头把挂在身上的手枪盒子，向身后掼了一下，然后，他说：

"好嘞。"

他们迈着款步，向正房的厅堂里走去。走着走着，心里得意的胡思楞，顺口哼起了二人转小帽《看秧歌》：

> 正月里来是个新年，
> 村里村外锣鼓喧天。
> 小佳人儿房中巧打扮啊，

时兴头，戴金簪。

瓜子脸，赛粉团，

彤红的胭脂点唇边。

身上穿着小花衫，

得啦么嗨呼嗨哟。

嘴说是看秧歌，

其实是看情人……

嗯哎哎嗨哟。

……

一只乌拉脚，

哟哟，

踩得我火燎燎。

绣花鞋，踩丢了，

光脚丫，多难瞧，

得啦么嗨呼嗨哟。

情郎哥看着，

我的小脸儿往哪儿搁，

嗯哎哎嗨哟。

南满铁路，杨木林子工地。

从胡思楞家撤下来，民工们又无精打采地回到了这里，已经是小半夜了。

工棚子外面，架起来烧着的大铜壶里的水，向外蹿出热气，壶底下的木炭火把工棚子外面照得通明，马龙坤招呼着大家，说："都渴了吧，喝水、喝水，我新换的茶叶。"

"唉，来回有30多里地，累死我了。"赵翰章说，"马爷，你咋没问问，我们要没要来工钱呢？"

马龙坤一个苦笑，说："结果早预料到了，我催促过多少次……"

纪义方说："这个胡思楞啊，尽他娘的耍嘴皮子啊，他不说不给你发工钱，拐弯儿抹角地拖……去了几百人，把他家都围住了，他就是不给钱，气死俺了。"

尹泽民说："胡思楞让他手下的枪手们向我们开枪，枪是平射的，很危险啊，我和纪义方商量着，先退一步，然后，再找他算账。"

马龙坤说："这就对了，大家伙儿的命要紧。"

赵翰章说："咋办呢，我手里连吃饭的钱都没有了。"

纪义方说："一不做，二不休，反正这个胡思楞也不给工钱，俺们大家伙儿就把整个的铁路地基都毁了……被逼无奈，俺们大家伙儿也当一回义和团。"

马龙坤说："我们不把我们干的活儿都毁了，我们还有把工钱要回来的希望。如果毁了，工钱可是彻底要不回来了。胡思楞说过不给工钱了吗？"

赵翰章说："没有。"

马龙坤说："只要有一线希望，我们还是要工钱，把工钱实实在在地拿到手，养活老婆孩子，才是真的。"

尹泽民说："是啊，不可意气用事。"

纪义方说："如果这儿干不了了，一家人都张着嘴呢，出路在哪儿呢？唉，犯愁啊。"

尹泽民说："马掌柜，你是个明白人，你也是从咱们关里家闯过来的，你给大家伙出个主意，咋办好？"

马龙坤说："我说呀，咱们要一举三得。"

尹泽民说："咋呢？"

马龙坤说："第一，咱们要有现钱儿，先吃上饭；第二，咱们要能把胡思楞欠咱们的工钱轻而易举地要回来；第三，这个铁路工程的活儿，即使咱们不干了，也都有个活路。"

纪义方说："那敢情好。"

尹泽民说："马掌柜，你说说，我们大家伙儿都听你的。"

马龙坤说："我实话跟大家伙儿说吧，我家是军旅世家，父亲在军旅中担当云骑尉之职，在与反叛的捻军作战中牺牲，追封为振威将军。之后，由我承袭云骑尉之职。但是，上司腐败……我一气之下，辞职归田……来到了关东。奉天都督增祺奉旨募兵，募兵处有我的挚诚好友。我的意思是，大家跟着我当兵，报效国家。我保证在七日内，大家伙儿换军装，持枪械，发军饷。在发军饷之前，我这儿设粥棚，大家别饿着……发下军饷之后，咱们练兵。我这个云骑尉之职，其实就是个武教头。然后，大家伙儿端着枪，抬着炮，去胡家讨要工钱，胡家敢不敢不给？"

工友们听到这儿，额头顿时舒展，眉开眼笑，齐声应道："不敢。"

一时间，群情沸腾。

纪义方说："哈哈哈……如果是这样，就是借胡思楞俩胆儿，他也不敢不给俺们工钱了，他要是敢放一枪，俺们就敢放他十枪。"

尹泽民说："最好是不战而屈人之兵，这才是上策，咱们讲理，只要咱们的工钱。"

马龙坤说："大家伙儿说，跟着我当兵，好不好？"

工友们齐声高呼："好。"

一刹那，呼声震天。

第六天，从奉天城运来了军械，给大家伙儿换了军装，又发了军饷。募兵处来人，代奉天都督增祺颁布了任命状，任命马龙坤为"管带"。"管带"，相当于营长。

马龙坤任命尹泽民为"帮办"，"帮办"相当于副营长；任命纪义方为"哨官"，"哨官"相当于连长。

于是，这几百人就驻扎在杨木林子，工棚子变成了兵营。马龙坤所在的工棚子变成了管带营房。马龙坤率领他的士兵，进行军事训练。

军训到了第十天，赵翰章和纪义方来到了管带营房，找马龙坤。

纪义方说："管带大人，该去要工钱去了吧？不要这工钱，我这心里咽不下去这口气。"

赵翰章说："最咽不下去这口气的是我，我要当兵，你们不要，嫌我小……我在这儿闲待了有半个多月了，就等着去胡思楞家要钱呢。"

马龙坤笑了笑，说："你们这样……"

尹泽民和纪义方听了也笑了，尹泽民说："好主意，这次再去，谅他胡思楞也不敢不给工钱了，呵呵。"

尹泽民和纪义方嘻嘻哈哈地走出了管带营房。

条子河村，村西头，胡思楞家院。

刘炮头惊慌失措地向胡思楞报告："胡爷，不好了，官兵把咱们家院给围住了。"

"你是瞎咋呼。"胡思楞说，"官兵包围我的家院干啥？不可能。"

"自从上次民工们闹着要讨工钱，我就一直提防着……在村子四边放了哨儿，看见一大队人马荷枪实弹、气势汹汹地向我们家院奔来了。"刘炮头说，"这可是真的，我已经下令让四门紧闭……就急着跑来向你报告了。"

"走，上炮楼，我倒是要看看啥官兵来了，是不是土匪啊？"胡思楞说。

刘炮头说："我看不像是土匪。"

胡思楞趿拉着鞋，急匆匆地跟着刘炮头上了炮楼。他一看，果然如刘炮头所说，周围都是荷枪实弹的官兵模样，但是，不像是土匪。他问：

"你们是哪部分的，是吴大舌……哦，吴大将军的部下吗？"

"哈哈哈，俺们是你胡思楞的部下……才几天啊，你就忘了？"纪义方说。

"我的部下……"胡思楞心里画了魂儿，没有转过弯儿来。

"哈哈哈，俺们是你承包的修筑杨木林子铁路的民工啊，欠债还钱，这是天经地义的吧，我说胡爷。"纪义方说。

"你不说不会亏待我们吗，是会给我们工钱的吗，拿来啊？你还开枪吓唬我们……你再开枪啊？"赵翰章说，"要是再不给我们工钱，我们就开枪崩了你。"

围着胡思楞家院的官兵们，举起枪来，嘴里"嗷嗷"地喊。

胡思楞仔细一看，果然是给自己铁路工程干活的民工们……咋几天没见，就把手中的铁锹、洋镐、扁担，变成了真枪实弹了呢？他心虚了，身上冒汗了。他说：

"弟兄们，我正在给你们筹集工钱呢。"

"俺们的工钱，都多少天了，你还没筹集到？蒙谁啊？"纪义方说，"弟兄们，给我放上几枪，崩了他……看他要钱还是要命？"

"嘭、嘭、嘭"，有三个士兵冲着胡思楞家的高高的厚厚的土坯围墙，放了三枪。胡思楞家院的围墙上，冒出了三股黄烟，顿时出现了三个坑洞。

尹泽民说："胡爷，你给不给工钱啊？"

胡思楞的脸，都吓白了，说："给、给、给……但是，我手头没有现钱儿啊。"

"胡思楞，你他娘的又在撒谎……你就是有钱也不给俺们，你是拿俺们当他娘的牲口使……你是不见阎王，不落泪啊。"纪义方说，"弟兄们，把火炮给俺支上，对准这胡思楞的炮楼，给我轰上一炮，让他知道俺们民工们的厉害。"

士兵们果然支上了火炮，只听得一声吼："放。"

炮弹出膛，随即炸响，"轰隆"一声，炮弹打中了厚厚的土坯围墙的腰部，碎土崩飞，硝烟弥漫……胡思楞家院的土坯围墙上，出现了一个大豁口……胡思楞原以为是向着自己所在的炮楼打炮呢，吓得已经瘫倒在炮楼上了，而且，尿了裤子。

土块落地，硝烟散尽，一片寂静。

恰在这个关键的时候，只听得"嗒嗒嗒"的马蹄声，一匹快马由东边疾驰而来。士兵见了，嚷嚷道："马管带来了，马管带来了……"

来的果然是马龙坤，他来到了士兵们的前边，厉声问道："谁让你们到这里来的，吃了熊心豹子胆了吗？"

纪义方说："胡思楞欠俺们的工钱，他答应给我们，可是就是不给，俺们自己就上门讨要来了。"

马龙坤说："谁下的令，动用炮火？"

纪义方说："上次俺们来，他胡思楞还动用枪械，向俺们开火了呢，这是一报还一报，也算对得起他。"

"看来，就是你领头闹事。"马龙坤说，"来人啊，把他给我捆起来，军法惩治。"

有两个士兵出来，五花大绑地把纪义方捆了起来，纪义方的嘴里还在不屈服又不停地喊叫着："还俺工钱，还俺工钱……"

马龙坤冲着胡家的炮楼喊叫道："胡爷在吗？"

刘炮头对胡思楞说："这可好了，马师爷来了。"

吓得瘫倒了的胡思楞问："那些兵呢？"

刘炮头说："领头的那个家伙，已经被马师爷下令捆绑起来了。"

胡思楞说："哦，那就好，吓死我了。"

刘炮头一边搀扶起胡思楞，一边向马龙坤喊道："胡爷在这儿呢。"

"哦，胡爷在啊，那就好。"马龙坤又回头对士兵们命令说，"都给我向后撤退20步，如果吓着了胡爷，待我回去，非严厉地处置你们不可。"

这地方正好是胡思楞家墙外的仓院，要秋收了，刚刚用碾子轧过，平整而又开阔，士兵们整齐地向后撤退了20步。

站起身来的胡思楞说："没、没……没吓着。"

马龙坤说："没有吓着胡爷就好。"

胡思楞说："给马师爷开门。"

马龙坤招呼道："尹泽民，跟我进胡家。"

尹泽民说："是，管带大人。"

　　马龙坤和尹泽民进了胡家大门，来到了正房厅堂。厅堂里稳稳当当地坐着客人云丹。胡思楞介绍道：

　　"这是我的朋友云丹，更是乌泰王爷府上的贵宾。"

　　马龙坤向云丹一抱拳，说："久仰，久仰。"

　　云丹也站起身来，一抱拳，说："彼此，彼此。"

　　马龙坤和尹泽民落了座，胡家人给马龙坤和尹泽民上了茶。

　　胡思楞对云丹说："你的心可够大的了，我出了这么大的事儿，你居然还稳坐厅堂，慢慢地饮茶呢？"

　　云丹微微一笑，说："胡爷乃大吉大贵之人。吉人自有天相，贵人自有天助。每逢到了关键时刻，作为吉人贵人的胡爷，又总是会有贵人相助的……"

　　胡思楞听了高兴，说："看来你是咱们的萨满巫师，能掐会算了？"

　　说完，呵呵地笑了起来。

　　云丹说："我本来是要出去请驻扎在刘磨坊的俄军长官格罗莫托夫……可是，你的家院却被围得水泄不通，又一想，你胡爷福大命大造化大，于是，我索性就回来品茶，小斟慢饮了……果然，不出我所料。"

　　胡思楞惊讶，说："格罗莫托夫不是俄国的商人吗？"

　　云丹不以为然，他居然吐口成诗——

　　　　　　　假亦真来真亦假，真假用兵不厌诈；
　　　　　　　结交豪强并天下，孙子兵法神通大。

　　胡思楞听了，说道："哟，瞧你个云丹，说你是咱们的萨满巫师，你还跐起来了……"

　　云丹说："不才顺口胡诌，让胡爷见笑了。"

　　这时，马龙坤站起来，躬身向胡思楞一抱拳，说："胡爷，今天发生的事儿，实出于意外……请恕我对属下管教无方。"

　　"亏你来得及时，否则……"胡思楞说，"咦，我就纳了闷儿了，这些个民工，咋一下子都变成士兵了呢？"

　　马龙坤说："你的铁路工程，两个月没发工钱，民工们没出路了，正赶上奉天都督增祺大人招兵，他们中的相当一部分人，就都当了兵……又推举我来当头儿。"

尹泽民说："马爷是我们的管带大人。"

马龙坤说："是的，我被奉天都督增祺大人任命为管带，我的部队直属奉天都督……这些兵，刚入伍，不懂规矩，把胡爷惊着了。"

胡思楞说："我早就看出你不是平凡人物，振威将军之子——承袭朝廷的云骑尉之职，军事教头……我招来的民工，却是给你招来的士兵，咋就这么巧合呢？天降大任于斯人也。"

马龙坤说："托胡爷的福。"

尹泽民说："这些士兵是来讨要工钱的。"

马龙坤说："是啊，这工钱卡在哪儿了呢？胡爷，你向来是大气之人哪……必定是有了难处。"

胡思楞说："是我多了个心眼儿，民工们大多是从山东和直隶来的，那里的义和团闹得凶，我怕民工们和义和团串通一气，毁了铁路工程……我岂不是连老本都要赔上？"

"胡爷就顾虑这个呀，好说。"马龙坤说，"南满铁路，俄国有筑路权和经营权。但是，这条铁路是在中国的地面上，我们中国政府有管辖权，这是毋庸置疑的。我们军队就驻扎在杨木林子，保护南满铁路，这也是我们军队义不容辞的责任。所以，胡爷的这一段铁路的筑路工程，就由我们责无旁贷地来保护喽。再说了，我们驻扎的营房还是胡爷的工棚子呢，呵呵呵……"

"哎哟，有马爷这话，我就放心了。"胡思楞说，"谁的工棚子？是我胡爷的，也是你马爷的。"

尹泽民说："胡爷，工钱呢？"

"自从上次来闹了一场，我把工钱都转移了。"胡思楞说，"这么着吧，我两天之内，把工钱一分不少地给你们送去，我说话算数。"

尹泽民说："好嘞。"

"忠华和忠国还在你这儿读书呢，劳你费心。"马龙坤说。

胡思楞信心满满地说："有你马爷为我保驾，我承包的铁路修筑工程，只能是暂时地停工……接着就会顺顺利利，我会大赚一把……天助我也。"

"但愿胡爷发大财。"马龙坤一抱拳，说，"胡爷，军务在身，小弟告辞了。"

胡思楞、刘炮头、云丹，把马龙坤和尹泽民送到了门外，马龙坤带领着士兵们回驻地杨木林子去了……第三天，胡思楞果然把工钱一分不少地送到了杨木林子的兵营里。

杨木林子，马管带营房。

天黑了，在管带营房里，正在跟尹泽民和纪义方拟订训练计划的马龙坤听到了外面急促的马蹄声，急促的马蹄声来到了他的营房外，骤然变缓。

一个人推门走了进来，这个人胡髭带尘，面容憔悴，一副疲惫的样子。马龙坤见了，叫道："大哥？"

"龙坤哪，水……"干渴的马龙乾说。

"大哥，你坐。"马龙坤说。

纪义方顺手把水碗递了过去，马龙乾咕嘟咕嘟地一饮而尽，说："我到了家，听说你在这儿，我就连家门都没进，把忠安交给了你嫂子，直接奔这儿来了……"

马龙坤说："龙飞他们好吗？"

马龙乾说："除了忠安让我抱着，逃出来了……可怜我的老兄弟啊，龙飞全家，连同他丈人家的一大家子人，整个江东六十四屯，被老毛子杀的杀、砍的砍，有7000多居民都被老毛子推到江里去了……他们的房子也被老毛子烧了。"

尹泽民说："同样是在上个月，俄军在海兰泡进行惨绝人寰的大屠杀，也有五六千中国居民丧生。"

马龙坤简直不敢相信自己的耳朵，大为震惊："啊？"

马龙乾捶胸顿足地大哭了起来："我的老兄弟啊，原以为他能在江北过个安康的日子，谁知道哇……我恨死老毛子啦。"

马龙坤也掉下了眼泪。

纪义方说："江东六十四屯，达斡尔族居住在六十四屯东部、南部，满族集中在瑷珲对岸一带，汉族于六十四屯各处都有，其中绝大多数是山东和山西的移民。"

尹泽民说："1858年不平等的《中俄瑷珲条约》规定，中俄由额尔古纳河沿黑龙江至海口划界，右岸属中国，左岸属俄国。但是，'黑龙江左岸由精奇里河以南至豁尔莫勒津屯，原住之满洲人等，照旧准其各在所住屯中永远居住，仍着满洲大臣官员管理，俄罗斯人等应和好，不得侵犯。'据此，中国黑龙江以北60万平方千米的大片领土划归了沙俄，只保留了六十四屯中国居民的永久居留权和中国政府对这些居民的永久管辖权。"

马龙坤仰起头来，眼泪从他的脸颊上淌下来，说道："现在，中国人连在江东的永久居留权及中国政府对这些居民的永久管辖权——这么一点残存的权力，也没有了，这是我大清的国耻啊。"

尹泽民说："堂堂大清帝国，康乾盛世，声威赫赫，绵延200年，而如今……却要被列强宰割……情何以堪哪！"

纪义方说："唉，国弱遭人欺啊。"

马龙乾说："老毛子追杀中国人，凶残至极啊。我是抱着襁褓中的忠安侄子，闪身躲进了芦苇丛中。待到天黑了，正好芦苇丛中有一只小舢板，乘着夜晚，悄悄地渡过了江……算是保住了性命。"

"大哥，事情我已然知道了……你先回家休息。"马龙坤握紧了拳头，他咬着牙说，"国恨家仇，非报不可。"

"那我就先回去了。"马龙乾说。

他转身走出了管带营房。马龙坤和尹泽民、纪义方，把马龙乾送出了营房。马龙乾上了马，向条子河村飞奔而去。

马龙坤说："明天军训之前，我们要向我们的官兵们，原原本本地讲述老毛子强行割去我江东60余万平方千米领土，又血腥屠戮我江东六十四屯的父老兄弟姊妹的凶残兽行……以激励我将士们精忠报国的浩然正气。"

尹泽民和纪义方说："是。"

第四章

俄军进犯于家沟损兵折将

1900 年 9 月 21 日（农历庚子年八月二十八），深夜。

杨木林子，马管带营房。

"咚咚。"值夜哨兵敲门。

已经躺下了的马龙坤问："谁？"

"报告管带大人，有个叫于永良的在营房外呢，他说他找你，他还说他是于家沟来的。"值夜哨兵说。

于永良是于桂花的三弟、马龙坤的小舅子。

"哦，是永良啊，让他进来。"马龙坤说，他激灵一下子就坐起身来了，披上了衣服，下了床铺，趿拉上了鞋子。他心里却在纳闷，这深更半夜的，永良咋来了？他又隐隐约约地听到了门外的像是小宝子的哭泣声……他心里犯嘀咕，势必是发生了啥大事，他有一种不祥的预感。

门开了，于永良进来了。他的身后果然是小宝子。小宝子是老四于永春的儿子。小宝子一进来，哭哭啼啼，扑通就跪在了地上，口中喃喃地说道："姑父，给我爷、我爹，还有我叔他们报仇啊。"

马龙坤听了，大为惊讶，问道："咋回事？"

这时，尹泽民和纪义方进来了。

马龙坤说："你们来了，正好，听听咋回事儿。"

小宝子说："姑父，我爷、我爹，还有我叔和乡亲们，都被老毛子杀害了……但是，我爷、我爹，还有乡亲们，也拼死地杀死了老毛子……"

于永良说："我是在东山住，今天没去于家沟……今天我要是在于家沟我爹家，我会跟于家沟屯子里乡亲们一样，非跟老毛子拼命不可。"

小宝子说："姑父，后来，老毛子的大队人马来了，见人就杀……我躲在了榛树棵子里，没被老毛子发现，才逃了出来，找到了三大爷……三大爷领着我，连夜来见你。"

纪义方恨得一跺脚，骂道："这帮该死的老毛子。"

尹泽民眼睛里冒出愤怒的火焰，说："要给这些俄寇以惩罚，血债要用血来还。"

马龙坤说："听一听永良讲的情况……然后咱们商量一下对策吧。"

尹泽民对于永良和小宝子说："你们俩坐下来，说说于家沟屯子里的乡亲们抗击俄寇和俄寇血洗屯子的情况。"

于永良和小宝子讲述了于家沟的乡亲们抗击俄国敌寇的过程——

1900 年 9 月 21 日（农历庚子年八月二十八日），上午。

深秋的苍子山。

黄叶、红叶、绿叶，色彩交融的山林，奉献出各种各样的籽粒饱满的果实，让人们享用。一簇簇榛树棵，结出一团团拥抱在一起的榛子，香喷喷的坚果；一蔓蔓的野葡萄，延展与攀爬在蒿草和树丛中，结出一串串黑得发紫的山葡萄；一棵棵山里红，在山坡上舒展着带刺的身姿，叶儿飘落，却把已经绵软的酸甜可口的红扑扑的果实，一小嘟噜一小嘟噜地招摇地挂在树枝上，诱人采摘；一株株长得莽大的山梨树，满枝头都是黄鲜鲜的山梨蛋子……橡树，即东北人所称的柞木，一粒粒橡籽儿，开始垂落。

灿烂的阳光，把天空映照得更加蔚蓝；蔚蓝的天空，把白云衬托得更加洁白。

秋高气爽，北风落叶，黄色的叶片铺满了山野。腐烂而潮湿的叶片下，会在夏秋之交钻出蘑菇，草丛里有白蘑，榛树下有榛蘑，松树下有松蘑……松树在深秋的瑟瑟的北风中，还是那么挺拔、高耸，郁郁葱葱。松鼠拖着毛茸茸的大尾巴，在松树上蹦蹦跳跳，时而蹲下来，手捧着松球，摘食松籽儿。蒿草萎靡了，但是，却把它的种子借着风力，抛掷出去，以使自己的生命，春花秋实地生息、繁衍。时不时地会看见山兔那机警而敏捷的身影……还会看到，小脚的刺猬正忙碌着向自己的洞穴里搬运丰收的果实，以备熬过寒冷的冬季。

苍子山下，于家沟屯。

屯里六户人家，于家、孙家、王家，三姓人家。

老于家的老于河，跟着小儿子于永祥过日子，还有他的四儿子于永春、五儿子于永清。此外，还有孙清、孙明兄弟两家和王金家。老老少少加起来，三十口子人。

冬天即将来了，取暖、烧水、做饭，都离不开柴禾，于永春和于永祥兄弟俩吃过了早饭，就上山砍柴。于永春手里一把斧子。于永祥手里一把镰刀，还有一根扁担，扁担上拴着捆柴禾的绳子。他们搜寻枯死、干燥的树枝。低处的枯枝，于永春用斧头把枯枝砸下来。高处的枯枝杈子，于永祥把绳子抛上去，绳子挂在枯枝杈子上，然后，一捯绳子，"嘎巴"一声脆响，折断的枯树杈子就落了下来，这就是所谓"摧枯拉朽"吧。

"咕咕"，一只野鸡扑扑棱棱地从旁边的榛树棵子里飞了起来，于永祥手中的镰刀，带着风，旋转着，奔向了那只野鸡。"嘎嘎"，一声哀鸣，那只野鸡沉重地落了地。

于永祥跑过去，捡起了那只野鸡和镰刀，说："四哥，你看，打死只野鸡，还是只公的呢。"

野鸡，毛羽绚丽，尤其是公鸡的长长的尾翎，更是华美。

"嗯，不错，你的手法够快的了。"于永春说，"深秋的野鸡，肥着呢。"

"我媳妇就是有口福，这是坐月子的第八天，炖个鸡汤给她喝……让她的奶水棒棒的。"于永祥说。

"你的想法挺好的，看我再给你添点煲汤的物料。"于永春说。

他一边说着，猛地一回身，把手中的斧头向身后的蒿草丛中掷去，只见蒿草丛的棵叶搅动，又听到"吱吱"的几声惨叫。他走了过去，从蒿草丛中，捡起了斧头，然后，拎起了一只肥硕的金黄色的草兔，草兔的嘴角还流着鲜血。

"四哥打得准啊，好眼力。"于永祥说。

"我听见身后窸窸窣窣的动静，知道是只兔猫，但是，我不能转身看，我要是转身去看，他就警觉了，说不定它正盯着我呢，于是，我猛地一回身，掷出斧头……呵呵呵。"于永春说，"给弟妹的鸡汤里添加美味了。"

"这兔肉啊，可是个好东西。"于永祥说。

"嗯哪。"于永春说。

"兔猫肉，泡在水里，让它把血都沁出来，就拔出了它的土腥味，只要拔出它的土腥味，跟猪肉炖是猪肉味，跟牛肉炖是牛肉味，跟鸡肉炖是鸡肉味……兔猫浑身都是瘦肉疙瘩，好吃着呢。"于永祥说。

"只不过这种平和，被老毛子打破了……"于永春说，他叹了口气，"唉——"

"听说老毛子兵的马队，就驻扎在刘家磨坊，离咱们这于家沟不过五里地，老毛子才祸害人呢。"于永祥说。

"俄国兵是抢牛抢羊抢财物，奸淫妇女……无恶不作。"于永春说，"吓得咱屯子里的人，都躲起来了，把牛、羊、猪都转移了。"

"只可惜啊，我媳妇坐月子才八天，没办法，走不了，只能在家……"于永祥说。

"这是咱们的家园，老毛子如果来了，也不用怕，跟他斗……杀他一个，一命顶一命；杀他两个，还赚他一个。"于永春说，"越怕越出鬼，越怕他越猖獗。"

"这老毛子兵也忒欺负人了，在咱国土上横行霸道……还说是为了保护他们修的东清铁路、南满铁路……这不就是一帮子侵略军吗？"于永祥说。

"马弱被人骑，国弱被人欺。"于永春说，"义和团扶清灭洋，杀洋毛子……朝廷怂恿。待八国联军进了北京城，烧了圆明园……朝廷又和洋人联手镇压义和团。义和团是什么？是有血性、有骨气的百姓啊。我就不信了，偌大个大清国，就灭不了几个洋毛子？朝廷翻来覆去的，把人心都弄散喽。"

"好在还有像姐夫马龙坤这样的精忠报国的将领，能够杀老毛子……保家卫国。"于永祥说。

"还有吴大舌头，吴大哥……"于永春说。

"往回走吧，我媳妇大概正等着我给她炖鸡汤呢。"于永祥笑着说。

"嗯哪。"于永春说，"走。"

于永春把柴枝捆了起来，用绳子拢上，然后，使劲地勒了一勒，背在了肩上，手里拎着斧子和兔猫。于永祥把柴枝用绳子绑扎成了两捆，把扁担穿进了两捆柴枝里，挑在了肩上，手里拎着镰刀和野鸡。

他们要绕过岗子，才能进入屯子里。

一小队老毛子兵，骑着洋马，走出了刘磨坊屯。

他们溜溜达达地向南行走，一来掳掠财物，二来劫牛牵羊，以供给他们的大队人马……出了刘磨坊屯，这一小队人马就懒洋洋地歇了下来，但是，有两个俄兵却离开了队伍，仿佛是打前站，继续向南快步地行进。

两个俄兵，一个额头上有块疤癞，是个疤癞兵。一个腮上有颗明显的黑痣，黑痣上还长着几根黄毛，是个黑痣兵。他们俩转过了五六个山岗，走进了于家沟。

他们进了屯子，先是端着枪，小心翼翼地进入了王金家。但是，走进去一看，空空的，没有人。他们就翻箱倒柜，期望找出金子、银子、首饰之类的。他们把破棉袄、烂棉絮抛撒了一地……啥值钱的东西也没有，这令他们俩很失望。

他们俩从屋子里走了出来，看了看屋前屋后，有牛棚，却没有牛；有猪圈，却没有肥猪；有一堆羊粪，却没有羊。这更令他们失望。

突然，他们俩听到了婴儿"哇哇"的啼哭声。

"有人？"黑痣兵说。

"噢？走，看看去。"疤瘌兵兴奋地说。

他们俩循着婴儿的啼哭声走去。

这婴儿正是于永祥出生才八天的婴儿，因为婴儿实在是太小……而且，产妇在家有热炕，如果在外边会着凉，着凉了就会做病……所以，才没有躲出去。

黑痣兵和疤瘌兵走进了于永祥的院子，黑痣兵看见了拴在院门口小树上的山羊和小羊羔。这山羊是于永祥怕媳妇的奶水不够而为自己的婴儿备下的。黑痣兵扳倒小羊羔，用绳子捆上。然后，他又解开拴在小树上的山羊，要把山羊也捆上，然后，驮在马背上，运走。但是，护犊儿的母山羊急了，它"哞哞"地叫着，毫不驯服地拨拨楞楞地顶撞黑痣兵……弄得黑痣兵额头出了汗。

疤瘌兵没有顾及这些，径直走进了屋子。

额头上蒙着围巾的永祥媳妇，正在给婴儿换尿布，炕沿上横挂着遮挡的幔帐，所以，她并没有注意到疤瘌兵走进来。但是，疤瘌兵肩上的大枪把门框子碰了一下，发出了声响，这引起了永祥媳妇的注意，她把横挂在炕沿的幔帐一撩，她惊讶了，居然是一个俄国老毛子兵进了她的房间。

她迅速地把婴儿推到了炕梢，然后，裹着被子向炕里退，她向疤瘌兵喊叫道："滚出去，畜生。"

疤瘌兵仿佛没有听到她的吆喝声，一把撕掉了幔帐，"哐当"一声，扔掉了肩上的大枪，身子一跃，蹿上了炕，望着俊俏的永祥媳妇，笑嘻嘻地凑了上来。

永祥媳妇吓得不是好声地叫道："快来人哪，老毛子进来啦。"

疤瘌兵逼近永祥媳妇，一把夺去了永祥媳妇身上的被子。永祥媳妇的下身赤条条地露了出来。东北的炕热乎，永祥媳妇生孩子才八天，因而，她不便穿内衣、内裤。疤瘌兵见了，兽欲大发，褪掉了自己的裤子，直愣愣地扑在了永祥媳妇的身上。

"哎哟——"钻心的疼痛，让疤瘌兵不由自主地叫了起来。

原来是永祥媳妇用嘴，下死里地咬住了疤瘌兵毛茸茸的胳膊，把疤瘌兵的胳膊上的肉咬下了一块，血淋淋的。

疼得龇牙咧嘴的疤瘌兵抬起另一只手，朝永祥媳妇的头部砸去，永祥媳妇晕了过去……疤瘌兵忍着胳膊的疼痛，宁可胳膊流着鲜血，面对晕了过去的永祥媳妇，狞笑着，再一次地扑在了永祥媳妇的身上，发泄兽欲……

在疤瘌兵和黑痣兵从王金家里出来时，正好于永春和于永祥走上上岗，他们远远地看见了两个骑着洋马的老毛子兵，当这两个老毛子兵听到了婴儿的哭声，走向了于永祥家时，于永祥说："四哥，不好了，老毛子兵走进了咱们家。"

于永春扔掉了背上的柴枝，说道："快向家里跑。"

于永祥也把担在肩头的扁担连同柴枝扔在了地上，迅速地抽出扁担，拿起扁担，就向家里跑去。当他们跑向家里的时候，刚才的一幕，已然发生了。

黑痣兵费了九牛二虎之力，终于把母羊制服了，他正在用绳子捆绑母羊……但是，这个时候，于永祥已经悄悄地来到了黑痣兵的身后，朝着黑痣兵的后脑勺就是一扁担，黑痣兵连"哼唧"一声都没有，就被打趴下了。

于永春顺手捡起了黑痣兵身边的大枪。

屋子里，婴儿在啼哭。

于永祥和于永春迅速地进了屋。

于永祥一眼就看到，自己的媳妇脸色苍白，昏死了过去，身下是一摊鲜血……他又看见，老毛子的疤瘌兵，正在炕上提裤子。

疤瘌兵看见两个中国人走了进来，不禁一愣……就在疤瘌兵一愣的刹那间，当于永祥扬起了手中的扁担，要砸向疤瘌兵的时候，怒不可遏的于永春已经一跃而起，跳上了炕，把手中的斧头，砍向了疤瘌兵的脑袋。

于永春使的是激劲，力量太大了，而且，斧头的刃锋太锋利了，疤瘌兵的脑袋从他的额头的疤瘌处，劈开了花。疤瘌兵脑浆迸裂，红的、白的、粉的、黄的、绿的、黑的……像是砸碎了一个酱菜坛子，各种颜色的脏东西都一股脑儿地迸溅了出来。疤瘌兵登时翻了白眼，死于非命。

于永祥把疤瘌兵拖下了炕，捡起了疤瘌兵的大枪，把疤瘌兵拖向了外屋地，又拖进了院子里。

"门口的那个老毛子兵跑了？"于永春说。

于永祥看了看，说："可不是吗，连洋马也少了一匹。"

"你砸了他一扁担，我随后就朝他的脑袋上，砍他一斧头就好了。"于永春说。

于永祥说："四哥，后悔也没有用……是福不是祸，是祸躲不过。"

"召集屯子里的人吧，做最坏的打算。"于永春说。

于永祥说："嗯哪。"

说完，"当当当"，他敲起了镗锣，集合屯子里的人。

屯子里的人来了，于永祥的老爹于河，于永祥的五哥于永清；老孙家的孙清、孙明；老王家的王金。

于永春把刚刚发生的事情跟大家讲了……于河说："老毛子跟咱们是不共戴天的仇恨，他们吃了亏了，是不会善罢甘休的，我们要做好跟老毛子拼杀的准备。"

孙清指着孙明说："我们哥俩，义无反顾。"

王金说："你们咋说，我就咋做，同生死，共患难。"

于永春说："咱们这样……"

他讲了他的想法。

孙家兄弟和王金都坚定地说："好。"

刘磨坊屯外的山野里，懈怠的俄国士兵还在那里慵懒地歇息，有的坐在草地上手里擦拭着马刀；有的遛着洋马在那里吃草；有的干脆躺在草地上眼睛望着天，而嘴里嚼着草叶。

这一小队的头目图格耶夫说：

"这两个家伙怎么还不回来，侦察得怎么样了？"

"八成是抢着大把的金条了，还在继续搜索有没有更多的金条呢吧？"一个俄国士兵调侃地说。

"很可能是看着漂亮娘们了，两个正稀罕吧嚓地搂着漂亮娘们玩开心哩……嘿嘿嘿。"另一个俄国士兵说。

这时，他们看见从于家沟方向远远地跑来一匹马，马上的人匍匐在马背上，并没有挺起身板来，而且，身子在马上还晃哩晃荡的。

马跑得越来越近了，图格耶夫终于看清楚了，说："是咱们的人回来了，怎么这个样子，有气无力的。"

"怎么就回来一个？"一个俄国士兵说。

"是不是遇到袭击了？"另一个俄国士兵说。

老毛子黑痣兵的洋马跑到跟前了，老毛子黑痣兵"扑通"地从马上滚了下来，重重地摔在了地上，来了个狗啃屎。

图格耶夫赶忙向前，扶起了黑痣兵，问道："怎么个情况？"

神志不清的黑痣兵，无语。

图格耶夫用手晃动着黑痣兵，高声地问道："你说、你说……你说呀，怎么个情况、怎么个情况？发生了什么事？"

黑痣兵仍然神志不清。

图格耶夫用手掐黑痣兵的鼻子下的"人中穴"，又用更大的声音喊叫道："怎么就你一个人回来，他呢……"

黑痣兵终于睁开了眼睛，含混地说道："他、他……于家沟……于家沟……"

说到了这里，黑痣兵脑袋一耷拉，没了气儿。

图格耶夫用手扒开黑痣兵的眼睛，一看，他的瞳孔已经放大，再一摸他的心脏，心脏已经停止了跳动。

黑痣兵死了。

这一小队人马，走出刘磨坊屯时，是17个老毛子兵，现在，只剩下15个了。

图格耶夫痛心地用手抚摸着黑痣兵苍白的脸颊，抚摸着黑痣兵白皙的额头，又抚摸着黑痣兵茸茸的黄色的毛发……突然，他在黑痣兵的黄色的毛发的下面，触摸到了一个隆起的淤积了血液的大紫包，显然，黑痣兵的脑袋遭到了致命的一击……黑痣兵是忍受了怎么样的疼痛，又以怎么样的顽强的意志，伏在战马的马背上，颠颠簸簸地跑了回来，报告情况……图格耶夫想到这里，他气得"哇哇"地号叫起来，他命令道：

"都给我上马，战刀出鞘，向于家沟进军。"

15个俄国骑兵都上了洋马，挥舞着战刀，疯了似的向于家沟奔去……

15个俄国骑兵，纵马疾驰，到了于家沟。

突然，跑在前面的俄国骑兵马失前蹄，人仰马翻。两个俄国骑兵摔在了地上，疼得两个俄国骑兵"哎哟、哎哟"地叫个不停。

俄国骑兵的马队停了下来，往下仔细地一看，居然是在两棵树之间，有一条难以发现的细绳，充当了绊马索。他们用战刀砍断了细绳，然后，小心翼翼地向前行进。

"嘭嘭"，两声枪响，两个俄国骑兵从马上栽了下来。

在老毛子兵的前面出现了一匹马，马上的人正是于永春，他向着老毛子放着枪。尽管这枪子儿没有打着老毛子兵，但是，图格耶夫火了，他命令道："追。"

老毛子兵纵马追击于永春，把两个被绊马索绊倒的俄国骑兵扔在了身后。

这两个俄国骑兵摇摇晃晃地站起身来，一瘸一拐地走向自己的战马……"嗖嗖"，两支梭镖抛了过来，一支扎进了一个俄国骑兵的前胸，另一支扎进了另一个俄国骑兵的脖颈，两个老毛子扑倒在地，鲜血涌流……从蒿草丛中抛出梭镖的是孙清、孙明兄弟，他们从草丛中窜了出来，挥起手中的大片刀，如同切菜砍瓜一般，两个俄国骑兵的脑袋搬了家。

于永春侧向地跑进了树林子，俄国的骑兵们在后面紧紧追击，一边追击，一边向于永春射击。"咕咚"一声，冒出一阵弥漫的烟尘，两个俄国骑兵跌进了陷马坑……其他的俄国骑兵赶紧勒住马，向陷马坑里一看，真叫个惨哪，看了之后会让人不寒而栗。

陷马坑里排列着用桦木削了尖的高高的桩子，马跌进去就会在马身上戳上数个窟窿，而且，越挣扎，戳得越深。跌倒的马，就会再也爬不起来。两个俄国骑兵，一个甩在了陷马坑的边缘，挂在了高高的尖桩子上，瞪着眼睛，似乎是死不瞑目；另一个压在了后陷进去的洋马的身下，仿佛被压成了饼，尖桩穿膛而过。人血、马血，顺着扎进了人与马身体上的窟窿，汩汩地流出，陷马坑成了血池子。

这时，于永春高声地喊叫："老毛子，你们滚回你们的国土上去吧，如果再过来，还是要丧命的。"

"啊呀呀"，图格耶夫大叫起来，他似乎气疯了，举起战刀，说，"追过去，杀啊。"

于是，他们又纵马追击。

于永春还是在前面领跑。

　　跑着跑着，只听得"嚓嚓嚓"三个动静，俄国骑兵又跌倒了三匹马，原来是三匹马的马脚被预先放置的窝弓死死地夹住了。这窝弓，形状像一个大大的脚窝，一旦有兽脚踩进去，触动了弹簧，带锯齿的夹子，就会疾速地收缩，把踩进去的脚踝裹挟住，而且，锯齿会嵌进野兽的骨头里，窝弓又有铁链子连接在树根上，甭想脱逃。这本来是打熊瞎子的，却打住了俄国骑兵的马脚。

　　"嗖！嗖！嗖！"从树头上连发出三支箭，都准确地射进了三个老毛子兵的颈嗓咽喉。这是在树上的于河用弓弩发出的箭镞。

　　图格耶夫端起枪，抬起头，找寻在上方发出箭镞的狙击手……就在这时，于永春已经悄悄地迂回过来，朝着图格耶夫就是一枪。这一枪，击中了图格耶夫的肩头。图格耶夫疼得"哎哟"地叫唤了一声，他端在手中的枪也落了地。他歪头一看，肩头上的鲜血流了出来。

　　他赶紧喊叫道："撤。"

　　图格耶夫领着剩下的俄国骑兵掉头就向回跑。

　　他们就要跑出于家沟了，正在这时，躲在山坡的两旁的石砬子后面的于永祥和于永清，手推脚踹，"叽里咕噜"地滚下了几颗石头球子。石头球子还发出"哧哧"的声音。石头球子滚在了他们的身前身后。

　　图格耶夫他们不禁愣怔了，不知道是几个啥东西？"轰轰隆隆"，几个石头球子爆炸了，原来是石雷，而"哧哧"响的，是点燃了的导火索。

　　瞬间，老毛子兵被炸得人仰马翻。

　　图格耶夫赶紧催马快跑，当他跑出于家沟时，发现身边只有一个自己的骑兵跟着他，这个骑兵的脸上还流淌着血。他知道，跟他进于家沟的其他13个自己的骑兵，都已经被钉在了耶稣爷的十字架上了。

　　图格耶夫怕于家沟屯里的人再追上来……于是，就拼命地催马速跑。图格耶夫和他仅存的一个俄国骑兵，骑着各自的两匹洋马，撒开八条马腿，一溜烟儿地逃进了刘磨坊屯。

　　这时，已经是正午。

　　过了正午。

　　刘磨坊屯。

　　驻扎在刘磨坊屯的140多名俄国军队的骑兵，指挥官格罗莫托夫集合起了这些俄国骑兵，即将倾巢出动。

　　格罗莫托夫命令道："兵分两路，一路从这里直接杀向于家沟的北口，进入于家沟屯；另一路绕道，从于家沟的南口杀进去，进入于家沟屯；给我们死去的士兵们报仇，所以，要坚决地杀光、烧光，鸡犬不留。"

　　"是。"老毛子兵回应道。

　　格罗莫托夫又命令道："拨出 40 名士兵，由图格耶夫率领，直接杀向于家沟北口，他轻车熟路。"

　　图格耶夫肩头上的伤口，已经包扎好了，好在没有伤到骨头，所以无大碍，他腰板一挺，故作精神抖擞地回应道："是。"

　　格罗莫托夫再命令道："除图格耶夫率领的 40 名士兵之外的大部分士兵，由我率领，绕路突袭于家沟的南口，给他来个出其不意。"

　　"是。"俄国骑兵们回应道。

　　格罗莫托夫战刀一举，命令："出发。"

　　于是，俄国军队的骑兵，兵分两路，杀向了于家沟。

　　变天了，浓重的乌云，漫布在天空。

　　起风了，呼啸的西北风。天空中，强劲的北风推动着浓重的乌云。山陵上，枯枝被折断，跌跌撞撞地陨落下来；败叶被吹飘，飘飘洒洒地纷纷落地。地面上，秋草被风吹得干瘪，干瘪得弯了腰。从天空到地面，阴郁、肃杀。

　　他们一出刘磨坊屯，看见了三个行人。行人见俄国的骑兵来了，他们赶忙躲闪，但是，已经来不及了。俄国骑兵向三个行人开了枪，三个无辜的行人都倒在了血泊里。

　　格罗莫托夫绕道走，经过邻屯，看见路边的王德贵家里冒着炊烟，他们就疯了似的下马涌了进去，将王德贵家的五口人全部杀掉，砸毁了他家的水缸，然后，又借用他家灶坑里的火，点燃了王德贵家的草房。

　　接近于家沟了，正在山坡上收庄稼的贾广荣，远远地看见了俄国奔跑的骑兵。可是，他仍然在干他的活儿。他以为他在收庄稼，也没招惹俄国骑兵，俄国骑兵也不会招惹他。但是，他错了。

　　图格耶夫和他的几个俄国骑兵向他奔跑了过来，当贾广荣意识到不妙，想要跑开……已经来不及了，图格耶夫率先向他开了枪……贾广荣身中数弹，倒地身亡。

　　图格耶夫的骑兵队伍进入于家沟，他们曾经吃过亏，于是，瞪大了眼睛，环视着周边，拉开距离，小心翼翼地慢行。

突然，几个石雷叽里咕噜地从西面的山坡上滚了下来，滚到了他们的身边，就"轰轰隆隆"地爆炸了，几个俄国骑兵被炸得血肉横飞。施放点燃了导火索石雷的正是于永清和于永祥兄弟俩。

图格耶夫命令他的骑兵向山坡上石砬子后面的于永清和于永祥兄弟俩进攻。分别躲在石砬子后面的于永清和于永祥兄弟俩占据有利地势，向俄国骑兵开枪。兄弟俩的子弹，一弹一弹地击发，打中了俄国骑兵的，俄国骑兵就从洋马上重重地跌下来；打中了洋马的，洋马疼痛，痛苦地尥起蹶子，咆哮起来，或者不服俄国骑兵的驾驭，或者把俄国骑兵干脆从自己的脊背上摔下去……但是，俄国骑兵还是吼叫着强硬地进攻。

于永清见自己击中了几个俄国骑兵，哈哈地笑了起来，他干脆由猫腰而起身，站直了身子来射击……老毛子骑兵的一颗子弹击中了他的胸膛，他用最后的余力，向于永祥喊叫道：

"六弟，把老毛子引上套儿……"

又一颗子弹击中了他的头部，他就"扑通"一声，仰面朝天地倾倒在了山坡上……他的颜面、他的胸膛、他的五脏六腑……却朝向着世代祖宗的冥灵所在的悠远的苍天。是的，他的头部流出了鲜血，但是，他的脸上却永远地凝固着胜利者的开心的笑容。

听到了中弹的五哥于永清的喊叫声，又见到了中弹的五哥于永清的牺牲，于永祥的眼泪夺眶而出，他揩抹了涌出的眼泪，然后，他悲痛地大叫了一声：

"五哥——"

这悲痛的叫喊声，在山谷里随风飘荡，悠悠远远。

于永祥急速地上了马，向南跑去。

图格耶夫战刀一举，声嘶力竭地命令道：

"追——"

于永祥在前边一边跑，还不时地回过头来，朝着追击他的俄国骑兵放上几枪，惹得俄国骑兵穷追不舍。

进入林子里了，风在树头上呼啸，枝叶在颤抖，有如险恶的起伏的波涛……阴郁的山林，丛集的蒿草，再加上浓重的压抑的黑色乌云，周围显得恐怖、幽森。

图格耶夫想起了凄惨的陷马坑，又想起了埋伏在地面上的窝弓夹子……他命令道："跟着他的马蹄印走……"

同时，他又在他身边的老毛子骑兵的耳朵边小声地说了几句。

老毛子骑兵的速度明显地慢下来了。

这时，于永祥也慢了下来，他跟老毛子的骑兵保持着距离，但是，若即若离。同时，不断地向老毛子骑兵开枪射击。

突然，他的腿上中了一枪。子弹是从他的后方打过来的，他回头一看，原来俄国骑兵从他的侧面赶在了他的前头，包抄过来了。

这是图格耶夫小声地命令他身边的俄国骑兵悄悄地从侧翼包抄过来，截住于永祥的后路，并且，向于永祥开了枪。"嘭"，俄国骑兵又是一枪，射向了于永祥。只听得"当"的一声，这颗子弹打在了于永祥背在腰后的铜锣上。

于永祥把背在腰后的铜锣拎到了胸前，旁若无人地连续地敲击起来。"当当当……"，山林里的锣声，随风飘荡，清脆而响亮。他喊道：

"孙家兄弟，我完成任务啦，老毛子上了套儿啦……"

俄国骑兵射击的枪声，枪声密集；俄国骑兵的子弹，子弹密集。从前面和后面，射向了于永祥。于永祥身中数弹，他从马上跌落了下来……"当啷"，这是他脱手的铜锣，掉在了山地上，正好落在了一块石头上，发出的最后的雄壮的绝响。

听到了锣声，孙清和孙明分别点燃了手中缠着油布的松明子，然后，骑上马，放起火来。他们事先在圈定的范围的外圈，浇上了燃油。所以，把火点在燃油上，燃油见火就迅速地旺烧起来。枯萎的地面蒿草和干燥的空中枝叶，上下呼应，借着呼啸的西北风的狂势，熊熊燃烧，蓬蓬勃勃，霎时间成为汪洋火海。

这圈定的熊熊燃烧的山林大火，火借风势，风借火威，迅速蔓延。炽烈的火势，火势冲天；滚滚的浓烟，浓烟弥漫。山火与浓烟，正好把图格耶夫的俄国骑兵们，围在了核心……俄国骑兵们惶恐了。他们左突右冲，人喊马鸣……到处都是山火，到处都是浓烟……山火烤得他们睁不开眼睛，浓烟呛得他们难以呼吸。

惊恐的洋马与惶惑的洋马相互冲撞，跌落的是俄国的骑兵；奔跑在烟雾中的洋马被躺倒的枯树或者藤萝绊倒，跌落的是俄国的骑兵；狂奔的洋马撞上了耸立的树干，洋马疼痛、晕眩，或是仰身扬蹄，或是尥蹶子后踢，从马背上滚下来的，还是俄国的骑兵。

山火燎在了洋马的身上，被山火燎了的皮毛，立刻就燎焦了、卷曲了、萎缩了，成了煳黄色。于是，洋马更加焦灼、更加疯狂了……跌落在地上的俄国骑兵的血肉之躯，被失去控制的自己的战马的铁蹄，来来去去地肆意地践踏着。

倘若跌在地上的俄国骑兵没有被自己的战马践踏，还能站起身来，周边是烈火是烟雾，也难以分辨出东南西北，不知道向哪个方向突围……即使是还骑在马上的俄国骑兵，也是如此。山火，必然会燎着他们的戎装，他们的身上起火了。如果是扑倒在地上了，他们以为可以像驴似的，就地打滚儿，就能把戎装的火扑灭，他们就错了，因为地上的蒿草、荆棘，也在燃烧，所以，他们身上的火是扑不灭的。如果他们是站立着的，身上的戎装着火了，他们就恐惧地奔跑吧，以为奔跑所产生的风，可以熄灭身上戎装的火苗儿，他们就又错了，因为，身上的戎装火苗儿，反而会借着跑动起来的风势，燃烧得更为加剧。没有如果……他们跑不出这蔓延的火海。

最为可怕的是弥漫的烟雾，会使他们晕眩、窒息，然后，由窒息而导致死亡。

死亡了的俄国的骑兵，山火仍然不会放过他们，会继续燃烧着他们的戎装，燃烧着他们的毛发……不过，不会把他们的戎装全部地烧尽，会把他们压在身下的戎装部分，留下些许残片。他们的肉体会被烧黑、烧煳，甚至烧焦……但是，他们的肉体与地面接触的部分，在留下些许戎装残片的同时，与戎装残片相接触的肉体部分也会残留着肌肤的原貌。

可悲啊，凄惨哟——

图格耶夫所率领的这 40 名老毛子骑兵，不是被于永清和于永祥兄弟炸死或射杀，就是被孙清、孙明兄弟所燃放的山火烧死，无一幸免。

格罗莫托夫率领他的百人队伍，绕道进了于家沟的南口。

他看到了浓烟烈火，一片汪洋。他知道，这是于家沟屯子里的村民反抗他们俄国骑兵来犯的愤怒的火焰。他从浓烟烈火所飘散过来的气味中，嗅到了淡淡的毛发与肉体被烧焦的难闻的气味……他有点恶心，似乎要呕，但是，他憋住了。

他闭上了自己的眼睛，眼帘上浮现出图格耶夫和他的骑兵们在汪洋烈火中茫然逃窜、人仰马翻、垂死挣扎、山火烧灼的惨状——他赶紧睁开了自己的眼睛，面对残酷的现实，他再也不敢闭上眼睛了。这也许是冥冥中的亡魂给他的直觉的感应，因为，只要一闭上眼睛，那副惨状肯定还会浮现在眼帘上。实在是令他恐怖，实在是使他心惊胆战。

他要救援，哪怕能救出一个他的俄国骑兵，因为，他的心里还残存着一线期冀和希望。他命令："绕开火场，避开火势风头，紧急驰援。"

"是。"传令兵应答道。

格罗莫托夫率领的俄国骑兵避开火场，向西北搜救。

"嘭嘭"，枪声，子弹射向了俄国骑兵，跑在前面的两个俄国骑兵从洋马上栽了下来。

这是施放林火的孙清和孙明的枪声，看见两俄国骑兵被撂倒，孙明说："哥，看到没？山里人个个都是玩枪的好手。"

"那是啊，你看……"孙清说。

说着，他向俄国的骑兵，又放了一枪，又一个俄国骑兵栽倒了，滚下了洋马。

"哥，好样的，瞧我的……"孙明说着，放出一枪，这一枪又放倒了一个俄国骑兵。

俄国的骑兵们慌张了，他们不敢明出大卖地骑着洋马进击了。洋马上山坡，不比在平地，速度必然放缓，而且，目标明显。于是，他们下了马，隐身地前进。因为，孙家兄弟映身在山石之后，居高临下，而且，面前是一片开阔地。

显然，孙家兄弟占地形之利，再加上凌厉的准确的射击。

"……三个、四个、五个，老毛子送来的这杆大枪，打起老毛子来，还真他妈的干净、利落，痛快啊。"孙清的嘴里叨咕道，他打得兴起，干脆站起身来射击。"嘭"的一声枪响，他又撂倒了一个匍匐前进，而且刚刚抬起脑袋的俄国骑兵，这一枪，正好击中了这个俄国骑兵的脑瓜门儿。

但是，孙清也同时中了弹，倒下了。

看到哥哥孙清中弹了，孙明猫着腰从自己映身的山石跑向哥哥映身的那块山石，但是，在他跑动的那一瞬间，他也中弹了。

他干脆静卧不动了，他用尽力气，把枪口对准了俄国骑兵，扣动扳机，把最后的一颗子弹击发了出去……他就撒手枪械，滚动了一下，就再也不动了。

兄弟俩都光荣地牺牲了。

他们战死于家沟，战死在苍子山的脚下，他们战死在与侵略中国东北的沙皇俄国的骑兵进行不屈不挠的拼杀的战场上。

老毛子兵开始进攻于家沟屯。

于家沟屯的六户人家，六个院落，离离拉拉地排列在山沟北部的缓坡处，坐北朝南。草房，石头地基土坯墙，石头围墙围成的院落。院落与院落之间至少有数十米的距离。

南边的第二院落是于永春家。

"嘭"，东边的院墙上，于永春放了一枪，这一枪正好击中了即将来到院墙边上的俄国骑兵，俄国骑兵的洋马撞倒在墙外，由于洋马的速度过快，老毛子的尸身却滚进了院墙内；"嘭"，南边的院墙上，于永春打了一枪，这一枪正好击中了一个俄国骑兵的马头，洋马扑倒，这个骑兵重重地摔了下来，脑袋撞地，嘴里涌出了一摊浓血；"嘭"，西边的院墙上，于永春又放了一枪，这一枪打在了另一个俄国骑兵的胸膛上，俄国骑兵来了后倒仰，从马屁股后面栽了下去，腰部搁在了一块尖棱的山石上，登时腰骨折断；"嘭"，北边的院墙上，于永春又打了一枪，这一枪击中了又一个俄国骑兵的一条马腿，这条马腿一栽歪，斜身瘫倒，把这又一个骑兵压在了洋马的身下。

于永春放出的枪弹，枪枪不落空。他家石头垛起的院墙就是一座坚实的大堡垒。他端着从老毛子手中缴获来的大枪，在偌大的院落里东西南北地跑动着，灵动地朝着俄国的骑兵射击着。

哪个俄国骑兵跑近了，他就向哪个俄国骑兵射击。

但是，东边的两个俄国骑兵就要跑近了，于永春却没有射击，只是淡淡地一笑。当这两个俄国兵并驾齐驱地跑到了院外的大柳树下面的时候，只见他把拴在院墙里边的一棵小柞树的树干上的一条绳子用手中的斧子一砍，绳子被砍断，吊在大柳树上的两棵圆木顿时重重地砸落下来，把两个俄国骑兵连同他们的洋马，拦腰砸成了两摊肉堆。两个俄国骑兵殒命了，上了西天。两匹洋马还在喘气，却站不起来了。

北边的两个俄国骑兵，马尾接马头，边跑边冲着院落里放枪……距离院墙也就十米了，于永春也只是淡淡地一笑，没有射击。

"扑通、扑通"，两个老毛子骑兵连贯地陷了下去，下面迎接他们的，是耸起的尖利的柞木的树桩子。两个老毛子骑兵只要扎上了一棵树桩子，就会使他们身残，如果是扎上了两棵树桩子，就必死无疑，因为他们动弹不得，伤口的大出血，会使他们丧命，何况，树桩子栽得还比较密集。菜窖，东北人要想在冰冻三尺的冬季能吃上新鲜的蔬菜，诸如白菜、萝卜、胡萝卜之类，就必须挖菜窖来储存。这个陷坑是于永春家的菜窖改造的，他把横在菜窖上的檩木换成了不可能支撑骑兵与洋马体重的椽子，而且是稀疏的椽子。菜窖的底部又栽上了削成了尖的柞木桩子。

几个俄国骑兵边跑边放枪，从西边向着于永春家的院落，冲了过来。但是，还没等接近于永春家的院落，不是马失前蹄，就是马的后蹄被绊住，因而，洋马栽倒了。这是马蹄子踩到了事先埋伏的可以绊住熊瞎子的腿脚的窝弓夹子上。窝弓夹子上的锯齿，深深嵌进洋马的脚踝的骨头里，任凭你洋马挣扎，越挣扎，嵌进得越狠，也越疼痛，而且，剧烈的疼痛使洋马也不敢再挣扎了。

三个俄国骑兵从地上站起身来，只听得"嘭嘭嘭"三声枪响，这三个俄国骑兵被击毙。没站起身来的俄国骑兵趴在地上，不敢站起来了。

俄国骑兵的指挥官格罗莫托夫来了，跟从他的是数十个俄国骑兵。他看到攻击失利的惨状，他问道："怎么搞的，还没冲进去？"

"院子里有好些人，从不同的方向我们射击。"随从的俄国骑兵回应道。

"集群冲锋，哪个怕死，胆敢后退一步，军法从事——我就毙了他。"格罗莫托夫火了，他举起了手中的战刀，直接向他的骑兵们下达命令，"冲啊——"

俄国骑兵们蜂拥而上，冲向于永春家的院落。

"来吧，老毛子，你于四爷今天前脚回到了家里，就没想到后脚再走出去。"于永春喊叫着，连续地射击，"列祖列宗，康熙爷、乾隆爷，我就要来了，我于永春对得起你们，哈哈哈……你们是不是得赏我一件黄马褂？"

他又撂倒了几个俄国骑兵。

终于，寡不敌众，老毛子的骑兵冲进了于永春家的院落。几个俄国骑兵射出的子弹，同时击中了顽强抵抗的于永春。

于永春倒在了血泊里，倒在了自己家的院落之中，倒在了于家沟屯的村民们英勇抗俄的战场上。

格罗莫托夫巡视了于永春院落的里里外外、前前后后，然后，他望着于永春的遗体，狐疑地问："怎么，抵抗的，就这么一个人？"

搜寻了里里外外、前前后后的俄国骑兵们回答："是的，长官，就这么一个人。"

格罗莫托夫哀叹道："惨哪……"

"是的，长官。"俄国骑兵们回答。

"蠢笨啊。"格罗莫托夫口里骂着自己的士兵。

"是的，长官。"俄国骑兵们回答。

听到了自己属下的回答，格罗莫托夫的脸气得发紫，他命令："把屯子里的房子，都给我烧了。"

"是的，长官。"俄国的骑兵们回答。

于是，俄国的骑兵们开始按照格罗莫托夫的命令烧房子。六户人家的房子，都燃起了大火。火光与浓烟，烧毁着于家沟屯的村民们的家园。

格罗莫托夫又命令道："前山后山地给我搜，我就不信这屯子里的人能躲多远?"

"是的，长官。"俄国的骑兵们应答道。

于是，老毛子的骑兵们，开始在前山与后山搜山，搜寻于家沟屯的村民。一队俄国骑兵搜寻到了苍子山，他们看见坡底有十几处窝棚，但是，却没有人。他们又向上边的山路里搜寻，终于发现了藏匿在山林里的一群老少妇孺。

俄国骑兵向这些村民开了枪。

领着这些村民躲藏的是王金。

王金见状，他挥舞着大砍刀冲了上去，砍断了跑得最近的那个俄国骑兵的马腿，俄国骑兵从马背上摔了下来。

王金上去就是一刀，结果了这个老毛子骑兵的性命。

王金又冲向了第二个俄国骑兵，但是，第二个俄国骑兵向他开了枪。他中弹，倒在了家乡的土地上，牺牲了。

这一群老少妇孺，皆被老毛子骑兵血腥地杀害在苍子山的山林里。

在于家沟的东山里，于河领着自己的孙子小宝子在躲避俄国骑兵的追杀。他看见俄国骑兵向他们的这个方向搜寻来了。

于河说："小宝子，听爷爷的话，你藏在这里。"

"嗯哪。"小宝子答应着。

这是一大丛榛子棵，小宝子钻进了榛子丛里。旁边有一堆不知道是谁割的牛草，于河把牛草抱了过来，把小宝子掩蔽得严严实实，又自然得体。

于河说："小宝子，记住，不管发生了啥事，你都不要出来。"

"嗯哪。"小宝子答应。

于河说："我的好孙子，你有个任务。"

"啥?"小宝子说。

"去找你三大爷于永良,然后,和你三大爷去找驻扎在杨木林子的你姑父,向他述说咱们于家沟的事儿……让你姑父来这里杀老毛子这些畜生。"

"嗯哪。"小宝子说。

"爷爷去了。"于河说。

"爷爷,去哪儿?"小宝子说。

"去杀老毛子。"于河说。

"我也去。"小宝子说。

"爷不是都跟你说了吗,你藏在这里,一动都不要动。"于河说,"你给你姑父报信儿,是为了能杀更多的老毛子。"

"爷,我懂了。"小宝子说。

"好孙子,明年的今天给爷爷我,还有你爹于永春、你五叔于永清、六叔于永祥烧炷香,撒些纸钱儿,记住了吗?"

"记住了。"小宝子哽咽了。

"好,记住就好,爷这就走了。"于河说。

他耸了耸自己背上的沉甸甸的背包,拿起了手中的梭镖,离开了孙子小宝子所在这丛榛子棵,向偏离这里的一片开阔地走去。他从怀里掏出了烟袋锅子,舀起了烟袋子里的烟末子,点燃烟末子,吧嗒吧嗒地抽了几口,高声地唱了起来:

> 哎嗨哎嗨哟,
> 哎嗨哎嗨哎嗨哟——
> 八月里来入了秋,
> 家家户户庆丰收。
> 老毛子的骑兵啊,
> 闯进了于家沟,
> 掳掠奸杀抢耕牛……
> 嗯呀呼呀呼嗨呀,
> 老毛子兵啊个个是禽兽,
> 张牙又舞爪啊,
> 就是一群活牲口。
> 咿呀么呀呼嗨。

哎嗨哎嗨哟，

哎嗨哎嗨哎嗨哟——

八月里来入了秋，

家家户户庆丰收。

老毛子的骑兵，

闯进了于家沟，

葬身火海遭砍头……

嗯呀呼呀呼嗨呀，

老毛子兵啊你莫走，

杀得你们哟，

屁滚又尿流啊。

咿呀么呀呼嗨。

于河的嗓音浑厚而高亢，歌声在山谷里回荡。

他的歌声吸引来了俄国的骑兵们，俄国的骑兵们越来越近了。他把拿着梭镖和拿着烟袋锅子的双手举了起来，满面笑容，然后，扔掉了手中的梭镖。

老毛子兵以为是向他们投诚，聚拢过来，把于河围在了垓心。

"让我抽口烟儿。"于河冲着老毛子兵说。

他把烟袋锅子放在嘴巴上抽了一口，又从鼻子和嘴里喷出了缕缕蓝烟。他把烟袋锅子对准了肩头上的导火索，导火索哧哧地急速地燃烧……这一刹那间，他迅速地扑倒在了地上。

只听得"轰隆"一声巨响，浓烟弥漫，威力四射，他背在身后的土制炸雷爆炸了。这是用一个小口的厚重的铁罐子，盛满了火药，又用一根快速燃烧的导火索连接着的土制炸雷。

围着于河的俄国骑兵，想躲都来不及，被炸得人仰马翻……格罗莫托夫撤兵了，他垂头丧气，因为他率领来进犯于家沟的士兵们，损失过半。

于家沟的村民，30 口子人，唯有小宝子存活下来了。

第五章

马龙坤在牛槽沟伏击俄军大获全胜

1900 年 9 月 21 日（农历庚子年八月二十八），深夜。

杨木林子，马管带营房。

马龙坤、尹泽民、纪义方，还有于永良，听了小宝子的详细讲述。

"小宝子，你经历了于家沟村民们抗击俄寇的经过，你应该长大了。"马龙坤说，"一个人不经历艰难时事，就难以长大。"

"嗯哪。"小宝子说。

"从今往后，你应该用你的大名了，因为，你长大了，是不是？"马龙坤说。

"是的，我的大名叫于德川。"小宝子说。

马龙坤说："尹泽民。"

"在。"尹泽民说。

"你在纸表上，按辈分写出牺牲的于家沟村民的名氏。"马龙坤说，"于永良和于德川，你们俩给尹泽民说出于家沟屯的姓氏名谁。"

"嗯哪。"于永良和于德川回答。

马龙坤说："纪义方。"

"在。"纪义方回答。

马龙坤说："你去准备香案，我们要祭悼于家沟顽强抗俄的英雄的村民们。"

尹泽民用毛笔在一张黄纸上，按辈分写出了于家沟屯牺牲的姓名，那就是于家沟屯牺牲者的灵位。然后，把这张纸表灵位挂在了营帐的墙上。

纪义方已经准备好了香案，放在了纸表灵位的前面，香炉里燃起了三束高香，烟香袅袅，直上空穹。香炉的旁边是火红的蜡烛。

马龙坤双膝跪地在前，尹泽民、纪义方、于永良双膝跪地在中，于德川双膝跪地在后。马龙坤说："岳父大人，诸位兄弟姊妹……于德川已经向我们讲述了你们英勇抗击俄寇的壮烈事迹，我等将效法你们，不怕牺牲，打击俄寇，保卫我们的家园，保卫我们的国土江山。"

尹泽民、纪义方、于永良、于德川，一齐诵道："我等将效法你们，不怕牺牲，打击俄寇，保卫我们的家园，保卫我们的国土江山。"

马龙坤含着眼泪，哽咽地说："我等给你们叩头了。"

说着，他们几个人向供奉的灵位三叩首。

马龙坤说："岳父大人，也请你向在海兰泡和江东六十四屯被俄寇虐杀的同胞们转达我们的哀悼之情。"

于是，他们又向灵位三叩首。

然后，他们站起身来。

"保卫国家，保卫国家的臣民——军人的天职。"马龙坤说，"咱们坐下来商量一下对付俄寇的战役方案吧。"

他们都坐了下来……

条子河村，胡思楞家。

听说马师爷来拜访，胡思楞高兴，亲自到门前迎接。云丹也在他家，尾随胡思楞身后，也来到了门前迎接。胡思楞抱拳，说道：

"管带大人到，我胡家蓬荜生辉。"

"哪里……我回家探亲，顺便看望胡爷，我总是忘不了胡爷对我的知遇之恩。"马龙坤说，也是一抱拳，算是回礼，然后，对云丹问候道："云丹先生，别来可好？"

"好，好着呢。"云丹说。

胡思楞把马龙坤接进了门庭，走进了厅堂。

"马爷。"刘炮头来给上了茶。

"一家人，别客气。"马龙坤对刘炮头说。

"刘炮头，你也坐下吧，都不是外人。"胡思楞说。

刘炮头也坐了下来。

"胡爷，这杨木林子前后的铁路工程，还算安然……"马龙坤说。

"哎哟，我的马师爷，这不全仰仗你吗，派兵昼夜地巡视，要不的话，这猖獗的拳匪……很难说是会平安哪。"胡思楞说。

"听说于家沟屯的村民闹起了拳匪？"云丹说。

"于家沟的拳匪，把老毛……"刘炮头看了看云丹，说，"哦，把俄国的骑兵都杀的杀、烧的烧……闹得很凶啊。"

"听说于家沟的人，也死了不少。"胡思楞说。

"据我得到的情报，于家沟的拳匪正秣马厉兵，要大干一场呢。"马龙坤说。

"于家沟屯的人，不是都杀绝了吗？"云丹说。

"他们还有七大姑、八大姨呢，都火了……纷纷集聚在于家沟屯，说是要坚决报复。"马龙坤说。

"要对付俄国的骑兵？"云丹说。

"不是。"马龙坤说。

"咋个报复法？"云丹说。

"呵呵，不想说。"马龙坤说。

"你说嘛。"云丹说。

"我听说他们制作火药，造石雷……要炸这附近的铁路工程，因为，他们说这铁路是俄国人修建的，就摧毁俄国人的铁路工程。"马龙坤说。

"你们军队应该剿灭这些个拳匪啊。"云丹说。

"我们是奉天都督直接调动的部队，没有奉天都督的命令，我马某哪敢轻举妄动……"马龙坤说，"但是，胡爷承包的这一段铁路工程，我是要巡视保护的，纯属私人情感——那些个拳匪啊，他们的消息灵通得很哪。所以，胡爷承包的这一段铁路工程，一直是安然无恙。"

"那是、那是。"胡思楞说。

"我还真的没去过于家沟呢，哪天好信儿，去溜达一趟……"刘炮头说。

"你还是别去的好，别给我招惹是非。"胡思楞阻止说。

"胡爷说的是。"刘炮头说。

"俄国骑兵来这里，不就是要保护南满铁路的吗？"胡思楞说。

"是啊。"云丹说。

"于家沟的拳匪们要是把矛头对准了南满铁路……可是把刀尖儿对准了俄国人的心窝子啦。"刘炮头说。

胡思楞叹了口气，说："是啊。"

"胡爷，我就是来探家，顺便看望一下胡爷……"马龙坤站起身来，说，"你们聊吧，我该走啦。"

胡思楞挽留，说："吃了饭，再走吧，咱们哥几个喝几杯。"

"军务在身，不敢久留。"马龙坤说，"诸位，告辞。"

胡思楞、刘炮头、云丹，把马龙坤送出了胡家大门之外。

马龙坤上了马，扬长而去。

刘磨坊屯，俄国骑兵驻地。

云丹找到了格罗莫托夫，他说：

"你知道了吗？于家沟的屯子里又闹起拳匪了。"

格罗莫托夫说："怎么可能呢，整个于家沟屯，已经被我血洗了……老老少少，男男女女，被我杀得溜溜光。"

"你说得没错。"云丹说，"但是，于家沟屯的七大姑八大姨家的人，来到了于家沟，都聚集在了一起，成了拳匪，发狠要为于家沟屯的亲人们报仇。"

"也许吧。"格罗莫托夫说，"但是，他们就不怕我的骑兵再灭了他们？"

"你不知道，中国人抱团儿。"云丹说。

"你是听谁说的？"格罗莫托夫说。

"马龙坤去胡思楞家说的。"云丹说。

"如果是听马龙坤说的，这个消息就不可信。"格罗莫托夫，"别忘了，他是不是在使用啥诈术，我们别上了他的当。"

"啥诈术，不可能。"云丹说，"他的部队直接归奉天都督调动，他只是暗中保护胡思楞承包的工程……别的，他根本就不想管。"

"吴大舌头可是袭击了我们俄国的军队。"格罗莫托夫说。

"不一样，吴大舌头是地方部队……"云丹说，"这些拳匪集聚在于家沟，制作火药，造石雷，要炸毁我们的南满铁路……以此来报复。"

"这是真的？"格罗莫托夫表示了惊讶。

正在这个时候，有士兵喊道："报告长官。"

"说。"格罗莫托夫道。

"郭家店以北的铁路工程遭到了炸弹的袭击，路基被摧毁，涵洞被炸塌……他们还留下了横幅标语。"士兵报告说。

"怎么个横幅标语？"格罗莫托夫说。

士兵把几个横幅给了格罗莫托夫。

格罗莫托夫把横幅展开看了，白色的横幅不算大，也就一米长，20厘米宽，两端缠缝在木棒上。木棒可以插在铁路的砂石上，也可以插在铁路的两旁。横幅上写道："誓为于家沟的抗俄英雄们报仇。"

"你们来这里的任务是啥？"云丹说。

"这还用说嘛，重要的一条就是消灭拳匪，保护南满铁路的建设啊。"格罗莫托夫说。

"从六月份开始，仅仅几十天，共拆毁铁路550俄里，剪断了几乎所有的电话线，毁坏车头45个、平车1600节，炸毁桥梁4500俄丈和其他铁路设施，使我们的东清铁路工程全部停工。"云丹说。

"我们修筑中东铁路，是经济先占领，然后，吞并东北……如果这样下去，我们的目的啥时候能够实现？揪心啊。"格罗莫托夫感叹地说。

"这不就结了，如果你们不能够消灭拳匪，保护好南满铁路的建设，你的上司会不会追究你？何况，你在于家沟屯，面对些许村民，却损失惨重……"云丹说。

"唉，你说得也是。"格罗莫托夫说，"我担心这是集聚在于家沟的拳匪们在虚张声势。"

"保护南满铁路要紧啊。"云丹说，"我去实地侦察一下。"

"这可太好了，能够掌握第一手情报。"格罗莫托夫说，"你自己去？有风险啊。"

"我和胡思楞家的刘炮头去，他会是我的很好的挡箭牌。"云丹说。

"你去吧，我听你的第一手情报。"格罗莫托夫说，"我这就向我们在嫩江的部队请求调拨一部分骑兵，以补充我们的兵员，做好打击于家沟拳匪的准备。"

"不过，路上要小心吴大舌头……这小子常常搞突然袭击。"云丹说。

"我知道。"格罗莫托夫说。

"我走了，告辞。"云丹说。

"听你的情报，再做决断。"格罗莫托夫说。

"好的。"云丹说。

然后，他悄没声儿地离开了刘磨坊屯……

1900年10月上旬。

于家沟。

清晨，北风萧萧，地染霜花，落叶飘洒。

太阳出来了，霞光喷薄，渐渐地融化了地上的霜花，也使萧萧的北风收敛了，变得温和了许多。

云丹和刘炮头来到了于家沟屯，一进北口，就从草稞子里突然站起来两个人，手里有枪，喝道："你们两个是干啥的？"

"路过这里，去石岭子镇的。"刘炮头说。

"噢，我们还以为是啥人呢，谅他老毛子再也不敢来了。"一个说。

"我们这儿，前几天遭遇老毛子了……别见怪啊。"另一个说，"你们过去吧。"

云丹和刘炮头继续向前走，走进了于家沟屯。他们看见，才几天哪，被焚毁了的房子的房盖基本恢复了，烟囱冒烟，又恢复了生气。泥瓦活儿，抹泥呢；木匠活儿，打造门窗呢；还有琢磨球状的大理石的，打理芒硝、木炭的……拉风匣，吹炭火，化铁水，铸造铁雷壳子的，这让云丹睁大了眼睛。

更让云丹睁大眼睛的是，居然还有一队人员，口中喊着"嗨、嗨、嗨"，动作整齐地在练拳踢脚；还有一队人员手里在舞枪弄棒，嘴里却有节奏地高声喊着：

> 男为义和团，女为红灯照；
> 扶我大清国，消灭洋杂毛。

这两队人员的脑袋上都缠着红头巾——典型的义和团的标志。

于家沟屯，人来人往，忙忙活活。

"兄弟，这于家沟不是遭老毛子祸害了吗？咋反倒是人丁兴旺呢？"刘炮头说。

"我们都是这于家沟屯的实在亲戚，听说了于家沟的事儿，就都聚拢来了，这周边的亲戚不说，还有从关里来的呢。"说话的，正是于永良。

"噢，我说呢……"刘炮头说，"关里来的，是不是义和团的，来这里避难的？"

"还真让你说对了，洋人和朝廷一起迫害义和团，所以，不少人就闯关东了，投亲靠友，也来到了这于家沟，你就听这些人的口音，山东的、河北的，哪儿都有。"于永良说，"咦，你们是干啥的？"

"我们是做皮毛生意的，去石岭子镇，路过这里。"云丹说。

"我们这儿有好皮毛，你要不要？"于永良说。

"啥皮毛？"云丹说。

"老毛子的皮毛。"于永良笑嘻嘻地说，"有白白净净的，有血赤涟涟的，有烧煳了的……啥样的都有。"

"兄弟，你可真会开玩笑。"刘炮头说。

"这位大哥，听你的口音，你是这跟前儿的人。"有人插话，插话的人声音洪亮，浓眉大眼，膀大腰圆，头上插着红头巾，手持大刀。

"嗯哪，是伊通州的。"刘炮头说，"你是？"

"我老家也是伊通州的，你家在旗？"插话的人说，"现时，我在梨树城，我叫于发海，绰号'滚地雷'。"

"哦，我在旗啊，镶黄旗。"刘炮头说，仿佛唤起了啥记忆，他又瞪大了眼睛，端详着插话的人，"你就是梨树城的那个'滚地雷'——于发海？"

"对呀，我行不改姓，坐不改名，我就是梨树城的于发海啊！"于发海说，"哟嗨——，还真是，咱哥俩缘分哪，咱们是一家人哪，我家是正黄旗。"

"你率众闯入教堂，举着'扶清灭洋'的旗帜，武装暴动……梨树城教堂的神甫李学林逃跑了。你追到了崔料铺屯，把李学林抓获了，又将李学林处死在偏脸子城内？"

"是啊。"于发海说。

"你还炸毁了石岭子镇的教堂，烧毁了榆树台镇的教堂？"云丹说。

"对呀！"于发海说，"洋毛子在梨树城、郭家店等地建教堂，收买爪牙，勾结土豪劣绅强占土地，奸淫妇女，蛊惑人心……无恶不作，我于发海举起大清的龙旗，在这大清的龙兴之地，坚决消灭洋毛子。"

"这可是扯起来了，当年我听我阿玛讲，雍正六年，调度正黄、镶黄两旗的到伊通，守护这皇家围场……以柳条边为界，我们这儿属边里，当然为皇家围场……咱这儿，绝对是我大清的皇家发祥之地啊。"刘炮头说。

阿玛，满族人对父亲的称谓。

"可不是吗，叶赫古城离这儿不远，咱大清的太祖皇帝努尔哈赤就是叶赫那拉氏所生；太祖爷又娶了咱叶赫那拉氏为孝慈高皇后，生了皇太极；如今的老佛爷慈禧皇太后，也是咱叶赫那拉氏，纯纯粹粹的是咱们满洲的镶黄旗的人呢。"于发海说。

"所以啊，咱这地襟儿，是皇家隆兴之地，也必然是皇家禁地……老百姓不得擅入，更不得狩猎、垦殖，违者罪罚。说起来，这废弃了柳条边墙，放禁了，允许狩猎、垦殖，是咸丰十年的事情，距今才40年，呵呵呵。"刘炮头说。

"所以，老毛子要攫取咱大清的皇家隆兴之地，我可是一百个不答应。"于发海说。

"这芒硝、木炭……"云丹说。

"做火药，制造滚地雷……郭家店那一站及其以北的铁路线，都是我们去炸的、毁的……"于永良说。

"下一步要炸四平街站的南、北两条河的桥梁，炸桥梁比炸铁路线和铁路线的涵洞要来得痛快，只听得'轰轰隆隆'的爆炸声，桥梁就断裂了，塌陷进了河道里……解气啊。"于发海说。

"还要炸双庙子、泉头、昌图那边的铁路线呢，报仇啊。"于德川插了一嘴，恨恨地说，"把老毛子的铁路线炸他个稀巴烂。"

"呵呵，小孩子说话……能行吗？这里离俄国人的军队很近，又曾经遭到过俄国人的军队的洗劫……我是担忧你们的生命安全啊。"云丹说。

"越是在老毛子兵的眼皮底下，就越安全。"于永良说，"他们来了一回，就不会再来第二回了，他们以为这儿的人都被他们消灭了呢。"

"我们炸老毛子的铁路线，灵活、机动，管叫老毛子他就是骑兵也顾头顾不了腚……嘿嘿嘿。"于发海笑着说。

"哦……是这样。"刘炮头说。

"轰——"沟里边，一声炸响。

"咋的了？"刘炮头惊讶地问。

"试验新型土炸雷的威力呢……炸桥嘛。"于德川说。

"哦——"刘炮头说。

"这火药可是咱们老祖宗的一大发明，大宋朝时，水泊梁山的好汉——宋江他们，就使用过火炮、滚地雷。"于永良说。

云丹似乎不想再听下去了，对刘炮头说："咱们走吧，石岭子镇的皮货商老板还等着我们呢。"

"噢，你瞧我这人，尽顾得瞎咧咧，唠起来就没个完……可别把正事给耽搁了。"刘炮头自责的样子，又对于永良和于发海说，"兄弟，不扯啦，我们走啦。"

于永良和于发海也向他们一摆手，表示送行。

刘磨坊屯，俄国骑兵的驻扎地。

云丹把自己跟刘炮头去了于家沟的经过，原原本本地对格罗莫托夫叙述了一遍。

格罗莫托夫说："我没想到于家沟屯的后果这么严重，居然使关里、关外的拳匪都勾连起来了，而且，群集在于家沟。"

云丹说："不铲除这些拳匪，后患无穷啊。"

格罗莫托夫说："还好，从嫩江补充来的兵员已经到了，还有少部分走在路上。"

云丹说："我看，那少部分，就不要等了，还是消灭匪患于未然，在他们还没有形成气候的时候。"

"你说得有道理。"格罗莫托夫说，"剿灭拳匪。"

云丹说："上次，你是从南口进入的于家沟，得手了……这次呢?"

格罗莫托夫说："还是绕道，从南口杀入……"

云丹说："对了，他们会以为你上次是从南口杀入的，这次必然从北口杀入，即使是防御也是重点防御北口。我走进北口时，还有人盘查我们呢……何况，他们以为你已经灭了于家沟的屯子了，所以，根本就不会再去于家沟了……嘿嘿嘿。"

格罗莫托夫说："好咧，我马上做战前准备，攻其不备，后半夜进军，杀进于家沟正好天亮……"

"好。"云丹说，"我走了，祝你马到成功。"

云丹又悄悄地离开了刘磨坊屯。

夜，阴云密布。

山林静谧而幽森。

格罗莫托夫率领他的经过补充了的180个俄国的骑兵，来到了于家沟的南口，他命令他身边的几个士兵："你们几个先行一步，进入于家沟，看看有啥动静……然后，回来向我报告。"

"是。"几个老毛子士兵答应道。

这几个老毛子士兵催动战马，"嗒嗒嗒"地向前奔跑，进入了于家沟的南口，深入了牛槽沟……静谧，偶尔有几声猫头鹰的嚣叫，反而使山林的夜晚显得更加静谧。

天要亮了，东方已经出现了曙光。

这几个俄国骑兵又跑了回来，他们说："报告长官，我们深入了于家沟的沟里，没有发现任何异常现象。"

"嗯，这就好。"格罗莫托夫放心了，仿佛胜券在握，得意地说，"传我的命令，部队迅速进入于家沟。"

传令兵迅速地传达了他的命令，他的部队进入了于家沟。

格罗莫托夫仿佛是在检阅自己的部队，待自己的马队都从自己的面前走了过去，他才跟在了后面。

格罗莫托夫的骑兵全部进入了于家沟的南口的牛槽沟。格罗莫托夫忽然听到了身后窸窣的响音，像似抛掷柴草的声音，又夹有枯枝折断的声音……他立刻就有一种不祥的感觉。他马上策马返身，去看个究竟。他向回跑了几十步，见到从沟槽两侧的上方，有人正向下抛掷大捆的柴草，把来路已经堵死了。

这个牛槽沟，虽然底部平坦，但是，两侧都是立陡的峭壁，恰如喂牛的牛槽子的槽帮儿。如果在牛槽沟的两头用柴草这么一堵，这个牛槽沟就真的成了喂牛的牛槽子。他格罗莫托夫的整个的骑兵部队就成了喂牛的饲料，供牛咀嚼，想跳出这个牛槽子都不可能。他想到这里，心里不寒而栗。

"哗、哗"，沟槽上面的人在向堆积了的柴草上面抛洒火油，又有人打火儿，点燃了火把，然后，把火把扔在了抛洒上火油的柴草上。"噗"，干柴烈火，立刻就燃烧起来，形成了一道烈火的屏障，把老毛子骑兵的来路给彻底地截住了。

枪声，一声枪响之后，从沟槽上方，向下射击的枪声，爆豆般地响了起来。爆炸声，从沟槽上方，叽里咕噜地滚下的土制石雷、铁雷的爆炸声，连成了一片。滚木，一根接一根，连续地从沟槽的上方跳着高儿地翻滚下来，动能加势能，力量强悍，砸断或者绊住马腿。洋马乱跑乱蹦，哀痛地嘶鸣；俄国骑兵望着高耸的峭壁，绝望地惨叫着。沟槽之下，像煮得沸腾了的一锅糜烂的粥。沟槽之上，火把通明，火把又向沟槽里扔去，沟槽底部和两侧沟帮子上的蒿草和树枝也燃烧了起来。整个牛槽沟硝烟弥漫，成了火海。

所有这一切，仿佛都发生在一瞬间。

格罗莫托夫啥也顾不得了，他求生的欲望，让他孤注一掷，他纵马向堵住他来路的柴草的烈火屏障冲去。

他的战马冲进了烈火。烈火燃着了他的戎装，燃着了他的毛发……他闭上眼睛，屏住呼吸，任凭烟熏火燎……他的右手使劲地拍着战马，双腿夹紧了马刺……疼痛的战马跃上了燃烧着烈火的柴草堆，又极力地挣扎……终于，穿越了烈火的屏障。

穿越了烈火的屏障，战马陡立，嘶鸣了起来……格罗莫托夫从马背上一个颠簸，差一点摔了下来。然后，格罗莫托夫的战马向来路狂奔。

不用说，他带领来的180个俄国骑兵都葬身在牛槽沟了。

马龙坤身穿便服，头缠红头巾，就在牛槽沟南口的上方，他亲眼看见了格罗莫托夫跃出了烈火屏障。火光照耀，从格罗莫托夫的戎装上，可以断定，他是名俄军的军官。

马龙坤对尹泽民命令说："你代替我指挥战斗。"

尹泽民说："是。"

马龙坤又对纪义方说："你带几个弟兄，跟我去追这个老毛子军官。"

跑出了伏击圈的格罗莫托夫，停下马来，下了马，在草地上打了一个滚儿，脱掉了外衣，又甩掉了帽子，然后，重新上马。

天亮了。

格罗莫托夫回过头来，牛槽沟的战火映红了半边天，他还听到了火炮的几声轰击——这让他疑惑，难道义和团还能有轰击的火炮——这样的重武器吗？但是，不容他猜想了……他用挂在脖子上的单筒望远镜望了望，远远地望见头缠红头巾的马龙坤和几个骑兵，向他追踪而来。于是，他策马狂奔。他不敢再去刘磨坊屯了，就犹如丧家之犬，慌不择路地向北逃窜。

马龙坤和他的骑兵，追着追着，却不见了格罗莫托夫的身影。

他们放慢了脚步，下来观察格罗莫托夫的马蹄的踪迹，然后，一边向前追赶，一边再看格罗莫托夫的马蹄的踪迹……这样，追击的速度就放慢了，但是，他们却不放弃。

"嘭嘭"，射击的枪声。

马龙坤说："咱们就向枪声的方向追击。"

"是。"纪义方回答。

他们向枪声的方向前进，翻过了一个山头。当他站在又一个山头上时，看见他们居然追击到了二龙湖畔。

二龙湖，在四平街的以东约百里，像一颗明珠镶嵌在东辽河上。二龙湖的源头是两股水脉。一股来自辽河源乡，那里有几个泉眼，长年流水；另一股来自伊通的孤山河；两股清流浩浩荡荡汇集在二龙湖。

湖畔两侧是二龙山，如同飞龙腾转，蜿蜒起伏，守护着二龙湖的森森荡漾的碧波轻浪。

先前，二龙湖是个叫滴答嘴子的地方，常年滴答水，人们叫它埫子。埫子里有珍珠，其山为珍珠山。埫子与珍珠山又被二龙山所环绕、所拥抱，因此，又称"二龙戏珠"。

滴答嘴子的流水常年不断，滴出了一眼几十丈深的水潭。深潭的水漫口溢出，遇珍珠山阻拦，形成了宽阔的湖面，又被二龙山环抱，所以，人们叫它"二龙湖"。二龙湖水产丰富，青鱼、草鱼、鲢鱼、鳙鱼……以及池沼虾等，绿树成荫的二龙山，环抱着烟波浩渺的二龙湖，风光极为秀美。

二龙湖的南端的山岗，是二龙湖古城遗址——战国晚期燕国北部的边城，平面呈正方形，面积4万余平方米。城墙由黄土夹砂堆砌而成。城内地势西高东低，城内有角楼和瓮城，城内北部正中有夯土高台。

马龙坤和他的骑兵们，正是站在了古城遗址北部正中的夯土高台上，他们看见有五个俄国骑兵沿着湖畔，远远地正在向他们的方向跑来。而且，有官兵在追击这五个俄国骑兵。马龙坤见状，命令道：

"截击。"

他们迅速地跑下山坡，然后，隐蔽在树木之后或者山石之后，向跑过来的五个俄国骑兵开枪射击。

前后夹击，俄国骑兵无路可逃了，五个俄国骑兵都被击毙了。

马龙坤一看，是吴俊升带着官兵在追击……他笑了，说道：

"吴大哥，咱们又见面了。"

吴俊升眯缝着眼睛，迷惑地看着管他叫"吴大哥"的人，他说：

"呜、呜，你是……"

马龙坤把缠在头上的红头巾一摘，说道：

"我是马龙坤哪。"

吴俊升说："呜、呜，是马老弟啊，我还以为撞见了义和团的拳、拳匪，把老毛子给消灭了呢。"

马龙坤说："呵呵……兵不厌诈嘛。"

吴俊升说："我说呢，狙击得这么煞利……呵呵，这几个老毛子真是他妈的命不好，前后夹击还有个好吗？"

马龙坤说："吴大哥怎么追击到了这里？"

吴俊升说："呜、呜，团山子石场的 17 名采石工，被老毛子骑兵无缘无故地给枪杀了，正赶上我在这一带巡视，他们就向我报告……我就派我的部队剿杀老毛子骑兵，把这几十个老毛子骑兵给歼灭了，偏偏这五个老毛子骑兵逃脱了。我一看，这不行啊……追击，追击到这儿……"

马龙坤问："看没看见一个光着脑袋穿内衣的老毛子？"

吴俊升说："还真没看见。"

马龙坤说："那是我们在于家沟伏击刘磨坊屯的老毛子骑兵的漏网之鱼，我们追击到了这里。正抓不着这家伙的身影呢，听到了你们追击的枪声……又站在山头上看到了这几个老毛子沿着二龙湖畔逃窜，就截击了他们。"

"呜、呜，于家沟的事情，我也听说了。"吴俊升说，"但是，没想到你马管带的动作这么快，于家沟的伏击战，你肯定打得漂亮。"

"报告马管带。"有人说道。

马龙坤一看，是自己的士兵领着奉天都督府的传令兵来了，说道："有啥情况？"

"奉天都督的命令。"传令兵说。

纪义方接过了文书。

"念。"马龙坤说。

纪义方打开了文书，他念道："……擢升马龙坤为都司候补，即刻率部前往奉天，阻击从旅顺北上来犯的俄军……此令。"

马龙坤说："遵命。"

"恭贺马老弟擢升。"吴俊升说，"老毛子从旅顺、从瑷珲、从呼伦贝尔、从珲春等几个方向，进犯我疆土……看来，非得跟老毛子斗一斗不可了。"

"吴大哥，我得回于家沟给老毛子收尸去……然后，急速地率领我部，前往奉天……"马龙坤说，"告辞了，吴大哥，你多保重。"

吴俊升说："呜、呜，马老弟，你也多保重，等你胜利的消息。"

马龙坤和吴俊升分手，马龙坤向南，吴俊升向北，各带自己的骑兵，飞驰而去。

1970 年，梨树县，即原奉化县，举办了"于家沟人民反抗沙俄侵略军斗争事迹展览"。

1982 年 4 月，吉林省人民政府公布"于家沟人民抗俄斗争遗址为吉林省第二批重点文物保护单位"。

梨树县政府拨款修建了"于家沟抗俄纪念碑"和"抗俄勇士于永春之墓"，围拦了"见证柳"，使于家沟人民抗击沙俄侵略军的斗争事迹载入史册。

"于家沟抗俄纪念碑"的碑文，照录如下：

公元一九〇〇年沙俄帝国主义向中国发动了疯狂的侵略战争，同年夏历八月二十八日沙俄侵略军流窜到于家沟大肆奸掠烧杀，当时具有中华民族气节的于家沟人民奋起反抗，在反抗强暴的斗争中，于永春、王金等二十九名同胞惨遭杀害。沙俄侵略者一手制造了骇人听闻的"于家沟惨案"。

为牢记沙俄侵略军的滔天罪行，继承先辈不畏强暴的革命精神，振兴中国，特此立碑纪念。

梨树县人民政府

一九八二年九月二十日

第六章

马龙坤出面解决乌泰王爷
私借俄国银行的债务问题

1908 年，4 月初。

条子河村，马龙坤家。

新房子，挨着马龙乾家，石头地基青砖墙，房盖起脊鸳鸯瓦，已经盖了三年了。

于桂花和李凤莲，妯娌间，在屋里的热乎乎的炕头上守着火盆。火盆的炭灰里边是正在烤着的土豆。火盆的上边，放着一个铁皮盘儿，盘儿里是黄豆。黄豆在盘儿里被炭火烤得开裂，发出"噼啪"的微响，同时，散发出黄豆熟了的诱人的芳香。

妯娌俩拣盘里的烤熟的黄豆粒儿，一个一个地填在嘴里，用牙咬碎，嘴里发出"嘎嘣、嘎嘣"的声音。

她俩边嚼黄豆边唠嗑。

于桂花说："这四平街火车站，都通车六年了，火车'哞哞'这么一叫，后面拉着一大串的车厢……可真是有劲儿，我看，几百头黄牛都赶不上它有劲儿。"

李凤莲说："要不说，咱们咋一听说四平街站通火车了，就都跑去看这西洋景呢。"

于桂花说："老毛子修铁路，让义和团这么一闹腾，老毛子的铁路通车的时间，推迟了一年多……呵呵，老毛子好歹是把铁路修成了。"

李凤莲说："老毛子在四平街还修建了驿舍、兵营、公寓……三马路、四马路、五马路、饭馆、旅店、小商、小贩……粮栈、医院，站前的辘轳把街最热闹。"

"呵呵，说起来，老毛子也是兔子尾巴。"于桂花说，"大前年，日、俄在咱东北交战，老毛子从首山、奉天溃败下来，他们42万人退驻在叶赫、石岭子、梨树城、八面城——咱们这一带，还在咱们北山上构筑阵地……咱们中国的老百姓把公主岭、四平街、双庙子之间的铁路给扒了，电线杆子也给截断了……给老毛子的兵的军事行动造成了相当大的困难。"

李凤莲说："那是咱们中国的老百姓痛恨老毛子啊。"

"那年忠廷他爹得到了奉天都督的命令，率部前往奉天一带阻击老毛子兵，他的部队曾连续打败了老毛子兵……老毛子兵占领奉天后，忠廷他爹奉命保护兴京的大清皇帝的祖陵，因为保护大清皇帝的祖陵有功，朝廷特地赏赐忠廷他爹四品花翎顶戴。"于桂花说，"……呵呵，老毛子最终是败了。"

李凤莲说："是啊，他二婶，你说说，这老毛子说败就败了……把这南满的铁道线都让给小日本儿了。"

于桂花说："日、俄战争，老毛子战败了，说是美国出面调停，日本人和老毛子签订了个啥《朴次茅斯和约》……"

李凤莲说："就是啊，老毛子把包括旅顺在内的辽东半岛租借权和长春到旅顺的铁路，及与这个有关的权益，都转让给了小日本儿。"

于桂花说："小鬼子也他奶奶的不咋的。"

李凤莲说："就是啊，走了个熊瞎子，来了条恶狼。"

"可不是咋的。"于桂花说，"但是，老毛子贼心未死，还在蠢蠢欲动……原来他是要独霸东北，现在不得已，退了一步，要跟小鬼子瓜分咱们东北……"

外屋的门，"吱扭"地响了。接着，听到了外屋地里"扑通扑通"的跺脚的声音，来人说："下雪啦，这雪花飘得可是够大的。"

"哟，我当是谁呢，是小山子妈啊。"于桂花说。

小山子妈跺去了脚上的雪，说："他婶子，是我啊。"

说着，进了屋来。

于桂花撬开了窗户缝，一股湿润而凉爽的春风涌了进来，焕发人的神志，给人以清醒之感，令人振作。

她一看，果然，外边下起了大雪。她和李凤莲在屋里唠嗑，并没有留意到外边下雪。大朵大朵的雪花，纷纷扬扬，密密麻麻。房上、地上，厚厚的一层雪。院落周边的杨树、柳树、榆树，原本光秃秃的树干上，也挂上了一层厚厚的雪花。与其说是"挂"上了一层厚厚的雪花，倒不如说是"粘"上了一层厚厚的雪花。湿乎乎的雪花与湿乎乎的雪花相粘，湿乎乎的雪花又与树枝相粘，以至于雪花堆积在树枝上，一副随时可能坠落的岌岌可危的态势。

麻雀在树上"叽叽喳喳"地叫，闹不清它们是欣赏漫天的白雪，在欢歌；还是雪里难以觅食，在悲鸣？"扑棱棱"，一只麻雀腾空而去，其它的麻雀也跟着起飞……扇动的翅膀和赤裸的脚爪，弹吹起树枝上的一片片雪朵，"扑簌簌"地凌空而落。

隆冬的雪花，朵小而坚硬，落在地上，硬硬实实，脚踩上去，会发出"咯吱咯吱"的音响；而在 4 月初，这个时候所落下的雪花，朵大而绵软，虚虚泡泡，脚踩上去，如踩在棉花团上，悄无声息。

"婶子，我也来了。"跟在小山妈身后的小姑娘说。

"哟，凤珍也来啦。"于桂花说，"来，脱鞋上炕吧，炕头暖和。"

"我身后还有一个呢。"张凤珍说。

"谁啊？"于桂花说。

"二婶，是我啊，嘿嘿。"一个男孩说。

"哎哟喂，是我们家的忠民啊。"于桂花说，"让凤珍这么一说，我当是谁呢？"

"凤珍这丫头，越长越秀丽。"李凤莲说，"我看，小山子妈，咱们干脆就定个娃娃亲得了，把你家凤珍许配给我家的忠民，凤珍就是我们家的儿媳妇了。"

"我看也是，这忠民和凤珍总是黏黏糊糊的，青梅竹马……"于桂花说。

"我还巴不得这样呢。"小山子妈说。

"这凤珍好是好，就是有时候欺负我。"马忠民说。

"哎、哎、哎，你别胡说啊，我咋欺负你了？"张凤珍说。

"去年秋天，她要打'乌米'，她够不着，就非得骑在我脖颈上……还有，她要掏家雀窝里的小家雀，让我给她掏；我不掏，她就踢了我一脚；然后，她就让我帮她搬来梯子，她上梯子去掏家雀窝……"马忠民说。

"乌米"，高粱头部的菌类物。小的，如小拇指，大的，如中指。秆状，外表灰白，内里黑色，松软可食。但是，须在高粱要出穗而没有出穗之前采摘，食之脆嫩；倘若在高粱出穗之后采摘，乌米就老化了，口感不佳。"乌米",是高粱的一种病变,结乌米的高粱棵,就不会结出高粱的谷穗了。

"忠民,你当小哥哥的,就得让着点妹妹……"李凤莲说。

"我们家的凤珍,哪里是个丫头,简直就是个愣小子。"小山子妈说。

"来、来、来,给你们烤好的土豆……"于桂花说着,用长长的铁钳子从火盆里扒拉着炭火,从底下夹出土豆来。土豆的外皮儿烤煳了,黑黢黢的,她用手捏着,软了的即是熟了。她把熟了的土豆分发给孩子们。

土豆是热的,孩子们把热的土豆放在手里,掂起来,又用嘴吹风,因为土豆在手心上有些烫手。待土豆稍稍凉一凉,他们就把煳黑的土豆掰开。一旦掰开,里面登时冒出一股子热气儿来。煳黑的皮儿里面,却是白白的,又面又起沙。

孩子们嘴里吃着烤土豆,肠胃里一派温暖,他们还叨咕着:"好吃、好吃。"

于桂花对小山子妈说:"你们家小山子可是不错,听龙坤夸他……龙坤的身边也算是有个贴心人儿。"

"小山子投奔他二叔当兵,可得对他严格点。"小山子妈说。

"小山子在他二叔的手下,错不了。"李凤莲说,"这不嘛,我们家忠华要跟他二叔去当兵,他二叔不要,说是自己的亲侄子在自己的手下,不好管理……忠华和忠国就投奔他吴大舅去了,反正都是当兵。"

"小山子还小,龙坤把他留在身边当传令兵。"于桂花说。

"忠华和忠国在他吴大舅那里,忠华当了他吴大舅的传令兵,忠国也是当了个传令兵。"李凤莲说。

小山子妈对于桂花说:"听说你们家在四平街买了房子了?"

"嗯哪呗。"于桂花说。

"要搬家了吗?"小山子妈说。

"我还真怕到了城里,住不习惯呢。"于桂花说。

"我可真的割舍不得你走……一时见不到你们,我这眼前就像是缺点啥似的。"小山子妈说。

"有啥割舍不得的。"李凤莲说,"待小山子在龙坤手下当了大军官了,我们家的忠华在他吴大舅的手下也当了大军官了,咱们也在四平街买房子去住,当个城里人儿。"

"可不是嘛。"小山子妈说。

"妈——"忠廷在院子里喊叫。

"哎，干啥?"于桂花在屋子里回应。

"我爹回来了啦。"忠廷兴奋地喊叫。

"噢，知道了。"于桂花回应。

"妈，还有我小山子哥呢。"忠廷继续喊道。

"哟，小山子也跟他二叔回来了。"小山子妈喜悦地说。

"嗷，我哥回来了。"张凤珍高兴得蹦蹦跳跳地说。

说着，马龙坤和小山子已经拴好了马，走进屋来。马龙坤说:"哟，大嫂和张嫂都在我家呢?"

"知道你和小山子要回来，我们就在这儿等着呢。"小山子妈调侃地说。

"张嫂，小山子回来了，你给做点啥好吃的啊?"于桂花说。

"猪肉炖粉条子，馏豆包。"小山子妈说。

"我走啦，你们两口子唠吧，这军官当的，回来一趟都不容易。"李凤莲说。

"我也走啦。"小山子妈说，"小山子，一会儿回家吧?"

"嗯哪。"小山子说。

"哟，小山子这腰上还挎着枪呢。"李凤莲说，但是，几个小孩子却不肯走，她吩咐，"小山子，你领着这几个小崽子去玩去吧。"

小山子对忠民、忠廷、凤珍说:"走吧，哥领你们玩去。"

"哥，咱们去哪儿玩?"凤珍说。

"去河边。"小山子说。

"去河边可是去河边，不能溜冰啊，河上的冰该开化了，这河上的冰又被雪埋住了，不一定能承受住人了，小心掉进冰窟窿里去。"小山子妈警示说。

"嗯，知道了。"小山子说。

李凤莲、小山子妈，连同小山子领着的几个孩子，都出去了。

外面下着的雪，渐渐地停了，从撕裂云层的缝隙里，还露出了一缕缕阳光，然后，云层慢慢地合拢了，又把这一缕阳光给遮住了。

马龙坤脱了鞋，上了炕。

于桂花把炕桌放在了自己的丈夫的面前，她给自己的丈夫沏茶、倒茶，然后，把茶杯、茶壶端到了炕桌上，她说:"不是说上奉天了吗，这么快就回来了?"

"回来处理乌泰王爷的事儿。"马龙坤说。

"乌泰王爷咋啦？"于桂花说。

"乌泰王爷以他管辖下的国家的旗地、矿产等做抵押，擅自从老毛子的手里借贷了29万卢布……借贷到期了，老毛子逼债……他还不上款了。老毛子把他告到了奉天都督府，乌泰也请求让国家银行给垫付……奉天都督让我全权来处理这件事儿。"马龙坤说。

"这个乌泰王爷不是投靠着老毛子吗？老毛子咋还向乌泰王爷逼债呢？"于桂花说。

"老毛子不做赔本的买卖。"马龙坤说。

"这可是打了乌泰王爷一个响亮的耳光。"于桂花说。

"哼，狗是记吃不记打。"马龙坤说，"到头来，狗是改不了吃屎的。"

"你还得专程去哲里木盟的札萨克图的郡王府，跟乌泰王爷来处理这件事儿吗？"于桂花说。

"不，把乌泰王爷和老毛子召集到四平街来，就在四平街处理这件事儿。"马龙坤说。

"哦。"于桂花说。

条子河北岸，条子河村。

雪，莽莽原野，铺上了白茫茫的雪絮，有尺把厚。北风，瑟瑟的北风，吹在了河边的树林子里，粘在枝条上的雪挂被纷纷吹落，落光了叶子的枝条在风中发出轻微的哨响。

张凤珍骑在小山子的马上，忠民牵着马，忠廷在旁边走，小山子跟在后面。到了河边的林地里，忠民、忠廷在雪地里打起滚来，雪地上留下了他们滚过的痕迹，那痕迹的线条组合，像一幅幅图画，可以给人留下了丰富的想象空间，令人玩味，也很好看。

凤珍见了，哈哈哈地笑着，也学着在雪地里打起滚来，然后，站起身来，看着自己滚过的痕迹，她说："我滚过的痕迹，像是一幅图画。"

忠民过来给她拍打着身上的雪渍，说："啥图画？"

凤珍说："像一座座高山，还有白云。"

忠民说："说像啥就像啥，嘿嘿。"

忠廷说："我们小子在雪地上滚，你个丫头也在雪地上滚……"

凤珍把小嘴一噘，在北风中，红扑扑的瓜子脸的脸蛋，黑白分明的杏核眼，戴着毛绳帽儿，帽子下面是两条黑发的小辫儿，一身的红地儿梅花袄，她站在白白的雪地里，显得更加娇艳。她说："丫头咋啦，丫头就不许在雪地上滚啦？谁立的规矩？"

说着，她从地上抓起了两把雪，揉成了一团，然后，朝忠廷的身上，摔了过去。

忠廷笑了，他一边扑拉着衣服上凤珍摔上去的雪渍，一边说道："别介，算我没说、算我没说……还不行吗？"

忠民笑嘻嘻地说："呵呵，谁敢惹我们张家的姑奶奶……必定遭到拳打脚踢。"

凤珍说："小山子哥，你这手枪挺好的。"

小山子说："当然好，德国造。"

凤珍说："让我们放几枪吧？"

"教教我们打枪，老毛子来了，我们就毙了他……你说呢，小山子哥，求求你啦？"忠民和忠廷也说。

"你们这几个小孩伢子，这要是让龙坤二叔知道了呢……他是我的顶头上司啊？"小山子说。

"我们谁也不说，保密。"忠民和忠廷说。

"哥，刮的是北风，逆风；村子离得又远，二叔他们在村子里，根本就不会听到枪声。"凤珍说。

"我这儿有十颗子弹，是在进行军事训练时，我留下来的。"张小山说，"你们每人试射三颗子弹，我留一颗做示范，你们看咋样？"

"好——"忠民、忠廷、凤珍都拍着手，叫了起来。

"但是，你们得听我的，听不听？"张小山说。

"听——"忠民、忠廷、凤珍又叫了起来。

张小山捡起了一块石头，嘴里念叨着脚走的步数："一、二、三……"一直念叨到15步，然后，他停下脚步，把石头放在了身边的那棵柳树的树杈上。

他又走了回来，他讲解着手枪的使用……他说："绝对不允许把枪口对准自己人，否则，容易走火伤人，记住了吗？"

"记住啦。"忠民、忠廷、凤珍回答。

张小山用双手握着手枪，说："打开保险，子弹上膛，眼睛要跟瞄准器，以及射击的目标，三点成一线……扣动扳机。"

只听得"嘭"的一声清脆的枪响，子弹出膛，准确地击中了树杈上的石头，那块石头应声落地。

"嗷——"忠民、忠廷、凤珍鼓掌，叫喊着。

"我先来……"忠民说，说着他从张小山的手中接过了手枪。

张小山又在那个树杈子上，放上了一块石头。然后，他回来，纠正忠民的双手托枪的姿势，继续讲射击的要领……忠民按照张小山讲述的射击要领去射击，他射击了三枪，命中了两枪。

张小山说："打了三枪，命中了两枪，这就很不错了，别忘了，你们这是第一次打枪，而且年纪小，我还担心你们连枪都托不稳呢。"

听了张小山的讲话，忠民有些得意，说："别忘了，我家可是将门之后。"

忠廷也打了三枪，三枪两中，与忠民打了个平手，也挺得意。

"哥，该我的了，把三块石头分别摆在三棵树杈上，看我的……"张凤珍托起了手枪，瞄准目标，连续三枪，三枪三中，她骄傲地说，"哥，咋样？"

"哟，还真别小瞧我们家的丫头啊——居然是位小小的神枪手。"张小山说。

"她是最后打的，当然……"忠民不服气地说。

"她是碰上了，碰个正着。"忠廷也是不服气地说。

"不服气吗，咱们再来三枪？我可是花木兰转世。"凤珍说。

"再练枪，我可是没子弹了。"张小山说。

"不玩枪，可以玩刀吗？"张凤珍说。

"玩刀？"张小山说。

"嗯哪。"张凤珍说。

说着，她到了离她十步远的一棵杨树干上，用石头的尖棱在嫩树皮上，划了一个烧饼大小的一个圈，然后，走回来……突然，转回头，"嗖、嗖、嗖"地发出三支五寸长短的尖刀，刀刀命中她划的那个烧饼大小的圈里面。

"好啊——"忠民叫道。

"凤珍，这是跟谁学的？"张小山说。

"是龙乾大叔教我的。"凤珍说。

"我爹教的，我咋不知道呢？"忠民说。

"这是龙乾大爷偷着教我的，他说我机灵、麻利，还送我一个皮夹子，皮夹子里有五把飞刀。"凤珍说，"他还说，男孩子防身可以有手枪，女孩子防身应该有飞刀。"

"真没想到，我的妹妹——小小丫头片子，暗中还有一手……连我这当哥哥的，都很钦佩。"张小山说。

"哥，忠华哥和忠国哥从小就玩马，他们马上的功夫可是了得……练跑马吧，咋样？"凤珍说。

"哎哟喂，我的这个小妹妹啊，可真是个野丫头、疯丫头……男孩子玩的行当，你都要玩……怪不得都说你是个假小子。"张小山说。

"明儿个，我就不扎两条小辫，而是梳一条大辫子了，假小子嘛。"凤珍说。

"对于凤珍提议练习跑马，我们是一百个支持、一千个支持。"忠民、忠廷表态说。

"好、好、好，训练你们三个马上的功夫，你们可真是一伙儿的。"张小山说，"你们怕不怕从马背上摔下来？摔着了，伤了筋骨，可是疼啊。"

"不怕。"忠民、忠廷坚毅地说。

"厚厚的雪，在地上当垫子接着呢，摔也摔不疼的，何况，脑袋上是狗皮帽子，身上都是大棉袄二棉裤的。"凤珍说，"哥，你把你戴着的狗皮帽子给我戴上。"

凤珍摘下了自己的毛线的帽子，把张小山递给她的狗皮帽子戴在了头上。

忠民牵着马，他们走出了林子，来到了空旷的白雪皑皑的田野上。张小山以身示范，讲解着，并且，做上马、跑马、下马的动作……他们哥几个在河边的林地间，练习起马上的功夫来……

四平街，驿馆。

马龙坤以奉天都督府蒙务局的全权代表的身份，通知了乌泰王爷和俄国外交代表到四平街协商乌泰王爷所欠俄国款项一事。

乌泰王爷和他的弟弟梅伦齐木特色楞来了。俄国的外交代表是格罗莫托夫和云丹。随同马龙坤的，有尹泽民和张小山。

马龙坤说："我作为奉天都督府的全权代表，把各位邀请来这里，目的就是一个，协商解决乌泰王爷从俄国东清铁路公司、华俄道胜银行借贷卢布款项一事。我们收到了俄国外交代表送来的索要贷款的照会，我们对此事深表关注……乌泰王爷也已经向奉天都督府蒙务局说明了借贷的情况，并且，恳请奉天都督府出面加以解决。"

格罗莫托夫说："1903年4月，乌泰王爷从我们在旅顺的华俄道胜银行领取了贷款10万卢布。6月，又从奉天领去了10万卢布。这20万卢布是以他全旗的土地、矿产和牲畜作抵押借贷的，期限为四年。"

说完，他亮出了乌泰王爷的两张借据。

乌泰王爷说："确有此事。"

格罗莫托夫说："1906年7月，乌泰王爷再次以本旗山林作抵押，从我们在哈尔滨的东清铁路公司那里借贷了9万卢布，为期是一年。"

说完，他又亮出了乌泰王爷的另一张借据。

乌泰王爷说："也有此事，这都是我的错儿。"

马龙坤说："乌泰王爷个人跟你们借贷，你们个人之间打官司就是了。"

乌泰王爷的额头出汗了，说："如果这笔借贷算我个人的借贷，那么，他们俄国人就要派员到我的府上，查封我的产业……还威胁说……"

格罗莫托夫说："我们跟乌泰王爷之间的借贷，不是跟他个人之间的事情，而是跟他的旗政府之间的事情，请看一看，这三张借据上都盖着他们旗政府的官方印鉴呢。所以，我们才照会了奉天都督府。"

马龙坤说："正因为你们照会了奉天都督府，都督府的蒙务局才派我作为全权代表来处理这件事情。不过，我要说明的是，你们这三张借据，都属于无效合同。"

格罗莫托夫一耸自己的肩膀，说："很遗憾，我不理解你说的这个话的意思。"

马龙坤说："早在奉天都督府由依克唐阿主政的时候，依克唐阿将军就根据哲里木盟的盟长色旺诺尔布桑保亲王的报告，撤去了乌泰王爷的札萨克旗的印务。1900年，待增祺将军主持奉天都督府时，就于当年的5月20日，以'招集客民，敛银开荒，虐待部下'之罪，经理藩院核议和朝廷旨准，又革去了乌泰王爷的哲里木盟副盟长之职，他虽然还是世袭的王爷，但是，他却没有官方的职务，他用旗里的土地、矿产和牲畜做抵押而贷款，岂不是欺世盗名？你们俄国的银行难道不经过核查就随意地贷款吗？"

格罗莫托夫说："我们的三张借据上，都有乌泰王爷的签名和他所在的札萨克旗的官印，怎么能说我们是随意贷款呢？"

马龙坤说："那官印是私刻伪造的，乌泰王爷连盟里和旗里的官职都没有了，哪来的官方印鉴？"

格罗莫托夫听了，一脸的尴尬，有些张口结舌："这、这……这可要问问乌泰王爷了，官印怎么可能是私刻伪造的呢？"

马龙坤说："即使乌泰王爷有盟里和旗里的职务，他也无权以官方的名义，不通过奉天都督府报请朝廷的恩准，就向外国的银行请求贷款……试问格罗莫托夫先生，外国银行既然是借贷钱款给我大清国的地方政府，这是外交事务，要不要通过我大清国的朝廷？为什么不经过我大清国的朝廷，就擅自借贷？俗话说，无利不起早，这里面是否有叵测的居心？"

格罗莫托夫被问得语塞了，他的脸皮有些抽搐，说："这、这……"

"所以，这纯属俄国的银行企业与乌泰王爷之间的民间的经济纠纷。"马龙坤说，"我大清国的官方，对此不负有责任。"

格罗莫托夫说："这怎么可能呢？"

马龙坤说："我已经把话说明白了。"

格罗莫托夫说："那我们就派人去乌泰王爷府，查封了乌泰王爷的资产……"

马龙坤眼睛一瞪，断然地说："敢？这是在大清国的国土上，任何司法追究必须经过我大清国政府的允许，否则，其性质你们心里清楚，我大清国政府不会允许自己的子民在自己的国土上遭到侵害和虐待。"

格罗莫托夫肩膀一耸，两手一摊，翻出了白眼儿，他心情酸涩而又无望地说："看来，是我们自食苦果了？"

马龙坤说："我协调完了，我该走了。"

说完，他站起身来，就向外走……走了没有几步，云丹就从后面拦腰抱住了他，说道："马爷，请留步。"

马龙坤停下了脚步，他回过身来，看了看云丹，说："这位先生，我好像是在哪儿见过你？"

云丹说："马爷，八年前，我们在胡思楞胡爷家见过两面。"

马龙坤说："哦……我想起来了，你是云丹先生，做买卖的，与胡爷的关系很好。"

云丹说："马爷，咱们商量个妥善的办法？"

马龙坤说："哦，也好。"

他重新坐了下来。

云丹说："马爷，你和我，都是胡思楞胡爷的朋友，胡思楞胡爷又是乌泰王爷很好的朋友，据说还是亲戚，这么一说起来呢，咱们都是一家人。"

马龙坤说："云丹先生说的这话，我爱听，也说到我心里去了。"

云丹说："没有我和乌泰王爷的关系，胡爷也承包不到南满铁路的工程，你马爷也就去不了这四平街的杨木林子工地……"

马龙坤说："是啊。"

云丹说："胡爷的事儿，我的事儿，也就是乌泰王爷的事儿……"

"哦，云丹先生说得对，是这么个理儿。"马龙坤说，"刚才，你说要商量个妥善解决的办法？"

云丹说："是啊，也就是说，这个办法——你过得去，乌泰王爷过得去，俄国银行也过得去。"

"嗯——"马龙坤说，"云丹先生，你说。"

云丹说："欠债还钱，天经地义。"

乌泰王爷说："是、是。"

"能不能这样，串换一下？"云丹说，"乌泰王爷的借款，由大清银行先替乌泰王爷给垫付上，然后，乌泰王爷再把借款还给大清银行？"

马龙坤的脸上仿佛豁然开朗的样子，说："嗯，鉴于乌泰王爷已经知道自己错了……云丹先生的提议，倒是个解决的办法。"

云丹说："马爷是奉天都督府的全权代表，我相信马爷也能做得了这个主。"

马龙坤说："唉，好吧，就按云丹先生说的办吧。"

云丹说："这样的话，就三全其美。"

"嗯，看在胡爷的面上，就这么办吧。"马龙坤说，"不过，我们要告知外国人，蒙旗借贷案的解决，这种方式，仅此一项，下不为例。今后，概不负责。"

"马爷，我代表我们全家谢谢你了。"乌泰王爷还是担忧地说，"如果没有个妥善的处理办法，俄国人早前就说了，要派兵到我家……"

马龙坤说："我刚才说过了，乌泰王爷乃我大清国的子民，居住在我大清国的领土上，外国人等胆敢骚扰……我大清国的老百姓也不会答应，诸如于家沟……"

格罗莫托夫说："于家沟的屯民，乃一介刁民。"

马龙坤马上横眉立目，用手指着格罗莫托夫的鼻子，说："你们俄国的士兵，进村抢劫，又奸淫妇女……可以说，禽兽不如。"

云丹阻止道："咱们今天不谈这些……"

格罗莫托夫说："马先生，我好像在哪儿见过你？"

马龙坤说："山不转人转，见过也是可能的。"

格罗莫托夫断言道："在于家沟。"

马龙坤说："大清国之大，沃野万里，人才济济，都有一颗拳拳爱国之心，跟我相像的人，多得很哟——"

"言归正传。"云丹说，"我马上起草个《议结还债条款文》，大家签个字，这事情就算了结了。"

马龙坤说："好哇。"

云丹说："签了字之后，就在这驿馆里，我请客，宴请大家。"

于是，签署了《议结还债条款文》。

之后，由云丹宴请，以祝贺乌泰王爷欠款俄国银行29万卢布的事宜，得到了妥善的解决。

四平街，驿馆。

乌泰王爷的包间里，乌泰王爷请马龙坤、尹泽民喝茶。乌泰王爷说："马爷，你在跟俄国人讲话时，说到我的印鉴是私刻伪造的，又说我不是札萨克旗主持印务的……当初，奉天都督依克唐阿是将我'暂行撤去札萨克印务'，后来的奉天都督增祺重新处理我的问题时，他下令'撤销原决定，革去副盟长职'。因而，我只是被革去了'副盟长'的职务，而后来札萨克旗的印务，就一直由我掌持着。"

"我的理解是，'撤销原决定'——原决定是'暂行撤去札萨克印务'，这还不够，并不只是撤去旗里的印务，还要'革去副盟长之职'……"马龙坤说，"这是个模棱两可的命令，所以，后来你才掌持着旗里的印务。"

乌泰王爷说："让你这么一说，我感到有些委屈。"

马龙坤笑了，说："我之所以那么说，就是要打掉老毛子自认为是债主而理直气壮来索债的气焰……这是心理战，呵呵。"

乌泰王爷说："马爷，看在我们都是胡思楞的朋友的面上，能不能在奉天都督那里给我通融一下，免掉我的债务？"

马龙坤说："从1891年起，你就将洮儿河两岸夹心荒地和归流河流域的荒地，勘放给从索图盟的喀喇沁旗、土默特旗等五旗中外逃来的部分蒙民，招垦面积南北长达150多千米，东西宽达50多千米。每户只要交银20两，便可自由垦荒，无论种地多寡，每年每方川地交租粮十石、山地交五石，后来分别加征肉 100 斤或 50 斤。你这样做，引起了贵族们的不满，他们情愿要凑集白银 32000 两，来抵还你郡王的欠债，以换来你驱逐外来的蒙汉民，停止开荒。但是，你却置朝廷的禁令、盟与盟之间的关系，以及对你不满的贵族们的劝阻于不顾，一意孤行。开始，你征收开荒农户的地租每户二三十两银子，后来增至每户两个元宝，每个元宝的价值约合白银 50 两，这些银子统统都流入了你乌泰王爷个人的钱袋。从 1899 年 2 月起，你又开放达赉窝棚、哈奇吐等新荒地，长达 150 多千米，宽达 300 多千米，前后总面积约 42874 垧。你给 1000 多户外来的蒙汉民发放《地照》，共 1260 多份，甚至超过了本旗土著蒙古族人的户口。如果没有巨大的利益在里面，你能这么做吗？"

一方川地，合毛荒地 45 垧。

乌泰王爷说："马爷，你是不知道啊。我乌泰袭爵后，既要不断向朝廷'捐输'，又要'年班入值'。每到京师，开销巨大啊。从光绪七年起，我向朝廷捐输了白银 30 多万两，我才得以加官进爵。我接连被赏赐三眼花翎、黄马褂，又在紫光阁赐宴与我等等，哪个不是我用银两换来的啊。所以，我乌泰王府的财政十分困窘，亏空巨大啊。为了解决这一难题，我乌泰才不顾朝廷封禁的法令，私招外旗人口到本旗开垦荒地，从中敛收些押荒银和地租银。这都是不得已而为之啊。"

马龙坤说："朝廷有令，王公不经过旨准，不得擅自离开旗地。1901 年的冬天，你揣带印信出走王府，秘密潜往齐齐哈尔会见俄国外交官索克凝和统领伊勒门，为获得俄国的卢布贷款，出走王府达 20 多天。1906 年 7 月，你又擅离旗府，秘密潜往哈尔滨会见俄东清铁路公司总办霍尔瓦特、代办达聂尔，再次以本旗山林作抵押，贷款 9 万卢布。你这两次出走，都没有得到朝廷的旨准。"

乌泰王爷说："朝廷不念我给朝廷的捐输等贡献，免除我的债务，仍然让我以我旗租赋、路矿和放荒等收入来偿还大清银行……我想不通啊。"

"念你知道错了，没有给你啥大的惩戒，已经是对你的莫大的宽恕了。"马龙坤说，"而且，朝廷下令免除你欠北京钱庄的债务，除了你的俸银每年 1500 两之外，还拨给你 2000 两白银作为王府上下的日常用度，你就感恩吧。"

"唉——"乌泰王爷叹了一口气，满脸的愤懑，说，"谁的苦处，谁知道哟。"

马龙坤说："乌泰王爷，我不打扰了，告辞。"

乌泰王爷把马龙坤送出了驿馆。

四平街，驿馆。

格罗莫托夫的包间里，仿佛是酒兴未尽，他跟云丹还在喝酒，饮用的是从俄罗斯带来的伏特加酒。格罗莫托夫说：

"在于家沟战役中，仅仅我一个人得以逃脱，其余全部牺牲……使我们中了他的埋伏的，就是这个马龙坤。于家沟那里，根本不是什么义和团，分明就是清军的正规部队，指挥官就是马龙坤。"

云丹说："你看准了？"

格罗莫托夫说："我的印象太深刻了，当时，我侥幸地跳出了包围圈，回头用望远镜瞭望，领头来追击我的，就是这个马龙坤。虽然，过去八年了，当时他的额头上围着拳匪的红头巾，但是，他的那个脸面，在我的心头留下了深深的烙印。"

云丹说："噢。"

格罗莫托夫说："我之所以说于家沟那里的，是清军的正规部队，还因为我听到了火炮的轰鸣……这是拳匪所没有的。"

云丹说："这么一说，这个马龙坤，真的是很狡猾——我们上了他的当了。"

格罗莫托夫说："说是于家沟出现拳匪，要报复我们，要破坏铁道线……是他马龙坤在胡思楞家说的吧？"

"的确如此。"云丹说，"我亲眼所见，我亲耳所听。"

格罗莫托夫说："这是马龙坤和胡思楞合谋，给我们设下的套儿。"

云丹说："何以见得？"

格罗莫托夫说："如果不是你把他拉回来，跟他说，你跟他在胡思楞家有两次见面的交谊……我们索债的事儿，就有可能泡汤了，可见，他跟胡思楞的交情之深厚。"

云丹说："马龙坤是胡家的师爷，受胡家的信任，授命掌管胡家承包的铁路工地……闹起了拳匪，他是清军的管带，却承诺保护胡家承包的铁路工程。"

格罗莫托夫说："全军覆灭，切齿之痛啊……我必须报复。"

云丹说："如何报复？"

格罗莫托夫把嘴巴附在了云丹的耳朵旁边，说……云丹听了，脸上露出了狰狞的一笑。云丹说："我们向乌泰王爷索债，也是在报复。"

云丹说："我跟乌泰王爷交往了这么长时间，我是把他看透了。他就是一条记吃不记打的癞皮狗，只要我们的手里有带着肉的骨头，就可以引诱他这条狗乖乖地跟着我们走，并且，不断地向我们摇尾乞怜。"

格罗莫托夫说："我们要扩充我们的势力，就要多引诱几条乖乖的可以为我们所用的狗，不仅是癞皮狗，哪怕是条凶狠的狼狗。"

云丹说："是啊，诸如黑虎山的匪首童瑟奇。"

格罗莫托夫说："我们在向乌泰王爷贷款时，是有政治条件的。条件是乌泰王爷必须做我们俄罗斯的'藩属'，还必须联合各蒙旗统归我俄罗斯所属。他乌泰王爷当时是慨然同意的。我们的目的是要在满蒙地区建立起属于大俄罗斯帝国的'黄俄罗斯'，尽管日本人想要跟我们争夺这块肥肉，我们也把满蒙地区的相当一部分，成为我们的藩属。乌泰王爷的手里大把地花着我们俄罗斯的卢布，却没有积极地联合各旗……这使我们失望。所以，我们采取了断然的报复措施，索债……"

云丹说："报复、报复，坚决报复，我们一起去找黑虎山的山大王——童瑟奇，让他向胡思楞下刀子。"

"好，好嘞。"格罗莫托夫端起了酒杯，他的舌头根子的确有些硬了，说，"为、为我们的报复……干、干杯。"

"干、干杯。"云丹说，他醉眼惺忪，也举起了酒杯。

已经醉醺醺的格罗莫托夫和云丹，又一次碰了杯，然后，又是一饮而尽……他们都已经酩酊大醉了。

之后，他们稀里糊涂地进入了——蒙蒙胧胧而又混混沌沌的自以为舒坦至极的遥远的梦乡，并且，抽搐似的发出了不那么均匀的起起伏伏的鼾声。

第七章

杨戬请张天师到大辽河降伏旱涝二魔

条子河村，马龙乾家。

李凤莲把炒熟了的瓜子倒在了笸箩上，堆积的瓜子飘腾着热烟。然后，她又用手和弄了和弄，让热烟得以散发。

她说："小崽子们，你们嗑瓜子吧，热啊，悠着点。"

"好嘞。"忠民、忠廷，还有小凤珍，他们答应着。

"嗑了满地的瓜子儿皮子，谁扫啊？"忠廷说。

"我。"凤珍说。

李凤莲笑了，说："嘿嘿，还是我的儿媳妇勤快。"

"大婶，是邻居的大侄女，不是儿媳妇。"凤珍纠正说。

"早晚得是我家的儿媳妇。"李凤莲说，"忠民，你说，是不是啊？"

忠民咧着嘴，只是嘿嘿地笑。

小崽子们嗑着瓜子。

于桂花也来了，她也嗑着瓜子。

忠廷说："大娘，你给讲个故事呗？"

李凤莲说："嗑瓜子能堵住你们的嘴，却堵不住你们的耳朵，是不是？"

凤珍说："大婶，你讲的故事好听。"

忠民说："妈，既然忠廷和凤珍都让你讲一个，你就讲一个呗？"

"如果是忠廷和忠民让我给讲故事，我都不会讲，既然是我儿媳妇小凤珍让我这个当婆婆的给讲，那我就不推辞了。"李凤莲说，"可是，有个条件。"

"啥条件？"忠廷说。

李凤莲说："既然是凤珍求我，就得给我叫一声'婆婆'，我才能讲。"

"小凤珍，这大家伙儿可都等着听故事呢，你要是不叫'婆婆'，我们可就都听不到故事了。"于桂花说，"我们家的故事，可是不外传的，只有马家的人才能听……你只要叫一声'婆婆'，你就是我们马家的人了，这故事就可以讲了……呵呵呵。"

"二婶，你可真能唬人，我妈以前也讲过故事，凤珍也听过的。"忠民说。

"咦，忠民，你个小兔崽子，胳膊肘往外拐……"于桂花说，"我说的，这可是咱们马家新立的规矩……呵呵呵。"

"凤珍，叫就叫呗。"忠廷催促道。

凤珍的脸红了，但是，还是听故事要紧，她腼腆地轻声地叫了一声："婆婆——"

"哎——"李凤莲爽朗地大声地答应着。

忠民听了，看了凤珍一眼，只是嘻嘻地笑。

李凤莲说："讲一个咱们松辽大平原，沃野千里……之所以年年都能够旱涝保收的故事吧，好不好？"

"好——"忠廷、忠民、凤珍他们拍着手，齐声喊叫。

"话说啊，远古的时候……"李凤莲开始讲她的故事传说——

远古的时候，这莽莽荡荡的辽河大平原啊，曾经遭受过巨大的灾难。

原因是有两个千年的老妖魔，都要在这个水肥土黑的美丽、广袤的原野上，称王称霸。一个老妖魔，是大辽河里的千年水乌龟，是只母乌龟；另一个老妖魔，是从二龙山上飞下来，栖息在辽河岸边枝叶繁茂的柳树上的千年火乌鸦，是只公乌鸦。

火乌鸦在柳树上呱呱地叫，他宣称："我是这辽河大平原上生灵万物的主宰，这辽河大平原属于我火乌鸦的。"

水乌龟从辽河里伸出了脑袋来，不服地喊叫道："火乌鸦，你说错了，我水乌龟才是这辽河大平原上万物的主宰，你是从二龙山上飞来的，我水乌龟早就卧居在这大辽河里了，你还有没有个先来后到？"

火乌鸦说："水乌龟，你才说错了呢，我火乌鸦原先的确是居住在二龙山，但是，二龙山上的水都流入了二龙湖，二龙湖的水又流入了大辽河，才使得这沃野千里的辽河大平原有灌溉之利……你能卧居在大辽河里，还不得感谢我的原居地二龙山吗？山有头，水有源，你却吃水忘源，你个忘恩负义的家伙。"

水乌龟说："火乌鸦，你骂谁呢，谁是忘恩负义的家伙？"

火乌鸦说："水乌龟，我说的就是你。"

水乌龟说："火乌鸦，你竟敢骂我？你是吃了熊心豹子胆了，是不是？我在这大辽河里修炼了千年，我岂能惧你？"

火乌鸦说："我敢骂你，就表明了我在二龙山上修炼了千年，早已经吃了熊心豹子胆了，还怕你个千年老王八？"

水乌龟说："你个吃腐肉的黑乌鸦，让我这千年的水将军来教训教训你……也免去你要在我面前称王称霸的妄想。"

说着，她挺起身来，挥舞着手中的一对云月雷雨锤，从辽河水中一涌而出，这一涌可不了得，掀起了千层波浪……站在天上云雾中的水乌龟，黑盔黑甲黑战袍，足踏黑云靴。她个头不高，但是，上身浑圆，腿脚短粗，十分泼辣、莽壮、彪悍。

她威吓火乌鸦，向火乌鸦一碰自己手中的云月雷雨锤，只听得天地之间，阴风骤起，寒凉彻骨。乌云密布，闪电撕裂云层，如无数条金蛇乱窜，霹雳炸响，轰天雷地，余声滚滚……进而，天空中云层的裂隙中出现了一轮冰冷的月亮。

火乌鸦说："你个不识时务的愚钝的水王八，还是让我这千年的火将军来教训教训你吧，看我的烈日赤焰枪……也免去你自以为卧居辽河千年，就认为自己是辽河原野的天然霸主的痴心梦魇。"

说着，他立起身形，抖动着翅膀，手上握着一杆烈日赤焰枪，从柳树上一飞冲天，这一冲可不了得，直上九重霄，扇起飓风，搅天扰地……站在九霄云雾中的火乌鸦，赤眼赤鼻梁赤口喙，赤盔赤甲赤战袍，足踏赤云靴。他个头高挑儿，长脖梗，丰腴胸，细长腿，却显得生机勃勃，耸立的身材飘逸、挺拔、矫健。

他威吓水乌龟，自己手中的烈日赤焰枪向水乌龟一指，在空中画了个圈儿，只见风生火起，熊熊燃烧，炎热炙烤。仿佛有无数只火乌鸦的鼻孔和嘴里在喷吐着火苗，扇动的翅膀在助长着火势，火势漫漫，炽炽燃燃，整个天地变成了一片汪洋的火海……进而，汪洋的火海的上空，高高地照耀着一轮酷热的太阳。

水乌龟和火乌鸦各自手执兵刃，你来我往地在空中斗法，可以说是打得难解难分……水与火在搏斗，彼长我消，彼消我长……云月雷雨锤和烈日赤焰枪，每斗一个回合，天上就多一轮月亮和一轮太阳。

他们在天上一连斗了三天。

他们每天斗三个回合，三天斗了九个回合，天上就有了九轮月亮和九轮太阳。

水乌龟和火乌鸦的战斗，交替着占据上风，打得势均力敌。水乌龟占据了上风，就会四个月里阴云密布，霹雳闪电，淫雨霏霏……间或露出逐渐添加的月亮，即使是白昼也如同黑夜；火乌鸦占据着上风，就会四个月里晴空万里，赤日炎炎，炙烤大地……天地间如同蒸笼，再加上逐渐添加的太阳，即使是黑夜也如同白日

天上一天，地上一年。

四个月云月阴冷，淫雨不断，恰似黑夜；又四个月赤日如烈火，恰似白昼；如此三年，包括人类的生灵万物，惨遭涂炭，处于水深火热之中。

李凤莲讲她的故事传说——

天庭的神探千里眼，受命观察人间世界……他看到了这种严重的灾情，赶紧向玉皇大帝启奏……玉皇大帝听了他的奏报，升殿议事，他说：

"辽河岸旁，有火乌鸦和水乌龟两个妖孽为争夺霸权在杀戮、斗法，造成轮番地旱灾与涝灾，殃及人类和生灵万物，哪位将军愿意前往平定妖孽，拯救处于水深火热之中的辽河原野上的老百姓和生灵万物？"

二郎神杨戬出班奏请："我愿领兵前往。"

玉皇大帝说："准奏。"

二郎神又奏请道："还请哪吒作为副将，佐我下界平定妖孽。"

玉皇大帝说："准奏。"

二郎神座驾银合马，手持三尖两刃锋，肩头站立着金翅银眼扑天鹰，马后跟随着哮天犬。哪吒脚踏风火轮，手执丈八长蛇闪电枪。他们俩率领着天兵天将，杀气腾腾、浩浩荡荡地来到了辽河岸边。旌旗招展，安营扎寨。二郎神对哪吒说：

"谅他们两个小小妖孽能有多大的本事，我等天兵天将一到，立马就可以将妖孽铲除……你带领一彪人马，去征讨妖孽老王八；我自领一彪人马，去征讨妖孽火乌鸦。"

哪吒说："遵命。"

于是，二郎神和哪吒分兵征讨。

哪吒脚踏风火轮，凌空望着大辽河，对三位天兵说道："你们最近洗澡没有？"

"没有。"三位天兵回答。

"你们去辽河里洗个澡吧。"哪吒说。

"遵命。"三位天兵回答。

"你们用我的七尺混天绫搓洗身子，把大辽河给我搅个波涛汹涌，浪高千尺……让大辽河里的千年水乌龟在洞府里坐卧不宁，她自然就跳出来了，然后，由我来对付她。"

"遵命。"三位天兵回答。

三位天兵接过哪吒递过来的红色的混天绫，脱了衣帽铠甲，赤条条地跳进了大辽河，用红色的混天绫搅动搓洗……这一搅动搓洗可是不得了，辽河上空，红光映天，辽河水流，晃晃悠悠，天地动摇。

水乌龟在辽河洞府里咋能受得了，这可是从来没有发生过的事情，她命令胖头鱼精："你去看看，是谁在搅动我们的安宁？难道是火乌鸦来了？不可能。我跟他交手，他疲惫了，我也乏累了，这才歇的手。"

"大王，待我领着一队虾兵蟹将去看看。"胖头鱼精说。

水乌龟说："你速去速回。"

"遵命。"胖头鱼精说。

胖头鱼精领着一队虾兵蟹将，拱出水面一看，见有三个赤身露体的人，扯着一条红色的巾帕在洗澡。

"呔，何人如此大胆，在这里搅动我大辽河，致使我等不得安宁？"胖头鱼精大声地怒喝道。

三个天兵见胖头鱼精领着一队虾兵蟹将从水里拱了出来，也不答话，又赤条条地凌空而起，回到了哪吒身边，穿上了衣帽铠甲。

哪吒说："大胆妖孽，我乃上天威灵显赫大将军哪吒是也，奉玉帝的命令，前来征伐水乌龟，你快快回去禀告你们的大王水乌龟，让她负荆，随我到玉帝之灵霄宝殿去请罪，尚可饶她不死。"

胖头鱼精听了，哈哈一笑，说："啥威灵显赫大将军啊，你就是强龙也压不过我地头蛇……哪吒，你先吃我一刀。"

说着，挥动着手中的双刀向哪吒杀来。

哪吒躲过了胖头鱼的刀锋，把手中的乾坤圈向上祭起，乾坤圈在空中霞光万道，旋转了一个圈，然后，照着胖头鱼精的脑袋就砸了下来，将胖头鱼精的硕大的脑袋砸得脑浆迸裂，死于非命。

虾兵蟹将见了，惊恐万状，赶忙钻进了水里，向水乌龟去报告……水乌龟手举云月雷雨锤，从大辽河里冲了出来，她叫道："哪个是该死的哪吒，竟然伤亡我辽河洞府里的钦命大将军？"

"哪吒在此。"哪吒说，"你就是千年妖孽水乌龟吗？"

"我乃辽河之王，啥妖孽不妖孽的，又啥水乌龟的，也是你哪吒叫的吗？"水乌龟说，"我在此辽河里安营扎寨，与你天庭的哪吒有何瓜葛，竟然无辜屠戮我水族？"

"你拨弄乌云，致使淫雨霏霏，连续下了四个月也不开晴，白昼也如黑夜……生灵惨遭涂炭。"哪吒说，"天庭震怒，玉帝下旨，令我等前来征伐于你……大胆妖孽，你可知罪？"

水乌龟哈哈大笑，她说："哦，就为这个啊，这不过是火乌鸦要与我争夺霸权，令我恼怒，我与他拼杀而已。"

哪吒说："看来你是愚顽不化，不知罪了？"

水乌龟说："我不过是跟逞强的火乌鸦玩玩我的云月雷雨锤而已，其实，我在大辽河的洞府里……那个火乌鸦又能奈我何？"

哪吒说："那好，我就只好拖着你的死尸，去回复玉帝了。"

说着，他祭起了乾坤圈，乾坤圈悬在空中，霞光万道，旋转了一个圈，向水乌龟砸来。水乌龟举起手中的云月雷雨锤，双锤一碰，浓云密布，刹那间，霹雳闪电，雷霆万钧，云隙间露出一弯冷月。一弯冷月钩住了砸下来的乾坤圈，这乾坤圈停在了空中，虽然仍是霞光万道，却奈何不得水乌龟。

水乌龟又一碰双锤，又是雷电交加，暴雨倾盆。她又三碰双锤，只见辽河水势上涨，巨浪滔天，向哪吒滚滚涌去……面对汪洋的辽河水，哪吒连连后退，但是，浩瀚的辽河水淹没了哪吒的腿脚，熄灭了他脚踏的风火轮。

哪吒见势不妙，借水遁逃离战场，连忙鸣金收兵，他连同众天兵，败下阵去。水乌龟也不追杀，率领众虾兵蟹将，回到了辽河里的洞府。

李凤莲讲她的故事传说——

杨戬率领天兵，在辽河岸旁的大柳树巢穴的上空，高声叫道："火乌鸦，大胆妖孽，天兵在此，还不赶紧出来降伏？"

众天兵也高喊着："火乌鸦，你投降吧——"

　　火乌鸦刚刚结束了同水乌龟的九个回合的拼杀，有些倦意，想要躺下来休息，就听到了二郎神杨戬的叫阵，他不得不飞出巢穴，来到了杨戬的阵前。火乌鸦说道："你们是啥人哪，竟然敢在我的面前高声聒噪?"

　　杨戬说："我乃是上天的二郎显圣真君，奉玉帝调遣，特地前来拿你。"

　　火乌鸦说："啥玉帝啊，我们这地面上的事儿，你天庭之上的兵将，管得着吗? 是不是吃饱了撑的啊?"

　　杨戬说："玉皇大帝，乃是九霄昊天大皇帝，上至仙境天府，下至阴曹地府，中至世间生灵，无所不管辖……你与水乌龟为争夺霸权而殴斗拼杀，一个回合下来，倘若你占了上风，就使世间如火如荼，酷热难耐，生灵如煎如熬，苟延残喘……死者甚众，作孽的火乌鸦，你知罪吗?"

　　火乌鸦说："哟，这个玉皇大帝还真是个好管闲事的，天上、地上、阴曹，他都要管，他累不累啊? 我跟水乌龟争个小小的辽河的霸权，还都打得三输三赢的呢……再说，啥旱啊涝啊，不就是不长庄稼不长草了吗? 不就是死了一些人吗? 关我屁事啊?"

　　杨戬说："好你个无法无天的旱魔，非得按照天条来惩治你不可。"

　　他放出肩头的金翅银眼扑天鹰和哮天犬，向火乌鸦袭来……火乌鸦把手中的烈日赤焰枪向金翅银眼扑天鹰和哮天犬一抖，抖出一团团烈火。炽烈的火焰扑向了金翅银眼扑天鹰和哮天犬。

　　金翅银眼扑天鹰的羽毛和哮天犬的毫毛，都被炽烈的火焰烧得卷曲了。金翅银眼扑天鹰吓得"吱吱"地哀鸣，哮天犬惊恐得"嗷嗷"地尖叫。这鹰和犬不得不掉头逃跑。

　　杨戬举起三尖两刃锋向火乌鸦砍来，火乌鸦飞起来躲过了刃锋。然后，火乌鸦把手中的烈日赤焰枪刺向了杨戬，枪尖直指杨戬的颈嗓咽喉，随着枪尖扑向杨戬的还有一团团烈火。烈火炙烤得杨戬皮肤灼痛，他不得不闭上了双眼，睁开了眉宇间的第三只眼。

　　杨戬没有想到，火乌鸦的枪尖上悬挂着一轮太阳，强烈地刺激着他的第三只眼，使他的第三只眼也睁不开了。眼睛看不见，如何能拼杀? 他立刻借着火遁逃离了战场，败下阵来。他不得不鸣金收兵。

　　火乌鸦收住了手中的烈日赤焰枪，也不追杀杨戬的天兵，睬也不睬杨戬和他的天兵天将，就回到了自己的巢穴里，休息去了。

　　李凤莲讲她的故事传说——

　　杨戬和哪吒回到天庭，把与水乌龟和火乌鸦的厮杀的战况向玉帝做了禀报。玉帝在灵霄宝殿召集众臣议事。玉帝说：

　　"二郎显圣真君和威灵显赫大将军奉命征讨两个妖孽——水乌龟和火乌鸦，征讨失利……众爱卿看，如何是好？"

　　太上老君出班启奏："臣有建议。"

　　玉帝说："爱卿有话请讲。"

　　太上老君说："水乌龟和火乌鸦这两个妖魔，只有请张天师才能征服。"

　　玉帝说："咋个意思？"

　　太上老君说："张天师手中有征服妖魔的法宝——七星降魔剑，此剑一亮出，魔法全降伏，水乌龟和火乌鸦必然被擒获。"

　　"卿言甚善，准奏。"玉帝说，"二郎显圣真君，你须走一趟，去请张天师。"

　　杨戬说："那我就去龙虎山走一趟。"

　　太上老君说："二郎显圣真君，张天师现在没在龙虎山，而是在鹤鸣山呢，他正在那里布道，讲授道德真经呢。"

　　杨戬说："好，那我就去鹤鸣山走一趟。"

　　他离开云霄宝殿，做起神行法，顷刻间来到了鹤鸣山，落下了云头。

　　鹤鸣山，真是个好去处。苍松翠柏，鸾飞鹤鸣；清泉飞瀑，翡翠流莹；碧绿草坪，梅鹿徜行；鲜花纷呈，万紫千红；空气馨香，怡人心灵。

　　张天师正在一处溜平的小广场上给众道长们讲析道德真经……杨戬也不好打扰，而是在小广场之外静候。

　　一位小道士来到了杨戬的面前，说："来者可是二郎显圣真君吗？"

　　杨戬说："正是。"

　　小道士说："天师知道有贵客前来，已经备下了清茶，请客人随我到洞府内，稍坐片刻，天师讲完道德真经的这个章节，即来见你。"

　　杨戬说："客随主便。"

　　小道士领着杨戬进了洞府，给杨戬斟上了清茶。

　　片刻，张天师来到了洞府，抱拳客气地说道："二郎显圣真君，前来我洞天府地，蓬荜生辉啊。"

　　杨戬站起身形，说明了来意。

　　张天师说："为保一方平安，降妖伏魔，乃是我张天师的职责也，愿出山效力。"

杨戬说："需要调动多少天兵？"

张天师说："你我足矣。"

杨戬说："那好，我们直接去大辽河降伏妖魔。"

张天师骑着一只大黑虎，大黑虎的后头还跟随着一只小黑虎，他背负着七星降魔剑，随杨戬腾云驾雾而行，霎时间，来到了大辽河的上空。

李凤莲讲她的故事传说——

杨戬和张天师来到了辽河岸边的火乌鸦的大柳树巢穴的上空，杨戬喊道："妖孽火乌鸦，赶紧出来受缚，张天师降伏你来了。"

火乌鸦听了，十分恼怒，已经被他打败了，他都没有乘胜追击，这个杨戬居然又来烦他？他展开翅膀，手持烈日赤焰枪，飞了起来，来到了杨戬的面前，怒斥道："好你个杨戬，我的手下败将，居然又来搅扰我？看我用我的烈日赤焰枪如何收拾你！"

说完，举枪便要刺向杨戬。

张天师说："孽障，休得无礼。"

火乌鸦一看，杨戬的身后有个人，骑着一只大黑虎，黑虎膝下还有一只小黑虎。这虎上之人，身材高大莽壮，方形脸面；额头宽阔，皱褶深刻；圆眼绿睛，烁烁有神；膀大腰粗，垂手过膝。头戴红帽，身穿松鹤大红袍，腰扎玉带，足下追风踏雾靴。在他身后，背负着一把七星降魔剑，剑把突出，熠熠生辉。

火乌鸦说："你是何人？"

张天师说："我乃龙虎山张天师是也，特地前来擒拿你这个孽障。"

火乌鸦说："啥二郎神啊张天师的，都不过是经不起火烧太阳照的纸糊的稻草人，你吃我一枪。"

说着，挺枪就刺向张天师。枪头搅起一团团烈火，烧向张天师。张天师不慌不忙地抽出背后的七星降魔剑，把剑锋指向了火乌鸦，口中还念念有词……只见剑锋处闪出瑞光，顶住了火乌鸦枪头搅起的一团团烈火，烈火渐渐熄灭……火乌鸦急忙又抖动他的烈日赤焰枪，抖出了一轮炽热喷火的太阳，滚向了张天师。张天师的剑锋上飘出了朵朵白云，裹住了炽热喷火的太阳，使太阳沉沦。

张天师再一挥剑，剑锋未到，火乌鸦的翅膀的羽翼却被削去了一片，羽毛飞落，黑色的血液流了出来。

杨戬掷出了缚魔绳，将火乌鸦捆绑了起来。

接着，杨戬口中念念有词，做起法来，手指辽河，狂风骤起，搅动着辽河水。然后，他又发出掌心雷，击向大辽河里的水乌龟的洞府，洞府摇晃……水乌龟不得已，手执云月雷雨锤，钻出了水面，跳上了天空，她愤怒地大喝一声：

"哪个找死的，胆敢来搅扰我辽河王？"

可是她瞪眼一看，却看见火乌鸦被绑缚着，不禁诧异。

火乌鸦说："水乌龟，你可要小心哟，我可是没斗过他们……"

杨戬说："我乃是天庭的二郎显圣真君，奉玉皇大帝的调遣，特来捉拿你，你还不投降待缚？"

水乌龟说："前一阵子来了个哪吒，号称威灵显赫大将军，这又来了个杨戬，杨戬是个啥东西？我在辽河里作威作福，关你玉皇大帝啥事？纯粹是狗拿耗子——多管闲事。"

杨戬说："休得胡说，看我三尖两刃锋。"

说着，举起三尖两刃锋就向水乌龟杀来。

水乌龟挥舞双锤，迎击杨戬的三尖两刃锋。锋来锤往，风生云起，战在了一处。真凭武艺，水乌龟哪里是杨戬的对手，她赶紧跳出了圈外，对着杨戬一碰手中的双锤，立刻雷电交加，暴雨倾盆，辽河之水咆哮汹涌，向杨戬滚滚压来。

这时，张天师拔出背后的七星降魔剑，剑尖指向水乌龟，只见祥光万道，瑞彩千条，倾盆的暴雨骤然停歇。祥光和瑞彩顶住了滚滚而来的咆哮汹涌的辽河水，水势渐渐回落，复归于辽河。

水乌龟见自己的魔法不灵光了，又见张天师长相凶悍，心自虚怯，她说："你是何人，破我法术？"

张天师说："我乃三天扶教辅元大法师正一静应显佑真君张道陵是也。"

水乌龟说："听不懂你那一串名字都是啥。"

说着，她掉头要钻进辽河……可是，她哪里走得了？哮天犬悄悄地窜了过去，咬住了她的脚，金翅银眼扑天鹰飞过去要啄她的眼睛……她的双锤的"碰锤术"又不灵了。她只有躲避了，然而，躲避又不及，金翅银眼扑天鹰没有啄着她的眼睛，却把她的肩膀的肉狠狠地啄了一大块下来，血液流了下来。

杨戬掷出了缚魔绳，将水乌龟捆了个结结实实，挣扎不得。

张天师说："水乌龟、火乌鸦，你们两个孽障，为争王权而火拼，造成辽河两岸或者大旱或者大涝，生灵涂炭，民不聊生……你们知罪吗？"

"知罪、知罪。"水乌龟和火乌鸦跪在地上，连连说。

"知罪就好，饶你们不死。"张天师说。

"谢天师不杀之恩。"水乌龟和火乌鸦跪在地上连连地叩头说。

杨戬说："如果不杀他们，他们要是再造孽咋办？"

"我自有办法。"张天师说，"你且把他们放了。"

杨戬念动咒语，水乌龟和火乌鸦的缚魔绳从他们的身上自然脱落，掉在了地上。但是，水乌龟和火乌鸦的伤口，还在滴血。

"世界之大，大则有极，物极必反。月亮多，黑夜幽幽则涝；太阳多，白昼明明则旱。"张天师说，"水乌龟和火乌鸦，你们把挂在天上的九个月亮和九个太阳减下来，只留一个月亮和一个太阳。"

"遵命。"水乌龟和火乌鸦答应。

水乌龟和火乌鸦作法，各自减去了八个月亮和八个太阳，使天上只挂着一个月亮和一个太阳。

张天师说："水乌龟和火乌鸦，你们俩不是曾经为夺霸权而打得难解难分吗？"

"是的。"水乌龟和火乌鸦说。

张天师说："这回，你们的月亮和太阳，要巡回升天。月亮升起来，太阳下去；太阳升起来，月亮下去。升起的月亮和太阳，要循环有至，又要循环有度，都不得过至与过度。"

"遵命。"水乌龟和火乌鸦说。

杨戬说："要是他们过至与过度了呢？"

张天师说："七星降魔剑会飞起来斩杀他们。"

说着，他把七星降魔剑向天上一掷，悬浮在天，瑞气万缕，祥光万丈。七星降魔剑又从天上落了下来，变成了由东向西连环布局的七座山峰，按上天北斗七星的对应的位置，坐落在大辽河的北岸。

水乌龟和火乌鸦见了，甚为惊恐。

张天师从大黑虎的身上跳了下来，他摸着大黑虎的头说："为确保一方平安，旱涝保收，你就镇守这七星连环山的东属第一山吧，山上有个大黑虎洞，是你的栖息之地。"

大黑虎颔首，随后，咆哮了一声。

张天师又抚摸了一下小黑虎的颈上虎毛，说："为确保一方平安，旱涝保收，你就镇守这七星连环山的东属第二山——小黑虎山吧，小黑虎山上有个小黑虎洞，是你的栖息之地。"

小黑虎颔首，随后，咆哮了一声。

张天师说："由此而命名，大黑虎镇守的为大黑虎山，小黑虎所镇守的为小黑虎山，以此向西推，为勃勃吐山、敖宝山、玻璃山，以及大、小吐尔各祭山。"

杨戬说："好。"

大、小黑虎又各自咆哮了一声，声音响彻大地，算是跟张天师告别，各自领命去镇守大、小黑虎山去了。

张天师说："水乌龟，你回你的辽河洞府里去吧，切记我的法旨。"

"遵天师法旨。"水乌龟说。

张天师说："火乌鸦，大、小黑虎山，山上树木葱茏，花草遍地，又四季分明，你可栖息在大、小黑虎山上，但是，要切记我的法旨。"

"遵天师法旨。"火乌鸦说。

水乌龟和火乌鸦各自去了。

火乌鸦飞到了大、小黑虎山上，他伤口的黑色的血液点滴到了山石上，山石都变成了黑色，有人把这里的石头称作墨玉，将其颜色称为墨玉色。

杨戬肩头站立金翅银眼扑天鹰，身后跟随着哮天犬，回天庭禀复玉皇大帝……张天师脚踏风云，回鹤鸣山，继续讲他的道德真经去了。

从此，辽河两岸，昼夜分明，冬夏有至，无论是旱一点，还是涝一点，都不过度，庄稼茂盛，再加上黑土肥沃，年年都是大丰收。

条子河村，马龙乾家。

李凤莲说："孩子们，知道大、小黑虎山是咋来的了吧？"

"知道啦。"孩子们说。

李凤莲说："但是，人们也通常把黑虎山叫作'哈拉巴山'。"

张凤珍说："这是咋回事儿呢？"

李凤莲说："'哈拉巴'是蒙语，'哈拉'是黑色，'巴'是虎，'哈拉巴'合在了一起，就是'黑虎'的意思。"

"噢——"孩子们说。

李凤莲说："孩子们，我的故事讲完了。"

马忠廷说："大娘，你再讲一个，我没听够。"

"是啊。"忠民也说。

李凤莲说："孩子们，听了我讲的故事，你们应该知道咱们辽河两岸的东北黑土地，为啥旱涝保收的原因了吧？"

"知道了。"孩子们应声回答。

"哎，你们几个小崽子，非得让我给你们讲故事不可，讲得我口干舌燥。"李凤莲说，"忠民，把我沏好的茶水给我倒上。"

忠民倒水。

"凤珍呢。"李凤莲说，"你还想不想听……"

"想听。"凤珍说。

"那好。"李凤莲说，"我的俊俏的儿媳妇啊，你把茶水给婆婆我端过来……"

凤珍笑笑，她把茶杯送到了在炕上盘腿大坐的李凤莲的手里。

"焖在火盆里面的地瓜，烤好了吧？"李凤莲说，"我的好儿媳妇啊，给婆婆我拿来一个，你也吃一个。"

凤珍又笑笑，用钳子拨拉开火盆上面的炭灰，夹出了一个地瓜，递给了李凤莲；又夹了一个地瓜，给了忠民；然后，再夹了一个，放在了自己的手里。

于桂花说："哎，我说凤珍，你个小丫头片子，咋没给我和忠廷呢？记住，我可是你的婶婆啊。"

凤珍看了看于桂花，笑了笑，又从火盆里夹出了两个地瓜，一个给了于桂花，一个给了忠廷。

"我的好儿媳妇哟，家里家外分得开，内外要有别，你做得对啊。"李凤莲幽默地说，吃了口热乎乎的地瓜，在嘴里抿了抿，"嗯，这傅家屯的地瓜就是好吃，沙土地的嘛，还是我爹想着我，特地给我捎来的……小凤珍，好吃不好吃？"

"真的很好吃。"凤珍吃着地瓜，她说。

"瞧瞧，你大娘还挺会摆谱儿的呢。"于桂花对忠廷说。

李凤莲也笑了，说："有儿子和儿媳妇在桌前桌后伺候着，这是他们孝顺，哪是我摆啥谱儿啊……又想说我是李大财主家的大小姐，是不是？"

"你呀，不是李大财主家的大小姐，而是李大绅士家的大小姐。"于桂花不服气儿地说，"再说了，这儿子忠民和小凤珍，还都是小孩崽子呢，就一口一个儿子、儿媳妇地叫着，想当婆婆都想疯了，是不是？"

"这是我的福分。"李凤莲嘻嘻地笑，她说，"孩子们，再讲个啥呢，还讲一个有关黑虎山的好听的故事吧？"

"嗯哪。"忠廷说。

于桂花说："你大娘啊，编瞎话，一个顶仨。"

"他二婶，你要是不想听的话，你吃完地瓜就走吧，别在这儿了……多影响我给孩子们讲故事的情绪啊，呵呵呵……"李凤莲说。

"咦，我还不走了，偏得听一听你个李大善人家的李大小姐、李大白话，能讲出个啥瞎话来？"于桂花像是故意气李凤莲似的又笑着说。

"大白话"——东北俗语，意思是能说会道，又似乎有点不着边际。

"话说在许多年前，黑虎山的周边啊……"李凤莲开始讲她的故事啦。

第八章

观世音惩贪心与童瑟奇色迷魂

李凤莲讲故事——

许多年前啊，黑虎山的周边闹起了瘟疫。

瘟疫闹起来，它传染啊，一个传俩，俩传仨。甚至一家人传染上了一个，这一家子人都甭想活。传染上了这瘟疫，先是上吐下泻，然后是高烧，吃不下又喝不下……得了病，没多少日子，就都奄奄一息了。缺医少药，巫医又乘机抬高药价……穷苦的老百姓哪里能看得起病啊，好像只有等死啦。

有了这瘟疫，慢慢地流行，黑虎山的周边，方圆百里，甚至几百里，不管是穷人还是富人，都陷入了恐慌之中，因为都面对着死亡的威胁。

这时啊，黑虎山上来了一位老婆婆。要不说呢，这老婆婆还真有本事，她居然把黑虎山上的大、小两只黑老虎，都给驯服了。

她就骑着小黑老虎，让大黑老虎的身上背负着一个鼓鼓溜溜的大皮囊，走村串屯，专门到得了瘟疫病的家里去，给人看病。

她给人看病，望、问、闻、切，又摸脉……然后，从大黑老虎身上背负的大皮囊里，舀出三碗药汁儿，让病人当场喝一碗，第二天和第三天再分别喝一碗。

三碗之后，药到病除。

她要是看人家穷，就从怀里掏出一颗或者两颗金瓜子，给了人家。

这黑虎山上来了个老婆婆，骑着黑虎，走村串巷，给人治病，又药到病除……连同她给穷苦病人金瓜子的消息，一传俩，俩传仨，没多少日子，这黑虎山方圆百里，甚至几百里，就都知道了。

病人家，套着牛车、驴车、马车，纷纷来到黑虎山。除了病人家，还有乞讨的，也来找老婆婆……老婆婆就住在大黑虎山上的草棚子里，但是，再也不用走村串巷了。

但是，不仅是瘟疫，即使是其他病症，老婆婆也是药到病除，还真是神了。对于真的是穷困的，她照样是给金瓜子，予以救济。

有一天，有两个外地人来到了大黑虎山。这两个外地人，一个是大鼻子，大鼻子的人是黄头发；一个是塌鼻子，塌鼻子的人鼻唇之间留着小髭胡。他们俩身穿马褂，大鼻子头戴礼帽，塌鼻子的鼻梁上还戴着金丝眼镜，一副绅士的样子。

这两个人让老婆婆给他们看病，老婆婆问：

"你们都是做啥的？"

"我们都是做生意的，听说黑虎山来了位神医婆婆，特地来到这里请神医婆婆给我们瞧瞧病的。"大鼻子和塌鼻子异口同声地说。

"哦，是这样……"老婆婆给他们都号了脉，沉吟一下，说，"你们俩看似没病，但是，比有病的人的病情还严重。"

"噢，是这样……"大鼻子惊讶。

"怎么说呢？"塌鼻子问。

老婆婆对大鼻子说："你的病，在于心，贪欲之心太盛，恨不得天下的财宝都是你的，为此，你可以不择手段。"

大鼻子听了，微微一笑，说："做生意的人，不都是这样吗？"

老婆婆对塌鼻子说："你的病，在于脑，脑袋里有妄想症，如果你是条蛇，你就想要蛇吞象，甚至铤而走险。"

塌鼻子听了，微微一笑，说："做生意的人，不都是这样吗。"

"神医婆婆，你看我们吃点啥药？"大鼻子和塌鼻子说。

"你们的病症只能是自我医疗，我这儿，没有治你们病症的药……你们俩靠边吧，我还得给别人看病呢。"老婆婆说。

大鼻子和塌鼻子只好坐在了一旁。

老婆婆给其他人看病……看到的确是困苦的，就从怀里掏出黄灿灿的金瓜子，毫不吝啬地分发给困苦的人。

大鼻子和塌鼻子看到老婆婆也不理睬他们，就蔫了巴叽儿地走出了老婆婆的草棚子，来到了草棚子外边的大榆树的下面。

李凤莲讲故事——

大黑虎山，草棚子外边的大榆树的下面，大鼻子和塌鼻子两个人，叽叽咕咕地议论着。

大鼻子说："这神医老太太给人看病，连诊断费和医药费都不收啊。"

塌鼻子说："该发的财不发，整个一个冒傻气的傻得咧呵的大傻帽儿。"

大鼻子说："不收诊断费和医药费也就罢了，看着谁穷，还给穷小子金瓜子，一颗又一颗的……都馋死我了。"

塌鼻子说："我也是，我真想动手把金瓜子抢过来，抢到我的手里。"

大鼻子说："我就纳了闷儿了，这神医老太太，看起来不起眼儿，普普通通的，咋就在她的怀里能有一颗又一颗的金瓜子呢？哪儿来的呢？"

塌鼻子说："嗯，你这个问题问得好，我也在纳闷呢。"

大鼻子说："要不，咱俩就悄悄地埋伏在这个老太太的旁边，跟踪她，看她这金瓜子是从哪儿弄来的？"

塌鼻子说："好主意。"

于是，他们就在老婆婆的草棚子的暗处潜伏了下来。

天黑了，看病的人都走了。老婆婆把草棚子收拾了收拾，给两只黑虎喂食，在两只黑虎吃食的这个空当，她就从草棚子里走了出来，一手端着个钵盂，一手拿着一小枝儿柳树条，向大黑虎洞走去。

在大黑虎洞的洞门外，老婆婆站住了脚步，她用手中的柳树条儿，蘸着钵盂里的水，朝着大黑虎洞的洞门点点洒洒，水滴点到了洞门上，洞门就"吱扭"一声，自动地开启了。

洞门一开，金光闪闪。

老婆婆见洞门开了，就把钵盂和柳树条儿放在了洞门外，自己走了进去。一会儿工夫，她捧了一把金瓜子，走了出来。她把金瓜子揣在了怀里，拾起了放在门外的钵盂和柳树条儿，往回走。

这时，大、小黑老虎，也蹦蹦跳跳地跑了过来，在老婆婆的膝下转了转，就蹲守在大黑虎洞的旁边了。

老婆婆回到了草棚子。

一连三天，大鼻子和塌鼻子都跟踪着老婆婆……都是如此。

李凤莲讲故事——

第四天，天黑了，老婆婆又端着钵盂，手持着柳树条儿，来到了大黑虎洞的门前。她把柳树条儿蘸着钵盂里的水，向大黑虎洞的洞门点点洒洒。洒出去的水，点滴在洞门上，洞门自动地开启了。

洞门一开，金光灿灿。

老婆婆把手中的钵盂和柳树条儿，放在了洞门的旁边，她就要向大黑虎洞里走……就在这个时候，躲在暗处的大鼻子，突然窜出来，手执大棒，向老婆婆的后脑勺就是一棒子。老婆婆立时就身子向前，仆倒在地。塌鼻子从暗处跳出来，朝着扑倒在地的老婆婆的背上就是一刀……然后，他和大鼻子非常得意地大摇大摆地走进了大黑虎洞。

大黑虎洞里，金瓜子堆积在洞里，像个小山丘似的，黄澄澄、金灿灿、光艳艳……太诱人了。大鼻子和塌鼻子从怀里取出一个袋子，就扒拉着金瓜子，往自己的袋子里装……把金瓜子装得差不多袋子都满了，于是，他们就想把袋子扛在肩头。但是，根本就扛不起来，因为，金瓜子的分量太重了。他们就只好拖，把装着金瓜子的袋子拖向洞门口，费了九牛二虎之力，终于把装着金瓜子的袋子拖到了门口了。

他们俩直起腰来，喘口气儿，手里还紧握着装着金瓜子的袋子口儿。他们回头一看，看见一只金马驹慢悠悠地在拉动一盘小磨，从旋转的磨盘里噼里啪啦地滚出了一颗颗的金瓜子来。

塌鼻子说："看见没？这金瓜子是从这金马驹拉动的小磨盘里转出来的，如果我们有了这小磨盘和金马驹，我们的金瓜子就会源源不断了，何止是这么两袋子金瓜子？"

"说得对。"大鼻子说，"还是你聪明。"

塌鼻子说："与其把这袋子里的金瓜子拖出洞，还不如把金马驹和磨盘一并弄出这大黑虎洞……我们的财富就源源不断了。"

"很好。"大鼻子说。

于是，他们就放下了手里的袋子。大鼻子去搬磨盘，塌鼻子去拉金马驹。磨盘很重，大鼻子就把两扇磨盘拆下来，向洞门口一扇一扇地骨碌，把磨盘骨碌到了洞门口。小鼻子拉金马驹，金马驹很倔，怎么使劲地拉它，它就是不走。塌鼻子急了，脑瓜门儿都出汗了，他对金马驹连蹬带踹，催促金马驹向洞外走。

大鼻子已经把两扇磨盘骨碌到了洞门口，看见塌鼻子拉金马驹，拉得滞滞扭扭的，就过来帮塌鼻子向洞口拉金马驹……正在这时，他们听到了洞口的虎啸。他们的心头不禁一颤，抬头一看，果然是两只黑虎站在了洞门口，堵住了他们的出路——这正是他们所担忧的。

再一看，两只黑虎的身后，还站着被他们棒打刀刺的老婆婆，老婆婆对他们正怒目相向。忽然，灵光一闪，老婆婆变成了观世音菩萨，站立在了那里。

塌鼻子认得观世音菩萨啊，知道他所行刺的正是大慈大悲的观世音菩萨的化身，吓坏了。他赶紧跪下来，频频地磕头，向观世音菩萨讨饶。

观世音菩萨只是用鼻子"哼"了一声，对大、小黑虎说了一声：

"咱们走。"

观世音菩萨和大、小黑虎走出了大黑虎洞，身后的洞门"咣当"一声，重重地关闭了。大鼻子和塌鼻子都被关在了老虎洞里，再也出不来了。

条子河村，马龙乾家。

李凤莲说："我的又一个故事讲到这里，就讲完了。"

马忠民说："大鼻子和塌鼻子肯定在洞里饿死了。"

"不一定。"张凤珍说，"后来，大、小黑老虎又返身回来，把他们都吃了，吃得只剩下几根骨头棒子。"

马忠廷说："我知道这大鼻子和塌鼻子是谁了？"

张凤珍说："谁？"

马忠廷说："是老毛子和小日本鬼子。"

"说得对。"马忠民说，"他们都对我们的美丽而肥沃的国土，垂涎三尺，早就想要吞进几大口。"

张凤珍说："但是，大鼻子和塌鼻子最终都没有啥好下场。"

李凤莲笑了笑，说："哟，你们还挺会分析的呢。"

张凤珍说："那现在的黑虎山呢？"

李凤莲说："让红胡子给占了。"

"胡子"，东北俗话，即土匪的意思。土匪的手枪把柄上，往往有一绺像胡子似的红缨穗儿，像人的胡子；胡子或者红胡子即由此引申而来。"红胡子"，在胡子的前面加上一个"红"字，还有一层意思，就是这一绺子土匪，比较强悍、凶狠。

马忠民说："哪一绺子的红胡子呢？"

李凤莲说："红胡子的大掌柜叫童瑟奇。"

马忠民说："童瑟奇是谁啊？"

李凤莲说："你姥爷的另一个干儿子。"

马忠民说:"这可就奇了怪了,我姥爷的干儿子,一个是吴大舅——朝廷的大军官,一个是占山为王的红胡子——大掌柜?"

李凤莲说:"这就是说,世界之大,无奇不有。"

马忠民说:"妈,吴大舅是咋当上我姥爷的干儿子的,你给我们讲过……但是,这个童瑟奇咋当上我姥爷的干儿子,他又咋当上了红胡子的呢?我管他也叫大舅吗?"

"不要管他叫大舅,他是条色驴,不,是条色狼……"李凤莲说,"你们还小……等你们长大了,我再给你们讲。"

张凤珍说:"噢。"

这时,外屋地传来了噔噔的脚步声,接着是胡思楞的儿子喜和顺的话音:"大婶,在家吗?我来啦。"

李凤莲说:"我在家呢,是喜和顺来了,啥风把你吹来的?"

喜和顺说:"我和我妈都来了。"

李凤莲说:"哟,嫂子也来啦。"

说着,喜和顺和他妈已经进屋了。

李凤莲拍拍自家的炕头,说:"嫂子,到炕头来坐吧,炕头热乎。"

"不啦,我来,是求你点事儿……说了就走。"喜和顺妈说。

李凤莲说:"啥事?说吧。"

"过两天儿啊,我家套上马车,你跟我们到四平街去采办绸缎、呢料、鞋帽……还有家具、鞭炮。"喜和顺妈说。

"哎哟喂,是不是要给喜和顺娶媳妇啊?"于桂花说。

"还真就让他二婶说着了,就是准备给喜和顺娶媳妇……要不,能找他大婶也跟着去采办,给掌掌眼吗?"喜和顺妈说。

"喜和顺十几了,早早地就办事啦?"于桂花说。

"十六了。"喜和顺妈说。

"早一点结婚好,老话不是说吗——早抱儿子早得济嘛。"李凤莲说。

"那是啊。"于桂花说。

"好事儿啊,嫂子。"李凤莲痛快地说,"我保证,我是随叫随到。"

"嗯,那我就走了,啥时候去四平街,我来招呼你。"喜和顺妈说。

"好嘞。"李凤莲说。

"我和喜和顺就走了,家里还有一大摊子事儿呢……"喜和顺妈说。

说着,她和喜和顺向外走。

"送送。"李凤莲说，她下了炕，随喜和顺妈向外边走。

于桂花和忠廷，还有忠民和凤珍也都向外走，送喜和顺妈和喜和顺，直到把喜和顺妈和喜和顺送出了院门。

她们转身要回屋的时候，忽然，听到了"吱吱"的叫声。

马忠廷说："看哪，粪坑边上有两只大老鼠在掐架……"

他的话音刚落，只见张凤珍手起飞刀，银光一闪，两把飞刀刺中了两只大老鼠。两只大老鼠都发出了绝命的惨叫，蹬跶了几下，就再也不蹬跶了。

"好，太准了。"忠民兴奋地叫道。

张凤珍走过去，从两只大老鼠的身上拔出了飞刀，把沾血的飞刀在枯草上抹了抹，收了起来，然后，用脚把两只大老鼠踢进了粪坑里。

马忠廷说："你咋刺杀得这么准呢？"

张凤珍说："我说过，马大爷教的。"

马忠廷说："那你教教我。"

张凤珍说："不行，马大爷说了，这是独家秘籍，口诀不能外传。"

马忠廷说："我也是马家人哪。"

张凤珍说："但是，你不是马大爷的徒弟。"

马忠廷说："你可以不教口诀，但是，只帮我们练一练飞刀行不行？"

张凤珍说："行吧。"

马忠民说："走，咱们到树林子里练飞刀去。"

忠民、忠廷，还有凤珍，一窝蜂地往河边的树林子里跑去了。

于桂花随李凤莲回到了屋里，又盘腿坐到了炕头上。于桂花说："这小凤珍的飞刀，出手那么快速、利落，可真是了不得。"

李凤莲风趣地说："呵呵，我们家的儿媳妇嘛。"

于桂花说："哎哎，你这人啊，说你胖，你就喘起来了。"

李凤莲说："她爹的飞刀绝技，咋没教别人，偏偏教小凤珍呢？"

于桂花说："嫂子，你说占据黑虎山的童瑟奇是'色驴''色狼'，又不方便给孩子们讲……让你整得挺玄乎的啊，咋回事儿啊？"

李凤莲绷着脸，故作一脸肃穆地说："唉，不想讲啊，尤其是不想给即将把家搬到四平街的军官太太讲啊……伤风败俗啊，给咱老四平街的人，把脸都丢尽了呀。"

于桂花笑了，说："嫂子，别卖关子了，你就别装啦。"

李凤莲扑哧地笑了，说："你想听，真的想听？"

于桂花说:"当然。"

"那你把你大哥的这双鞋底给我纳了,你大哥去科尔沁草原的牧场了,帮胡思楞照料他的牧场去了……眼看就要春耕了,他也该快回来了。"李凤莲说,"唉,走的时候,他的那双鞋啊,脚趾头都快要露出来了。"

"鞋底,我纳就是了。"于桂花说,"让你讲讲黑虎山上的红胡子的事儿吧,你就让我给你纳鞋底儿,变相地要点工夫钱儿。"

李凤莲把鞋底、锥子、钢针,一团麻绳儿,递给了于桂花。然后,她端起了茶杯,喝了一口茶,润了润嗓子。她说:

"我说官太太啊,你的家就要从条子河村搬到四平街了,你就是到四平街的说书馆里去听书,你还得扔下几个大钱儿呢,是不?何况,我讲的是黑虎山占山为王的红胡子大掌柜童瑟奇的独家故事?"

于桂花把麻绳儿纫上钢针,又用锥子扎鞋底,钢针带绳线穿过锥子眼儿……她一针一线地纳着鞋底,她催促地说:

"老四平街李大善人家的大小姐,我可真的整不了你,讲啊……"

"话说在老四平街,那年正月十五闹花灯……"李凤莲侃侃而谈,讲起了黑虎山上红胡子大掌柜童瑟奇的事儿——

老四平街,正月十五闹花灯。

小喇叭吹得呜里哇啦地叫,大鼓捶得咚咚咚地响。锣与钹,不断地击打着。随着喇叭声的旋律,鼓点的节奏,高跷秧歌队扭得正酣。秧歌队分两队,一队是男,一队是女。领队的挥舞着小旗儿,指挥着秧歌队变换着队形。一会儿平行,扭动而走,中间是老汉推车;一会儿穿插,秧歌队扭成了大麻花。

房上有雪,地上有冰,但是,数九寒天的冰雪却减少不了街上群众观灯和看秧歌的热情。街上的人,熙熙攘攘。秧歌队路过哪家商铺,哪家商铺就鞭炮齐鸣,焰火升天。

在高跷秧歌队里,童瑟奇头上戴着个驴脑袋,身上披着一件画好的紫巴溜丢儿的驴皮衣,屁股上当唧着一条驴尾巴。吴俊升的头上戴着老虎脑袋,身上披着一件画好的黄黑条纹间隔着的老虎皮,屁股上当唧着一条老虎尾巴。

驴与老虎的形象,在秧歌队里是比较游离的角色。除了领队以外,他们可以跟秧歌队里的几乎任何人挑逗、对舞,烘托与渲染气氛。

童瑟奇专门找女的对舞，这就好比跳舞邀舞伴，被邀请者是难以拒绝的。先是找一个年纪稍大的，两人扭动，扭着扭着，他就嬉皮笑脸地用手故意抚摸这女子隆起的乳房，惹得这女子朝他啐了一口，然后，离他而去。

他又来到了一个小姑娘的身边，与小姑娘对舞。小姑娘年纪小，出于礼貌，与他对舞扭动。扭着扭着，他却扭到了小姑娘的身后，哈下腰来，朝着小姑娘的屁股捏了一把，惹得小姑娘噘起嘴来，跟他怒目相向。他却依然嬉皮笑脸。小姑娘讨嫌地朝着他"哼"了一声，离他而去。

他又来到了一个小媳妇的旁边，与这小媳妇扭动对舞。两人你来我往，大幅度地扭动身子，姿势夸张，情绪热烈……他逮住机会凑上去，摸小媳妇的乳房，又逮住机会，稍稍一猫腰，摸小媳妇的屁股。小媳妇似乎在躲闪，但是，又眼里含情，忸怩作态，嘴里还发出哼哼唧唧的声音，却没有离他而去。

这让他感到兴奋，越发地大胆起来，不但与之狂舞，而且，嘴里还发出极为不雅的"操、操……"的声音。

这一切，被吴俊升看在了眼里，他知道这个小媳妇名字叫金兰芝，她丈夫的名字叫陈福荣。陈富荣是个商家富户，每年向南方贩马，又从南方向北方贩茶……一来一去就是几个月。陈富荣家里有大老婆，金兰芝是他的小老婆。

吴俊升实在是有些看不过眼儿了，他就从腰里掏出了小刀，扭扭搭搭地踩着高跷，来到了童瑟奇的身边，像是要加入童瑟奇的对舞，但是，他却用小刀在童瑟奇的身后，朝着童瑟奇的屁股的肉厚处，冷不丁地捅了一刀。

童瑟奇扑通一声，栽倒在地，他下意识地用手捂住了屁股。冬天穿得厚，殷殷的血即使流了出来，也浸润到了棉裤的棉絮里。

观看秧歌的人们还以为他扭动的幅度太大，不小心滑倒了呢，就过来，把他搀扶到了场外……喇叭照吹，锣鼓照打，秧歌照扭。

用刀捅了童瑟奇的吴俊升，仍然若无其事地随着秧歌高跷队在扭秧歌，似乎兴致不减。

秧歌队是由商家赞助的，李德善就是其中的一个大股东。这毕竟是同整个老四平街人同庆元宵佳节，所以，他跟在秧歌队的后面，照应着秧歌队。

他见童瑟奇摔倒了，被人抬到了场外，他走过去，问道："小童，你咋啦？"

童瑟奇说："我的屁股让吴俊升给捅了一刀，哎哟——"

李德善说："送诊所。"

众人帮着童瑟奇卸下高跷，又有一人背着童瑟奇来到了诊所。在童瑟奇的屁股上擦拭消毒，敷上药……歇了一会儿，还好，可以勉强地走动，只是不能坐着。

即便如此，李德善还是让人背着童瑟奇来到了自己家，把他安置在自己家后面的一间屋子里，铺上被褥，烧上炕……让童瑟奇休息养伤。

过后，李德善把吴俊升找来，说道：

"你咋用刀捅人呢？"

"他耍流氓。"吴俊升说。

李德善说："咋耍流氓了？"

"呜、呜，他不要脸，摸女的咂咂，更不要脸地摸女的腚……"吴俊升说。

"咂咂"，东北的方言俚语，指女子的乳房。

李德善说："即便如此，你也不应该用刀捅他啊……这下子可好，养伤吧。"

"像他这样的流氓，应该把他赶出去。"吴俊升说。

"俊升啊，你以后不得感情用事啊，他即便是耍流氓，也不是你该管的。"李德善说，"你以为你是路见不平，拔刀相助呢？"

"呜、呜。"吴俊升说。

李德善说："唉，去吧，善后的事情，由我来处理。"

"呜、呜，我知道了，干爹。"吴俊升说。

说完，他走了。

老四平街，李德善家。

李凤莲正在家门口玩，一位女子过来问：

"小妹妹，这里住着个叫童瑟奇的吗？他受伤了……"

"哦，是啊，他在后院养伤呢。"李凤莲说。

"可不可以带我去看看他？"女子说。

李凤莲看了看这女子，这女子手中提溜着果匣子，中等身材，丝绸的绿底色石榴花的旗袍，越发地衬托出她的身条，腰是腰、臀是臀的，丰腴而柔美。她围着一个狐狸皮的围脖，足下是皮靴。团团脸，杏核眼，双眼皮儿，耳悬金环，嘴唇涂红，眼神儿和粉腮透露出些许妖媚。李凤莲说：

"你是谁？"

"我叫金兰芝。"

李凤莲说："哦，我知道了……你跟我走。"

她把金兰芝领到了后院，冲着屋里喊道："童哥，有人来看你来了。"

"谁啊？"童瑟奇回应道。

"是我啊。"金兰芝娇声地说。

"你进去吧，我走了。"李凤莲说。

金兰芝提溜着果匣子，走进了屋里。

趴在炕上的童瑟奇见了，喜形于色，说："哦，真没想到，是你啊。"

金兰芝放下了果匣子，说："你为我让人捅了一刀……我心里过意不去，特地来看看你。咋样，好些了吧？"

"好多了，李大善人让我这儿养伤，还给了我一些体恤钱儿……又是冬闲季节，说是小病大养也好，我就在这儿养些日子。"童瑟奇说。

"这吴大舌头也是……"金兰芝说。

"别提他，他一看我跟女子对舞，就酸溜溜的，好像是我跟他妹子调情了。"童瑟奇说，"不过，李大善人说了，他已经把吴大舌头给训斥了一番。"

"他没来看看你，给你道个歉？"金兰芝说。

"那小子，就是个虎犊子，四六不懂，我他妈的才不跟他一般见识呢。"童瑟奇说，"好在有他干爹给我治病……你咋样，我看你好像不缺钱花，但是，脸上咋好像有苦涩难言的样子呢？"

"唉，别提了……"金兰芝说。

"咋啦？"童瑟奇说。

金兰芝说："我家里穷，我爹就把我嫁给了比我大十几岁的陈富荣做小，说陈富荣是商家，家里有钱，吃好喝好，有好享受……其实，是陈富荣的大老婆——那只母老虎不生育，娶了我，是让我给他家生个三男两女，给他家传递香火……我爹得了他家的一笔钱，等于是把我给卖了。"

童瑟奇说："你爹大概也是为你好。"

金兰芝说："表面上好，可是，我内心里苦。"

童瑟奇说："不缺吃，不缺喝，看你的穿戴，亮亮堂堂的……苦啥啊？"

金兰芝说："他让我给他家传递香火，嫁到他家都三年了，也没怀上……他贩马、贩茶，一走就是几个月，上妓院，逛窑姐……啥事不干？回到家，那母老虎就像苍蝇见血似地叮上他了，狠命地吸他的血，轮到我这儿，早已经是烧干的蜡头了……我还怀啥啊？后来，我想了，不是那母老虎有病，而是他有病，没有那个能力……根本就是个银样镴头枪，所以，我内心里苦，可是，苦又向谁说呢？"

说着，她嘤嘤泣泣，流下了眼泪。

童瑟奇说："唉，想不到一个丽人，内心里还有这般苦。"

"我知道你是一个有情有义的人，所以，才来跟我对舞，挑逗我、触摸我……我来扭秧歌，就是为了排解心中的苦闷。"金兰芝说，"想不到你却因为我……我心里非常过意不去。"

童瑟奇说："唉，别说了，彼此都是有情有义的人哪。"

说着，他拉住了金兰芝的手。金兰芝的手是热的，也攥住了他的手。各自都感觉到了对方加速的心跳。他又用另一只手去摸金兰芝坐在炕沿上的富有弹性的大腿，金兰芝把握住他的手攥得更紧了。继而，他用手去摩挲她的腚，他觉得温馨，而她也觉得愉悦……一股激流仿佛涌上了他的心头，他把坐在炕沿上的她扳倒了，扳倒在了炕上。

终于，金兰芝起身了，她帮他穿上了内衣，自己也穿好了衣服，她整理了自己有些凌乱的头发，恋恋不舍地说："瑟奇，我该走了。"

童瑟奇深情地说："兰芝，还能再来吗？"

金兰芝说："放心，我离不开你……我会常来。"

童瑟奇说："那就好，我随时等你……"

金兰芝说："养好身体，把身体养得棒棒的……记住，我是你的人了。"

说完，她掏出了一张银票，又从手上撸下了金镏子，给了童瑟奇。

她走了，童瑟奇望着她风姿绰约的背影，尤其是她那在高跷队里就曾经被他摩挲过的扭动的臀部，是那么性感，而且，令他神魂颠倒……他饥渴地期待她再来这间屋子里，跟他幽会……

老四平街，还是李大善人的那间屋子里。

金兰芝说："告诉你一个好消息。"

童瑟奇说："啥好消息啊？"

金兰芝摸着自己的肚腹，说："我有了……"

童瑟奇的心里一阵狂跳，这正是他所期盼的，说："真的？"

金兰芝肯定地说："你的。"

童瑟奇的心里一阵狂喜，说："可喜可贺。"

金兰芝说："我跟陈富荣说了，他高兴得摆上了他家的族谱，烧香磕头……给我买了不少的保胎药，又是鹿茸又是益母膏的，让我不要抻着……生了孩子，我就成了他家的功臣。"

童瑟奇说："我咋办啊？"

金兰芝说："我想好了，你就到陈家吃劳金，咱俩天天见面。陈富荣一走就是几个月，你白天看似给陈家干活，但是，晚上专门给我干活……嘻嘻，咱们俩的日子长着呢。"

童瑟奇说："嗯，也好。"

他又来了激情，他把她搂在了怀里，要……

"保住孩子要紧，他是咱俩的命根子，我不是说了吗，来日方长……"金兰芝给了他一个媚眼，轻轻地推开了他，然后，她把手在他的鼻子上爱抚地一刮，娇嗔地说，"没出息，瞧你猴急的样子……"

童瑟奇似乎无奈，只好把嘴巴贴在了她的脸蛋上，吻了吻她，然后，慢慢地撒开了自己搂着她的双手。

第九章

通奸事败的童瑟奇杀夫夺妻

老四平街，陈富荣家。

十月怀胎，一朝分娩。金兰芝生了个小子，陈富荣中年得子，犹如从天上掉下来个金娃娃，起了个名字叫陈玉柱。陈家人欢天喜地，过百日时，遍请亲朋好友，杀猪宰羊……热热闹闹地庆贺了一番。

娃娃胖乎乎的，吃饱了就睡，醒了就玩。大人叽里呱啦地逗他，他就笑，而且，"啊、啊"地回应，很是惹人爱。大老婆杨慧娴常常把孩子抱在怀里，稍稍大一点，出于母性的天然的慈爱，也就让孩子睡在自己的屋里。

金兰芝在陈家的地位也大大提高，她要请个打零工的，自然也由她做主，把童瑟奇请到了家院里……两个人朝夕得见。

陈富荣出发到南方去贩马、贩茶了，一去就是几个月。陈天宝又常常睡在杨慧娴的屋子里。这空当，童瑟奇夜里走后门，后门是反锁的，但是，可以伸进手去开锁……就悄悄地进了金兰芝的屋子的房门——这是事先预留好的。

进了屋，童瑟奇就急不可耐地脱巴脱巴，赤赤溜溜地钻进金兰芝的被窝里。金兰芝早已脱光了身子，在被窝里候着他呢……两个人在热炕头的被窝里，卿卿我我地说不完的亲昵话，你拥我抱地浪漫不尽的巫山风雨。

在家院里，杨慧娴叫童瑟奇干点啥，童瑟奇总是滞滞扭扭的，而金兰芝让童瑟奇干点啥，童瑟奇就痛痛快快的——杨慧娴凭着感觉，觉得有点不是个滋味。然后，又凭着女人的细心的观察，发现金兰芝和童瑟奇两人你来我往的眼神儿，以及两人说话的表情……也似乎跟一般人儿，有些不对劲儿。

杨慧娴暗中开始留意金兰芝和童瑟奇的行踪了。

　　她和金兰芝虽然是在陈家的一个大院落里，但是，各处一个独门独院。虽然说是独门独院，其实，除了前门外，还有一个后门，后门是通向菜地的。到了晚上，她常常蹲守在金兰芝的独门独院门的后门外的树毛子里，以看个究竟。

　　果然，她看到童瑟奇来到了金兰芝院子的后门，先是东张西望，然后，掏出钥匙，伸手把里面的锁打开，推门溜了进去。

　　杨慧娴看在了眼里，心里犹豫，抓住她？自己深更半夜又身单力薄。不去吧，自己身为陈家的正房妻子，又不是那么回事，咋办呢？还是冲撞一下吧，或许能把他们的歹意吓退。敲后门？后门已然在里面锁上了，还是走前面吧。

　　于是，她来到了前门，"咚咚"地敲门。

　　"谁啊？"金兰芝在里面喊。

　　"是我啊。"杨慧娴在门外应道。

　　"娴姐姐啊，有事儿吗？都睡下啦。"金兰芝说。

　　"有啊。"杨慧娴说。

　　"明天办不行吗？"金兰芝说。

　　"哎呀，不行啊。"杨慧娴说，"我晚上睡不着觉，我记得，咱们那当家的一件袍子在你这儿呢，我拿去改一改，这可是他临走前嘱咐我的。"

　　"噢，那你等一等吧，我这就穿好衣服，给你开门去。"金兰芝说。

　　杨慧娴在门外听到了脚步声，接着，咔嚓一声，门锁开了，又吱扭一声，从里面划着的两扇门打开了。

　　金兰芝故作懒腰地打了一个哈欠，说："我这儿哪里有啥咱们当家的袍子啊？深更半夜的，你耽误我睡觉。"

　　"我记得这件袍子是在你这儿呢，狐狸皮的……"杨慧娴说。

　　说着，她就疾步向金兰芝的屋子里走。金兰芝不紧不慢地跟在她的后面。

　　杨慧娴走进了屋子，外屋地堆放的烧柴，她上去就下意识地踢了一脚，没有听到啥动静。然后，进了屋里，扫视了一眼……就掀被子，又把地上的大木柜的盖儿给揭开了，用手在里面翻了翻，没翻到啥。

　　金兰芝倚着里屋的门，眼睛盯着杨慧娴在屋里翻动……杨慧娴又脱了鞋，撅着屁股上了炕，打开了炕梢的炕琴的门子，把脑袋探进了炕琴的门子里面，看了看，又翻动了翻动……她说："咋没有我要找的袍子呢？"

"你找到了吧?"金兰芝说。

"哪找到了?"杨慧娴说。

"我不就是吗?"金兰芝说。

"你是说……"杨慧娴说。

"我是说,我就是个狍子,而且,是个傻狍子。"金兰芝把眼睛一抹搭,然后,眼睛又一立,一语双关地说。

"哟,这炕上咋还有男人的褂子呢?"杨慧娴从炕头上用手挑起了一件上衣,说,"咱们家的当家的,也没有这件褂子啊。"

那是童瑟奇来不及穿上身的褂子,穿上了裤头、裤子……就匆匆从后门溜走,不得已而落下的。

"吃劳金的,你没看褂子上有个口子吗?他让我给补一补……不行吗?要不要事前跟你说一声啊?"金兰芝眨巴着眼睛,抻抻个脸,她说。

"哦,这不用……"杨慧娴说,她把头往炕沿下一低,她说,"哟,这咋还放着一双男人的布鞋呢?挺新的鞋呢,只是稍稍落了点灰尘。"

布鞋也是童瑟奇的,杨慧娴的一声让开门的喊叫,弄得童瑟奇从被窝里惊魂而起,慌慌张张……下了炕,连鞋也没有来得及穿,光着脚丫子快速地跑啦。

"吃劳金的白天干活把鞋子弄湿了,晒在了外边的窗台上,我怕下雪……就拿进屋,扔在地上了,这有啥可以大惊小怪的吗?"金兰芝不以为然地说。

"我把话挑明了吧,我可是亲眼见到一个男的从你的后门溜进了你的院子里……我才敲你的前门。"杨慧娴说。

"哦,原来你是以为我偷男人……你是来捉奸的啊,我说呢,在我的屋子里翻了个遍……又是疑神疑鬼的。"金兰芝说,"你是看我生了个儿子,吃醋了,是不是?"

"我只是来告诫你,怕你……毕竟咱们当家的不在家。"杨慧娴解释说。

"当家的不在家,我还看见好几个男人半夜里进了你的房子里去了呢,我是不是也上你的屋子里搜一搜?你纯粹是神经病。"金兰芝说,"你给我滚出去。"

说着,金兰芝就拿起了炕上的笤帚疙瘩,朝着杨慧娴打去……杨慧娴抱头而逃,逃出了金兰芝的院门。

金兰芝把门咣当一声关上了,随即,上了锁。

她又来到了后门，打开了后门，探出身子叫道："你走了吗？你在哪儿呢？那个母老虎滚蛋了。"

"噢，我这儿呢。"躲在树毛子在暗处的童瑟奇，小声地答话。

金兰芝说："怕啥啊？那个去南边的鬼儿，又不在家……你进来吧。"

"哦。"童瑟奇答应着，重新溜进了院子里……

老四平街，陈富荣家。

陈富荣回来了，在杨慧娴的屋子里。

"我说件事儿，你可别动怒啊。"杨慧娴说。

"哦，你说吧，啥事儿？"陈富荣说。

"金兰芝有外遇。"杨慧娴说。

"哦？"陈富荣惊讶，"我待她不薄啊，怎么可能呢？"

"我仔细地观察了很长时间了，她同那个来咱们家吃劳金的童瑟奇，关系不正常……"杨慧娴说，"我在她的后门亲眼看见那个童瑟奇溜进去了……我就去敲前门，差点把他们堵在屋里。"

"哦？有这等事儿？"陈富荣说。

"我叫了老半天的门，金兰芝才不得不把门开开……我进去以后，翻了地上的大柜和炕梢上的炕琴，里面没有。"杨慧娴说，"我看见炕上有男人的裤子，炕沿下还有一双男人的布鞋……我问这些，金兰芝就狡辩。"

"她咋说？"陈富荣说。

"说炕上的男人的裤子是吃劳金的童瑟奇让她给补的，又说炕沿下的那双男人的布鞋是吃劳金的那个童瑟奇晒在外边窗台上的，她怕下雪……就把那双布鞋好心眼儿地拿进了屋子里，扔在了炕沿下了。"杨慧娴说，"你瞧瞧，她多会狡辩。"

"不会是巧合吧？"陈富荣说。

"巧合个屁，我亲眼见从后门溜进去的。"杨慧娴说。

"不管这事儿是真的还是假的，这事都不要张扬……有碍咱们家的名声啊，家丑切切不可外扬。"陈富荣说。

"所以，我才等你回来拿主意呢。"杨慧娴说。

"如果真的是这样，咱们可以来杀她的回马枪……"陈富荣说，"我假装又出门去南方了，口口声声地说，要许多日子回来……却暗中悄悄地潜回家，盯着这个童瑟奇和金兰芝……一旦发现，就逮她个正着……空口说白话不行啊，捉奸要拿双啊。"

"我也是这么想的。"杨慧娴说。

"把我弟弟富强叫来，也把你弟弟慧雄叫来……这是两个好帮手，又是家里人，再加上你和我，咱们看准了，就前后门一堵……他一个童瑟奇就孤掌难鸣，我们来他个瓮中捉鳖。"陈富荣说。

"好，就这么办。"杨慧娴说。

"我这些日子，反而要对兰芝好点……仿佛一切正常，让她毫无察觉。"陈富荣说。

"嗯哪，姜还是老的辣，你想得很周到。"杨慧娴说，"我直接就揭露了她，她可倒好，用笤帚疙瘩把我赶出来了。"

"你告诫她……是为她好啊，也是为咱们陈家好啊，她怎么好歹不分呢？"陈富荣说。

"唉，别提啦，当时把我弄得那个狼狈，我是噘嘴骡子——卖了个驴价钱。"杨慧娴说，"让我舒坦的，还是我的当家的，我的当家的理解我的一片苦心啊……"

说完，她捧起了丈夫的脸，狠使劲地亲了两口，"吧、吧"地亲出两个响儿来。

深夜，老四平街，陈富荣家。

蹲守在金兰芝的后门的陈富强和杨慧雄，看见童瑟奇进了后门，就跑过来向陈富荣小声地报告："……进去了。"

"看准了？"陈富荣说。

"看准了。"杨慧雄肯定地说。

"稍等一会儿，听听动静。"陈富荣说，"你们俩，谁爬上树，从树上观察一下院子里的情况？"

"我去。"杨慧雄说。

"弟，注点意，别摔着了。"杨慧娴说。

"嗯哪。"杨慧雄答应。

他一个蹿高，就爬上了院墙外的一棵大榆树……过了有小半个时辰，他从大榆树上出溜下来。

"咋样？"杨慧娴说

"吹灯了，屋子里一片黑……"杨慧雄说。

"那好，从后门迅速地进去，堵他个措手不及……让他们连裤子都提不上。"陈富荣说，"我和慧娴先进屋，你们在门口守卫着，听我们叫你们，你们再进去，要不然，会弄得很尴尬的。"

"嗯哪。"陈富强和杨慧雄答应。

陈富荣把拿在手中的开后门的钥匙递给了自己的弟弟陈富强。陈富强接过了开后门的钥匙，就把手伸进了后门，从外面打开了里面的锁头，推开门，一拥而入。

陈富强一脚把屋门踹开了，屋门既没有锁，也没有在里面闩上……所以，脚一踹，屋门就开了。陈富强和杨慧雄站在屋门外边，没有直接进去。

陈富荣和杨慧娴走了进去，将被窝里的金兰芝和童瑟奇逮了个正着。金兰芝和童瑟奇咋也没有想到，一连几天都嚷嚷着去了南方，而且，像模像样地走出了老四平街的陈富荣，竟然突然间返回来了？又在夜里潜伏在外边，瞄准了童瑟奇进了金兰芝的院子……等他们吹了灯，就闯了进来……

杨慧娴得意地擦火，笑眯眯地点燃了油灯，屋子里出现了光亮。

油灯的光亮照耀着炕上的一对男女，金兰芝用被子捂着自己的赤裸裸的身子，缩在了炕里的墙边上，用戳棘的眼睛望着愤怒的陈富荣，而把童瑟奇光溜溜地闪在了炕被上……陈富荣压住了心中的怒火，说：

"兰芝，你把衣服穿上吧。"

童瑟奇也要把衣服都穿上，但是，陈富荣一把夺过了他的外衣，只让童瑟奇穿上了裤衩子，光着脊梁，露着腿。

陈富荣见金兰芝穿好了衣服了，说："富强、慧雄，你们俩进来吧。"

得到了允许，站在门外的陈富强和杨慧雄，每人都手持棍棒，横眉立目，凶煞煞地走了进来。

陈富荣大喝了一声："奸夫淫妇，你们都给我跪下。"

童瑟奇和金兰芝都跪了下来。

陈富荣指着童瑟奇说："你给我滚下炕来，跪在地上。"

童瑟奇只好下了炕，跪在了地上。

"你们通奸，有多长时间了？"陈富荣问。

"说。"陈富强和杨慧雄助威似的叫道。

"就从前些日子开始……"童瑟奇从容地说，其实，他对于被捉，早已有心理准备。他不敢如实地招供，如果那样，连儿子都是他的……将殃及自己的儿子，这是打死他也不能坦白的。

"是吗？"陈富荣问。

"是。"跪在炕上的金兰芝点头。

"你们知罪吗？"陈富荣问。

他没有继续追问他们通奸的时间，因为，他不想让自己当王八的日子时间更长久，那样，会让自己的弟弟陈富强和内弟杨慧雄更加耻笑他。所以，他才转移了追问的话题。

"知罪。"童瑟奇和金兰芝都说。

"知罪可是要受惩戒的。"陈富荣说，"来啊，给我棒打奸夫，把他的腿给我打断了，让他想再来我的院落，也得从地上爬着来……"

"噼噼、啪啪"陈富强和杨慧雄抡起棍棒就朝童瑟奇的身上砸。打得童瑟奇爹一声妈一声地直叫唤。金兰芝跪在炕上哭哭啼啼，鼻涕一把，泪一把……在陈富荣看来，这是她悔过自己而啼哭；在童瑟奇听来，这是因为童瑟奇遭受了挨打的痛楚而啼哭。

童瑟奇被打得趴在了屋地上，遍体鳞伤，而且，打着打着，他不但不惨叫，甚至也不哼唧了……陈富强在童瑟奇的鼻子处一摸，他说：

"这小子真是不扛打，没气了。"

一听说是没气了，陈富荣的心里反而有些惶恐，他知道，这是出了人命了。出了人命是要吃官司的。但是，一不做，二不休，他说：

"把他拖出去，在荒郊野甸子里埋了。"

陈富强和杨慧雄拖着只穿着裤衩子的童瑟奇往外走……陈富荣对金兰芝说："你给我在家老老实实地待着，没有我的允许，不准踏出这院子一步，否则，我也打折你的腿。"

"嗯哪。"金兰芝只好答应了一声。

陈富荣和杨慧娴出去了。

金兰芝在炕上号啕大哭。

陈富强和杨慧雄抬着童瑟奇，走出了院子，往荒郊野甸子里走……要想把童瑟奇在冰天雪地里埋了，谈何容易？挖个坑都不好挖。一镐头砸下去，只能是崩起一块土渣儿，地上出现了个白点儿。

他们俩抬着童瑟奇，在黑咕隆咚的夜色里走，正为埋童瑟奇犯愁呢，就听到马匹的铃铛声，接着，有人喊叫：

"喂，干啥的？"

他们俩一惊，知道这是人命，人命关天……他们俩吓得扔下了童瑟奇，撒腿就跑，听到背后有人喊叫：

"强盗，你们往哪儿跑？站住。"

他们俩简直是失魂落魄，越发地跑得快了。

说来也巧，这正是李德善带着家里的几个人，赶着马车，到八面城去看朋友去了，又喝了点酒，所以，回来晚了。

他们看着有人似乎鬼鬼祟祟的，就喊叫了起来，也正好驱走了陈富强和杨慧雄……他们就追，其中的一个人，反而被绊了一跤。起来一看，是被躺在地上的人绊倒的，就喊了起来：

"喂，这儿还躺着个人呢。"

于是，追赶陈富强和杨慧雄的人也不追了，返身走了回来。他们仔细一看，认得，就说道："这不是童瑟奇吗？咋被扒得光巴出溜儿的，还被打得遍体鳞伤？"

另一人说："好像是死了？"

李德善一看，果然是童瑟奇，摸一摸他的胸口，好像还有心跳，他就赶紧脱下了自己的皮大氅，给童瑟奇盖上，说道：

"把他抬上车，回到家再说。"

奄奄一息的童瑟奇被李德善拉回了家，找来了医生……童瑟奇也终于缓过来了，睁开了眼睛，一看是李德善在自己身边，他就明白了是怎么回事。

显然，是李德善救了他。

他虚弱地叫了声："干爹。"

李德善说："咋搞的？"

童瑟奇说："我遇上了胡子了，他们让我拿钱，我哪有钱哪？于是，就让我去参加绺子，当胡子，当他们的眼线……我不干，他们就在这大冷的天儿，扒光了我的衣服，把我打得死去活来……幸亏遇到了干爹你们……哎哟哟，疼啊。"

"嗯，你小子有种。"李德善说，"你就在我家好好地养伤吧。"

童瑟奇说："干爹，我忘不了你的恩情的，哎哟喂……"

李德善说："都是一家人，别说分外的话。"

童瑟奇就留在了李家，医疗，调养，恢复身体……不但有人伺候，而且，所有费用，都是李德善出钱。

老四平街，陈富荣家。

陈富强和杨慧雄回来了，陈富荣问："埋了吗？"

杨慧雄说："姐夫啊，我们俩把他抬出了老远的地方，就暂时扔在那荒草甸子里了。"

陈富荣说："咋呢？"

杨慧雄说："姐夫啊，你可别忘了，这是隆冬季节啊，大地冰冻三尺，刨得了吗？"

陈富荣说："哎哟，我咋把这事儿给忘了，把我气糊涂了。"

"哥，我们俩商量着，待这个光巴出溜儿的童瑟奇在冰天雪地里冻成冰棍儿了，我们俩再去，用大刀把他大卸八块，装进麻袋，然后，骑着马在几十里地外的荒草野甸子里一扔……野狼啊，野狗啊，就把他给吃了。再说了，这匪患迭起，即使是有人看见了他的胳膊、腿儿，也还以为是胡子干的呢。"陈富强说。

陈富荣说："说得也是。"

杨慧雄说："姐夫，这个童瑟奇在荒草甸子里，冻得冰棒儿似的，用刀砍下去，简直就像砍猪肉样子一样，连条血丝儿，都不会淌出来……干净、利落，我们暖和暖和就去。"

陈富荣说："好啊。"

过了一个时辰，杨慧雄和陈富强各自牵出了一匹马，背上插着雪亮的大刀，出去了。他们到了扔下童瑟奇的地方，哪里还有童瑟奇的尸体？他们就骑着马，在冰天雪地的荒草甸子里溜溜达达……大约有一个半时辰，天也快要亮了，他们才回去。

进了门，见陈富荣坐在三仙桌子旁边，等着他们呢。

陈富荣问："事情办啦？"

杨慧雄说："姐夫，办了，办得利利索索的……我特地把童瑟奇的脑袋瓜子，塞进一个30里地开外的一个树洞里了。"

"真是辛苦你们俩了，这我也就放心了。"陈富荣说，"喏，这是给你们的酬劳。"

说着，他把早已放在了桌子上的两个红包，向前推了推。然后，又打开了红包，露出了黄澄澄的金条，每个红包里三根。

杨慧雄和陈富强见了，心头欣喜，眉开眼笑，各自把三根金条稀罕巴嚓地、小心翼翼地收了起来。

　　陈富荣这么做，一是酬劳，二是用金条封住他们的嘴——这是最重要的。

　　郑家屯，兴隆客栈。

　　转眼已经是春天了，呜呜滔滔的西南大风，飞土扬尘，连续地刮了三天。有人说，这里的大风，一年刮两次，一次六个月——这说得有些玄乎。但是，风三儿，风三儿，却果然不假。暖洋洋的西南大风，融化了冰雪，使雪水渗进了土地里，土地滋润，又抽干了土地表面的残冰浮雪，有利于春耕。

　　伤口基本愈合了的童瑟奇来到了这里，他兜里有金兰芝早些时候给他的银票，他还攒着呢，所以，他手里有钱。

　　他在客栈里摆上了一桌酒席，请的是他的姨表弟左锦堂，还有他打小就在一起玩耍的朋友周永生。左锦堂正是一个小绺子胡子的头头。周永生由于家境不佳，后来，被他的父母送上了黑虎山，在黑虎山的灵山寺里出了家，当了和尚。

　　童瑟奇把自己在陈家被打死了……又被李大善人救了命的事情，向左锦堂和周永生讲了，他说："此仇不报，非君子。"

　　左锦堂说："这个仇，是要报。"

　　周永生说："童哥，你的仇，就是我的仇，此仇必报。"

　　左锦堂说："他妈的，这个陈富荣，杀了他全家。"

　　周永生说："他家里还有咱那虽然没过门，却是给咱童哥生了个儿子的嫂子呢，杀了陈富荣和他的大老婆那只母老虎，却要把家财留给咱那嫂子和儿子……这可是有分寸的。"

　　童瑟奇说："唉，我被打死了，又被光巴出溜儿地拖到荒草野甸子里，别说是埋了，就是冻也把我冻死了……你们那没过门的嫂子说不上咋惦记我呢？好在前些天，我托了她家的一个亲戚，把她给我的那个金镏子捎给她了，让她知道我童瑟奇还活着……省得她老是悲悲切切的。"

　　周永生说："看着没？童哥对没过门的嫂子，还是没过门的嫂子对童哥，相互间，可是有情有义的。"

　　童瑟奇说："你们那个绺子里有几条枪？"

　　左锦堂说："唉，我们是小绺子啊，对外张牙舞爪，其实呢，自己知道，有两条枪也是破的，尽是些大刀、长矛、扎枪……挺艰难的。"

童瑟奇说："买枪啊。"

周永生说："这可是需要钱的。"

童瑟奇说："钱，不成问题，我有银票。"

周永生说："嫂子给的……嘻嘻。"

童瑟奇说："嗯哪。"

这时，一个人从旁边的桌上走了过来，来到他们的面前，此人正是云丹，他手里端着一碗酒，说："我可以敬三位一杯酒吗？"

这把他们三个人弄得很唐突，但是，童瑟奇马上说："可以啊，交个朋友嘛，多条朋友多条路嘛。"

"好，爽快。"云丹说。

他们三个人站了起来，跟云丹碰杯，喝酒。

童瑟奇对云丹说："请坐吧。"

云丹就在这个桌子旁坐了下来，就说道："刚才听到，诸位需要枪？我有啊……"

童瑟奇说："先生贵姓大名？枪如何卖？"

"我叫云丹，枪是俄国造的，长枪和短枪都有……俄国可是有大势力的。要是你们三位买，我是卖一送一……一碗酒碰了杯，咱们就是朋友。"云丹说。

童瑟奇说："云丹先生如此豪爽，钦佩。"

"既然你们说我豪爽，我还就从豪爽上来，如果是你们用枪，我可以先送给你们枪支，要十支、百支、千支都有，然后，你们再用马匹和牛羊等物资作价还钱，你们看，这好不好？"云丹从腰里掏出枪，往桌子上一拍，他说。

"冲着你这话，来，咱们把碗中的酒，干了。"童瑟奇说，"这天底下，谁都知道，有枪才是草头王。"

四个人碰碗，一饮而尽。

"我这桌子上的手枪，就送给你了，哥们儿报仇嘛。"云丹把手枪推到了童瑟奇的面前，说，"听了刚才三位弟兄的话，那么，把仇报了，可是要吃官司的，然后，如何躲避啊？如果不想吃官司，就得云集山林，云集到哪里呢？总得有个落脚的地方吧？"

"我看，在我们黑虎山灵山寺。"周永生说，"我在山上当和尚吃素，又他妈的不准碰女人，苦熬难挨……山上的住持灵空法师，又死板板的，一脸的狰狞罗汉相，要求极严格……我早就受够了。"

"好，黑虎山，灵山宝刹。"云丹说。

童瑟奇一拍桌子，说："好，就这么定了。"

酒是郑家屯当地酿造的高粱酒，60度。倒酒，满上。四个人喝到了兴头上，又是碰杯，然后，再一次地一饮而尽。

夜里，老四平街，陈富荣家。

风声，呼呼的大风，刮得柳树叶子要出苞，杨树飘絮，榆树钱儿嫩嫩的冒出了枝头。呼呼的大风，刮得树枝儿吱吱地哨叫。

这正是农户们春耕大忙的时候。

一伙子骑着大马的蒙面人持枪闯进了陈富荣家，直接去了正房，不由分说，将陈富荣和他的大老婆用绳子捆了起来，而且，用破袜子堵住了他们的嘴。

没偷、没抢，没有翻箱倒柜地搜寻钱财……也没有放枪。连陈家的大黄狗都没有叫，因为，陈家的大黄狗，已经被引诱到了外边，吃了放进了毒药的肉包子，七窍出血地死了。

街里的狗倒是叫，但是，平时也是那么叫。

陈富荣和他的大老婆被装进了两条麻袋，放在了马背上，然后，这伙子蒙面人扬长而去……他们来到了辽河水交汇的三江口，把装着陈富荣和他的大老婆的两条麻袋从马背上一推，肉滚滚的麻袋滚到了地上，麻袋里发出痛苦的呜呜声。但是，这伙子人并不理会。

童瑟奇把遮住了颜面的脖套，撸了下来。左锦堂和周永生也把脖套撸了下来，露出了本来的面目。童瑟奇把手枪掏了出来，枪口对准了装着陈富荣和他的大老婆杨慧娴的两条麻袋，"嘭嘭"，就是两枪。

随后，左锦堂和周永生也是拿出枪，朝着装着陈富荣和他的大老婆杨慧娴的两条麻袋，"嘭嘭、嘭嘭"，各自两枪。

鲜血，从麻袋里边渗了出来。

旁边，已经有人挖好了坑，左锦堂和周永生一人拖着一条麻袋，把装着陈富荣和杨慧娴的两条麻袋，都推进了坑里，然后，埋上了。

可惜的是，陈富荣和杨慧娴这两口子，连死都不知道是谁把他们杀死的。

童瑟奇说："这算是夫妻合葬，也就我算对得起他们……奶奶个孙子的，他们想要了我的命，到头来呢，是我要了他们的命。"

左锦堂和周永生一伙子人，哈哈大笑。

童瑟奇说："昨天，我的风流的俏情人儿，还是他陈富荣的小媳妇，从今天的这个时候起，他陈富荣的小媳妇，就是我童瑟奇的新媳妇。"

左锦堂和周永生向童瑟奇一抱拳，说道：

"恭贺大哥，给大哥道喜啦，哈哈哈……"

第十章

昌图府围剿匪巢黑虎山惨遭失败

大黑虎山，灵山寺。

童瑟奇这一伙子人，骑着马，带着枪，上了灵山寺。童瑟奇雄赳赳地走进了大雄宝殿，他对周永生说："把你们的住持——灵空长老找来。"

周永生又吩咐小和尚清明道："你去找灵空。"

小和尚清明把灵空长老找了来。

童瑟奇说："你是灵空长老啊？"

灵空长老说："正是老衲。"

童瑟奇说："你自己另寻山门，自找出路吧。"

灵空长老说："施主之言差矣，这是老衲的山门寺院，我何以要另寻山门？"

童瑟奇说："整个黑虎山，我都占了，包括你这个寺院。"

灵空长老说："朗朗乾坤，堂堂寺院，是我佛家圣地，你等就是啸集山林，也应该回避佛家清净之地，请施主三思。"

童瑟奇说："你他妈的跟我啰唆个啥？没完没了的。"

说着，他掏出了手枪，"嘭"的一枪，子弹飞向了灵空长老，灵空长老当场毙命。

"把这个升了天的啥长老的尸体，给我拖出去。"童瑟奇对周永生说，"把你们寺院里面的和尚都找到这儿来，我有话对他们说。"

周永生对清明小和尚说："听到了没有，把尸体拖出去，把其他的和尚都找来……黑虎山的山大王要对和尚们训话。"

清明和另一个小和尚把灵空长老的尸体抬了出去……不一会儿，寺院里

· 145 ·

的和尚们都来到了大雄宝殿。

周永生说:"我们山大王对你们有话说,你们都好好地听着。"

童瑟奇说:"你们的灵空长老跟我瞎啰唆,让我一枪给毙了,他就直接上了西天去享福去了,我跟你们说,这黑虎山我占了……你们呢,愿意跟我的,可以留下,我亏待不了你们。不愿意留下的,可以走出山门,另寻出路。我要说的就是这个意思。"

左锦堂说:"我说啊,这当和尚多没劲啊,成天个吃素,连个肉星都不让吃……都成年了,连个女人都不让碰,多憋得慌啊。跟着我们山大王,吃香的喝辣的,找女人玩玩,这也是咱当了一回爷们儿啊,你们说,是不是?"

周永生附和道:"二掌柜的,说得是啊。"

左锦堂说:"这当胡子,可是个无拘无束的快乐的事儿,不是有个顺口溜儿吗,你们听我给你们道来。"

于是,他唱唱咧咧:

当胡子,不发愁,
进了街里住高楼。
吃大菜,逛妓院,
花钱好似河水流。
东家抢,西家劫,
枪就别在腰后头。
黑虎山上吼三吼,
辽河两岸抖三抖。
骑大马,喝美酒,
神仙也没我自由。

周永生拍手道:"唱得好。"

愿意留下来的和尚是个别的,属于无家可归的那几个。不愿意留下来,就收拾自己的衣物,下了山。

清明和尚对周永生说:"我不在这里了,但是,我有个请求,能不能让我把灵空长老的尸身埋了?"

周永生说:"正要让人把他埋了呢,你这个请求太好了。"

于是，清明和尚把灵空长老埋在了大黑虎山下的松林里，然后，下了山。

至此，黑虎山被童瑟奇这一绺子胡子所占据，云丹成了黑虎山的座上宾。

云丹说："你尽管招兵买马，枪支弹药由我供应……只是一个条件。"

童瑟奇说："你说。"

云丹说："你将来所占据的一方天地，必须是我俄国沙皇陛下的藩属。"

童瑟奇说："好啊，背靠大树好乘凉，俄国的势力该有多么强大啊，我找这么棵大树还难以找到呢。"

云丹在童瑟奇的耳朵边上，悄声地说："俄国有个谋划，就是要把满蒙变成一个隶属于沙皇陛下的'黄俄罗斯'……"

童瑟奇慷慨地答应："没问题，我愿意做俄罗斯的藩属，藩王也是王啊，比山大王高大威猛多了。"

于是，他拢集一些小绺儿子的胡子，又招兵买马……势力逐渐壮大，哨集千人。童瑟奇根本就不用直接劫掠，而是点名点数儿，跟富家大户去要牛羊、马匹等等，富家大户哪个敢不从？哪个敢不乖乖地送来？黑虎山除了自己用度之外，都用来跟云丹交换山寨里需要的枪支弹药。

童瑟奇站在大黑虎山上的灵山寺的大雄宝殿的台阶上，拍着自己的胸脯，对自己的匪崽子们，狂言喊道：

"有沙皇陛下的支撑，我他妈的就是'辽河半个天'。"

陈富荣和杨慧娴在陈家院落里消失了，主事儿的是金兰芝，门里门外拿着木头刀枪玩耍的，是她的儿子。

时间长了，金兰芝把她的娘家人接来，住了进去。

有人问："你们当家的呢？"

金兰芝说："去南方做生意去了……"

有人问："你们家的大媳妇呢？"

金兰芝说："也跟我们当家的去了南方……"

时间长了，人们也就不再问了。

偶尔，能看见在陈家吃过劳金的童瑟奇，骑着高头大马，绸袍、锦裤、皮靴，身腰上别着枪，大模大样地来到了陈家，而且，跟随他的是他的两个保镖。走进陈家的时候，两个保镖的手里都提溜着，或是匣子，或是包裹，从来也不空手。

　　匣子里是金子、银子？包裹里是毛料、锦衣罗缎？不得而知。

　　昌图城，提督府。

　　提督张勋亲自接见前来状告黑虎山匪患的人士。这人士有陈富荣的弟弟陈富强，黑虎山灵山寺的清明和尚，双山镇的富绅朱麒麟。

　　陈富强向提督张勋呈上了状子，然后，他说："我哥哥被黑虎山匪首童瑟奇所杀，请提督大人为小民做主。"

　　张勋说："哦？说来我听。"

　　陈富强说："我哥家的小嫂金兰芝与童瑟奇通奸，被我哥哥抓获，曾经羞辱过童瑟奇……童瑟奇为报前仇，带着现今黑虎山土匪的二掌柜左锦堂和三掌柜周永生，串通好我哥哥家的小嫂金兰芝，来到我哥哥家，将我哥哥陈富荣和大嫂杨慧娴杀掉……"

　　张勋说："你说你哥哥家的小嫂子与童瑟奇串通，杀了你哥哥和你大嫂……我们派人查了，却没有地方上的报告。杀人要有尸身做证，这尸身呢？"

　　陈富强说："这尸身被他们埋了。"

　　张勋说："埋在了哪里？"

　　陈富强说："这……"

　　张勋说："我派人查了，说是你家哥哥和你家大嫂去南方经商做生意去了……虽然至今未归，或在南方定居，或者发生了哪些叵测……也未可知。"

　　陈富强说："现今，黑虎山匪首童瑟奇经常与我哥哥家的小嫂来往……就是证明。"

　　张勋说："童瑟奇曾经在你哥哥家吃劳金，与陈家人结识……这是情理之中的事情，倘若说你家的小嫂，助匪为虐……我们可以拿你小嫂是问，证据呢？只有你的空口白牙，就说是你家小嫂与黑虎山的匪首谋害了你哥哥和大嫂？也是无凭无据啊。你家小嫂和她的儿子过得还挺安稳的……而且，即使与童瑟奇有来往，就是童瑟奇去了，她敢把大匪首童瑟奇撺出去吗？拿人心比自心，我们不会自讨无趣。"

　　陈富强说："我家的小嫂金兰芝跟黑虎山的匪首童瑟奇通奸可是事实。"

　　张勋淡淡地笑了，说："有人说，你到我这儿来状告……是图喜你哥哥家的万贯家财，我们只能未置可否。"

听了提督张勋的话，陈富强一脸的尴尬。

清明和尚向提督呈上了状子，说："提督大人，我状告黑虎山匪首童瑟奇……恳请提督大人为灵山寺的众佛家弟子做主。"

张勋说："噢？你说来。"

清明和尚说："匪首童瑟奇与我大黑虎山上的灵山寺的和尚周永生串通，来到了大黑虎山，逼迫我们灵山寺的灵空长老让出灵山寺，遭到了我们灵山寺的灵空长老的拒绝，童瑟奇就开枪毙杀了我师父灵空长老，然后，这伙子匪徒就占据了大黑虎山和灵山寺。"

张勋说："童瑟奇带领一绺子匪徒，占据了黑虎山和灵山寺，这是事实。"

清明和尚说："我把灵空长老的遗体埋葬在大黑虎山下……灵空长老一生一世慈悲为怀，却落得个这样的下场，令我悲痛。"

说完，他捧出了灵空长老的袈裟血衣，放在了提督张勋的面前。

张勋说："唉，听了你的状告，真是令本提督哀戚唏嘘啊。"

双山镇富绅朱麒麟向提督张勋呈上了状子，说："提督大人，这是我们的状告，是一方富绅的联名状告，状告黑虎山的匪首童瑟奇……"

张勋说："哦？说说。"

朱麒麟说："黑虎山匪首向周边的富户下单子，要求这些富户在限定的时间内，向他缴纳银两，或是马匹，或是牛羊……不按时缴纳者，他催促。催促到一定的时候，他就持枪动手抢劫了……如果抵抗，就会让你家败人亡。"

张勋说："这不成了向他缴纳赋税了吗？"

朱麒麟说："提督大人说得对啊，我们富户等于在缴纳双重赋税。"

张勋说："哼，这个童瑟奇成了一方的藩王了。"

朱麒麟说："童瑟奇向外扬言，'黑虎山上吼一吼，辽河两岸抖一抖'。他还说他是'辽河半个天'。"

张勋说："真是目无朝廷，狂妄自大。"

朱麒麟说："恳请提督大人早日剿除匪患，安宁一方百姓。"

张勋说："我将把你们所说的情况，禀告奉天都督府，奏请朝廷定夺……量他一个小小的匪绺子，能成多大的气候？只要天兵一到，征讨的号角一吹……这黑虎山上的匪绺子，自然做鸟兽散。"

朱麒麟说："恳请提督大人早日率领天兵征讨，地方幸甚，百姓幸甚。"

张勋说："消除匪患，乃是本提督的天职，诸位稍安勿躁，听我的消息就是了。"

朱麒麟、清明和尚、陈富强等站起身，向提督大人躬身告辞，然后，他们走出了昌图提督府。

奉天都督下令昌图府，出兵清剿黑虎山匪患。

提督张勋奉命，率兵千员，马队炮车，龙旗飘扬，威风凛凛，杀气腾腾，浩浩荡荡，出征黑虎山。

早上出发，晚上赶到。拨出数十士兵监视小黑虎山。将大部队，按大黑虎山的东、西、南、北四方，分兵建立四个营盘，安营扎寨，围住大黑虎山。

张勋在主营，主营在西。

匪众盘踞灵山寺，主要聚集在大黑虎山。大黑虎山如同低首躬身、蓄势待发的黑虎，虎头向东，面目狰狞，虎视眈眈。西坡为尾，坡势稍缓，利于进攻。

第二天，太阳高悬，光辉灿烂；白云朵朵，映衬蓝天。

张勋命令，炮轰大黑虎山。数门大炮，一齐开火。炮弹散落，山石崩裂，尘扬山坡；树木摧折，碎枝飞叶。

张勋命令部队："进攻。"

"杀啊——"士兵们端着大枪，射击着子弹，呐喊着向大黑虎山发动了冲锋。

山坡上，茂盛的草丛、嶙峋的怪石、葱郁的树木……守山的匪徒从不同的隐蔽处、不同的方向，向士兵们还击。在暗处的匪徒们向处于明处的士兵们射击，不仅隐身好，而且，枪法很准，几乎弹无虚发。

冲在前面的士兵被击伤、击毙，仆倒了一片。后面的士兵见状，举步踯躅，匍匐不前，不敢冒进。

士兵们与匪徒们，双方僵持。

进而，山上的俄罗斯造的数门大炮，向山下开火，轰击昌图府的士兵……匪徒们"嗷嗷"地叫喊着，发动了反击。

昌图府的士兵们被迫后退，退下山去……黑虎山的匪徒们也不追赶。

张勋下令："继续围困，围而不攻；时日流逝，困死匪众。"

于是，昌图府的部队在山下按兵不动，放出机动哨兵。这样，整个大黑虎山，里不出，外不进。提督张勋的意图是使自己以逸待劳，又陷黑虎山的匪众于困窘之中。

五天过去了，山上山下，上下对峙，没有战事。

第六天。

大黑虎山上，灵山寺的大雄宝殿。

童瑟奇说："张勋是想要困死我们，心意歹毒。"

左锦堂说："张勋自以为兵多势众，其实，我们与他兵力相当，而我们占据天时、地利，他们自以为是以逸待劳……但是，却已经军心涣散，军备懈怠。"

周永生说："我们就乘其不备，给他一个突然袭击……"

左锦堂说："打蛇要打七寸，袭击就袭击张勋的中心大营，中心大营一覆灭，其他三个营盘自然担忧不能自保而溃散……围困也就解除了。"

童瑟奇一拍大腿，断然地说："好，就听你的，集中我们的崽子们，在后半夜，突然袭击张勋的中心大营……让他穿裤子都来不及，哈哈哈。"

后半夜，匪徒们口衔蒿秸，麻布缠马蹄，悄没声儿地秘密地下了山。匪徒们快要接近张勋的大营了，被张勋的流动哨兵发现了，这时，童瑟奇一声枪响，匪徒们就高声地呐喊着，燃起火把，策马放枪，向张勋的中心大营凶悍进攻……果然，把张勋的中心大营杀了个措手不及。

"杀啊——"匪徒们的疯狂的呐喊声，震天动地。

枪响，如爆豆一般，匪徒们射击张勋的士兵。火把，扔在了张勋的营帐上，大火燃烧……张勋的士兵们来不及穿衣服，就向外跑，还没跑多远，好多人就被击伤、击毙。

提督张勋从睡梦中惊醒，在几个卫兵的保护下，匆忙上马，狼狈逃窜……童瑟奇攻克了张勋的中心大营，又指挥他的匪众，乘胜顺次地进攻张勋的北营、东营、南营。

童瑟奇所攻皆克。

张勋的部队溃不成军，撇下辎重，望风而逃……张勋的残兵败将，溃逃回了昌图府。

大黑虎山，灵山寺。

童瑟奇大胜，在大雄宝殿，排宴庆功。

正饮酒间，周永生从外面走来，在童瑟奇的耳边说："山下来了个信使，是昌图提督府的，说是要面见大掌柜。"

童瑟奇说："望风披靡的手下败将，难道是来下战书吗？"

周永生说："不像。"

"让他进来吧，咱们到偏殿去，别让他扫了弟兄们的兴致，听听他是啥意思？是不是也想喝点庆功酒？"童瑟奇说，"不过，他要是喝到嘴里，可是苦的，哈哈哈。"

偏殿，童瑟奇坐在中间，左锦堂在右，周永生在左。数名匪徒挎着枪，手持大刀，排列两班。信使一跨进门槛，这排列在两班的匪徒们就发出"呜嗷"的沉重而威严的吼叫声，倒像似衙门里的两班衙役升堂时的为壮堂威而低吼的仪式。

信使向傲气地坐在中间虎皮椅上的童瑟奇一抱拳，说道："大掌柜，昌图府提督张勋张大人，让我给大掌柜送来一封信。"

说着，拿出了信件。

周永生接过了信件。

童瑟奇说："这个张提督是啥意思？"

周永生拆了信件的封皮儿，把里面的信递给了童瑟奇。童瑟奇看信并念给大家：

黑虎山，童大掌柜：

人无远虑，必有近忧。远虑者，审时度势，进退有余；近忧者，莽撞顽劣，自陷绝地。童大掌柜啸集山林……不若归顺朝廷，安食国家俸禄，加官进爵，封妻荫子，光宗耀祖。因此，我有意收编你等。你等弃暗投明，变绿林为官军，又靖安一方，岂非美哉？

望童大掌柜三思而定夺，静候佳音。

昌图府提督　张勋

左锦堂听了，笑了，说："官府对胡子，历来两板斧，一是剿灭，二是安抚。大军进剿，剿灭不成，就收编安抚，让你寄人篱下……成为他刀下的鱼俎。"

"二掌柜说得极是。"周永生说，"即使不是他刀下的鱼俎，在他张勋的手下，就是再荣耀，也不过是只凤尾。老话说得好，'宁当鸡头，不当凤尾。'"

童瑟奇说："我有句顺口溜，不知当说不当说？"

左锦堂说："尽管说，大掌柜的就是放个屁，都是香的，你们说对不对啊？"

匪徒们高声叫道："对——"

童瑟奇说："那好，我就说了。"于是，他朗诵了他的顺口溜：

> 黑虎山上扎营帐，背靠俄皇好乘凉；
> 雄霸一方刀并枪，自由自在我为王。

匪徒们又高声叫道："好——"

童瑟奇很是得意，对信使说："谢谢你们提督大人的美意了，我们的意思……你也听明白了，你回去就禀告你们提督大人吧。"

信使说："告辞。"

童瑟奇说："送客。"

信使向外走，站在两班的匪徒们相互碰撞雪亮的大刀，发出噼里啪啦的撞击声，又"呜嗷"地喊叫了一番，以示威仪。

信使走后，童瑟奇坐在虎皮椅子上，沉思了一会儿，说道："这信使走了，我拒绝了张提督……我这心里，咋有些郁闷感呢？"

周永生说："咋的呢？"

童瑟奇说："如果接受了张提督的收编，我们披上朝廷的盔甲，接受朝廷给的军饷……又接受俄国人的暗中支持，岂不是一举两得吗？"

周永生说："那不就成了脚踏两只船吗？"

童瑟奇说："脚踏两只船，总比脚踏一只船好哇。"

左锦堂说："量他张提督也咋的不了我们……还是大掌柜的说得对，这乱巴地儿的时候，'自由自在我为王'，快快活活的，比啥都强。"

"二掌柜的说得也是啊。"童瑟奇说，"人生一世，草木一秋，生命苦短。倘若能雄霸一方，自若为王，快快活活，也是幸事。"

自从黑虎山的童瑟奇大败昌图府提督张勋，远近的小股匪绺子，闻讯后纷至沓来，归顺童瑟奇。童瑟奇的势力骤增，一时间，名声大噪。他也在山寨上竖起了丈许的条旗，在风中招展，白底金边红字，十分醒目：

"辽河半个天"。

1908 年 4 月，中旬。

黑虎山，灵山寺，大雄宝殿。

云丹和格罗莫托夫来到了黑虎山，童瑟奇酒肉宴请。

童瑟奇说："下一批货，我都准备好了，这是清单，请过目。"

说着，他把货物的清单递给了格罗莫托夫。

格罗莫托夫看了之后，说："马匹、牛羊、粮食……以货兑换枪支弹药，多出的部分，我付给你卢布。"

童瑟奇说："交货的地点呢，还是老地方？"

格罗莫托夫说："我会临时通知你的。"

童瑟奇说："这些年来，一直承蒙各位支持我。"

云丹说："一旦我们的'黄俄罗斯'的计划成功了，你这'辽河半个天'，就是大俄罗斯的藩属国，你就是藩王……我看，这个时刻，就要来临了。"

童瑟奇说："但愿如此。"

云丹说："有个大富户，我看，你不能不让他支持你……如果让他支持你，日后对他也是大有好处。"

童瑟奇说："你说的是哪一个？"

云丹说："他叫胡思楞。"

童瑟奇说："噢，我认识他，曾经在乌泰王府见过一面。"

云丹说："大掌柜的，你不妨给他下个索货索钱的清单……看看他这个大富户，是够意思还是不够意思？"

"是啊。"童瑟奇说，"既然认识，我看我还是见他的面，直接给下个索要的清单为好，只是……"

云丹说："只是个啥呀？"

"他住在条子河村，我要是在四平街的福盛大酒楼摆下个酒席，请他来，还真怕他不肯来。我知道这小子，还挺倔的。"童瑟奇说，"可是，我还就得走个请他的过场，先礼后兵。"

云丹说："我到条子河村，去请他，就说是乌泰王爷在四平街呢，想他了，要他去，请他喝杯酒。"

童瑟奇说："嗯，这个主意不错。"

云丹说："胡思楞可是个大富户哟，科尔沁草原上有几个牧场，牛、羊、马……承包南满铁路的工程，狠赚了一大笔。别的路段都被拳匪给毁了，唯独他承包的这一段工程，安然无恙……条子河两岸、辽河两岸，好田地被他买下了……家里养着炮头，家院四周有碉楼，这小子算得上是个富豪哟。"

童瑟奇说："喊，我还真不惧他的啥炮头、碉楼，我只是要从他那里弄俩钱儿花，给我面子是朋友，不给我面子是冤仇。"

左锦堂插话说："我们大掌柜的说得对，这地面上的人们不都说吗——'江北的胡子不开面'，咋开面啊？都开了面，我们去喝西北风啊？"

云丹点头，说："二掌柜的说得对啊，但是，你们知道他胡思楞可是有根子的，他如今依仗着谁吗？"

左锦堂说："谁？"

云丹说："马龙坤。"

左锦堂说："喊，一个堂堂的昌图府的提督张勋，都被我们打得屁滚尿流……望风而逃，还来信安抚我们，要收编我们呢……何况他一个啥马龙坤？他马龙坤的势力，有我们黑虎山的势力雄猛？他马龙坤的人马，有我们黑虎山的人马兵强？"

云丹说："如此说来，咱们这黑虎山的童大掌柜的和他的势力，还真就是货真价实的'辽河半个天'呢，这他妈的可绝不是吹大牛。"

童瑟奇一拍桌子，说："就这么定了，后天在四平街的福盛大酒楼，我安排一桌，云丹兄请他胡思楞来……我当场下单子，借钱、借货，呵呵，好一个'借'字。"

云丹击掌，赞赏说："好。"

端起酒碗，相互碰撞，一饮而尽。

四平街，福盛大酒楼。

云丹把胡思楞请来了，进了雅间一看，童瑟奇和左锦堂在这里，胡思楞说："乌泰王爷把童大掌柜也请来啦？"

童瑟奇："是我请胡爷。"

胡思楞说："乌泰王爷呢？"

云丹说："是啊，乌泰王爷呢？"

童瑟奇说："乌泰王爷有急事，先走了一步，让我来款待胡爷。"

云丹说："噢，是这样。"

童瑟奇说："请胡爷落座。"

左锦堂说："云丹兄，格罗莫托夫先生刚才来了，他说他在驿馆里等着你呢，说是有啥要紧的事儿。"

云丹故作糊涂，似有歉意地说："噢？失陪、失陪，我去去就来、去去就来……"

他退出了福盛大酒楼的雅间，一副匆匆而去的样子。

酒肉鱼虾，摆满了一桌子。

胡思楞坐了下来，说："童大掌柜请我？咱俩有个几年没见面了……呵呵，你请我啊，恐怕是黄鼠狼给鸡拜年——没安啥好心吧？恕我直言，呵呵。"

童瑟奇淡淡一笑，说："胡爷咋能说出这样令我寒心的话。"

胡思楞说："俗话说，干啥吆喝啥，童大掌柜占山为王，打家劫舍，笼络财富……这是童大掌柜的本行，本行难以干出外行的事儿，是不是？"

童瑟奇说："咦，胡爷所说的都是早些年的事了……现在，我是跟胡爷一样，做生意了，黑虎山的大雄宝殿，成了商铺了。"

胡思楞说："但愿如此吧。"

童瑟奇说："我是在跟俄国人做生意，俄国人势力大，威猛……我还真应了那句老话，买卖兴隆通四海，货物贸易达三江，养活着千八百人，就得赚钱啊。"

胡思楞说："俄国人跟日本人打仗，打败了，连南满铁路的权益都让给了日本人，呵呵，还谈啥势力大啊威猛啊……我看他是老太太过年——一年不如一年，不过，俄国人好像还要挣扎着，跟日本人平分秋色，是不是？"

左锦堂："咦，瘦死的骆驼比马大。"

童瑟奇说："你不是跟俄国人关系密切吗？"

胡思楞说："那只是承包工程，经济往来，真正地做生意赚钱。"

童瑟奇说："胡爷，我做生意可是遇到难处了。"

胡思楞说："做生意要是不遇到点坎坷，那就奇了怪了。"

童瑟奇说："我请你来，就是要跟你借钱借物，请胡爷赏脸。"

说着，他把索要的清单掏出来，递给了胡思楞。

胡思楞看了清单，嘴里叨咕着："马千匹，银万两……呵呵，我就料到你是黄鼠狼给小鸡拜年——没安啥好心。"他抬起了头，"呵呵，童大掌柜的，你太高看我了，我手头的花销都紧绷绷呢，哪儿来的钱啊？"

童瑟奇说："马匹、牛羊呢？"

胡思楞说："不借，也不给。"

左锦堂说："胡爷，啥事儿都别做绝，做绝了没好处。"

胡思楞说："你威胁我，是不是？"

左锦堂说："我知道你家里有炮头、碉楼……"

胡思楞说："我的那点摆设，跟你们黑虎山来比，还不是箭杆敲过梁——小打粗嘛，比不了哟。"

童瑟奇说："你还有依仗啊。"

胡思楞说："没钱没势的，有啥依仗？"

左锦堂说："你家原来的师爷马龙坤，可是不得了啊。"

"哎哟喂——你还就别提他了，多少年没来往了。"胡思楞说着，他站起身来，身子一转，双手一背，"你们绑票不？要绑票，现在就绑票吧？"

左锦堂说："胡爷，你还真是不给我们面子啊，舍命不舍财，是不是？"

"绑我的票不？"他对童瑟奇和左锦堂说，然后，注视了他们俩一会儿，"不绑啊，不绑，我就走了。"

说着，他就大踏步地走出了雅间，走出了福盛大酒楼，把黑虎山的大掌柜和二掌柜晾在了福盛大酒楼的雅间里。

童瑟奇和左锦堂透过窗子，眼见着胡思楞骑上了马，眼若无物，扬长而去……他俩气得牙根儿痒痒。

第十一章

马龙坤巧施计平患黑虎山

四平街，马龙坤宅邸。

赵翰章来了，他一进马龙坤的厅堂，见到了马龙坤，就扑通地跪了下来，大哭道："二哥，你可得给小弟做主啊。"

马龙坤见赵翰章的身上满是风尘，一脸的疲惫和沮丧，他赶紧过去，把赵翰章扶了起来，问道："好几年不见了，突然来了，就让我给你做主，出了啥事儿了？"

他又让赵翰章坐了下来，给他倒上了茶。

赵翰章喝了一口茶水，说："我和我爹从怀德镇向洮南府贩运了30车高粱，路过双山镇时，遭遇到了黑虎山的胡子了，强行扣下了这30车高粱……这些高粱都是赊来的，这笔账可咋还哪？"

马龙坤说："哦，是这样。"

赵翰章说："我爹见无路可走了，就要上吊……我劝我爹，我说我去四平街找龙坤二哥，他的兵驻扎在四平街的杨木林子，看看他能不能有办法。"

"哦，我知道了，我想办法……你先让你二嫂给你换身衣服。"马龙坤叫道，"桂花啊，赵翰章老弟来啦，你给他倒水，让他洗洗脸……他大概还没吃饭呢。"

"哎——"于桂花答应着，把洗脸的铜盆倒上了温水，让赵翰章洗脸……又从衣柜里拣出了几件衣服，"喏，这是你二哥的衣服，先穿上，把你穿的衣服脱下来，二嫂给你洗了，晾在外面，风一吹，就干了。"

"谢谢二嫂。"赵翰章说。

"翰章，你说的事儿，要想解决，也需要些时日，但是，肯定是要解决的，你就先住在我家吧……好不好？"马龙坤说。

"嗯哪。"赵翰章说。

"你手头没钱了吧？"马龙坤说。

"钱，都让黑虎山的胡子搜身给搜去了。"赵翰章说。

"桂花啊，我说他二嫂啊，你给翰章一些零花钱。"马龙坤说。

"好咧。"于桂花说。

她从怀里掏出了一张银票，给了赵翰章。

赵翰章一看，说："二嫂，你给了我这么多……"

"老弟，待日后要是你发达了，别忘了你二嫂就行了。"于桂花笑着说。

"嗯哪。"赵翰章一扫脸上的阴霾，笑了。

这时，门外传来了声音："老二在家吗？"

于桂花听了，招呼道："大哥啊，龙坤他在家呢。"

"在家就好。"马龙乾说。

他推门，进了屋。

"大哥，你不是去了科尔沁草原，帮助胡爷照料他的牧场去了吗？"马龙坤说。

"胡爷的牧场被胡子抢了，抢去了能有千匹马……我还没给胡爷报信儿呢，就先跑到这儿来了……"马龙乾说。

"黑虎山的胡子？"马龙坤说。

"那绺子胡子也不隐晦，明侃，他们是黑虎山的，领头的大拇指一跷，他说'我就是左锦堂，黑虎山的二掌柜的，抢的就是胡思楞。'"马龙乾说。

"嗯，我知道了。"马龙坤说。

院子里传来了脚步声，叽叽喳喳的说话声。于桂花说：

"胡家嫂子和咱家的嫂子来了。"

话音一落，李凤莲和胡思楞的老婆进了屋。

"可不好了，喜和顺被胡子绑了票了……我的天哪，这可让我咋活啊？"胡思楞老婆呼天抢地地哭叫道。

"我和胡嫂，还有喜和顺，到这儿来置办喜和顺的婚礼的物品，置办完了，往回走……还没过条子河呢，就从路旁窜出了一伙子人，手持大枪，不由说话，就把喜和顺绑了，塞进了麻袋里，驮在了马背上，然后，过了条子河，向西去了……"李凤莲说。

"这是预谋好了的。"马龙坤说。

院子里传来了话音："马爷在家吧？"

"胡爷来了。"于桂花说。

话音一落，胡思楞急匆匆地推门走了进来，他看见自己的老婆和李凤莲已然在这里，说："黑虎山大掌柜童瑟奇给我留下了通牒，让我拿钱赎我儿子……"

说着，他把手中的一块白绸子布巾递给了马龙坤，布巾上写着墨字："胡爷，拿一万两银子，赎你儿子。"

"胡爷，你咋知道是黑虎山的童瑟奇绑架了喜和顺，这布巾上没留下童瑟奇的姓名啊？"马龙坤说。

胡思楞就把前几天云丹说是乌泰王爷在福盛大酒楼请他喝酒，待到了福盛大酒楼才知道，请他喝酒的不是乌泰王爷，而是黑虎山的大掌柜童瑟奇，还有黑虎山的二掌柜左锦堂。云丹借口有事儿，溜了。童瑟奇要跟他借钱借物，给了他一个清单，遭到了他的拒绝……

"这是云丹和格罗莫托夫下的套儿，好像是勒索胡爷你，其实，矛头对准的却是我马龙坤……"马龙坤说。

"为啥？"胡思楞说。

"前些日子，我代表奉天都督府跟老毛子就乌泰王爷借贷卢布一事，进行协商解决……云丹和格罗莫托夫代表老毛子出席。格罗莫托夫认出了，在于家沟设埋伏歼灭他的骑兵部队的，就是我马龙坤。唯一逃命了的就是格罗莫托夫。我和几个士兵追杀他……给他留下了深刻的烙印。他们怀疑，诱使他们中了埋伏的是我和胡爷串通好了的谋略……因此，他们要报复，就唆使黑虎山的土匪童瑟奇出面……"马龙坤说。

"这个童瑟奇……"李凤莲恨恨地说。

"这个童瑟奇可不是一般的土匪啊。"马龙坤说。

"咋不是一般的土匪呢？"胡思楞说。

"他们是政治土匪。"马龙坤说。

"啥叫政治土匪？"胡思楞说。

"这些土匪依靠俄国的势力，盘踞一方，是俄国人'黄俄罗斯'战略上的一个棋子儿……一旦时机成熟，他们就是俄罗斯分割满蒙的马前卒。"马龙坤说。

"这些人也太坏了。"李凤莲说。

"嫂子，这个童瑟奇可是你的干哥哥啊，你爹李大善人是他童瑟奇的亲干爹啊。"于桂花开玩笑地说。

"嗨，那是童瑟奇自己宣称我爹是他的干爹……那是剃头挑子——仅仅一头热乎，还没听说我爹认可过呢。"李凤莲说。

"救出胡爷的儿子要紧……"马龙坤说，"嫂子，你去一趟老四平街，把你爹老爷子请到这儿来，我有事儿求他……"

"嗯哪。"李凤莲说。

"咋办好，马爷?"胡思楞说，"昌图府提督张勋带兵剿匪，去攻打黑虎山，都没有打得下来……黑虎山土匪反而更加嚣张。"

"胡爷，放宽心。"马龙坤淡淡地笑了笑，沉稳地说，"我自有谋略。"

"胡大哥、胡大嫂，还有翰章，你们都把心放在肚子里。你们的事情，就是我们马家的事情，多少年的亲情了，早已经水乳交融了。"于桂花说，"我已经从福盛大酒楼叫来了饭菜……难得大家能聚在一起啊。喝口酒，吃饱了肚子，再跟这个黑虎山的大土匪算总账。"

说着，福盛大酒楼的两个伙计，已经提溜着饭菜匣子来了。大家把八仙桌摆在了厅堂中心。福盛大酒楼的伙计，打开一层一层的饭菜匣子，把饭菜匣子里的各种美味佳肴，一盘一盘、一碗一碗地端放在八仙桌上。

四平街，驿馆。

马龙坤摆了一桌酒席，他站在门口迎接客人。

一辆马车，由马龙坤的士兵们押送着，来到了驿馆的大门口儿。马车停了，马龙坤亲自上前，把童瑟奇的爹与娘从马车上搀扶下来。

马龙坤说："我的士兵惊着你们二老了吧?"

"没有、没有。"童瑟奇的爹说。

马龙坤说："没有就好，我是要他们礼貌地去请你们，把你们从金宝屯接到四平街来逛一逛，看看火车，看看闹市……散散心。"

"噢，有劳你们了。"童瑟奇的爹说。

马龙坤说："我备了一桌酒席，给你们二老洗尘。"

"好啊。"童瑟奇的爹说。

马龙坤把童瑟奇的二老送到了宴席间，说："你们二老，先在这儿坐着，我还得出去接两位客人，她们来了，咱们就开席。"

"客随主便，客随主便。"童瑟奇的爹说。

马龙坤又回到了驿馆的大门口。这时，李凤莲已经迎候在那里了。一会儿，又一辆马车来了，车旁是几位押送的士兵，从马车上下来了一位中年妇女和她的儿子。

李凤莲迎了上去，说："金姐姐，我在这儿等着见你呢。"

"你是……"金兰芝看着李凤莲有些认不出来。

"我是李德善家的凤莲子。"李凤莲说。

"噢，想起来了……哟，有些年没见了。"金兰芝说。

"我的士兵去接你的时候，没惊着你吧。"马龙坤说。

"没有，挺客气的。"金兰芝说。

李凤莲向金兰芝介绍道："这是我们的二弟，叫马龙坤。"

"哦，马爷吉祥。"金兰芝问候道。

"我把金姐姐请到四平街来，看看火车，逛逛闹市，散散心……我除了请了你们娘俩，还请了黑虎山童大掌柜的爹和娘，一起吃个饭儿，喝个小酒儿。"马龙坤说。

"我童爷爷和童奶奶从金宝屯来了？"金兰芝的儿子陈玉柱问。

"嗯哪呗。"李凤莲说。

"太好了，我也是好些日子没见到他们了。"陈玉柱说。

进了宴席间，大家打招呼，寒暄。作陪的还有于桂花、马龙乾。宴席桌上，上了菜肴，七个盘子，八个碗儿，天上飞的、地上跑的、水里游的，大鱼大肉。

酒过三巡，马龙坤说："我把童家二老从金宝屯的请来，把金姐姐从老四平街请来，是我马龙坤遇到了难心的事儿啊……"

"我知道，把我从老四平街客客气气地请来，必是有事儿。"金兰芝说，"一定是跟童瑟奇有关啦？"

"金姐姐说的是。"李凤莲说，"我们条子河村的胡家的儿子喜和顺，被黑虎山的童大掌柜绑了票了……胡家跟我们马家的关系多年了，跟亲戚一样。"

马龙坤说："我和我哥家，在条子河村落脚，租的就是胡家胡爷代管的地……后来，他看我识几个字，就让我当他家的私塾先生，连带把我们马家的孩子也教了……后来，他承包了南满铁路工程，信得着我，让我去帮他代管……闹了义和团，铁路停工，筑路民工没有出路了，就由我带领着参了军，我当时被任命为管带……再后来，擢升我为都司候补，因为保护大清祖陵有功，朝廷赏我四品花翎顶戴……一路走来，胡爷对我马家有恩。现如今，黑虎山的童大掌柜听了俄国人话，劫了胡爷的马场，胡爷的儿子又被童大掌柜绑了票儿。胡爷的儿子就如同我的儿子一样，无奈之下，我派人请来了童家二老和金姐姐……我实在就是无路可走了，这是没有办法的办法，呵呵呵。"

"你们的意思，是要马匹，要胡家的儿子……"金兰芝说。

"马匹是身外的浮财，唯独胡家的儿子……儿子是命根子。"李凤莲说。

"哦，我明白了，把胡家的儿子要回来不就是了吗？"金兰芝说。

"金姐姐是个明白人。"马龙坤说。

"我去一趟黑虎山。"金兰芝说。

"我也去。"李凤莲说，"童哥不是说，我爹是他的干爹吗。"

"凤莲子胆气壮，正好跟我做个伴儿。"金兰芝笑了，她说，"事不宜迟，吃了饭就走……让凤莲子把胡家的儿子领回来就是了。"

宴席之后，金兰芝和李凤莲坐上马车，启程去黑虎山……马龙坤派人骑马护送。

黑虎山，灵山寺，大雄宝殿。

童瑟奇见金兰芝和李凤莲上了黑虎山，他淡淡地笑了，说："我就知道，只要一动胡思楞这个树枝儿，他的根儿就会动，果不其然，马龙坤就动手了。"

李凤莲说："童大哥，你也太不仗义了，胡思楞的儿子喜和顺是从我的手里被你们劫走的，你一口一个是我们家的干儿子，你让我太难堪了。"

童瑟奇说："绑票是我派人干的，但是，从谁手里劫来上山的，我却不知道。"

金兰芝说："这可好，我儿子玉柱，还有你爹你娘，都在马龙坤的手里呢……他们让你放了胡思楞的儿子喜和顺。"

童瑟奇只是"呵呵"地冷笑。

李凤莲说："童大哥，你不想放喜和顺，是不是？我可告诉你，我们家老二，看似儒将，其实呢，心狠手辣……也不是吃素的。"

童瑟奇说："这个马龙坤可是够损的，我绑了他一个票儿，他绑了我家的三个票儿……还来威胁我。"

李凤莲说："我家老二可不是绑票啊，那是马车接来的……还摆了宴席，为你的爹妈，还有金姐姐他们娘俩，接风洗尘呢。"

童瑟奇说："这就是会玩手段。"

金兰芝说："把胡家的儿子放了吧。"

童瑟奇无奈地说："只好如此了。"

李凤莲说："我得见这孩子啊。"

童瑟奇说："来人哪，把胡家的儿子带到这里来。"

不一会儿，喜和顺被带到了这里。

喜和顺见了李凤莲，高兴地叫道："婶儿……"

"还好，身上都是灰尘，这孩子却只是额头上有擦伤。"李凤莲用手抚摸着喜和顺的头发，爱惜地说，"婶儿是来接你的，你就留在婶儿的身边吧。"

喜和顺说："嗯哪。"

李凤莲说："我们该走了。"

童瑟奇说："天儿这么晚了，明儿个早上再走吧。"

李凤莲说："那得跟山下我们的车夫说一声，我和喜和顺亲自去，他们还等着呢。"

童瑟奇说："好吧。"

李凤莲和喜和顺去了山下，跟一起来的车夫，打了招呼……当晚，李凤莲和金兰芝就都留宿在了黑虎山上。

金兰芝和童瑟奇睡在了一起。

第二天早上。

在山寨里吃过了饭，李凤莲、喜和顺，还有金兰芝，一起下山。

童瑟奇带着几个匪崽子，亲自把他们送下山。

来到了他们乘坐的马车前，要分手了，童瑟奇说："凤莲妹子，你来看我，哥哥也没啥可以表示的，送给你三根金条吧，小意思。"

李凤莲看了看金灿灿的三根金条，说："哎哟，我哪好意思要啊。"

童瑟奇说："凤莲妹子，嫌少了，是不是?"说着，他又从腰间掏出了两根金条，一并递给了李凤莲。

金兰芝说："凤莲妹子，给你，你就要呗，都是自家人。"

"那我就不客气了。"李凤莲说着，喜滋滋地接过了五根金条。

"干爹对我有救命之恩，我才有今天……并且，在山寨上大旗高悬——'辽河半个天'，岂是这几根金条就能够报答得了你们李家的大恩大德?"童瑟奇说，"再说了，你凤莲妹子上这黑虎山来，虽然说是为胡思楞的儿子喜和顺，也是为我们童家而来的，这又是你们李家的一款大德。"

金兰芝说："就是嘛。"

李凤莲说："我爹这个人哪，就是乐善好施。"

童瑟奇向旁边的一个匪崽子一使眼色，匪崽子把手中的一个沉甸甸的精致的小皮箱，捧到了金兰芝的面前，说道：

"这是大掌柜的给太太的礼品。"

金兰芝也不客气，顺手把沉甸甸的小皮箱子接了过来。

李凤莲知道，这精致的小皮箱子里，说不上装有多少根金条和多少件珠宝，以及多少张钞票呢；这既是送给金兰芝的，也是留给他童瑟奇的亲儿子的。

然后，金兰芝、李凤莲，还有喜和顺，坐上了她们来的时候乘坐的马车。

金兰芝和李凤莲向童瑟奇挥手告别。

李凤莲看到，童瑟奇和金兰芝的目光交织地融合在了一起，经过一夜的男欢女爱，缠绵悱恻，却还是一副恋恋不舍的样子。

终于，马车嗒嗒地走动了，离开了黑虎山，走向了四平街。

四平街，杨木林子军事驻地。

马龙坤的营房。

纪义方向马龙坤说："黑虎山的卧底报告，黑虎山要把搜刮、抢劫来的粮食、马匹、牛羊……运往大安，在大安的三江口那里跟俄国人交换……俄国人或走嫩江、松花江水路，或走哈尔滨铁路，把这些物质运往俄罗斯。"

尹泽民说："松花江开放后，俄国的商人、商船，往来不止。满蒙所产的牛、马等畜产品，以及粮食等等，源源不断地被俄国人从水路、铁路掠走。俄国人的军马多购于东蒙这一带，仅在前几年发生的日、俄战争期间，日本人购买的军马约3万匹，而俄国人购买的军马却是日本人的10倍，约30万匹。俄国人从咱们哲里木盟这一带掠走的牛，每年约有25万头之多……"

马龙坤说："黑虎山土匪们跟俄国人准确的换货的时间?"

纪义方说："还没有得到。"

马龙坤说："告诉在黑虎山的卧底，要弄清准确的换货的时间……只要黑虎山的货物一动，就秘密跟踪，在他们交换货物时，突然包抄……在大安一带也放上我们的侦探，注意侦察俄国商人、商船的动态……绝不能让黑虎山的土匪和俄国人的图谋得逞。"

纪义方说："是。"

四平街，马龙坤的宅邸。

李凤莲和马龙乾按马龙坤的请求，把李德善从老四平街接到了这里。

马龙坤说："我把老爷子接来，是有事儿求老爷子啊。"

李德善说："啥事儿啊？"

马龙坤说："奉天都督府让我扩充军力，可是，扩充军力最重要的是扩充兵员啊，这兵员从哪里来？我就想到了老爷子你的干儿子童瑟奇。"

李德善说："招安？"

"是的。"马龙坤说，"我把童瑟奇招安了，让他成为我的部属，既扩充了我的军力，又靖安一方，这不是一举两得的事情吗？我何乐而不为？"

李德善说："我听说，昌图府的提督张勋想要收编他，他都没有答应。"

马龙坤说："张勋是率领他地方上的一支部队，去进剿黑虎山……如果朝廷命令数路大军同时进剿黑虎山呢？童瑟奇还抵挡得了吗？黑虎山好比是压在朝廷心头上的一块石头，朝廷会允许这块石头长久地压在自己的心头吗？绝对不会的。"

李德善说："有道理。"

马龙坤说："占据黑虎山，啸集山林，名不正，言不顺。不如归顺朝廷，由我收编，成为官军，名正言顺。用不着提心吊胆……又有官职俸禄，朝廷按时发放军饷，他本人建功立业，会逐步升迁，此乃正道。当然，他也可以提他的条件……一家人的事，好商量。"

李德善说："你讲得在理啊。"

马龙坤说："老爷子既然同意我的意见，不妨劝劝童瑟奇……老爷子德高望重，倘若能劝得童瑟奇改邪归正，这也是老爷子的一大善事、德事，造福一方。"

李德善说："我给他写封信，劝劝他。"

马龙坤说："我静候佳音。"

于桂花留李德善在她家吃饭，但是，李德善坚持不吃，而是要去条子河村的闺女家。马龙坤也不勉强。李德善跟随女儿李凤莲和姑爷儿马龙乾，赶着马车，去了条子河村。

在闺女家，李德善给童瑟奇写了信，让人捎去了黑虎山。

黑虎山，灵山寺，大雄宝殿。

童瑟奇把李德善的来信给左锦堂和周永生念了，然后，他说："这是我干爹李大善人的来信，如果是别人的来信，我连看也不看，但是，我干爹是个实在人、慈善人，他说的话，我们就得重视。"

周永生说："大掌柜的，你说说你的想法。"

童瑟奇说："不妨应承下来，但是，又要留有后路。"

左锦堂说："咋个后路？"

童瑟奇说："我们可以接受他的收编，黑虎山是我们的老窝儿，这个黑虎山，我们不能轻易放弃，这里得是我们的驻地，待过了相当一段时间，我们的确看马龙坤对我们是真心诚意，我们才能放弃黑虎山。"

周永生说："他马龙坤能容我们这个空儿吗？"

童瑟奇说："这就要谈，这是我们的一个先决条件。"

左锦堂说："还有，他给我们一个啥官儿，这个官儿，是大还是小？"

周永生说："这也是要挑明的。"

左锦堂说："军饷呢，给多少，是我们同意收编了就给我们，还是以后再给我们？"

童瑟奇说："这也是要跟他们谈的。"

左锦堂说："如果我们都换上了朝廷的军服，对俄国人咋交代？"

童瑟奇说："我们就说，我们的心里是依靠着俄国人的，我们是靠着俄国人起家的……但是，我们为了避免朝廷的几路大军来进攻我们，而且，就说朝廷已经放出这个风儿来了……接受收编，这是我们权宜之计。我们先把这个意思跟俄国人讲明白了，取得他们的理解。"

周永生说："就说乌泰王爷吧，他跟俄国人多密切啊，可是，他还是朝廷属下的札萨克图旗的郡王呢，冠冕堂皇。"

左锦堂说："因为，乌泰王爷还没有真正成为俄国人的藩属，如果真正扯起了是俄国人藩属的大旗，他也就摘去了朝廷的郡王的面具了。时候没到，他必须戴着朝廷的郡王的假面具。"

童瑟奇说:"格罗莫托夫来信了,让咱们到大安的三江口去换货,他们已经把枪支弹药和卢布准备好了……我看,这个事儿,就由二掌柜押解着马匹、牛羊、粮食去;三掌柜在这黑虎山留守,老窝不能丢了;如果需要的话,跟马龙坤见面谈条件,就由我去,至少带着两个保镖,我们身上绑着炸药……以防万一。"

周永生说:"我看,这个黑虎山,还是大掌柜的留守得好,这是咱们的老窝儿,是重中之重。"

"我也这样想过。"童瑟奇说,"但是,这中间人是我干爹,如果我不出头跟马龙坤见面谈条件,我干爹这中间人咋当啊?"

周永生说:"嗯,也是。"

左锦堂说:"我看,还是听从大掌柜的安排吧。"

童瑟奇给李德善写了回信,表示对李德善的建议很重视,经过慎重考虑,愿意接受马龙坤的收编,但是,先决条件是必须暂时驻守在黑虎山,待时机成熟后,再移动驻地。

李德善回信,说马龙坤接受童瑟奇的先决条件,他和他的部队可以暂时驻守在黑虎山,军饷、军服的发放,需要商定……但是,对于童瑟奇的委任令,必须当面授予。所以,请童瑟奇到四平街来一趟,马龙坤已经表示,将隆重地接待童瑟奇。接待的地点,定在四平街的福盛大酒楼。

童瑟奇给李德善回信,信中说,同意到四平街去一趟,接受委任令。

四平街,福盛大酒楼。

这一天,福盛大酒楼被马龙坤包了,张灯结彩,门楼上挂一红色横幅,墨色大字"童瑟奇管带授衔仪式"。

近中午时分,童瑟奇和他的两个保镖远远地露出了骑着高头大马的身形,就听到了福盛大酒楼吹吹打打,鼓乐奏响,鞭炮齐鸣,马龙坤和李德善满面春风地站在酒楼的门前,喜气洋洋地迎候着。

童瑟奇和他的两个保镖,都是有备而来,身藏短枪,腰间还捆绑着一拉导火索就可以爆炸的炸药包。

童瑟奇和他的两个保镖,在福盛大酒楼前下了马,然后,把马拴在了门前的拴马桩上。童瑟奇向李德善抱拳施礼。

李德善把马龙坤介绍给童瑟奇,说:"这是马都司。"

童瑟奇向马龙坤抱拳施礼。

　　李德善又把童瑟奇介绍给马龙坤，说："这是黑虎山童大掌柜。"

　　马龙坤说："童大掌柜既然来了，就都是一家人了。"

　　童瑟奇说："彼此彼此。"

　　马龙坤把手向门里一伸，说道："童大掌柜，里面请。"

　　然后，他拉着童瑟奇的手，向里走，进入了楼下的厅堂。厅堂的墙壁上，红纸黑字，写着"奉天都督府授衔仪式"。

　　尹泽民说："先授衔，后酒宴。"

　　马龙坤说："好啊，开始吧。"

　　尹泽民高声地喊叫道："奉天都督府授予童瑟奇先生管带军衔仪式开始。"

　　门口的乐队，听到了尹泽民的喊叫声，立刻掀起了一个小高潮，锣鼓敲击，吹吹打打，鞭炮再度鸣放。

　　乐队的小高潮过去，尹泽民又喊叫道："请马都司代表奉天都督颁发委任令。"

　　童瑟奇走到了马龙坤的面前，鞠躬。马龙坤手捧委任令，他大声地朗诵道："经奉天都督报请朝廷恩准，兹授予童瑟奇为大清国管带军衔。"

　　然后，他把盖有奉天都督的官印的委任令送到了童瑟奇的面前，童瑟奇用双手捧过来，拿在手里。

　　尹泽民又高声叫道："授衔仪式结束，请马都司和童管带入座，庆祝宴席开始，诸位喝好吃好。"

　　马龙坤、童瑟奇、李德善、尹泽民等都依次入座。

　　童瑟奇的两个保镖警惕地站在童瑟奇的身后，眼珠转动，机警地注视着场面和在场的人，背着双手，双手在腰后不为人知地抚握着手枪的枪柄和炸药的导火索。

　　马龙坤跟童瑟奇、李德善、尹泽民等人碰杯，说："童管带，说实话，这军衔跟童管带所率领的实际兵力相比，军衔是小了些。但是，我当年也是如此。随着战功的累积，这军衔就会一步一步地抬升……我想，童管带会理解我的意思吧？"

　　童瑟奇点头，说："理解、理解。"

　　马龙坤说："既然授予了军衔，你手下的人就是朝廷的士兵了，该发朝廷的军饷、军装……但是，你得把名单报上来，我再上报奉天都督府，才会把朝廷的军饷、军装，还有枪械等拨下来。"

童瑟奇说："我回去之后，马上就把名单报上来。"

马龙坤说："你提的先决条件，暂时驻扎在黑虎山，李老爷子跟我说了，我当时就表示理解。你的队伍由哨集山林到成为朝廷的部队，山有山规，国有国法，要求是不一样的。要把哨集山林的队伍改变成朝廷的部队，这中间必然有个过程。以后，我会派军事教官，对你的部队进行军训。"

童瑟奇见马龙坤跟他说话，讲道理，充满着真诚，很贴心的样子。于是，放松了警觉，开怀畅饮了起来。

边吃边聊，酒足饭饱，太阳西斜。

童瑟奇起身，说："马都司，我该告辞了。"

马龙坤也起身，说："好，把你属下兵员的清单及时地报上来，我这儿好报请奉天都督府，给你拨军饷、军装，以及枪械……"

童瑟奇说："知道了。"

他往出走，马龙坤和李德善等人往出送。

童瑟奇的两个保镖解开马的缰绳，纵身上马。童瑟奇走了过去，他也纵身上马，然后，偏过身来，左手握缰绳，右手扬起，跟马龙坤打招呼，以示辞别。

马龙坤笑了笑，他也扬起了右手，以示辞别的样子，而且，还大声地说道："童管带，一路走好啊——"

童瑟奇刚要催马前行，只听得枪响，如爆豆一般，福盛楼上以及福盛楼对面的窗子里，同时伸出了十几杆枪，又同时从不同的方向、不同的角度，向童瑟奇和他的两个保镖进行射击……童瑟奇哪里知道，马龙坤扬起的右手，就是发令的信号，埋伏好的士兵们看到了马龙坤发出了射击的信号，立刻就朝着童瑟奇和他的两个保镖开了枪。

童瑟奇和他的两个保镖，都身中数枪，从马上扑倒，栽到了地上。三个人血流如注，身下是一汪鲜血，毙命身亡。

马龙坤对尹泽民说："命令部队，按原定计划，清剿黑虎山。"

尹泽民说："是。"

黑虎山，当天的后半夜，明月当空。

马龙坤亲自率领士兵们从黑虎山的东部的陡峭处攀缘而上，卧底早已经把山上的房舍和哨卡的分布图画好，交给了马龙坤。他根据这个分布图部署了兵力。

但是，他们攀缘上了山，居然连一个放哨的土匪也没看到，原来，匪众们都知道他们已经接受了官军的收编，深更半夜，睡觉的睡觉，赌钱的赌钱，嫖宿的嫖宿……早已经放松了警戒。

他们做梦也没有想到天兵骤降，官兵们冲进了房舍，大声地喊道："缴枪不杀。"

这一突如其来的行动，令匪众惊讶错愕，以至于面面相觑，不知其所以然……于是，纷纷举手投降。

听到纷沓的脚步声和大声的喧嚣，周永生从梦乡里醒了过来，睡眼惺忪、衣冠不整地走出了门外，大声地问道："咋回事儿？"

他的话音刚落，隐蔽在他门前的卧底，向他开了枪，而且，一枪爆头，仰面跌倒，让他死在懵懂之中。

左锦堂去大安的三江口换货去了，整个黑虎山群龙无首……天蒙蒙亮了，战斗顺利地结束了。

匪众们被召集到了灵山寺的大雄宝殿之前，马龙坤说：

"我说收编黑虎山的匪众，但是，绝不收编作恶多端的匪首，童瑟奇、周永生已经被击毙，左锦堂也绝无幸免。我说的话算话，你们凡是愿意当兵的，留下来。不愿意当兵的，可以回家，我发给遣散费。"

匪众绝大多数愿意留下来，少数的愿意回家。

马龙坤一方面对黑虎山上的物质进行登记造册；一方面把匪众们开到了山下，收编军训……他又叫人找来了清明和尚，他说：

"难得你有情有义，安葬了灵空长老，也难得你笃诚佛法，为收复灵山寺而奔走呼号……所以，从缴获的匪资中，给你留下 6000 两银子，由你主持，重整寺院，弘扬佛法。"

"阿弥陀佛，小僧定将重整寺院，弘扬佛法，普度众生。"清明和尚双手合十，虔诚而坚毅地说。

士兵们砍倒并焚烧了童瑟奇竖起的"辽河半个天"的旗帜。

第二天，纪义方和张小山来了。

纪义方说："在左锦堂和格罗莫托夫换货的时候，我军突然包抄……击毙了左锦堂，缴获了左锦堂的马匹、牛羊、粮食等物质，也缴获了格罗莫托夫的枪支弹药和卢布……格罗莫托夫侥幸又逃脱了。"

马龙坤说："干得漂亮。"

张小山说："被黑虎山劫去赵叔的粮食车，归还给赵叔了。"

马龙坤说:"土匪抢劫的赃物,应该物归原主。"

张小山附在马龙坤的耳朵边说:"赵叔被劫去的粮食车是 30 车,但是,他却拿走了 40 车。"

"为啥呀?"马龙坤说。

"赵叔说了,那是黑虎山的土匪应该付给他利息和损失费。"张小山说。

"这个赵翰章老弟啊,不怪是商人的家庭长大的,商人重利……"马龙坤淡淡地一笑,感慨地说。

马龙坤清剿了黑虎山的土匪,当地的百姓和富绅欢呼雀跃,仿佛春风吹走了压抑在他们心头上的阴霾,朱麒麟代表当地百姓和富绅,敲锣打鼓地走上了黑虎山,给马龙坤送来了一块醒目的匾额,上书八个红字,字风遒劲:

"天兵威壮,靖安一方。"

马龙坤把清剿黑虎山的战况和战果,上报奉天都督府,奉天都督府又上报朝廷。经朝廷恩准,擢升马龙坤为游击候补,嘉奖"勇将称号"。

游击候补,相当于旅长。

第十二章

乌泰王宣布独立喇嘛兵三路进击

1911 年的辛亥革命，迫使清宣统皇帝溥仪逊位，清王朝终结。

1912 年元旦，中华民国成立。

1912 年 2 月 25 日。

哲里木盟，札萨克图旗，乌泰郡王府。

胡思楞来拜访乌泰王爷，受到了乌泰王爷的接见。

乌泰笑盈盈地说："胡思楞，你来得正是时候。"

胡思楞说："王爷，看来，我是来得巧了？"

乌泰说："胡思楞，我问你，你是蒙人吗？"

胡思楞说："王爷，这还用说吗，纯粹的蒙人啊，跟王爷结识了这么多年……"

乌泰说："你算是咱们蒙人的富户，你要把你的马匹、粮食，钱款……都集中到王爷我这里，我要干出点大事儿……将来会对你有巨大的好处。"

胡思楞说："不知道王爷办的是啥大事儿，我还真愿意聆听。"

乌泰说："去年 12 月 1 日，哲布尊丹巴活佛在库伦宣告成立'大蒙古国'，脱离中国版图而独立，驱逐中国驻外蒙古机构和官吏……你知道吧？"

库伦，即今天的蒙古国首都乌兰巴托。

胡思楞说："听说了，这事儿得到了俄国的鼎力支持。"

"那是啊。"乌泰说，"哲布尊丹巴活佛的蒙古国总理衙门，随后秘密发来文件，鼓励我们内蒙古各盟旗脱离中国的中央政府，与'大蒙古国'合并……还让我联合各旗起兵……我接受他们的提议，准备向俄国借款 5 万两白银，募集 5000 兵丁，放两个月的饷银，稳住军心，起兵举事。"

胡思楞说："噢。"

乌泰说："我告诉你吧，上个月呼伦贝尔地区的额鲁特旗总管胜福和陈巴尔虎旗的总管车和轧，在俄国驻呼伦副领事吴萨缔的主持下，组织和指挥我们蒙兵攻陷了呼伦城，推翻了呼伦兵备道和呼伦直隶厅，宣布'独立'，加入'蒙古国'，成立了'蒙古国自治政府'……这个月，俄国军队直接参加，推翻了胪膑县政府，占领了满洲里……形势喜人啊。"

胡思楞说："你没注意到民国政府的反应吗?"

乌泰说："注意到了，民国驻呼伦和满洲里的负责防务的军队也抵抗了，民国的外交部也进行交涉了……但是，都失败了，呵呵。"

胡思楞说："哦、哦……呵呵。"

乌泰说："我准备派王爷庙的喇嘛布和巴彦、我的弟弟梅伦齐木特色楞，还有协理台吉色楞旺宝悄悄地去库伦，向'蒙古国皇帝'布尊丹巴活佛递交《乌泰率领全旗情欲投降蒙古国等情奏折》。"

台吉，次于郡王的封号。

这时，王府的家人报告："镇国公拉喜敏珠尔到。"

"快快有请。"乌泰站起身来，吩咐家人，他又对胡思楞说，"与我共谋'独立'，商议联合起兵大计的人来了……呵呵。"

胡思楞微微一笑，也站起身来，说："王爷，你们商议大事……我先告辞了，哪天再来拜访王爷，聆听教诲。"

他走出了乌泰王府，骑上了马，策马而去……

四平街，马龙坤部队杨木林子驻地，营房里。

马龙坤说："胡爷，瞧你，风尘仆仆的样子，肯定是连条子河村也没回，就直奔我这儿来了。"

胡思楞说："有要事相禀啊。"

马龙坤说："说。"

胡思楞说："我是从乌泰王爷府那儿来，乌泰王爷暗中派他弟弟等人去了库伦，向闹蒙古独立的所谓'蒙古国皇帝'布尊丹巴活佛，递交《乌泰率领全旗情欲投降蒙古国等情奏折》去了……"

马龙坤说："这是叛国，企图分裂中华版图。"

胡思楞说："他还让我支持他呢，啥马匹、钱财……"

马龙坤说:"你呢?"

胡思楞说:"这事儿,我是不会掺和的,闹不好,是要掉脑袋的。"

马龙坤说:"你是位有爱国之心和民族气节的人。"

胡思楞说:"我在离开乌泰王爷府之后,特地到了靖安府,见了靖安府知事,向知事大人禀报了乌泰王爷联络各个旗……要搞'独立',归降所谓'蒙古国皇帝'布尊丹巴活佛……知事大人听得很认真。"

马龙坤说:"嗯。"

胡思楞说:"跟乌泰王爷合谋的,还有镇国公旗的镇国公拉喜敏珠尔。"

"哼,这两个家伙是一丘之貉。"马龙坤眼神坚毅,口气果决地说,"辛亥革命,民国成立,国体更迭,但是,疆域不变。中国仍然是中国,中国人仍然是中国人。任何想割裂我中华疆域之外国,乃是侵略;任何想割裂我中华疆域之国人,均属国贼。侵略,必须抗击;国贼,必须铲除。"

这时,尹泽民走了进来。

马龙坤说:"你来得正好,给奉天都督府赵尔巽将军和洮南知府大人欧阳朝华发电报,说乌泰王联合镇国公拉喜敏珠尔等人,正在酝酿起兵,要归降所谓'蒙古国皇帝'布尊丹巴活佛……此事,已经禀报了靖安县知事。"

尹泽民说:"是。"

"还有,难得胡爷来我这里通报敌情,使我们作为保家卫国的军人,有备无患……老毛子的图谋,他别想得逞。"马龙坤说,"你备好酒菜,咱们要跟胡爷喝上几杯。"

尹泽民说:"好啊。"

酒菜备齐,端上桌来。

马龙坤、尹泽民,还有胡思楞,三个人斟上了白酒,碰杯、饮酒、吃菜……开怀畅饮,又敞开心扉地畅谈。

1912 年 6 月 30 日。

哲里木盟,札萨克图旗,乌泰郡王府。

乌泰召集台吉、喇嘛等 23 人开会,密议"独立"事宜。乌泰说:

"我把诸位召集来,就是要跟诸位密议'归入大蒙古国'的事宜。上个月,我派了王爷庙的喇嘛布和巴彦、我的弟弟梅伦齐木特色楞,还有协理台吉色楞旺宝,作为我的特使,悄悄地去库伦,向'蒙古国皇帝'布尊丹巴活佛递交了《乌泰率领全旗情欲投降蒙古国等情奏折》……下面,由我派去库伦的特使介绍一下他们去库伦的情况。"

布和巴彦说："我们作为特使，去了库伦，'蒙古国皇帝'布尊丹巴活佛对于我们的到来，极为重视，亲自接见了我们。我们向'蒙古国皇帝'布尊丹巴活佛递交了《乌泰率领全旗情欲投降蒙古国等情奏折》。我们表示，'愿尊圣化，归入大蒙古国……如蒙鸿施俞允，则感受国恩，顶祝靡已。''蒙古国皇帝'布尊丹巴活佛则亲自朱批，'乌泰等既倾服来归，实堪嘉尚'。"

梅伦齐木特色楞说："'蒙古国皇帝'布尊丹巴活佛，赏乌泰亲王爵，世袭罔替；赏六世葛根'木奇班第达'名号，并且，任命乌泰为'进攻中华民国第一路总司令'。"

说着，他把盖有'蒙古国皇帝'布尊丹巴活佛的印鉴的任命状拿出来，抖搂开，得意地展示给在场的诸位。

色楞旺宝说："我们从库伦回来，还带回来俄国的'别列达'步枪 1200杆，子弹 50 万发。"

梅伦齐木特色楞说："'大蒙古国'总理内阁衙门要求我们'将该旗疆界，妥为防守，以固邦本而安黎庶'。"

布和巴彦说："所以，我们必须起兵举事。"

这时，王府家人向乌泰王报告："洮南府知府欧阳朝华派人来见王爷……"

乌泰说："来者是谁?"

王府家人报告："是镇东县的知事陆庆增和把总李广才。"

乌泰说："噢，把他们请到会客厅，我随后就到。"

王府家人说："是，王爷。"

他出去了。

乌泰说："洮南知府欧阳朝华派镇东县知事和把总来见我……你们先议论着，诸位稍候，我去去就来。"

说完，他走出去，去了会客厅。

乌泰郡王府，会客厅。

王府家人给陆庆增和李广才上了茶。乌泰说：

"二位见我，必有公干。"

陆庆增说："因为知府大人公事繁忙，一时抽不开身，所以，特地委托我们前来拜见王爷，以述衷情。"

乌泰说："知府大人想着我呢，谢了。"

陆庆增说："知府欧阳朝华大人接到禀报，说王爷派了特使去库伦，拜谒了所谓'大蒙古国'的伪皇帝布尊丹巴活佛，表示要归降……所以，欧阳朝华大人让我们代表他来规劝王爷，切勿听从别有用心之人的幕后唆使，做出分裂国家，使仇者快亲者痛的事情。"

乌泰说："我派特使去库伦的事情，的确有……如今的民国，已经不是满人和蒙人主导的大清国，我要回归'大蒙古国'，这是天经地义的事情啊。"

"国体虽更，国犹是国。"陆庆增说，"如果利用这个时机，搞民族分裂，肢解国家版图，这可是违背中华各民族利益的，所以，请王爷三思啊。"

乌泰说："我想过了，我跟着民国，我是个札萨克图旗的扎萨克，是郡王；我要是跟着新'独立'的'大蒙古国'呢，我是亲王，必定会是内阁大臣。这地位可是大大的不一样的，你们说，是不是？"

他心里在说，我是谁？呵呵，我是"大蒙古国皇帝布尊丹巴活佛"钦命的"进攻中华民国第一路总司令"。

陆庆增说："即将发布的《蒙古待遇条例》规定，蒙古王公原有之管辖治理权一律照旧；内外蒙古汗、王公、台吉世袭各位号，应予照旧承袭，其在本旗所享之特权，亦照旧无异；蒙古各地呼图克图、喇嘛等原有之封号，概仍其旧；蒙古王公世爵俸饷应从优支给……这些规定，都必定会保证王爷的权益。"

乌泰说："我等不及啦，也不想等了。"

陆庆增说："由王朝转民国，这是时代的潮流，希望王爷能跟上时代的潮流。"

"咦，你这话我不爱听。"乌泰说，"没有王朝，哪里来的王爷，不是王爷，我乌泰如何生存？我乌泰由郡王成为亲王，由一个旗的小小的扎萨克变成大蒙古国的内阁大臣，步步高升，这才是潮流。"

陆庆增严肃地说："王爷，你这是叛国啊，'叛国'罪名，可是不咋好听的，会被国人唾骂……请王爷三思而后行啊。"

乌泰听了，他的脸一下子拉长了，脸上沉郁，说："请回复洮南知府欧阳朝华大人，我意已决，无须再浪费你们的心思与口舌了。"

陆庆增说："如果分裂、叛国，天兵会来讨伐……到了那个时候，恐怕王爷后悔也来不及了，还望王爷慎重从事……"

乌泰听了，一脸的愤懑，说："呵呵，你在威胁我……我才不怕呢。"

李广才说："王爷，我们只是来劝告你，听不听，由你……但是，希望你多想一想由此而带来的严重而可怕的后果。"

乌泰把手向门外一挥，对家人说："送客。"

陆庆增和李广才，被驱逐出了乌泰王爷府。他们俩骑着马，径直去了洮南府，向欧阳朝华知府复命去了。

乌泰王爷款步重回会议厅。

色楞旺宝说："王爷，洮南知府来人谈点啥？"

"不知道咋走漏了消息，你们去库伦的事儿被他们知道了……洮南知府欧阳朝华特地派人来劝诫我……派来的人是镇东县的知事陆庆增和把总李广才。"乌泰说。

布和巴彦说："看来，我们举兵起事，宜快不宜迟。"

乌泰面对来参加密会的人员，他庄严地说："我以'进攻中华民国第一路总司令'的名义命令，从7月3日开始，在本旗各村屯按《丁册》征集壮丁，各蒙户三丁抽二，二丁抽一，一丁两户抽一，各带枪马食粮，7月7日齐集王府，违者以军法论处。"

"是。"与会者回答，声音参差不齐。

梅伦齐木特色楞说："沙俄政府得知我们要举兵起事，在富拉尔基出动1000多人进入战区待命，在中东路和北满支线也集结了兵力……约有8万人，要不要跟俄国人协调一下，然后，再伺机而动？"

"火烧眉毛了，等不及喽。"乌泰说，"但是，我们必须把我们举兵起事的消息及时地告诉他们，相互配合。"

色楞旺宝说："'大蒙古国'支援我们的粮饷，以及沙俄支援我们的'别列达'步枪，正要从库伦启程……我们是不是等一等？"

扎赉特旗的旗长站起身来，他说：

"我们在哈尔滨，通过俄国官员洽购了'别列达'长枪1300支，手枪500支，10万发子弹，已然交了定银一万两。到了10月，我们就会用500辆牛车运回来。王爷，我们起兵举事的日期，还是推迟一下为好，这样一来，可以准备得充分些。打仗，应该不打无准备之仗。"

布和巴彦拍着自己的胸脯，大嘴一咧，面容变形，他豪壮地说："举兵起事，我们有神的保佑、护法。我们喇嘛兵更有符咒护体，刀枪不入。可以说，能以一当千，何惧他民国官兵？这绝不是吹大牛。"

这话，勾起了乌泰的回忆，他曾经出家多年，虔诚拜佛。但是，由皇太极1636年册封的可以世袭的札萨克图旗郡王，到了第十世郡王，却身后无子，不得不把第七世郡王的后人跟敦占散过继为嗣，继承王位。可惜，这个第十一世郡王根敦占散命薄福浅，在位数年，一命归天，又是身后无子。太福晋格根珠拉力排众议，坚持己见，让为僧多年的乌泰还俗，承袭郡王的封号。1881年，这一年，乌泰21岁，他才从由一个终日诵读佛经，与青灯相伴的喇嘛，还俗袭爵，一步登天，出任了札萨克图旗的第十二世郡王，而且，兼任哲里木盟的副盟长。

——他坚定地认为，这一切已经不仅仅是神在冥冥之中护佑他、安排他……而且，他已经在终日诵读佛经、与联系天庭的香火和青灯相伴的过程中，羽化成神。

正因为如此，他与诸庙的喇嘛联系甚密，喇嘛多半出身于蒙古贵族。喇嘛在信佛的蒙众中，具有相当大的影响力、号召力。

他心里明白，这是他举兵起事的重要的精神基石。

乌泰说："布和巴彦喇嘛，向诸位宣读我的《东蒙古独立宣言》。"

于是，布和巴彦喇嘛宣读乌泰郡王的《东蒙古独立宣言》：

"自库伦独立，本王严守中立。近察中国既废礼教，则佛教何能保存？又主张在蒙古殖民，是夺我民生计。蒙人未享共和之福，先受其害。本镇喇嘛、蒙民一再会议，劝导加盟，又得俄国复以兵器弹药相援，是以宣告独立，与中国永绝。以此，保重蒙古权利起见，别无他意。遵照蒙古定制，为保固疆域，向设蒙旗之地方官，以及营伍，逐出蒙疆……"

乌泰说："这就是本王的独立宣言。"

"拥护——"在场的声音，参差不齐。

乌泰说："既然宣布独立，就要在我之领地，驱逐汉官、汉民……"

"拥护——"在场的声音，参差不齐。

乌泰说："下面，请布和巴彦喇嘛，向诸位宣读我们的军事计划。"

布和巴彦喇嘛宣读了乌泰王爷的军事计划：

兵分三路围攻洮南府——

第一路（左路）约500人，从葛根庙出发。17岁的六世葛根活佛为领兵元帅，协理台吉巴图吉尔嘎拉为统领，乌勒木吉为参谋，先取靖安县。扎赉特旗要同时出兵，前后夹击靖安县，之后，转攻洮南府。

第二路（中路）约400人，从本王的王府出发。由王爷庙锡勒图喇嘛布和巴彦为元帅，协理台吉色楞旺宝为统领，特布四格庙硕代喇嘛图布新阿木尔协助，从东边直取洮南府。

第三路（右路）约300人，从嘎钦庙出发。嘎钦活佛为领兵元帅，梅伦奇默特色楞为统领，布呼吉尔嘎朗为参谋。先取突泉县，得手后再从西边进军洮南府。

靖安县，即今天的白城市。

作为后援，千人左右，多由王公贵族的家眷组成，由老总哈拉阿拉毕齐统领，分别集结在乌泰郡王府和葛根庙。

宣读了乌泰王爷的这个军事计划之后，在场又发出了参差不齐的声音：

"拥护——"

镇国公旗的镇国公拉喜敏珠尔站了起来，他问：

"我们呢？"

乌泰笑了，说道："你们的任务比较重要，夺取镇东县城，然后，到王府会合。"

镇东县，即今天的镇赉县。

拉喜敏珠尔说道：

"得令。"

1912年8月18日。

乌泰王爷的《东蒙古独立宣言》正式在哲里木盟各旗张贴，公布了出去；并且，还将这份《东蒙古独立宣言》送达给了靖安县、突泉县和镇东县等县衙，以及洮南知府。

1912年8月20日，下午。

包太赉屯，距离镇东县城二十余里地。

宣布"独立"的镇国公旗的拉喜敏珠尔和他的协理台吉乌尔塔，率领本旗府兵和蒙民壮丁 500 人，在这里集结。

拉喜敏珠尔说："你派出的送信的人，走了一阵子了吧？"

乌尔塔说："早该送到了。"

拉喜敏珠尔说："李把总接到了我们给他的信，他会咋样？"

乌尔塔说："他肯定会高兴。"

拉喜敏珠尔说："不会产生怀疑？"

"不会的。"乌尔塔说道，"我们告诉他，乌泰搞'独立'，强行拉我们……我们心存不满，可是，苦于畏惧他的权势，我们不得不做出趋炎附势的样子。但是，我们心里的确是不想搞这一套的……知道李把总和陆知事，曾经代表洮南知府去劝诫乌泰，晓之以理……由衷钦佩。所以，我们希望见到李把总，共议讨伐乌泰之策……"

拉喜敏珠尔说："他李把总会来吗？"

"肯定会来。"乌尔塔说，"如果他能拉住我们，共同对付乌泰……这对于他李把总和陆知事，在洮南府那里该是多大的功劳？何况，他们曾经受洮南知府的委托去劝诫乌泰……他们不会放过这个机会，别说是能拉着我们共同对付乌泰，就是促使我们对于'独立'能够偃旗息鼓也好，也是不小的功劳。"

拉喜敏珠尔说："嗯，分析得有道理。"

两人正说着，门外有人报告："去镇东县城的人带着李把总来了，李把总的随从只有两个人。"

乌尔塔说："瞧瞧，说着说着，这人就来了。"

拉喜敏珠尔大声地对门外说："有请李把总。"

李把总走进门来。

拉喜敏珠尔说："李把总请坐。"

李把总坐了下来，说："你们请我来商讨共同对付乌泰'独立'之事，可见你们深明大义，因而，陆知事派我前来……"

拉喜敏珠尔听了，哈哈大笑，说："李把总差矣。"

李把总愕然，说："这是你们写给我的信上，明明白白地写着的啊。"

乌尔塔说："我们在信上是这么写的，但是，如果我们不这么写，你能来见我们吗？"

李把总淡然一笑，说："哦，原来这是你们设下的一个圈套啊，阴损了点儿，呵呵。"

拉喜敏珠尔说："相反啊，我们却是要奉劝你投降我们的。"

李把总说："由王朝而走向民国，这是全世界的历史发展潮流，顺之者昌，逆之者亡。我李把总绝不会逆潮流而动。"

拉喜敏珠尔说："你说的话，是你的信条呗？"

李把总说："当然。"

拉喜敏珠尔说："呵呵，李把总，我不知道是你的信条值钱，还是你的命值钱？"

李把总说："在我看来，我的信条比我的命值钱。"

拉喜敏珠尔说："那好，我成全你。"

乌尔塔随即对门外喊道："来人。"

门外进来了膀大腰圆的四个肩上挎枪的蒙人，将李把总五花大绑地绑了。李把总挺着胸，昂着头，对拉喜敏珠尔他们一脸的不服气。

拉喜敏珠尔站起身来，一拍桌子，喊道："拉出去，毙了。"

四个肩上挎枪的蒙人推搡着李把总，就要向外走……这时，乌尔塔站起身来，对拉喜敏珠尔说："镇国公大人，我看这个李把总是个有情有义的人，家里还有妻子、儿女和老妈，我看，还是让他写个遗嘱，把家里的事情都安排完了，再走也不迟。"

拉喜敏珠尔犹豫了一下，说："也罢……"

乌尔塔说："你把家里的事情安排一下，我会派人把你的遗书送到府上，然后，你再上路，也就坦然了。"

李把总瞅着拉喜敏珠尔和乌尔塔，用鼻子"哼"了一声，他说："拿笔来。"

一个蒙人把笔墨砚张端了上来，放在了桌子上。肩上挎着枪的两个蒙人给李把总松了绑。李把总坐在了桌子前，挥笔写遗书……遗书写毕，他一抖肩膀，说道：

"绑上我，砍头吧。"

乌尔塔把李把总写的遗书，接在了自己的手里。

"想死啊，没那么容易。"拉喜敏珠尔说，"先把他押起来，待我们攻陷了镇东县城，再处置他。"

"是。"挎枪的蒙人将李把总押了下去。

拉喜敏珠尔说："代写书信的人，来了吗？"

乌尔塔说："在旁边的屋子里，正候着呢。"

拉喜敏珠尔说："赶紧让这代笔的人，模仿李把总的笔迹，给陆知事写劝降信，虚张我们的声势，说我们有三千人马……让他陆知事惶恐不安，把心悬起来，然后，我们再内外夹攻……"

乌尔塔说："好。"

他走出去了……不一会儿，他回来了。

拉喜敏珠尔说："写好了吗？"

乌尔塔说："写好了。"

拉喜敏珠尔说："让李把总的两个随从把这信带给陆知事吧。"

乌尔塔说："是。"

于是，他见了李把总的两个随从，枉说李把总已经降服了镇国公拉喜敏珠尔，还给陆知事写了封信，也请陆知事降服……李把总的两个随从，听了乌尔塔所说的话，接过了所谓李把总的信件，哪敢怠慢，飞身上马，急匆匆地赶回了镇东县城，把信件送给陆知事。

乌尔塔回来见镇国公拉喜敏珠尔。

拉喜敏珠尔说："镇东县城里的内应，都布置好了吗？"

乌尔塔说："布置好了。"

拉喜敏珠尔说："传我的命令，入夜进攻镇东县城。"

乌尔塔说："是。"

他出了屋子，去跟他们率领的五百蒙人兵丁，做入夜就进攻镇东县城的战斗部署去了。

1912 年 8 月 20 日。

暮色降临。

镇东县城，知事衙门。

陆知事接过了李把总的随从带回来的信件，说：

"这信，是李把总亲自让你们带回来的吗？"

"不是，是台吉乌尔塔对我们说李把总已经降服了他们，并且，让我们把李把总的信件带回来。"李把总的随从说。

陆知事说："李把总深明大义，该不会降服他们啊。"

"我们也是这么想。"李把总的随从说。

"但是，这信上的字迹，又的确是李把总的……"陆知事想了一想，说，"你们把守城的李哨官请来，我们要商议一下城防部署，应当有所变化，以防不测。"

"是。"李把总的随从说。

不一会儿，李哨官来了。陆知事把李把总去了包太赉屯，见镇国公拉喜敏珠尔……以及李把总写信给他劝降的事情，说了一遍。

于是，他们对原来的城防部署，进行了紧急变动。

夜色降临，枪声大作，拉喜敏珠尔的蒙人兵丁开始进攻镇东县城了。李哨官代替李把总对进攻的拉喜敏珠尔的蒙民们进行顽强的抵抗，双方激战。

城防军警在隐蔽处，拉喜敏珠尔的蒙人兵丁虽然有夜色，但是，相对在明处，处于相对不利地位。拉喜敏珠尔的蒙人兵丁虽然比城防军警人多，但是，推进缓慢。

突然，城内的干草垛熊熊地燃烧了起来。原来是拉喜敏珠尔事先潜藏进镇东城内的内应，燃放了大火。然后，又从镇东县城的城防在东部的薄弱处，向外冲杀……拉喜敏珠尔的蒙人兵丁们终于撕开了城防的一个口子。

镇东县知事陆庆增见坚守无望，就对李哨官说："命令城防军警，从城西冲出包围，向洮南府方向撤退——按我们的第二套预案执行。"

"是。"李哨官说。

于是，守城的军警们一边抵抗，一边就有序地撤离了镇东县城，奔向洮南府。

镇国公拉喜敏珠尔率领他的蒙人兵丁冲进了镇东县城，并且，占领了镇东县城。他们打开了仓库，夺取了粮食和物质，缴获了枪支 40 杆。

他们又打开牢房，释放了囚犯……乘势继续纵火，焚烧房舍有 290 间之多。

第十三章

吴俊升亲率部队驰援洮南府英勇平叛

1912 年 8 月 23 日。

洮南城，洮南府所在地。

由王爷庙锡勒图喇嘛布和巴彦为元帅，协理台吉色楞旺宝为统领，特布四格庙硕代喇嘛图布新阿木尔协助，率领第二路人马，约 400 人，从乌泰王爷府出发，进军洮南府。

他们在即将动身之际，得知镇国公拉喜敏珠尔和他的统领乌尔塔诱捕了镇东县的李把总，使镇东县失去了武装头领，然后，又里应外合地夺取了镇东县城……乌泰王的"独立"大业，可谓旗开得胜，深受鼓舞。

洮南府方圆五里，四周是筑起的土围墙。土围墙，原本有些残缺。但是，洮南知府欧阳朝华自从得知乌泰王要谋叛"独立"后，一方面派镇东县的知事陆庆增和把总李广才代表自己去劝诫乌泰王；另一方面，他知道，乌泰王一旦谋叛"独立"，首先就会攻取洮南府，因而，他积极备战，修筑工事，修缮碉楼，补残与加固、加高土围墙，这些必然是基本的备战工程。

土围墙之外，是深而宽的壕沟，壕沟坡陡，壕沟里渗进了洮儿河的水。从壕沟里挖出的土，正好用来补残与加固、加高土围墙。

洮南城，城北是洮儿河。

喇嘛布和巴彦元帅面对洮南城，隔河相望，他命令他的蒙兵人丁在洮儿河北岸下寨。一座座的蒙古包，迤逦排开。

他还命令他的蒙兵人丁，用一造二，支架起多一倍的蒙古包，一是壮势，以作疑兵之计，这样可以使他的 400 人马，仿佛是上千的人马；二是备用，以待乌泰王亲征的后续的人马到来时使用。

喇嘛布和巴彦元帅的营帐内。

色楞旺宝说："探子来报，洮南城不断地增加援兵。"

身为喇嘛的布和巴彦，身披袈裟，光秃秃脑袋，颈上一大串佛珠。他说：

"咋的呢？"

色楞旺宝说："不断地有成队的官军，荷枪持弹，进入洮南城的北门和南门，而且，是从不同的方向来的，服色也不同。"

布和巴彦说："看来，洮南府是早有准备啊。"

图布新阿木尔作为喇嘛，他也是身披袈裟，秃秃的脑袋上闪着亮光，脖颈上挂着一大串佛珠。他说：

"侦察过了，洮南府的城墙是新近加固的，还增添了碉楼。"

布和巴彦说："不是切断了洮南府跟外界的电报联系了吗？"

色楞旺宝说："报告元帅，几天前就切断了洮南府跟奉天省的电报线，在开通县境内，我们悄悄地锯断了三根电线杆子……"

"干得好。"布和巴彦说，"不过，我们要知己知彼，方能百战不殆。"

图布新阿木尔说："元帅说得极是，我们要学习镇国公拉喜敏珠尔的作战方法，里应外合……"

布和巴彦说："崔宝臣来了吗？"

等在军帐外的崔宝臣走了进来，说："元帅，我来了。"

布和巴彦说："洮南府内的情况，你熟悉？"

崔宝臣说："我就是洮南府城内的人，土生土长……不是吹啊，那里的一草一木，我都了如指掌。"

图布新阿木尔说："叫你来，是让你去做内应，你看如何？"

崔宝臣说："好啊。"

图布新阿木尔说："你在城内，还有响应你的人吗？"

崔宝臣说："至少有三五个。"

布和巴彦说："你要查清，洮南府的源源不断的援兵，是不是也在用疑兵之计？如果是，说明洮南城不过是一座兵力薄弱的空城，你们就在城内放起烟火来。这烟火，就是信号，我们看到了这信号，就发兵攻打洮南府……如果不是疑兵之计，你就查出洮南城守备的薄弱环节，派人设法告知我们，我们就集中兵力进攻洮南城的薄弱环节……你看如何？"

崔宝臣说："好啊。"

图布新阿木尔说："我们是期待你的烟火为号……如果以你的烟火为号，我们攻取了洮南府，你崔宝臣在乌泰王爷那里，可是首功一件。"

布和巴彦说："我想，乌泰王爷会赏你个世袭罔替的郡王……光宗耀祖啊。"

崔宝臣说："那我就先谢谢乌泰王爷和布和巴彦元帅了。"

布和巴彦说："好，你去执行任务去吧，我们期待你的烟火信号。"

崔宝臣说："我一定不辱元帅的使命。"

说完，他转身，走出了营帐，去了洮南城。

1912 年 8 月 25 日。

宣布"独立"的乌泰王的麾下，由王爷庙锡勒图喇嘛布和巴彦为元帅亲率的蒙兵人丁，兵临洮南城的第三天。

洮南城内，知府衙门。

知府欧阳朝华说："石管带，守城事务抓得很好。"

石得山说："还是知府大人智慧，我不过是依计而行就是了。"

欧阳朝华微微一笑："呵呵。"

石得山说："真正的军警都在守城，而 200 名伪装的士兵，不断地以居民的样子出城，然后，在远处的林子里换上士兵的穿戴，排上队伍，不同的服色，从不同的方向进城……仿佛我们的援兵，源源不断。三天了，都是如此。以至于乌泰王的蒙兵元帅，摸不清虚实，不敢贸然进攻。"

欧阳朝华又是微微一笑："呵呵。"

石得山说："知府大人，你招募的这商务公会的人员，加入守城军备的这一招，说心里话，真是够高明啊。"

欧阳朝华说："真要是乌泰王的蒙古兵丁攻进城里来，掠掳烧杀……受害的不仅是我们官员和普通百姓，更受害的是他们商界人员和他们的资产……我给他们召集来，点明了这个要害，他们都群情激愤，纷纷出钱出人，表示要与城市共存亡。"

石得山说："我石得山，身为管带，肯定是要与城市共存亡。"

欧阳朝华说："三天了，我们的疑兵之计，还能维持几时啊——这是我所担心的啊。别忘了，敌中有我，我中有敌啊。"

石得山说："我也是有这个担心啊，想当年，司马懿大军压境，诸葛亮也是急中生智，使出了'空城计'，使得司马懿疑虑重重，望而却步……"

欧阳朝华说:"我早前就已经分别给奉天都督和驻地郑家屯的后路巡防营的吴俊升统领发去了电报,向他们呼救。电文写得清楚:'洮南灾欠,连年民穷已极……城内警防由于无饷可给,陆续裁减,所剩无几。城防概系义务,内中蒙户大多他去。现正组织商团,但能守不能战。全城风声吃紧,人心惶恐,摄府虽力持镇静,亦无济于事。乞请吴统领多带军队星夜来洮,以资震慑。'"

石得山说:"奉天都督府转来吴统领给奉天都督的电报,'今晚接洮南急电,本统领连夜携炮亲往。'"

"我是期望吴统领能够立刻就到啊。"欧阳朝华说,"但是,我们也是做了后备的计划,家眷等已经化装出城躲避了……以防不测啊。"

石得山说:"知府大人请放心,我等军警必将拼死抗击蒙人叛军……固守城池。"

正谈论间,忽然,城池之上碉楼里的军警快马来报:

"后路巡防营统领吴俊升,统率本部官兵,并携带炮队,已经到了洮南城的城门之下。"

欧阳知府和石管带听了,心头大喜。欧阳知府说:

"我等快去迎接。"

两人刚刚出了衙门,就见吴统领的马队已经到了门口……欧阳知府把吴统领迎接进了府衙内,落座,奉茶。

欧阳知府说:"吴统领亲率大军来到洮南城,来得正是时候,及时雨啊,这也是洮南城百姓迎来了免除灾祸的福星啊,可悲而可怜的是,镇东县城已经沦陷了。"

"呜呜,叛军如果盘踞了镇东县城,就会对靖安县城和我们洮南城,形成两面夹击的态势,很有威胁……"吴俊升说,"我已经命令诺们巴图管带,代理都司候补职位,率领三个骑兵营,火速收复镇东县城……镇东县的李哨官熟悉情况,他和他的那一队人马,也随之去了。"

炮营曹管带说:"刚才见了镇东县陆知事,他也追随而去了。"

"呜呜,中央政府得知乌泰王叛变'独立'的报告,大为震惊,立即电告奉天都督赵尔巽将军,迅速平定叛乱……赵尔巽将军命令我部驰救洮南府;又命令黑龙江都督宋小濂派兵警戒龙江、嫩江一线;再命令吉林都督陈昭常的部队开赴农安、长岭、大赉一线,阻截沙俄军队支援叛军……"吴俊升说,"曹管带,《告示》贴出去了吗?"

曹管带说："我已经派人去张贴了。"

说着，他把《告示》给了欧阳知府一张。

欧阳知府接过了《告示》，他看到《告示》上写道：

"奉天都督府告谕：（一）各军专为进剿叛蒙，未叛者均系五族中同胞，应一体对待，妥为保护，不准稍为骚扰；（二）蒙人被胁从乱，若悔罪输诚即不深究，听其安业；（三）凡不明大义，私与叛蒙勾结，查有实据者，即与叛蒙一律剿办；（四）凡在前敌生擒搜获者，除著名叛匪及不悔罪者，应予正法外，余先行看押，讯明核办，绝不妄加杀害；（五）凡敌脱帽弃枪者，即贷其死罪，听其投降；（六）经此次宣谕之后，尚仍执迷不悟是自甘自弃于民国，唯有从严剿办，决不宽容。"

吴俊升说："呜呜，这是先行布告，宣讲纲纪，剿、抚并举，安抚蒙民，震慑顽敌。"

这时，知府衙门外有人喊道："报告吴统领。"

吴俊升听出了是谁，说道："马忠国，你小子啥事？"

马忠国手里提着枪，押着一个五花大绑的家伙走了进来，说道："报告吴统领，我们在张贴《告示》时，发现草料场附近，这个家伙鬼鬼祟祟的……我们就喊叫他过来，他却撒丫子就跑……我们追上了他，对他进行了搜查，发现他身上有手枪，还带着火药，还有点火的用具……就把他带到这里来了。"

欧阳知府问："你叫啥名字？"

"我叫崔宝臣。"被五花大绑的家伙回答。

欧阳知府问："火药，点火的工具……你要干啥？说。"

"我是喇嘛布和巴彦元帅，派到洮南城内的策应。"崔宝臣说。

欧阳知府说："如何策应？"

"喇嘛布和巴彦元帅让我刺探不断有官军进入洮南城的真实情况，如果是疑兵之计，就说明城内空虚……令我在城内点燃烟火，以此为号，他便发兵攻城。我们里应外合。我查得官军不断进入洮南城正是疑兵之计，于是，正要去点燃烟火，就被……"崔宝臣说。

欧阳知府说："好险啊，如果吴统领晚来一步……洮南城就要面临战火的焚毁。"

吴俊升说："马忠国。"

马忠国说："有。"

吴俊升说："呜呜，砍下崔宝臣的脑袋，然后，把他的脑袋挑在北城门的阵前，让他们的喇嘛布和巴彦元帅看到之后，寒心吧，呵呵。"

马忠国说："是。"

他押解着崔宝臣，执行吴统领的命令去了。

吴俊升说："欧阳知府，你的眼睛都熬红了。"

欧阳知府说："吴统领，不瞒你说，我和石管带已经三天两夜没有合眼了。"

吴俊升说："曹管带，传我的命令，以咱们的一部分部队，跟洮南府的军警换防，让他们军警暂时得到休息。明天再换回来，我军与在洮南城外洮儿河北岸的乌泰王的叛军，进行决战。"

曹管带说："是。"

吴俊升说："欧阳知府，你去休息，我来当值班的长官……"

欧阳知府说："是。"

曹管带、石管带，去执行吴统领的换防的命令……欧阳知府暂时休息去了。

1912 年 8 月 25 日。

镇东县城，南门。

协理台吉乌尔塔正在检查防务，他命令在城门之外，再设一道哨卡。蒙兵立刻在离南城门 40 米远的路径中，加设了一道关卡。

这时，见远处跑来了两匹快马，马上的人身穿蒙兵服装，背插三杆三角蒙旗，边跑边用蒙语喊叫着："乌泰王爷给镇国公拉喜敏珠尔的军机急件。"

乌尔塔听了，说："让乌泰王爷的通信兵进来。"

两匹快马，说时迟、那时快，已经冲进了加设的第一道关卡，只见跑在最前面的快马上的人一抬手，一声枪响，城墙上的乌尔塔应声中弹，负伤倒地。

第二匹快马回首"嘭嘭"两枪，将加设的第一道关卡的蒙兵击毙。跑在最前面的快马上的人在击伤了乌尔塔之后，挥手两枪，将守门的蒙兵击倒在地。

这跑在最前面的所谓蒙兵，正是吴俊升的骑兵营里的哨官马忠华，他在胡思楞家与胡思楞的儿子喜和顺一起读书，也跟着学会了蒙语。

第二匹快马上的骑兵是把总马占山。

马忠华和马占山接受领军管带诺们巴图的命令，伪装成乌泰王爷的蒙兵的通信兵，骑快马，奇袭、勇闯镇东县的城门，给守城的蒙兵来个冷不防，占领南城门，打通骑兵营的进城通道。

这一招，果然奏效。

听到了枪声，埋伏在后面树林子里的三个骑兵营，纵马猛扑过来……三个营的骑兵，风驰电掣。他们高举着战刀，齐声地呐喊着，人潮奔涌，排山倒海，势不可当……镇国公拉喜敏珠尔的蒙兵，都是临时凑集的，根本没有啥军事训练，哪里见过骑兵冲锋的架势……早已张皇失措，纷纷逃命……

镇国公拉喜敏珠尔这时正在县衙里喝着自己的胜利酒，憧憬着做"大蒙古国"亲王的美梦……突然，他听到了南城门失守，协理台吉乌尔塔被官军击伤的消息，大惊失色，酒杯在慌张之中落地，摔了个粉碎。

亲兵们簇拥着镇国公拉喜敏珠尔，仓皇上马，逃出了北门，丢盔卸甲，落荒而走，奔向了自己的老巢镇国公旗……

诺们巴图和陆知事进了县衙。

李把总已经被解救了出来，他向陆知事述说了自己被诱骗一事……陆知事说："我就知道你对国家是忠心耿耿的。"

诺们巴图说："在李把总被叛军扣押之后，李哨官沉着应对……功不可没。"

李哨官说："这都是我应尽的职责。"

"陆知事、李把总，这镇东县的防务，就又交给你们了。"诺们巴图说，"李哨官，你要完成一项任务。"

李哨官说："啥任务？"

诺们巴图说："你和你的军警，化装成蒙民百姓，跟踪镇国公拉喜敏珠尔……准确地把握他们的动向和行踪，待我军解除了靖安、洮南之围，再回过头来讨伐镇国公拉喜敏珠尔这群逆贼。"

李哨官说："是。"

然后，诺们巴图离开了镇东县衙，率领他指挥的三个骑兵营，扑向了靖安城。

靖安城。

乌泰王爷的第一路人马，约 500 人，在领兵元帅——17 岁的葛根活佛的亲自率领下，以协理台吉巴图吉尔嘎拉为统领、乌勒木吉为参谋，从葛根庙出发，兵临靖安县城外，支起了蒙古包，安营扎寨。

一座座蒙古包，如同一座座堡垒，威胁着靖安城。

元帅大帐之内，葛根活佛说："乌泰王爷命令我们夺取靖安城，要与扎赉特旗的蒙兵形成夹击靖安城的态势……这扎赉特旗的兵马咋还没到呢？难道会对乌泰王爷的命令抗命不遵吗？"

乌勒木吉说："元帅请放心，他们不会的，也不敢的。"

葛根活佛说："他们必须听从本帅的调遣。"

巴图吉尔嘎拉说："这是必然的。"

乌勒木吉说："我想，他们的兵马一到，就会赶紧到元帅这里来报到。"

葛根活佛说："嗯，军令如山倒，他们的兵马，竟然迟迟未到，我这心里，就是老大的不满意。"

巴图吉尔嘎拉在帐篷内，转着圈儿，一副着急的样子，说："这扎赉特旗的兵马，应该到了啊。"

这时，有蒙兵报告："扎赉特旗信使到——"

葛根活佛说："让这扎赉特旗信使进来。"

"是。"蒙兵说着，转身出去。

"拜见元帅。"扎赉特旗信使用蒙语说。

葛根活佛说："人马到了吗？"

"我们旗的人马，马上就到，我旗的扎萨克贝勒巴特拉布坦跟随部队，就在后边。"

葛根活佛说："迟迟来到，耽误了战机，你们是咋回事儿？"

"回禀元帅，我旗从俄国人那里购买的武器弹药，刚刚运到……这也是按预期，大大地提前了。"扎赉特旗信使说。

巴图吉尔嘎拉说："哦，记得扎赉特旗的扎萨克贝勒巴特拉布坦在乌泰王爷那里曾经说过，说他从俄国人那里购买的武器，还需要些许日子才能运到。"

"乌泰王爷起事'独立'，比我们预计的提前了，我们不得不紧急催促俄国人，要求他们提前把武器弹药交到我们手里。"扎赉特旗信使说。

葛根活佛说："嗯，这样说来，你们来得迟了些，我也就理解了。"

"我得回禀我们的扎萨克贝勒巴特拉布坦，告诉他，元帅正在大帐里等着他呢。"扎赉特旗信使说。

葛根活佛对扎赉特旗信使说："你回复你们的扎萨克贝勒巴特拉布坦，说我们马上就去营门外迎接他的到来。"

"是。"扎赉特旗信使说。

说完，他转身出了营帐。

元帅葛根活佛、巴图吉尔嘎拉统领、乌勒木吉参谋率领亲兵，来到了营寨的大门口，迎接扎赉特旗的扎萨克贝勒巴特拉布坦和他的部伍。

元帅葛根活佛用望远镜望到，前方来了一彪蒙军人马，走得不紧不慢的，给人一种邋邋遢遢的感觉。他本来就对扎赉特旗的人马来晚了而不满，看到了他们这个样子，心里更是无名火起，这彪人马要是到了他面前，他非得训斥他们一番不可。

这彪人马渐渐地走近了，甚至可以辨得清他们的容貌了。

巴图吉尔嘎拉统领说："咦，咋没看见扎赉特旗的扎萨克贝勒巴特拉布坦呢？"

乌勒木吉参谋说："一准在队伍的后面，压阵脚呢。"

正在这时，那个扎赉特旗信使跑了过来，说："我们扎赉特旗的扎萨克贝勒巴特拉布坦说了……"

元帅葛根活佛说："说了啥呀？"

"说是先要了你们的命。"扎赉特旗信使说着，抬手就"嘭嘭"两枪，把站在元帅葛根活佛两边的巴图吉尔嘎拉统领和乌勒木吉参谋击倒在地。

还没等元帅葛根活佛反应过来，这个扎赉特旗信使就一枪击中了元帅葛根活佛的脑袋，让元帅葛根活佛的脑袋开了花。

这个扎赉特旗信使正是吴俊升骑兵营的哨官马忠华。

听到了枪声，扮作蒙兵，走得不紧不慢的吴俊升的骑兵们，突然，像发了疯似的，高声地用汉语吼叫着：

"冲啊——"

"杀呀——"

声音如同霹雳炸响，又如狂风巨嚣。

他们挥舞着战刀，似铺天的凶鹰、如盖地的狼群，向葛根活佛的营寨，猛扑了过来。葛根活佛的蒙兵们毫无思想准备，就遭到了猛烈的突袭，而且，元帅葛根活佛、巴图吉尔嘎拉统领、乌勒木吉参谋又被击毙……群龙无首，纷纷做出或投降、或逃命、或顽抗的各种自我选择。

顽抗的，脑袋开花。

逃命的，枪击马踏。

投降的，缴枪不杀。

靖安城里守城的军警们看到了这个场面，立刻打开城门出了城，与吴俊升的三个营的铁骑会合在一处，追杀乌泰王爷的这一路叛军……可怜而又可悲啊，乌泰王爷的这一路叛军败得实在是凄凄惨惨、惨惨凄凄。

1912 年 8 月 26 日。

洮南府，知府衙门。

欧阳知府和石管带，来见吴统领。

吴俊升说："刚刚接到战报，我军已经收复了镇东县城，镇国公拉喜敏珠尔向他的老巢镇国公旗方向逃窜……胜利的我军转身扑向靖安城，与靖安城里的军警合力，扫荡了叛军，击毙了乌泰王叛军的第一路元帅葛根活佛、统领巴图吉尔嘎拉、参谋乌勒木吉……"

欧阳知府说："喜讯啊。"

吴俊升说："乌泰王爷给咱们下了最后通牒……他妈了个巴子的，这个乌泰王爷还真是癞蛤蟆打哈欠——口气不小。"

欧阳知府说："他咋说的？"

吴俊升说："呜呜，他说，本爵系念往日厚谊，姑准缓进以待。望吴统领回驾，坚守底营，亦请欧阳知府同吴统领一起回驾，可免你们全眷不测……"

欧阳知府笑了，讥讽地说："呵呵，真的是口气不小啊，终究是乌泰王爷嘛。"

"呜呜，乌泰王爷大概还不知道我军收复了镇东县城，歼灭了他们进攻靖安的第一路叛军，而且，他们叛军的第一路元帅葛根活佛已经被击毙……所以，趾高气扬的，给我们下了最后通牒。"吴俊升说，"但是，他至少是知道了我吴统领的军队已经进驻了洮南城。"

欧阳知府说："他最不知道的是，自己的叛变，就要失败了。"

"呜呜，欧阳知府，人家乌泰王爷都下最后通牒了，所以，事不宜迟啊。"吴俊升说，"大开洮南府的北门，咱们出兵，与叛军对垒决战吧！"

欧阳知府说："我唯吴统领之命而是从。"

"好。"吴俊升说，"出兵。"

"是。"曹管带和石管带说。

于是，号炮三声，惊天动地。

洮南城的北门大开，吴俊升的骑兵和步兵，还有炮兵……3000 余将士整齐、威严地列队走出了洮南城。在洮儿河的南岸，吴俊升布下了雄壮的军阵，与北岸的乌泰王爷的叛军，两军对垒，隔桥相望。

吴俊升炮营的九门大炮，炮身上挂着醒目的彩带，在阵地的最前沿，一字排开，炮口对准了乌泰王爷的叛军。

第十四章

吴俊升部队炮轰喇嘛兵围攻葛根庙

1912 年 8 月 26 日。

洮南府城外，洮儿河北岸，乌泰王派出的以喇嘛布和巴彦为元帅的第二路人马的营寨，又增添了乌泰王爷亲自率领的四百人马。

元帅布和巴彦的营帐蒙古包内。

喇嘛图布新阿木尔说："报告王爷和元帅，我们派到洮南城的内应崔宝臣的头颅被挑了起来，展示在洮南城的北门的城壕之外。"

色楞旺宝为统领说："我后悔啊，来到了洮南城，我就应该及时地鼓动元帅去进攻洮南城，彼时洮南城正是内部空虚之时，如今后路巡防营的吴俊升率领他的本部官兵来到了洮南城……这分明是我们贻误了战机啊。"

乌泰王说："我已经给洮南城里的吴俊升和欧阳朝华送去了通牒，让他们撤离洮南府，由我们来接管……否则，他们会有性命之虞。"

布和巴彦说："我们喇嘛兵符咒附身，神魔保佑，刀枪不入，他吴俊升即使是有枪有炮，又能奈我何？"

喇嘛图布新阿木尔晃动着脑袋，得意地说：

"何况，我们的喇嘛布和巴彦元帅乃是活佛，有两件法宝在身。一件是他身披的袈裟，有了这件袈裟就可以乘风驾雾，站立云空，从云空中抛洒弹雨，击毙敌人；另一件法宝，是他带在腰间的'捎袋宝囊'，只要把这个'捎袋包囊'抛到空中，念动咒语，整个洮南城瞬间就会被吸裹进'捎袋宝囊'……"

布和巴彦说："哼，我们喇嘛兵，谁也休想抵挡得住。"

乌泰王说："是啊，佛法无边，该是佛法显灵的时候了。"

布和巴彦说："传本帅的命令，排兵布阵。"

已是黄昏时分，数名司号兵吹起了数只号角，号角的声音，在这深秋的洮南城下、洮儿河的两岸回响，显得格外地沉郁、悲凉，而又悠远，仿佛是低垂着头而竖起了牛角的庞大的牤牛群，正要向敌阵发起彪悍而凶猛的冲锋。

进攻的阵势，喇嘛兵在前。

喇嘛兵不戴黄帽，而是头扎黑布巾，在黑布巾里面包裹着黄纸红字的符咒，符咒的一角露出在脑门处，以显神威。

他们头戴黑巾，是表示要开杀戒。腰上挎着匣子，是表示出动刀动枪的姿态。

布和巴彦说："再传本帅的命令，进攻洮南城。"

这一次，不仅是数只号角，还吹响了长得拖地的数只大喇叭，喇叭声幽幽咽咽，又敲起了数面大鼓，鼓声咚咚……这和鸣，犹如狼嚎鬼啸，又犹如平地骤然刮起了混沌的狂风，一时间，真个是风烈烈、天昏昏、地冥冥。

喇嘛兵出发了，他们挺胸抬头，阔步前进，雄赳赳、气昂昂。

他们一边阔步前进，一边整齐地发出有节奏的声音：

> 神佛佑护，刀枪不入；
>
> 凡民子俗，抵挡不住。

喇嘛兵的嘴里，反复地叨咕着，如同诵经，如同念咒。

洮南城北门。

站在城门口儿的吴俊升，看到喇嘛兵的这般阵势，哈哈大笑，说："神佛保佑，刀枪不入——纯粹是街头上卖大粒丸的——骗人的把戏，不过是给自己壮壮胆儿而已。"

欧阳知府也微微一笑，说："吴统领说的是。"

吴俊升说："活佛还不能杀生呢，他妈了个巴子的，这不，布和巴彦活佛还当起了兵马大元帅，舞枪弄刀，指挥起杀生来了。"

欧阳知府说："当活佛和权势结合，参与到叛乱'独立'、分裂国家的政治之中，他就变成了恶魔。"

曹管带报告："吴统领，喇嘛兵快要到北桥头了。"

吴俊升说："不能让喇嘛兵过河。"

说着，他走到了炮兵的跟前儿，他一看，站在大炮后门的是马忠国，他笑了，他拍拍马忠国的肩膀，说："小兔崽子，你在这儿呢。"

"是，统领大人。"马忠国说。

吴俊升说："当了炮兵的把总了？"

"是的，我抓住了洮南城里的内奸崔宝臣……统领大人栽培我，刚刚由哨官提升为把总的。"马忠国说。

"咦，你个小兔崽子，挺会说话的。"吴俊升说，"我还告诉你个消息，你哥哥马忠华收复镇东和靖安县城，表现得机智、勇敢，我刚刚签署了命令，进行嘉奖，并且，也由哨官提升为把总。"

"我代忠华哥谢谢统领大人的提携。"马忠国说。

"大战在即，正是用人之时，我对你们哥俩是破格提拔。"吴俊升说，"你们哥俩刚当了哨官不久，就被提升为把总，要知道我的良苦用心啊。"

"谢统领大人的栽培，勇敢作战，报效国家。"马忠国说。

"不管谁，要想提拔，就得在枪林弹雨的战场上立功，我吴俊升不提拔他娘的熊蛋包。"吴俊升说，"这些喇嘛兵说他们刀枪不入……好像他们不是血肉之躯，我倒要看看他们是钢铁，还是血肉之躯？"

"他喇嘛兵，也都是从娘肚子里生出来的，娘肚子里不会生出钢锭子、铁块子，根本不会啥刀枪不入。"马忠国说。

"哈哈，你个小兔崽子，说到我心里去了。"吴俊升说着，又叫道，"马忠国。"

"有。"马忠国应道。

吴俊升命令："集中炮火，瞄准走在前面的喇嘛兵，给我轰他娘的。"

"是。"马忠国应道，然后，喊道，"瞄准喇嘛兵，开炮。"

"轰、轰、轰……"九门大炮，一齐开火。

一颗颗炮弹落在了对岸刚要到达桥头的喇嘛兵的人群里，爆炸开花。喇嘛兵，胳膊炸飞，胸膛开花；大腿两截，没了脚丫；脖子炸断，脑袋搬家；仆倒一片，哭爹喊妈……哪里还有刚才气势汹汹，阔步前进，高喊着"神佛佑护，刀枪不入"的豪壮？

乌泰叛军本来就是临时凑集的蒙人壮丁，没有受过军事训练，也毫无战斗经历和经验，是一群乌合之众。他们见炮弹在眼前爆炸，又把喇嘛兵炸得血肉模糊，尸体横飞……早就魂飞魄散，蒙了圈了，哪敢前进，只有后退……尤其是他们蒙兵丁壮的马匹，不是经过训练的战马，听到了剧烈的爆炸声，见到炮火的硝烟，惊恐万状，根本不听蒙兵丁壮的使唤，反而疯了似的，尥蹶子，乱踢乱跳乱跑，于是，马踏人，人踩人……整个乌泰王爷的喇嘛大军，偃旗息鼓，一片混乱，纷纷向来时的方向后撤、逃窜。

乌泰王爷和元帅布和巴彦活佛的指挥，根本就不灵了。

炮弹炸裂，飞尘四起，硝烟弥漫，等于在洮儿河的岸边筑起了一道高耸的屏障，使在屏障后面的人群看不见敌人……都成了睁眼瞎。

吴俊升说："传我的命令，骑兵在前，迅速过桥，歼灭叛军。"

司号员吹起了冲锋号。

骑兵纵马，一个个如猛虎下山，高举着战刀，冲过了洮儿河大桥。

吴俊升说："再传我的命令，步兵过桥，歼灭叛军。"

司号员又吹起了冲锋号，步兵迅速地冲过了洮儿河大桥，像一群矫健的猎豹，向河对岸乌泰王的阵营杀去……正在这时，河对岸又响起了冲锋号。

吴俊升说："呜呜，听到没，对岸的冲锋号？"

欧阳知府说："听到了。"

吴俊升哈哈大笑，说："那是我的代理都司候补——诺们巴图，率领三个骑兵营从靖安方向，来了个回马枪，杀回来了，来的正是节骨眼儿的时候，咱们是前后夹击……妈了个巴子的，乌泰王爷哟——要了你的命喽。"

欧阳知府也哈哈大笑。

吴俊升说："欧阳知府、石管带，你们守着城……"

欧阳知府说："吴统领，你呢？"

吴俊升说："我一听见枪炮声，就像猫见了老鼠，精神头儿就来了……我也得一马当先地冲过去，亲临指挥，杀到他乌泰王爷的老巢去……"

说着，他跃身上了战马，举起战刀，高喊着：

"冲啊——"

他纵马冲过了洮儿河大桥。

他的几个亲兵端起了长枪，更是高喊着：

"冲啊——"

在吴俊升的身左身右，也纵马冲过了洮儿河大桥。

1912 年 8 月 27 日。

突泉县城。

乌泰王爷的第三路人马，三百蒙兵人丁，以嘎钦活佛为领兵元帅，梅伦奇默特色楞为统领，布呼吉尔嘎朗为参谋，从嘎钦庙出发，去夺取突泉县。

按乌泰王爷原定的作战计划，夺取突泉之后，从西边进军洮南府，与主攻洮南府的元帅布和巴彦活佛指挥的第二路人马会合。

元帅嘎钦活佛指挥三百蒙兵人丁，东、北、西三个方向佯攻，集中力量进攻突泉县城的南城门……突泉县的知事，组织城里的军警和商界民团，凭借深深的城壕和加固的城墙，以及隐身的堡垒，进行顽强的抵抗，双方僵持，以致使元帅嘎钦活佛指挥三百蒙兵人丁，死伤了几十个，却苦无进展……正在这时，从元帅嘎钦活佛指挥蒙兵人丁的身后，却猛然间杀来了三个营的骑兵。

这正是驻守在四平街马龙坤的部队，接到奉天都督的命令，率领三个营的骑兵，日夜兼程，兵援突泉县城。

他们挥舞着战刀，杀声震天，疾驰而来……抵近了，开枪射击，子弹呼啸，射向了正在攻城的蒙兵人丁。

突泉县城里的军警见状，高呼着："我们的援军来啦——"打开南门，冲出城来，向蒙兵人丁进行反攻。

蒙兵人丁一个又一个地仆倒在地……元帅嘎钦活佛见势不妙，赶紧指挥自己的兵马向西北方向后撤。

马龙坤的骑兵穷追不舍……元帅嘎钦活佛和他的残余的蒙兵人丁，无可奈何地钻进了一大片芦苇荡。

马龙坤下令："停止追击。"

骑兵们停止了追击的脚步。

马龙坤对身边的纪义方说："我们不可能追进芦苇荡里去，如果那样，敌人在暗处，我们在明处，等于中了敌人的埋伏。"

纪义方说："是。"

马龙坤说："命令部队包围芦苇荡。"

纪义方说："是。"

骑兵们包围了芦苇荡。

马龙坤说："告诉骑兵们一边休息，一边向芦苇荡里喊话，凡是缴械投降者，保护其生命安全，不予追究，发给路费，让其与家人团聚……"

于是，包围了芦苇荡的骑兵们，向芦苇荡里的蒙兵人丁进行喊话。蒙兵人丁听了喊话，纷纷走出了水涝涝的芦苇荡，向官军缴械投降。

纪义方报告："我清点了缴械投降的蒙兵人丁，有百余人。"

"那就是说，芦苇荡里剩不了几个了，剩下的也是叛军的顽固分子了。"

马龙坤说，"我们的炮队呢?"

纪义方说："马上就到。"

果然，过了些许时候，炮队到了，三门火炮。

马龙坤说："北风，让炮队占据上风头。"

纪义方说："是。"

于是，炮队居北。

马龙坤说："向芦苇荡的北沿，给我轰上一炮。"

"是。"纪义方说，又大声地喊道，"炮兵注意，向芦苇荡的北沿，轰上一炮。"

"轰——"一发炮弹落在了芦苇荡的北沿。

8月末，科尔沁大草原，艳阳高照，秋高气爽，雨水稀少，原野干燥。深秋的茂密的高耸过人的芦苇荡，泡子里的水面积，已经大大地退缩。

在瑟瑟的北风中，密集的纤长的芦苇的杆头，绽放着一尾尾毛嘟嘟白绒绒的芦花，张扬着、摇曳着，芦叶已经显得衰黄、枯萎……一颗炮弹的爆炸，惊起一群仓皇逃窜的水鸟；又飘荡起一团团黑压压的恐惧的蚊虫，在芦苇荡的上空，萦萦绕绕。

爆炸的硝烟火焰，燃烧了芦花，燃烧了芦叶，燃烧了芦茎……火苗儿借助北风的风势，蓬蓬勃勃地升腾起来了，浓烟弥漫。

马龙坤下令："在芦苇荡的北沿，拉开距离，再轰上两炮。"

"是。"纪义方说，又大声地喊道，"在芦苇荡的北沿，拉开距离，再轰上两炮。"

"轰、轰"，又是两炮。

在芦苇荡的北沿，又燃起了两处火点。火点的范围在扩大，演变成烈火。烈火浓烟，借助风力，由北向南逐渐蔓延。

马龙坤命令："从现在起，凡是从芦苇荡里跑出来的蒙兵叛匪，出来一个，击毙一个，格杀勿论。"

"是。"纪义方说。

三发炮弹，三处火点，渐渐地连成了一片。烈火浓烟向南蔓延……火势愈来愈烈，愈来愈炽；青色的烟雾，愈来愈浓，迷迷漫漫；烟与火，笼罩了整个芦苇荡，数十米外，都感觉到了烈火浓烟的炙灼。

"乒乒、乒乒"，零星的枪击声，这是在击毙从烈火浩渺的芦苇荡里逃窜出来的元帅嘎钦活佛的蒙兵叛匪……所有没有从芦苇荡里走出来缴械投降的蒙兵叛匪，统统被活活烧死，无一漏网。

马龙坤说："给奉天都督赵尔巽将军和后路巡防营的吴俊升统领发电——妄图进犯突泉县城的元帅嘎钦活佛率领的蒙兵叛匪，已被全部歼灭。"

"是。"纪义方说。

至此，乌泰王爷起兵"独立"，所派发出去的三路兵马，全线溃败。

1912 年 9 月 12 日。

葛根庙。

葛根庙，在洮儿河东岸，坐落在陶赖阁山脚下，始建于 18 世纪 40 年代，由东、西两个庙群所组成，一直到 1780 年才全部建成了东、西两个庙群的五座寺院，东庙包括梵通寺、慧通寺、广寿寺，西庙包括宏觉寺、广觉寺。

乌泰王的叛军，虽然在溃败中对吴俊升的军队，也有过十余次的抵抗，但是，经受不住吴俊升军队的猛烈的进攻，屡战屡败，屡屡溃退。

吴俊升的军队如猛虎雄狮般地追击，边战边追，步步紧逼，穷追不舍，势如破竹，先后攻占了窑基屯、叉干淖、嘎喜喇嘛庙、白虎介屯、五家子、曼头、比柳、瓦房镇、营台、卧牛山等地。

乌泰王爷和他的元帅布和巴彦活佛所率领的叛军，最终，龟缩到了葛根庙。

葛根庙的庙群里，还拥塞着被乌泰王爷蛊惑或者胁迫来的蒙古难民 4 万余人。这些蒙古难民，主要是来自乌泰王爷的扎萨克图旗和镇国公拉喜敏珠尔的镇国公旗。

乌泰发动叛乱之时，曾经大肆驱逐汉吏、汉民出境，蒙兵虐杀和抢掠汉民……引起汉民的愤怒和反抗。乌泰王爷的扎萨克图旗和镇国公拉喜敏珠尔的镇国公旗，起兵"独立"，气焰最为嚣张，他们对汉民的虐杀和抢掠……也是最为残酷的。

现在，乌泰王爷的叛乱，大势已去……吴俊升的军队如秋风扫落叶般地横扫乌泰王爷的蒙兵叛军，众多蒙民怕汉吏、汉民报复……也是使有 4 万多蒙古难民拥塞到了葛根庙的庙群里的重要原因。

梵通寺，殿阁内。

乌泰说："'大蒙古国'的皇帝哲布尊丹巴活佛，委任我为'进攻中华民国第一路总司令'，并且答应我，一旦我举兵'独立'，就出兵马协助我……他的那些兵马呢?"

统领色楞旺宝说:"'大蒙古国'的总理衙门送来了消息说,他们的兵马连同支援我们的枪械弹药等物质,已经从库伦出发了,正在前来的路上。"

乌泰说:"等他们来了,恐怕黄花菜都凉了,都他妈的放的是马后屁。"

喇嘛图布新阿木说:"唉,远水解不了近渴哟。"

乌泰说:"俄国人的兵马呢?他们不是也答应了,只要我一起兵'独立',他们立刻就会从富拉尔基至少出动一千兵马来支援我吗?"

元帅布和巴彦说:"俄国人的确出动了一千人马要进入战区……但是,吉林都督陈昭常派兵开赴到了扶余、农安、长岭、大赉一线,阻截俄国人的兵马……使得俄国人的兵马迟迟不敢妄动。"

乌泰在殿阁里急得团团转,他说:

"借口、借口啊,都他妈的是借口,他们找借口敷衍我。我起兵'独立',拼死拼活……俄国人也好,他们'大蒙古国'的皇帝哲布尊丹巴活佛也好,都是想坐享其成——我算看透了。他们答应了的事情,都是驴子放屁。"

是的,沙俄以吉林都督的兵马阻截为借口,使其难以进入战区……的确是个借口。沙俄和日本在这一年的 7 月,刚刚签订了第二次《日俄密约》——这是一个强盗分赃的密约,他们把内蒙划分东、西两部分,规定东四盟——哲里木盟、卓索图盟、昭乌达盟、锡林郭勒盟——为日本的势力范围;西二盟——伊克昭盟、乌兰察布盟,以及外蒙古,俄国有"特殊利益"。

沙俄认为,他们"在远东的平静和安宁的主要因素",在于同日本的勾结。沙俄政府明知日本不允许他向内蒙东部发展势力,但是,沙俄帝国主义的本性和实际利益,又驱使它不甘心撤回押下的赌注和放出的诱饵,不甘心放弃这块靠近外蒙的富饶之地。

沙俄策动哲里木盟乌泰郡王的"独立",直接触及了《日俄密约》所规定的日本在东北北半部的权益。

日本要求沙俄注意第二次《日俄密约》。

1912 年 7 月签订的这一纸约文成立后,沙俄图谋哲里木盟的野心和活动受到了打击。他们躲在"大蒙古国"的背后,控制外蒙,用外蒙之手牵动内蒙,采取极其狡猾的方式,继续支持这场暴乱。但是,又不得不忍痛屈服于日本压力，在表面上做出不插手乌泰"独立"事件的样子，所以，他们对哲里木盟的乌泰的起兵"独立"的叛乱，不能够出兵支援。

另一方面，如果沙俄出兵支援乌泰的叛乱，必然会与坚决平叛的中国军队发生军事冲突——这也是沙俄所顾忌的。

尽管沙俄在北满和中东路集结了兵力，跃跃欲试，随时准备军事干预，但是，他们却不敢迈出这一步——这表现出沙俄胸腹内的纠结和心绞痛。

乌泰说："布和巴彦。"

布和巴彦说："王爷，有何吩咐？"

乌泰说："你应该使出绝招，让你的袈裟和腰间的'捎袋宝囊'显灵啊。"

布和巴彦说："王爷，我曾经在夜间身披袈裟乘风驾雾，站立云空，从云空中抛洒弹雨，击毙吴俊升的士兵……没想到的是，我这屡试皆灵的法术，却不灵了。我正纳闷呢，却见南方五彩灵光，我定睛一看，是一个慈悲的菩萨解了我的法术……令我感到沮丧。"

乌泰说："哪一位菩萨？"

"唉，大慈大悲的观世音菩萨呗。"布和巴彦说，"我赶紧给大慈大悲的观世音菩萨磕头……"

乌泰说："大慈大悲的观世音菩萨，没跟你说啥吗？"

布和巴彦说："她在远处现身，当我抬起头来，只见灵光一闪，就回南海去了。"

乌泰说："那你就回避开观世音菩萨，再使用你腰间的'捎袋宝囊'啊。"

布和巴彦说："是啊，待他走了，等了一阵子，我就把'捎袋包囊'抛到空中，念动咒语，要把吴俊升的兵马都吸到'捎袋宝囊'之中……可是，又不凑巧啊。"

乌泰说："咋啦？"

布和巴彦说："来了个黄巾力士，他告诉我，弥勒佛被南海观世音菩萨邀请去了南海弘扬佛法……一时半会儿回不来。我这'捎袋宝囊'本来是弥勒佛随身的宝物，要用这'捎袋宝囊'，必须念动咒语，恳请弥勒佛施法……咋这么不凑巧啊？"

乌泰满脸的愁容，说："这可是咋搞的呢？"

布和巴彦捶胸顿足，痛惜地说："这分明是神不佑我啊。"

乌泰说："这可咋办好呢？吴俊升的部队很快就会追击过来……在这个葛根庙只是权宜之计，我们的退路在哪里呢？"

布和巴彦说："退到库伦。"

统领色楞旺宝说："我们退到库伦已经不可能了，刚接到探报，通往库伦的要塞已经被吴俊升的部队占领。"

布和巴彦说："那我们就只有走索伦山，奔往海拉尔方向……然后，迂回地去往库伦，朝见'大蒙古国'的皇帝哲布尊丹巴活佛。"

乌泰说："唉，也只能如此了。"

统领色楞旺宝说："这跟随我们的4万多蒙民呢？"

乌泰说："顾不得了，顾不得了，我们能逃出险境就已经阿弥陀佛了。"

喇嘛图布新阿木说："啥时候撤退？"

"嘘——"统领色楞旺宝说，"先别议论这些，如果撤退的消息被散布出去，就会军心动摇，还有这4万多蒙民呢……"

"对外就说支援我们的援兵——从库伦来的蒙军和从富拉尔基来的俄军，马上就要到了，稳定军心、民心……"乌泰说，"开火造饭，酒足饭饱了之后再说……"

于是，乌泰王和布和巴彦活佛挺胸抬头、大摇大摆地走出了殿阁，一副能够战胜吴俊升的军队而信心满满的样子。

1912 年 9 月 13 日，黄昏。

葛根庙。

吴俊升率领他的部队追击到了这里，他迅速地占据了葛根庙南的山峰，并且，在山峰上架起了大炮。

他看到，葛根庙墙垣高厚，守备坚固，而且，乌泰王爷的叛军，困兽犹斗。他也看到了在葛根庙里被乌泰王爷蛊惑和胁迫来的4万蒙古难民。

他说："传我的命令，蒙人非骑马持枪与我敌对者，不得妄杀，如若妄杀一人，以军法论处。"

"是。"曹管带说。

吴俊升喊道："把总马忠华。"

"有。"马忠华应道。

吴俊升说："你向庙里的蒙古兵丁、民众用蒙语喊话，能放下武器的，原有产业仍然归其所有；无业者，予以安置。重返故居的民众，无论蒙民、汉民，原有的房产、土地、财物，一律归还原主。"

"是。"马忠华说。

然后，马忠华布置了数名士兵向葛根庙里面，喊起话来……果然，有众多的蒙兵和蒙民走出了葛根庙。

马忠华组织他辖下的士兵把这些蒙兵和蒙民都带到安全的地方，临时安顿下来，待打下葛根庙，明天亮了天，再让他们重返故里。

乌泰王爷对于走出葛根庙的蒙兵和蒙民也不阻拦。因为，他们已经定下了从葛根庙走索伦山，奔往海拉尔，再到库伦的逃窜计划，走了众多的蒙民和凑集来的蒙兵，反而使他们减少了不小的累赘。危难当头，本来就已经顾及不了这些蒙民和凑集来的蒙兵了。

天黑了。

吴俊升又喊道："把总马忠国。"

"有。"马忠国应道。

吴俊升说："命令你的炮队，把炮口给我对准葛根庙大殿的房脊。"

"是。"马志国应道，然后，他重复吴俊升的命令，"把炮口对准葛根庙大殿的房脊。"

炮兵调整炮口，三门大炮的炮口对准了葛根庙大殿的房脊。

吴俊升对曹管带和张管带说：

"我之所以命令炮轰葛根庙的房脊，是怕炮弹落在庙里伤着了被裹挟来的还没敢走出来的蒙民……所以，大炮只起到震慑的作用，真正要攻占葛根庙还得要靠我们步兵。接着，我就要命令炮兵，集中火力，给我轰炸葛根庙的外墙，把外墙炸出两个口子，你们俩就各带一个营的步兵冲进去……"

"是。"曹管带和张管带说。

吴俊升说："把总马忠国，你的炮口调整好了没有？"

"调整好了，请求开炮。"马忠国说。

吴俊升说："给我轰他六炮。"

"是。"马忠国说，他重复吴俊升的命令，"每门炮，放射两发炮弹——开炮。"

三门大炮，每门放射了两发炮弹，"轰、轰、轰"，爆炸声震耳欲聋，炮弹在庙殿的房脊上爆炸，有的把大殿的一角轰塌，有的炸飞了殿阁上的铜顶……瓦石崩飞，硝烟弥漫。

吴俊升说："马忠国。"

"有。"马忠国应道。

吴俊升说："把炮口对准山脚下的葛根庙的外墙，炸开两个口子。"

"是。"马忠国应道，然后，他重复吴俊升的命令，"把炮口对准山脚下葛根庙的外墙。"

吴俊升说："集中炮火炸塌他的两处外墙。"

"是。"马忠国应道，他重复吴俊升的命令，"集中炮火轰塌两处外墙——开炮。"

"轰、轰、轰"，随着爆炸声，葛根庙的外墙坍塌了两面子。

曹管带和张管带分别带领一个步兵营，响亮地高喊着"冲啊——""杀啊——"，从坍塌的外墙处，攻了进去……

乌泰王爷和他的元帅布和巴彦、统领色楞旺宝……他们一边下令坚决抵抗，另一边他们却乘着混乱，鼓噪着假装出击——实际却是按照预先的计划，悄悄地骑上快马，在苍茫的夜色中，亡命地逃窜了出去……

张管带报告："我军完全占领了葛根庙。"

吴俊升说："好。"

张管带说："冲进了葛根庙里之后，冲锋在前的曹管带，被敌人的子弹击中了腹部……光荣牺牲。"

吴俊升仰天长叹，眼泪在眼圈里转……他说："围剿叛军的葛根庙据点……牺牲了我一员猛将，曹管带为国捐躯了啊。"

这时，把总马忠华报告："我们骑兵追击逃窜的叛军，抓获了十几个头戴黑巾的喇嘛。"

吴俊升说："头戴黑巾？"

马忠华说："是的。"

"呜呜，喇嘛头戴黑巾，是表示他们开了杀戒……"吴俊升说，"这些个和尚，本该向善，维护和平，祈祷国泰民安……但是，他们却死心塌地追随乌泰王起兵'独立'，对抗天兵，分裂国家……"

马忠华说："如何处置？"

吴俊升愤恨地、斩钉截铁地说："统统枪毙。"

马忠华说："是。"

他转身走了，过了一小会儿，不远处传来了"噼里啪啦"的枪声，这是十几个头戴黑巾的喇嘛，被执行了枪决。

第十五章

吴俊升部队直捣镇国公府平叛凯旋

1912 年 9 月 18 日。

镇国公府。

吴俊升的平叛的军队转而清剿镇国公府的拉喜敏珠尔的老巢。

拉喜敏珠尔的老巢，外部是镇国公拉喜敏珠尔的协理台吉乌尔塔的军府，由乌尔塔的军府到里面的镇国公拉喜敏珠尔的公爷府，距离很近，却只有一条比较窄的路径。

所以，必须首先攻占乌尔塔的军府，才能进军镇国公拉喜敏珠尔的公爷府。

吴俊升亲自坐镇，指挥进攻乌尔塔的军府。

枪声，如爆豆般地鸣响……在镇东县城受了伤的乌尔塔，指挥他的蒙兵进行顽强的抵抗，毕竟他们占据着居高临下的有利地势，以及构筑了隐身的工事。

都司候补诺们巴图前来报告："我组织了三次进攻，都未能攻取乌尔塔的军府……乌尔塔这小子是拼了命了。"

吴俊升说："嗯，就是只小鸡儿，你把它抹了脖子，它还要扑腾一番呢，何况是垂死挣扎的镇国公拉喜敏珠尔和他的协理台吉乌尔塔？"

诺们巴图说："说的是。"

吴俊升说："你继续在南面进攻，但是，佯攻。"

诺们巴图说："是。"

吴俊升说："马忠华和马占山呢？"

"有。"马忠华和马占山应道。

"你们两个小兔崽子，在收复镇东县城时表现得猴儿奸……这回呢，你们俩率领你们的骑兵，扮作蒙兵，打着蒙旗，从东面上去……临近了乌尔塔的阵地时，给我发动突然袭击，打他个狗日的。"吴俊升说，"兵不厌诈啊。"

"是。"马忠华和马占山应道。

于是，马忠华和马占山率领他们的骑兵，换成了蒙兵的服装，打着蒙旗，从东面走了上去……乌尔塔军府据守阵地的蒙兵，用蒙语问道：

"你们是哪部分的？"

"我们是扎赉特旗蒙军，奉我们的扎萨克贝勒巴特拉布坦命令，前来支援镇国公镇守公爷府……我们老远就听到了枪声，就急着赶过来了。"马忠华用蒙语说。

"听说你们举事晚啊？"据守阵地的蒙兵说。

"我们之所以举事晚了一些，是因为我们购买的俄国人的武器军械……来得晚了，这不，我们一接到了俄国人的武器军械，听说吴大舌头的军队要攻取公爷府，我们的扎萨克贝勒巴特拉布坦就紧急地命令我们来支援公爷府了。"马忠华说，"我这里还有我们的扎萨克贝勒巴特拉布坦亲笔写给镇国公拉喜敏珠尔的信件呢。"

"你们来得正是时候啊，吴大舌头的军队正在南面进攻呢，我们已经打退了他们的三次进攻了……"据守阵地的蒙兵说。

"太好了，你们真是够顽强的了。"马忠华说。

说着，他们的骑兵已经临近了蒙兵据守的阵地，马忠华突然挥手射击，子弹击毙了据守阵地的一个蒙兵。马忠华和马占山率领的骑兵，举枪向蒙兵射击，迅速地攻进了蒙兵的阵地。

据守南面阵地的蒙兵，想不到从背后杀过来了吴俊升的骑兵，前后夹击……蒙兵纷纷举起双手，缴械投降。

镇守乌尔塔的军府的蒙兵被剿灭，乌尔塔逃往了公爷府。

镇国公拉喜敏珠尔的公爷府。

乌尔塔的军府虽然跟拉喜敏珠尔的公爷府距离不远，但是，两府相通，却只有一条比较狭窄的路径，宽不过八尺。

路径的两边，一边是陡壁高峰，一边是险崖下的河流。据守在岩石堆砌的工事之后，阻击来犯之敌……可谓，一夫当关，万夫莫开。

吴俊升用望远镜观察了地形、地貌，他叫道："把总马忠国。"

"有。"马忠国应道。

吴俊升说："呜呜，你给我悠着点地炮轰通往公爷府的路径上的工事。"

"是。"马忠国应道。

"轰、轰……"他指挥他的炮队向通往公爷府的路径上的工事，开了炮。

吴俊升叫道："诺们巴图。"

"有。"诺们巴图应道。

吴俊升说："你让你的士兵，不断地轮番地呐喊……装作要进攻的样子，让镇国公拉喜敏珠尔的蒙兵，把神经都绷紧了。"

"是。"诺们巴图应道。

吴俊升又叫道："马忠华、马占山。"

"有。"马忠华和马占山应道。

吴俊升说："又用上你们两个小兔崽子了……"

"愿意为国效命，万死不辞。"马忠华和马占山应道。

吴俊升说："你们两队骑兵，快马加鞭，绕到公爷府后面去，然后，跳下马匹，攀岩附壁，越过山峦，来他个天兵突降……打他个出其不意，蒙里蒙瞪。"

"是。"马忠华和马占山应道。

马忠华和马占山率领部属，执行命令，绕道前行，快马加鞭奔驰了20余里地，来到了王爷府背后的山峦处，然后，弃马上山。

9月18日的科尔沁地区东北部兴安岭的山峦，已经霜打山林，叶落枝枯，蒿草萎靡。这使得马忠华和马占山的行军，视野开阔了许多，也减少了诸多脚下的羁绊。

脚下就是镇国公拉喜敏珠尔的公爷府了。

马忠华和马占山让他们的士兵，在公爷府紧闭的后门处，放上了炸药包，然后，点燃了炸药包，只听得"轰隆"一声，紧闭的后门被炸得木板与木渣横飞，连后墙也被炸塌了一处豁口。

马忠华和马占山的士兵们高喊着：

"冲啊——"

"杀啊——"

他们冲进了王爷府。

镇国公拉喜敏珠尔见吴俊升的军队攻进了王爷府，知道大势已去……他绝望地令家人焚烧了自己的王爷府，然后，一边抵抗，一边撤退……向昭乌达盟方向逃窜。

吴俊升的军队攻占了镇国公拉喜敏珠尔的王爷府。

清理公爷府……马忠华从内宅里面抱着两只玲珑剔透的小皮箱向外走，有人喊他：

"马把总。"

马忠华一看，喊他的是比他官大一级的管带张海鹏，问道："张管带，有何吩咐？"

"你怀里抱着啥呢？"张海鹏说。

马忠华说："小皮箱啊。"

"皮箱里装着的是啥呀？"张海鹏说。

马忠华说："一个皮箱里装的是金银珠宝，另一个皮箱里装的地契、房契，还有烧锅、作坊等的证照……"

"往哪儿送啊？"张海鹏说。

马忠华说："这还用说吗，上缴啊。"

"马把总，你去上缴，还不如让我替你去上缴。"张海鹏说。

马忠华说："为啥呢？"

"马把总，你提拔了哨官没有几天，这么快又被提拔，当了把总，想要再提拔，也需要些时日……我这管带都当了几年了，还没有个升迁。"张海鹏说，"不如我把这两个箱子亲自上缴给吴统领……吴统领一高兴，就惦记着提拔我了。"

马忠华笑了，说："哎，你个张海鹏，好一个官迷啊。"

"求你了。"张海鹏说。

马忠华说："也罢，难得你张回嘴……就给你这个面子。"

说着，他把抱在自己怀里的两个玲珑剔透的小皮箱给了张海鹏，张海鹏接过了皮箱，把皮箱抱在了自己的怀里，唱唱咧咧地走了。

随后，马忠华又跟着他属下的士兵，从公爷府里扛出了一捆旗帜，放在了公爷府的大门口，点起火来……这一捆旗帜里面有"大蒙古国三军司命旗一杆、大纛旗两杆、各种三角旗五杆"，随着火焰的燃烧，这些旗帜连同被折断的旗杆，顷刻间都化成了灰烬。

公爷府大门外。

吴俊升对诺们巴图说："命令部队，追击镇国公拉喜敏珠尔的残余叛军。"

"是。"诺们巴图应道。

这时，通信兵前来报告：

"恭喜吴统领，贺喜吴统领。"

吴俊升说："呜呜，喜从何来？"

通信兵说："从郑家屯发来了电报，吴夫人喜生贵子。"

吴俊升听了，喜上眉梢，说："是吗，好哇——"

在他 25 岁时，他的夫人石氏曾经生得一子，但是，不久却因病而夭折……这一年，他已经 49 岁了，在激烈的鏖战中，听到了自己喜得贵子的消息，可谓大喜过望。

吴俊升又叫道："诺们巴图。"

"有。"诺们巴图应道。

吴俊升说："呜呜，命令部队，班师回府。"

"不追击啦？"诺们巴图说。

吴俊升说："让这个狗日的镇国公拉喜敏珠尔先苟延残喘几天吧……我老吴要回郑家屯，抱抱我的儿子去喽——"

"统领大人可谓双喜临门。"诺们巴图说。

吴俊升说："咋讲？"

"统领大人奉命平叛，横扫千军如卷席……为国安民泰，立下了卓越的功勋，又在胜利的号角中喜得贵子，岂不是双喜临门？"诺们巴图说。

"呜呜，说得好。"吴俊升说，"我儿子的名字有了。"

"叫啥名字？"诺们巴图说。

吴俊升说："就叫吴泰勋——"

"好名字。"诺们巴图说。

吴俊升说："传我的命令，班师回府。"

"是。"诺们巴图说。

于是，部队停止了对逃窜的镇国公拉喜敏珠尔残部的追击……国旗高扬，士兵抖擞，战马矫健，雄赳赳、气昂昂地班师回往驻地——郑家屯。

从 8 月 18 日，乌泰王爷贴出《东蒙古独立宣言》的布告，宣布起兵"独立"……到 9 月 18 日，吴俊升平叛凯旋，其间仅仅为 31 天。

部队路过双山镇。

马忠华指着西边突兀而隆起的黑乎乎的两座山说："这两座山，在平地间，猛然拔起，显得巍峨雄壮，好风光啊。"

"那是黑虎山。"马占山说。

马忠华说："哦，这就是传说中的黑虎山……"

"我对于这座山，太熟悉了。"马占山说。

马忠华说："这山上可曾经是胡子窝。"

"我就曾经在这山上待过。"马占山说。

马忠华说："黑虎山上有灵山寺，你在灵山寺里当过和尚？"

"不，当过胡子。"马占山说。

马忠华说："你当过胡子？哎哟，占山哥，你别蒙我了……不可能的。"

"真的。"马占山肯定地说。

"占山哥，这么说，你是绿林出身啊，你咋就投身绿林了呢？"马忠华说，聪明的他，立刻改口，把俗称的土匪为"胡子"一词，改为雅致的豪杰的"绿林"。

"说起来，话长了。"马占山说。

马忠华说："占山哥，咋回事儿，讲讲我听听吧？"

"好哇，你听我给你讲。"马占山说。

于是，他就讲起了他如何当了胡子……

1903 年。

怀德县，毛城子乡，西炭窑屯。

19 岁的马占山给地主姜大牙家放牧，吃劳金。他的眼睛黑白分明，透露着灵气。身子矫健，马上、马下，如猿猴攀附在树上，腾挪跳跃，闪动自如。他虽然 19 岁了，但是，他的个头并不算高，所以，人称"小个子"。

这一天，马占山放牧回来，他对姜大牙说："白蹄枣红马走丢了。"

白蹄枣红马，这马的身子是枣红色的，但是，四个蹄子上方，有一尺许的马毛却是白颜色的。

他把马散放在大草甸子上，然后，他骑着一匹乌骓马，在广阔的大草甸子上，纵马驰骋……也许是他跑出去远了点，时间也稍长了点，当他回来清点马匹时，发现白蹄枣红马自己走失了，他又骑着马在附近找，可是，还是没有找到。

天黑了，他不得不驱赶着马匹，回到了姜大牙家，向姜大牙报告白蹄枣红马走失了这件事儿。

"咋能走丢了呢?"姜大牙说。

马占山说："它自己溜溜达达地走了，走失了。"

"你得找啊。"姜大牙说。

"我找了，但是，没找到。"马占山说，"哎呀，不会有谁偷去的……马都认道儿，老马识途，它自己会溜溜达达地回来的。"

"你说得容易。"姜大牙说，"我看啊，就是你偷去了。"

马占山说："你别诬赖好人，我马占山走得正行得端，绝不会干那断子绝孙的事儿。"

"你把我的马给弄丢了，还来骂我?"姜大牙说，马占山的话触动了他敏感的神经，因为，他家里有三个闺女，还没生养出儿子来。

马占山说："我是说我自己呢，不关你的事。"

"这是我家的白蹄枣红马丢了，咋不关我的事儿?"姜大牙说，"哼，我要是不把你送到警察署去，你是不会招认的。"

马占山说："到哪儿也得讲理啊，不是我偷的就不是我偷的，我放牧，白蹄枣红马走失了，我到周边去找就是了。"

"来人哪。"姜大牙喊道。

他的两个伙计走了过来。

"把这小子给我绑起来，送到警察署去，看他招不招?"姜大牙说。

"绑就绑，绑到哪儿，他也得说理……"马占山说，"我要是小偷，就不偷你一匹马了，你的几匹马就都偷走了。"

"瞧瞧，今天偷我一匹，明天要偷我几匹，后天还敢来烧我家的房子呢。"姜大牙说，"把他绑了，送到警察署去。"

于是，就把马占山绑了，送到了毛城子乡警察署。

毛城子乡，警察署。

姜大牙把马占山送到了警察署……声言，必须让马占山赔他的白蹄枣红马。警察署的两名警察一胖一瘦，他们俩见是财主姜大牙送来的"偷马的人"，格外用心。

瘦警察说："你叫啥名字?"

"我叫马占山，就是这毛城子乡的人，在他姜家吃劳金。"

瘦警察说："你偷了姜家的马了？"

"没有。"马占山说，"我给他家放牧马匹的时候，一不留神，那匹白蹄枣红马就自己走失了……我也找了，一时没找到。"

瘦警察说："你说得轻巧，姜家说是你偷去了，他不可能诬赖你……你就招了吧，免得皮肉受苦。"

"没偷就是没偷，我不可能把屎盆子往自己的脑袋上扣。"马占山说。

瘦警察上去就给了马占山两个嘴巴，说："你他妈的是不打你，你不招啊。"他回头对胖警察说，"把这小子吊起来。"

于是，胖警察过来，把马占山倒立着吊在棚梁上，拷打他，逼他招供……但是，不管怎么毒打，马占山就是一句话：

"我没偷，就是没偷，打死我也没偷。"

瘦警察没辙了，胖警察也打得累了。

瘦警察说："把这小子放下来吧，这小子是个滚肉球子，打死他也不会招。要是换个人，早就屈打成招了。"

于是，他们把马占山放了下来，又松了绑，关了起来。

马家得知了马占山被送到了毛城子乡警察署的消息，马占山的父亲马纯和马占山的媳妇杜氏，赶紧来到警察署，看到了马占山被打得遍体鳞伤，心痛不已。

第二天，他们就卖了自己家的麦青，又借了点银两，到警察署来赎马占山。

马家把赔款通过警察署给了姜大牙，双方在警察署具结了赔偿白蹄枣红马的手续，马占山得以被释放回家。

第三天，那匹白蹄枣红马，老马识途，自己溜溜达达地回到了姜大牙家。

马占山知道了，就到了姜大牙家，找到了姜大牙，说："白蹄枣红马，自己回来了，你该把我家赔偿你家的钱给我家退回来。"

"白蹄枣红马回来啦？我咋没看见？"姜大牙矢口抵赖。

马占山说："做人要有良心，你不能昧着良心说话。"

"我咋昧着良心说话了？那匹白蹄枣红马，没回来就是没回来。"姜大牙说。

其实，他见自己的白蹄枣红马回来了，没有不透风的墙，他知道马占山知道了这消息，会来找他……于是，他马上就把白蹄枣红马转移了。

马占山去找警察署，警察署说案子已经了结了，不再管了。

马占山一气之下，背着自己的亲爹和自己的媳妇，上了黑虎山。

过了些日子，他带领着十几个弟兄，跨马持枪，来到了姜大牙家。他先就进了马厩，牵出了白蹄枣红马，揪住了姜大牙的脖领子，问道：

"你不是说这匹马没回来吗？"

"这匹马是回来了，但是，回来没几天……"姜大牙狡辩道。

马占山说："既然这匹马都回来几天了，你这几天把我家赔偿你的钱款，你给我爹送去了吗？"

"还没来得及呢。"姜大牙说。

马占山说："你个姜大牙，你是黑了心了，是不是？"

说着，他扇了姜大牙两个耳光。

跟着马占山来的黑虎山的弟兄一拥而上，对姜大牙拳打脚踢……把姜大牙打倒在地，姜大牙在地上打滚，嘴里"哎哟、哎呀"的惨叫。

一个弟兄说："给他来个痛快的，崩了这小子。"

说着，"嘭"的一声，向天上放了一枪。

一听枪响，姜大牙马上就从地上爬了起来，磕头如捣蒜地说："马爷，我的小祖宗，是我错了呀……我黑了良心啊，你饶了我吧。"

另一个弟兄说："你也知道错了？"

"只要留我一条命，你们要啥我给啥，我他妈的做的不是人事啊。"姜大牙一边扇着自己的嘴巴，一边说。

"我今天不杀你，只是让你这有钱有势的人，知道穷人也不是好欺负的。"马占山说，"弟兄们，也教训了姜大牙了，咱们回黑虎山吧。"

一个弟兄说："咱们回黑虎山？是不是太便宜了姜大牙这小子？"

"你们给我个悔过的机会，我姜大牙重新做人。"姜大牙跪在地上说。

马占山说："咱们走吧，权且留他一条命。"

他和十几个弟兄跨上了马，对着天空鸣放了几枪，然后，策马而行，回黑虎山去了。

后来，他感觉到在黑虎山……终究不是长久之计。正好昌图府提督张勋有意招抚黑虎山的土匪，又放言"收编绿林好汉"……马占山跟几十个弟兄暗中合计着，悄悄地走下了黑虎山，投奔到郑家屯吴俊升的麾下，表示愿意接受官军的收编，于是，他们就留在了吴俊升的部队里。

吴俊升麾下的管带见马占山是个仗义、豪爽而精明的人儿，就任命他为哨官。从此，马占山开始了新的行伍的生涯。

郑家屯。

锣鼓喧天，鞭炮齐鸣，彩旗缤纷。

长条的红色横幅："热烈欢迎吴俊升将军平叛凯旋"。

吴俊升骑着高头大马，走在前面，他的后面是整齐列队的战士，整个队伍雄壮、威武，兴高采烈地走进了郑家屯的街头。

吴俊升见一老头在欢迎的队伍中，老头一手拄着根棍子，另一只手却端着一只饭碗，饭碗在手中颤抖。

他衣衫褴褛，褴褛的衣衫在这深秋的 9 月下旬里露出肉体……吴俊升见状，立刻跳下马来，来到了老头身边，他说：

"老人家，这么大岁数了，你沿街要饭呢吗？"

老头说："叛军驱除汉民，我的房子被叛军烧了，我的儿子被叛军杀了，我的儿媳妇被叛军奸杀，可怜哪，我的小孙女被叛军举起来摔死啦……禽兽般的叛军，把汉民用铁丝子串起来，进行驱赶……我还有条命，就算不错了。这不，我听说吴将军平叛凯旋，我高兴啊，你替我家报仇了，我从几十里之外来到了郑家屯，恭贺你凯旋啊。"

"哦，知道了。"吴俊升说。

他顺手从腰里掏出了一沓子钞票，给了老头，说道："你还有亲人吗？"

老头手："有。"

"那就好，老人家，你投奔亲人去吧。"吴俊升说，他又大声叫道，"马忠国。"

"有。"马忠国应道。

吴俊升说："我让你先回来立粥棚，你立了吗？"

"立了，前面就是。"马忠国说。

吴俊升说："粥是稀溜溜的，还是黏稠的？"

"黏稠的。"马忠国说。

吴俊升说："老人家，你到我立的粥棚去，吃饱肚子……"

老头说："我刚才去的粥棚，吃饱了，才过来迎接你的。"

吴俊升说："哦，那就好。"

这时，一个30多岁的男人，过来祈求地说："吴将军，帮帮我，给我俩钱儿花吧。"

说完，打了个哈欠。

吴俊升见他瘦骨嶙峋，面皮细嫩，脸色苍白，仿佛风一吹就会倒的样子，他眉头一蹙，说道："你抽大烟……"

这个30多岁的男人，又打了个哈欠，点了点头。

吴俊升说："我这辈子，最瞧不起的就是抽大烟、扎吗啡的，你就是个大财主，也得让你抽个溜溜穷……"他叫道，"马忠国。"

"有。"马忠国应道。

吴俊升说："把这个大烟鬼，给我轰到一边去。"

"是。"马忠国说。

他把这个弱不禁风的30多岁的人，扶到了一边。

吴俊升上了马，嘴里却叨咕着："这种大烟鬼，就是死在壕沟边上了，也不必可怜他……是他娘的败家的东西。"

他的队伍继续前行。

吴俊升见队伍的右侧，一家人老少三代跪着，眼睛望着他，他赶紧下马，上前问道："为啥跪在这里？"

中年人说："俺是从山东老家来关东的难民……"

吴俊升说："我咋听你说话这么亲呢？你是山东哪疙瘩的？"

中年人说："俺是山东历城人，山地瘠薄，又逢大旱之年，庄稼无收……就这么一路上全家三代人，要着饭，走过来了。"

吴俊升说："呜呜，俺的老家也是山东历城人哪，我爷爷那辈儿人，也是要饭花子似的过来的，落脚在八面城……我小时候就放猪放牛，过年了，连一条新棉裤都没有。我这嘴啊，说话有些呜呜啦啦的，就是隆冬腊月冻的啊，把腮帮子都冻肿了，落下的病根啊。后来吃劳金……别提了，别看我现在耀武扬威的，是个将军，我过去，跟你们一样，都是受苦人，从苦日子里熬过来的啊……"

说着，他仿佛回忆起了自己的童年……竟然"哇哇"地大哭起来，哭得真切，苦得悲痛，真所谓——"老乡见老乡，两眼泪汪汪"。

他的哭声，不仅感动了跪在地上的逢灾的一家三代人哭了起来，连站在旁边的人群，也都潸然泪下。

哭着，哭着，扬起脸，他叫道："马忠华。"

"有。"马忠华说。

吴俊升说："没收乌泰王的蒙荒、蒙地，还有没收参与叛乱的王公贵族的蒙荒、蒙地的官方契约，在你手里呢吗？"

"是的，我暂时保管着呢。"马忠华说。

"光有个粥棚子，这只是暂时的办法啊，长久呢，还是得以种植土地为生啊。"吴俊升说，"你给我起草个告示，凡是从山东、河北逃难来的难民，或者其他无地可耕种的农民，都可以来开垦和种植这些土地。"

"是。"马忠华说。

吴俊升说："所有垦殖土地的老百姓，第一年免去租赋，第二、三年的租赋减半……除了减半的租赋充公之外，其他归老百姓自己。难民没地种，就没饭吃。有地种，就能吃饱饭。咱东北这地方，土地肥沃，可是个旱涝保收成的宝地。"

他摸索着自己的腰包，找出了几张票子，觉得少了点，就喊道：

"马忠华、马忠国。"

"有。"马忠华和马忠国应道。

"你们兜里有票子没有？"

"有。"马忠华和马忠国应道。

然后，他们搜索腰包，各自搜出了几张票子。

旁边的马占山也从自己的腰包里搜出了几张票子，递给了吴俊升。

吴俊升接过了他们的票子，说："算我借你们的，明儿个还你们。"

"算我们捐款给难民的，我们家是从河北深州闯关东来的。"马忠华和马忠国一齐大声地说道。

"算我的捐款，我家是从河北丰润闯关东来的。"马占山说。

"哎哟哟，都是关里人儿啊，说起来，还都是关里的老乡啊。"吴俊升说，"这么说，这钱，我还真就不还了，呵呵，捡了个便宜。"

说着，他把这些钱都给了跪在地上的老乡。

跪在地上的一家三代人，向吴俊升磕头致谢。

吴俊升把他们都搀了起来……之后，他又跃身上了马，带着队伍，向自己的官邸行进。

郑家屯，吴将军官邸。

张海鹏抱着两个小皮箱子，他说：

"吴将军，这两个小皮箱子，是在镇国公府缴获的。一个小箱子里是金银珠宝，另一个小箱子里装的镇国公拉喜敏珠尔的地契、房契，以及烧锅和油作坊等的证照……我来把这些统统上缴了。"

吴俊升笑了笑，他打开了小皮箱，一件一件地清点……然后，说："珠宝箱子里少了五根金条，证照箱子里少了一张地契、一张房契。"

张海鹏的脑门上冒出了虚汗，说："不可能啊，这一路上，没有谁会打开这箱子啊，咋能少了东西呢？"

吴俊升说："呜呜，这一路上，晃里晃荡的，小箱子自己被晃荡开了……也未必不可能。难得你这份心思，想着我呢，我就很高兴。"

张海鹏说："吴将军，你有这小皮箱里的物品的清单？"

"有啊。"吴俊升说，"这都是清理过了的。"

张海鹏说："马忠华给你的清单？"

吴俊升说："这是当然。"

张海鹏说："这两个小皮箱原本是马忠华让我来孝敬吴将军的。"

吴俊升说："你知道这个马忠华是我的啥人吗？"

张海鹏说："啥人哪？没听说。"

"哈哈哈，我就明告诉你吧，他是我的亲外甥。"吴俊升笑着说，"但是，如果他不是打仗那么机智、勇敢，他就是我的亲爹，我也不提拔他。"

张海鹏愕然。

这时，诺们巴图走了进来，说："吴将军，我来送战事的善后清单。"

吴俊升说："呜呜，拿过来，我看看。"

诺们巴图把战事的善后清单给了他。

吴俊升接过了清单，看到——

在平息乌泰王的起兵"独立"的叛乱中，后路巡防营击毙武装叛乱者647人，俘虏后释放780人，缴获各种枪支223杆，缴获马匹794匹。后路巡防营阵亡21人，伤51人，伤亡战马174匹，损失各种枪支29杆，耗费子弹316475粒，炮弹130发。

他还看到——

阵亡的管带发抚恤银1000两，哨官400两，士兵100两，三项合计，共发抚恤银3800两。

他继续往下看——

伤兵赏银 30 两，共 1170 两。阵亡马匹价银 60 两，伤马每匹赏银 30 两，两项合计 9780 两。

以上总计为 14750 两。

另外，请领临时奖赏兵弁费、战事军用各费 13973 两。

吴俊升平叛有功，他办成了"中华民国开国以来的第一件体面之事"，名声响亮，威震遐迩。

他获得四等嘉禾勋章一枚。

他的后路巡防营的一部分，改编为陆军骑兵第二旅，直辖于中央，他兼任旅长。同时，他被授予少将军衔。

翌年，即 1913 年 5 月，他又被晋升为陆军中将。

1912 年 10 月，民国政府发布了《革科尔沁右翼前旗札萨克郡王乌泰爵》的决定：

> 科尔沁右翼前旗札萨克郡王乌泰，在前清时累雕咎愆。逮民国成立，遂怀异志，反抗共和，购械增兵，情形显著。政府因念优待条件，格外宽容，饬东三省长官及盟长等，开诚抚谕；并将从前政府代还之款，准予缓免，所以体恤者不为不至。乃乌泰不知改悔，竟于八月间颁布伪示，声称独立，驱逐汉官，肆掠都邑，惨杀汉民。不得已始饬奉天、黑龙江都督派员前往，剿抚兼施。迭据派出军队攻克该旗各地方，捣其驻府。而乌泰仍不受抚，逃往索伦山中，是其自甘暴弃，无可逭免，乌泰著革去郡王爵。至该旗下蒙从，有为乌泰所胁迫随从逃亡者，著该都督特饬各路军队，剀切招抚。但能释兵来归，其原产业，仍准享有，决不苛求。其原无产者，应予设法安置，俾逐其生。其余不受乌泰诱胁之各旗官兵，并著妥为抚慰保护，以示奖顺讨逆，禁暴安民之至意。

不久，乌泰被俄国人从索伦山中救出……乌泰逃往外蒙的首府库伦，后任库伦政府的"刑部副大臣"。

1915 年，中俄蒙两国三方签订条约，外蒙取消独立，实行自治。民国政府宣布对以前宣布独立及举兵叛乱者——"既往不咎"。

1915 年 10 月 28 日，乌泰和他的儿子一起到达北京，表示"悔过"，受到袁世凯的接见，后来被聘为总统府的二等军事顾问，并被赐予官邸一座。

1920 年 4 月，乌泰在北京病逝。

第十六章

狂妄日谍枪杀中国警察的风波

1915 年 5 月 13 日。

条子河村。

春天的鼓荡的大风，吹融了地面上的冰雪，冰雪融进了黑土地，吹干了地表……之后，风也就逐渐显得平和多了。

悠远而坦荡的东北大平原，换上了绿色的春装。柳树吐芽，柔条婀娜，蓝绿如烟。杨树蕴絮，浅绿枝干，紫穗高悬。鼓包儿的榆钱儿，探头露鲜，雀雀欲绽。

汩汩的条子河，深沉而稳重地流淌着，河面上波纹荡漾。

地种完了，又逢一场春雨，在本来就温润的垄台上，庄稼苗儿兴奋地拱了出来，活勃勃地露出了绿莹莹的茎叶。

张武家，张武的媳妇过生日。

营长张小山请假，骑着大马回家来了，还带着两个亲兵，给他的母亲祝寿。张小山舅舅家的表哥王正伦也来了，他还带来了他在梨树城警察署的同事方玉林。还有，王正伦的弟弟王正理也来了。

过午，酒足饭饱，大家闲聊。

这时，李凤莲和马龙乾来了，李凤莲说："亲家母，生日快乐，长命百岁。"

张武媳妇见了，嗔怪道："我说李凤莲，你们两口子，我是三请六让，让凤珍请你们过来吃饭，你们也不来，我们都吃完饭了，你们才来……你们两口子也好意思，还一口一个亲家母呢。"

李凤莲说："这不是家里来了客人了吗。"

张武媳妇说："啥重要客人哪，比上我家来吃饭还重要？"

马龙乾说："快中午了，来了两个讨水喝的，我就给他烧了热水，让他们喝……我这几天眼睛酸涩，白眼仁儿有些丝丝络络地发红，嘴巴里也干……讨水喝的人问：'你眼睛干涩吧？'我说：'是，嘴巴也干，可能是入夏了，火大。'讨水喝的人说：'我这有眼药水儿，给你滴几滴就好了。'于是，他就从背着的小药箱里拿出个小药瓶，往我的眼睛里滴了几滴眼药水，果然，这眼睛就不那么干涩，爽爽快快的，轻松多了，你说神不神？他们又给了我几粒细小的红药丸，让我含在嘴里……曛，这细小的红药丸放了嘴巴里，整个嘴里都很滋润，还冒凉风呢。"

张武说："噢，还有这事儿？"

马龙乾说："是啊。"

李凤莲说："我一想啊，没有啥可以表示感谢的，就留他们吃个饭儿吧……就这么，没到你家来吃饭。"

王正伦说："这两个人说话，啥口音？"

马龙乾说："听着，好像是旅顺口那疙瘩的口音。"

方玉林说："手里还拿着啥吗？"

马龙乾说："手里拿着的是像伞支架似的东西，各自背着个像药箱子似的白色的小箱子，小箱子打开了分层，眼药水和细小的红药丸，是从最上层里拿出来的。"

张凤珍说："我看那个小箱子好像是分三层，我好奇，要把他们那个小箱子的上层拿出来，看看底下是啥……他们不让。"

马龙乾说："我说我要买他们两瓶那个眼药水和红药丸……他们不卖。"

方玉林说："那个含在嘴里冒凉风的红药丸，是仁丹。"

马龙乾说："哦，我想起来了，我去四平街的时候，看见胡同口的墙壁上白底儿蓝框儿里面写着两个大字——仁丹。我当时还真就不知道啥叫仁丹。"

方玉林说："写着'仁丹'的这个胡同，是个死胡同。"

马龙乾笑了，说："哎哟，真让你说着了，我想走个近道儿，就走进去那个胡同，还真就是个死胡同，我又转身走回来的。"

方玉林说："这是日本人做的标记。"

王正理说："方哥，咋的，这是日本人做的啥标记？"

方玉林说："这是铁道线儿上的日本守备队，为发生战事所做的准备，告诉自己人，这是个死胡同。"

王正理说："噢，原来是这样啊，狡猾的日本鬼子。"

王正伦说："这两个人啥模样？"

李凤莲说："这两个人，中等个头儿，脑袋上戴的是圆形的遮檐帽，身穿深蓝色的劳动服，打的腿绷，穿的水袜子……"

王正伦说："这两个人是日本人，说浅白了点，是日本守备队的间谍……但是，又是日本军队负有特殊使命的秘密测绘员。他们那伞把似的支架，是他们测绘的工具。他们的身上和小箱子里，还有测量的仪器。他们在这一带测绘了之后，回去是要画出军事地图的，而且，这个军事地图描绘得会相当详细，比如你们条子河村，条子河的弯弯曲曲的走向；这个村屯跟条子河的距离；这个村屯的房屋；哪里是水井，水井非常重要；有没有庙宇，哪怕是村头上有个矮小的小土地庙；村里村外的道路，哪怕是一条乡野的小道儿……都会做出明确的方位的标记。"

李凤莲的脸面，呈现出懊悔的意思，说："哎哟，让你这么说，我们热情地款待……款待的竟然是日本鬼子了？这真让我恶心。"

方玉林说："嫂子，你说得一点也没错。"

王正伦说："这些个日本鬼子，原来还羞羞答答的，伪装成个化缘的和尚，四处活动……现在，干脆脱下和尚袍了……甚至明目张胆地活动了。"

李凤莲说："那他们咋还带着眼药水、仁丹啥的，好像挺慈善的呢？"

"这就是他们狡猾的地方。"王正伦说，"他们要画的不仅是咱们条子河村的，而且，要画的是咱们整个的满蒙，他们走路，几乎不敢带钱，带少了不够用，带多了怕被胡子抢……所以，只带些小药品，每样少带，各种各样的都有。村屯里十家有八家都有些小毛病，如眼、牙、耳、鼻、胃、皮肤……他们多带些消炎药，到哪儿都用得上。给你点小药儿，吃顿饭。吃一顿饭，给一小瓶药，也不值一角钱。背一箱子药，半年也使不了。乡下人不认识药，胡子也不抢，很安全，又受欢迎……日本间谍，就这么东转悠、西转悠的，就把咱们满蒙的军事地图给勘察、绘制出来了——他们的意图很明显，就是使满蒙、朝鲜，成为日本的殖民地。"

王正理说："我他妈的杀了这两个日本鬼子。"

张凤珍说："我看见这两个日本鬼子在河边上呢，舞舞扎扎的……"

王正伦说："我和方玉林去……我们是警署的，制止他们……是我们的职责。"

张凤珍说："我也跟正伦哥和玉林哥去……我知道那两个家伙的在哪疙瘩呢。"

张小山说："你们先去，我们随后就到。"

王正伦和方玉林，还有张凤珍走出了屋子，他们向条子河的河边走去。

条子河，北岸。

正如王正伦和方玉林所说，到条子河村来的这两个人的确是日本守备队的军人，一个叫石原常太郎，一个叫涉谷安秘。

他们的任务就是测绘，然后，精确地制作军事地图，这一切，都是为可能发生的战事做准备。他们两个正在测绘……张凤珍带着王正伦和方玉林来了。

王正伦和方玉林身穿警察署的服装，王正伦说："喂，你们两个是干啥的？"

"我们在测绘……"石原常太郎毫不掩饰地说。

王正伦说："哪疙瘩的？"

"我们是奉天地矿署测绘局的。"涉谷安秘说。

方玉林说："有证件吗？"

"忘带了，在自己家门口搞测绘，还用得着带证件吗？"涉谷安秘说。

方玉林说："别装了，我早就看出来了你们是啥人了。"

"我们是啥人？"石原常太郎说。

王正伦直言不讳地说："你们是日本人。"

"这你们可是胡说……"石原常太郎说。

王正伦说："把你们的小箱子打开，我们要检查。"

说着，他就要去检查放在地上的小箱子。

"我来，我来……"涉谷安秘阻止地说。

然后，他像是要打开小箱子，却突然地从小箱子里掏出了手枪，"嘭、嘭"两枪，射向了王正伦和方玉林……王正伦和方玉林倒在了血泊中。

但是，涉谷安秘手中的手枪，射击了两发子弹之后，他手中的手枪也马上掉在了地上……他的手腕子中了飞刀，殷殷的血液淌了出来。

与此同时，石原常太郎去掏自己怀里的手枪，他的胳膊却中了另一把飞刀……他拔出的手枪也滑落在了地上。

这是张凤珍手疾眼快地击出的飞刀……她飞身一脚把涉谷安秘踹倒在

地，捡起他的手枪，向转身逃跑的石原常太郎射击。这一枪，子弹正好擦着石原常太郎的头皮而过，击中了他的圆檐的礼帽，把他的圆檐的礼帽打落在地。

石原常太郎顿时像一尊泥胎似的愣在了那里。张凤珍过去，随手捡起了他滑落在地上的手枪。

涉谷安秘见张凤珍居然是如此的好枪法，撒腿就跑……张凤珍双手打枪，两发子弹，同时穿过了涉谷安秘脑袋两侧的帽檐。涉谷安秘感觉到了子弹在脑畔的风速和灼热……他不敢动了，慢慢地举起了双手。他知道，如果他再向前走一步，他的脑袋就会开花。

听到了枪声，张小山和他的两个亲兵，骤马而至。随后，还有王正理、马龙乾、张武也到了。

张小山和他的两个亲兵跳下马，就用绳子把涉谷安秘和石原常太郎捆绑了起来。他们从地上的小箱子里搜查出了涉谷安秘和石原常太郎的证件。涉谷安秘和石原常太郎，都是驻守四平街铁路守备队的日军军官，军衔中尉。

王正理见自己的哥哥王正伦和方玉林躺在地上，已经牺牲了，因为，涉谷安秘击中的，都是王正伦和方玉林的要害部位。

王正理愤怒极了，他咆哮着冲向了涉谷安秘和石原常太郎，要把涉谷安秘和石原常太郎杀死……但是，被张小山拦住了，张小山说："我看，还是把这两个日本间谍交给马旅长处理，要相信马旅长会妥善处理。"

王正理无可奈何地号啕大哭，他一边哭，一边用拳头击打着自己的胸脯，还大声地叫喊着："我要杀了日本鬼子，我要杀了日本鬼子……给我哥哥报仇啊，呜呜……"

这时，屯子里又来了些村民，他们把王正伦和方玉林的尸体抬进了张武家的院子里……张小山和他的两个亲兵，把涉谷安秘和石原常太郎押走了。

1915 年 5 月 14 日。

四平街，驿馆。

驿馆的正厅里坐着旅长马龙坤，他的脸色肃穆。正厅的进门处，放着身穿警署服装的王正伦和方玉林的尸体，尸体上覆盖着白布。

张小山在外面说道："客人到。"

他的话音刚落，身穿日本军官服装的客人带着他的翻译官走了进来。

身穿中国戎装的马龙坤，站起身来，他用手一指自己所坐的桌子的对面，说："请坐。"

走进正厅的客人，在门口打了个站，看了看进门处覆盖着白布的两具尸体，然后，按照马龙坤的指向，坐在了桌子的对面。

他的翻译向马龙坤介绍说："这是我们四平街铁路守备队司令官平岩纨彦。"

张小山向平岩纨彦介绍说："这是我们旅长马龙坤。"

平岩纨彦说："马旅长通知我们来，啥意思？"

马龙坤说："我们的两位警察在执行公务时，被你们的两位军人给枪杀了……"

平岩纨彦说："这不可能吧。"

马龙坤说："被你们枪杀的两位中国警察的尸体，就摆在这儿呢……你们守备队的两位军人未经中国政府的允许，到处乱窜，秘密进行测绘……我们的两位警察正常执法，被你们守备队的两位军人野蛮地给枪杀了。"他又指着摆在旁边的小箱子和雨伞似的支架，"这是你们的军事间谍进行秘密测绘的仪器和工具，我想，平岩纨彦司令官，你看到这些秘密测绘的仪器和工具，不会感到陌生吧。"

平岩纨彦说："这根本就不可能。"

马龙坤说："平岩纨彦司令官，你们守备队的两名中尉，一个叫涉谷安秘，一个叫石原常太郎。喏，这是他们的军官证。"

说着，他把涉谷安秘和石原常太郎的军官证打开了，放在了桌子上，然后，向平岩纨彦的眼前一推……平岩纨彦瞭了一眼军官证。

平岩纨彦说："人呢？"

马龙坤说："被关押着呢。"

平岩纨彦说："我要见人。"

马龙坤说："我这里有涉谷安秘和石原常太郎他们俩亲笔书写的从事间谍活动和整个事件的经过，他们俩对他们枪杀了正常执法的中国警察，供认不讳……请平岩纨彦司令官过目。"

张小山把一份卷宗打开，放在了平岩纨彦的面前。

平岩纨彦看了看，说："马旅长，你是啥意思？"

马龙坤说："没啥意思，就是让你们对你们所做的事情，进行道歉，然后，对你们所造成的严重后果，进行赔偿。"

平岩纨彦说："你们要先放人，然后，我们才能商谈。"

马龙坤说："平岩纨彦司令官，我还告诉你，你这两个军人，是被当地的老百姓在作案现场抓住了，现在，在老百姓的手里……我是考虑到中日应该亲善，我才通知了你们日本守备队……说我代表官方，我是中国军队的旅长；说我不代表官方，是因为你们的两位军官也没在我的手里；我可以管，也可以不管。你平岩纨彦司令官要是这么蛮横，我还真就不管了……权当我没通知你来，我走了。"

说着，他抬起身来，拍拍屁股，要走。

平岩纨彦的翻译官说："马旅长，有话好商量，有话要商量的……嘿嘿。"

马龙坤又坐了下来，说："你们要道歉，同时，要赔偿。"

平岩纨彦说："我们守备队在南满铁道线的两旁6千米之内，有管辖权。"

马龙坤说："嘿哟，谁给你规定的，你在铁道线的6千米之内有管辖权？平岩纨彦司令官，是你自己规定的吧。别说是在6千米之外，就是在1千米之内，你们日本的军官无缘无故地开枪打死了中国人也应当赔偿，何况是正常执法的中国警察？记住，平岩纨彦司令官，这是在中国政府管辖的土地上。"

平岩纨彦的翻译官说："咋个赔法？"

马龙坤说："第一，你守备队的军官在中国的土地上从事与自己身份不符的活动，而且，打死了中国警察，你司令官本人要向死者鞠躬致歉；第二，赔偿每位死者500块大洋。"

平岩纨彦说："你们的要求，我们不可能答应……你们必须放人。"

马龙坤说："你们不同意也行啊，我说了，我是本着中日亲善的原则主动去找你们的，但是，你们不配合我……我还不管了，就让扣押你们日本军官的怒火中烧的老百姓，听到了你们的回复，杀死了你们的两个军官……报仇雪恨就是喽，呵呵。"

平岩纨彦说："我要通过外交途径，向奉天将军张作霖去告发你……"

马龙坤说："好啊，你就去找张作霖将军去吧，我的上司问起来……我就说，我啥也不知道，本来就无关我的事。"

平岩纨彦的脸色气得铁青，说："你……你个无赖。"

马龙坤说："平岩纨彦司令官，我这个无赖，也比你这恶棍强多了……我只等你三天，如果三天之内，没有你的答复，你们就等着给涉谷安秘和石原常太郎两位中尉收尸吧。"

翻译官把马龙坤的话向平岩纨彦司令官进行了翻译。可以看得出来，平岩纨彦司令官的嘴唇都气得哆嗦了。

马龙坤把手一扬，说："送客。"

张小山说："平岩纨彦司令官，请吧。"

平岩纨彦司令官用鼻子"哼"了一声，走了出去。

1915 年 5 月 16 日。

四平街，驿馆。

平岩纨彦司令官和他的翻译官来了。

翻译官说："马旅长，我们答应你们的要求……但是，赔偿的金额必须缩减一半，每人的抚恤金为 250 块大洋。"

马龙坤说："二百五，这个数，还是留给你们吧。"

翻译官说："你是要……"

马龙坤说："我们的每位死者的抚恤金为 240 块大洋。"

翻译官笑了，说："马旅长，你不觉得，这样少了点。"

马龙坤说："我要的是中国人的气节，这不是多少钱能计算得出来的。"

翻译官点头说："可以理解。"

马龙坤叫道："尹泽民。"

"有。"尹泽民说。

马龙坤说："你和这位翻译官就赔偿问题草拟个协议……然后，我和平岩纨彦司令官在上面签字。"

"是。"尹泽民说。

一会儿工夫，尹泽民跟翻译官用中、日两种文本草拟好了协议，放在了马龙坤和平岩纨彦的面前。

马龙坤和平岩纨彦各自在两种文本的协议上面签了字。

然后，平岩纨彦司令官向死者的遗体鞠了一躬，翻译官把 480 块大洋点给了尹泽民，尹泽民写了收据。

马龙坤对张小山说："让乡亲们放人。"

于是，翻译官跟着张小山办理了领人的手续，把胳膊上缠着绷带的涉谷安秘和石原常太郎两名日军中尉，领了回去。

1916 年 1 月 23 日。

四平街，马龙坤宅邸。

胡思楞来了，他进到了厅堂，看见马忠华和张小山也在，就说：

"哟，我来见马爷马旅长，你们两个小军官也在呢。"

马忠华和张小山给胡思楞敬了个军礼，然后，他们笑嘻嘻地说："给胡大爷请安。"

"胡爷请坐吧。"马龙坤说。

胡思楞坐了下来，张小山给胡思楞上茶。

"马爷，忠华和小山子在这儿，都是自家人，我也不避讳。"胡思楞说，"我这回来，是我上回跟你提的我那闺女乌云琪琪格的事儿……"

"胡爷，你肯把自己的闺女嫁给我们家的忠国，这是我们马家的福分。"马龙坤说，"我把你这意思跟忠国她妈一说，忠国他妈乐么滋儿的，她说你们家乌云长得秀丽、端庄、大方，为人和善，自小就有教养……"

"这么说，你们家是同意了?"胡思楞说。

"同意。"马龙坤说，"我们巴结胡爷，还巴结不上呢，跟胡爷做亲家，知根知底，一百个放心。"

"这是我和我们家你大嫂的一件心事，有你这话，我也就放心了……我们家喜和顺的儿子都满地跑了。"胡思楞说，"啥时候把婚事办了，你们马家定个日子。"

"今天是农历乙卯年——兔年的腊月十九。再过十天，就是丙辰年——龙年，我看日子就定在正月初八，这一天是阳历 2 月 10 日，'二'者——双也，'十'者——十全十美，胡爷，你看这个日子咋样? 是不是仓促了点?"马龙坤说。

"正合我的意思，我们家也是希望把乌云琪琪格的婚事早点办了……嫁妆，早就准备好了。"胡思楞坦然地说。

"那就这么定了。"马龙坤说，"十月怀胎，一朝分娩——龙年正月结婚，龙年十月得子。我们马家要有个龙宝宝喽，喜上加喜啊。"

"定了。"胡思楞说。

四平街，马龙坤宅邸。

马龙坤和胡思楞喝着茶水，继续交谈着。

"胡爷，你来得正好，我还有件事，正要跟你说呢。"马龙坤说，"你在精神上，要有个准备。"

"啥事儿？"胡思楞说。

"南满铁路你承包了吧？"马龙坤说。

"是啊，你还曾经是我的大管家呢。"胡思楞笑着说。

"四郑铁路要筹建了，从四平街到郑家屯，这可是咱们中国人要修咱们自己的铁路……"马龙坤说。

"好啊，修中国人的铁路，长中国人的志气。"胡思楞说。

"南满铁路，由日本人掌管和运营，张大帅要用南满铁路运兵，剿匪平叛，日本人却不允许……南满铁路修在中国人的土地上，看见的却是日本人的豪横……吴俊升将军去奉天，有人建议吴将军坐南满铁路的火车……你猜吴将军咋说的？"马龙坤说。

"咋说的？"胡思楞说。

"吴将军说，呜呜，让我坐小鬼子的火车？别扯犊子了，小鬼子还不得把我害了？我还不如骑着我的快马得劲呢。"马龙坤模仿着吴俊升说话的语态和模样说。

屋子里的人都哈哈大笑。

"小鬼子"，中国东北人对当时日本人的普遍流行的蔑称；"鬼"字表达了对日本人诡诈和骄横、野蛮的愤恨；"小"是因为日本人的个头儿相对比较矮，所以，过去称呼日本强盗为"倭寇"。

"吴将军睿智，还真得防着点小鬼子，小鬼子是头上长疮，脚底下流脓——坏透腔了。"胡思楞认真地说。

"四平到郑家屯的铁路修成之后，再由郑家屯向通辽延伸……打虎山跟京奉铁路连接着，打虎山再连接通辽……整个一个从北京到贯通东北腹地的交通大动脉就建成了，这是中国人自己的铁路——这是张大帅跟我透露的他的规划。"马龙坤说，"这样，小鬼子控制的南满铁路就几乎被架空了。"

"好。"胡思楞说。

"南满铁路，小鬼子就像一个吸血鬼，从旅顺口插进来一个吸血的管子，一直到长春，而且，还有铁路两旁的租借地。小鬼子还是感到吸血吸得不够，小鬼子策划着要修建五条新的铁路干线——吉会线，吉林至朝鲜北部的会宁；延海线，从延吉到海林；吉五线，从吉林到五常；长大线，从长春到大赉；洮索线，从洮南到索伦。"马龙坤说。

"如果真的让小鬼子修建了这五条铁路新干线，再加上铁路的附属地……这整个满蒙大地，不就是日本人的了吗？"胡思楞说。

"附属地"，在 1905 年 9 月 5 日，日、俄战争结束，日本接管了沙俄在四平街的一切权益。翌年，日本政府发布《三大区秘铁第十四号命令书》，按照这一旨意，满铁在所辖铁路各大站点均设"附属地"，并且，设置"地方事务所"，掌管当地行政。日本人把道西和道东的腰站部分，划为"附属地"。后来，竟然逐渐地把"附属地"的面积扩至为 671 万平方米。

"我把小鬼子的这个策划，跟张大帅透露了……你猜张大帅咋说？"马龙坤说。

"张大帅咋说的？"胡思楞说。

"张大帅说，小鬼子要是跟我提出这个意图，就是他想利用我……我呢，我也会借机利用他……我就跟小鬼子逗着玩儿就是了。"马龙坤说，"张大帅还说，他妈了个巴子的小鬼子，我不怵他；谁要是答应了小鬼子，谁就是卖国——这是断子绝孙的事儿，断子绝孙的事儿，我不干；我不能让后辈人戳我的脊梁骨。"马龙坤说。

"有骨气。"胡思楞说。

"归末了，张大帅说了，你马龙坤就是四郑铁路督办的最佳人选，你修过铁路。"马龙坤说，"我笑了笑，未置可否。"

"看来，张大帅有意向，要把建设四郑铁路的担子，压在你身上了？"胡思楞说。

"说到这儿，我的意思说，你胡爷如果有机会，还要参与承包修筑铁路的工程……3 月份，在北京成立四郑铁路筹备处，届时，四郑铁路的勘测、设计就开始了……这可是件大好事，四郑铁路一修通，由郑家屯再通向北京城，小鬼子也就甭再靠着南满铁路吹胡子瞪眼睛了。"马龙坤说。

"你要是四郑铁路的督办，想要承包工程的人，会踏平你家的门槛儿……"胡思楞说。

"老话说得好，举贤不避亲嘛，我要是四郑铁路的督办，我就会邀请你来承包一段铁路工程，但是，我看我暂时还会留在军旅里，虽然张大帅有这个意向……"马龙坤说，"中国人在自己的国土上，建筑自己的铁路，理直气壮，也是件荣耀的事儿。"

"我要是承包了铁路工程，就不是为了赚钱了。我是中国人，要为中国人和中国人的子孙干点积德的事儿。"胡思楞说。

"好——胡爷，我赞成你说的这话，这才是中国的爷们儿说的话。"马龙坤说，"胡爷，过午时了，正好忠华和小山子也在这儿，咱们喝几盅。"

说着，于桂花已经把在酒楼订的菜肴，让酒楼送菜肴的人，把装菜肴的匣子拎了进来，然后，把菜肴匣子里的大鱼大肉的碗碟一层一层地拿出来，摆放在八仙桌上。

他们又把八仙桌挪到了厅堂的中间。

他们边喝酒，边吃菜，边唠嗑。

四平街，马龙坤宅邸。

慢慢地品酒，细嚼慢咽地吃菜，肺腑衷肠地唠嗑。

"我表弟上了二龙山，当胡子去了。"张小山说。

"哪个表弟？"马龙坤说。

"王正理啊。"张小山说。

"就是王正伦的弟弟？"马龙坤说。

"是啊。"张小山说。

"你表弟要杀那两个小鬼子，我没同意。"马龙坤说，"逼着小鬼子道歉、赔偿，也是让小鬼子出点血……让他们知道中国人不可辱。"

"我表弟觉得这气儿没出来，一气之下，就跟几十个弟兄组成了一个绺子，上了二龙山……我表弟喊出了绰号，叫'小白龙'，专门杀小鬼子……"张小山说。

"满蒙这疙瘩的匪绺子多了，小鬼子出于他们的需要，特意勾结一些匪绺子，作为他们的别动队，你像左宪章那个匪绺子……"马龙坤说，"这'小白龙'，要是专门杀鬼子……虽然，给地面上带来些似乎不咋太平，不为官府所容……但是，也会让小鬼子知道，中国人也不是好惹的。咱们有些官方不好做的事情，'小白龙'他们倒是可以做，钳制小鬼子……也不失为一绺子有民族气节的绿林好汉。"

"我看也是。"马忠华说。

"小山子。"马龙坤说。

"你跟你表弟'小白龙'，联络要机密。"马龙坤说。

"知道了。"张小山说。

这时，马龙乾急匆匆地推门走了进来，说："你们都在这儿呢。"

"大哥，坐下来喝酒。"马龙坤招呼道。

"我从老四平忠华他姥爷家那边来，看见了一宗买卖，我看可以做。"

马龙乾说。

"我爹也能做买卖了，呵呵。"马忠华说。

"我路过泉沟的时候，看见一彪人马，赶着 50 辆大车，大车上装载着印有'日清火柴株式会社'的火柴箱子和有'三井物产支店'的大陶瓷罐子，呼呼啦啦地往老四平、八面城那边走……护着这 50 辆大车的，我数了，有 300 多人。这些人皮衣、皮裤、皮帽子，骑着大马，身上都明晃晃地带着家伙什儿，毫不避讳……赶车的，吆喝着往前走，还甩着鞭子，居然有一辆车的马惊了，翻到路边的壕沟里去了，滚下了一个大陶瓷罐子，这个大陶瓷罐子正好砸在了一块大石头上，陶瓷罐子碎了，子弹散落了一地……我就听见他们申斥那个车老板，卸了货，又把车推到了道路上来，再把沉甸甸的陶瓷罐子搬上去……说话的杂七杂八，有说汉语的，有说蒙语的，有说日语的……"马龙乾说，"我就纳闷了，这子弹咋就装在了大陶瓷罐子里了呢？还有啥火柴箱子？"

马龙坤说："伪装呗，心虚啊。"

"这是小鬼子从咱四平街出发，往蒙地送军火，大概又是送给喀拉喀河畔的巴布扎布的……"马忠华说，"以前，我们部队就打劫过……"

这时，纪义方走了进来，说："报告旅长。"

"啥事儿？"马龙坤说。

"据四平街站的内线报告，从旅顺方向运来的军火，这批军火的运单上写的是'农业机械'，在四平街站卸载了之后，由一个叫松井清助的日本人签字领取，然后，装上了事先租借好的 50 辆大车，出了四平街，向八面城方向走去，护卫这批军火的大约有 400 人。"纪义方报告说。

"哦，知道了。"马龙坤说，"你报告得很及时。"

"领先了一分钟，就可能赢得了一个战役的胜利。"纪义方说。

"旅长，这可是送到了嘴边的肥肉啊。"张小山说。

"我参与的那次，是小鬼子从公主岭给巴布扎布送军火，吴大舅得到了消息，就命令我们在郑家屯附近把他们打劫了。"马忠华说，"我们部队打劫他们，已经不止一次两次的了，小鬼子是没皮没脸。"

"好买卖啊。"马龙坤说。

"怎么办？"马龙乾说。

"打他个狗娘养的。"马龙坤一拍桌子，果断地说。

"好。"胡思楞说。

"隆冬腊月，昼短夜长，这帮家伙走到八面城，天也就黑了，走到郑家屯，天还没亮呢，这两个地方都是他们格外要小心的地方，因为，这两个地方都有我们的驻军。"马龙坤说，"马忠华。"

"有。"马忠华站了起来，他说。

"你的部队在八面城，但是，要把劫杀的地点，选择在过了八面城的金宝屯附近的那一大片树林子。一过了八面城，他们的精神就会松弛许多……迅速地放倒几棵树，横到路上，挡住他们的去路。你们要反穿棉袄或者棉大衣，白里子在外，埋伏在林子的雪地里。今天是腊月十九，有月光，又有雪光返照，你们能清楚地看到他们，你们潜藏在白雪皑皑而又黑乎乎的林子里，他们却看不清你们……"马龙坤说，"杀他个人仰马翻。"

"是。"马忠华说。

"小山子。"马龙坤说。

"有。"张小山站了起来，他说。

"你的一个营的部队，从咱四平街紧急出发，绕过四平街通往老四平的道路，跟马忠华的一个营部队，在八面城会合……你听马忠华的指挥。"马龙坤说。

"坚决执行命令。"张小山说。

"这50辆大车是租用咱们当地老百姓的，对于手里拿鞭子，或者手里没有武器的，要注意别伤着他们……老百姓是无辜的。"马龙坤说。

"是。"马忠华和张小山说。

"执行命令吧。"马龙坤说。

"是。"马忠华和张小山说。

马忠华和张小山转身走了出去，来到门外，各自上了自己的战马，快马加鞭，执行战斗任务去了。

夜色朦胧。

四平街通往郑家屯的道路上，在三江口和金宝屯之间的地域。

道路的两旁是壕沟，正是壕沟里的土被掘上来，铺在了路面上，使路面高出地平面。夏季，路面上的雨水会流进壕沟里排走。冬季，路面上的雪，会因为它高于地平面，而使雪被呼啸的北风刮到了壕沟里，甚至壕沟外的杨树林子里。

路两侧，壕沟的帮儿，长着起到护路作用的盘根错节的槐树棵子。壕沟之外，是一片高高的杨树林。

隆冬，齐腰深的壕沟里，趸满了白雪。但是，沟帮子上的一丛丛的槐树条子却光秃秃地伸出雪面。杨树林子里的枯黄的蒿草，又经过肆虐的风雪的摧残，早已萎缩地弯了腰，压埋在厚厚的雪里，只有那曾经长得茂盛的蒿草，几经挣扎，还有些许枝头探出雪面，仿佛是在雪海里伸出求救的手，期待着冰雪融化的春天的到来。

马忠华和张小山的两个营，就埋伏在道路两侧的杨树林子里。

西北风，吹在杨树林子的枝条上，使颤抖的枝条在风中，发出哨叫的声音。这声音在朦胧的夜色里，时而尖厉哭嚎，像恶鬼在地狱里遭受了剧烈的折磨而发出的绝望的声音；时而长吁短叹，像病态的恶鬼在地狱里的无奈的呻吟声。

满载着军火的50辆大车，在四平街通往郑家屯的道路上，辗冰压雪地吱吱嘎嘎地前行。押送这批军火的是有着军方背景的几十个日本人，为首的是日本浪人，绰号叫"天鬼"，他的中文名字叫薄益三。还有天鬼网罗的以左宪章为头子的匪绺子的300人。在这个队伍里，还有一个神秘的人物，就是肃亲王善耆的第七子宪奎。

这样的骑着高头大马的荷枪实弹的数百人的押送队伍，不可为不壮不凶不恶。50辆大车，三四百人的护送队伍，在道路上行走，可谓浩浩荡荡。

他们的目的地，是喀尔喀河畔的游格吉庙——这里是准备起事独立，"匡扶大清"，建立"满蒙帝国"的巴布扎布的大本营。因而，在这个浩浩荡荡的队伍中，还有巴布扎布的几十名蒙兵。

为了安全，这支队伍分成三段，前段是前锋，负责探路；后段是断后，负责拱卫；中间是车队。左宪章和他的二十几个匪徒走在前面，距离车队约有300米；同样，天鬼和宪奎带领着二十几名日本浪人押后，距离车队也有300米。前后所照应的是中间的车队，车队的两侧是左宪章的匪徒、蒙兵，还有日本浪人。

作为前锋的左宪章和他的二十几个匪徒走了过去，马忠华的士兵立刻插空把事先砍倒的几棵树木拖到了道路上，挡住了车队前行的道路。与此同时，张小山的士兵在天鬼和宪奎带领的二十几名日本浪人和车队之间的道路上，也放置了几棵树木。

这样，运送军火的车队就前无出路，后无退路。

突然间，卧在壕沟边缘的马忠华向骑着高头大马的一个匪徒开了枪，这个匪徒从马背上滚落下来。

与此同时，三颗绿色信号弹划破朦胧的夜空。

随即，密集的子弹从道路两旁的杨树林里射向了道路上的骑马的匪众，接着，是手榴弹的爆炸声……毫无精神准备的匪众，纷纷落马。

骑马的匪徒们在道路上没处藏，也没处躲，即使是他们想以大车为映身也不可能，因为，子弹是从道路两侧射向道路的。何况，他们又不敢下马，以为在马上既可以攻击，也可以快速撤退……这样，他们恰恰在道路上成了明显的射击目标。

密集的子弹在道路上如密集的细小的流星，纷呈流窜……手榴弹的爆炸声此起彼伏。战马嘶鸣，马车惊慌跑动，撞在了一起……道路上，乱成了一锅粥。

马忠华和张小山部队的战士们，在白雪覆盖的密集的树林子里，既可以伏卧在雪地上隐身，也可以站起来躲在树木的后面射击……总之，地形、地物有利于马忠华和张小山的部队。

左宪章从前面回过身来，要冲到车队里去……但是，几棵枝杈伸展的树木横躺竖卧在道路上，他们的马匹跨越不过去。天鬼要追进车队里去，也因为枝杈伸展的树木横躺竖卧在道路上，被阻挡住了。

无论是左宪章还是天鬼，一听到这密集的枪声……就知道，这支伏击的部队，其战力远远地超过他们，何况，树林里的子弹射向了他们，阻击着他们。

他们只能掉过头来，落荒而走——这是他们明智的选择。否则，他们只能落得个命殒身亡，或者，受伤当俘虏……何况，运送军火的失败，这已经不是第一次了。

日本浪人天鬼、肃亲王的儿子宪奎，还有匪首左宪章，只能忍痛割爱，丢下伏击圈里的他们的匪众和马车上的军火，各自地骑着自己的快马，逃之夭夭了。

忽然，马忠华看见在道路上一个人手里拿着鞭子，像是个车老板，不知道躲避，顺着道路往回跑……这是极其危险的。

跑到了壕沟的沟沿上的马忠华，看见这个人临近自己了，就一个箭步上去，把这个人从侧面拦腰抱住，滚向了壕沟里……就在他们滚到了壕沟的雪窝子里的一刹那，在他们沟沿上方的道路上，连续爆炸了两颗手榴弹。

马忠华把这个人压在了自己的身下，爆炸的冲击波过后，他才闪到了一边，说："你这个车老板，还要命不要命？"

"咋不要命？"这个人说。

这个人戴着大皮帽子，皮帽子的长毛，遮盖住了这个人的大半个脸。这个人长着亮晶晶的黑白分明的灵动的大眼睛，帽子的皮毛上，这个人的眼睫毛上，都是白绒绒的霜花。

"要命，你咋胡乱跑？"马忠华说。

"我去取我的东西，我的东西在后面的大车上呢。"这个人说。

"东西值钱，还是你的命值钱？"马忠华说。

"当然是命值钱。"这个人嗫嚅地说，"我听见了枪响，车队乱套了……我的脑袋里，好像只有一根筋了……说到家，不是有点蒙了吗？"

"手榴弹没把你炸飞了，算你命大。"马忠华说。

"谢谢你救了我。"这个人说。

"不用谢。"马忠华说，"这是老天爷救你，把你送到了我的眼皮底下……"

"你这人还挺牛的呢。"这个人说。

"战役指挥员，就得牛点。"马忠华说，他又叫道，"刘成海。"

"有。"刘成海回应道。

"发射信号，命令部队发起总攻。"马忠华说。

"是。"信号兵刘成海回应道。

刘成海向夜空中连续地发射了三颗红色信号弹，红色信号弹在夜空中显得格外的灿烂。

马忠华率先冲到了道路上，大声地喊叫着："冲啊——""杀啊——"。

战士们从树林子里涌出，冲向了道路，也大声地喊叫道："冲啊——""杀啊——"。接着，就是吼叫声："举起手来——""缴枪不杀——"。

天亮了。

战士们打扫着战场。

被马忠华解救了的这个人指着马忠华，问刘成海："这个人是谁？"

"我们营长。"刘成海说。

"他叫啥名字？"这个人问。

"他叫马忠华。"刘成海说。

"他有小孩儿了吗？"这个人问。

"他啊，光棍一条，哪来的小孩儿啊？"刘成海笑了，他说。

"他是哪疙瘩的人？"这个人问。

"四平街的边上，条子河村的。"刘成海说。

"噢。"这个人说，又指着中间的一辆马车，"这辆大车是我家的。"

"你家的还是你家的。"正好走了过来的马忠华说，"但是，这大车上的枪械弹药，可不是你家的吧？"

"车上的两个包裹是我的。"这个人说。

"包裹？"马忠华说。

"我的衣物啥的。"这个人说。

"哦，枪械弹药之外的，你的还是你的。"马忠华说，"但是，你的大车得帮我们把车上的枪械弹药拉到我们的驻地。"

这个人对刘成海说："你会不会赶车？"

"会啊。"刘成海说。

"哎哟……我都被吓得腿脚不好使了，你帮我赶着这大车吧，好不好？"这个人说。

"你就帮着这个人赶车吧，这个人被枪弹声几乎吓晕了。"马忠华对刘成海说。

"是。"刘成海以接受命令的口吻说。

张小山过来了，说："忠华，有几辆大车被炸坏了，不能走了。"

"看看能不能把坏了的车上的枪械弹药装在其它的车辆上，如果装不了了，就由我们的战士扛着，运回我们的驻地。"马忠华说。

"嗯哪。"张小山说。

"到了我们的驻地，再把这些军火分了，你一半，我一半。"马忠华说。

"嗯哪。"张小山说，"打死日本鬼子 13 名，打死土匪 36 名，蒙军 11 名……俘虏的日本鬼子、土匪、蒙军共有百余名……"

"死了的，拖进旁边的水泡子旁边，先用雪埋上，等到开化了，再把他们用土埋了……活着的，先押回驻地，待请示了马旅长或着吴将军再做处置。"

"嗯哪。"张小山说，"还有，俘虏了一个日本人，这个人受了重伤，他说他叫松井清助，他让我必须放了他。"

"喊，凭啥放他？"马忠华说。

"我说，你们私运军火给叛军……他说，他运的是农业机械。我在他的身上搜出了军官证，是日军的大尉军衔。我说，松井先生，你受了重伤，发高烧，烧糊涂了吧，满嘴说胡话。"张小山说。

"这批军火，诚如内线所报告的，是以农业机械的名义，从旅顺口发运到四平街站的，然后，他们也是以农业机械的名义领取出来的……但是，这批军火的箱子上写的是'火柴'，罐子上印的是'三井物产'，自相矛盾……他受了重伤，又失血过多，所以，满嘴说胡话。"马忠华说，"这个叫松井清助的家伙，还喘着气儿呢吧？"

"是的。"张小山说。

"他受伤了，把他绑缚在大车上，省得他从车上掉下来，先把他押送回八面城的驻地再说……"马忠华说。

"嗯哪。"张小山说。

张小山的部队随着马忠华的部队，来到了八面城马忠华部队的驻地，然后，分得了枪械弹药的一半，又押着25辆大车，向四平街返回。

第十七章

战火中英雄救美人终成眷侣

1916 年 1 月 24 日。

张小山的部队，离开了八面城的马忠华部队的驻地，押着 25 辆大车的军火，走到了条子河村……已经是傍晚时分了。

张小山说："命令部队，停下来休息。"

"是。"传令兵说。

张小山又说："可以让士兵们进村子，我让他们给烧点水……到家了嘛。"

"是。"传令兵说。

张小山进了家门。

"小山子哥。"王正理叫道。

张小山说："哎哟，你个'小白龙'，还真是点香就到啊。"

"你捎信儿，说是给我香饽饽吃，我还能不来吗？傻子才不来呢。"王正理说。

"你就戴着你的狗皮帽子，捂着点脸，跟在我后面……咱们走小红嘴子，顺着北山跟儿底下，到了我们的驻地杨木林子。"张小山说，"然后，我们再送你一程，一直把这些军火送到进了'边里'了，你们再接手……"

"边里"，这是东北的专有名词。这是一条标示大清王朝皇家禁区的柳条墙，从辽东到吉林。墙外掘壕，壕深和壕宽各一丈，掘壕沟掘出的土，堆成土堤，土堤上每隔五尺插柳三棵，插柳结绳为墙，这条柳条墙又叫柳条边。边里的丛山峻岭，是供皇家贵族们游玩打猎的围场。封禁，保证了"边里"的自然风光和生态，并且，有利于皇室贵族们的安全，又有利于定期或者不定期地猎狩和撷取里面的土特产，因而，"边里"，又叫"围里"。

柳条边以东为禁区——边里，以西为边外。

吉林省有四座边门，布尔图库苏巴尔汗门，即四平街的山门，也叫半拉山门；赫尔苏门，即今天由四平街管辖的二龙湖水库门；伊通门；法特哈门。

半拉山门，因为其门的西侧的峭壁式的半拉山而得名，在四平街的东南郊。它是通往叶赫那拉氏慈禧皇太后的祖籍地，以及皇太极的生母孝慈高皇后的出生地——位于边里的叶赫都城的必经之路。

叶赫都城，距离四平街 50 华里。

至今，山门的衙署已经老朽凋敝，屋顶的青瓦上，杂草斑驳，门上还挂着一块牌匾，上书："布尔图库门"。

道光年间，吉林将军曾经下令："私人围场打牲十只以上者，流放三千里；二十只以上者发乌鲁木齐种地；三十只以上者，发乌鲁木齐等处给兵丁为奴。其零星偷打，随时破案者，一只到五只，杖一百，徒三年；五只以上者再枷号一个月。其偷砍树木五百斤以上者，杖一百，流三千里；八百斤以上者，发乌鲁木齐种地；一千斤以上者，发乌鲁木齐为奴。"同时，又规定，"雇人偷刨人参，财主（组织者），不分旗、民，俱发云南等省充军；并无财主，只身潜往偷刨，得参一两以下，杖六十，徒一年；一两至五十两，杖一百，流三千里。"

上述法令使一些人被抓，并且受到了惩罚。

其实，据《柳边纪略》记载，康熙年间，"凡走山者（指挖人参的人），山东人居多"，"岁不下万余人"。每逢荒年，从关里来到关外偷采人参、垦荒种田的人，越来越多……因而，清廷的禁令，形同虚设。

清政府逐渐认识到，开发东北可以增加税收，又可以缓解跟汉人之间的矛盾……大有裨益，而无弊端。

于是，咸丰十年，即 1860 年，废弃了的柳条边墙——所谓"边里"，结束了长达 200 年的山林禁锢。

"嗯哪。""小白龙"王正理答应道，他对他手下的"崽子"说，"去告诉弟兄们，准备在边里接手。"

"是。"他手下的"崽子"回应。

然后，他们就出去了。

张小山的部队，连同装载着军火的大车，从条子河村又启程了，有人情感浓郁地唱起了《条子河四季歌》：

> 美丽的条子河，
> 拥抱着四平街。
> 春天来到了，
> 带来了温馨与祥和。
> 庄稼遍原野，
> 生机正蓬勃。
>
> 美丽的条子河，
> 拥抱着四平街。
> 夏天来到了，
> 带来了热情浓似火。
> 淳朴的村落，
> 欢迎八方客。
>
> 美丽的条子河，
> 拥抱着四平街。
> 秋天来到了，
> 带来了欢欣与喜悦。
> 金色的田野，
> 庄稼正收获。
>
> 美丽的条子河，
> 拥抱着四平街。
> 冬天来到了，
> 带来了凛冽大风雪。
> 冰封的莽野，
> 痛击侵略者。

沿着三里地外的北山根儿底下，继续东行，路过杨木林子，进了边里，然后，张小山他们把大车上的这批军火移交给了"小白龙"。

1916 年 1 月 25 日。

天亮了。

八面城，马忠华的营房。

马忠华起来了，正在叠被。

"咚咚"，敲门。

"请进。"马忠华说。

"吱扭"，门开了，进来一个戴着皮帽子，穿着大棉袄、二棉裤的端着盆子的人，盆子里的水还冒着热气，这个人说："马营长，洗脸吧。"

马忠华一看，问道："你不是拿着鞭子赶大车的那个人吗？"

"是啊。"

马忠华说："大车和包裹啥的，不是给你了吗，咋还不走？"

"你洗脸吧。"然后，这个人就走了出去。

马忠华说："哦，洗脸……"

他把手伸进了温水盆子，洗脸。

不一会儿，这个人把两个沉重的大包裹，一个一个地呼哧带喘地拖进了马忠华的营房，放在了屋地上。

这个人说："我不走了。"

马忠华说："你想当兵？"

"是啊，跟着你马营长当兵。"这个人说。

马忠华说："你叫啥名字？"

"我叫那淑荣。"这个人说。

马忠华重复道："那淑荣、那淑荣……呵呵，这好像是姑娘的名字啊。"

"我本来就是姑娘嘛。"这个人说着，摘下了头上毛茸茸的皮帽子，抬起头来，直视着马忠华。

马忠华一看，这个那淑荣一条长长的亮泽的黑辫子甩在身后；宽阔的额头，黑眉毛，大眼睛，双眼皮，一脸的灵气；桃形脸，润红的脸膛，秀挺的鼻峰，腮上两个若隐若现的小酒窝，楚楚可人；她薄薄的嘴唇，温润而俏丽，给人一种亲切感，尤其是薄嘴唇的右下方，长着一颗富贵痣，尽显生动。她的身段，典型的满蒙姑娘的身段，丰腴性感而又有曼妙的曲线美，英姿勃勃。

他仿佛从来没有看见过有这么秀丽、健美的姑娘，他的眼睛盯着她，愣住了……但是，马上又缓过神儿来，他说：

"我们部队不收女兵。"

"不收女兵，我就跟着你走。"那淑荣执拗地说。

马忠华说："不行，动乱的年头，枪子儿和炮弹没长眼睛……我是个军人……"

"军人的英魂是永存的。"那淑荣说。

马忠华仿佛没有听见那淑荣说啥，向外面叫道："魏俸禄。"

卫兵魏俸禄走了进来。

马忠华说："你咋让陌生人进来了？"

魏俸禄看了看那淑荣，说："营长，你昨天还跟她说话来着，还说是她的东西就是她的……咋说她是陌生人呢？"

马忠华说："你这个小崽子，就是会狡辩，我扇你……"

说着，抿住嘴唇，做出要扇魏俸禄耳光的样子。

"营长，人家给你端进来的是热情温暖的洗脸水……你到外面看看，你那些脏兮兮的衣服，人家都给你洗了，晾在外面了。"魏俸禄笑嘻嘻地说。

马忠华说："还有这事儿？啥时候进了我的房间？"

"营长，你太粗心了不是？"魏俸禄说。

马忠华说："当兵在外，我的衣服，我自己会洗。"

"嘿嘿，你是有情有义的汉子，总不能把别人的好心当成了驴肝肺吧？"魏俸禄说。

马忠华说："哎，你个小崽子，咋说话呢？"

"营长，我说的是打直奔儿的话，嘿嘿。"魏俸禄说。

马忠华说："不跟你啰唆了，你今天跟我回条子河村。"

"是。"魏俸禄说。

说着，马营长头也不回地撇下了那淑荣，魏俸禄跟在他的身后，他们上了马，走出了营地，奔向了条子河村。

马忠华越是表现出硬汉子的秉性、品格，却反而越能激起姑娘的爱慕与倾情，这种强烈的反差，产生的恰恰是正向的迸发，好比干柴与烈火，枯枝败叶越是干燥、枯黄，星星之火就可以点燃，而且，如果正逢凛冽的寒风，寒风与烈火搅扰成风火的旋涡，反而燃烧得越发地炽烈，蓬蓬勃勃，火势之猛，不可阻遏。

——爱情，就是干柴与烈火的奇异与精妙的结晶。

那淑荣情意绵绵的眼睛，瞟见了马忠华和魏俸禄骑着马，走出了营地，奔向了条子河村，她在心中却充满希冀地唱起了《条子河情歌》：

哥哥是那条子河，
条子河水起涟漪；
妹妹是那河里的鱼，
畅游在情哥的怀抱里。

哥哥是那条子河，
妹妹是柳树河边立；
柳影与情波成美意，
柳树与河水的爱恋啊长相依。

哥哥是那条子河，
河水滋润着黑土地；
河边的庄稼啊翡翠般的绿；
丰收的爱情啊美满又甜蜜。

1919 年 1 月 25 日。
这一天是农历乙卯年，腊月二十一。
条子河村，马龙乾家。
李凤莲说："我说儿子，你听说忠国订婚了吧？"
马忠华说："知道，当时胡大爷去说这事儿的时候，我在场。"
李凤莲说："你二叔说，忠国过了年就结婚……你比忠国大两岁呢，早该定亲了。"
马忠华说："呵呵，那就看缘分了。"
"妈想抱孙子了。"李凤莲说，"我正张罗着给你相亲呢。"
这时，外屋地有人说道："这是马营长的家吧？"
"是啊，他刚回来。"李凤莲在里屋应道，"是谁啊？进来吧。"
"哦。"外屋的应了声，然后，这人走了进来，进来的正是那淑荣，她拖着一个大包裹。
在那淑荣的身后是刘成海，嬉皮笑脸地走了进来，也拖着一个大包裹，还对马忠华叫了声："营长，我来了。"

"我说这门儿咋找得这么准呢，原来有向导啊。"马忠华看着刘成海，他说。

"我们是赶着她的大车来的，哎哟，外面是嘎巴的冷啊。"刘成海说，"她让我跟她一起来，我一看，她一个弱女子……我就帮她赶着大车来了。"

那淑荣摘下了头上的毛茸茸的皮帽子，她上身挺直，两腿并拢，右足稍后引，两膝前屈，呈半蹲状，同时，左手在下，右手在上，相叠搭在两个膝盖之上，向李凤莲行了个"打千礼"，她说道："大妈万福。"

李凤莲见了，赶紧从坐着的炕沿上，站起身来，走过去，拉着那淑荣的手，说："哎哟，从哪儿来的这么俊秀的闺女啊，从天上降临下凡的吧？快上炕吧，炕上暖和。"

那淑荣说："大妈，我叫那淑荣，冒昧地来到了你家，有些失礼了。"

李凤莲说："哪儿呢，我家啊，就两个拃拃愣愣的臭小子，我还真希望有个闺女呢。"

马忠华说："那天夜里，她手里拿着鞭子，我还以为她是个赶车的老板子呢……结果呢，却是一个姑娘。"

那淑荣说："那天夜里，实在是冻得不得了，又困倦……我就跟赶车的老板子说，我来赶一会儿，实际是想借赶车吆喝几声，甩甩鞭子，缓解一下困倦，提提精神……谁知道，枪声响了，整个车队乱糟糟的……我想起了我放在后面大车上的包裹，就一根筋地向后面跑，照看我的包裹……"

刘成海说："枪声、爆炸声……她在路上跑，我们营长见了，就一个箭步窜上去，抱住她，滚下了壕沟……紧接着，在她跑过的那疙瘩，就有手榴弹爆炸了。我们营长怕伤着她，就把自己的身子压在了她的身子的上面——我可是亲眼见……"

大概是他突然想起了"男女授受不亲"，说到了这儿，就戛然而止，而且，还调皮地吐了吐舌头。

那淑荣说："是啊，马营长救了我。"

"他救你，那是应该的，军人嘛，就得保护老百姓。"李凤莲说，"你们都别走了，在我家吃饭，我去给你们做饭去。"

那淑荣说："大妈，我也去，给你打个下手。"

"好啊。"李凤莲说，"吃点啥呢？现成的白肉炖酸菜，干豆腐炖土豆……还有，我做的豆面卷子，咋样？"

"豆面卷子", 也叫"驴打滚", 是将烫好的黄米面和匀, 上屉蒸熟; 然后, 再把炒熟的黄豆碾成粉; 蒸熟的黄面擀成片状, 再把黄豆粉撒匀, 卷成卷儿, 切成小段, 就可以食用了——这是东北的满、汉各族老百姓非常喜爱的美食。如果蘸上白糖, 吃起来, 香、甜、糯, 可口极了。

刘成海说:"那敢情好了。"

他大概是感觉到了自己有些多嘴了, 又不好意思地吐了吐舌头。

外屋地, 是灶间。

李凤莲点燃了灶坑里的火。那淑荣一下一下地拉起了风匣, 风匣鼓进灶坑里的风, 把灶坑里的火吹得旺旺的。

两个人边做饭菜, 边聊了起来。

李凤莲说:"闺女, 你姓那, 姓那的多是满族啊。"

那淑荣说:"镶黄旗。"

"早年间, 咱这叶赫、伊通、四平街一带, 就是正黄旗、镶黄旗的多。"李凤莲说,"像你那样行老式儿的'打千礼'的, 到了民国年间了, 还真就不多了, 都是打立正啊, 鞠躬啊……你这一行礼, 我就知道你是个满族姑娘。"

那淑荣说:"习惯了。"

李凤莲说:"你现在还是这个行礼法儿?"

那淑荣说:"我在肃王府, 还是老式的礼节。"

李凤莲说:"肃王爷善耆? 他是前清的八大王之一, 在前清是举足轻重的人物啊。"

"是啊。"那淑荣说,"我父亲曾经是肃王府的管家, 我父母去世了, 他们就把我留在了肃王府做了用人。"

李凤莲说:"这肃王爷善耆还是有情有义的啊。"

那淑荣说:"八国联军进了北京城之后, 肃王爷就跟日本浪人川岛浪速来往密切, 成为拜把子弟兄, 还把他的第十四女送给了川岛浪速做了养女, 叫了川岛芳子。大清国倒台了, 川岛浪速就怂恿肃亲王逃到了旅顺, 让肃亲王住进关东军都督府民政长官的官邸, 肃亲王憧憬日本的天皇制, 组织宗社党, 想要复辟大清朝。"

李凤莲说:"宗社党是啥呀?"

那淑荣笑了, 她说:"说白了吧, 就是把大清朝的宗族亲近势力组成一党，推翻民国，恢复大清朝……核心人物，就是肃亲王和川岛浪速。"

"我们马家也是大清朝的将门世家，忠华他爷爷在与捻军的战役中牺牲，朝廷封他为振威将军，他二叔还承袭了云骑尉一职呢……"李凤莲说，"不过，这恢复大清朝也好，不恢复大清朝也好，这跟你说的那个日本人川岛浪速有啥关系啊？我就不明白了，他咋还非得掺和进来不可呢？"

那淑荣说："肃亲王要恢复大清朝得靠日本人，所以，他牵着川岛浪速；川岛浪速要使日本人成为大清朝的太上皇，所以，他要牵着肃亲王。"

李凤莲说："闺女，你看得挺透啊。"

"秃脑袋上的虱子——明摆着的事儿，谁还看不明白，互相利用，互要所得。"那淑荣说，"肃亲王和川岛浪速是宗社党的核心人物。"

李凤莲说："我听说，你们的大车上拉着的是军火？"

那淑荣说："是的，是川岛浪速和肃亲王送给巴布扎布的，目的地是呼伦贝尔盟那边的喀尔喀河畔的游格吉庙。"

李凤莲说："巴布扎布是个啥人哪？"

那淑荣说："说起这个人哪，有点故事。"

李凤莲说："你讲讲。"

那淑荣说："日、俄战争期间，他投靠日军，充当了日军后备队，暗地里骚扰俄国军队，他还给日军带路，破坏俄国铁路线和铁桥等等。日、俄战争结束，解散满洲的义勇军时，他得到了赏钱、枪支弹药和粮食，他充实了自己的武装。经过日本人推荐，他担任了彰武县警察署的署长。民国了，外蒙古宣布'独立'，他投往库伦，当上了营长……又被外蒙的皇帝哲布丹巴活佛授予公爵——镇国公。这是因为，他参加了与乌泰同时的外蒙古的蒙军进取内蒙古的战争。其后，俄国承认中国在外蒙古享有宗主权，承认外蒙古土地为中国领土之一部分。巴布扎布及其部下看到建立包括内蒙古在内的'大蒙古国'已无希望，率部下千余人在内、外蒙古交界处观望形势。这期间，他干了一件令日本人和俄国人很看重的事儿。"

李凤莲说："啥事儿？"

那淑荣说："当时，俄、德两国之间正在进行大战，德国为了阻止日本援俄军火的运输，计划破坏西伯利亚铁路。1915年3月，德国特务潘南海姆等人找到巴布扎布，许以重金，要他炸毁嫩江铁路大桥。巴布扎布佯许相助，暗地里派心腹，把这个情报报告给了海拉尔的俄国领事。俄国领事下达密令，把德国特务及其随从全数害死，焚尸灭迹。俄国官员将缴获的银钱和枪械、驮马，全部赏给了巴布扎布。"

"哦，还有这事儿？"李凤莲说，"听你这么一说，这个人干啥事儿，反复无常，或许是，有奶便是娘。"

那淑荣说："日本人很看重在日俄战争期间，巴布扎布对他们的效力。川岛浪速派一些日本军官和日本浪人前去联络巴布扎布，让他参加'满蒙独立'活动。肃亲王善耆必然参与其中，把巴布扎布拉进了宗社党。他们又帮助巴布扎布招兵买马……这次运送军火，已经不是第一次给巴布扎布运送军火，以前从长春和公主岭也运送过。"

说起肃亲王，随着清王朝的崩溃，肃亲王已经衰落，手头上的钱款拘谨……尽管如此，肃亲王对于"满蒙独立"、复辟大清，是下了血本的。

肃亲王为了支持巴布扎布的"起义"，以及在南满的"勤王军"……曾经想要把自己家的资产拿出来作为军用。他把家里的珍藏品拿到日本去拍卖，由于欧洲的战争，即第一次世界大战爆发不久，没人能买他的那些高价物品，何况，还有日本国内反对者的阻碍，他的拍卖活动陷入了困境。这个时候，东京京桥当铺的一位女老板一下子拿出了几十万日元，买下了他的珍藏品。这样，资金的筹措终于有了眉目。

事实上，就在这一年，即1916年3月，肃王府还以满蒙肃亲王领地为抵押，向日本财阀大仓喜八郎借款100万元，其中的50万元，专门作为这次满蒙独立运动的军费。所谓肃亲王的领地——包括土地、山林、牧场、矿产、住宅、水利收入等等。为了酬谢大仓喜八郎，肃亲王和大仓喜八郎还签署了一份备忘录，约定事成之后，将吉林省及奉天省、松花江及其支流的民有森林采伐和流放木材征收的租金等，给予大仓喜八郎。

"难怪人说，宰相家人七品官，一点也不假。"李凤莲说，"闺女，我听你说话，你好像还挺有文化的呢。"

"大妈，你好耳力哟。"那淑荣说，"肃亲王的府中，设立有'和育女子学校'，府中的王女、王侄女，还有女眷，都在这个学校里学习。聘请川岛夫人以及日本女教习木村芳子等人当教师……我也是这个学校的一名学生。当然，我也会一口流利的日语。"

李凤莲说："哦，这肃亲王挺重视教育的啊。"

那淑荣说："王室宗亲都重视教育……有了文化，可以纵观历史，也可以开阔对现实社会的视野。"

李凤莲说："我看你是这两个包裹不离身啊。"

那淑荣说："两个大包裹里，是肃亲王送给巴布扎布家眷的衣物，里面还有一个小匣子，匣子里是些金银首饰之类的，是给镇国公巴布扎布的福晋和侧福晋的，还有给他的儿子和女儿的压岁的金元宝、银元宝……肃亲王的儿子宪奎走在这个车队的最前面，他带有肃亲王带给巴布扎布的关于共同起兵举事的亲笔信，以及对巴布扎布的任命状……估计是，宪奎听到了枪声就逃逸了。"

李凤莲说："他能跑到哪疙瘩去呢？"

那淑荣说："宪奎肯定是跑到喀尔喀河畔的游格吉庙，找巴布扎布去了……宪奎可能要留在巴布扎布那疙瘩，而巴布扎布要把他的大儿子浓乃扎布和二儿子甘珠儿扎布送到肃亲王家里，肃亲王和巴布扎布易子为质，以坚定双方的盟誓。"

正如那淑荣所说，后来，甘珠儿扎布与肃亲王的女儿、川岛浪速的养女——川岛芳子结婚，一年之后，又因为性格不合而离婚；甘珠儿扎布的姐姐，嫁给了肃亲王的九儿子，成为肃亲王家的九儿媳。

李凤莲说："这包裹，你还给巴布扎布他们送去吗？"

那淑荣说："不啦，他们可能以为我已经死在枪林弹雨之中了。"

李凤莲说："哟，你还活着呢，而且，还活得很好呢嘛……"

那淑荣说："他们的事儿，是不会有啥好结局的。"

李凤莲想了想，随后点头，她说："嗯，闺女，可也是。你识大体啊，判断得对。肃亲王想复辟大清王朝，不符合历史潮流，社会是向前走的，不可能倒退……小鬼子要想殖民满蒙，四万万中国人哪，绝不会答应的。我就没听说过，蛇能把大象给吞了。"

那淑荣说："大妈，我不走了。"

"不走了？"李凤莲说，"就住在我们条子河村了？"

"嗯哪。"那淑荣说，"忠华救了我，我留下来伺候他……"

李凤莲说："闺女，你可真是一个有情有义的人，知道感恩——这是最难得的品格。"

那淑荣说："大妈，你看行吗？"

李凤莲说："你咋看我们家忠华？"

那淑荣说："他是一个英雄……我在他救我的那一刹那间，就感觉到了，反正他是一个可以依托终身的真正的高大的男子汉。"

李凤莲说："闺女，你十几岁了？"

那淑荣说："我今年19岁了。"

"忠华比你大几岁。"李凤莲说，"他对你咋样？"

那淑荣的嘴噘起来了，脸上布满了忧郁的阴霾，喃喃地说："……我给他洗衣服，端洗脸水，他不领情……他冷落我，还故意闪开我，回到了条子河……到你们家来，是我自己追来的。"

"唉，这个马忠华啊，就是一个大傻子啊，有肺没心，还是啥营长呢？他不知道他这样做，会伤害了一个挚情的姑娘的心啊……多么好的有情有义的俊姑娘啊。"李凤莲扬起了脸，郑重地说，"大妈就给你做主了，你就是我家的大儿媳妇了。"

那淑荣说："那忠华他……"

"我的儿子，他得听我的。"李凤莲断然地说，"过了年，你二叔家的忠国，就跟咱们村的你胡大爷家的闺女乌云琪琪格举行婚礼了，我家跟你二叔家商量商量，把你们的婚事一起给办了，也省去了我心里惦记着的一件大事儿。"

那淑荣脸上的阴霾在刹那间一扫而光，她轻松而又情意绵绵地说："妈，我听你的。"

"嗯。"李凤莲说，"好咧，闺女，咱们吃饭啦——"

她往炕上，放上了炕桌。

心里荡漾着幸福感的那淑荣，乐呵呵地往炕桌上拣筷子、拣碗，然后，把锅里的饭菜，一样一样地端上了炕桌。

那淑荣的内心里，情不自禁地哼起了小曲儿《我的情哥哥》——

　　　　情哥哥，我的情哥哥哟，
　　　　你是我心目中的大英雄。

　　　　夜色朦胧，雪地冰封，
　　　　一绺子匪众，
　　　　车载着军火，
　　　　秘密西行……
　　　　突然间，
　　　　响起了伏击的枪声，
　　　　打破了深夜的宁静。

情哥哥哟，
你一个冲锋，
拯救了一个无辜的生命。
那就是小妹妹我啊——
一个小小的老百姓。
我被你保护在了，
你的坦荡的怀抱中。

情哥哥啊，我的情哥哥，
你是我心目中的大英雄。

小妹妹我啊，满怀真诚，
爱上你了——
我愿以我的爱情，
伴随你一生。

哥哥你是一条龙，
妹妹我是一只凤；
龙凤呈祥啊，
共同捍卫祖国的领土完整，
追求中华民族的繁荣昌盛。

那淑荣荡漾在内心里的幸福感洋溢了出来，她悠然自得地在内心里又哼起了小曲儿《我的情哥哥》的第二段，而且，居然还哼出了声来——

情哥哥，我的情哥哥哟，
你是我心目中的大英雄。

夜色朦胧，雪地冰封，
一绺子匪众，
车载着军火，

秘密西行……
突然间，
响起了伏击的枪声，
打破了深夜的宁静。

情哥哥哟，
是你啊，
率队出征，
恰如猛虎下山
猛打猛冲——
歼灭了肆意妄行，
企图分裂国家的匪众。

情哥哥啊，我的情哥哥，
你是我心目中的大英雄。

小妹妹我啊，满怀真诚，
爱上你了——
我愿以我的爱情，
伴随你一生。

哥哥你是一条龙，
妹妹我是一只凤；
龙凤呈祥啊，
共同捍卫祖国的领土完整，
追求中华民族的繁荣昌盛。

1916 年 5 月 27 日。
喀尔喀河畔，游格吉庙。
巴布扎布就要在第二天，举行恢复大清的祭告天地的战前誓师大会。在
举行祭告天地的战前誓师大会之前，他们正在举行预备会议。
他高兴地望着眼前来参加这个誓师大会的日本的政客嘉宾——柴四郎、

松平康国、押川方义、大竹贯一、五百木良三……还有，预备役海军中将上泉德弥等等。

——这些嘉宾都是通过满洲里而到达了这里的。

在他身边的，还有日本军人——青柳胜敏，他是日本预备役骑兵大尉；木泽畅，他是日本预备役步兵大尉；入江种矩，他是刚刚退伍的工兵大尉……这些人是他的军事顾问，直接参与他的宗社党的勤王复国军的军事行动，并且，还是他的军事行动的指挥员。

青柳胜敏和木泽畅等人，在这前一年——1915年的11月初，作为日本军部的特使来到了这喀尔喀河畔的巴布扎布的营地进行实地考察，会见了巴布扎布……经过两个月的调查工作，对巴布扎布蒙古军根据地的地理位置、自然环境、蒙古骑兵的特征，以及巴布扎布本人的态度等等，都很满意……青柳胜敏特地回到了东京，向日本军部作了汇报……然后，他又从东京返了回来，表达了对巴布扎布的支持。

出席这个预备会议的，还有巴布扎布的麾下干将——齐达拉巴拉和布恩巴扎布。

齐达拉巴拉说："宣读由宪奎王爷带来的肃亲王的亲笔信。"

布恩巴扎布宣读：

> 慨自袁逆篡国以来，幽闭旧君，残害黎庶。海内共愤，义士称戈。本邸靓国家之危亡，人民之涂炭，卧薪尝胆，五易星霜，本不忍人之忍，为起义师之举，誓除袁凶，恢复社稷，一意中与，百折不回。抱此忠诚，四方向应，均以扶清灭袁为宗旨。为此，颁发令旨，仰该司令遵照，刻日起兵，殄勤袁逆。务望激励将士，奋勇图攻，直捣幽燕，灭此朝食。功成之日，本邸奏达天聪，按功序爵，舆国同休。

肃亲王和巴布扎布怎么也没有想到，他们所提到的"袁逆"——袁世凯——这个中华民国的首任总统，冒天下之大不韪而改中华民国为中华帝国，恢复帝制，号称"洪宪皇帝"，仅仅做了83天的"洪宪皇帝"，却在举国反对他倒行逆施的声浪中，暴毙而亡——在他们宣读这封信件后，居然不足10天。

齐达拉巴拉宣布："再请宣读肃亲王的任命状。"

布恩巴扎布拿出了肃亲王的任命状，宣读道："……兹任命镇国公巴布扎布为统率蒙古军的司令大臣。特颁此状。"

然后，他把肃亲王的这个任命状用双手捧送给了巴布扎布。巴布扎布也用双手接过了肃亲王的这个任命状。

青柳胜敏对巴布扎布说："公爵，恭喜你成为统率蒙古军的司令大臣。"

巴布扎布说："身为曾经的'大蒙古国'的镇国公，我将率领五千勤王复国军，恢复大清朝……这无疑是值得我骄傲与自豪的事情。"

木泽畅说："公爵，可以肯定地说，你是成吉思汗再世，你的卓越的丰功伟绩，将永载史册。"

入江种矩说："公爵，事实将证明，你是满蒙独立的伟大的民族英雄。"

巴布扎布说："青柳胜敏大尉，虽然说我是统率蒙古军的司令大臣，但是，这五千人的勤王复国军，将交由你这个军事顾问直接指挥。"

青柳胜敏说："很荣幸，我能直接指挥这五千人的勤王复国军。"

巴布扎布说："我们将分为三个梯队，第一梯队、第二梯队和第三梯队，当然，我身为统率蒙古军的司令大臣，必须在勇往直前的第一梯队……齐达拉巴拉为第二梯队司令，布恩巴扎布为第三梯队的司令。"

入江种矩说："作为军人，我由衷地钦佩镇国公的英明而勇敢的勤王的精神。"

青柳胜敏说："我们进取的方向是洮南方向，我们进取的目标是奉天城……在旅顺、安东、貔子窝，还有五六千勤王军，与我们同时起兵……长春城里的勤王军，也在秘密组织暴动……南北两路夹击，东路西进，这三股合力，攻取奉天城，占据了奉天城就占据了整个满蒙。还要像当年清军入关一样，跃过长城，冲入北京，攻取华北。这样，内、外蒙古，东北、华北，就建立了一个'满蒙大国'。"

巴布扎布说："是啊，我们建立了这样一个'满蒙大国'，我们勤王复国军就算是达到了恢复大清朝的伟大目的。"

木泽畅说："我们曾经有两个计划，一个是跟张作霖谈判，长城以北的满蒙，脱离中国，成立宣统皇帝治下的独立国家……但是，张作霖却承认民国，我们跟他谈不拢，令我们大失所望。另一个计划，就是除掉张作霖，我们的土井少将接到了除掉张作霖的密令，在奉天满铁附属地，召集日本伊达顺之助、三村预备上校等，组成了'满蒙决死团'……就是在今天，我们的中村觉大将访问奉天，张作霖将率其部下汤玉麟等人，乘五辆俄式马车赴车站迎接，在他们返回的途中，三村丰少尉将向张作霖的马车，投掷炸弹，将其炸死……以配合我们勤王复国军使满蒙独立的军事行动，能够乘势顺利地攻入奉天城。"

入江种矩说："但愿这个炸死张作霖秘密行动能够马到成功啊。"

"说一千，道一万，要想恢复大清朝，满蒙独立……还要靠我们这五千人的勤王复国军向洮南方向，从北路向奉天的死拼硬打……"巴布扎布说，"我们明天的恢复大清的祭告天地的誓师大会，准时举行。"

他心里知道何谓"勤王"，即以兵力救援王室之意。《三国演义》的第十回里，就有"勤王室马腾举义"一节，而今天他所要干的正是如此——举兵救援大清王室。

"好。"青柳胜敏、木泽畅、入江种矩同声说。

巴布扎布说："我们已经拟好了'恢复大清社稷'的公告，明天就张贴出去。"

"是。"布恩巴扎布说。

巴布扎布说："还有，传我的命令，从明天起，一律恢复用宣统年号，同时，坚决禁止剪辫子。"

"是。"布恩巴扎布说。

第二天，即1916年5月28日，在喀尔喀河畔的阿木古郎图，高高地悬挂起了一丈多长的黄龙旗……巴布扎布的勤王复国军，隆重地举行了——恢复大清的祭告天地的战前誓师大会。

第十八章

巴布扎布的勤王复国军进攻突泉城

1916 年 7 月 16 日。

突泉县，县衙署。

正在召开军事会议，参加会议的有突泉县王知事，警察署白署长，驻守突泉县的二十八师的步兵营的营长姜恩波，以及刚刚到达的二十八师的骑兵营的营长马忠华。

马忠华说："据探报，巴布扎布叛军的窜扰的方向是奉天城……他们为了实现满蒙独立，企图建立'大满蒙帝国'。他们第一步就是要南北合击奉天城，占领奉天，进而占领东北。然后，由东北杀进山海关，走当年清军入关的路线……突泉县城正好在叛军向奉天开进路线的节点上，所以，突泉县城很可能成为叛军的攻击目标。而且，如果叛军拿下了突泉县城，叛军也可以转身向东攻取洮南城……使他们占领的地域连成片。我奉吴俊升将军的命令，急速前来增援突泉县。"

王知事说："你们骑兵营来得正是时候，巴布扎布叛军正向突泉县行进，只是由于连日的大雨，延缓了他们行进的速度……"

白署长说："巴布扎布打着勤王军的旗号，想要复辟大清朝……这是倒退，是妄想。"

马忠华说："对于巴布扎布，不可小看。他们借着宗社党的名义，又打着勤王军的黄龙旗，很能迷惑一些无知的蒙民，扩充了自己的势力，势力较大。他们又有宗社党的资助，军资充足。他们还有日本人给他们的军火，因而，军械比较优良。我说的意思是，我们决不可以轻敌。"

姜恩波说："更可恶的是，他们把这支叛军的指挥权交给了日本军人……

不少日本军人参与其中。"

王知事说："大清王朝的遗老遗少跟日本军人勾结在了一起……狼狈为奸啊。"

马忠华说："要向县城里的百姓说明，叛军到来，势必烧杀掳掠，无恶不作……让他们有个我们跟叛军打仗的思想准备，也就是要安民。尤其是，要跟商家说明叛军来了，对他们的财产带来的灾难性的后果……让他们把自己的财产坚壁好，绝不能落入叛军的手里。当然，老百姓也是一样。"

王知事说："这个工作，我来做。"

马忠华说："城墙外护城的壕沟要加深加宽，正值雨季，很好的一条护城河，是保卫县城的天然屏障，必须组织民众去做这件事情。"

白署长说："这个工作，我来做。"

马忠华说："你们警署的警察们也是一支军事力量，要配合我们部队的战斗……"

白署长说："这是必然的。"

马忠华说："叛军分三个梯队来犯，来势汹汹……我们的任务是守城，这个任务是艰巨的。可是，一旦这里爆发了战事，吴将军会派部队来增援我们，所以，我们要坚定守城的信心。但是，我们又要抓住战机，主动出击……能够以攻为守，积极歼灭叛军的有生力量，才是上策。"

王知事说："你和姜营长做决断，我们保证配合就是了。"

姜恩波说："只要我们大家都拧成了一股绳儿，叛军的阴谋就不会得逞。"

马忠华说："要注意城里的动态，特别是叛军会不会事先在城里潜伏进了跟他们相呼应的奸细，跟他们里应外合……"

白署长说："马营长，你放心，这个事情包在我身上。"

马忠华说："叛军到来的时候，我们要在城头上密布来回走动的士兵，必要的话，可以让老百姓穿上我们士兵的衣服……要让叛军看到我们有了充分的军事准备，使他们不敢轻举妄动，而我们恰恰要审时度势，寻找战机。"

姜恩波说："这个部署，由我步兵营和王知事来具体实行吧。"

马忠华说："城头上，要旌旗密布。"

王知事说："我明白，要的就是凌人的气势。"

马忠华说："在城门里边，要修筑瓮城，这是第三道防线，第一道防线是护城的壕沟和掘出的泥土构成的土墙，第二道防线是城墙；还有，在城门的里面再加一道随时可以放下去的吊门。"

王知事说："我组织人力、物力，迅速构筑。"

马忠华说："如果叛军进犯我们突泉城，我们就要牵制住他们，拖住他们……以我们二十八师的实力，力争在突泉城全部消灭他们，让突泉城成为他们的葬身之地——这是吴俊升将军的命令。"

王知事说："明白了。"

"好。"马忠华说，"我们大家分头行动吧。"

会议结束，大家按照会议的布署，都分头行动去了。

1916 年 7 月 22 日，黄昏。

巴布扎布的第一梯队到达了在突泉城北。

第一梯队的司令是齐达拉巴拉，军事顾问是日本大尉若林龙雄。

他们放眼向突泉城望去，只见突泉城旌旗林立，旗帜在风中飘荡；城头上的士兵，荷枪实弹，来来往往……城下是拓宽了的城壕，掘出的泥土高高地堆在了里侧，俨然是一条深而宽的护城河的里岸，等于筑起了一道难以逾越的泥泞而湿滑的小城墙。

城门处，高高地收起了壕沟上的吊桥。

齐达拉巴拉说："咋办，是攻城还是不攻城？"

若林龙雄说："看来，突泉城早有准备。"

齐达拉巴拉说："我们远道而来，士兵疲惫，军心有些涣散……"

若林龙雄说："是啊。"

齐达拉巴拉望着湿漉漉脑袋、泥乖乖的腿脚的蒙兵们，他说：

"我们从喀尔喀河畔一出发，就下了大雨，结果呢，连续地下雨……我们是在泥泞中跋涉前行。前行的速度，简直就是爬行的蜗牛……连蜗牛都不如，蜗牛不怕雨淋。我们呢，被大雨淋得浑身水涝涝的，走在荒野上，没处躲也没处藏，成了他妈的水牛犊子了——出师不利啊，真晦气。"

若林龙雄说："正赶上雨季嘛。"

齐达拉巴拉说："你我二人还好办，可以骑着马，士兵呢，只能是两条腿……"

若林龙雄说："作为军人，要适应在各种气候下行军打仗……连日的大雨，对于我们的士兵来说，也是个历练。"

齐达拉巴拉说："我们是 7 月 1 日出发，走了 21 天才到达了这里。"

若林龙雄说："这样吧，我们作为先头部队，莫不如等一等，等到明天第二梯队的到来，我们的士兵也缓过乏来了，然后，合力攻取突泉城。"

"有道理。"齐达拉巴拉说，"我们这个梯队 700 人，由布恩巴扎布率领的第二梯队是 800 人，由巴布扎布率领的第三梯队是 1500 人。我们跟布恩巴扎布率领的第二梯队加在一起，就是 1500 人。"

若林龙雄说："这样，我们就会以多胜少，战则必胜。"

"哎哟，我的肚子都饿得咕咕叫了。"齐达拉巴拉对他身边的亲兵说，"传我的命令，安营扎寨，烧火造饭。"

蒙兵们在突泉城北，安营扎寨。

他们从勒勒车上搬下了炊具和构建蒙古包的材料，构建蒙古包。同时，支起了炊具的架子……然后，把湿淋淋的衣服也脱了下来，晾在了支起的杆子上。

阴云密布，天蒙蒙地黑了。

突泉城的城楼上，马忠华、姜恩波，还有王知事和白署长，他们在观察敌情。他们看到了城外的蒙古包，还有在蒙古包间支起的炊具，以及晾在杆子上的蒙兵的衣物。

白署长说："蒙兵的这个架势，是来攻城略地，还是来玩小孩子的'过家家'来了？我真是看不明白了？"

姜恩波说："看来，蒙兵远道而来，是疲惫了。"

"好啊。"马忠华说，"乘他们立足未稳，突然间，我军出兵袭击他们，给他们来个措手不及，杀他个人仰马翻、落花流水。"

王知事说："咋个部署？"

"我率领骑兵营，马腿裹布，静悄悄地出城，猛然间冲进敌营，等他们醒过腔来，他们的人头已经落地了。"马忠华说，"姜营长。"

姜恩波说："马营长，你说吧。"

马忠华说："我在前，你在后。我在前边连打枪带呐喊，你在后边呐喊助威。我的骑兵像秋风扫落叶似的过去之后，你的战士就把叛军的蒙古包和勒勒车啥的，统统给他烧掉……让叛军一把鼻涕一把泪地哭去吧，呵呵。"

姜恩波说："好咧。"

马忠华说："王知事，叛军果然按照我们的预料，来到了突泉城……你动员城里的老少妇孺，乘着夜色，悄悄地从南门撤出城去……这样，可以避免无谓的牺牲。"

王知事说："好咧。"

马忠华说："白署长，你的任务是造势。"

白署长说："咋造势？"

"方法很简单。"马忠华说，"搜集城里的鞭炮……我们出城，你也出城，不过，你出城是带领着一些人，听到了我们的枪声，你就在水桶里或者坛罐里，鸣放鞭炮，敲锣打鼓……让叛军不知道来了我们二十八师的多少官兵……吓破他们的肝胆。"

白署长笑了，说："这个好办，我布置个巡警，就把这事儿办了。"

马忠华说："还有，我们骑兵营和步兵营出击……你们警署的人守城。"

白署长说："我亲自率领警署的人守城。"

夜深了，起风了，又噼里啪啦地下起了雨。

马忠华率领骑兵营，姜恩波率领步兵营，两个营静静地出了突泉城的西门……乘着夜色，悄悄地接近叛军。

接近蒙古包了，随着马忠华放出的第一枪，刹那间，天上一个撕裂长空的电闪，大地一片惨白，然后，就是"咔嚓"一个响雷，惊天动地……骤雨天降。

骑兵们射击的枪声，枪声和雨声，混杂在一起，骑兵们高喊着"冲啊——""杀啊——"，杀进了蒙古包的阵营里……姜恩波率领着步兵们也是高喊着"冲啊——""杀啊——"，在勇猛的呐喊声中，紧随着骑兵杀了进去。

与此同时，响起了紧密的鞭炮声、锣鼓声、唢呐声……震耳欲聋——说不准是枪声，还是炮声，更像是虎狼在咆哮。

一时间，蒙兵阵营大乱。

由于疲惫，陷于香甜的酣睡中的蒙兵从睡梦中惊醒，连穿衣服都来不及了，只好光腚子拉磴地抱着衣服，捡起枪，向外逃命……马忠华的骑兵们挥舞着马刀，像宰羊杀猪般地屠戮着叛军。

姜恩波的步兵营，扫荡着蒙古包里来不及逃跑的蒙兵，然后，用燃起的火把，把蒙古包和叛军的勒勒车等物资，都燃烧殆尽。

马忠华和姜恩波获得了胜利，追赶了叛军一阵子，就不再追赶了，而是打扫战场……然后收兵，回到了突泉城。

叛军向北，又折向东，后撤了二十里，才停顿下来，喘口气儿，然后，齐达拉巴拉和若林龙雄集拢残兵败将，等待第二梯队的到来。

1916 年 7 月 23 日。

蒙军的第二梯队经过了艰难的跋涉，终于来到了突泉县城之外。蒙军800 人的第二梯队的司令是布恩巴扎布，军事顾问是日本军官青柳胜敏大尉。

蒙军的第一梯队和第二梯队会合了。

布恩巴扎布看见齐达拉巴拉一副沮丧的样子，问道："咋啦？没有去到突泉城下，向突泉城发起攻击？"

齐达拉巴拉说："我们到了突泉城下，由于士兵们在连续的雨天里行军，非常疲惫，再加上天色已晚，我们就安营扎寨了……奉军乘着夜色和电闪雷鸣，向我们发起了突然攻击……打了我们一个措手不及……我们只得后撤了 20 里。"

布恩巴扎布说："这么说，你们这个先头部队，是在等着我们的到来？"

"是的。"若林龙雄说，"当时以为你们到了，我们的力量就更强大了，更有胜券在握的底气了。"

"教训啊。"青柳胜敏说，"到了突泉城下，就应该及时地发起进攻，我们虽然疲惫，但是，也不给突泉城里的奉军以喘息的机会……结果呢，你们反而让奉军占了便宜。"

齐达拉巴拉说："是啊，我们反而让奉军挫了我们的锐气。"

若林龙雄说："昨天，我们是浑身的疲惫，奉军则是以逸待劳，而且，奉军的兵力与我们旗鼓相当，他们的军事准备是很充分的。"

"胜败乃兵家之常事。"布恩巴扎布说："俗话说，失败乃成功之母。俗话又说，百炼成钢嘛。"

青柳胜敏说："我们到了，咱们要及时地发动攻击……何况，我们是两个梯队的合力，坚决地一举拿下突泉城。"

布恩巴扎布说："我们咋个打法？"

青柳胜敏说："我们从东、北两个方向，向突泉城发起攻击。哪个方向突破了突泉城，我们就在哪个方向扩大战果，直至占领了整个突泉城。"

若林龙雄说："奉军加深和加宽了护城的壕沟，壕沟里都是深水……"

青柳胜敏说："砍树，绑扎数个长梯子，叠加在一起，就是一座吊桥……然后，我们蒙军踏桥而过。我相信，我们的蒙军是无坚不摧的。"

布恩巴扎布说："传我的命令，前行 10 里，支锅造饭……都吃饱了喝足了，就对突泉城发起攻击。"

齐达拉巴拉说："好。"

于是，这蒙军的两个梯队就向前行进了 10 里地，支起锅来，做饭做菜，待吃饱了喝足了，然后，集合起来，准备向突泉城发动攻击。

突泉城。

王知事、白署长，还有姜恩波和马忠华两个营长，都来到了城楼上。

刘成海报告："叛军的第二梯队到了，与第一梯队在距城 20 里地的地方会合，然后，又向我们行进了 10 里，在离城 10 里处，支锅造饭……"

马忠华说："叛军的士兵又支起杆子，晾起了衣服吗？"

刘成海回话："没有。"

王知事说："看来，叛军是不准备在明天才开始发动攻击了，呵呵。"

刘成海说："还有，马忠国率领他的炮队正在赶往突泉城，跟他一起来的，还有一个步兵营。"

白署长说："好啊。"

马忠华说："姜营长，东、西、南、北四座城门，你我各自守卫两座城门，我守东、南两座城门，你守西、北两座城门。"

姜恩波说："好的。"

马忠华说："我们的士兵都要有一部分在城外用挖壕沟的泥土筑起来的土墙做为掩护，构成第一道防线，打击叛军，然后，做出抵挡不住的样子……"

王知事说："为啥呢？"

马忠华就小声地跟他们讲了自己的战役设想……大家听了，都笑了，表示赞同。然后，他们各自完成自己的任务去了。

枪声，密集的枪声；呐喊声，蒙军冲锋的呐喊声……蒙军从东门和北门，开始进攻了。守城的奉军开始应战，他们映身在护城壕沟里面的土墙处，向蒙军射击……冲锋在前面的蒙军纷纷倒下，于是，后面的蒙兵纷纷后撤——蒙军的第一波进攻失败了。

东门和北门都是如此。

于是，蒙军在东门和北门重新组织进攻，并且，由日本军官青柳胜敏和若林龙雄亲自上阵，手中挥舞着日本战刀，带领着蒙军发起了第二波的进攻。

这次进攻，他们不像第一波那样挺胸抬头地进攻，为了避免伤亡，他们是先跑进，然后，他们拖着早已扎好的梯子，匍匐前进，一点一点地接近护城的壕沟。

这时，突然看见城里冒起了黑色的浓烟……接着，就有城墙上的士兵喊道："不好了，城里有蒙人放火起事啦——"

听到这样警告般的喊话，在土墙处阻击蒙军的奉军士兵仿佛惊慌了，他们三五个地向城门里跑，接着，就成批地向城门里边跑。

狙击蒙军的枪声稀疏了。

渐渐地，蒙军抬起了头，然后，又大胆地站起了身子，开始向城门处集中地冲锋。用绑扎好的数个长梯子，架在了壕沟上，形成了一座桥。蒙兵们迅速地通过了这座浮桥，冲向了城门，又涌进了城里。

涌进了城门，恰恰是涌进了瓮城。

蒙军跑在前面的，进不了通往城内的第二道门，又无处攀爬；跑在后面的，又大批地涌进了瓮城……只听得一阵锣声响，城门楼里侧的一扇大吊门哗啦啦地落了下来，把涌进了瓮城的蒙兵切断在了瓮城里，里不出外不进。

随着大吊门哗啦啦地落下来，从瓮城的城墙上向下射出机关炮，并且，还密集地扔下了手榴弹，炸得蒙兵们哭爹喊娘，折胳膊断腿，脑袋搬家……却又无路可逃。

在东门指挥蒙兵的日军大尉若林龙雄在瓮城里被炸得粉身碎骨。在北门指挥的日军大尉青柳胜敏，被堵进在瓮城里，脑袋开了花。

原来，是白署长组织几个人，在城里找个地方放上草木，然后，燃起烟火来……这烟火一定要使叛军在城外也能够看得着的地方，再喊出"城里的蒙人举事啦"，仿佛是内乱了……然后，马忠华和姜恩波的士兵们就仿佛真的像后院起火了似的，从城门外慌里慌张地撤进城里，而且，城门虚掩……叛军不知道新构筑了瓮城，他们既兴奋而又小心地涌进了瓮城里。

于是，就有了瓮中捉鳖的这场战役。

"轰、轰、轰"——炮声，听到了炮声，在城楼上指挥作战的马忠华看到炮弹在蒙兵的人群里开了花……他兴奋地喊叫道：

"弟兄们，我们的援军来了，杀出城去，消灭叛军——"

突泉城内外的二十八师的勇士们，里应外合，夹击蒙军。

蒙军只有步枪，没有大炮，在大炮轰炸的威力面前，显得无能为力，只好后撤，他们慌慌张张地后撤了十几里。

马忠华和姜恩波，把来增援的炮队和步兵营，迎进了突泉城。

1916 年 7 月 23 日，傍晚。

突泉城，县衙内。

刘成海报告："叛军的第三梯队抵达了，距离突泉城 20 里与他们的第一和第二梯队会合了。"

"巴布扎布这个叛军的贼首终于来了。"马忠华说，"他们会合之后在做啥呢？"

刘成海报告："支锅造饭。"

王知事说："一群饭桶，只能是支锅造饭。"

马忠华说："他们支起了蒙古包吗？"

刘成海报告："支起来了。"

马忠华说："看来，叛军刚到，今天晚上是不想攻城了。"

白署长说："他们是人困马乏，需要休息。"

姜恩波说："还需要慰问一下先头两个梯队的叛军的受伤的心灵……呵呵。"

"我们的任务是拖住叛军，在他们去攻取奉天的路上消灭他们——这是吴将军的命令。"马忠华说，"叛军这三个梯队会合了，前两个梯队损兵折将……巴布扎布率领着 1500 人马，估计他们统共有 2000 余人，在人数上，比较我们，他们略占优势。"

王知事说："马营长，咱们咋个策略？"

马忠华说："咱们是不跟他们硬拼的。"

姜恩波说："撤退？"

"说得对。"马忠华说，"我们把这个突泉城先给了巴布扎布，他一定高兴，我们就让他高兴高兴……我们把他先留在突泉城，等待吴将军亲率我们二十八师的大军来歼灭他们……总之，我们要以我们的优势来歼灭敌人，打则必胜。"

白署长说："咋个撤法呢？"

马忠华说："我们的部队保护着城内的居民悄悄地乘着夜晚，离开突泉城……让居民们把自己的财物和粮食、草料之类的东西坚壁起来，巴布扎布即使是进了突泉城，也是空空如也，在粮草上得不到半点补充，我们的大部队一到，要么歼灭他，要么就困死他。"

王知事说："咱们就按马营长说的，行动吧。"

白署长和姜恩波说："好的。"

"哎，姜营长。"马忠华说，"咱俩还有一个任务呢。"

姜恩波说："啥任务？你说。"

马忠华说："咱俩得在全部人马撤出突泉城之前，把护城的壕沟填出几个通道，以有利于巴布扎布的顺利攻城。"

"当然了，也有利于我们之后收复突泉城。"姜恩波笑了，说，"还有呢，把瓮城也炸毁了。"

马忠华说："呵呵，真是心有灵犀一点通啊。"

于是，他们分头行动，撤离突泉城里的居民们。

1916 年 7 月 24 日。

突泉城。

巴布扎布的蒙军，四更造饭，五更吃饭。吃饱了饭之后，呼呼啦啦地行军 20 里，来到了突泉城下。

太阳升起来了。

巴布扎布和他的日本顾问官们用望远镜观察突泉城，城上旗帜林立，却见不到奉军的士兵。城外的护城壕沟却填塞了几个通往城下的豁口，仿佛是在为他攻城提供便利。城门虚掩，也看不见守卫城门的奉军士兵。

整个突泉城一片宁静。

巴布扎布说："这是咋回事儿，空城计？"

齐达拉巴拉说："即使是空城计，当年诸葛亮还在城门处放上几个打扫卫生的老兵，而诸葛亮在城门楼上悠然自得似的弹着古琴。"

"奉军很狡猾，要提防。"布恩巴扎布说，"若林龙雄大尉他们一进城门，就看到城门里面还有一道悬空的城门，突然间，从空中一掉下来，把我们冲进去的士兵就都关在里面了……就是这么的，包括若林龙雄大尉的一大群人，就有去无回了。"

入江种矩说："可以试探一下嘛。"

说着，向城门上方打了一枪，惊扰了一群麻雀，从城门楼子上叽叽喳喳地腾空而起。但是，却毫无奉军的反应，突泉城反而显得更加宁静。

入江种矩说："我带人上去……"

"好啊，先带上200名蒙军试探着上去……"巴布扎布同意，他又对布恩巴扎布说，"你配合入江种矩大尉，跟着上去。"

"嗯哪——"布恩巴扎布答应，但是，声音有些颤抖。

入江种矩和布恩巴扎布带领200名蒙军士兵迂回着向突泉县城前进，走了一段，为了安全起见，入江种矩改为匍匐前进……布恩巴扎布和200名蒙军士兵也学着入江种矩的样子，匍匐前进。

他们接近护城的壕沟了，但是，没有向他们射击的子弹。

于是，他们学着入江种矩的样子，猫着腰，通过了护城壕沟的填塞出来的豁口，来到了突泉城下。

他们走进了城门。

进了城门，他们看到这是一座毁掉的瓮城，瓮城里面空空荡荡……但是，被打死和炸死的蒙军和日本军官的尸体，还惨烈地摆放在那里，前仰后卧的、折胳膊掉腿的、脑袋开花的、肠子从肚子里流出来的……碎肉粘连在地上，血迹殷红，摊摊点点……他们的尸体已经在这里摆放了一天一夜了，散发着令人恶心的尸臭……正是三伏天，炎热而又潮湿，嗡嗡嘤嘤的苍蝇数不胜数，它们兴奋地舔舐着尸体的烂肉和凝滞的血浆，然后，从尾部排出一小堆一小堆的白色的蝇卵，这些白色的蝇卵降落在尸体的烂肉和凝滞的血浆上，嗅到了尸臭，立刻就活跃起来，也学着它们的父母，舔舐着、蠕动着、成长着、活跃着、壮大着。

两条饥饿的野狗，不知道啥时候从虚掩的城门处，溜达了进来，一条正在用嘴巴有力地撕咬着尸体的肌肉；另一条正在用尖利的牙齿，津津有味地咀嚼着尸体的骨头，嘴里发出轻微的嘎嘣嘎嘣的声音。

瓮城里突然刮起了一阵黄色的旋风，旋风中包裹着尘埃、败叶、衰草……仿佛有说不清的鬼魅冤魂，踏风而来，窸窸窣窣、呜呜咽咽。

入江种矩和布恩巴扎布探头探脑地走进了瓮城，并没有看到在旁边的野狗。但是，野狗看见了他们。野狗认为这横躺竖卧的尸体是它们的美味佳肴，而瓮城是它们的领地。于是，野狗愤怒起来了，它们突然间就张口大嘴，扯开大嗓门，拔高了腔调，向入江种矩和布恩巴扎布它们咆哮起来了：

"汪、汪——"

这突然间炸响的野狗的狂吠，在铺满死尸的瓮城里回荡，显得格外地惊魂动魄。

"有埋伏——"布恩巴扎布下意识地喊叫道，他恐惧地撒腿就向城门外跑。

他这一跑，使拥塞在城门洞子里的蒙军像是炸了营，也都惶恐地掉头向外跑……人挤人，人推人，人绊人，人踏人……一片混乱，惨不忍睹。

逃跑回了蒙军阵营里的蒙兵向巴布扎布报告："城门里是瓮城，瓮城里有埋伏。"

巴布扎布听了，也觉得心慌，说："传我的命令，后撤10里。"

于是，蒙兵们后撤了10里地。

入江种矩对巴布扎布说："司令大臣，在瓮城里并没有发现奉军。"

巴布扎布说："那咋说是有埋伏？"

入江种矩说："是狗叫。"

布恩巴扎布说："肯定有埋伏。"

巴布扎布说："有埋伏也好，没有埋伏也好，我们在这周边找几个人来，问一问，打听打听。"

齐达拉巴拉说："我去找人来。"

巴布扎布说："好吧，你去找。"

齐达拉巴拉骑着马，带着几个亲兵，去找人来。不一会儿，他找了几个人来。

巴布扎布说："你们当中，谁是突泉城里的人？"

"我是。"其中的一个人说。

巴布扎布说："城里有多少奉军？"

"一个也没有了。"这个人说。

巴布扎布说："人呢？"

"都撤退了，连同城里的老百姓。"这个人说。

巴布扎布说："为啥呢？"

"好像是你们来增援的兵马太多了……"这个人说。

巴布扎布听了，说："哼，这些个奉军，他妈的，胆儿像个兔子似的，一听说我巴布扎布率领的勤王复国军的天兵来了，就撒丫子逃跑了，真是群废物点心。"

入江种矩说："还是司令大臣说得对。"

"我巴布扎布不费一枪一弹，仅仅凭着我勤王复国军的军威，就占领了突泉城。"巴布扎布说，"传我的命令，进入突泉城。"

齐达拉巴拉说："是。"

于是，巴布扎布率领的勤王复国军耀武扬威地走进了突泉城的城门，占领了突泉城。

1916 年 7 月 25 日。

吴俊升亲自率领二十八师的七个营的兵力来到了突泉城外，其中一个营是拥有几十门大炮的炮营。他们跟马忠华的骑兵营、姜恩波的步兵营，还有先前增援来的步兵营和炮队会合在了一起。然后，迅速地包围了突泉城。

王知事说："吴将军，巴布扎布在突泉城内，突泉城已经成了空城，我们是围困他、困死他，还是攻城歼灭他？"

"呜呜，长痛不如短痛，对于叛军巴布扎布这个脓包，不如早点给他一刀，把脓血放出来……歼灭他。"吴俊升说，随后又叫道，"马忠国。"

"有。"马忠国回应。

吴俊升说："传我的命令，把大炮的炮口对准了突泉城的南门和西门。"

"是。"马忠国回应。

于是，大炮的炮口对准了突泉城的南门和西门。

吴俊升又叫道："姜恩波。"

"有。"姜恩波回应。

吴俊升说："传我的命令，大炮一响，机关枪扫射……全体将士冲锋，收复突泉城。"

"是。"姜恩波回应。

吴俊升的炮兵营、骑兵营、步兵营都做好了收复突泉城的战斗准备。吴俊升命令：

"开炮。"

他的话音一落，数十发炮弹呼啸着射向了突泉城……轰轰隆隆的爆炸声，硝烟弥空。城墙被炸开了几个口子，战马驰骋，士兵冲锋……吴俊升也上了战马，战刀一挥，口中也随着冲锋的士兵们一样地喊着"冲啊——"，纵马勇猛地冲了上去。

一颗飞弹，击中了吴俊升的左臂，他从马上滚了下来，然后，他又一个鹞子翻身，站了起来，战刀还紧紧地握着他的右手上……在他身边的马忠华见了，急忙从马上跳下来，扶起了吴俊升，鲜血从吴俊升的左臂位流了出来……马忠华心痛地说：

"吴将军……"

"嘘——"吴俊升用他的右手的巴掌堵住了马忠华的嘴，他环顾了一下火热而激昂的战场，说道，"别吭声，小心动摇了我的军心，战场上负伤是经常的事儿。"

"我给你包扎。"马忠华说。

他用战刀拨开了吴俊升的左臂的衣袖，用纱布把吴俊升的伤口迅速地包扎上。

吴俊升调侃地说："巴布扎布这个鸟儿，真他妈的抠门儿，招待我吴将军，仅仅让我吃了他的一颗花生米……我招待他的却是机枪加大炮。"

王知事来报告："吴将军，我军已经冲进了县城。"

吴俊升说："呜呜，看见了。"

一会儿，马占山来报告："我军占领了突泉县城，叛军折损大半。"

吴俊升说："巴布扎布呢？"

马占山说："他带领着一部分蒙军冲出了突泉城的东门，向东南方向逃窜了。"

吴俊升说："我说马占山……"

"有。"马占山立正，回话。

吴俊升说："呜呜，你的骑兵营，给我像野狼一样，咬住巴布扎布这群牛的屁股，紧紧地尾随着他们……瞅准机会，就给我狠狠地咬上他一口，咬下他一块肉来，还要肉中带血。"

"是。"马占山说。

他立刻跳上了战马，执行命令去了。

吴俊升说："马忠华啊。"

"有。"马忠华说。

吴俊升说："你带领你的骑兵营，迅速地回防郑家屯，要赶在巴布扎布叛军的前面，防止他骚扰我的老窝儿。"

"是。"马忠华说。

他飞身跳上了战马，率领他的骑兵营，急速赶回郑家屯，执行命令去了。

吴俊升说："走，进城。"

王知事、白署长等，随他进了突泉城。

突泉城，县衙署。

吴俊升的左臂缠着绷带坐在这里。

王知事说："吴将军，我这县里有大夫，请一个大夫给你治疗伤口吧。"

吴俊升说："呜呜，中医还是西医？"

王知事说："西医。"

吴俊升说："西医，动完刀子之后，给我打上石膏……烦不烦哪？"

王知事说："我们这儿，中医也有个治疗红伤的好手，把骨头一捋，骨头都捋对位了，然后，用木头夹板一绑扎，就结了，咋样？"

吴俊升说："呜呜，你说的这个中医还不错，把他请来吧。"

白署长说："我们早就请来了，在厢房里候着呢，我这就去请。"

说着，他出去了……请进来一位身背药箱子的大夫。

王知事向吴俊升介绍道："这是我们的毛大夫。"

毛大夫向吴俊升一点头。

吴俊升说："毛大夫，你看，我的伤，是咋个治法？"

毛大夫笑了，说："让我看看你的伤口再说……"

吴俊升说："好啊。"

毛大夫过来，解开吴俊升左臂的绷带，看他的伤口……然后，他说："需要手术，取出子弹头，然后，剜去腐蚀的肌肉，再用消毒纱布揩净伤口处的污秽……捋顺碎裂的骨头，上夹板。"

吴俊升说："可以啊。"

毛大夫说："那就请白署长把吴将军绑在病榻上，然后，手术……"

吴俊升说："把我绑在病榻上，为啥呀？"

毛大夫说："吴将军，你不知道做这个手术，即使是打了麻药，还是相当疼痛的，常人绝对是难以忍受的。"

"嗨，我吴俊升是常人吗？我吴俊升非常人也，没有我吃不了的苦，没有我遭不了的罪，没有我忍受不了的疼痛。"吴俊升说，"想当年关公关云长刮骨疗毒……我吴俊升比不得关云长吗？我就是比不了，我也能学得了。"

"有吴将军的这句话，我就敢于手术了。"毛大夫说，"你就坐在这儿，我给你手术……"

"好啊。"吴俊升说。

这时，马忠国推门进来报告："吴将军，巴布扎布的一个大队长带领他的大队人马前来投诚。"他一看这房间里的气氛，说，"我就让他等手术之后再来见吴将军吧?"

吴俊升一听,马上站了起来,说:"马上请他进来,我要见他……如果巴布扎布的人马都来向我投诚,我他娘的就不用再动刀动枪地跟他打仗了。"

马忠国回转身出去,把那个大队长请了进来。

那个大队长一见吴俊升就扑通地跪了下来,他说:

"久仰吴将军大名,小的一时糊涂,听从了巴布扎布的蛊惑……我愿迷途知返,给吴将军牵马坠镫……请吴将军容留。"

吴俊升过去,用右手把这人搀扶了起来,说:"落座。"

白署长搬来了一把椅子,让这人坐了下来。

吴俊升说:"你叫啥名字?"

"我叫喷帕扎布,是巴布扎布叛军的一个大队长。"这人说。

吴俊升说:"呜呜,我看你是条汉子,我吴俊升就喜欢英雄好汉……你原来是个大队长,现在,在我的麾下,还是大队长,待有了战功,破格提拔。"

"谢吴将军。"喷帕扎布说。

吴俊升说:"喷帕扎布大队长,你坐着,我让毛大夫给我手术,他边给我做手术,咱们边聊……两不耽搁。"

"愿听吴将军教诲。"喷帕扎布说。

他站起身来,坐在了一旁。

吴俊升坐了下来。

毛大夫打开了他的药箱子,在桌子上铺开了白布,然后,拿出了刀子、剪子、镊子……放在了白布上,给吴俊升做手术。

吴俊升说:"马忠国。"

"有。"马忠国应答。

"喷帕扎布大队长和他的大队人马,既然是我们二十八师的将士了,就不能亏待他们……"吴俊升说,"告诉财务部门,就是我吴俊升说了,先给他们发三个月的军饷。"

"是。"马忠国应答。

"谢吴将军。"喷帕扎布说。

吴俊升说:"还有,该发给他们的装备,马上就发……绝不能有亲娘养的、后娘养的。"

"是。"马忠国应答。

吴俊升说："喷帕扎布大队长，巴布扎布流窜的目的地是哪里?"

"回禀吴将军，巴布扎布叛军流窜的目的地是郭家店。"喷帕扎布说，"他们起初想流窜到四平街，但是，他们惧怕马龙坤……马龙坤在四平街有驻军。"

吴俊升说："呵呵，这个巴布扎布很有头脑啊，以为满铁附属地是他们的避风港，日本人是他的遮阳伞……但是，又有意地避开马龙坤，因为，马龙坤这小子是又蛮又刁啊。"

"是的。"喷帕扎布说。

吴俊升说："喷帕扎布大队长，我还真得交给你一个任务，给你一个立功的机会。"

"请吴将军下命令，我愿效犬马之劳。"喷帕扎布说。

吴俊升说："在你的手下派出一个得力的亲信，回到巴布扎布的叛军之中去，成为我们打进巴布扎布心脏的内线。"

"是。"喷帕扎布说。

吴俊升说："联络的具体的方式和方法，由你和马忠国负责。"

"是。"喷帕扎布和马忠国说。

吴俊升伸出的左臂的下方，放着一个凳子，凳子上放着盆子。毛大夫用剪子剪开伤口的皮肉，伤口的血水流在了盘子里。毛大夫用刀子削去变黑的烂肉，然后，又拨弄着骨头……用镊子把嵌在骨头里的子弹头，夹了出来，丢在了盆子里，发出"当"的一声脆响。

这声脆响，让房间里的人们紧绷的心灵，仿佛受到了摧肝裂胆的撞击，尽管吴俊升在那里谈笑风生，神态自如，仿佛啥事也没发生。

毛大夫用蘸了消毒水的纱布伸进吴俊升的左臂的伤口，洗涮消毒，然后，捋顺碎裂了的骨头……房间里的人们眼睁睁地看着，却眉头紧皱，心头仿佛在剧痛。

毛大夫给吴俊升缝合了伤口，敷上药，缠上了纱布，然后，又绑上了夹板——人们这才深深地松了口气。

这时，张海鹏进来了，他端着冒着热气的砂锅，说："我给将军送鸡汤来了，将军受了伤，就好像是我亲哥哥受了伤似的，我心里这个难受啊。"

吴俊升说："哎，你个张海鹏，你会讨巧啊……呵呵，真有眼力见儿。"

张海鹏说："将军乃国家之栋梁，我就该敬重将军。"

吴俊升说："啥栋梁不栋梁的，我就是个武人出身，没啥文化，又是个粗人，也当不了啥政治家……但是，我知道，我这个武人的这条命，就是要'保家卫国'。保家，就得消灭匪患，让老百姓享受太平。卫国，就得镇压分裂国家的叛乱，同时，抵御外国的侵略。"

王知事说："吴将军虽然说自己是武人，又说自己是粗人，可是，话都说在点子上了，是文人雅士所不能及的。而且，最为可贵的是，将军有一颗为国为民的赤胆忠心。"

毛大夫收拾他的药箱子，说："吴将军，你注意点，别抻着……过三天，无论你是在突泉城，还是郑家屯，我都去给你换药。"

吴俊升说："好嘞。"

姜恩波来报告："突泉城战役，毙敌 600 余人，俘获 800 余人……再加上前来投诚的，以及逃散的，巴布扎布的叛军损兵折将，估计只剩下五六百人了。"

"好。"吴俊升说，"我们要彻底地歼灭他。"

日本的军事评论家早川，他著书说——

吴俊升勇敢和果断的性格，决定了他作为士兵，必然立于阵前奋战。作为将校，会先于众人而挥舞军刀前行。作为将军，一定会把司令部一个劲儿地向前推进、再推进，以至于进入危险区的机会，便增多起来。他身上足有七八处的弹痕。他一高兴起来，便把衣服脱下来，指点着他的伤疤说："这些伤是我的战争经历——脑袋的伤是某年某月讨伐某贼之际留下的枪伤，左肩的伤……肚子内……胳膊上……腿上……"一样一样地如数家珍。

另一位日本军事评论家著述说——

吴俊升纯属武人，毫无政治才干，但是，生性彪悍，亲临实战时，作战之妙，在奉军中无出其右者。

第十九章

中国军人抗击日军寻衅而捍卫自尊的"郑家屯事件"

1916 年 8 月 13 日。

郑家屯，它南有东辽河，西有西辽河。

西辽河的航运，是郑家屯经济、文化繁荣与发达的先决条件。郑家屯东南 25 千米的三江口为溯航辽河的终点码头，也是郑家屯的码头，郑家屯为三江口的本街。

东、西辽河在三江口汇合，然后，转向西南，再向南到达营口，流入浩瀚的渤海。营口是大辽河的入海口。

西辽河水深流急，郑家屯到营口之间的航运最为兴盛，商船往来频繁。从营口溯航而来的船舶，载来丝绸、布匹、食盐、火柴和其它日用品，再从郑家屯运走粮食、肉类、皮张、黑白瓜子儿、马莲根儿等土特产品。

贸易活动的兴起和发展，扩大了上游和下游的物质交流。这个时期，郑家屯的周边，内蒙古、辽宁、黑龙江等一些地方与关内的交通往来，只有这一条途径。所以，这条辽河水上运输线，有"沙荒宝路"之称。

因而，郑家屯成为闻名遐迩的水旱码头，物质集散地。郑家屯街市车水马龙，商贾云集，成为奉天城——今天的沈阳城以北的蒙汉交易中心。

这一时期，也成为郑家屯历史上的黄金时期。

上午，郑家屯熙熙攘攘的街头，一群小贩在叫卖。

一个男孩的面前放着两只大木盆，盆里是清水，清水里游动着鱼，男孩嚷叫着："辽河大鲤鱼啊，新鲜的，还活着呢，贱啦贱啦，三角钱一斤啊，快来买啊。"

路过这里的日本商人吉本喜代吉看见游动的鲤鱼很肥，而且，个头也不错，他问："多少钱一斤？"

男孩说："三角钱。"

吉本喜代吉问："贱点儿不卖吗？"

男孩说："贱了不卖，我这是辽河里的红毛鲤子。"

吉本喜代吉说："贱点儿吧，我买几条。"

"今天早上天蒙蒙亮的时候打的几网鱼，还都活着呢，多新鲜啊，贱了绝对不卖。"男孩说，"再说了，整条街也没有卖这么好的鱼的，我的鱼，不愁卖。"

吉本喜代吉在木盆里指点了三条红毛大鲤鱼。男孩按照他的指点，捞出了这三条鱼，然后，用干的马莲草把这三条鲤鱼串了起来，用秤称了，男孩说：

"三斤半的鱼，合一块零五分。这么着，便宜你五分，你给一块钱。"

吉本喜代吉把串起来的鱼拎在了手里，然后，他掏出了三角钱，给了这卖鱼的男孩。男孩接过了这三角钱，说道："你这只是一斤鱼的钱，还差七角钱。"

吉本喜代吉说："不是说好了吗，便宜点。"

男孩说："我已经给你便宜五分钱了。"

吉本喜代吉说："我一角钱一斤，买你的鱼，就给你面子了。"

"少了三角钱一斤，我不卖。"男孩说，"你要是不想买，就把我的鱼拿回来吧。"

说着，他就伸手去要拿回吉本喜代吉手中的鱼。吉本喜代吉一转身，男孩伸出的手扑了个空。吉本喜代吉要走，男孩就跳过了木盆，拉住了吉本喜代吉的胳膊。男孩说："你还我鱼，我不卖了。"

"我已经买了，你不卖还不行了。"吉本喜代吉看见男孩拉着他的袖子上的手，说，"哎、哎，你脏兮兮的手，腥得很，给我拿开、拿开。"

男孩反而把他的袖子拉得更紧，说道："我不卖了，还我鱼。"

吉本喜代吉说："八嘎，给我滚开。"

他挣开了男孩子的手，然后，朝着男孩子就是一脚，把男孩子踹倒在地。男孩子哭了，说："你耍无赖，还打人……"

站在一旁的刘成海和魏俸禄看不过眼儿去了，魏俸禄说："哎、哎，那么大个人，别欺负小孩子啊。"

吉本喜代吉说："我咋欺负小孩子了？"

魏俸禄说："人家小孩子卖的鱼是三角钱一斤，你却非得要一角钱一斤拿走，你不是欺负小孩子吗？"

刘成海说："人家小孩子已经给你便宜五分钱了，就不错了。"

魏俸禄说："你他妈的还把这孩子踹倒在地……"

说着，他去夺拎在吉本喜代吉手中的鲤鱼，吉本喜代吉却揪住了他的脖领子，嘴里喊道："八嘎……"

魏俸禄看了看吉本喜代吉揪住自己脖领子的手，说："你松开不松开？"

"我是日本人，我不松开。"吉本喜代吉说，"你们是啥人？"

魏俸禄说："你没看见老子穿着军装吗？老子是二十八师骑兵营的。"

吉本喜代吉说："你们二十八师胆儿肥了，是不是？居然在突泉城打死了我们大日本皇军的军人。"

"我们在突泉城打死的是指挥巴布扎布叛军的小鬼子军官，那是叛匪，妄想分裂中国的叛匪……听你这话，你跟那个若林龙雄之类的，穿的是一条开裆裤。"魏俸禄怒了，他挥拳就向吉本喜代吉打去，这拳头打在吉本喜代吉的鼻梁子上，说道，"我打的就是你个日本小鬼子，这是中国人的地盘，你他妈的竟敢在中国人地盘上撒野，我就让你尝尝，中国人的拳头不是好惹的。"

吉本喜代吉只感到自己的眼前一片漆黑，接着，就是满眼的昏花。他丢掉了手中拎着的鱼，鱼在地上蠕动着……他用双手捂着了自己的面部。

刘成海把在地上的鱼，扔在了小孩子的木桶里，然后，说："小鬼子，再让你尝尝中国人的脚上的功夫。"

他跳了起来，飞起一脚，狠狠地踹在了吉本喜代吉的胸部。

围观的老百姓齐声地叫道："打得好——"

吉本喜代吉被踹了个四仰八叉，倒在了泥水里，原本裤线笔挺的衣裤立时变得脏了吧唧的，他感到了胸部的剧烈的好像似在燃烧般的疼痛，突然又感到胸中有异物在涌动，他张开了口，一口鲜血喷了出来。

魏俸禄和刘成海两个人抱着肩膀，看着吉本喜代吉……过了一会儿，吉本喜代吉鼻青脸肿，他终于爬了起来，踉踉跄跄地走了。

日本领事馆驻郑家屯警察派出所。

吉本喜代吉来到了这里，执勤的是巡警河濑松太郎。

巡警河濑松太郎见吉本喜代吉鼻青脸肿，嘴角还残留着血渍，一屁股的泥水，他问道："咋搞的，这么狼狈。"

吉本喜代吉说："让中国的士兵给打的。"

河濑松太郎说："为啥啊？"

吉本喜代吉说："我说在突泉城打死了我们日本军人……旁边的两名中国军人听了，就说打死的是叛匪，说我跟被打死的日本军人穿的一条开裆裤……然后，就用拳头打在我的脸上，又把我踹倒在地上……还说，打的就是你们日本小鬼子。"

河濑松太郎说："这不是欺负我们日本人吗？"

吉本喜代吉说："就是嘛。"

"好，很好。"日本驻洮南的领事官补酒白秀一，从里屋走了出来，他拍着巴掌，不紧不慢地说。

河濑松太郎说："我们日本人被中国人欺负了，怎么还说好？"

"这就是可遇而不可求的机会。"补酒白秀一说。

河濑松太郎说："咋还是机会呢？"

"吉本喜代吉先生，打你的中国军人一定是二十八师的，对吧？"补酒白秀一说。

吉本喜代吉说："是的，他们声称自己是二十八师的。"

"这支中国部队刚刚从突泉城得胜，就迅速地归来，其目的是防止郑家屯被巴布扎布蒙军的骚扰……可是，巴布扎布的蒙军前三天从郑家屯的旁边溜过去了，估计今天可能渡过东辽河……巴布扎布的蒙军可是他们的心头之痛，他们还会不会去追击？"

河濑松太郎说："很可能。"

"所以，他们中国军人打了我们日本人。"补酒白秀一说，"这就给了我们一个机会，让我们制造一个事件，威胁他们，并且，牵制住他们……这就是声东击西，给巴布扎布的蒙军一个喘息的机会。"

"妙。"河濑松太郎说，"咋办？"

"你带着吉本喜代吉先生去找他们的长官，他们中国军人打了我们日本人，必须赔礼道歉，进行赔偿……你们先去，随后，我让咱们的日本的军人也去……不怕事态扩大，就是要闹出点事儿来。"补酒白秀一说。

河濑松太郎说："好的，我和吉本喜代吉先生马上就去。"

"知道他们的驻地吗？"补酒白秀一说。

河濑松太郎说："知道，就在'裕胜当铺'那儿。"

说着，他拉着吉本喜代吉走出了日本领事馆驻郑家屯警察派出所。

二十八师，马忠华骑兵营驻地，门卫处。

河濑松太郎拉着吉本喜代吉就要往里进，卫兵上前拦住，问：

"请问二位，你们要做啥？"

河濑松太郎说："我们要找你们的长官。"

卫兵说："你们找我们的长官有啥事儿吗？"

吉本喜代吉说："你们的两个士兵把我给打了……所以，我们要见你们的长官。"

河濑松太郎说："我是日本领事官的警察派出所的巡警。"

卫兵说："我们长官不在。"

河濑松太郎说："我们到你们长官的办公室，去等他。"

卫兵说："对不起，没有我们长官的允许，任何人不得擅自进入军事禁区。"

河濑松太郎说："我要是非得进去呢？"

卫兵坚决地说："不行。"

河濑松太郎见自己跟吉本喜代吉两个人，有点势单力薄，他对吉本喜代吉说："补酒白秀一领事官说是要派我们的军人来……怎么还没到呢？"

吉本喜代吉一抬头，看见从十字路口处拐过来有 20 个左右穿着日本军装的荷枪实弹的日本兵，他说："……来了。"

河濑松太郎一看，自己的人果然来了，他就迎了上去，对他们说："我去找他们的长官，门卫岗上的士兵，不让我们进去，说是他们的长官不在。"

"这不行啊，他们打了我们日本人，不赔礼道歉不行啊。"来人说。

于是，这 20 个日本兵在驻地的门口处，就高声地嚷嚷起来了，他们喊叫道："支那军队的长官，滚出来。"

这时，师部的一位通信员从营部里走了出来，向门外走，他佩戴了手枪……一个日本兵说："看，这个人大概就是他们的长官，他佩带着手枪呢。"

另一个日本兵说："下了他的枪，弄到咱们手里玩玩……"

几个日本兵跟着扑了过去，上去夺这位通信员的枪，借以寻衅。

这位通信员见几个日本兵上来了，警觉而又本能地用手握住了自己的手枪……几个日本兵用力去夺，通信员执拗地保护自己的手枪……一来二去，"嘭"的一声，手枪走了火。

听到了枪声，日本兵便一齐举起枪来，朝着中国士兵胡乱地射击……而吉本喜代吉见势不妙，悄悄地溜走了。

岗楼上的中国士兵们听到了枪声，一看是日本兵在自己的驻地里撒野，开枪射击中国士兵，而且，有中国士兵已经倒在了血泊中……随即，岗楼上的中国士兵向日本兵开枪射击，一阵扫射。值日留守的中国士兵也立即参加了战斗。日本兵当场死亡了七人，其中包括河濑松太郎。其余的日本兵见势不妙，赶紧向小东街方向败逃……又遇上了街上巡逻的中国士兵，双方对射，又有四个日本兵被击毙……再加上后来有一个受了重伤而死亡的日本兵。

这样，日本兵死了 12 个。

中国士兵死亡 4 人。

郑家屯，县衙署。

这个时候，作为洮辽镇守使的吴俊升并没有在他的衙署，也没有在他的将军府的宅邸，他到内蒙的达尔罕王爷府，给达尔罕王爷祝寿去了。

随后，他又去了北安。

在衙署里，知事靖兆凤正在跟马龙坤谈论四郑铁路的事儿……马忠华前来报告，刚刚发生的日本兵擅自闯他的驻地兵营而发生的相互开枪射击的事情。

靖兆凤说："为了防止事态扩大，你们不要采取报复行动。"

马忠华说："是。"

这时，衙署里的人来报告："日本领事官补酒白秀一先生要求会见靖知事。"

靖知事说："请。"

补酒白秀一已经闯了进来，说："你们中国士兵向我们日本军人开枪射击，打死了我们 12 个日本军人。"

靖知事说："这个事情，发生在啥地点啊？"

补酒白秀一说："在'裕胜当铺'那儿。"

靖知事说："你说的这个地点是我们二十八师骑兵营的驻地啊，咋搞的，咋在我们中国军队的驻地里，射杀了你们日本军人呢，这可是奇了怪了？"

补酒白秀一说："我们的日本军人，是要向你们骑兵营的长官反映你们两个中国军人打了我们日本商人的事情。"

靖知事说："既然是反映我们中国军人打了你们日本商人的情况，还用得了你们那么多的日本军人去吗？而且，还是带枪去的。"

马龙坤说："我们接到了报告，在我们的驻地里，我们死了四名士兵，负伤了多名。"

"你们中国军人太野蛮了。"补酒白秀一盛气凌人地说，"为了防止你们中国军人对我们的袭击，我们不得不调集我们日军的八面城大队、公主岭的骑兵二中队、铁岭的步兵一大队和机关枪队……前往郑家屯。"

靖知事说："领事官先生，你是想要把事态扩大吗？恐怕双方还都会有伤亡……"

补酒白秀一说："这是我们不得不做出的应急反应。"

马龙坤说："既然领事官先生说了，你们所做出的是应急反应，那么，怎么能使应急变成非应急呢？"

补酒白秀一说："我要求你们中国军队必须撤出郑家屯，撤出到离郑家屯 15 千米以外去……"

马龙坤脑袋一转，说："领事官先生的这个提议，很好。这样，双方的军队可以保持距离，避免接触，防止事态的扩大……对于你的提议，我们表示赞赏。"

补酒白秀一说："这仅仅是第一步。"

靖知事说："第二步呢？"

补酒白秀一说："接下来，我们就要谈为了避免再发生类似事件，我们的一系列要求……"

靖知事说："你说的为了避免双方军队的接触，让我们的军队退出郑家屯 15 千米，刚才马旅长已经答应了，但是，如果有其他的啥要求，我们还真的做不了主，我不过仅仅是个县知事……我们会向奉天的张大帅和因公外出的吴俊升将军报告情况。"

补酒白秀一说："那好，我们就通过外交途径解决吧。"

说完，他一甩袖子，就走了。

县衙署里只剩下靖知事、马龙坤、马忠华三个人了，靖知事说："马旅长，你咋答应让我们的军队撤出郑家屯 15 千米之外呢？"

马龙坤说:"日本人之所以到我们部队的驻地去找事儿……他们的目的是牵制我们,掩护巴布扎布叛军……所以,我们就将计就计,把我们的军队撤出郑家屯,然后,我们的军队集中军力打击巴布扎布叛军——这既是日本人的走狗,又是日本人的心肝。因为,日本人的妄想,是要通过巴布扎布叛军来实现的。"

靖知事说:"噢,明白了。"

"巴布扎布突泉兵败而流窜,渡过东辽河,他的目的地,是南满的铁路沿线的郭家店,以期求在那里得到日本人的保护……"马龙坤说,"马忠华。"

"有。"马忠华说。

马龙坤说:"命令我们在郑家屯的驻军,离开郑家屯,开赴郭家店附近,监视巴布扎布叛军的动向,寻找战机,消灭巴布扎布叛军。"

"是。"马忠华说。

马龙坤说:"吴将军不在郑家屯,为避免跟日本人发生更严重的冲突,这个事情,我和靖知事就做主了。"

靖知事说:"事不宜迟,我立刻把今天发生的'郑家屯事件',以及我们采取的应急措施,电告张大帅和吴将军……"

马龙坤和马忠华一起去部队驻地,部署部队的撤离。

驻铁岭的日本守备队,得到了郑家屯守备队的急电,立即派出两个大队,共120人的援兵,开赴郑家屯。这些日本援兵经过一昼夜的急行军,到达了郑家屯。

他们一到郑家屯,马上全城设岗,实行戒严,禁止行人往来。还在城外架起了五门大炮,"轰轰隆隆"地放了几炮,以示震慑。

日本人还贴出了告示:"由郑家屯到四平街的沿路两侧30里以内,禁止中国人进入。"扬言,"炸平郑家屯"。

于是,郑家屯城里人心惶惶,街市上看不到行人,连店铺也不敢开门了。

1916 年 8 月 17 日。

四平街,驿馆。

中、日双方就解决"郑家屯事件",展开谈判。

中方代表马龙坤、靖兆凤,马龙坤受奉天巡阅使张大帅的指令;日方代表山内四郎、补酒白秀一，山内四郎是日本驻长春的领事官。

马龙坤说："我们希望'郑家屯事件'能够早日解决，使日方在郑家屯的军队早日撤离。"

山内四郎说："马先生，在郑家屯事件没有得到妥善之前，我们的军队是不能撤出的。"

马龙坤说："1905 年，日、俄战争之后，中、日两国签订的《满洲善后协议》，日本在南满洲有守备铁路的驻兵权。但是，郑家屯不属于南满洲的范围，更没有铁路线，所以，日本在郑家屯驻兵，没有任何依据。"

"正如马先生所讲的，我们也是希望'郑家屯事件'能够早日解决，但是，解决是有条件的。"山内四郎说，"这是我们开出的条件，也就是《郑家屯事件解决案》，请马先生过目。"

说完，他向马龙坤递过来一纸卷宗。

马龙坤打开山内四郎递过来的卷宗，他看到，《郑家屯事件解决案》上面开出的条件：

一、惩罚二十八师师长。二、有责任之军官，悉行免黜，其中直接指挥暴行者，处以严刑。三、严饬驻东三省南部及东部内蒙古之中国军队，嗣后不得再有挑拨日本军队或日本人民之任何言行，并由该处地方官以此项命令布告通知。四、承认日本政府为保护及管束居留于东三省南部、东部内蒙古之日本臣民，于必要地点派驻日本警察官，中国并于东三省南部增聘日本人为警察顾问。五、驻扎东三省南部及东部内蒙古之中国军队，聘用日本军官若干名为顾问。六、中国士官学校聘用日本军官若干名为教习。七、奉天都督亲往奉天日本领事署谢罪。八、对于被害者予以相当之慰藉金。

看过了写在纸上的这些条件之后，马龙坤嘲讽地笑了笑。

他想起了张大帅在奉天对他这次谈判所做的指示："给死了的小鬼子花俩钱儿，了事；谈别的，都是他妈了个巴子的扯王八犊子。"

他说："这第八条给一些慰藉金，可以考虑。"

"那好，我们可以一条一条地谈。"山内四郎说，"每一位死亡了的日本士兵，500 元慰藉金。"

马龙坤说："每一位死亡了的日本士兵——240 元慰藉金。"

山内四郎说："怎么这么少？"

马龙坤说："山内四郎先生可能有些健忘，你们的两名日本军官在四平街条子河枪杀了我们的两名正常执法的中国警察，你们赔偿的慰藉金是 240

元……日本军人是人，难道中国警察不是人吗？怎么可以有两个标准的慰藉金？"

"这……"山内四郎语塞，"我们提出的派驻警察官之事，为治外法权的当然措置，毫无侵害中国主权之处，倘中国政府仍事踌躇，不表同意，则日本政府只得自由实行。"

马龙坤说："关于这个问题，我国新任外交总长伍廷芳先生，已经有了明确的态度——中国与各国所订条约，未有驻警察官之例。在中国领土内驻扎外国警察，无论如何，于中国主权之精神及形式上均有妨碍。现在南满各地设置之日本警察，业经中国政府及地方官迭次抗议，并未承认。"他停顿了一下，饮了一口茶，"唯警察之问题，这与郑家屯事件，毫无关系……请贵国政府毋庸再提。"

山内四郎的身子向椅子上一仰，说："你马先生……简直是不可理喻。"

马龙坤说："山内四郎先生，至于你这卷宗的纸张上提到的'聘日本人为警察顾问''军队聘用日本顾问''军校聘用日本教官'诸问题，早在去年你们提出的所谓'二十一条'中就已经提过了，可是，不仅遭受了国际上的非难，受到阻遏，而且，在中国遭到了大规模的群众抗议……痛斥'谁签订二十一条，谁就是卖国贼'。山内四郎先生借着'郑家屯事件'，旧案重提，进行纠缠，是想要陷我等于不义，让我等当'卖国贼'吗？是我不可理喻，还是你山内四郎先生不可理喻？"

山内四郎说："让我们大日本帝国的军人撤离郑家屯，这是必须满足的条件。"

马龙坤说："在发生事件之时，中国军队的师长、旅长和团长等长官，都不在郑家屯，如果说让师长、旅长等全部负责，是有些苛刻的，希望改'惩戒'为'申饬'，需要提醒的是这一事件由中、日两军引起，若中国团长担负事件责任，日本将校也应该担负负责，日本将校也应予以'申饬'。"

山内四郎说："事件是由你们中国士兵引起的。"

马龙坤说："事件的发生地点是在中国军队的驻地，而不是你们日本守备队的驻地，更不是中国的军队包围和占据了日本守备队的驻地。"

山内四郎说："你们中国士兵首先开枪。"

马龙坤说："我们了解的事实是，你们日本士兵去抢夺中国军人的手枪，发生了走火……然后，你们日本士兵就开了火，是你们日方士兵首先开枪。既然你们的日本士兵是来理论你们日本人被打的事情，为啥还都带着枪？是谁在寻衅，不言自明。"

山内四郎说："我不跟你谈了。"

马龙坤说："为啥？"

山内四郎说："跟你谈，你们的级别太低。"

"我也有同感，因为你们的级别实在是太低了，仅仅不过是个领事官。"马龙坤说，"不想跟我谈，想要跟谁谈？"

山内四郎说："跟你们国家——在外交部的层面上谈。"

马龙坤说："不管你想要跟谁谈'郑家屯事件'……要想解决这个问题，必须得张大帅点头。"

山内四郎说："为啥？"

马龙坤说："张大帅是东北的主管——东北巡阅使。"

山内四郎说："你们这个态度，'郑家屯事件'就不会得到解决。"

马龙坤笑了笑，说："慢慢来，早晚还是会得到解决的，呵呵。"

山内四郎说："哼，不跟你谈了，跟你谈也不会有结果。"

说着，他站起身来。

马龙坤也站了起来，说："山内四郎先生，咱们后会有期。"

说完，他直接向谈判厅外走去，靖知事跟在他的后面，全然不理睬两位日本外交官……把山内四郎和补酒白秀一两位日本外交官，扔在了谈判厅的房间里。

第二十章

巴布扎布的残兵败将溃窜到郭家店

1916 年 8 月 20 日。

四平街，驿馆。

日本驻长春领事官内山四郎在这里约见川岛浪速。

内山四郎说："6 月 6 日，由于袁世凯的暴毙，使中国的形势发生了变化。"

川岛浪速说："不是中国的形势发生了变化，而是我们日本政府的政策由于首相的更迭，而发生了逆转。"

"你说的也是。"内山四郎说，"由于黎元洪出任总统，段祺瑞任国务总理。我们日本不得不停止反袁活动，转而采取援助段祺瑞的方针，以便控制中国。因而，满蒙独立活动也被迫中止——我知道，这正是你一直从事的行动。"

川岛浪速说："你个人的意见呢？"

内山四郎说："我个人的意见，跟我们日本驻中国公使伊集院、驻奉天总领事矢田以及石井外相、田中参谋次长等人的意见是一致的。"

"我所从事的行动，原本是得到东京参谋本部批准的。"川岛浪速说，"你们想通过援助段祺瑞来控制中国……未免太幼稚了，而把满蒙从中国的本土分裂出来，与朝鲜半岛连成片，都成为日本的殖民地，这才是切实可行的方针。"

内山四郎说："难道控制整个中国，不比仅仅控制中国的满蒙地区，利益更庞大吗？你说呢？"

"内山君，你的思路不对。"川岛浪速说，"我举个例子，我们吞并了满蒙，很容易下咽，但是，我们要吞并整个中国，难以咀嚼，更难以下咽。即使要吞并整个中国，也必须一步一步地来……"

内山四郎说："我也认为，依靠你们不成体统的掠夺性的小暴动，来实现'满蒙独立'，是不能够成功的，巴布扎布的溃败，就是个实实在在的例证。你也知道，我国政府已经下达了通知，取消在满蒙各地方的'举事'行为。"

"我坚决反对你的这种说法。"川岛浪速恼怒了，他说，"我们的整个行动计划，都被你们这些人给毁了……以致巴布扎布的蒙军，孤军作战，造成了溃败。"

他知道，原本在巴布扎布的蒙军举起"勤王复国军"的龙旗的同时，辽南地区的"勤王复国军"和长春地区的"勤王复国军"也高举起复辟的龙旗，进行呼应……南北夹击，东军西进，攻占奉天城，"满蒙独立"……但是，这个筹措和酝酿多年的计划，就是被像内山四郎这样的家伙们给遏阻和破坏掉了。

他知道，日本的关东都督府和各地领事馆都在试图阻止他川岛浪速的行动，聚集在辽南地区的旅顺、安东县、貔子窝等地的"勤王复国军"被扣留……

他知道，尽管有日本政府对华政策的变动，但是，在长春的日本人，如石本四郎、津久井平等人，仍然打着"勤王复国军"的旗号秘密进行着夺取长春的计划……正当他们的活动得到了积极的进展时，就是这个内山四郎领事官和中村都督急令石本四郎、津久井平等人停止行动。而且，由于长春形势紧迫，在 7 月 31 日，山内四郎领事官借助公主岭守备队，以领事馆管理和保存枪支弹药为名，收缴武器……使长春地区的"勤王复国军"的"举事"，在即将爆发之前，被遏止了。

——正是如此，才使巴布扎布的蒙军，孤军作战，陷入了困境，萎缩在距离四平街 30 千米的铁道线上的郭家店。

内山四郎说："我认为，如果是对于中国军队中的有实力的势力，进行内部策反，在这样的基础上，发动有把握的暴动，应该另当别论——堡垒最容易从内部被攻破。"

川岛浪速说："你们要策反张作霖吗？"

内山四郎说："是的，我们认为，利用张作霖进行满蒙独立运动，比你川岛浪速的计划更为有利。我们的田中参谋次长在 4 月 10 日，电令关东都督府西川参谋次长要求他和奉天矢田总领事密商，对张作霖进行工作。张作霖在4月19日驱逐了段芝贵，成为代理奉天将军和奉天巡阅使，实现了他多年称霸东北的野心。这时，我们加紧了策动独立的活动，通过袁金铠、于冲汉，以及张的日本顾问菊池武夫中佐等人，进行秘密联络……我们甚至连独立宣言都拟定好了。"

川岛浪速说："你们的计划的内容呢？"

内山四郎说："这一计划的主要内容是：要求张作霖宣布长城以北的满蒙地区脱离中国，成立在宣统皇帝统治下的独立国家；把宣统皇帝由北京迁到奉天；满蒙独立后和日本签署一项特殊盟约……"

川岛浪速淡淡一笑，讥讽地说："我早就看透了张作霖，他狡猾得很，他这个人非常会玩政治游戏……他会把你们都耍了。"

内山四郎说："所以，你们要炸死张作霖。"

川岛浪速嘿嘿一笑，没说啥。

他心里明白，以中村关东都督为首的，他川岛浪速和土井等人的拥立宗社党肃亲王这一派，坚决反对内山四郎所说的拉拢张作霖的计划，他川岛浪速等人甚至做出了炸死张作霖的决定。

他川岛浪速等人认为，张作霖是实现"满蒙独立运动"的最大障碍，并且，决定用暗杀的手段，除掉张作霖。然后，乘乱杀入奉天城，使东北成为"宗社党"的天下。

是的，就在5月，跟他川岛浪速同属一派的土井少将接到除掉张作霖的密令，在奉天满铁附属地，纠集日本浪人伊达顺之助、三村预备役上校等，组成了"满蒙决死团"。

就在前些天的5月27日，日本关东都督中村觉大将访问奉天，张作霖率其部下汤玉麟等人乘五辆俄式马车赴车站迎接，在返回途中，日本预备役少尉三村丰向一辆马车投掷了炸弹，把马车炸毁了。但是，遗憾的是，张作霖却坐在另一辆马车上，而幸免于难。

之后，张作霖赶回了将军署，在门口架起了机关枪，卫队也被紧急召集起来，处于戒备状态……这次暗杀事件没有成功，反而给了张作霖一个重要教训，使他懂得，不能不对日本人加以防备。

面对日本政府政策的变动，川岛浪速和善耆等人的行动，却仍在继续进行。原本预定在6月中旬，从奉天开始，在庄河、复州、辽西、本溪湖等地，他们的"勤王复国军"打着龙旗"举事"，可是……勤王复国军举事、满蒙独立——这是他川岛浪速和肃亲王几年来的废寝忘食、呕心沥血、生死与共的奋斗和追求啊。

——想到了这里，他川岛浪速的心里充满着恼怒、愤懑，然而……又只能是从心里，吁出长长的一声抑郁的叹息。

内山四郎说："你来这里，想必是还要见巴布扎布……"

川岛浪速说："是的，我必须慰问他们……他们是听了肃亲王和我的命令，才毅然决然地'起事'的。"

内山四郎说："让巴布扎布他们回蒙古吧。"

川岛浪速说："让他们回蒙古索伦去，那里是他们的老窝儿，但是，如何能够保证他们的安全？前有奉军的堵截，后有奉军的追剿。"

内山四郎说："可以支援巴布扎布他们一部分枪械弹药，作为自卫。"

川岛浪速说："我们在辽南和吉林等地方的准备参加'勤王复国军'的勇士们，纷纷要求参加到巴布扎布的队伍中去。"

内山四郎说："支援他们 1200 支快枪，连同子弹……"

川岛浪速说："炮呢？他们因为手中没有大炮而吃了亏。"

内山四郎说："给他们四门野炮。"

川岛浪速的心里似乎感到了某种慰藉，说："这还差不多。"

"还必须就巴布扎布的蒙军退回到索伦的事宜，跟奉军进行协商，奉军跟蒙军达成一个'停战协议'，以保证巴布扎布的蒙军的安全，顺利地返回索伦。"内山四郎说，"我去找奉军旅长马龙坤，他曾经是'郑家屯事件'的谈判代表，他的宅邸就在四平街。"

川岛浪速说："谈协议的事情，是你们外交官的事情了，我听你们领事官的消息。"

内山四郎说："我已经让巴布扎布的蒙军出一个代表，来四平街谈判，齐达拉巴拉已经来了。"

川岛浪速说："我得到郭家店，去见巴布扎布了。"

说完，他起身走了，走出了驿馆，去了火车站，赶往郭家店。

1916 年 8 月 26 日。

郭家店火车站，站长室。

内山四郎来了，与他会见的有川岛浪速、巴布扎布、入江种矩、齐达拉巴拉、布恩巴扎布，以及薄益三、左宪章等人。

内山四郎说："我们跟奉军谈判好了，并且，签署了'停战协议'。"

说着，他拿出了有马龙坤代表奉军和齐达拉巴拉代表蒙军签署的"停战协议"的文本，递给了巴布扎布。

巴布扎布看到，协议上写着：第一条，奉军与巴布扎布的蒙军停战。第二条，巴布扎布的蒙军在两周内撤回蒙古。第三条，为了不给南满铁路带来直接或间接的危害，巴布扎布的蒙军撤回索伦的路途中，奉军应当对巴布扎布的蒙军放行。第四条，日军保证本协议的执行，并且，进行停战调停……

协议上的条款不多，中心意思是保住巴布扎布的蒙军返回索伦，并且，不被奉军攻击。

看了这份"停战协议"，巴布扎布深深地松了一口气。他知道，这是日本领事官为了他的蒙军，而出面给他定制的护身符。

内山四郎说："蒙军只剩下五六百人了，支援来的1200支枪，似乎多了吧？"

薄益三说："我这儿有四五百人呢，有些人的枪械需要更换。"

左宪章说："我这儿还有200人，要跟随巴布扎布司令官，参加'勤王复国军'。"

入江种矩说："从辽南来了二三百人，有我们日本浪人，也有亲大清王朝的人……他们群情激昂，表示要坚决参加'勤王复国军'的军事行动，而且，对于压制和解散他们在辽南的'勤王复国军'行为，表示愤慨。"

有这么些人都要参加到巴布扎布的"勤王复国军"中去，巴布扎布元气大伤的队伍，骤然间，就恢复到了一千四五百人了，又有枪械、野炮的支援……这让有些沮丧的巴布扎布感到了鼓舞，重新焕发了信心。他说：

"我们即使是到了索伦，也是卧薪尝胆，重新凝聚力量，厉兵秣马，扶植我大清，独立我满蒙……这1200支枪，四门野炮，看来还不够用，我们还需要更多的枪械弹药，攻占奉天，进军北京。"

川岛浪速说："我对巴布扎布司令大臣的这个表态，深为感动，也深受鼓舞……恢复大清，满蒙独立——仍然是肃亲王和我的奋斗目标。"

齐达拉巴拉说："刚才哨兵来报告，驻扎在咱们郭家店镇的北坡上监视我军的奉军，已经撤离了。"

内山四郎志满意得地说："奉军必须执行跟我们签订的'停战协议'。"

入江种矩说："我们撤离郭家店的路线是，从郭家店出发，先沿着铁路线向东行走，然后折向北，近距离地奔向朝阳坡的东辽河的新河口，渡过东辽河之后，走杨大城子继续向北，通过长岭县境内……"

布恩巴扎布说："出发的时间呢？"

入江种矩说："定于9月2日黄昏时分出发，从铁道线拐向朝阳坡的东辽河的新河口的时候，天已经麻麻黑了，我们夜行军，相对来说，比较安全。"

"我们日军将派一个中队护送你们一段路程。"内山四郎说，"你们也可以换上日军的军装，对奉军造成威慑力。"

巴布扎布的蒙军中的很多人，都换上了日军的军装。从公主岭调集来的一个中队的日军，也到达了郭家店，来完成护送巴布扎布蒙军撤离的任务。

1916年9月3日，凌晨。

浅浅的星星，淡淡的月牙，朦胧的夜色。

怀德县，朝阳坡乡，东辽河新河口，有船摆渡。

河水由北向南流淌，河水的岸畔是天然的战壕。顺着河道，不足20米，是一条宽阔的土路，走车走人，来到新河口摆渡过河。

西岸，岸畔地带是隆起的壕楞，壕楞上长满了灌木丛，灌木丛的外边是一条土路。土路之外是一大片庄稼地，种着白菜、萝卜，由于是肥沃的河套地，再加上今年的雨水好，因而，白菜和萝卜都长得很旺盛。

马忠华和张小山各带一个营，还有马忠国的炮队，以及由张小山联络来的二龙山的"小白龙"匪绺子300多人，都在前半夜就埋伏在新河口稍微往南一些的岸畔里壕楞上，密集的灌木丛遮掩着他们。

马忠华的脑海里萦绕着他二叔马龙坤对他所说的话语：

"巴布扎布的叛军是一条快要冻僵的由日本人豢养的毒蛇，他知道自己快要冻僵了，就由日本人出面来调停，谈判签署停战协议，期盼自己能够缓解过来，重新具有活力……一旦缓解过来了，它就会张开有毒的血盆大口，狠狠地咬你一口，置你于死地……他要跟你谈判签署停战协议，我们也就将计就计。他们用签署停战协议做表面文章来麻痹我们，我们也用签署停战协议做表面文章来麻痹他们，然后，盯住他们，出其不意地歼灭他们。"

巴布扎布的叛军离离啦啦地向着新河口，走过来了。勒勒车的吱吱扭扭的车轮转动的声音，驮着重物的马匹的沉闷的马蹄声，蒙兵和日本人叽里咕噜的话语声……有的蒙兵也许是惆怅，也许是为了壮胆，还悠扬地唱起了蒙古长调……在这个寂静的深夜里，都能听得一清二楚。

巴布扎布的叛军的先头部队已经快要走到新河口了，这时，马忠华扣动了自己手枪的扳机，他的子弹射向了走在前头的一个骑着高头大马的家伙，这个家伙随着马忠华的枪响，一下子滚到了地上。

随着马忠华的枪响，埋伏在岸畔的奉军，机关枪、步枪密集地一齐开了火，手榴弹也像雨点般地抛向了距离他们不到20米的土路上的叛军的队伍。

巴布扎布的叛军猝不及防，手榴弹在叛军的队伍里开了花，子弹狂烈地扫倒了一片又一片的巴布扎布的叛军。

巴布扎布的叛军赶紧跑进了白菜、萝卜地，但是，马忠国的炮队的炮声响了，炮弹密集地在白菜、萝卜地里爆炸，炸飞了白菜，也炸飞了萝卜，更炸飞了叛军的将士、日本的马贼……迸裂而飞扬到了夜空中的不知道是白菜、萝卜，还是叛军将士和日本马贼的脑袋瓜子，或者是胳膊、手指，或者是大腿、脚丫子……炮弹爆炸的火光照亮了白菜、萝卜地，起到了照明弹的作用，帮助奉军官兵找准了射击的目标，使叛军的身形暴露在火光里，在白菜、萝卜地里无法躲藏。

巴布扎布要使他的叛军停顿下来，组织叛军进行反击，已经是不可能……只得撤到了白菜、萝卜地西边的高粱地里，马忠国的炮队的炮弹又延伸到了高粱地里。

天快要亮了。

终于，奉军的炮击停止了，射击的子弹也逐渐稀疏下来了，直至停止了射击。

巴布扎布的叛军匍匐前进，直至到土路，又到了岸畔，却发现自己的敌人没有了踪影，岸畔上插着三杆"白龙旗"。

护送他们的300名日本骑兵，在这个时候才匆匆忙忙地赶到了。

他们发现在勒勒车上的粮草和辎重被烧掉了……分别装载在两辆勒勒车上的四门野炮，只剩下了两门，另外两门大概是没有发现，或者是发现了而来不及带走，放弃了。

薄益三指着插在岸畔上的三杆"白龙旗"说："我对这一带的匪绺子是最熟悉不过了，这是二龙山的匪绺子'小白龙'的旗帜。"

入江种矩说："一个小小的匪绺子咋有这么强大的火力，还有炮队？"

巴布扎布说："我估计，阻击我们的兵力，有三个营，'小白龙'的匪绺子没有这么多的人马。"

入江种矩说："是奉军。"

齐达拉巴拉说："难道是奉军违背了停战协议？"

巴布扎布说："应该是。"

左宪章说："我的弟兄，死伤了有百八十个。"

薄益三说："最惨的是我的人，死伤了有 100 多。"

入江种矩咬牙切齿地说："记住这个'小白龙'。"

薄益三说："这个'小白龙'公开说，他拉起的匪绺子上了二龙山，就是专门跟我们日本人作对的。"

入江种矩说："我们过了东辽河，一定要报复……烧了我们的粮草，是要饿死我们。"

巴布扎布说："告诉弟兄们，过了东辽河，我们往杨大城子方向走，这一路上，弟兄们可以放开手脚，自己去找丈人爹的闺女……该抢的抢，该夺的夺，该烧的烧，该杀的杀……"

布恩巴扎布说："是。"

于是，巴布扎布的叛军过了东辽河之后，奸淫和绑架妇女，掠夺粮草和财物……遇到有反抗的就烧杀……然后，又用抢来的马车，拉着捆绑着的妇女和大包小箱的财物等等，继续向北，通过了杨大城子，迤逦前行。

到了杨大城子，护送巴布扎布叛军的 300 名日本骑兵，就返回公主岭了。

1916 年 9 月 9 日。

还有三天就是中秋节了。

长岭县，喇嘛苍区域。

喇嘛苍，草蒿旺。天苍苍，野茫茫，风吹草低见牛羊。

深秋农历八月，虽然大地仍然呈现着深绿，但是，由于这一年雨水好，水润草美，尽管北风不断地催促，高高的草蒿，籽粒成熟了，叶尖儿却刚刚衰黄。

巴布扎布率领他的蒙军，在茫茫的草原上行进，来到了这里。

他们必须择水而栖，以期补水，减去饥渴，又能汲水，煮肉造饭……水泡子，好大的水泡子。水泡子里长着水草，蛙声鼓噪，又有游鱼。泡子里的水，清澈、洁净，而又略显甜冽。南归的大雁、天鹅、丹顶鹤等候鸟在这里歇脚，采食水草和游鱼，补充体力，以完成继续南行的征程。

巴布扎布、入江种矩、薄益三、齐达拉巴拉等头头脑脑走在前面，他们的部队懒懒散散地走在这广阔无垠的科尔沁大草原上。

他们的队伍前后断开了，落在后面的拖拖拉拉的蒙军，是布恩巴扎布押着抢掠来的妇女、粮草，还有马车。马车上拉着伤兵和病员……被抢掠来的妇女，被他们绑连着，不情愿地亦步亦趋地疲惫地跟着他们，因为她们在路上，特别是夜晚，遭受着日本浪人和蒙军士兵的强行的兽性的蹂躏……所以，后面的蒙军距离前面的蒙军有数里地之遥。

走到这里，已经是黄昏时分了，巴布扎布的前军在水泡子的岸边停了下来。他们用皮囊在水泡子里汲水饮用，然后，又把皮囊浸在水里灌满备用。

还好，水泡子的旁边长着杂木林，松树、桦树、杨树、柳树……他们中的一些人在杂木林里，搜集枯木干枝；然后，他们从马身上取下支架，架起了锅灶，拢起来篝火；又有人从马背上卸下羊只，进行宰杀，剥去了皮，掏出了肚腹里的杂碎儿，割下羊肉，丢进了煮沸的铜锅里……羊肉飘香。

他们准备在这里栖息，过上一晚，同时，也等待着落后的蒙军，缓缓到来。

科尔沁草原昼夜温差很大，尤其是在这深秋时分。他们从喀尔喀河畔出发时，正值盛夏，即使是穿单，也会觉得热。现在，到了傍晚，冷飕飕的，应当穿棉，甚至可以披上皮袄了……篝火驱散了科尔沁草原上的黄昏的寒凉。

从煮沸的锅灶里冒出了羊肉的腥膻的香气，有的日本浪人用刀切割着煮熟的羊肉，放在嘴里咀嚼着，又拿出了带在身上的日本清酒，饮在嘴里……茫茫的草原甚为荒凉，在朝阳坡新河口所遭到的重创，记忆犹新……给这些日本浪人心境带来的是惆怅，他们不由自主地唱起了在中学时代就曾经唱过的家喻户晓的日本歌谣《荒城之月》：

> ……
> 秋日战场布寒霜，
> 衰草映斜阳，
> 雁叫声声长空过，
> 暮云正苍黄，
> 雁影剑光交相映，
> 抚剑思茫茫，
> 良辰美景今何在，

回首心悲怆！

……

浩渺太空临千古，

千古此月光，

人世枯荣与兴亡，

瞬息化沧桑，

云烟过眼朝复暮，

残梦已渺茫，

今宵荒城明月光，

照我独彷徨！

他们远隔数千里的家乡，征途的迷惘……朝阳坡一战，丢在土路上的尸体、白菜、萝卜地里的残骸、断肢……子弹与弹片给他们带来的肉体的伤痛……这首流行的日本歌谣，唱出了他们哀婉的心声。

他们在与奉军、与"小白龙"匪绺子你死我活的枪林弹雨的冲撞中，在郭家店时原有的为"满蒙独立"而战的嚣张气焰，已经消减了一大半，知道了现实的残酷。

突然，在巴布扎布的前军与后军之间，从几乎没人高的草蒿里，迅速地涌出了一支伏兵，这些伏兵头戴草环，身上披着结扎的草披风，切断了巴布扎布的蒙军，使巴布扎布的蒙军前后不能相顾。

这支伏兵分成两部分，一部分向巴布扎布的前军发起了勇猛的攻击……另一部分则包围了巴布扎布的后军……伏兵们的机关枪的扫射声，手榴弹的爆炸声……伏兵们的喊杀声，杀声震天……真个是，伏兵骤起而攻击，恰如迅雷，掩耳不及。

巴布扎布的前军被迫一面抵抗，一面撤退……这支伏兵追击了几里地之后，就没有再继续追击。巴布扎布的后军被包围了，他们没有了逃跑的希冀，蒙兵们纷纷投降，一部分日本浪人投降，妄图抵抗的日本浪人被一个个击毙……这场突如其来的伏击战很快就结束了。

这支伏兵正是马忠华、姜恩波和张小山，还有马忠国的部队。

他们打扫战场，张小山对马忠华说："解救了妇女67名。"

马忠华说："这些个叛军和日本马贼，简直就是畜生。"

张小山说："击毙了叛军和日本马贼100余人，俘虏了200余人。"

姜恩波说："叛军至少是折损了三分之一。"

张小山说："我们的部队追击巴布扎布的前军，大约有6里地，就停止了追击。"

姜恩波说："让巴布扎布的叛军，再苟延残喘几天吧。"

这时，刘成海报告："远处来了个单枪匹马的蒙兵，而且，是溜溜达达的样子。"

马忠国用望远镜望去，落日余晖之下，他看清楚了，说："这是我们在叛军里卧底的线人，喷帕扎布的人。"

马忠国迎了上去，把这个线人带了回来，并且，介绍给了大家。线人说："巴布扎布改变路线了。"

马忠华说："不去索伦了？"

线人说："是的，改变北行的方向，向西行进，去往林西县。"

马忠国说："为啥？"

线人说："他们担忧继续向北，会有吉林督军和黑龙江督军的堵截。"

"嗯，还真如他们的判断，事实正是如此。"马忠华说，"张大帅早就对吉林督军和黑龙江督军下达了堵截和歼灭巴布扎布叛军的命令了。"

马忠国说："叛军为啥要去林西县？"

线人说："他们认为那里是内蒙古的腹地，招兵买马可以比较容易些……以林西县为根据地，重振旗鼓，东山再起；同时，林西县距离奉天和北京几乎是等距离，向东可以进击奉天，向西可以进击北京。"

姜恩波说："真是妙算，野心不小啊。"

张小山说："我们下一步怎么行动？"

马忠国说："我带几个亲兵，去林西县报个信儿，那里由毅军驻守。"

马忠华说："这是必须的，绕道而行，走在巴布扎布叛军的前面。"

马忠国说："是。"

"小白龙"王正理说："我们呢？"

"还有三天就是八月十五了。"马忠国说，"你们和张营长、姜营长的部队押解着俘虏，还有这些被叛军抢掠来的马车……送这些妇女回家，争取让这些妇女在八月十五那天跟家人团聚……到了怀德县境内，如果被俘虏的蒙兵愿意，就把他们收编了，不愿意被收编的蒙兵就把他们放了，给他们一些路费钱儿，让他们回家。"

姜恩波说："还有被俘虏的日本马贼呢？"

"交由'小白龙'处理……他们打着'白龙旗'，哨集山林，是专门对付小鬼子的。"马忠华说，"让小鬼子知道，中国的老百姓不是好惹的。"

王正理说："是。"

马忠华说："所有缴获的枪支弹药、马匹等等，都归'小白龙'所有。"

王正理高兴地说："是。"

姜恩波说："这些天，我是看出来了，你们所谓'小白龙'匪绺子的人，这枪法还真准，不说是百发百中，也差不多，训练有素。"

张小山说："那是啊。"

马忠华说："这回，小鬼子还给咱们的'小白龙'送来了两门野炮呢。"

马忠国说："待我事后秘密地派人训练你们使用野炮……"

王正理："好咧。"

马忠华说："我呢，跟在叛军的后面，监视他们，直至叛军走出了我们部队的防区。"

姜恩波说："好啊。"

于是，他们就在这又一次重创叛军的长岭县喇嘛苍的地方分手，各自带着自己的部队，分头完成自己的任务去了。

1916年9月8日，上午9时许。

林西县城。

巴布扎布的叛军包围了林西县城，在馒头形的东山上，架起日军提供的两门野炮，向城内发起了轰击。然后，又向林西县城发动了进攻，但是，又都被击退。

城楼上，站着毅军副司令、林西镇守使米振标，他的身边是提前来到这里报信儿的马忠国。米振标说：

"林西县城里只有两个营的兵力，我们的主力在开鲁。你来了，来得正好。听了你的报信儿，我立即下令收缩兵力，坚守城池，紧急抢修城墙工事，东、南、北三个城门用土屯堵。我亲自指挥督察城防，既要严肃军纪，又要安抚民心。"

马忠国说："叛军远道而来，虽然看似攻城甚猛，但是，已经是强弩之末……而我们是以逸待劳，等你的开鲁的主力部队一到，我们就内外夹击……歼灭叛军。"

他知道，镇守林西县的米振标部队有 20 个营的兵力，达 4 万多人，配有大炮 54 门，机枪 48 挺，是一支精锐的武装力量。按理说，巴布扎布的残余部队，对于米振标的大部队来说，实在是不堪一击……但是，现时是，米振标的主力却在开鲁，而林西县城里，却略显空虚。

"叛军的炮击，炸死了居民九人，损毁了房屋五间……"米振标的部下报告。

"叛军远道而来，他们的炮弹有限……"米振标说，"命令部队，继续紧闭城门，坚守不出。"

"是。"米振标的部下说。

米振标和马忠国用望远镜窥视叛军……马忠国说："米司令，你看见叛军在馒头形的东山上的两门野炮了吗？"

"看见了啊。"米振标说。

"由东边数，站在第二门野炮旁边的那个人，你看见了吗？"马忠国说。

"看见了。"米振标说。

"那个人就是叛军的魁首巴布扎布。"马忠国说。

"你怎么知道，你认识他？"米振标说。

马忠国从衣袋里掏出了一张照片，递给了米振标，说："你把那个人跟这照片上的人对照一下。"

米振标接过了照片，反复地看了看，说："嗯，的确是一个人。"

马忠国说："这是去年，巴布扎布去了四平街，跟肃亲王和川岛浪速会面……巴布扎布在四平街照相馆照了个相，四平街照相馆就把巴布扎布的相片作为样片摆了出来，还在样片的下面炫耀地写着'镇国公'的字样……今年巴布扎布暴乱，我就想起了这个样片，去照相馆把巴布扎布的样片要到了手。"

"噢，有心计。"米振标说。

"你瞧巴布扎布的那个小秃奔头儿，凹眼窝，小鼻子小眼儿小腮帮，像他妈个螳螂……丝绸的马褂，还戴着那个牛舌帽呢……"马忠国说，"有炮吗？"

"我们在林西县城里没有大炮，只有两门前清时候的土炮，在仓库里。"米振标说。

"土炮也行啊。"马忠国说。

"我的身边没有炮兵啊！"米振标说。

"抬过来，我是炮兵营长，我来试试。"马忠国说。

"好。"米振标说，他命令部下，"把土炮抬上来。"

士兵把土炮抬了上来，马忠国调整炮口，对准了东山上站在野炮旁边的巴布扎布。填进炮弹，点火，放炮……炮弹射向了东山，轰隆一声，爆炸了。

米振标和马忠国用望远镜向东山上看去，只见这发炮弹没有击中第二门野炮，而是将东边的第一门野炮炸毁了。

米振标说："好，这也是个不小的胜利，咱们再来一炮。"

马忠国说："瞧好吧。"

说着，他又稍稍地调整了一下炮口，然后，装弹，点火，发炮。炮弹射向了东山，轰隆一声，炮弹爆炸了……米振标和马忠国用望远镜向东山望去。

这一炮正好炸毁了第二门炮，也炸倒了站在第二门炮旁边的巴布扎布，从望远镜里可以看到巴布扎布被炸得血肉模糊……只见东山上的叛军一片混乱，恰恰是因为他们的总司令被炮弹炸死了。

米振标哈哈大笑，说："太好了，这下子，群贼无首了。"

马忠国打得兴起，又向东山上轰了几炮……米振标又用望远镜望着叛军的阵营，他说："打得好，炮弹在叛军的营垒里炸开了花。"

马忠国说："咦，看见了没？叛军停止了攻城。"

米振标说："他们抬着巴布扎布的尸身，后撤了，哈哈哈……马营长，我为你请功。"

马忠国说："不必请功，是巴布扎布撞在我的炮口上了，呵呵。"

炸死了巴布扎布，包围林西县城的叛军后撤，向东山附近集拢……林西县城之围，自然也就解除了。

林西县城外，东山以东的山坳里。

巴布扎布被炸死的消息在叛军中迅速传开。

蒙兵们一下子惊慌失措，又感到痛苦与凄凉。他们已经变得没有心思去攻击了，所以，纷纷后撤。

在这种情况下，入江种矩主持召开了阵前紧急军事会议，他说：

"国不可一日无主，军不可一日无帅，我们必须推荐出一名司令大臣来，指挥我们的'勤王复国军'。"

薄益三说："我看还是由蒙人来担任。"

左宪章说："齐达拉巴拉来担任这个司令大臣吧，怎么样？"

薄益三说："我看行。"

入江种矩说："嗯，齐达拉巴拉是合适的人选，就由齐达拉巴拉来担任我们'勤王复国军'的临时司令大臣吧。"

薄益三说："过后再走个程序。"

入江种矩说："是的，过后再报请肃亲王，得到他的任命状。"

"感谢大家对我的信任。"齐达拉巴拉说，"我们下一步该咋行动？"

入江种矩说："司令大臣巴布扎布将军一死，军心动摇，我们只能撤退到喀尔喀河畔去，休整军队，伺机再动。"

齐达拉巴拉说："我也是这么想的。"

入江种矩说："那好，咱们就这么定了，撤退吧。"

齐达拉巴拉说："巴布扎布的遗体咋办？"

"火化了吧。"入江种矩说，"然后，带回去安葬。"

齐达拉巴拉说："也只能如此了。"

于是，他们把巴布扎布的遗体用附近的色布敦庙舍拆下来的檩木，堆积起来，火化了巴布扎布的遗体，把骨灰装入白色的布袋，带走。

齐达拉巴拉担当起临时司令大臣一职，率领他们的"勤王复国军"向北撤退……碰巧的是，路途中尚未走出林西县境，恰好遇上了毅军从开鲁来增援林西县城的大部队，两军交战，所谓"勤王复国军"的伤者不算，又被击毙了200余人。可以说，"勤王复国军"被打得落花流水，四散逃窜。

日本马贼薄益三的500人的匪众，在郭家店气焰嚣张地参加了所谓"勤王复国军"，在朝阳坡、喇嘛苍、林西县的三次战役中，折损了近400人，丧失了元气。从此，他改道经商……丢弃了哨集山林、聚众为土匪的行当，不再在东北的土地上当日本马贼了。

至此，受俄国人幕后唆使的以乌泰为代表的旨在分裂中国版图的第一次"满蒙独立"运动，遭受了惨败；受日本人幕前与幕后支撑的以巴布扎布为代表的旨在分裂中国版图的第二次"满蒙运动"，也同样遭受了惨败。

1917年1月22日。

"郑家屯事件"结案：一是给每一个在事件中死亡的日本兵赔偿240块大洋；二是为被打死的12个日本兵在郑家屯建立一座纪念碑。

　　吴俊升和马龙坤他们骑着马，进入了郑家屯，陪同的有尹泽民、纪义方，路过这座新建立的纪念碑。

　　马龙坤说："吴将军，看到这座纪念碑了吧。"

　　吴俊升说："看到了。"

　　马龙坤说："这碑上的题字，是我的墨宝。"

　　吴俊升说："让我这个粗人来念一念——'十二名日本士兵鸡狗纪念碑'。"

　　念完了碑文，他哈哈大笑。

　　马龙坤也笑了，说："我的墨宝有点艺术感染力吧？"

　　吴俊升说："这梅花篆字让你篆的，硬是把'殉难'篆出个'鸡狗'来，的确具有极大的艺术感染力，别说是我这个粗人，每一个中国人看了，都会被感染得捧腹大笑，哈哈哈……"

　　尹泽民说："郑家屯的老百姓都把这座碑，叫作'鸡狗碑'。"

　　吴俊升说："马旅长，这四郑铁路可是动了工了……这可是咱中国人自己的铁路。"

　　"是啊，属于试点性的动工，工程进展，还算顺利，今年全面动工……"马龙坤说，"哦，对了，张大帅需要个副官，我推荐了尹泽民。"

　　吴俊升说："嗯，尹泽民是合适的人选。"

　　"张大帅同意了。"马龙坤说，"这两天儿，泽民就去奉天都督府去报到吧。"

　　"是。"尹泽民说，"我去是去，我这心里还是想在地方上……"

　　吴俊升说："你去大帅府历练历练，以后，有机会了，就把你要回来。"

　　纪义方说："马旅长，我也想，将来到铁路上或者地方上干点事儿。"

　　"你有这个意思，我记着呢。"马龙坤说，"据我所知，去年在四平街成立了四郑铁路工程局，完成了实际测量和设计任务，今年要在四平街修建四郑铁路工程局的办公楼，4月15日就动工了。"

　　吴俊升说："走吧，到我的府上去，我管饭。"

　　他们骑着马，边走边聊四郑铁路的事儿……去往吴俊升的将军府。

第二十一章

张凤珍遭遇劫难却杀出了"怡红苑"

1918 年 5 月 11 日。

四平街，火车南站。

火车站有南站、北站之分，是因为四平街的铁路有日本人经营着的满铁铁路，还有中国人自己经营的四郑铁路；两条铁路交叉，满铁铁路位于南站，四郑铁路位于北站。四郑铁路的北站主要用于内部职工的上下班，而旅客的出入站则在南满铁路的南站，可见，当年四郑铁路对于南满铁路，有着依附性，同时，也滋养着南满铁路。

张凤珍陪同嫂子那淑荣来到了南站的出站口。

虽然从节气上说，已经是立夏之后了，但是，这之前，连续的西南大风吹融了冰雪，吹融了冰封的大地……过了立夏，风似乎收敛了许多。出站口的栅栏里面种着几棵杏树，杏花绽放，粉白色的杏花开满了枝头。还有，这出站口旁边的几棵柳树已经吐出了稚嫩的芽苞，枝如缕，柳如烟。这标志着，四平街的春天来到了。

那淑荣和张凤珍等待着上午 10 点钟到达这里的从沈阳方向发来的客车。那淑荣已经怀孕六个月了，显怀了。这是她的第二胎，她的头胎是个男孩，虚岁已经三岁了。

她们所期盼的那趟客车，终于呼哧呼哧地从南边开过来了，在月台上停了下来，旅客们开始下车了。

在四平站下车的旅客陆陆续续地走出了检票口，旅客都走光了，但是，那淑荣和张凤珍瞪大了眼睛，却没有搜寻到她们要迎接的姜恩波营长的媳妇蓝芳姿的身影。

那淑荣说："咋搞的？说好了的，是坐这趟车来四平街啊。"

张凤珍说："姜大哥有任务，拜托我们来接……却没有接到，这可咋说呢？"

那淑荣说："原以为接到了蓝芳姿，就暂时到二叔家歇一歇……吃了午饭之后，姜营长就会派人来接蓝芳姿，去八面城他们的驻地了……"

张凤珍看着那淑荣隆起的肚子，说："嫂子，你别累着，你去二叔家等着吧，我在这儿等一等……或许下趟车能来呢，你说呢？"

那淑荣说："好吧，我先去二叔家，下一趟车还得一个多小时……二叔家离这里也近，我真的有点疲乏，我到二叔家歇一歇再来。"

张凤珍说："嗯，你去二叔家吧，我在这里盯着。"

那淑荣去二叔马龙坤家了……张凤珍仍然在出站口这里等着，等待着蓝芳姿的到来。

四平街火车南站，出站口。

张凤珍仍然在向空空如也的里面不时地张望，期盼能出现蓝芳姿的身影。

"姑娘，你姓张吗？"一位中年人出现在张凤珍的面前，谦和地问。

张凤珍打量着这个陌生的中年人，穿着铁路员工的制服，戴着铁路员工的帽子，她说："哦，是啊。"

"贵宾室有位客人让我来请你。"中年人说。

"贵宾室里有人请我？男的，女的？"张凤珍说。

"女的，阔太太的样子……"中年人信口说道。

张凤珍心想，难道说姜营长的太太蓝芳姿？她说："这位阔太太，姓啥啊？"

中年人微微一笑，说："这位阔太太拜托我来请你，我哪好意思问人家姓氏名谁啊？我不过是图希她个小费而已。"

"贵宾室在哪里？"张凤珍说。

"在火车站内的检票口的旁边。"中年人说。

"哦，走吧。"张凤珍说。

中年人在前面引路，张凤珍在他身后跟着。

他们进了火车站内，来到了所谓"贵宾室"，中年人站在门前，把门打开，然后，退后一步，向张凤珍一躬身，又毕恭毕敬地做了个指引的手势，口中说道：

"请——"

张凤珍顺着他的手势走了进去，她抬头一看，看见了两张记忆犹新的面孔——涉谷安秘和石原常太郎，尽管这两个日本人穿着日本守备队的军装。她扭头要出去，但是，已经来不及了，中年人从她的后面拦腰抱住了她。

不管张凤珍怎样地喊叫和挣扎，中年人和涉谷安秘用绳子把她捆了起来，石原常太郎过来，先是用破布堵住了她的喊叫的嘴，又用麻袋从上到下地套住遭到了捆绑的她，然后，放倒了麻袋，用麻绳扎住了麻袋口。

涉谷安秘说："左先生，你能把这个张凤珍引导到这里来，很有智慧。"

这个中年人原来就是左宪章，他说："这都是为了中日友善……"

石原常太郎说："这个张凤珍是自投罗网，我到出站口那里去巡视，一眼就认出了这个张凤珍……我们奉命到条子河村附近勘测，遭到了两个地方警署人员的盘查……我们在不得已的情况下，开枪杀死了两名警署的人员……如果不是这个张凤珍的出现，我们就轻松地走脱了……结果，我们被扣押，又是赔礼道歉，又是金钱赔偿，闹出了外交事件……过后，经过访查，才知道这个中国姑娘叫张凤珍，是马龙坤部下的一个叫张小山的营长的亲妹妹。"

左宪章说："前年年初，我们运军火给巴布扎布，走到了金宝屯附近，遭遇了劫杀……参加劫杀的，据说就有这个张小山的部队；还有，去年秋天在朝阳坡的东辽河的新河口，我们遭遇了伏击，据说，还有张小山的部队的策应；结果呢，我的偌大的绺子，到现在，我盘踞的黄狼岭，可怜见儿的，只剩下了百余人了，惨啊。"

涉谷安秘说："我们要报复，这报复的烈火就燃烧在这个张凤珍的身上。"

左宪章说："不仅仅是在这个张凤珍的身上，还有那个叫蓝芳姿的，也就是奉军那个叫姜恩波的营长的年轻太太……"

石原常太郎说："这也是报应啊，这个姜恩波同样是参加了剿杀镇国公巴布扎布的战役……这个姜恩波绝对不会想到他的太太会落到我们的手心里。"

"这样的报复美极了，一箭双雕，既能报复，又能从中获利。"左宪章说，"这才是绝好的绑票。"

涉谷安秘说："我已经跟任玉堂联系了……"

左宪章说："是那四平街花会的会长？"

涉谷安秘说："是的，就是他。"

左宪章说："我知道，这个任玉堂把妓院开在你们铁路的附属地里，不论是在四平街还是在公主岭……这跟我一样，行动在南满铁路线上，靠的是你们日本人的庇护，大树底下好乘凉啊。"

涉谷安秘说："任玉堂让我们把这两个女人送到他的公主岭的妓院：'怡红苑'里去……"

左宪章说："公主岭距离四平街只有 120 里地，是不是太近了点？万一张小山和姜恩波这两个营长去闹事，恐怕不好对付吧？"

涉谷安秘说："任玉堂说了，只要把人送到了他的妓院里，钱、人两清了，任凭这人是叨人的老鹰，也得变成驯服的母鸡……想要寻人，会比登天还难。"

石原常太郎说："谁去找任玉堂闹事儿也不要紧，在我们南满铁道线儿的附属地里，有我们呢。"

"你们这么一说，我就更放心了。"左宪章说，"我和我的弟兄刘大疤瘌，把她们送到公主岭去……这两个女人姿色不错，能卖个好价钱。"

石原常太郎对左宪章说："你们坐尾车去，我们已经把车次都安排好了。"

"好嘞。"左宪章说，"我去找我的崽子们去，我们把这两个女人用板车送上尾车……然后，由我把她们亲自送到怡红苑，一手交钱，一手交人，我们和你们各得一半钱款，由我亲自把钱款交到你们的手里，嘻嘻。"

说完，左宪章去找他的匪绺子的崽子们去了。

公主岭，怡红苑。

下了火车，左宪章让自己的崽子雇个板车，板车上是两个大麻袋，两个大麻袋里分别是张凤珍和蓝芳姿。他和自己的崽子们坐着马车，跟在后面，来到了站前不远的怡红苑。

怡红苑是座二层小楼，青砖青瓦青房脊，红门红帘红栏杆，灯笼高挑很耀眼，上书三个字——"怡红苑"。

左宪章进了怡红苑的门，就叫道："老鸨子呢？"

"谁啊，说话这么粗鲁，就不能叫个'老妈妈'呢？"老鸨子故作不满地说。

"我要是有你这么个'妈妈'，恐怕连媳妇也不用娶了，呵呵。"左宪章说。

"是左大掌柜的吧？"老鸨子说。

"让你猜个正着。"左宪章说。

"任堂主来了电话了，说是黄龙岭的左大掌柜给我们送花儿来了。"老鸨子说，"你送的花儿靓不靓啊？我们可是看花儿的姿色付钱啊。"

"往你这儿送，就不可能有孬货，靓着呢。"左宪章说，他对门口叫道，"崽子们，把花儿送进来。"

他的崽子们把装有张凤珍和蓝芳姿的两个麻袋抬了进来。

"抬到旁边这屋里来，让我看看姿色。"老鸨子说。

左宪章的崽子们把两个麻袋抬到了旁边的屋子里，解开麻袋，把里面捆绑着的两个人褪了出来，然后，又把两个人都拉扯着站立起来。

张凤珍和蓝芳姿头发凌乱，嘴巴被塞着，身上满是尘土……老鸨子上前拂了拂她们脸上的发丝，观赏了片刻，说：

"哟，果然说两个丽人儿，靓着呢。"

"我就说嘛……"左宪章说。

"你们都叫啥名字？"老鸨子说。

"生不改名，死不改姓，我叫蓝芳姿。"蓝芳姿说。

"我叫常二凤。"张凤珍眼珠一转，"张"中有"长"，她又有兄长，于是，她随口说道。

老鸨子对身边的两个凶神恶煞般的保镖说："哦，把这两个姑娘送到楼上的黑屋子里去。"

"是。"两个保镖答应道。

然后，两个保镖就把张凤珍和蓝芳姿推推搡搡地弄走了……老鸨子说："一朵花儿，100块大洋。"

"你打发要饭的呢。"左宪章说。

"哟，这打工的、扛活的，一年也就挣上个五六块大洋，你们绑个票，够打工的、扛活的，挣上15年了，还说啥这是打发要饭的？"老鸨子说。

"我们在四平街，跟你们的老板任堂主都说好了的，一个姑娘200块大洋。"左宪章说，"老鸨子，你挺心黑啊，扣下了一半。"

"嘻嘻，我不是看你们来钱儿挺容易的嘛，你们当山大王的，肯定是个个都肥得流油。"老鸨子说，"嗯，也好，200块大洋就200块大洋呗。"

"在你们的窑子里，有姿色的姑娘，睡一宿就是 10 块大洋，用不上半月二十天的，你就回本啦。"左宪章说，"老鸨子，你是拿我们不识数啊，是不是？"

"哪儿呢，这姑娘留下来，还得喂食儿，还得穿戴绫罗绸缎，还得细心调教不是？到处都需要银子啊……"老鸨子说，她又叫道，"账房——"

"有。"账房先生应道。

"付给左大掌柜的 400 块大洋。"老鸨子说。

"是。"账房先生应道。

左宪章领了 400 块大洋，在账房先生的契约单子上签了字，然后，率领他的崽子们扬扬得意地走出了怡红苑。

公主岭，怡红苑。

二楼的黑屋子，虽然说是黑屋子，山墙的上方毕竟有个小玻璃窗子，透着天光。小玻璃窗子上有铁栏杆，倒是使这个黑屋子像个小牢房。

张凤珍和蓝芳姿被推进到了这个小牢房里，然后，"咣当"一声，沉重的门被关上了，又在外面上了锁，之后，听到了，两个凶神恶煞般的保镖离去的踩着地板的脚步声。

光线暗淡，张凤珍和蓝芳姿眨巴眨巴了眼睛，视力才由模糊变得逐渐清晰。她们看到，小牢房里，还有两个女子。

两个女子也跟她们一样，头发凌乱，脸色发青，鼻子、嘴角处残存着些许血渍，看得出来，她们遭受了暴虐。

一个女子说："伤天害理的怡红苑，又绑架来了你们两个良家女子……过来，我把塞在你们嘴里的东西拿出来。"

说着，她伸出手摘去了张凤珍嘴里的破布，另一个女子也摘去了蓝芳姿嘴里的破毛巾。然后，她们俩又给张凤珍和蓝芳姿解去了绑绳。张凤珍和蓝芳姿说：

"谢谢姊妹。"

"不用谢，都是苦命人。"一个女子说。

"我叫常二凤，你叫啥啊？"张凤珍说。

"我叫田梨花。"一个女子说，她又指着另一个女子，"她叫田梨果，是我姐姐，我们是堂姊妹。"

"你们俩咋被关在这个黑屋子里？瞅这样，还挨了打，那个老鸨子真他妈的不是个东西。"张凤珍说。

"……说来话长，我们也是好人家儿女，被卖到了这个怡红苑，当了窑姐……就像进了人间地狱，跳进了火坑。我们姐俩就想跳出这个火坑，过正常人的日子……可是，怎么也挣不脱怡红苑这个枷锁……我们姐俩都不想活了。"田梨果说着，流下了眼泪。

"别介，干吗不想活了？咱们又没干伤天害理的事儿，伤天害理的是这个怡红苑，应该死的是这个怡红苑的老鸨子她们。"张凤珍说。

"你们进来了，就跟我们一样，好比进入了人间地狱，跳进了火坑……无论咋挣扎，也说难以挣扎出他们的天罗地网的，他们有的是损招儿，残忍地来对付我们弱女子……"田梨花说，也流出了眼泪。

"我说句话啊，你们两个得听着，不但要活着，而且，还要活得比害我们的人更好才是……切莫丧失了希望，这就像人走路，看似没有路了，但是，走着走着，忽然间，就峰回路转了……"张凤珍劝解道。

"别寻短见啊，你们要听常二凤的话。"蓝芳姿郑重地说。

"嫂子，我和我家嫂子去出站口接你，结果，接了个空。我们决定等下趟车……我家嫂子怀孕了，我让她到二叔家去了，我在出站口等你……结果呢，我被装进麻袋，让人绑架到这儿来了。"张凤珍说，"……还是缘分，在这儿咱姐俩见面了。"

"唉，还是你嫂子我，有点傻啊……"蓝芳姿感叹地说。

"咋傻了？"张凤珍说，"嫂子，你长得年轻、靓丽，早让绑匪给盯上了……"

"我要是不傻啊，也不能被绑架到这个窑子里来。"蓝芳姿说。

"是吗？"张凤珍说。

"唉，祸从口出啊。"蓝芳姿说。

"咋回事儿，说说？"张凤珍说。

蓝芳姿讲起了她被绑架到这里来的经过——

从奉天开往长春的火车上，车厢里坐着蓝芳姿。

火车到了昌图站，坐在她身边的人和对面座位上的一个人，下了火车。从站台上，上来了两个戴着礼帽的男子，一个坐在了她的身边，另一个坐在了她的对面的空位上。坐在她身边的是个中年人，坐在她对面也是个中年人，但是，坐在她对面的中年人额头上明显地有条疤瘌。

　　蓝芳姿哪里知道，坐在她身边的人是黄龙岭的大掌柜的匪首左宪章，坐在她对面的额头上有条明显疤瘌的正是黄龙岭的二掌柜刘大疤瘌。

　　"姑娘……"左宪章很有礼貌地温和地问。

　　"姑娘？我都结婚了，姑娘的时候过去了。"蓝芳姿笑着说。

　　"瞧，我这个人，好没眼力，看着你这么年轻，还以为你是个小姑娘呢。"左宪章说，"哦，应该叫太太，这位太太，你到哪儿去啊？"

　　"到四平街。"蓝芳姿说。

　　"探亲啊？"左宪章说。

　　"不，家在八面城，这是到沈阳探亲回来了。"蓝芳姿说。

　　"四平街到郑家屯通火车了，到八面城可是方便了，八面城有一站。"左宪章说。

　　"可不是嘛……"蓝芳姿附和地说。

　　"你当家的，在八面城经商？"左宪章说。

　　"不，当兵。"蓝芳姿说。

　　"肯定是位大军官吧。"左宪章说。

　　"谈不上是啥大军官，是个营长。"蓝芳姿说。

　　"姓啥啊？"左宪章说。

　　"姓姜。"蓝芳姿说。

　　一听说是姓姜，左宪章的眉毛抖了一下，因为，他知道，在八面城的驻军中，只有一位姜营长，而且，他领教过这位姜营长的厉害。去年，他们加入了巴布扎布的队伍，从郭家店向北撤离，在朝阳坡、喇嘛苍所遭到的袭击……都有这个姜营长。

　　左宪章向坐在对面的刘大疤瘌使了个眼色，刘大疤瘌听了他们的对话，心中有数了，他朝左宪章会意地一笑，由于额头上的疤瘌也动了一下，因而，笑得很狰狞。

　　左宪章装作上厕所的样子，起身朝车厢的后面走去……一会儿，他又回来了，他朝着自己曾经坐过的地方一看，他故作惊讶地说道：

　　"哎哟，我放在这里的皮包呢？"

　　"没看见你在这里放过皮包啊。"蓝芳姿说。

　　"我记得清清楚楚，我就是放在这儿了啊。"左宪章说。

　　"你那皮包里都有啥啊？"坐在对面的刘大疤瘌插嘴说。

　　"我那皮包可值了银子的了，沉甸甸的，有银圆，还有几根金条……"

左宪章一副痛惜的样子说。

"你走后，过来一个人。"刘大疤瘌指着蓝芳姿说，"她把那皮包递给了那个人，那个人接过皮包就返身走了，是个黑色的皮包吧？"

"是啊。"左宪章说。

"你咋睁着眼睛说瞎话。"蓝芳姿斥责刘大疤瘌说。

"贼婆子，你还我皮包……"左宪章吼叫道。

他这一吼叫，把整个车厢的目光都叫了过来，诧异地望着蓝芳姿，仿佛打扮得漂漂亮亮而又年纪轻轻的蓝芳姿，真个是金玉其表、败絮其中的盗窃人家皮包的小偷。

"你们这是诬赖好人。"蓝芳姿眼睛一瞪，愤怒地说。

"明明是你跟你的同伙盗窃了我的皮包，你却充好人。"左宪章对蓝芳姿说，"这世道可真是，明明是婊子，却硬要撇清，立牌坊。"

"你怎么骂人呢？"蓝芳姿说。

"我骂的就是你这个婊子。"左宪章说。

这时，乘警过来了，说道："怎么了，怎么了？"

"这婊子跟她的同伙，偷了这位先生的皮包，是我亲眼见的，这婊子却硬是不承认。"刘大疤瘌说。

"走，别在这里吵闹，咱们到尾车上说去……"乘警说，他又眼睛一瞪，命令似的，"赶紧走啊。"

乘警走在前面，蓝芳姿只好跟着，后面是左宪章和刘大疤瘌，他们向尾车走去……进了尾车，左宪章把尾车的车门子，使劲儿地"啪"地一关。

刘大疤瘌把蓝芳姿拦腰一抱，蓝芳姿的腿脚乱踹，嘴里喊叫着……左宪章顺手抓过来一块破毛巾，堵住了蓝芳姿的嘴巴，乘警把早已准备好了的绳子递给了左宪章，他们把蓝芳姿捆了起来，乘警把麻袋套在了蓝芳姿的头上，然后，又把麻袋向下套进了蓝芳姿的身子，在她的脚下用绳子扎住了。

"这样绑票，真他妈的顺。"刘大疤瘌说。

"咋说呢？"乘警说。

"看中了漂亮的妞儿……往窑子里一送，银子就到手了，我们绑票送姑娘，窑子里接手，一条龙的程序，很顺啊……这也叫'绑红票'。"刘大疤瘌说。

"绑红票"，东北土匪的黑话，就是绑架姑娘，勒索或者换取钱财。

"关键是一箭双雕。"左宪章说。

"我们把这个姜营长的太太送到日本守备队……他们一准儿高兴。"左宪章说。

"来、来、来，咱们把酒肉摆上，喝几盅。"刘大疤瘌说。

说着，他把酒瓶子和烧肉、烧鸡啥的，摆了出来。

"喝不了几盅了，四平街站就要到了。"左宪章说。

奔驰的火车，"哞——"汽笛怒吼，车轮和轨道相互摩擦着，冲撞着，发出咣啷啷、咣啷啷的声音，向四平街站驶去。

公主岭，怡红苑。

二楼的黑屋子里。

"我看这个老鸨子扭扭扯扯的，满脸的横肉……"张凤珍说。

"她特别阴毒。"田梨果说。

田梨花说："任玉堂原是河北乐亭人，无赖成性，在当地惹出事儿来了，逃到了旅顺口。在铁路的脚行里混事儿，跟日本人交结，后来逛妓院，领出了一名妓女，这名妓女就是咱们这个妓院的老鸨子。"

蓝芳姿说："助纣为虐的东西。"

田梨花说："他们来到了四平街。开始的时候，在四平街的道里北四马路开土窑子……逐渐发展，增加妓女，把怡红苑迁到了火车站前日本铁道线的附属地，有日本人庇护。任玉堂靠这个发迹，最后扩充了好几处，这公主岭的怡红苑就是其中的一处。妓女多的妓院有30多名妓女，雇用的管事的人就有十几个……"

田梨果说："任玉堂的妓院都是头等的、二等的妓院，房间的摆设宛若富人的客厅，座钟、挂表、名人字画……应有尽有。他收养的妓女都必须有几分姿色，强迫学习音乐、歌曲、诗词，还雇用师傅教习戏剧。"

田梨花说："任玉堂在花业的同行中，生意兴隆。他的妓院前，总是车水马龙，嫖客络绎不绝。"

田梨果说："任玉堂手眼通天，摧残、蹂躏妇女无所不用其极，我不是说了吗，进了他的妓院，就像进了地狱……他布下了天罗地网，你就是一只鸟，也插翅难飞……一直到你人老色衰。"

田梨花说："任玉堂对红了的妓女，一切优待，用各种手段来下客人的钱……红妓女就是他的摇钱树。对于不愿意做妓女的，或者有热客而厌弃其他嫖客的，先劝解，后逼迫，非刑吊打，如脱光衣服用鞭子打、夹棍子、刺阴户、用烧热的烙铁烫皮肉……几乎让妓女体无完肤。"

说着，她掀起了衣服，让张凤珍和蓝芳姿看。张凤珍和蓝芳姿看到了她身上的斑斑伤痕……不由得抽了一口冷气。

田梨果说："我们就是遭受了酷刑之后，被推进了这个黑屋子里，不给饭吃，不给水喝，不准出入……这个黑屋子，就是关押我们的牢房。"

"这个任玉堂真个是胆大包天啊。"蓝芳姿说，"很明显，日本人的铁路附属地，成了国中之国，任玉堂就是看准了这个空当，靠上了日本人……可以为所欲为。"

张凤珍说："任玉堂真是罪大恶极，他是不会有啥好下场的。"

稀里哗啦的开锁声……她们就停止了议论。

进来的是老鸨子，叫道："蓝芳姿。"

蓝芳姿看了看老鸨子，没有理她。

老鸨子说："你以为你是营长太太啊，你被'绑红票'了，卖到了我这儿，是龙你得趴着，是虎你得卧着……给你改名换姓，该接客你得接客。"

蓝芳姿说："你不怕我家的营长来了，用枪崩了你。"

"这是日本人管的地界儿，你还真别狂……你要是不从了我，瞧我怎么收拾你。"老鸨子说，她又叫道，"常二凤。"

"哎。"张凤珍答应道。

老鸨子说："你是个黄花闺女啊，是吧?"

"还……还没订婚，也没出嫁呢。"张凤珍嗫嚅地说。

老鸨子说："你接客吧。"

"啥叫接客啊?"张凤珍畏怯地说。

"这么大的姑娘了，啥叫'接客'，还不知道?"老鸨子说，"田梨果，你告诉她。"

田梨果说："就是脱光了衣服，跟男人在一起……"

"那多没羞没臊啊，我害怕。"张凤珍说。

这时，老鸨子掀开了田梨花的衣襟，说："常二凤，你看到了吗?"

"哎哟妈啊，咋被打成了这样子啊，太痛苦了。"看到了田梨花遍体鳞伤，张凤珍露出惊讶的样子，她恐惧地说。

老鸨子说："如果你不接客，你也是这个样子，甚至比这还要邪乎。"

"那我咋办啊?"张凤珍一副不知如何是好的样子。

老鸨子说："如果你听妈妈我的话，你就可以免遭毒打……而且，还可以穿金戴玉，吃香的喝辣的，享受富贵。"

"妈妈……我听你的。"张凤珍说。

"嗯，这才是乖闺女，听妈妈我的，没错的。"老鸨子说，"有个大主顾，就想要个有姿色的黄花姑娘玩玩……宁可出大价钱，我正犯愁呢，你可帮了妈妈的大忙。"

"给我钱吗？"张凤珍说。

老鸨子说："你把这个大主顾伺候舒服了，他会赏你金条、金镏子、钻戒、大洋……这个大主顾是个经商的日本浪人，大掌柜的叫薄益三，我说的这个是二掌柜的，叫小野，很有钱的，你能不能把他伺候得舒舒服服了，就要看你的造化了。"

"那就好。"张凤珍仿佛受到诱惑而又似乎懵懂地说。

"跟妈妈我走吧，洗浴，换身衣服，打扮打扮……接客。"老鸨子说，"从此，你就别叫啥常二凤了，换个时髦的名字，叫'小凤凰'，很快就会红了的，红透个半边天。"

"我听妈妈的。"张凤珍说。

她跟着老鸨子走出了小黑屋，来到了大厅。

老鸨子走到了电话跟前儿，操起了墙上的电话，拨了号码，拨通了，她说："小野君吗？我是怡红苑啊……你要的黄花闺女，我们新进了一个。我给她起了个名字，叫'小凤凰'，很有姿色的……哟，瞧你那猴急的样子，这个黄花姑娘就是你的了，你可得准备好银子啊，给少了可是不行的。除了给我们怡红苑的，还得准备赏给这黄花闺女的。这个'小凤凰'可以说是很乖、很柔的，能让你的硬邦邦的家伙，玩个尽兴……呵呵，你赶快过来哟。"

"妈妈，你都说了些啥啊，我都听不懂。"张凤珍在旁边说道。

老鸨子叫旁边的一个丫头，她说："你去服侍'小凤凰'沐浴，更换衣服，化妆打扮……准备接客。"

"是。"丫头说。

"从此，我就叫'小凤凰'了？"张凤珍说。

"哦，对啊，从此，'小凤凰'就是你的妓名了，日后啊，你准保能大红大紫的了。"老鸨子说，"不是我自夸啊，我看人哪，还是很有眼力的。"

说完，丫头就领着"小凤凰"张凤珍沐浴更衣去了。

公主岭，怡红苑。

二楼，新辟的雅屋——"凤凰阁"。

梳洗打扮，并且，更衣之后的小凤凰，已经在这里准备接客了。

门开了，日本浪人小野穿着和服，气势昂扬地走了进来，他手里提着红色的皮包。他把皮包"咣唧"一下子，放在了门旁边的柜子上。但是，他的眼睛却从一进门开始，就始终盯着小凤凰，像一只食肉的狼，用火辣辣的目光，盯着一只柔弱而丰腴的绵羊。

他随即解开腰带，脱下了和服，露出了疙疙瘩瘩的强力的肌肉，腆着肚子，还有黑色的鼻毛、修剪的八字形的小髭胡、密集扎撒开来的胸毛……他晃荡着肩膀子，迈着鸭子步，向小凤凰逼近。

小凤凰露出觳觫的目光，由于怯懦，身子似乎有些低矮、蜷曲，她恐惧地徐徐地向后退却，像一只美丽的梅花鹿突然面对来袭的狗熊……小凤凰这样的弱态，反而激起了小野的占有欲和性欲，他上前一大步，拽住了小凤凰的肩头，把小凤凰拉近来。他要撕扯小凤凰的衣衫，要把小凤凰的衣衫撕扯得一丝不挂……小凤凰也顺势贴近了他的胸膛。

在这一刹那间，小野突然面部狰狞，口中喷出鲜血，他仿佛一下子就丧失了力量，瘫软了……只见小凤凰一闪身，小野仆倒在地。

原来，小凤凰在贴近小野胸膛的一瞬间，把平素使用的飞刀握在了手里，然后，狠劲儿地扎进了小野的左侧胸腔，那里是小野的心脏，然后，她迅速地拧转握在手里的飞刀，五寸长的飞刀在小野的心脏里搅和着，翻了个个儿。

小凤凰从进门处的柜子上，打开小野的红色的皮包，翻了翻，看见里面有个黄布包，黄布包里有五根金条，以及银圆、钞票……更令她欣喜的是，还有一把锃亮的手枪。

她推开了阁间的门扉，若无其事地对着老鸨子娇嗔地叫道：

"妈妈——"

"哎哟，我的姑娘啊，你不好好地伺候着小野君呢吗，那可是有钱的主儿，你咋自己出来了？"老鸨子说。

"妈妈，他晕倒了。"小凤凰说。

"晕倒了？他可能是心血来潮，太激动了……"老鸨子说。

"会不会乐极生悲啊？"小凤凰说。

"这是常有的事儿。"老鸨子三步并两步地上楼，走了过来，她说，"我来看看。"

老鸨子走进了"凤凰阁"，看见日本浪人小野倒在了地上，露出的半个脸蛋子，一片失血的苍白，他的胸部下面是从心脏里涌出来的一大汪浓浓的鲜血，她惊呆了……这时，小凤凰用手枪顶住了老鸨子。

"你想像小野一样死，还是想活命？"小凤凰说。

"我……我、我想活命。"老鸨子颤抖着说。

"想活命，好办，乖乖地把黑屋子打开。"小凤凰说，"你要是声张，姑奶奶我就一枪毙了你。"

"是、是，我不声张。"老鸨子说。

她们出了"凤凰阁"。

老鸨子一脸的沮丧，她不得不用钥匙，哆哆嗦嗦地打开了小黑屋，推开了门……小凤凰把手枪一晃，她说："嫂子、田梨花和田梨果，你们出来，咱们回家。"

蓝芳姿，还有田梨花和田梨果，她们先是感觉突兀，继而惊讶，随即大喜过望……如同笼中鸟见到了天窗洞开，她们欢欢喜喜而又脚步轻盈地走出了小黑屋，满面春风地下了楼，款款地向门外走去。

这时，老鸨子突然返身，急走了几步，喊叫道："杀人啦……"然后，她抓起了墙上的电话，眼睛盯着即将要走出门去的小凤凰她们，她拨号，嘴里叨咕着："铁路警署……"

用斜视的目光注意着老鸨子的小凤凰，右手一扬，只见一道白光，刺向了老鸨子的左眼，扎了进去……老鸨子紧忙捂住了自己的左眼，鲜血顺着她的手指缝淌了出来，她一下子坐在了地上，号啕大哭。

小凤凰对老鸨子说道："想要向你的日本亲爹报警……瞎了你的狗眼，姑奶奶要是不给你点厉害，让你尝尝，你就不知道姑奶奶我有多大的道行？"

两个保镖见状，手执棍棒冲了过来，小凤凰抬起手，"嘭嘭"两枪，打在了这两个保镖的腿上，这两个保镖立时跌倒在地。

听到了枪声，怡红苑里一片惊恐的尖叫声……陷于慌乱之中。

到了门外，有马车停候在门前，小凤凰从皮包里掏出了一根金条，递给了马车夫，她说："老板儿，你这挂马车，我买下了，一根金条够不够？"

天已经蒙蒙黑了，借助着门灯和挂着的灯笼的光芒，马车夫看着黄灿灿的金条，他知道，这一根沉甸甸的金条可以买下的不只是一挂马车……何况，给他金条的人，手里还握着锃明瓦亮的手枪……他连忙说：

"够、够了。"

马车夫稀罕巴嚓地接过了金条，揣在了怀里。

小凤凰说："姊妹们，上车。"

姊妹们上了马车。

马车夫看到她们都上了马车，扬起了鞭子，说道："好嘞。"

他要赶车。

小凤凰却夺过了他手中的鞭子，却把枪口向他一比画，她说："马车，我已经买了，你下去吧。"

马车夫看了看冷冰冰的枪口，乖乖地下了马车。

小凤凰抖起了缰绳，喊了一声："驾——"

马车在小凤凰的驾驭下，朝着四平街的方向，疾速地行走。

第二十二章

小凤凰聚义二龙山

1918 年 5 月 11 日, 傍晚。

四平街, 马龙坤宅邸。

纪义方说: "四平街站内线情报, 有两名女子被黄龙岭的匪绺子和日本守备队的人'绑红票'了……可能卖给四平街的花会会长任玉堂了。"

马龙坤说: "这两名女子大概就是蓝芳姿和张凤珍。"

张小山说: "黄龙岭的匪绺子是日本人的狗, 他们跟日本人可谓狼狈为奸。"

姜恩波说: "我带人去找任玉堂去。"

"他们能对付得了蓝芳姿, 却很难对付得了张凤珍。" 马龙坤说, "等一等吧, 再打探一下消息。"

张小山说: "这帮家伙, 简直是胆大包天了, 连我们奉军的营长的太太也敢绑架, 这是在中国的土地上啊。"

马龙坤说: "如果不是奉军营长姜恩波的太太, 恐怕也不会遭到绑架……东辽河的朝阳坡新河口战役、喇嘛苍战役……日本人不会不知道有你姜营长参战, 黄龙岭是左宪章的匪绺子的窝点, 他们五六百人跟着日本浪人加入了巴布扎布的叛军中, 结果呢, 只剩下了百八十个残兵败卒……他们能不记恨在心吗? 你张小山在金宝屯附近, 劫杀过日本人运给巴布扎布的军火啊, 是不是? 我们了解日本人的动态, 日本人也会收买我们的人, 为他们刺探情报。这就是, 你中有我, 我中也有你……谁都知道, 知己知彼, 才能百战不殆。"

姜恩波说: "我去搜查任玉堂的怡红苑。"

马龙坤说："任玉堂把他的妓院放在日本人的铁路附属地上，靠的就是日本人，你去了，他们就会叫来日本守备队……"

姜恩波说："我是堂堂的奉军的营长啊，自己的老婆被绑架了，还被卖到窑子里去了……这就是拼死，也不能忍受的奇耻大辱啊。"

说着，他掉下了眼泪——男儿有泪不轻弹。

张小山说："咋办好？"

"去也好，让任玉堂知道，我们掌握他的情报，可以震慑一下任玉堂……提醒他，东北的天下是奉军的天下，让他不要肆意妄为。"马龙坤说，"不过，不要带武器，去几个人闹一闹就行……我来收拾残局。"

姜恩波抽泣地说："是。"

他和跟着他来接他太太的六个士兵，把枪支放在了马龙坤的宅邸，然后，从马龙坤的宅邸里操起镐把和铁锹，就出去了。

四平街，怡红苑。

姜恩波带着六个士兵，气势汹汹地来到了这里。

站在门口的四名怡红苑的保镖看到他们穿着奉军的军装，又看出来他们满脸怒不可遏的情绪，就上来询问、阻挡，被姜营长和他的五个士兵打倒在地。然后，他们闯进了怡红苑。

进了门，姜恩波就喊道："任玉堂呢，你他妈的给我滚出来。"

"哪儿来的，吆吆喝喝的？"任玉堂说，"我就是四平街的花会会长任玉堂，招呼我，有啥事儿吗？"

"这是我们的营长，找你有事儿。"一个士兵指着姜恩波说，"要说没事儿，也不会进入你的怡红苑。"

"哟，营长贵姓？"任玉堂说。

"我们营长免贵姓姜。"一个士兵说。

"哦，姜营长啊，嘛事儿，你说吧。"任玉堂说。

"我来找我老婆。"姜恩波说。

"你老婆咋在我们这儿，我们这儿只伺候男人啊。"任玉堂说。

"我老婆被你们绑架来了。"姜恩波说。

"这可从哪儿说起呢？让你这么一说，我还真是丈二的和尚——摸不着头脑了。"任玉堂说。

"你别他妈的装糊涂。"姜恩波说。

"你是要见我们的姑娘们吧?"任玉堂说,他喊道,"姑娘们,来了位营长大人,出来见客啊——"

随着他的这一声吆喝,涂脂抹粉、花枝招展的妓女们,陆陆续续地从各自的房间里扭扭搭搭地走了出来,来到了姜营长的面前,展现出骚情的笑脸。

姜营长看了,说:"你还有吗?"

"还有啊,可是,没出来见你的姑娘,跟着男人们正办着事儿呢?你也要看看吗?"任玉堂不满地说。

姜营长说:"当然都要看。"

"那你就在这儿等着吧。"任玉堂说。

姜营长说:"我现在就要查看。"

"不行,你别得寸进尺。"任玉堂说。

姜营长命令他的部下,说:"给我搜……"

任玉堂上前来阻拦,说:"这里是日本人的铁路附属地,可不是你们奉军随意撒野的地方。"

姜营长的士兵,上去就给了任玉堂一个嘴巴,说道:"老子们就是要在你这儿撒野……老龟头,你他妈的还胆大包天了,绑架来的我们营长的太太,你也敢收纳?"

然后,士兵们把桌子、椅子、茶具、摆设……掀的掀、砸的砸,稀里哗啦,一片狼藉,让怡红苑里的人,目瞪口呆,手足无措。

"这根本就是无中生有的事儿。"任玉堂捂着自己的嘴巴,矢口否认说。

"这是有人亲眼见到的,不然,我就不会到你这里来……只要我搜查到蛛丝马迹,我他妈的就乱枪毙了你,让你浑身上下都是蜂窝眼儿。"姜营长说,他又命令他的士兵,"给我里里外外地搜。"

正在这时,呼呼啦啦地涌进来了一群日本兵,围住了姜营长他们,并且,把黑洞洞的枪口对准了姜营长他们,领头的正是日本守备队的中尉涉谷安秘和石原常太郎。

涉谷安秘对姜恩波说:"你的,你是干啥的?"

姜营长一拍胸脯,说:"奉军营长。"

"哦,你的,奉军营长。"石原常太郎说,"你知道这里是啥地方吗?"

姜营长说:"这是怡红苑。"

"不,这里是日本的铁路附属地,是大日本天皇的守备队所管辖的地方，绝不允许有人在这里闹事。"石原常太郎说。

"别废话了。"涉谷安秘说，"营长先生，你和你的士兵，到我们守备队走一趟吧。"

姜营长说："走就走。"

他跟他的六名士兵去了四平街站的日本守备队。

夜色下的公主岭西郊外。

张凤珍赶着马车，走着走着，忽然，她听到了身后传来了清脆的枪声。她把马车赶进了路边的树林子里。

她说："姊妹们，你们在这儿等一等，我去看看是啥情况。"

蓝芳姿说："你去吧，加点小心。"

"好嘞。"张凤珍说着，来到了路边，隐身在一棵大杨树的后面。

她看到，有两匹马在奔跑，后面有四匹马在追赶，后面的人在马上吆喝着，向前面放枪，显然，是后面的人在追击前面的人。

她看到，前面的身穿马褂，是中国人，在她面前疾驰而过；后面的人就要跑到她的面前了，她又看到，后面的人是日本守备队的装束；她一见到日本守备队的装束，不由得火从心头起，怒从胆边生，挥手射击，连续打出四枪，四个日本守备队员应声落马。

跑在前面的两名中国人回过头来，见四个日本守备队员落马了，策马返身回来，一看，果真是日本守备队员中枪落马。

他们向周边望去，黑茫茫的一片，并未见到人影，于是喊道："是哪位义士救了我们？请现身。"

"两位大哥，是在喊我吗？"张凤珍握着手枪，从大杨树的身后走了出来。

"义士，是你杀死了日本鬼子？"两位中国人中的一位说。

"不过是路见不平，拔刀相助而已。"张凤珍说。

"义士，贵姓？"两位中国人中的另一位说。

"姓常，叫常二凤，绰号'小凤凰'。"张凤珍说。

"哦，原来是位巾帼英雄。"两位中国人中的一位说。

"不敢当。"张凤珍说，"你们是……"

"我叫万国彪。"一位说，他又指着另一位，"他叫关东豹。"

"我们是二龙山上的人。"关东豹说。

"二龙山。"张凤珍说，"小白龙？"

"那是我们的大掌柜的。"万国彪说，"你认识我们的大掌柜的？"

"听说他是一位绿林好汉。"张凤珍说。

"谢谢你救了我们。"关东豹说。

"应该的……"张凤珍说着，抬手就向侧方向射了一枪，一个日本守备队员正要向前爬着，去够他的长枪，被张凤珍的子弹击中了脑袋，登时，脑袋一歪，死了过去。

万国彪和关东豹跑了过去，给其余的三个日本鬼子各自补了两枪，然后，收缴了枪支，并且，收拢了他们的战马。

"你们稍等，林子里还有我的几位姊妹呢。"张凤珍说。

她到林子里把马车牵了出来，让蓝芳姿和田梨花、田梨果跟万国彪和关东豹见了面。

"有幸见到几位姊妹。"万国彪说。

"都是中国人，别客气。"蓝芳姿说。

"你们的大掌柜的小白龙，是位绿林好汉，长得是啥模样啊？"张凤珍故意问。

"英雄气魄。"万国彪自豪地说。

"能见一见他吗？"张凤珍说。

"那敢情好，跟我们走就是了。"关东豹说。

"姊妹们，咱们跟着万大哥和关大哥去二龙山走一趟，咋样啊？"张凤珍说。

"好啊。"蓝芳姿，还有田梨花、田梨果一起说。

于是，万国彪和关东豹把四个日本鬼子的尸体拖进了林子的深处，用枯枝败叶掩埋了一下，然后，他们奔向了二龙山。

深夜的天空，闪烁繁星；夜色朦胧，微微春风。

在去往二龙山的路上，万国彪和关东豹讲述了他们之所以遭到了满铁公主岭站的日本守备队的追击——

今天的天黑时分，万国彪和关东豹来到了公主岭火车站站前的醉仙居酒楼，喝酒用餐。刚刚上了两个菜，白酒也烫上了，正要饮酒，又进来了两个人，坐在了他们的旁边。

这新进来的两个人正是左宪章和刘大疤瘌。

刘大疤瘌叫道："堂倌——"

"哎，来嘞。"堂倌应道，他是个十七八岁样子的年轻人，来到了刘大疤瘌和左宪章的面前，"两位客官，请点菜。"

说着，他把菜单递给了刘大疤瘌。

刘大疤瘌说："一碗红烧肉、一只扒鸡、浇汁儿鲤鱼、酸菜氽白肉、尖椒干豆腐……还有，一壶老白干。"

"好嘞。"堂倌说。

"快点上啊，我们可是饿得前腔搭后腔了。"左宪章说。

"好嘞。"堂倌应道。

然后，堂倌去把菜单子交到了柜上。

"崽子们都让我放了羊，他们是嫖、是赌，还是干啥，随他们去……反正是我给他们分发了大洋，咱们在这儿消消停停地喝个酒。"左宪章说。

"大掌柜的，明儿上午再把钱送到四平街去，给涉谷安秘和石原常太郎，也不晚。"刘大疤瘌说。

"所以啊，我让崽子们这一夜在公主岭咋折腾，是他们的事儿……明儿上午9点，在这公主岭火车站集合……"左宪章说。

"大掌柜的，我明儿一早，就赶回黄龙岭了。"刘大疤瘌说。

"是啊，二掌柜的，你说得对，那是咱们的老巢，山寨不可一日无主啊。"左宪章说。

"大掌柜的，说心里话啊，我就瞅着这铁路好，啥叫'火车一响，黄金万两'，我是真有体会。"刘大疤瘌说。

"南满铁路是日本人的，四郑铁路是日本人的，就要修筑的四洮铁路也是日本人的……就是跟在日本人的屁股后，捡饭吃，都能撑破你的肚皮，呵呵。"左宪章说。

"四郑铁路不是日本人的，就要修筑的四洮铁路更不是日本人的……"上菜来的堂倌，把手中端着的菜放在了桌子上，接过了左宪章的话茬儿，他说。

"四郑铁路是日本人出的钱啊，四洮铁路也是日本人掏腰包啊……谁出钱，是谁的啊，这个道理，不是很简单的吗？"左宪章说。

"是啊，这个道理的确很简单，比如说，我家盖房子，钱不够了，向你借的钱，盖起了房子，这座房子肯定是我的啊，我是这座房子的房主，而你呢，只是我的债主。"堂倌说，"我还你钱，再加上利息就是了。"

"这⋯⋯"左宪章说。

"再说这南满铁路是东清铁路的支线，包括南满铁路在内的整个东清铁路，本来是中国人和俄国人共同修筑的，是'合办'。由'华俄道胜银行'修建管理，并且，设置一个特别股份公司经营，名字改为'中国东省铁路公司'。大清政府以500万平银入股，双方共同组织商业性质的企业⋯⋯但是，日、俄战争之后，俄国人战败，南满铁路的俄国人的权益，由俄国人转让给了日本人。日本人却成立了'南满铁路株式会社'，得寸进尺，要垄断南满铁路的所有权益。奉天将军赵尔巽提出抗议，主张追溯合办之'原约'，'一切办法遵照中俄合办合同'⋯⋯日本人不予理睬，清政府腐败无能⋯⋯甚至在日本人的买通和压力之下，调离了赵尔巽将军，以致南满铁路的中国人的权益落空了。更有甚者，蛮横的日本人从腐败无能的清政府的手中，还攫取了所谓'满铁附属地'，成了中国的国中之国。"堂倌说。

"你知道得不少啊？"左宪章讽刺地说。

"我在奉天的学堂读书，当然知道得不少，所谓'南满铁路株式会社'是日本政府在中国东北从事政治、军事和经济活动的代行政机构⋯⋯"堂倌说，"这是到了换季的时候了，学堂放了几天假，回家来⋯⋯顺便到公主岭的亲戚家，凑个人手，临时当个跑堂的。"

"四郑铁路借了日本人多少钱？"刘大疤瘌说，他似乎要诘难堂倌。

"四郑铁路全长87.9千米，借了日本横滨正金银行500万日元。"堂倌说。

"正在修筑的四洮铁路呢？"刘大疤瘌说。

"四洮铁路，从郑家屯到洮南，路长228千米，四洮铁路还包括从郑家屯到通辽的铁路，借日资4500万日元。"堂倌说，"但是，不管是四郑铁路还是四洮铁路，这些资金并没有全部用到铁路工程上，日本人扣下了5%的'手续费'，日本人又以'筹备费'的名义贿赂中国交通部的大员们，所以，中国交通部的大员们中饱私囊，以'筹备费'的名义贪腐了另一个5%⋯⋯你比如，四郑铁路借贷了500万日元，但是，除了'手续费'和'筹备费'，四郑工程到手的现款仅仅是405万日元。"堂倌说，"有这么些猫腻儿在里面，可以说，这个利率五厘的借贷，就成了高利贷，而且，预计日本人从四洮铁路的借贷中，仅仅利息就能获利2100万日元之多——日本人是无利不起早的。"

"你挺了解内情，啊？"左宪章说。

"这都是秃头上的虱子——明摆着的。"堂倌说，"所以，我说，四郑铁路也好，四洮铁路也好，都是中国的。"

"可是，四郑铁路和正在修筑的四洮铁路，处长可多是日本人，比如，工务处啊，车务处啊，会计处啊……可以说，日本人控制着四郑和四洮铁路。"刘大疤瘌说。

"这就好比我来到了公主岭的亲戚家的这个酒楼，老板是我的亲戚，好比四洮铁路局的局长，我这个跑堂的好比是四洮铁路局里的处长，我不过是老板临时雇用的，难道我控制了这个酒楼了吗？显然不是。"堂倌说，"现任的四洮铁路局的督办兼局长是中国人虞愚，他同时还肩担着原来的吉长铁路局的局长，他这个中国人才是老板，他手下的都是他的雇员。"

"日本人可是说了，四郑和四洮铁路是他们的。"左宪章说。

"日本人令人愤懑就在这儿，贪欲而蛮横……"堂倌说，"我刚才都举了例子了，我借了你的钱，盖了我家的房子，你非得说我家盖的房子是你家的，这是啥啊？这是贪欲和蛮横。你要非得这么说，只能有一个解释——你就是强盗。"

"你他妈的咋说话呢？"左宪章用手一指堂倌说。

"你说谁是强盗呢？"刘大疤瘌质问说。

他忽地站了起来，抓住堂倌的脖领子，挥起手来，要打堂倌的嘴巴……但是，他的手掌却没有落下去，原来，万国彪和关东豹用手枪顶住了刘大疤瘌和左宪章的腰，并且，下了他们腰间的手枪。

左宪章和刘大疤瘌不得不举起了双手。

"刘大疤瘌，说你是强盗，还抬举你了，说你说土匪、恶匪，才是说个正着。"关东豹恼恨地说。

"左大掌柜，你他妈的是日本人三孙子，是不是？干吗专舔日本人的屁股……别忘了，你爹你妈、你爷你奶奶、你家祖宗……都是中国人。"万国彪说。

他又从左宪章的腰间，解下了左宪章系在腰间的一个小包袱，然后，把这个小包袱系在了自己的腰间。这包袱里正是左宪章他们卖掉蓝芳姿和张凤珍，怡红苑的老鸨子付给他们的大洋。

"兄弟，你们是哪个绺子的？"左宪章说。

"二龙山，小白龙。"万国彪说。

"都是道上的人，何必呢？"刘大疤瘌说。

"既然这么说，我们就放了你。"万国彪说，"不过，我要告诫你，别忘了自己是中国人，更别忘了自己的祖宗。"

"是、是……"左宪章说。

"滚吧。"万国彪说。

"我不想再见到你们……恶心。"关东豹说。

左宪章和刘大疤瘌灰溜溜地滚出了醉仙居酒楼。

"小堂倌，你真有才。"万国彪说，"你姓啥，叫啥啊?"

"我说的不过是中国人的良心话而已……我姓马，叫马忠廷。"堂倌说，"原来，你们是二龙山的绿林好汉，由衷地佩服。"

"哦，你叫马忠廷。"关东豹说，"我说小堂倌马忠廷，你把左大掌柜的和刘大疤瘌他们点的菜，给我们上来，吃不了，我们就兜着走……还有弟兄们，想吃这些个美味佳肴呢，呵呵呵。"

"好嘞。"堂倌说。

接着，万国彪和关东豹就继续坐下来饮酒、吃菜，酒足饭饱之后，他们走出了醉仙居酒楼，正要上马，忽然，听到了不远处有人喊叫:

"抓住他们，他们是二龙山的……"

万国彪和关东豹侧身一看，正是左宪章和刘大疤瘌领着日本守备队的人，来捉拿他们俩……原来，左宪章和刘大疤瘌出了醉仙居酒楼，深感窝囊，带在身上的枪支被掳掠去了，而且，就连带在身上的给中尉涉谷安秘和石原常太郎的钱，也被二龙山的人给掳掠去了。

于是，他来到了公主岭火车站的日本守备队，说是在醉仙居酒楼有二龙山的土匪，而且，二龙山的土匪是专门同日本人作对的……抢了他们的钱，并且，这钱还有四平街火车站的日本守备队的中尉涉谷安秘和石原常太郎的……公主岭的日本守备队和四平街的日本守备队通了电话，得到了确认，于是，公主岭的日本守备队出动了。

万国彪和关东豹飞身上马，策马而去。

日本守备队的人又赶紧磨回身去，迅速牵出四匹马，紧急追赶……

在去往二龙山的路上，通过田梨花和田梨果，简略地讲述她们的身世，以及被怡红苑拘押在黑屋子里的由来，大家知道了她们的遭遇——

1916年7月下旬，巴布扎布率领他们的"勤王复国军"闹叛乱，攻击突泉县城，县城里的百姓被迫撤离。16岁的田梨花和17岁的田梨果，是住在突泉县城里堂姊妹，两家人一起手拿肩扛地随城里的百姓撤离……为躲避战火，两家人一起投奔了洮南亲戚家。

9月中旬，她们听说叛军的司令大臣巴布扎布，在林西县被炸死了，而且，巴布扎布的叛军向北撤退，路途中尚未走出林西县境，恰好遇上了毅军从开鲁来增援林西县城的大部队，两军交战，"勤王复国军"的残余部队，被打得落花流水，四散流窜。

于是，她们两家人从洮南返回突泉。途中，她们两家，跟着从不同地方向突泉返回的人群，会合在了一起……突然，枪声射向人群，马蹄子冲向人群……人群惊叫，纷纷四散躲避……这人群，正是遇上了被毅军的大部队打得惨败，而向黄龙岭方向流窜的左宪章的匪绺子。

左宪章的匪绺子向人群开了枪，冲向人群，凶恶地进行财物劫掠……田梨花和田梨果姊妹俩，在慌乱中跟家人离散了。

刘大疤瘌发现了蜷曲在一处的恐惧万分的田梨花和田梨果，他惊奇地嚷叫道："哎，快来看啊，这两个丫头，长得挺俊俏的啊。"

他的嚷叫声，招来了左宪章，左宪章睁大了眼睛，对田梨花和田梨果仔细地端详了一番，也不无赞叹地说："可也是啊。"

刘大疤瘌说："大掌柜的，咋办？"

"那还用说吗，带走。"左宪章说，"冲这俩丫头的模样儿，准能卖个好价钱。"

刘大疤瘌说："说的是。"

于是，他就吩咐手下的崽子们，把田梨花和田梨果绑了起来，带走……后来，他们把田梨花和田梨果卖给了四平街的花会会长——老龟头任玉堂。任玉堂又把田梨花和田梨果送到了他开在公主岭的妓院——怡红苑。

田梨花的遭遇——

今年公主岭庙会，农历三月初八和十八，搭台子，唱大戏。

田梨花和田梨果到场，唱了评剧《姊妹易嫁》，唱得音质瓷美，声调亮丽，韵味婉约，字正腔圆……听者如云，皆为惊叹。

一时间，声名噪动，远近传扬——唱火了，唱红了。

有众多嫖者闻风而来，其中有一位财主的儿子叫朱国英，他来到了怡红苑。老鸨子喊："姑娘们，见客啊——"

十几个姑娘一字排开，他见没有田梨花，就一个也不点。三番两次之后，终于见到了田梨花，他才指点……又是三番两次地点到之后，几番温存又一番云雨……朱国英说：

"你要从良吗？"

"怎么不想，我也曾是良家儿女，哪个愿意在这火坑里煎熬？"田梨花说。

"你说了你的遭遇……真是不幸。"朱国英说。

"这也许是命……"田梨花哀叹地说。

"命运是可以转换的。"朱国英说。

"但愿如此。"田梨花说。

"我为你赎身，然后，我娶你为妻。"朱国英说。

"我这个身世，烟花柳巷……你家里会同意吗？"田梨花忧心地说。

"我自己的事情，我自己说了算。"朱国英肯定地说。

"可是……"田梨花说。

"可是啥啊？"朱国英说。

"这可需要不少的钱啊。"田梨花说。

"我愿意倾囊而出……"朱国英说。

"谢谢你了。"田梨花说。

于是，朱国英跟老鸨子说："我要给田梨花赎身。"

"你要给田梨花赎身，好啊。"老鸨子说，"但是，这事儿，我说了还不算。"

"谁说了算？"朱国英说。

"我们任老板。"老鸨子说。

"那好，我见他。"朱国英说。

"你得明天来，我得给他打电话，把他叫来。"老鸨子说，"他在四平街呢。"

"好，我明天来。"朱国英说。

第二天，任玉堂来了。

他用曳斜的目光扫了朱国英一眼，说："你要为田梨花赎身？"

"是的。"朱国英说。

"这可是要花费银子的啊。"任玉堂说。

"知道。"朱国英说，"你说吧，要多少钱？"

"2000块大洋。"任玉堂说，他以为自己说出的这个数，这个姓朱的年轻人，根本就不能够拿出这么多的钱来。

"那好，咱们下午见面。"朱国英说。

下午，朱国英来了，他把田梨花叫到了身边，对任玉堂说："这是 2000 块大洋，我把钱交给你了。人呢，我就领走了。"

"2000 块大洋，是我上午说的话。"任玉堂说，"现在是下午，价钱就得涨了。"

"涨到多少?"朱国英说。

"涨到 5000 块大洋。"任玉堂说。

"说定了吗?"朱国英说。

"说定了。"任玉堂说。

"那好，咱们明天上午见。"朱国英说。

第二天上午，他又来到了怡红苑，把 5000 块大洋摆在了任玉堂的面前。

"5000 块大洋，是我们昨天说的数。"任玉堂说，"今天就得涨到 6000 块大洋了。"

"我要说明天来……你明天又得涨价，是不是?"朱国英说。

任玉堂淡淡一笑，说："你以为，我调教一个走红的姑娘，是那么容易的吗? 这需要时间和心血啊，还有，得碰上一个好坯子……"

"老龟头，你反反复复，你可要小心了……把谁逼到了绝处，就是个兔子，它也是要咬人的。"朱国英说。

"你威胁我……"任玉堂说。

"我不是威胁你，而是要想方设法地整死你。"朱国英恨恨地说。

任玉堂马上喊叫道："来人哪——"

他的保镖们应道："来喽。"

任玉堂说："把这个不明事理的年轻人，给我轰出去。"

"用不着轰，我自己走。"朱国英说。

他愤愤地走出了怡红苑。

老鸨子让田梨花接客，田梨花出来见客，当嫖客点了她之后，她手里却现出一把剪子，她疯了似的扬起剪子，号叫着向嫖客刺去……嫖客躲避了，保镖们赶紧上来，夺过了她手里的剪子，然后，把她关进了黑屋子。

田梨果的遭遇——

在众多闻风而来的嫖客之中，有一个商人叫蔺宇轩，连续地点田梨果，并且，当与别的嫖客发生碰撞时，他宁可多出银钱。

蔺宇轩会拉二胡、板胡，还会吹笛子……他每次来，都会让田梨果唱评剧，而他则伴奏，甚至与田梨果合唱。

然后，他们相互簇拥、吻抱……又在床榻之上，颠鸾倒凤，倾情地云雨一番。连续数日之后，蔺宇轩说：

"我爱上你啦。"

"说这话的，我听得多了，多是见景生情，敷衍之词。"田梨果说，"在我的身子上发泄欲望，觉得我伺候得很舒服，于是，这个客人往往会说出这样的话。"

"我是真诚的。"蔺宇轩说。

"你家里不是有老婆吗？"田梨果说。

"是啊，委屈你了。"蔺宇轩说，"如果你要是嫁给我的话，就只能做'小'。"

"做'小'，也强似在这烟花巷里当窑姐儿。"田梨果说。

"你有这个心思就好，我为你赎身。"蔺宇轩说。

"老龟头恐怕不会放过我。"田梨果说。

"为窑姐赎身，这恐怕是常有的事情。"蔺宇轩说，"窑姐赎出了身子，龟头得了钱财，赚了一大笔……何乐而不为？"

"你可能不知道，我们这怡红苑的老龟头叫任玉堂，他阴毒得很。"田梨果说。

"无非是花银子就是了，有钱能使鬼推磨……"蔺宇轩说。

"我本是良家儿女，但愿你能把我救出这人间地狱……如果你能救我走出这人间地狱，我会没齿不忘你的恩德。"田梨果说。

于是，蔺宇轩对老鸨子说："我要为田梨果赎身。"

老鸨子说："这事儿，我说了也不算。"

"谁说了算？"蔺宇轩说。

"我们是任老板说了算，他在四平街呢。"老鸨子说，"我可以让他明天过来，你跟他说——给田梨果赎身的事儿。"

"好吧。"蔺宇轩说。

第二天，他来到了怡红苑。

"你要给田梨果赎身？"任玉堂说。

"是的。"蔺宇轩说，"开个价吧？"

"要 1500 块大洋，你能拿得出来吗？"任玉堂说。

"可以，我明天把这笔钱给你……咱们明天见。"蔺宇轩说。

第三天，他来了，他把 1500 块大洋放在了任玉堂的面前。

任玉堂看了白花花的大洋，说："我昨天说的是昨天的价儿，今天就得再加上 1000 块大洋。"

"那好，咱们明天见。"蔺宇轩说。

第四天，他来了，把田梨果拉到了自己的身边，然后，把 2500 块大洋，放在了任玉堂的面前。

任玉堂点了钱，他好像是很痛快地说："成交。"

"那你就在这契约上签个字吧。"蔺宇轩说。

任玉堂在蔺宇轩写好的契约上签了字，蔺宇轩领着田梨果，欢欢喜喜地正要走，任玉堂却说："哎，站住。"

蔺宇轩说："还有啥事儿？"

任玉堂一把夺过蔺宇轩握在手中的契约，然后，他打了田梨果两个嘴巴，说："你身上穿的衣服是我的，你耳朵上戴着的金钳子也是我的……花钱赎的是身子，也没说把这衣服和金钳子给你啊，这不是明显地要占我的便宜吗？"

说着，他把夺过来的契约撕了。

田梨果气愤地说："我姐要赎身，你就搞的这一套，说了不算，反复无常……我不想活了，我今天就跟你拼命了。"

她冲上去，哭叫着去挠任玉堂的脸，任玉堂猝不及防，他的脸被挠了几道子……保镖们上来，阻止了她……然后，把她关进了黑屋子。

天亮了，太阳升起来了。

起伏的山陵，萌芽吐绿的树木，清新、洁净而又自由、舒畅的空气。

走在路上，田梨果对张凤珍说："这也许是命，多亏遇上了你们……否则，我们姐俩就准备自杀了，实在是没有活路了。"

"我就纳闷了，都给老龟头赚了那么多的钱……这个老龟头咋还不放过你们呢？"张凤珍说。

田梨花说："原因很简单，凡是被赎身的，都是年轻貌美的红姑娘，任玉堂视财如命，他咋肯把摇钱树砍倒了呢？"

田梨果叹惜地说："在我们之前，就有两个怡红苑里姊妹因为赎身而不能……吃毒药而自杀了。"

"这个任玉堂，我早晚非杀了他不可。"疾恶如仇的张凤珍说。

"呵呵，姑娘们。"万国彪说，"我们的二龙山到了。"

由万国彪和关东豹引路，她们走进了山寨的聚义厅。

万国彪对迎出来的走在前面的一位，向姑娘们介绍说："这就是闻名遐迩、我们二龙山的大掌柜的'小白龙'。"

王正理见到了自己的表妹张凤珍，她刚要开口……就见张凤珍给他使了个眼色，并且，张凤珍自我介绍说："我叫常二凤，刚刚又有了个绰号，叫'小凤凰'。"

关东豹把他和万国彪，如何在公主岭站前的酒馆里遇上了黄龙岭的左宪章和刘大疤瘌，以及被日本守备队追杀的事情……讲给了山上的弟兄们。

弟兄们听了，都很振奋，也很钦佩小凤凰。小白龙说：

"这么一说，小凤凰姑娘不愧是女中豪杰。"

小凤凰说："这不过说路见不平，拔刀相助而已。"

小白龙说："姑娘们，你们留在山上，住上几天吧，好不好？"

小凤凰说；"我还真的就不想走了呢。"

蓝芳姿说："为啥呀？"

小凤凰说："我要借助二龙山的力量，杀了涉谷安秘和石原常太郎这些个日本鬼子，杀了左宪章和刘大疤瘌……还要杀了老龟头任玉堂……我要报仇雪恨。"

"小凤凰，你才叫热血贲张的具有家国情怀的女子。"蓝芳姿赞同地说，"报仇雪恨，惩恶扬善，替天行道。"

小凤凰说："田梨花、田梨果，你们也在这二龙山上，待上几天吧，然后，再决定自己的去向，咋样？"

"听你的。"田梨花和田梨果说。

小白龙说："小凤凰要是能够留下来，我看，就做我们二龙山的二掌柜的。弟兄们，你们看咋样啊？"

"好——"弟兄们呼应道。

万国彪向小凤凰一抱拳，说："参见二掌柜的。"

于是，二龙山的弟兄们都躬身抱拳，齐声说道："参见二掌柜的。"

小凤凰也抱拳回应，说道："我愿同二龙山的众位兄弟姊妹，杀鬼子，保江山；举义旗，行仁善；同甘苦，共患难。"

"杀鬼子，保江山；举义旗，行仁善；同甘苦，共患难。"弟兄们高声地复诵道。

小白龙一方面让炖肉做饭，在聚义厅款待姑娘们；另一方面，又吩咐自己的一名亲信，骑着快马，迅速赶往四平街的马龙坤的宅邸，去给马龙坤送信儿，告知张凤珍和蓝芳姿等安然地到达了二龙山。

1918 年 5 月 12 日，下午。

四平街火车站，日本守备队的队部。

马龙坤来到了这里，接待他的正是涉谷安秘和石原常太郎。

在这天的凌晨，马龙坤曾经秘密布置两名胆大心细的士兵，乔装成老百姓，趁着夜深人静的时分，在任玉堂的怡红苑的楼旁，悄悄地点燃了一个装药适当的小炸药包。"轰隆"一声，没有伤着人，却震碎了怡红苑面向街道的部分玻璃窗……威慑任玉堂。

"马旅长。"涉谷安秘和石原常太郎站起身来，打招呼。

"我来见见你们。"马龙坤说。

"马旅长是来领人的吧？"涉谷安秘说。

说着，他们请马龙坤坐下，还给他沏上了一碗茶。

"不错，我正是奉吴俊升将军的嘱托，来领回姜营长和他的几名士兵的。"马龙坤说。

"对于姜营长和他的士兵，希望你们能多加管教。"石原常太郎说，"他们居然到我们附属地来滋事生非。"

"据我所知，他们到怡红苑去闹事……也是事出有因。"马旅长说，"姜营长的妻子被歹徒绑架，卖到了任玉堂那里，所以，姜营长去怡红苑……"

"说话要有证据啊，没有证据，就强行地命令他的士兵去搜查、打砸，就有证据了吗？太不理智了。"涉谷安秘说。

"姜营长和他的士兵，你们可以领走。"石原常太郎说，"但是，任先生的财产损失，这是需要赔偿的吧？"

"按理说，我赞成……"马龙坤说，"但是，这笔赔偿费，你们是不是问问任玉堂，他敢不敢收啊？"

"怎么呢？"涉谷安秘说。

"姜营长的妻子等人，已经回到了我们奉军的驻地八面城……他的妻子证实，她被卖到了任玉堂在公主岭的怡红苑……姜营长要是知道了，以他的火暴脾气，非得用炸药包把任玉堂的怡红苑炸飞了不可，这是多么大的奇耻大辱啊。"

"今天凌晨，在怡红苑的门前，就发生了爆炸，好在没有伤到人。"石原常太郎说。

"所以啊，我才说，你们问一问任玉堂，他还敢要赔偿费不？到底是财物值钱，还说他任玉堂的命值钱？"马龙坤心想，公主岭的怡红苑，老鸨子的眼睛被扎瞎，两个保镖的腿被枪子儿打断，再加上昨天晚上爆炸了的炸药包……任玉堂这个老龟头，就是"有钱的王八大三辈儿"，也得心惊肉跳，忧心忡忡地掂量掂量，孰轻孰重？他跷着二郎腿，轻松地说，"我相信，任玉堂是个聪明人。"

"马旅长，你在这里喝茶，稍微等一等，怡红苑离这里也很近，我去一趟，问问任先生，这赔偿，他还要不要？"涉谷安秘说。

马龙坤点头。

涉谷安秘出去，去了怡红苑。

不一会儿，他回来了，说："我把你马旅长的话，跟任先生讲了，他沉默了一会儿……表示说，赔偿费，不要了。"

"我就说嘛，任玉堂是个聪明人，冤家宜解不宜结啊。"马龙坤说，"退一步，很可能就是海阔天空。"

石原常太郎点头，说："那是、那是。"

于是，马龙坤领回了姜营长和他的几名士兵。

在回家的路上，马龙坤悄悄地告诉姜营长，他的妻子蓝芳姿等已经安然地到达了二龙山……二龙山的人，明后天就会把蓝芳姿护送到八面城。

姜营长顿觉心情释然，犹如一块悬空的石头落了地。

第二十三章

小凤凰伏击日军守备队独闯黄龙岭

1918 年 8 月 20 日，星期二。

二龙山，聚义厅。

万国彪向小凤凰报告："二掌柜，关东豹'踩盘子'回来了。"

"踩盘子"东北土匪黑话，后转为东北方言，意思是预先勘察某个地点、场所，为做某种事情做准备，或者事先去探风。

"我正等他的消息呢。"小凤凰说。

关东豹走进了聚义厅，说道："这他妈的小鬼子，尽干些伤天害理的事儿……"

"又咋啦？"小凤凰说。

"日本守备队在四平街的南桥洞子的南边，又打死了两个中国人。"关东豹说。

"小鬼子这帮畜生，就没拿中国人当人。"小凤凰说。

"死的是母女两个。"关东豹说。

"这可咋说的……"万国彪叹息地说。

"这娘俩在南桥洞子那儿捡煤核儿，捡了煤核儿之后，天也要黑了，这娘俩就背着煤核儿顺着火车道线儿往南走，遇到了日本守备队。日本守备队大喊大叫，让这娘俩站住。这娘俩听见日本守备队的叫喊，就惶恐地跑走……日本守备队就撵。结果呢，日本守备队的鬼子们向这娘俩开了枪，娘俩都躺在了血泊里，死了。死的时候，娘俩儿手拉手，当妈的另一只手还拽着装煤核儿的袋子……惨哪。"关东豹说。

"她们家里人知道了吗？"小凤凰说。

"日本人打死了人就扬长而去了，娘俩的尸体在我回来的时候，还在那疙瘩呢，不知是哪个好心人，给娘俩的脸上都盖了块白布……她们的家里人还没去认领呢。唉，还是穷啊，不穷，谁会去捡煤核儿？我看像似四平街的海丰屯那疙瘩的人。"关东豹说。

"日本守备队的人怎么说？他们总得有个说法吧？"小凤凰说。

"日本站前警署的人出面说，说是这娘俩是小偷，到铁道线上偷煤来了……所以，被打死了。"关东豹说，"还说，打死活该，这是日本人的地盘。"

"别说不是小偷，就是小偷，偷了一袋子煤，也不至于被枪毙啊。"小凤凰说，"中国的国土上，哪里是日本人的地盘？真他妈的不讲理了，气死我了。"

"给同胞报仇啊，就应该狠狠地教训教训日本鬼子。"小白龙来了，他插话说。

"大掌柜的说得对。"万国彪说。

"了解到四平街日本守备队的日常动向了吗，咋样？"小凤凰说。

"日本守备队的兵员是按照铁道的千米数额来配备的，每千米配置守备队员50名，每天分两组，向两个方向巡查铁道线，一组向北，一组向南……每隔一个礼拜，就调换一次。"关东豹说。

"啥他妈的是守备铁路的，分明是找借口在我们东北驻军，目的是吞并我们中国人的东北……"小白龙说。

"近来，铁道线上发生了点事儿。"关东豹说。

"啥事儿？"小白龙说。

"在南殨地那边，巡道的发现常常隔几根铁轨就没了一根道钉……似乎很有规律性。"关东豹说。

"这就奇了怪了，你要说是破坏吧，隔几根铁轨就拔去一根道钉，还不至于让火车出轨，你要说这不是破坏吧，还具有这样的危险性……有点意思。"小白龙说。

"这引起了日本守备队的警觉，他们加强了巡查。"关东豹说。

"嗯，我的目标是涉谷安秘和石原常太郎，这涉谷安秘和石原常太郎在哪一组里面呢？他们是在一起呢，还是分开了呢？这两个恶魔到底是向南，还是向北呢？如何断定？"小凤凰说，沉吟了一下，"我断定，这两个恶魔是向南。"

"在南边伏击不着，还有北面呢。"小白龙说。

"我们在同一个晚上，在南、北同时伏击。"小凤凰说。

"好啊。"小白龙说。

"我在南殪地伏击……"小凤凰说。

"我在北山伏击……"小白龙说。

"明天夜里就行动……就这么定了。"小凤凰说。

于是，他们开始部署和准备第二天在四平街南、北铁道线上的伏击战。

1918年8月21日，星期三。

这一天正好是农历七月十五，也是中国习俗的"鬼节"。一轮明媚的圆月，悬在蓝瓦瓦儿的夜空上。月明星稀，天清气爽。

北风，微微的，缓缓的。

黑土地上，广阔无涯的青纱帐。玉米株上两支大棒子，鼓鼓溜溜地从腰间斜逸而出；高粱棵子的顶部，伸出了沉甸甸的密实的穗子；大豆的茎秆上，遍布着豆荚……庄稼就要成熟了，丰收在望。

四平街，南殪地旁边的铁道线。

铁道线在人工挖掘的不算太深的沟槽里，沟槽的上方是梁丘。梁丘上有树林，树林里遍布着散乱的坟冢。也正是因为这散乱的坟冢，所以，人们才称这个方围为"南殪地"。

小凤凰把她的崽子们埋伏在了沟槽上方的梁丘处，居高而临下，对着下方的铁道线，虎视眈眈。

有两个人在铁道线上，用手里的洋镐、钎子，在铁轨上"叮叮当当"地敲击，仿佛在拔道钉，起盖板……"叮叮当当"的敲击声，在寂静的黑夜里传扬得非常悠远。

可以清晰地看见远处的铁道线上，有手电筒的光柱在摇曳，似乎在搜索着前进……也许是听到了"叮叮当当"的敲击声，手电筒的光柱就一直地沿着铁道线指向前方，速度有所加快，可以听到沉闷而杂乱的脚步声。

然而，那两个人在铁道线上，仍然用手里的洋镐、钎子，在铁轨上"叮叮当当"地敲击，好像旁若无人，还在拔道钉，起盖板……打着手电筒的，正是日本守备队的巡查小组，确认前方有人正在破坏铁道线，他们着急了，跑步了，而且，手里"稀里哗啦"地拉开了枪支的大栓，嘴里还喊叫着：

"巴嘎、巴嘎……"

在皎洁的月光下，甚至，可以影影绰绰地看到对方了。

那两个手里拿着洋镐和钎子的人，仿佛才发现从北边来了日本守备队的巡查小组似的，慌慌张张地扔掉了手里的洋镐和钎子，沿着铁道线向南跑。

日本守备队的巡查小组快速追赶，而且，开枪了。子弹划破了夜空，与空气摩擦，发出"嗖嗖"的哨叫。

前面逃跑的两个人，跑出了沟槽，没了踪影。

但是，追赶他们两个的日本守备队，却进了沟槽。日本守备队的鬼子们哪里知道，这两个人的动作……恰恰是小凤凰安排的诱惑和钩住日本守备队的钓饵。

这时，从沟槽的上方，向沟槽里的日本守备队巡查小组的鬼子们，射出了第一枚愤怒的子弹，这枚子弹正是小凤凰射击的。

随即，从沟槽的上方"噼噼啪啪"地射出了仇恨的子弹，又投下了手雷。子弹非常准确地击中了日本守备队的巡查小组的鬼子们，手雷也在他们中间"轰轰隆隆"地开了花。

伏击者在明媚的月光下，可以清晰地看见沟槽里的鬼子们，而鬼子们却无法看见沟槽上方的伏击者。

鬼子们全部倒在了血泊里。

"冲啊——"百八十名二龙山的绿林好汉们，从沟槽的上方冲了下来。

小凤凰捡起鬼子们的手电筒，挨着个儿地查看，一共是20名鬼子，她认出了其中的两个，正是涉谷安秘和石原常太郎。

她愤恨地在他们俩的身上又补了两枪——她长长地舒了一口气，这正是她上了二龙山之后，谋划着所要击毙的目标。

终于，她如愿以偿了。

"二掌柜的，缴获了18支快枪，两支手枪。"关东豹报告，"两支手枪，一支是涉谷安秘的，另一支是石原常太郎的，他们两个都是中尉嘛。"

远处，传来了火车的汽笛声。

小凤凰说："把鬼子们的尸体摆在轨道上，然后，迅速撤离。"

"是。"万国彪说，他又补充性地转述小凤凰的命令，"把鬼子的外衣扒下来，再把鬼子们的尸体摆在轨道上，然后，迅速撤离。"

他们疾速地把鬼子的外衣扒了下来，然后，把鬼子的祖胸裸体的尸体横七竖八地摆在了轨道上……远处，呼啸而来的火车越来越近了，但是，二龙山的绿林好汉们，已经健步地向东撤离，胜利地离开了南殕地。

伏击战打得干净、利落，从射击出第一枚子弹，到离开南殕地，前后不过只有十几分钟。

南殕地，真个成了鬼子们的埋葬地。

天亮了，小凤凰率领弟兄们，走进了泉眼岭下的泉水沟里的清泉屯。

进了清泉屯，听见屯子边上的两家，传出了号啕的哭声。小凤凰说：

"咋回事儿，哭得这么伤心？"

"是啊……"万国彪说。

"走，看看去。"小凤凰说。

他们来到了第一家，走了进去，看见房子的中间是一盘石磨。石磨的磨道上，还站着蒙着眼睛的磨道驴。石磨上还有残余的泡好的黄豆，石磨下方的桶里还有豆浆。房子的一角，放着两个大水缸，其中一缸是水豆腐，还有豆腐包、豆腐板……零零乱乱。

显然，是有突如其来的意外的事情发生，使正常的豆腐的制作停滞了下来。

他们拐向了里屋，里屋里的两口子，40岁左右，见他们走了进来，两口子"扑通"地跪在了地上，男子口中说道：

"各位大爷，你们饶了我们吧，我们开的这个小小的豆腐坊，实在是本小利微啊，我们哪里能凑得起 60 块大洋啊？"

小凤凰和万国彪分别把这两口子扶了起来，小凤凰说：

"干啥要 60 块大洋啊？"

女子说："不是没有 60 块大洋，就不放我们的闺女小香吗，我们上哪儿去弄这 60 块大洋啊？这可是要了我们的命啊。"

小凤凰说："我们是二龙山小白龙的人，你这话，咋把我给说糊涂了？"

男子似乎醒悟了，说："哎哟，我的妈啊，你们是二龙山小白龙的人哪，我还以为你们是黄龙岭的人呢。"

小凤凰说："黄龙岭的人，咋啦？"

女子说："黄龙岭的人来啦，跟我们要 70 块大洋，我们实在是没有，手头上凑了凑，只有 8 块大洋。他们把 8 块大洋收了，就把我闺女小香子给绑去了。临走的时候，他们的二掌柜的留下话说，限我们三天之内，必须把 60 块大洋，给送到黄龙岭去，否则，就把我们家的小香子卖到窑子里去。"

"呜呜……"男子又哭了，说，"我们两口子就这么一个闺女啊……眼看着，要出嫁了，日子都定了，婆家在四平街。"

小凤凰说："他们的二掌柜的，就是刘大疤瘌呗？"

男子说："是他，他的脑门子上有一个大疤瘌。"

小凤凰说："你贵姓？"

"我姓李，叫李宝玺。"男子说。

"开豆腐坊，自家做，自己销，起五更爬半夜，挣的是辛苦钱儿……哪有那么多的积蓄？没有那么多的钱儿，就'绑红票'，刘大疤瘌这个王八犊子，真他妈的，尽做些个断子绝孙的事儿。"小凤凰说，"李叔、李婶，你们放心，我去黄龙岭，去找刘大疤瘌，把你们家的小香子要回来。"

"黄龙岭的刘大疤瘌可不是好惹的啊……"李宝玺的媳妇说。

"他不是好惹的，我小凤凰更不是好惹的……我早就想找他算账了。"小凤凰说。

"原来，你是二龙山的二掌柜的啊。"李宝玺说。

"是我啊。"小凤凰说。

"早就有耳闻……"李宝玺的媳妇说。

"我们这次是去四平街的南殪地，伏击了日本鬼子的守备队……回来的路上，路过这里，听到了你们的哭泣……才走进屋来。"小凤凰说。

"这是我们家小香子的福分哪，咋就这么巧呢？二掌柜的仿佛是从天而降……我们家的小香子，有救啦。"李宝玺的媳妇说，她转泣为喜。

"李宝玺，你做豆腐，都到哪儿去卖啊？"关东豹说。

"有时候去哈福、石岭子，更多的是去四平街，或者饭店、酒楼，或是大户人家，也有时候，走街串巷……咱们这儿的水好，有一口好泉眼……所以，做出的豆腐，与众不同，格外地香、嫩、滑，还有丝丝的甜味。"李宝玺说。

"哦，我早就听说过，清泉屯的豆腐好……尤其是李家豆腐。"万国彪说。

小凤凰说："关大哥，你去邻居家，问问他们家哭啥啊？"

"是，二掌柜的。"关东豹说。

然后，他出了李宝玺家，去邻居家询问去了。

小凤凰说："弟兄们，想不想吃清泉屯的豆腐？"

"想——"有人呼应。

小凤凰说："李叔、李婶，你那一缸水豆腐，我们买下了。"

"啥买不买的，你们这些行侠仗义的人，能吃我们家的水豆腐，是我们李家的光彩。"李宝玺的媳妇说。

他们两口子拿出二碗来，一碗一碗地盛水豆腐，然后，又添上腌渍好了的韭菜花子……让二龙山的弟兄们吃，整整吃了一大缸。

小凤凰说："弟兄们，吃好了吗?"

"吃好了。"弟兄们回答。

小凤凰说："拿人钱财，与人消灾——这是江湖上的规矩。我们吃了李家的水豆腐，就要到黄龙岭，要回李家的闺女——你们说，对不对?"

"对——"弟兄们回答。

小凤凰说："如果刘大疤瘌要是不给人呢?"

"就灭了刘大疤瘌。"弟兄们回答。

小凤凰对李宝玺夫妇说："李叔、李婶，你们放心，我一准儿把你们家的小香子要回来。"然后，她又命令道，"弟兄们，向黄龙岭进发。"

他们离开了清泉屯，向黄龙岭进发了。

去往黄龙岭的山路上，他们走了一段，小凤凰让弟兄们停了下来，稍事休息。

小凤凰说："关大哥，李宝玺的邻居家也哭泣的事儿，你问了吗?"

"问了。"关东豹说。

小凤凰说："咋回事?"

"邻居家只有老两口子，家里的儿子和儿媳妇带着孙子去四平街了……刘大疤瘌到了这老两口子家，翻箱倒柜，实在是没有啥可抢的，就抢了两双裤子，两床被，还有一串咸菜疙瘩……刘大疤瘌临走的时候，他一回头，突然间，发现老太太的手上戴着一个金镏子。刘大疤瘌就让老太太摘下来给他，老太太不干。两个人就撕撕扯扯……刘大疤瘌终于恼了，他从菜板子上拿起菜刀，就把老太太的手指头给齐刷刷地剁掉了，然后，捡起戴着金镏子的那根血淋淋的手指头，扬长而去……老太太的一只手残废了。"关东豹说。

小凤凰说："真是够凶残的了。"

"就是这样，老两口子咋能不哭呢……"关东豹说。

小凤凰说："大掌柜的那边有消息吗?"

"有。"万国彪说。

小凤凰说："咋个消息，打死了多少日本鬼子？"

"他们派人捎来信儿了，他们在北山的铁道线上打伏击，落了空了。昨天夜里，小鬼子根本就没有向北边巡查……"万国彪说。

"或许是我们在南殡地伏击了小鬼子……小鬼子的守备队得知了消息，全部扑到了南殡地那边去了。"关东豹说。

"有这个可能性。"万国彪说。

小凤凰说："我们去黄龙岭，找刘大疤瘌去要回李家的闺女——我们答应了人家，就要去做。但是，我们也得知道黄龙岭现时的具体情况啊，老话不是说得好吗，要知己知彼，才能取得胜利吗？"

"我在山下的屯子里，有个不远不近的亲戚，这人挺哥们儿的，叫关东青，是黄龙岭绺子里的人，前些时候，听说他对左宪章和刘大疤瘌不满……估计，他十有八九是找借口离开了黄龙岭，在家里待着呢。"关东豹说。

小凤凰说："好啊，你去把他找来，听一听他说的，了解一下黄龙岭的情况。"

"好，我去找找他。"关东豹说。

他下山到屯子里去找关东青去了……没多一会儿，他把关东青领来了。

小凤凰等人站起身形，与关东青见礼。

然后，关东豹向关东青介绍道："这是我们二龙山的二掌柜小凤凰，她要了解一下黄龙岭的情况。"

小凤凰说："是的。"

"我去得正是时候，我这兄弟，他昨天晚上才回到家。"关东豹说。

小凤凰说："有劳关家兄弟了。"

"唉，别提了，黄龙岭现时是走上邪路了。"关东青感慨地说。

小凤凰说："你说，咋个走上邪路了？"

关东青说："在黄龙岭，我们这绺子叫'天下合'。大掌柜的，原本是冯大吉。前年，快到年底了，来了左宪章和刘大疤瘌，说是要见冯大吉。冯大吉和刘大疤瘌曾经是把兄弟，多年不来往了。既然来了，冯大吉当然是盛情款待。左宪章和刘大疤瘌就住下了。实际呢，是左宪章的匪绺子，被官军杀得七零八落，五六百人的队伍，只剩下百八十人了。这百八十人跟着左宪章也觉得前景渺茫，又散去了一大半，剩下了二三十个人。这不，就来到了黄龙岭……左宪章在黄龙岭上，说自己跟蒙古诸位王公关系如何亲近，可以给他们多少多少金钱……跟日本满铁的官员的交往，有多么密切，可以给他们多少多少优良的武器……这个能吹啊，吹得云山雾罩。冯大吉这个人还真的信了，他也没跟弟兄们商量，就让位给左宪章和刘大疤瘌做大掌柜和二掌柜，自己做了三掌柜。这正中左宪章和刘大疤瘌的下怀，他们正走投无路，没有巢穴呢。"

关东豹说："冯大吉这个人可真是太实在了，是不是实在到有些发愚的程度了？"

关东青说："他这个人很重情义。"

小凤凰说："我爱戴重情义的人。"

关东青说："但是，左宪章和刘大疤瘌的所作所为，教训了冯大吉。"

万国彪说："他醒悟了。"

关东青说："左宪章和刘大疤瘌跟蒙古王公关系亲近，干的却是满蒙独立的事情；跟日本满铁的官员关系密切，干的是分裂中国的事情；'绑红票'，把好家儿女卖到窑子里；尤其是昨天夜里，把人家清泉屯豆腐坊的李家姑娘给绑了，索要赎金，还剁了人家老太太的手指头，为的是一个金镏子……冯大吉恼了，跟刘大疤瘌闹红脸了，吵起来了……我们原来打着的旗号是'天下合'，这下子可好，左宪章跟刘大疤瘌干的是分裂国家，不是行侠仗义，而是祸害百姓……如此下去，我们原来'天下合'的人，都跟冯大吉撂下话儿了，如果不驱逐左宪章和刘大疤瘌，我们就另找山头。"

万国彪说："看来，你回家来，也是看不过眼儿了，要另找山头了。"

关东青说："是啊，找我哥关东豹，投奔你们二龙山。"

万国彪说："你说得好，咱们的确是志同道合。"

小凤凰说："咱们说到一块儿去了，我们正要去黄龙岭，索要清泉屯豆腐坊的李家的姑娘呢，刘大疤瘌撂下话了，说是如果李家在三天内不给送去赎金60块大洋，就把人家的姑娘卖到窑子里去……"

"作孽啊。"关东青说，"你们这个时候去，正是时候，左宪章带着他的十来个亲信去四平街了……山寨里只剩下二寨主刘大疤瘌和三寨主冯大吉了。"

小凤凰说："左宪章去四平街干啥去了？"

关东青说："说是给四平街火车站的日本守备队的两个啥中尉送200块大洋去，说是欠了人家几个月了，这两个日本中尉是啥名字来着，我还真就记不清了。"

小凤凰说："这两个日本中尉的名字叫涉谷安秘和石原常太郎。"

关东青说："对、对，就是这两个名字。"

万国彪说："呵呵，这两个日本鬼子，昨天晚上，让我们给枪毙了，已经死了。"

"哦，左宪章可是把钱省下了，但是，也可能失去了他们在四平街的铁道线上干绑票的内线儿支撑。"关东青说，"左宪章可是说了，当天去，当天回来。"

小凤凰说："我去黄龙岭找刘大疤瘌要李家的姑娘……你跟我们去吗?"

"二掌柜的，我跟你去。"关东青说，"我们原来'天下合'的弟兄们都对这事儿，心里气愤，不仁不义啊……我不是说了吗，连冯大吉都恼了。"

小凤凰说："好，够义气。"

关东豹说："兄弟，你身上带着手枪呢吗?"

关东青一拍自己的腰，说："带着呢。"

小凤凰命令："向黄龙岭进发。"

于是，二龙山的队伍走在蜿蜒的山路上，向黄龙岭进发了。

黄龙岭，山寨聚义厅。

关东青来到了这里，向二掌柜刘大疤瘌和三掌柜冯大吉禀报：

"二龙山二掌柜的——小凤凰，在山下等候求见。"

冯大吉说："她随身来了多少人?"

关东青说："来了能有一二百人。"

刘大疤瘌惊讶地说："来了那么多人?"

关东青说："是的。"

"二龙山小白龙的绺子，历来行侠仗义，口碑很好。"冯大吉说，"小凤凰是二龙山的二掌柜的，有请小凤凰。"

刘大疤瘌说："慢。"

冯大吉说："咋呢?"

"来者不善，善者不来。"刘大疤瘌说，"上山来，可以，但是，必须是小凤凰一个人上来，而且，要把她的枪下了。"

冯大吉说："二龙山跟咱们黄龙岭相距不远，可以说，两个绺子是邻居，如果让二龙山的二掌柜的一个人上来，又下了人家的枪，是不是有点不仗义了? 何况，小凤凰还是位女子。"

刘大疤瘌说:"我刘大疤瘌就直说了吧,我跟二龙山的小白龙和小凤凰有仇隙,已经不是一天半天的了……她的突然到访,我们不得不防。"

冯大吉说:"也罢,那就按照刘二掌柜的所说的办吧。"

刘大疤瘌对站在自己身边的两个亲信说:"你们两个亲自去把小凤凰的枪支接过来,而且,除小凤凰之外,不允许小凤凰的其他人上山。"

自从几个月前,在公主岭火车站前的醉仙居酒馆,他和左宪章突然遭遇了二龙山的人,而且,又被二龙山的人把枪给下了,身上的钱财也被劫去了——身为黄龙岭的大掌柜和二掌柜,简直就是奇耻大辱。他和左宪章接受了教训,挑选两位自己信得过的崽子作为亲信,左右自己的身边,没有他的话,不能离开。

"是。"两个亲信说。

关东青带着刘大疤瘌的两个亲信,来到了山寨门前。

刘大疤瘌的一个亲信用黑话跟小凤凰对话,他对小凤凰说:

"爷们儿从哪儿来?"

小凤凰说:"称不起爷们儿,在马二爷那儿吃饭。"

刘大疤瘌的亲信说:"是路过,还是候着?"

小凤凰说:"要见你们掌柜的。"

刘大疤瘌的亲信说:"进来抽口烟吧。"

小凤凰说:"好嘞。"

黑话说完了,刘大疤瘌的另一个亲信说:"二掌柜的,把你身上带着的枪交给我,我来替你保管。"

"好嘞。"小凤凰说,她把明晃晃的插在腰间的两把手枪,拔出来,交给了刘大疤瘌的亲信。

刘大疤瘌的一个亲信说:"我们黄龙岭的掌柜的有令,只见二掌柜的一个人,其余的弟兄请在山寨门前等候。"

于是,小凤凰独自跟着刘大疤瘌的两个亲信,还有关东青,进了山寨。

黄龙岭,聚义厅。

关东青以及刘大疤瘌的两个护身,把小凤凰带到这里。小凤凰见到坐在太师椅子上的刘大疤瘌和冯大吉,右手攥住左手腕放在左胯上,然后,弯腰施礼,她说:

"西北连天一片云,乌鸦落进凤凰群,不知哪位是君,不知哪位是臣?"

刘大疤瘌坐在那里，似乎一动不动，然后，他伸直右手掌的中、小指，掌心向着自己的心胸——这意思是说，我是大当家的，他答话道：

"西北连天一块云，君是君来臣是臣，不知黑云是白云？"

这是东北土匪黑话，意思是——你闯进来干啥？谁是掌柜的不是很清楚了吗，你是从哪儿来的？

小凤凰又施一礼，伸直左手中指、无名指和小指，指向自身，她说：

"黑云过后是白云，白云黑云都是云。"

这是东北土匪黑话，意思是——咱们是一家人，要不，也不敢闯进来，今天来，是因为有重要的事情来商议商议。

刘大疤瘌微微一笑，说："台上拐着。"

这是东北土匪黑话，本意是——炕上来坐着，或者是——请坐。

说到这儿，表明黑话对话完毕了，也是土匪们见面的一套规矩。这时，关东青顺手搬过来一把椅子，客客气气地让小凤凰坐了下来。

小凤凰说："我们都是身在绿林，我们的祖师爷是谁？"

冯大吉说："那还用说么，当然是达摩老祖。"

小凤凰说："我们的很多绿林好汉，胸前都挂着一个小铜佛。这个铜佛上的佛爷就是达摩老祖，也有人管他叫'布袋和尚'，他是少林武术的创始人。我们都从心里边崇敬和崇拜达摩老祖。"

冯大吉说："是啊。"

小凤凰说："我们经常念叨着一首歌谣——西北连天一片云，天下要钱一家人；清钱的耍的赵太祖，混钱的耍的十八尊。"

冯大吉说："嗯，是这样。"

小凤凰说："这'十八尊'就是十八罗汉。"

冯大吉说："嗯，说得对。"

小凤凰说："在十八罗汉当中，我们最崇拜的就是其中排行第十七个的'达摩多罗'，也就是我们的祖师爷达摩老祖。"

冯大吉说："嗯哪。"

小凤凰说："这一家人有兄弟18个，家里很穷啊，吃了上顿没有下顿。而且，这18个弟兄都是光棍一条，穷得叮当响，谁家的姑娘肯嫁给他们啊？当妈的，当然是看在眼里，急在心头。老妈妈想前想后，终于开口了，说，'你们兄弟18个，都出去谋生吧，一年后再回来，我看看你们能混出个啥模样来？看你们是否长了见识，懂得了道理，学会了谋生的本事？'这18

个弟兄都是孝子，给老妈妈叩头，然后，把简单的衣物等包成一个包袱，就都上路了。他们出去转悠了整一年，看见的都是穷人穷，富人富；穷人多，富人少；穷人受饿挨冻，富人花天酒地；到处都是穷人与富人之间的不公平，到处都是穷人的苦难、富人的天堂。他们回到了家里，对老妈妈说，'这个社会太不公平了。'老妈妈说，'这话咋说的呢？'弟兄们说，'穷的穷死，富的富死。'老妈妈说：'你们想咋办？'弟兄们说：'世上啥行业都有，就是缺少一个杀富济贫的行业。'老妈妈说：'你们要是去抢劫、杀人……人家不就认出你们是我儿子了吗？'弟兄们说：'我们都戴上假面具，面具上再插一些毛，人家就认不出我们是谁了，当然，也就不知道我们是你儿子了。'老妈妈点头了。于是，弟兄18个就从事'杀富济贫'的行业了，他们也开创了一片新天地。"

冯大吉听了，哈哈大笑，说："说得一点也不错。"

小凤凰说："这就是聚义绿林的来由，这18个弟兄积年累月在山林野寨，很少剃头刮脸，又一个个披散着长长的头发，日子久了，人们也就称呼他们为'胡子'了……"

冯大吉说："我说，二龙山的二掌柜的，你讲得很有趣味啊，我听着心里舒服。"

小凤凰说："我说了这些，就说了个当'胡子'的宗旨，四个字——'杀富济贫'。"

冯大吉说："说得对。"

小凤凰说："说是当'胡子'的宗旨是'杀富济贫'，老百姓管绿林好汉叫'胡子'，但是，从官府的角度却管'胡子'叫'土匪'，在所谓'土匪'当中，真正能奉行'杀富济贫'这个宗旨的是一帮，不能奉行'杀富济贫'这个宗旨的又是一帮，所以，又有'义匪'和'恶匪'之分。"

冯大吉说："咋讲呢？"

小凤凰说："绿林好汉，有绿林好汉的规矩，按规矩办事的，替天行道，这是'义匪'；不按绿林好汉的规矩办事的，逆天行事，那是'恶匪'。"

冯大吉说："绿林好汉的规矩，我知道啊，那就是啥样的不可以抢劫。"

小凤凰说："三掌柜的，你说说，啥样的不可以抢劫？"

冯大吉说："例如——喜丧事、邮差货郎、走村行医、算命摇卦、鳏寡孤独、大车店、棺材铺，均在规定之列。"

小凤凰说："要是不按照这个规矩办事呢?"

冯大吉说："逆天行事,那肯定就是你说的'恶匪'了。"

"我佩服,三掌柜的是个明白人。"小凤凰说,"一家人起早贪黑地做豆腐,然后,赶着驴车走街串巷去卖豆腐,这是否等同于'货郎'?"

冯大吉说："等同。"

小凤凰说："可是,有人就把这样靠做豆腐为生的人家的闺女给'绑红票'了,索要 70 块大洋,人家倾其所有给了 8 块大洋,他让人家在三天内必须给送去 60 块大洋,否则,就把人家的黄花大闺女卖到窑子里去做窑姐……请问三当家的,这样的胡子,是'义匪'还是'恶匪'?"

冯大吉说："这还用说吗,当然是'恶匪'。"

小凤凰说："我想,黄龙岭的'天下合'的绺子,绝不会当这样的'恶匪'吧?"

冯大吉说："这个当然。"

小凤凰说："所以,我来要人来了。"

冯大吉说："要啥人?"

小凤凰说："清泉屯卖豆腐的李家的闺女,被你们黄龙岭的绺子给'绑红票'了。"

刘大疤瘌说："这关你们二龙山的绺子啥事儿呀?"

小凤凰说："替天行道。"

冯大吉说："刘二掌柜的,这么一说,清泉屯卖豆腐的李家的闺女是被咱们黄龙岭给'绑红票'了?"

刘大疤瘌说："是的。"

冯大吉说："既然二龙山的二掌柜的找上门儿来了,我看,就给她个面子,把这个'红票'给放了吧,省得让人家说咱们是'恶匪'。"

刘大疤瘌说："不想放。"

冯大吉说："为啥?"

刘大疤瘌说："为了钱财,我必须不择手段。"

冯大吉说："算了吧,李家的闺女,放了、放了。"

刘大疤瘌一脸的不高兴,沉默。

小凤凰说："还有,刘二掌柜的把李家豆腐坊的邻居的老太太手上戴的金镏子给抢劫来了。为了抢这个金镏子,刘二掌柜居然狠心地砍断了老太太的手指头,使老太太成了秃爪子。这还不够,连老太太家的咸菜疙瘩也给抢了……啥叫'穷凶极恶'，这就叫'穷凶极恶'。这个金镏子，我也得要回来，还给老太太。当然，还得给老太太赔偿费，让老太太治疗手……"

刘大疤瘌听了，恼怒了，说："小凤凰，你别蹬鼻子上脸。"

冯大吉说："啊？还有这事儿？"

关东青说："三掌柜的，这的确是咱们'天下合'的绺子里的弟兄干的，只不过是背着你，没让你知道。"

冯大吉的眼睛瞪着刘大疤瘌，刘大疤瘌没吭声。

小凤凰说："咱们黄龙岭的绺子名号'天下合'，'合'字的含意，就是要讲求民族与人伦的大义，而刘二掌柜的与日本人勾结，在火车上'绑红票'，绑架了奉军姜营长的太太，而且，把姜营长的太太卖到了公主岭的'怡红苑'……为啥呢？姜营长数次出击围剿巴布扎布叛军，把巴布扎布叛军打得稀里哗啦……巴布扎布叛军要搞满蒙独立，背后支持叛军的是日本人，日本人想借此成为满蒙的太上皇。刘二掌柜就是巴布扎布叛军的那一绺子里的骨干成员，被官军打得稀里哗啦了，做鸟兽散，无家可归，才投奔的黄龙岭……却又恶劣得本性难移。"

刘大疤瘌听了，立刻惊觉地站了起来，说："你是谁？"

小凤凰笑了笑，讥讽地说："刘二掌柜的记忆力实在是不太好，你还记得你在四平街火车站的出站口，受日本守备队的两个中尉涉谷安秘和石原常太郎的指使，绑架了一个在那里接站的姑娘吧？"

刘大疤瘌听了，大惊，他急忙掏枪……但是，已经来不及了，只见一道白光，小凤凰打出了一支袖镖，刺进了刘大疤瘌的眼睛。

随即，小凤凰从背后的腰间，快速地抽出两支手枪，子弹射向了刘大疤瘌身边的两名亲信。刘大疤瘌的两名亲信随着枪响，而仆身倒地。

还有两个刘大疤瘌的亲信要掏枪，被冯大吉和关东青击毙……冯大吉说："妈了个巴子的，我冯大吉好心收留了刘大疤瘌和左宪章，没想到收留了吃红肉拉白屎的两条白眼狼……从现在起，我冯大吉还是黄龙岭的大掌柜的，替天行道，不'义'的事情，绝不干。"

"好嗷——"他手底下的人呼喊着表示拥护。

冯大吉说："我还有个想法，黄龙岭跟二龙山拜把子，咋样啊？"

"好嗷——"他手底下的人又是一阵呼喊，表示拥护。

"我赞成。"小凤凰说，"选个黄道吉日，让我们二龙山的大掌柜的，跟你们黄龙岭的大掌柜的，歃血为盟。"

"好。"冯大吉说。

小凤凰说："两位关大哥，你们把李家的闺女给送回去，还有，把邻居家的老太太的金镏子也送回去，再给 20 块大洋，治疗手……"

"好。"关东豹和关东青说。

他们去了清泉屯，送李家的闺女去了……

小凤凰说："万大哥，咱们二龙山的人赶紧下山，伏击左宪章。"

"是。"万国彪说。

小凤凰说："冯大掌柜，我对你有个小小的请求。"

冯大吉说："二掌柜的，有啥事，你只管说。"

小凤凰说："在你们山上，还有左宪章和刘大疤癞的人，在我们伏击左宪章的时候，一个也不要允许他们走出山寨。"

冯大吉说："传我的命令，原本左宪章和刘大疤癞的人，都到聚义厅里来喝酒……一个也不准走出山寨。"

"是。"冯大吉手下的人回应道。

冯大吉等黄龙岭的人，把小凤凰送出了山寨的寨门。小凤凰与冯大吉告别，她带领二龙山的人下了山，去伏击左宪章。

在来黄龙岭的山路上。

小凤凰把她的部属都埋伏在了山路的两旁，树木、岩石、草丛的后面，严阵以待。小凤凰从望远镜里看到了，山路上来的一行人就是左宪章他们，有十几个人。

左宪章骑着高头大马，他的身子随着马的脚步，摇摇晃晃。他一边走，一边跟属下的崽子们聊着，他说：

"这一趟四平街，去得正是时候，嘿嘿……"

"可不是吗，想要送钱，钱却没地方送了。"崽子说。

"这个涉谷安秘和石原常太郎啊，命薄啊。"左宪章说。

"咱们要是早一天送钱去，他俩还真就接到了，200 块大洋啊。"崽子说。

"我就纳闷了，是谁在南疆地打的伏击呢？打得真他妈的干净、利索，喊嚓咔嚓……20 个日本人，一个也没剩，都见了阎老五……而且，打伏击的，没发现有半个伤亡的迹象。"左宪章说。

"我猜啊，就是二龙山小白龙那个绺子干的，他们仿佛跟日本人不共戴天……"崽子说。

"我也是这么猜测……"左宪章说，"二龙山的小白龙他们，最善于搞伏击……朝阳坡的东辽河的新河口，长岭的喇嘛苍……都是让你猝不及防，打得你蒙头转向。"

"日本人会知道，在四平街的南甸地伏击日本守备队的，是二龙山的小白龙他们吗？"崽子说。

"肯定会知道……"左宪章说，"日本的南满铁路株式会社，你以为仅仅是一个企业呢？不是。它是日本人在中国满蒙的经济、军事、谍报……管理机构，换句话说，是日本人设置在中国满蒙的代理的政权机构，他的触角遍布整个满蒙，他们的目的是独霸满蒙，所以，我说啊，日本人还了得。"

"我也觉得，日本人是不会善罢甘休的。"崽子说。

"但是，他们想打出满铁的附属地吗？出了附属地，那可就是另外一回事儿了……中国的奉天当局能允许吗？"左宪章说。

"收买，收买奉军中的大官儿，然后，让奉军中的大官儿出兵，以剿匪的名义，打击小白龙……有钱能使鬼推磨。"崽子说。

"日本人就得这么干。"左宪章说，"而且，君子报仇三年不晚……呵呵。"

他们正说着，突然，"嘭嘭"两声枪响，左宪章还不知道是咋回事儿呢，两颗子弹已经同时命中了他，他翻身落了马……还没等左宪章的崽子们还手，密集的子弹已经射向了这一行人。

这十几个左宪章的崽子们，都中弹倒地。

小凤凰和她的部属百余人，冲到了山路上……凡是还能动弹的，或者发现还有气儿的，都用砍刀切掉了脑袋。

然后，把左宪章他们的尸体都拖到了山沟里，埋了。

"万大哥，你骑着左宪章的马，回黄龙岭一趟。"小凤凰说，"告诉冯大掌柜的，我们已经把左宪章这十几个人消灭了。"

"好嘞。"万国彪说。

于是，万国彪返身去了黄龙岭。

小凤凰率领自己绺子的人马，回到了二龙山。

第二十四章

马龙坤任四洮铁路局长
大力支持四平道东招商

1920年2月5日（农历乙未年腊月十六），立春。

四平街，辘轳把街。

春打六九头。这个时候，松辽平原，长白山脉，还是数九寒天，冰天雪地。但是，又临近一年一度的春节了，正是丰收后的农民赶着满载的大车，卖黄豆等农产品换来钱币，欢欢喜喜地等着过年的时候。

赵翰章今儿个可就奇了怪了，往日自己粮栈的门前收购黄豆，来卖黄豆的花轱辘大车，一个接着一个，可谓熙熙攘攘，咋就突然间变得冷冷清清，门可罗雀了呢？

赵翰章从他的"义德厚"粮栈里走了出来，他要看看其他几家粮栈，是否也同他一样生意清淡？

赵翰章溜溜达达地走到了"喜太吉"粮栈，这个粮栈的老板是日本商人吉本喜太吉。他看到，"喜太吉"粮栈的在大门外的招牌上写出的黄豆收购价，比他高出一成——这让他匪夷所思。他知道，粮食的收购与卖出价之间，差价很薄，甚至只是几厘钱儿，主要是以数量之大而取利，如果收购价能比他"义德厚"粮栈的高出一成，显然，"喜太吉"所做的生意是亏本的买卖——亏本的买卖，这对于精明的日本商人吉本喜太吉来说，他能干吗？自以为精明的人，可以耍小聪明，但是，如果这个小聪明能被内行的人看出来，这个小聪明就不是小聪明，反而是愚奸；如果这个小聪明不仅能被内行的人看出来，而且，觉得有些太离谱了，那么，这个小聪明就不仅仅是愚奸，而且，是愚蠢。

赵翰章在心里暗喜，多年的从商经验告诉他，日本商人吉本喜太吉肯定搞了猫腻儿，耍了"小把戏"。

他看到，在"喜太吉"粮栈的门前，卖黄豆的车队，排起了长龙……作为"喜太吉"粮栈的老板，吉本喜太吉身着西装，锃亮的皮鞋，他得意地站在磅秤的旁边，两只臂膀拢在胸前，抱着肩膀。而且，吉本喜太吉右手的手指上，戴着明晃晃的金镏子，手指间还夹着一支翡翠的烟袋嘴儿，烟袋嘴上是香烟，从香烟的烟头上，冒出的青色的烟丝，袅袅升腾。

吉本喜太吉的嘴唇的上方是修剪得十分得体的小髭胡，一副绅士的派头。

赵翰章还看到，卖黄豆的大车排成排，排在最前面，正从车上往磅秤上搬麻袋的居然是马龙乾。

马龙乾的旁边，还站着李凤莲。

赵翰章走到了磅秤的旁边，他低头看看秤砣，他对众人说："这秤砣里灌铅了，秤砣虽小压千斤，稍许地灌进一点铅，分量可就差多了。"

吉本喜太吉松开了抱着的肩膀，他瞪大了眼睛，愤怒地指责说："巴嘎。"

"吉本喜太吉先生，你别骂人，你作弊没有作弊，一检验就知道了。"赵翰章知道，斜对面的粮栈是中国人开的，他说，"哪位到斜对面的粮栈里借杆子大秤来？"

李凤莲一看是赵翰章在说话，回应道："我去。"

说着，她去了斜对面的粮栈取来了一杆大秤。

赵翰章说："哪位先生看看在磅秤上的这一袋子黄豆是多少斤，然后，再用这杆子大秤称一称，两下子一比较，就有分晓了。"

马龙乾说："我来。"

又有来卖黄豆的老板子也走了过来。

他们把一袋子黄豆分别地称了一称，用大杆子秤称的是 200 斤，而用磅秤称的却是 175 斤。赵翰章说：

"大家看明白了吧？好像是'喜太吉'粮栈收购价格高，其实呢，在秤上却找了回来，每百斤还饶了你二斤半。"

"糊弄人啊，大堆地过磅……混淆视听。"李凤莲说。

"我刚才还纳闷呢，这分量好像是不对啊？但是，考虑到收购价比别的粮栈高出一成，也就没往深处想……还以为占便宜了呢。"一位刚刚卖出黄豆的农民骂骂咧咧地说，"他奶奶的小鬼子，我咒他八辈祖宗。"

吉本喜太吉愤怒得脸都变形了，手指着赵翰章，对手下的人说："给我揍他。"

他手下的几个人撸胳膊，挽袖子，一副气势汹汹的样子，要涌向赵翰章……这时，马龙乾抄起了手中的大鞭子，在空中"啪"地打了个响，他喊道：

"我看你们哪个敢撒野？"

卖黄豆的弟兄们也涌了上来，他们知道赵翰章是为他们而仗义执言的，把赵翰章护在了他们的身后。

吉本喜太吉手下的人，见卖黄豆的人们人多势众，而且，他们本身理亏……也就没敢上前揪打赵翰章。

赵翰章跳到了马龙乾的大车上，坐在了黄豆的麻包上，他说：

"走嘞。"

"哎哟喂，我这一车黄豆，险些卖给了黑心的粮栈……我换个粮栈去卖吧。"马龙乾说着，他牵动了辕马的缰绳，另一只手挥动了鞭子，又喊道，"吁、吁……"

"大哥，这个'喜太吉'粮栈的小鬼子，不仅心黑，手段也拙劣……聪明到了蠢猪的程度。"赵翰章说，"你咋不到我的粮栈去卖？"

"唉，别提了，希图占便宜了……"马龙乾说。

"图小便宜，吃大亏。"李凤莲说。

车轮动了，她坐在了另一面的车耳板子上。

马龙乾赶着装载着黄豆麻包的花轱辘大车，离开了"喜太吉"粮栈。其他卖黄豆的大车也跟着掉转车头，离开了"喜太吉"粮栈。

霎时间，"喜太吉"粮栈的门前，残雪还是残雪，黑不溜秋的冰还是黑不溜秋的冰，变得空空旷旷、清清冷冷。

吉本喜太吉两眼直勾勾地望着空空旷旷、清清冷冷的门前……浑身无力地瘫坐在了寒凉的磅秤上。

1920 年 2 月 17 日（农历乙未年腊月二十八）

离大年三十还有两天。

四平街，辘轳把街，"义德厚"粮栈。

赵翰章坐在这里，看着他的伙计们正零零散散地卖着高粱米、小米、白面、黄米……到他的粮栈里来买粮的顾客，络绎不绝。

大摇大摆地进来了两个人，一看就知道，一个是日本人，身穿日本守备队的服装，却没有领章、肩章，长着眯缝眼；另一个人，戴着个狗皮帽子，眼睛很大，却是鱼泡眼，脸上突显出血丝——那是坏死的毛细血管，显然是个酒鬼。

眯缝眼说道："你们老板呢？"

"我就是。"赵翰章回答。

"我们是南满铁道四平街站地方事务所的，来收税的。"眯缝眼说。

南满铁道株式会社在成立之初，就设有总务部、调查部、运输部、矿业部、地方部等机关，并且，经营范围在不断地扩大，形成一个庞大的殖民侵略机构。在第一次世界大战之后，它的从业人员迅速地膨胀到了 398000 人，其中，日本人为 13 万人。

"喏，这是你们'义德厚'粮栈这个月的税票子。"鱼泡眼说。他把拿在手中的税票子撕下来，递给了赵翰章。

赵翰章把税票子接过来，一看……他说："税费，咋涨了？"

"你的生意好，我们自然就得多收一点。"眯缝眼说。

赵翰章说："就是涨，也涨不了这么多啊，税费涨了百分之二十……"

"没有给你涨到百分之五十就不错了。"鱼泡眼说。

"喂，老板，你的经营，是不是得奉公守法啊。"眯缝眼说。

赵翰章说："我们经营，当然得奉公守法。"

"我检查一下你的秤吧。"鱼泡眼说。

说着，他把秤盘子拿了过去，翻过来掉过去，看来看去……然后，他突然地叫道："哎呀，我说老板，你咋这么黑心啊？"

赵翰章说："我咋黑心了？"

"你咋在秤盘子下面粘着一块磁铁？"鱼泡眼说。

说着，他把秤盘子一下子翻了过来，果然，在秤盘子的底下粘着一块磁铁。

赵翰章心里一下子就明白了，笑了笑，说："这是你自己故意粘上去的吧。"

"你咋说话呢？我们到你这里来，是秉公执法，难道还能诬赖你吗？"鱼泡眼一脸严肃地说。

"你这么做，我们得对你罚款。"眯缝眼说。

赵翰章说："罚多少?"

"这样吧……罚多罚少，你明天到我们地方事务所去一趟……这就要看你的态度，然后，再决定罚多罚少。你看咋样?"鱼泡眼说。

赵翰章听了，心里明白，这无非是想借这个余下的时间空当让他送份礼，讨他个人情，揩他点油水，也许，是因为马上就要春节了……他笑了，他说：

"嗯，可以啊。"

"明白人，好办事儿。"眯缝眼也笑了笑，他说。

"我们走了，明天见吧。"鱼泡眼说。

不得已，赵翰章把这两个满铁地方事务所的来人，送出了粮栈的门口。眯缝眼和鱼泡眼向南走，又向东拐进了胡同里，在那个胡同口，一个人影闪身站在了眯缝眼和鱼泡眼两个人的中间。

赵翰章看得很清楚，闪身的人影正是吉本喜太吉。

1920 年 2 月 21 日（农历庚申年正月初二）。

四平街，马龙坤宅邸。

赵翰章来给马龙坤和于桂花拜年，说："二哥、二嫂，你们知道大哥、大嫂来四平街卖黄豆，险些被小鬼子商人给骗了的事儿吧?"

"可不是吗，听说了，还亏得你及时赶到，揭穿了小鬼子的把戏，让那么多的中国人免于受骗。"于桂花说。

"我知道那个小鬼子，叫吉本喜太吉，骄横狂妄……前几年发生的'郑家屯事件'的起因，就发生在他身上……那件事儿，成了外交事件，轰动一时啊。"马龙坤说。

赵翰章说："'喜太吉'粮栈的小把戏，让我给揭穿了……这个吉本喜太吉就仗着他是日本人，请来满铁四平街地方事务所的人，报复我……给我加税，还故意在我的秤盘子的底下粘上一块磁铁，说我买卖舞弊，要罚我……正赶上年关，我给送了点礼……让我低头认错，把加我的税给我减了，也少罚了点……才算了事。"

"小鬼子的满铁地方事务所，不管是谁去贿赂他们，让他们办事，他们是两边通吃……"马龙坤说，"东北大豆在世界粮食市场上是畅销的拳头产品，近期的国际市场更是紧俏得很啊……日本商人想要垄断大豆的市场，狗急跳墙，啥损招儿都敢使了，呵呵。"

"小鬼子的满铁地方事务所，对日本商人和中国商人在税赋上表面上一样，私底下去却照顾日本商人，只收表面上税赋的一半。"于桂花说。

"哼，小鬼子靠着满铁附属地来垄断四平街的街市的状况，恐怕要结束喽——"马龙坤拉着长声，感叹地说。

"翰章，你知道了吧？你二哥现在是洮昌道的道尹了，也算是这个一方地面上的地方大员了。"于桂花说。

赵翰章说："我知道了，所以，我才谈起小鬼子'喜太吉'粮栈的事儿。"

"我在张大帅的面前，要了他的副官尹泽民来当这梨树县的知事，四平街的地面归梨树县管辖，没有一个智勇双全的地方官来治理四平街，发展工商经济，就难以跟小鬼子在道里的满铁附属地的工商经济的垄断局面相抗衡……张大帅点头了，尹泽民就任梨树县的知事了，呵呵。"马龙坤说。

赵翰章说："张大帅明智。"

"我又要来纪义方，给尹泽民当助手，任梨树县警署署长。"马龙坤说。

"这两个人，咱们知根知底，而且，都很得力。"于桂花说。

赵翰章说："这对于我来说，简直太好了，我们还都是当年修筑这南满铁路时的亲密工友呢，跟我二哥一样，20年的友情了，呵呵……那时候，我年纪还小呢。"

"尹泽民和纪义方他们正研讨规划道东呢，开发道东，把道东建设成比小鬼子在道西的附属地还繁荣的中国人的大街市、大市场。四平街是块宝地啊，位于东北大平原的中心，是四洮、南满铁路的枢纽，重要的粮食集散地啊……在四平街，我们就是要暗暗地憋足了劲儿，真拼实干，建成中国人的商业城、工业城……我们就是要长中国人的志气，灭日本鬼子的威风——这是张大帅的意旨。"马龙坤说。

"张大帅满胸膛里都是中国人的霸气，又灵活、机敏……玩的就是小鬼子。"于桂花说。

赵翰章说："这些话，我听了，心里高兴。"

"桂花。"马龙坤说。

"啊。"于桂花答应。

"赵老弟来给咱拜年来了，你厨房的大师傅，给弄上几个菜来，我跟赵老弟喝几盅儿小酒儿。"马龙坤说。

赵翰章抬起了屁股，推辞地说："不啦，我回家吃吧。"

"你来了，你二哥高兴，你还走呢，走啥啊走？"于桂花说。

赵翰章见状，说："也罢。"

他又坐了下来。

于桂花出屋，让厨房的大师傅整下酒的菜儿去了。

1920 年 4 月 11 日。

四平街，马龙坤宅邸。

马龙坤说："开发道东的规划，制订出来了？"

尹泽民说："初步地制订出来了。"

纪义方在桌子上铺开了开发道东的计划图表，说："计划开辟铁道'附属地'以东，为四平街新区。拟议收买民地两千零八十二亩一分三厘三毫，折后为一百三十八万六百九十四平方米。"

尹泽民说："开辟南北大街经路五条，均长七百五十九点六丈；划出东西走向的纬路十一条，均长一百四十四丈。经、纬路均宽三点六丈。"

纪义方说："街道用地为三百二十二亩九分二厘，警区和学校用地七亩二分，公园用地三十一亩二分三厘三毫。这样，实际的街基地为一千二十亩八分。"

尹泽民说："今年的任务是规划，把这个规划上报奉天都督府，呈请张大帅签批，然后，购买民地……今年年底之前，把这两项任务完成。"

纪义方说："明年元旦，发出布告和市场章程，以《千字文》之字为顺序，划成块块，逐块排号，开辟街市——招引工、商业户，放领地号。"

马龙坤说："这期间，要广泛地制造舆论，特别是在日本附属地的道西的中国商户中，要产生震撼力、吸引力，使他们趋之若鹜……呵呵。"

尹泽民说："我们有优惠啊，三年内免除一切赋税杂捐。"

马龙坤说："这就是震撼力和吸引力。"

纪义方说："我们调查了一下，在日本附属地里，共有大大小小的工、商业户 198 家，其中日本经营的就有 128 家，占了 70%。"

马龙坤说："这说明啥呢？这说明四平街是块风水宝地，是东北地区重要的粮食集散地，所以，精明的小鬼子的商家才纷纷地在这里开工厂、开货栈……尤其是畅销全世界的大豆三品，大豆、豆油、豆粕。"

尹泽民说："我们组成了开辟四平街道东市场的委员会，我为主任。我聘请一位县属的市政委员坐镇道东为现场指挥，同时，还将聘请专职的放号员兼任财务主管。当然，在这个委员会的下面，还设有招商小组；招商小组的任务，是我们的重中之重；招商小组的成员，每一位都是我们的骨干力量。"

纪义方说："我们将对在道西的日本附属地里的中国商户，挨家挨户地宣传我们的优惠政策……把他们吸引到道东，省得他们在道西的日本附属地里，看倭人之脸色，仰倭人之鼻息，受倭人之挟制。"

尹泽民说："我们还要把我们开辟道东市场的布告和市场章程，贴到华北、安东、旅顺等地，召集那里的客商……"

马龙坤鼓掌，他赞赏地说："好。"

他们继续商讨着如何开辟道东市场，以及招商引资的周密的操作细则……

1921 年 12 月 24 日，星期日。

四平街，马龙坤宅邸。

于桂花走进了客厅，说："大门外来了两个奇怪的客人。"

马龙坤说："谁？"

于桂花说："满铁四平街地方事务所的所长阿川幸寿和日本四平守备队的司令官平岩纳彦。"

"哦，黄鼠狼给鸡拜年来了？"马龙坤说，"既然来了，那就请他们进来吧。"

于桂花出去让家人转告，请阿川幸寿和平岩纳彦到客厅。阿川幸寿和平岩纳彦进了客厅，与马龙坤见面，坐了下来。马龙坤的家人给阿川幸寿和平岩纳彦端上了茶水。

马龙坤说："二位到我家里来，必有公干。"

阿川幸寿："我们来拜访洮昌道尹马先生，为的是抗议梨树县知事尹泽民先生开辟道东街市，不择手段地挖走我们铁道附属地的商户……"

马龙坤故作糊涂似的说："噢？有这样的事情？"

平岩纳彦说："他们的招商小组来到我们日本附属地，挨家挨户地做工作……把在我们日本附属地的中国的工、商业户大部分都拉过去了，令我们非常愤慨。"

"商人重'利'，追逐的中心是'利'，为'利'而动……不管是谁，他就是鼓动三寸不烂之舌，能说出个花花儿来，如果没有'利'，商人以他们聪慧的头脑，也不会为之所动。"马龙坤平心静气地说，"而且，开辟道东的招商小组，他们把招商的布告和市场章程不仅贴到了道西的日本附属地，还贴到了奉天、安东、旅顺，以及华北等地……所以，在道东落户的商家，不仅仅有来自道西日本附属地的商家，还有来自奉天、安东、旅顺，以及华北等地的商家啊。招商的本身也是市场竞争，希望你们能以平常心来看待市场竞争为好。"

阿川幸寿说："你们挖我们的墙脚，仅仅看作是市场竞争？"

马龙坤说："是啊，新开辟的道东市场在市场章程里宣布，三年之内不收取任何赋税杂捐，给商家让利……你们也可以效仿啊，竞争嘛。"

阿川幸寿说："这……"

马龙坤说："要想稳定住商家的人心，在处理事情上，就要出之以德，处以公心，公平、公正……你们没有做到这一点。"

阿川幸寿说："马先生，你说得不对呀，我们怎么没有做到这一点？"

"有一天，'义德厚'粮栈的老板赵翰章先生，看见你们日本商人吉本喜太吉的'喜太吉'粮栈高价收购大豆，他觉得蹊跷，发现是在秤砣上做了手脚，他就揭露了吉本喜太吉……结果呢，吉本喜太吉为了报复就串通你们满铁四平街站地方事务所……你们满铁四平街站地方事务所的两个人，就去了赵翰章先生的'义德厚'粮栈，加重了他的税赋，又往他粮栈栽赃而罚款……赵翰章先生受了这样的委屈，他怎么能不改弦易辙，去投奔道东新市场呢？"马龙坤说，"还有，在你们满铁附属地，你们满铁的地方事务所收税赋，表面上对日本商人和中国商人一样，而在实际上却双重标准，对日本商人的税赋只收取一半……没有不透风的墙，中国商人的心里能平衡吗？"

阿川幸寿说："我还真的不知道这样的事情。"

马龙坤说："中国商家在你们的满铁附属地里经营，往往有恐惧感啊。"

平岩纨彦："马先生，你这话说得有些耸人听闻吧？"

马龙坤说："去年的 8 月 15 日，在牤牛哨小站的北道口，你们枪杀了三名中国人，其中有一名就是在四平街日本附属地辘轳把街商铺的业主……"

平岩纨彦说："因为是晚上，到底是土匪还是良民，仓促之间难以分辨，所以，开枪击毙了。"

马龙坤说："是土匪还是良民，一时间难以分得清，就开枪杀人吗？太过分了吧？人们怎么能不恐惧呢？"

平岩纨彦说："前年在那附附近发生了袭击我们日本守备队的事件，我们有 20 名守备队员被打死，其中包括两名中尉涉谷安秘和石原常太郎，也许是我们反应过于机敏……我们推测，那次袭击是二龙山的土匪小白龙和小凤凰的那个绺子干的。"

"去年 6 月，你们日本守备队在杨木林子和十家堡之间，射击了一名走在铁道边上的中国人，然后，又用刺刀把这位中国人捅死……"马龙坤说，"如果这个人跟二龙山的绺子，或者跟黄龙岭的绺子，或者跟其他的匪绺子有亲戚、朋友……能不为这位死者报仇吗？要知道，中国人跟西方人大不同，就在于中国人非常讲究家族以及朋友圈里的亲情，又讲究'为朋友两肋插刀'。你们日本守备队随心所欲地杀人，中国可是有句老话儿，叫作'多行不义必自毙'，请你们三思……"

平岩纨彦说："由于马先生对我们日本守备队行动的不理解，而进行了诸多谴责……我对此，深表遗憾。"

马龙坤说："你们来得有些不是时候哟。"

阿川幸寿说："怎么？"

马龙坤说："我前天接到奉天的指令，我已经不是洮昌道尹了。"

阿川幸寿说："噢？"

马龙坤说："我被任命为四洮铁路的督办兼任局长，当然，还兼任东三省巡阅使署的高等顾问，以及黑龙江省军政两署的顾问，还有国民政府授予过的中将军衔。"

阿川幸寿说："哦……"

马龙坤说："重要的是，我会坐镇四平街的四洮铁路局……我今后，还会跟满铁更多地打交道的，干的都是铁道，是同行了，呵呵。"

"哦，马先生，打扰了……"阿川幸寿站起身来，向马龙坤礼貌地一躬身，说，"我们告辞了。"

说着，他向外走去。

平岩纨彦也站起身来，跟在阿川幸寿的屁股后面向外走。马龙坤礼节性地把他们送出了客厅的门外。

1922 年 1 月 3 日。

四平街，四洮铁路工程局，督办兼局长办公室。

马龙坤坐在他的椅子上，面前的办公台上摆着由郑家屯铁路向洮南延伸续修，以及由郑家屯铁路向通辽延伸续修铁路的勘测报告和设计方案，还有铁道线用地的征地情况报告；前期的大量的准备工作，已经做完了，接下来该正式地聘请并签约修筑公司……破土动工了。

"咚咚。"有人轻轻地敲了两下马龙坤办公室的房门。

马龙坤知道，这是他的副手——四洮铁路的副局长郭必瀛来了，说道："请进。"

郭必瀛推门走了进来，说："马局长找我？"

"请坐。"马龙坤说，"我找你来，是谈谈修筑由郑家屯到洮南，以及由郑家屯到通辽，这两段铁路由哪家修筑公司来修筑的事儿。"

郭必瀛坐了下来，说："这还用说吗，由日本大仓株式会社来修筑啊。"

马龙坤说："为啥呢？"

郭必瀛说："前有车，后有辙啊。"

马龙坤说："噢？"

郭必瀛说："四郑铁路就是由他们承包，并且由他们修筑的，四郑铁路已经正常地运营四年了……这是成功的范例啊。"

马龙坤说："据我所知，日本人的大仓株式会社在去年，还曾经承包了我们的一些铁路工程，但是，他们给他们的日本人发了工资，却不给我们中国工人发工资……引起了我们中国工人的不满，四五十工人罢工，找他们要工钱，大仓株式会社不得不如数地补发了工人的工资……然后，却把这四五十工人给解雇了……这件事情说明，大仓株式会社对我们中国人不怎么友好，既要从承包中国的铁路工程中捞到大笔的金钱，又瞧不起中国人而歧视中国人——张大帅让我来担任这个督办，恐怕这也是个重要的原因。"

郭必瀛说："大仓株式会社技术力量比较雄厚，而且，我们已经合作多年了……我们中国人修筑铁路的工程队伍，恐怕力不从心啊。"

马龙坤笑了，说："四洮铁路的修筑与京绥铁路的修筑，哪个难度大？"

郭必瀛说："四洮铁路是在平原上修筑铁路，而京绥铁路是在山岭之间修筑铁路，当然是京绥铁路修筑的难度大。"

马龙坤："京绥铁路中国人都能修，难道四洮铁路中国人就不能修筑？"

郭必瀛说："这……"

马龙坤说："京绥铁路已经修筑了这么多年了……时代在前进，中国何止有十个、百个詹天佑了？"

郭必瀛说:"马局长,你多年的军旅生涯,而且,担当洮昌道尹的时间又不长……我向你透露个小秘密吧。"

马龙坤说:"啥小秘密啊?"

"把工程包给大仓株式会社,他们会把工程造价的百分之五,作为回扣给我们……这是一笔不小的收入啊。"郭必瀛挤眉弄眼,又像是故弄玄虚地小声而又吐字清晰地说,"要不,人们咋说四洮铁路工程局的局长的位置,是个肥缺呢?嘻嘻。"

"哈哈哈……这是啥小秘密啊,这是尽人皆知的公开的大新闻啊。"马龙坤大笑,说,"签约修筑东清铁路之前,俄国人答应给李鸿章三百万卢布的贿赂,结果呢,东清铁路修筑了,李鸿章只得到了100万卢布的贿赂……四郑铁路的修筑,向日本横滨正金银行借贷了500万日元,在北京的民国交通部的大员们把这500万日元的百分之五吃了回扣,中饱私囊了,然后,横滨正金银行又直接扣下了百分之五的所谓手续费……修筑四郑铁路了,日本大仓株式会社又以工程造价的百分之五来贿赂四郑铁路局的官员们……总之,层层盘剥,坑的是中国,坑的是中国的老百姓。"

郭必瀛惊讶,说:"噢?马局长,这么清楚……"

"晚清的大臣们贪污盛行,腐败成风,出卖国家利益……结果呢,大清国倒台了;民国的大员们,走晚清的大臣们走过的道路,势必也会使民国,国将不国……因为,这会使老百姓跟官僚政权,离心离德啊。古人说得好,官僚政权是船,老百姓是水,水可载舟,亦可覆舟。"马龙坤说,"我要是接受了日本大仓株式会社的贿赂,将筑路的权益交给了外国人,我岂不是出卖了国家权益,实质上是卖国,成了汉奸?——我马龙坤决不当汉奸。"

郭必瀛说:"马局长,我们修筑铁路借贷的,可是日本人的钱啊。"

"的确,我们借贷的是日本人的钱,日本人为啥鼓噪着,让我们借贷他们的钱?我们是以国家的名义借贷的,他们不但能保本,而且,还有大笔的利息,没有风险啊。"马龙坤说,"何况,这层层盘剥……我们等于借贷的是高利贷的高利贷啊。"

郭必瀛说:"依马局长的意见……"

马龙坤说:"四洮铁路的续修工程,以我们中国人的工程队伍为主,分段承包,分段修筑……我们中国人能干的事情,何必还要找外国人呢?"

一听到马龙坤说出了这样带有结论性的话语,郭必瀛登时变得像霜打的茄子——蔫了,因为,这跟他的想象大相径庭。他的脸上呈现出困窘和无奈，他说：

"哦，也好吧……"

他走进来的时候，还神采奕奕，信心满满……但是，此时此刻，却抬起屁股，有气无力地站起身来，缓缓地走出了马龙坤的督办兼局长的办公室。

1922 年 1 月 8 日，星期日。

四平街，马龙坤宅邸。

吃了中午饭，马龙坤正坐在客厅里品茶。他的儿媳妇乌云琪琪格从门外走了进来，说道："爹，外边有两个客人来找你……"

马龙坤说："啥人哪？"

乌云琪琪格笑了，说："日本人。"

马龙坤说："日本人？无事不登三宝殿哪。"

乌云琪琪格说："一个是南满铁道四平街站的地方事务所的所长阿川幸寿，另一个是日本大仓株式会社的铁道工程部的森连部长。"

马龙坤说："既然他们来了，就请他们进来吧。"

乌云琪琪格出去了……阿川幸寿和森连推门走了进来。

马龙坤打招呼说："二位来了，请坐吧。"

阿川幸寿和森连落座。马家的家人进来，给阿川幸寿和森连的茶几上放上了茶杯，然后，又斟上了茶水。

阿川幸寿说："上次我们来拜访马先生，马先生说自己已经被任命为四洮铁路的督办兼局长了，还说，跟我们干的是同行了，今后会跟满铁更多地打交道的，呵呵，果然如此……我们今天又来拜访马先生来了。"

"常言道，火车一响，黄金万两。"马龙坤说，"所以，我对当四洮铁路局的督办兼任局长，很感兴趣。"

森连说："马督办，四洮铁路的续修工程，我们大仓株式会社很在意这项工程……我们跟原四郑铁路的高管都有很愉快的合作，我们希望后续的工程能由我们修筑，日中亲善嘛。"

阿川幸寿说："是啊，四郑铁路的修筑工程主要是由我们的大仓株式会社来完成的，四郑铁路的顺利运营证明，我们修筑的技术是先进的，修筑的质量是上乘的……而且，我们跟四郑铁路的高管们的合作不仅是愉快的，而且，他们的收获是丰饶的，呵呵。"

马龙坤说："由谁来修筑四洮铁路的续修工程，这个问题，不是我局长一个人说了算，要由局务会来决定，而且，还要报请奉天的交通委……"

森连说："马督办不要推诿，最终还是由你来拍板的。"

马龙坤说："我能理解你们今天的来意，经过研讨之后，再最后决定吧。"

阿川幸寿说："哦，那就好、那就好……我们相信，马督办一定会够朋友的。"

森连从怀里掏出了一个红包，放在了茶几上，然后，他站起身来，告辞说："这是给马督办的见面礼，不成敬意，请笑纳。"

马龙坤用眼皮儿瞭那了瞭那放在茶几上的红包，推辞地说："你们来了就来了，哪能让你们破费呢？"

森连说："小意思、小意思……难成敬意、难成敬意……"

阿川幸寿和森连走了出去，马龙坤把他们送到了门外。然后，他回到客厅里，看了看所谓见面礼的红包——两万日元的支票。

傍晚，马龙坤正在自己的客厅里看《三国演义》。

儿媳妇乌云琪琪格走了进来，说："爹，又有两个客人来了。"

马龙坤说："谁呀？"

乌云琪琪格说："张海鹏和王永清。"

马龙坤说："哦，说客来了，呵呵……请他俩进来吧。"

张海鹏和王永清进了门，对马龙坤口称"马督办"，抱拳施礼。马龙坤客气地说："难得二位登门，请坐、请坐。"

家人给张海鹏和王永清斟茶。马龙坤微笑着打量着这两个人。

马龙坤心里知道，张海鹏在奉军中，也可以说是元老级的人物。他是个铁杆的保皇派，1917年，张勋复辟，他曾经去北京奔走呼号，结果失败，他逃了回来，幸免被逮捕。1918年，张海鹏想当师长，结果呢，张作霖没有提拔他，未能如愿。直至去年，他还是个吉林步兵旅的旅长，驻守一面坡……他想当洮辽镇守使，结果又落了空。"官儿迷"心窍的他，一气之下，索性辞官，回到了老家新立屯。目前，正赋闲在新立屯他自己的家里。

马龙坤心里清楚，张海鹏曾经为地主扛活，用张海鹏自己的话说是"不堪忍受地主虐待"，便与人合伙杀了地主，而命案在身，又没有别的营生，只好当了土匪。他幼时得过天花，所以，人称"张大麻子"。

他当土匪时，报号"大连子"。连子，是东北放在大锅里蒸饽饽时用的厨具，有的是竹子做的，有的是木条儿做的，有的是高粱秸做的，抗蒸抗煮。张海鹏之所以给自己起了这么一个报号，大概表明自己是滚刀肉，有不怕水蒸火煮、不怕风险之意。

马龙坤明白，张海鹏这个"官儿迷"，有点像是生不逢时，总想呼呼啦啦地往高爬，但是，每逢到了升官儿的节点上，又总是卡住了，只能在原地踏步。

马龙坤也知道，王永清6岁的时候随父亲来到了梨树县，14岁的时候当了清朝军队的勤务兵，光绪二十七年升为哨长。没多久，就随着他的管带叛变为匪。后来，被官军收降，驻守于昌图一带。宣统元年，又投身于匪绺子当了"二柜"，报号"天下好"，后来又当了"大柜"，带领七八百土匪窜扰东北各地……直至巴布扎布叛乱，王永清看准了这是奉军用兵之际，他又率领他的匪绺子的人马，接受了奉军的收编。现在是个营长。

马龙坤感到，王永清总是变来变去的，一会儿是匪绺子的掌柜的，一会儿又是被收编的官军的军官，像一条变色龙。

马龙坤说："你们咋一起来啦？"

张海鹏说："说来，也巧了，走到你们马府的门口碰上的。"

王永清说："呵呵，缘分哪。"

马龙坤说："张旅长，这一段时间忙活啥呢？"

张海鹏说："我本来辞去了军职，回到了新立屯，赋闲在家，其乐融融……但是，这又接到了张大帅的命令，让我招兵买马，组建新军……张大帅的面子，我不好再推辞，只能从命了。"

马龙坤故意吹捧他说："你是千里马啊，身为伯乐的张大帅咋能放过你这匹千里马呢？古人说，千军易得，可是，一将难求啊。"

王永清说："说起来，窝囊的就是我了，14岁就走进了行伍的队列……混来混去，还只是个营长。"

马龙坤说："好饭不怕晚嘛。"

张海鹏说："马督办，不是小弟我说你，你当将军，多年跻身于行伍，脑袋瓜儿是不是有点愚了？"

马龙坤说："何以见得？"

"原本四郑铁路就是日本大仓株式会社承包修筑的，这是众所周知的。续修四洮铁路，也应该由日本大仓株式会社承包修筑，前有车后有辙啊，理所当然的事情啊。"张海鹏说，"我咋听说，你要改弦更张呢？说是不想让日本大仓株式会社来修筑?"

王永清说:"我也是为这件事儿来的……"

张海鹏说:"人哪,不要只交俩眼儿的,而放着四眼儿的不交。"

王永清说:"日本大仓株式会社的森连先生说了,只要是把工程交给他们,他们就绝不会亏待你马督办。"

张海鹏说:"他们把工程造价的百分之五拿出来,作为回扣……你马督办还不得个几十万的外快?从郑家屯到洮南,又从郑家屯到通辽,造价2000多万哪……"

王永清说:"而且,还不止张旅长所说的这些呢,真正干起来,恐怕还得追加投资……该得的外快,如果不得,说一句不中听的话——那可真是冒傻气了。"

张海鹏说:"那一年,平息乌泰叛乱的时候,我还是个管带……我把从镇国公府搜出来的一个珠宝箱子,里面还有地契、烧锅和作坊的证照……我都亲手交给了吴大帅,吴大帅收下了……孝敬吴大帅的,能仅仅是我一个吗?如今吴大帅买卖兴隆通四海,肥田沃土达三江……如果该捞的不捞,他能有今天的财富吗?"

"所以我说,该得的外快,要拿到自己的手里,才对啊。"王永清说,"这也是为子孙后代积攒财富,让他们风风光光地生活嘛。"

张海鹏说:"马督办,这四洮铁路的督办兼局长是个肥差,你要记住,一朝权在手,就把令来行……有权不为己,对不起天地,没权就过期,后悔来不及。"

王永清说:"就是啊,有权不使,过期作废。"

马龙坤说:"呵呵……二位今天来做说客,得到了日本大仓株式会社给你们的活动经费了吗?"

张海鹏说:"如果我们说服了你,那么,我们就会从四洮铁路的工程回扣中,分得一杯羹的。"

王永清说:"张旅长说得极是。"

马龙坤说:"可喜可贺的是,二位肯定能分得一杯羹了……"

张海鹏说:"看来,我没白来……呵呵。"

王永清说:"我就知道,马督办不会死心眼儿……怎么也得给个面子。"

马龙坤说:"不过,这一杯羹是'闭门羹',所以,请原谅我不给你们面子。"

张海鹏说："你这么固执，为啥呀？"

"四洮铁路的续修工程是由中国人主导勘测和设计的，那么，工程的修筑也要由中国人来承包修筑……这样，所显示出来的，才是中国人的志气和威势。"马龙坤说，"这里有个民族气节的大问题。"

王永清说："让日本大仓株式会社来承包修筑，这显示的是中日亲善，有何不好？"

马龙坤说："中国人自己能干的事儿，就没必要请外国人来干——历练出一支技艺高超的中国人的铁路建设队伍，这才真正能惠及我们的子孙后代。"

张海鹏说："哎呀，我说马督办，我该说的话都说了，再不跟你啰唆了……我走啦。"

说着，他站起身来。

王永清说："唉！看来，我们就是说了，可能也是白说……我也走了。"他也站起身来了。

马龙坤把他们送出了门外。

1922 年 2 月 19 日，下午。

四平街，马龙坤宅邸。

尹泽民和纪义方来了，马龙坤说：

"尹知事开辟四平街道东市场的工作干得不错，道东新市场风风火火地繁荣起来了……去年满铁四平街地方事务所的日本人，还找到我，向我提出抗议呢，说是我们到了他们的日本附属地去，挖了他们的墙脚。"

纪义方说："我们在道东开辟市场的地面，是日本附属地的五六倍，小鬼子他跟我们比得了吗？"

尹泽民说："小鬼子有点像井里的蛤蟆，不知道天有多大……他们应该知道，这是中国人的地面。"

纪义方说："从梨树县的县城——梨树城，到四平街的公路，去年竣工通车了，它像一条营养线，滋养着四平街的新市场……"

尹泽民说："你督办续修四洮铁路，我们监造梨树城到四平街的公路，公路宽三丈六尺。"

马龙坤说："要想富，先修路——交通的便利，是市场发达的前提；你们身为老百姓的父母官儿，可以说，功德无量啊。"

尹泽民说："谢谢马督办的鼓励。"

"前些天，我们招工……四洮铁路的发展需要人哪，有些岗位需要事先培训，才能上岗。"马龙坤说，"东北要自建强大的铁路网、自主投资、自主筑路、自主经营——这是东北交通委制定的铁路'三自'的指导方针，我坚决贯彻执行。"

尹泽民说："我听说张小山营长转业去了你们四洮铁路。"

"他来我们这儿，当警署的署长，是非常合适的人选。"马龙坤说，"我的侄媳妇那淑荣到我们局里当秘书、日语翻译，还有，忠民、喜和顺也进了四洮铁路。"

"我赞赏。"尹泽民说，"我看你们马家要成为铁路世家了，呵呵。"

纪义方说："刚才，我进了你家院子，看见了你家的儿媳妇乌云琪琪格了……我当时就心想啊，想当年，你马督办，还唆使我们去条子河，到他家，找他爹讨工钱呢……闹得不亦乐乎。如今呢，你们成了亲家了——哎哟喂，回想起来，真是乐子事儿。"

马龙坤说："儿媳妇乌云琪琪格让我安排在电话局了。"

纪义方说："你的亲家有眼力，一眼就能看出商机来……"

马龙坤说："哦，咋说呢？"

尹泽民说："一说开发道东，胡爷就找到了我，他说，'日本人早在1917年就兴建了四平街电灯株式会社，开始了向道西供电营业，我们也得兴建电力啊，给道东供电。'我们俩是一拍即合，合资兴建四平街电灯股份有限公司，我以官方名义出资，胡爷投资入股。赵翰章知道了，他也来凑热闹，投资入股。现在，我们的电灯股份有限公司已经成立了，发电厂即将动工兴建。这个四平街电灯股份有限公司，我是董事长，胡爷是经理，赵翰章是董事会的董事。"

马龙坤说："噢？这么大的事儿，胡爷还真没对我说过。"

纪义方说："瞧好吧，道西是日本人的四平街电灯株式会社，道东是咱们中国人的四平街电灯股份有限公司，顶起牛来了，对着干吧，呵呵。"

尹泽民说："还有呢……"

马龙坤说："还有啥啊？"

"胡爷已经向我们提出申请，成立客运公司，运输线路是四平街到梨树城，完全在咱们梨树县的区域内。"尹泽民说，"从发展的眼光来看，这可是条黄金线路。"

马龙坤说："我就知道，我那亲家是个敢于第一个吃螃蟹的人。"

尹泽民说："四平街到梨树城的公路刚修成，这胡思楞就给我们来了个锦上添花。"

纪义方说："胡思楞说了，他的客运公司，把起点设在四平街的道东一马路，绝不设在满铁附属地。"

马龙坤说："呵呵，中国人哪，说的都是中国话啊。"

尹泽民说："我听说，亲家胡思楞承包修筑了四洮铁路的一段工程？"

"是啊，你想啊，当年的南满铁路他都承包了，有经验了啊，今天的四洮铁路他作为一个中国人，也得作出贡献啊，呵呵。"马龙坤说，"分段承包修筑，原则上承包给中国人，一改原来四郑铁路承包给了日本大仓株式会社的做法。"

纪义方说："日本人恼火啊。"

尹泽民说："听说你们的副局长郭必瀛和日本人连起手来，到北京的交通部把你告了……说你视修筑铁路如儿戏，营私舞弊……"

"有这事儿。"马龙坤说，"听说北京的交通部还要派人来查办呢……"

尹泽民说："你咋办？"

"听蝲蝲蛄叫，还不种黄豆了呢。"马龙坤说，"战死沙场——我都不怕，难道还怕利欲熏心的小人的摇舌鼓噪，和日本人搅和在一起，在我的背后捅刀子？"

纪义方说："呵呵，这才是英雄的情怀。"

马龙坤笑了，说："哦，纪署长的话，激起了我的诗兴，听我给你们来一段打油诗。"

他站起身形，声音朗朗——

> 我是泰山一青松，
> 不怕乌云压头顶；
> 风雨过后天地清，
> 太阳依旧放光明。

尹泽民和纪义方击掌，齐声地赞赏道："好——"

马龙坤说："既然你们说好，那就留下来喝酒吧，呵呵。"

纪义方说："我们来了，就想混顿酒喝……呵呵呵。"

马龙坤向隔壁叫道："桂花——"

"哎——"于桂花答应。

"弄几个菜来，我跟尹知事和纪署长喝酒聊天……"

"好嘞。"于桂花答应。

他们继续品茶，然后，酒菜摆了上来，他们饮酒，谈天说地。

1922 年 5 月 17 日，星期三。

四平街，四洮铁路局，督办兼局长办公室。

郭必瀛向马龙坤介绍随他进来的两个人，他指着大约有 50 岁，体态胖一点的说："这是北京交通部政风处的钱处长。"然后，又指着另一位大约 30 岁，体态略瘦一点的说，"这是钱处长的秘书小游。"

马龙坤站起身来，说："哦，欢迎、欢迎，二位请坐。"

郭必瀛说："马督办，他们是来查我们四洮铁路工程局的政风的……你们谈吧，我还有事情需要办，所以，我就不陪伴部里来的二位了。"

说完，他退了出去。

钱处长说："马督办，我们接到举报，说你接受了贿赂……"

马龙坤笑了笑，说："我马某人还有这等腐败的事情吗？不能吧。"

小游说："我们接到了日本大仓株式会社的举报，说是你接受了他们的两万日元的贿赂……当时，给你的是一张支票。"

马龙坤故作糊涂似的说："这是啥时候的事情啊，我还真就不记得。"

小游说："我来提醒你吧，是在今年的 1 月 8 号，是个星期天。"

马龙坤说："我还真就想不起来了，岁数一天比一天大，记不清了。"

钱处长说："小游，你把我们提取的证据给马督办看看……"

"好吧。"小游说，他打开了自己的公文包，从中拿出了一页纸张，递给了马龙坤，"这是你去银行提取两万日元时，留下的经手人的签单。"

"可不是我签名的签单咋的？"马龙坤把签单接了过来，看了看，说，"哦，我想起来了，是有这么回事，给我这个红包的是日本大仓株式会社的铁道工程部的部长森连，陪同他的是满铁四平街站的地方事务所的所长阿川幸寿……但是，他给的不是贿赂啊，他说是见面礼啊……而且，我没有给他们办事儿，难道也算是我接受贿赂了吗？"

钱处长说："日本大仓株式会社的人来找你，要干什么？"

马龙坤："他们是要承包修筑四洮铁路的续修工程，因为，他们给了我两万日元，所以，我才没有让他们承包工程啊，我怕说我接受了他们的贿赂啊。"

小游说："因为利益关系而接受了对方的金钱、物质……这都属于受贿。"

"哦，小游说的，也许有道理。"马龙坤说，"看来，你们对政风是有研究的，呵呵。"

小游说："钱处长，你看，这事情怎么办好？"

钱处长说："这样吧，接受了两万日元的贿赂，数目不小啊……这要是让部里的阁僚们知道了，或者是媒体曝光了……这影响，可就糟糕透了。"他沉吟了一下，"哦，马督办是督办兼任局长，我们的意见是你写个辞去局长职务的辞呈，把权力让出来吧，但是，还有督办的职能。这样我们回去，也算对这件事情有个交代。"

马龙坤皱了一下眉头，说："我就想啊，把这个局长的头衔，交给谁好呢？"

钱处长说："哦，对了，在你辞去局长的辞呈上写上一条，就是推荐副局长郭必瀛担任局长……这样写，比较合适。"

马龙坤说："不过，副局长郭必瀛来担任局长有点不大合适。"

小游说："为什么呢？"

马龙坤说："他的长相不行。"

小游说："呵呵，担任局长，跟长相有什么关系？风马牛不相及啊。"

马龙坤说："他是日本人的一条走狗，长得一副汉奸相。"

钱处长说："马督办，怎么能这么说话呢？"

马龙坤说："你们不是说我受贿了吗？不对啊，森连和阿川幸寿明说的是给我的见面礼啊，而且，是给我这个中国人的见面礼啊……"

小游说："见面礼、好处费、回扣钱……对于官员来说，都是一回事儿——受贿。"

马龙坤打开了抽屉，他拿出了一张收据，递给了钱处长的秘书小游，说："大仓株式会社给我们中国人的'见面礼'，我已经替他们转交给了我们中国人啦……你们看看，这是四洮铁路附属小学接到由马龙坤先生转交来的日本大仓株式会社两万日元的捐款收据，时间是1月9日，也就是得到'见面礼'的第二天。四洮铁路小学正在扩建校舍，购置教学设备……日本人的'见面礼'，还真是雪中送炭。"

小游看了，说："哦……的确。"

"日本人想要把我从局长的职位上推下来，换上他们中意的走狗，是痴心妄想……说是送我个红包，然后，又借此揭发我受贿了……他妈了个巴子的日本人，真他妈的不仗义。"马龙坤说，"我当不当四洮铁路工程局的局长，得奉天交通委同意，然后，还得呈请奉天巡阅使张大帅批准……本人还兼任着奉天巡阅使的高等顾问和黑龙江省军政两署的高等顾问呢，还有国民政府授予过的中将军衔，日本人和他的走狗们想要跟我玩这套扯犊子的小伎俩，还他妈了个巴子的嫩点。"

钱处长说："误会、误会……"

马龙坤说："你们真是北京交通部政风处的人吗？"

小游说："真是的、真是的，这个不会是假的。"

马龙坤说："你们真要是北京交通部政风处的，就要好好地查一查四郑铁路借贷了日本横滨正金银行500万日元，你们交通部的阁僚要员，竟然明目张胆地吃了百分之五的回扣，中饱私囊……而且，日本横滨正金银行又从这500万日元中，直接就扣下了百分之五的手续费，这手续费是谁答应他们的？他们凭啥直接扣下百分之五的手续费？这事儿是否得说道说道？连说道都不说，你们交通部的阁僚可真是应了中国人的那句话了——吃了人家的嘴软，拿了人家的手短。后来，四郑铁路又不得不追加投资。你们交通部向四郑铁路拨款，也是不断地揩油水，像挤牙膏似的发放，送给你们有关官员一些贿赂款，就发放一些……就这样，时断时续……四洮铁路的续修工程，你们交通部的阁僚——那几条肮脏的狗，能改变这吃屎的习惯吗？"

钱处长说："我们这次来，也是奉命行事，请马局长理解……"

"四洮铁路是中国的国有铁路，四洮铁路的续修工程，主要依靠本国的技术力量和东北的修筑队伍——这是我始终坚持的一条重要原则。中国人的交通权、筑路权，不能为外国人所操纵——中国人要敢于抵御外国列强……中国应当借助发展交通而发达经济，乘时崛起……说我受贿，还不够，还可以加上一条——营私舞弊，因为，其中的一个筑路商是我的亲家——中国人胡思楞。"马龙坤说，"但是，我可以坦荡地说，这是'举贤不避亲'。"

小游说："那是、那是……"

"你们回到你们部里，替我捎个话儿，如果有人故意卡我们四洮铁路续修工程的大脖子……我也会知道他是谁，别他妈的把我惹火了。"马龙坤威胁地说，"不客气地说，我是行伍出身，我就派几个'绺子'，去北京跟踪他……向他打黑枪，要了他的命……他们的脑袋比卖国的叛魁巴布扎布的脑袋如何？"

"马局长是在跟我们开玩笑、开玩笑的……"看见马龙坤一脸的"匪气"，两眼一瞪，杀气腾腾，威风凛凛……钱处长很尴尬，说，"我们告辞、我们告辞。"

小游把那张收据放在了马龙坤的办公台上，然后，跟着钱处长走出了四洮铁路工程局的督办兼局长的办公室。

1922 年 6 月 4 日。

四平街，马龙坤宅邸，客厅里。

尹泽民和纪义方来拜访马龙坤，纪义方说：

"我们警署新近在道东的市场里，破获了一起案子。"

马龙坤说："噢?"

纪义方说："是一个入室的盗窃团伙。"

马龙坤说："新开辟的道东市场的安全工作，很重要……涉及稳定商家人心的事情，是件大事。"

纪义方说："据盗窃分子供述，他们撬门别锁，还盗窃了你们四洮铁路工程局的郭局长的家……"

马龙坤说："噢，有这样的事情，我咋不知道呢? 这个郭必瀛，这么大的事儿，也没向我们局里的警署报案哪。"

尹泽民笑了，说："这个精明的郭局长，权衡了利弊……才没有报案的，呵呵。"

纪义方说："我们警署在起获赃物时，在一个装钱的皮囊里发现了一个小本子，小本子上记录着他在四郑工程的修筑过程中，所收受的一笔笔贿赂……甚至，连他的属下给他送礼，都送了啥，他都记得一清二楚。"

马龙坤说："郭必瀛心细，能这么详细地做记录……符合他的性格。"

纪义方说："郭必瀛贪腐的数额不小，光日元就有十几万……"

尹泽民说："我决定去一趟奉天，跟奉天交通委，还有奉天的东北巡阅使署汇报一下郭必瀛的情况……如果能见到张大帅更好，我曾经是他的副官。"

马龙坤肯定地说："有必要。"

第二天，身为梨树县知事的尹泽民，去了奉天……不久，郭必瀛被罢免了四洮铁路工程局的副局长的职务。

第二十五章

二龙山的英雄好汉们
荡平日本人"爱川新村"

1923 年 9 月 1 日。

日本国，东京。

清晨，风势骤起，狂风大作，进而演变成飓风。飓风在空中翻卷，如搅动万顷波涛……其声音呜呜咽咽，又号号嗬嗬，如狮吼虎啸，如鬼哭狼嚎……令人恐怖。

接近正午时分，风势略见萧杀。

时间进入到 11 时 58 分 44 秒。

突然，从苍空中、从地底下，传来人世间从未听过的令人心惊胆战的仿佛撕裂空穹和大地的"嘎、嘎、嘎"的声响。紧接着，大地上下抖动，左右摇晃……发狂似的把人们掀翻在地，或抛向空中。一排排房屋，被摇晃和震动得破裂，进而墙倒顶塌……这一切都表明了，东京发生了大地震。

地震，强烈的地震，波及了大海，海面在动荡，在摇滚，在上涨，在咆哮，在向海岸涌动……形成的巨大海啸，掀起了滔天巨浪，高速地摧毁了东京，摧毁了横滨，摧毁了横须贺……摧毁了所有港湾、码头和船舶……隧道与桥梁垮塌。

地震，强烈的地震，山陵在崩溃，造成巨大的塌方，又猛然间下起如注的暴雨。暴风雨又把塌方汇聚成泥石流，泥石流冲向了铁路，驱使在铁轨上正在行驶的火车，离开铁轨，像一条游蟒一样滚动在山坡上，然后，落入谷底，泥石流漫延过来，再把火车埋葬。

时值中午，家家户户，炉火正旺。地震，一下子震破了众多的煤气管道。爆裂的煤气管道，遇火燃烧，引燃了传统的木结构房屋……顿时，把城市变成了一片火海。

灾民们不知所措地逃向水边、海滩，可是又躲不过海边的油库爆炸，以及水面上石油燃起的愈烧愈烈的火焰，……总之，灾民们就是插上翅膀，也难以飞出那熊熊燃烧、烟雾腾腾的火焰山。

——"关东大震灾"，后来，也被称为"世界上最大火灾的地震"。

地震、火灾、海啸、暴雨……东京城里，林立的楼房，已不复存在，变成了废墟。

烟尘蔽日的神奈川港，也未能幸免，被夷为平地，像是一座死城，往日的繁忙也在顷刻间变成了一片死寂……扭断的法恩寺桥下，河面塞满了灾后的垃圾……还有可怕的尸体，一个仰面的男子表情痛苦，旁边一个女子半卧地靠在他的身边，一只手还搭在男子身上。

东京城百分之八十五的房屋，毁于一旦；横滨百分之九十六的房屋，被夷为废墟；死亡和失踪者超过 14 万人，负伤者超过 20 万人。

从相模湾的浅海底部掀起的大地震，震动了日本关东一带，并且，殃及全国……地动山摇，引发了火灾、海啸和泥石流，把东京、横滨变成了一片火海……东京、神奈川、千叶、埼玉、静冈、山梨、茨城，灾民达 340 万人。

——这就是史称"毁灭一府六县的关东大地震"，当时定为 7.9 级地震。

——东京大地震，天塌地陷，可谓"暗无天日"，仿佛是在向信奉"天照大神"，也就是"太阳女神"的日本人，昭示着：

"世界的末日到了。"

1923 年 9 月 6 日。

四平街，四洮铁路工程局，督办兼局长办公室。

张小山和那淑荣来了，马龙坤说：

"张大帅在日本关东大地震的第三天，就决定向日本赠送面粉 2 万袋、牛 100 头……这可是一笔不小的数目啊。要知道，张大帅正在扩大奉天兵工厂，而且，他又要开办东北大学……手头是很紧的啊。"

那淑荣说："孙中山先生得知了东京大地震的消息，他迅速地向日本摄政太子裕仁，发出慰问电……而且，在巴黎和会上，反对日本侵占青岛的外交总长顾维钧，摒弃前嫌，他提出'我国本救灾恤邻之义，不容袖手旁观，应由政府下令，劝国民共同筹款赈恤。'"

张小山说："政府除了决定救助日本灾区，还号召百姓不要再抵制日货，又说道，'政府为救济日本此项奇灾开特别阁议，下令拨款与通电全国，劝解义囊……调派军舰两艘，载运粮食驶往横滨拯救灾民。'民间也行动起来，全力赈济日本灾区，如北京、天津、成都等城市还成立救灾团体，筹款筹物，进行赈灾；演艺界，如梅兰芳举行义演……连北京景山公园也义卖园票助赈。还有呢，因为中、日两国的老百姓，大多信奉佛教，普陀山和一些寺院；还特地要为关东灾区举行 49 天的法事，为日本罹难者念经超度……"

马龙坤说："所以，我倡导我们四洮铁路的职工们，捐款赈恤东京大地震……捐款五角钱，哪怕是捐款一角钱，也是个心意。"

那淑荣说："这项工作正在进行……"

马龙坤说："我倡导的文艺界的义演呢？"

张小山说："已经演出六场了，所有的收入都直接交给了满铁四平站地方事务所的所长阿川幸寿。"

"嗯，好。"马龙坤说，"你把我的这一盒名片，拿去给尹知事和纪署长，让尹知事和纪署长把我的名片分发给道东的工、商业户，我后天举行字画义卖，当场挥毫书画，所得款项尽数捐给东京大地震……"

说着，他拿出了印制好的自己的一盒名片。

张小山接过了马龙坤的这一盒名片，他转达一个信息："阿川幸寿说，他届时会出场，为督办站台。"

马龙坤书、画俱佳，善书——楷、行、隶、篆，书风秀润醇雅；又善画——松、竹、梅、兰，极具神韵风骨。

那淑荣说："马督办，我有个问题，可以问吗？"

马龙坤说："可以。"

那淑荣说："据我所知，你对日本人是最有成见的……为赈恤日本人，却很积极——这让我觉得有点匪夷所思。"

马龙坤说："虽有前嫌……但是，这赈恤，却赈恤的是日本受到灾害的老百姓……显示了我华夏民族心怀慈悲，慈心善举……更显示了我泱泱华夏民族的博大胸襟。"

第三天，马龙坤在道东举行了字画义卖，接下来，他又在道西的轳轹把街，也举行了字画义卖，他当场挥毫泼墨……在他的画台后面，悬挂着一条大横幅，红布黑字的大横幅上醒目地写着："马龙坤将军赈恤东京大地震字画义卖"。

连续两天的字画义卖，无论是在道东，还是在道西，在这个条幅下，都站着满铁地方事务所的所长阿川幸寿。

1923 年 9 月 23 日。

四平街，马龙坤宅邸。

那淑荣说："二叔，你这一趟去日本，来来去去，十一二天，看到东京了吧，是不是一片废墟？"

"可不是吗，那叫一个惨哪。"马龙坤说，"我代表张大帅，代表咱东北的老百姓去日本慰问……船上是张大帅赠送的 2 万袋面粉、100 头牛，还有咱东北老百姓捐赈的物质……"

那淑荣说："对于中国政府与社会各界对东京大地震的救济行动，我看到日本媒体也做了大量的报道，譬如《大阪朝日新闻》9 月 13 日刊登社论，感谢善良的邻居——中国民众的同情心——'中国人会出如此热心，来援救日本人的灾难，是日本人做梦也难以想到的事情。日本人大为惊叹，中国人对此次援救行动之敏捷……因而，感谢中国人的高尚的美德和情义。'"

马龙坤说："日本人历来是以小人之心，而度君子之腹……是因为他们的心理，扭曲而变态。"

乌云琪琪格说："爹，船上颠簸吗？有不少人，坐船头晕，还呕吐呢。"

"还行，没啥风浪，基本上平稳。"马龙坤说，"轮船走了三天，到了日本。在日本又待了三四天。回来在船上又是三天，昨天到家。"

乌云琪琪格说："日本好，还是中国好？"

"我是中国人，当然是中国好啦。"马龙坤说，"你瞧日本国，屁大点的地方……你再瞧大中国，幅员辽阔。"

那淑荣说："二叔，听说日本天皇接见你啦？"

马龙坤说："天皇陛下给我授勋啊，褒奖我一枚勋章，以表彰我在赈恤日本东京大地震中所做的贡献。"

于桂花说："你二叔这次去日本，还有一个差事呢。"

那淑荣说："二婶，啥差事啊？"

于桂花说："啥差事啊，其实是私事……"

"我把你忠廷弟弟送到日本早稻田大学留学去了。"马龙坤说,"让他学习和考察日本这些年是如何强壮起来的,洋为中用,回国后,好报效祖国啊。"

那淑荣说:"二婶,这么大个事儿,也没跟我们说,让我们送送忠廷。"

"你二叔虽然是早就有这个想法。"于桂花说,"但是,这个决定却是突然间就决定了的,正好借他这次去日本……"

马龙坤说:"中午了,侄媳妇别走了,留下来吃饭吧。"

那淑荣说:"好啊。"

乌云琪琪格说:"我也有点饿了。"

于桂花说:"我去告诉厨房的大师傅……开饭。"

说完,她走出房间,到厨房去了。

1923 年 11 月 14 日。

四平街,火车南站,满铁地方事务所。

满铁四平街站守备队司令官平岩纨彦,满铁四平站地方事务所所长阿川幸寿,还有日本大仓株式会社的铁道工程部的森连部长,他们正在议论日本东京大地震……阿川幸寿无比哀叹地说:

"东京大地震,罹难如此之惨烈,让我睡不着觉啊,痛心不已啊……我怎么总是觉得,我们日本国仿佛面临着灭顶之灾,我们的出路在哪里呢?"

平岩纨彦说:"当今世界,诸多强国,我们日本国要生存下去,必须在经济领域自给自足……但是,我们日本国却是一个岛国,版图狭小,资源匮乏……现有的领土怎么能够使我们日本国自给自足呢?我们必须扩张……"

森连说:"除了占领朝鲜,还有满蒙……没有别的出路。"

平岩纨彦说:"我们跟俄国的战争,按照我们的目标,不仅仅是南满,而且,如果不从俄国人的手中把北满也夺取过来,我们就不会停止战争。"

阿川幸寿说:"可惜的是,美、英从中作梗,让我们把已经吃到了嘴里的南满州又吐了出来,仅仅得到了一条南满铁路……"

森连说:"不要忘了,南满铁路是攫取满蒙的一把寒光闪闪的利剑。"

平岩纨彦说:"我觉得,有了朝鲜,再有了南满、北满,我们日本国就有了如富士山一样稳固的平安。但是,这只能是我们最低的目标,我们日本国的蓝图应该更加宏伟,还应该包括俄国在远东的西伯利亚,以及英国的澳大利亚——这才叫横跨南北的大日本,让后世的历史学界慨叹这大日本的黄种人的罗马帝国。"

阿川幸寿说："话又说回来，我们日本国的生存空间实在是太小了，我们的领土在地图上，只是栗子般大小的几个岛子，这不公平啊；数年后，即使我们日本国的土地有再大的丰收，也不会使我们日本人能吃饱饭的；我们日本国在今后 50 年的时光里，会有两倍的人口增长率，我们必须寻求百年后至少有两亿四五千万人的广袤的领土。"

森连说："扩张……就会爆发战争。"

平岩纨彦说："我们不能因为害怕战争而贪图苟安，苟安的和平会使日本堕落，并且，在堕落中灭亡；所以，必须有战争，没有战争，这种堕落是不可挽回的；天地运动在于力量，社会发展依据强力而动，胜者为王，败者为寇；世界的天平随铁剑的重量而倾斜，正义之神会依据倾斜而做出裁决；总之，没有战争的和平，绝不是通向天国的道路。"

阿川幸寿说："有了扩张而来的领土，必须向这领土移民，这是注定的、必须的……首先应该是向我们的满铁附属地移民，使之成为样板。"

森连说："我们在'爱川村'不是进行了移民实验了吗?"

阿川幸寿说："那个'爱川村'的移民实验，效果不怎么好。"

"爱川村"，原本叫金龙村，是辽宁省大连市金州区大魏家乡一个普通的村落。但是，又被日本人叫作"爱川村"了。因为，在 1915 年 3 月，主张移民侵略的日本关东都督府都督福岛安正，把 40 多名日本农民带到这里，占据了附近大片土地之后，给这个村取了个名字，叫"爱川村"。

"爱川"是从日本山口县的爱宕村、川下村中各取一个字而成，因为，这批日本农民都是来自这两个村庄。"爱川村"的日本移民，共占有土地 670 亩，但是，其中的 497 亩属于强抢豪夺来的。

天公不作美，"爱川村"在建立的第一年就碰上了旱灾……这些日本移民对前途失去信心，于是，大部分转向经商或漂洋回国……最后，"爱川村"里只剩下三户移民。第二年，又有一户退出。

已退休的福岛安正闻讯后，立即回到他的家乡长野县，又招募 13 户农民补充到了爱川村，但是，不出一年，又有五户退出。

平岩纨彦说："我们曾经提议，应该在我们满铁附属地再搞一个'爱川新村'，不是从国内招募农民，而是招募我们在满铁守备队退役的军人，让这些退役军人屯集、驻扎下来，垦殖土地……这种移民方式，是带枪的武装移民，既能垦殖，又能打仗。"

"我非常赞成移民，特别是农业移民，要以退伍军人为招募的主体。"

森连说，"招募应当是有条件的，第一，出生农村，身体健康，有从事农业的经验；第二，在部队训练成绩良好，未满30岁；第三，有独立生活能力；第四，无家庭牵累。"

阿川幸寿说："提议的这个移民方式，满铁和关东军司令部已经同意了，就在我们这里的满铁附属地来搞个'爱川新村'，这是一个新式移民的实验点儿……还计划在公主岭建立一个农业种植研究所呢。"

平岩纨彦说："批准了就好，我们守备队里就有退役的士兵，要求留下来……以后，更可以招募国内的退役军人。"

森连赞同道："很好啊。"

他们又继续兴致勃勃地谈论着在满铁附属地建立"爱川新村"的事儿……如何宣传和鼓动满铁守备队的退役军人留下来？然后，又聊到"爱川新村"的选址到扩大地域，从驱赶中国农民到建筑"爱川新村"的房舍……甚至，在"爱川新村"的土地上，种植哪些粮食和蔬菜品种……

1924年4月19日。

二龙山，聚义厅。

万国彪对小白龙和小凤凰说："大掌柜、二掌柜，我姨表弟耿立仁来了。"

小白龙说："你表弟来，有事儿吗？"

万国彪说："他说，他们东河屯被日本鬼子给占了。"

"噢？我知道东河屯，在东辽河的边上，肥田沃土之地……"小白龙说，"请他进来，说说情况。"

万国彪说："是。"

他磨转身出去，把他姨表弟耿立仁领着进来。

小白龙说："耿老弟，你说说，啥情况？"

耿立仁说："我们屯子被小鬼子占了，改名叫'爱川新村'了，还立了牌子……说我们屯是满铁附属地，逼迫我们村子里的乡亲搬家。"

小白龙说："乡亲们搬了？"

耿立仁说："小鬼子说，土地由他们赎买，每亩地给12块小洋。乡亲们一听给12块小洋，觉得也可以，就同意了，签了契约。但是，付款的时候，却只给了两块小洋。乡亲们不干了，就跟小鬼子理论……小鬼子说，给你们两块银洋，是便宜你们，就是一块银洋也不给你们，你们也得滚，这是满铁附属地……房子也是说好的，每间新瓦房给100小洋，每间土草房给

20 小洋，大多数都是土草房，结果呢，每间土草房只给了 8 块小洋，太欺负人了。"

小凤凰说："小鬼子真他妈的野蛮啊。"

耿立仁说："小鬼子端着枪撵你走啊，都是 30 岁左右的，好几百人哪……乡亲们无奈，只好拖儿带女地哭哭咧咧地离开了自己的家园。"

小白龙从怀里掏出枪来，他气愤地骂道："哼，在中国人的土地上，由不得小鬼子撒野……这帮王八犊子。"

小凤凰说："小鬼子把你们都撵走了，是要在你们屯子，建立他们的啥'爱川新村'？呵呵，想得美啊。"

关东豹说："我听说了，小鬼子在旅顺的金州那地方就搞了个'爱川村'，就是占你中国人的地方，小鬼子移民搞屯垦。"

万国彪说："现在，又搞到咱们这地方来了。"

耿立仁说："不光是我们东河屯，还有别的屯子呢，小鬼子在靠近铁道的地方，圈了有七八百亩地。"

小凤凰说："看着没？小鬼子是想长久地住下来，赖着不走了。"

耿立仁说："小鬼子还贴出告示，让中国人去他们那里吃劳金，给他们耕地，盖房子……他们给工钱。"

小凤凰说："有人去吗？"

耿立仁说："乡亲们哪个敢去，说是给工钱，到了秋后，他们不给了，不又是骗人吗？"

关东豹说："这跟老毛子差不多，他们要占江东，先是需要用你中国人，让你中国人帮他们耕地、吃劳金……养活他们。等到用不着你中国人了，老毛子就烧你中国人的房子，杀你中国人，往江水里推你中国人……把中国人统统赶出江东——小鬼子和老毛子是一个德行，坏透腔了。"

"对于小鬼子，就得揍他个狗娘养的。"耿立仁说，"我来二龙山，找国彪哥哥，找你们，就是这个目的。"

"耿大兄弟，还有万国彪，你们俩去应招……小鬼子刚刚强占了屯子、土地，不是要屯垦吗？眼看要春暖花开了，既要耕地，又要盖房子……他们急需人手。你们去了就是摸清情况，他们的人数，还有他们的作息时间、饮食方式、枪支弹药……都给我摸清楚。"小白龙说，"知己知彼，才能百战不殆啊。"

小凤凰说："你俩'踩盘子'，要小心地潜下心来，把情况摸清楚……

好饭不怕晚。"

"嗯哪。"万国彪和耿立仁说。

万国彪收拾了自己的衣物,卷成了一个包袱,挎在肩上,就同耿立仁一同下山,前往"爱川新村"去了。

1924 年 7 月 18 日。

二龙山,聚义厅。

万国彪和耿立仁"踩盘子"回来了。

小白龙说:"二位兄弟,咋这么长时间才回来呢?"

耿立仁说:"小鬼子看俺们俩儿是块干活的料,又体力强壮,不放你走,又是耕地,又是盖房子的……"

小凤凰说:"踩盘子嘛,把情况摸清楚了,管他呢,放不放也走人啊。"

"咋的也得把劳金钱要到手啊。"耿立仁说,"现在是农闲了,他们才放人了。"

大伙儿听了,都笑了。

万国彪说:"多待了一段时间,可以把小鬼子的情况摸得更清楚……甚至包括他们的脾气、秉性。"

小白龙说:"小鬼子有多少?"

万国彪说:"有二百五六十人。"

小白龙说:"枪械呢?"

万国彪说:"枪械不少,手枪、步枪、轻重机枪……还有 6 门野炮。"

小凤凰说:"嘿,这块肉可是挺肥的。"

万国彪说:"小鬼子基本上还是军事编制,盖的房子也类似营房,营房的外面还围了一圈土堆成的墙,在外面挖的土,形成了一圈水沟……土围墙的门口有持枪站岗的。"

耿立仁说:"小鬼子平时把枪支弹药,还有野炮啥的,都放在枪械库里,只是手枪由当官的随身带着。"

"最佳的时机就是在小鬼子吃饭的时候,都在饭堂里……可以突然地集中地歼灭他们,也打他们个措手不及。"万国彪说,"饭堂的后面的土墙,让这几天的连阴雨,给浇塌了一个口子,小鬼子说等秋后天干物燥的时候再修补上。"

"不用修补了,等他们要修补的时候,他们早已经做了鬼了,呵呵。"

小白龙说，"小鬼子种的都是水稻?"

"嗯，主要是水稻，从满铁扯过来的电线，用水泵抽水灌溉……还能够照明。"万国彪说，"但是，在他们所谓'爱川新村'的营地旁边种的，却都是高粱和苞米，齐刷刷地都长起来了。"

"呵呵，小鬼子的日子过得挺舒服的啊，他们就忘了，他们欺负中国人，还想要长期赖在中国的土地上……中国的大爷爷们、大奶奶们干不干?"小凤凰笑了，她说，"齐刷刷长起来的高粱和苞米，是我们干掉鬼子的多好的掩护。"

"这几天连续地下雨，是老天爷在帮助我们啊……"小白龙说，"好吧，咱们商量一下这场战役的具体的作战方案吧。"

于是，他们都坐了下来。

万国彪在桌子上摆出了自己画好的"爱川新村"小鬼子营房的图纸，进行讲解……大家伙儿沉下心来，细致地研究具体的作战部署。

1924 年 7 月 19 日。

东辽河畔，"爱川新村"。

这一天是农历甲子年（鼠年）的六月十八，东北有句老话："有钱难买五月旱，六月连雨吃饱饭。"

五月旱，迫使庄稼苗根系膨大，并且，把根深深地扎进黑土地，汲取水分和养料；六月连雨，根系膨大，并且，把根深深地扎进了黑土地的庄稼苗，迅速崛起，昂首向上，"喊嗤咔嚓"地拔节，茂盛地成长，再以挺拔而苗壮的身躯，孕育出丰硕的果实。

阴云密布，雨水依然在淅淅沥沥地飘洒着。

风，鼓动着的西南风，搅扰着从空中飘洒的大大小小的、时而稀疏又时而密集的雨点子。雨点子打在高粱和苞米叶子上，发出"噼里啪啦"或者"哗哗啦啦"的声音。风，吹动着这些高棵的庄稼，高棵的庄稼随着风势时而弯腰又时而挺身，显得波澜起伏，同时，发出如浪涛一般的声音。这些声音，掩盖住了大地上的其他声音。

"爱川新村"的门口，两个日本人在站岗。

万国彪和耿立仁叼着烟卷，走了过去，他们两个跟站岗的两个日本人早就熟悉。万国彪和耿立仁给两个日本人敬烟，两个日本人把烟卷叼在了嘴里，万国宝和耿立仁像是拿火柴的样子，却掏出了尖刀，迅速地把尖刀扎进了日本人的心脏……然后，把两个日本人的尸体拖到了旁边去。

在庄稼地里盯着万国彪和耿立仁行动的二龙山的弟兄们，一拥而上，又分成了两股，一股跟着万国彪去了军械仓库，另一股在小白龙的带领下直扑饭堂……与此同时，小凤凰率领一支人马从饭堂后面的围墙豁口处，插了进去，关东豹手持机关枪，跑到了饭堂的窗户处，把机关枪的枪口伸进了饭堂，就向饭堂里正在喝酒、吃饭的小鬼子扫射……小鬼子们喝酒，喝得正在兴头上，有的还手舞足蹈地唱着歌……哪里知道天降神兵？

小白龙也迅速地跑到了饭堂的另一侧，手持机关枪向里面开了火……两面夹击，饭堂里的小鬼子遭到了灭顶之灾。

小凤凰率领着其他的弟兄们，在"爱川新村"里，逐个屋子地扫荡遗留下的小鬼子，零星的枪声，击毙着零星的小鬼子。

小凤凰下令："在这个'爱川新村'里，凡是小鬼子，不管是死的，还是喘气的，一律补上两枪……一个活口也不留。"

"是。"二龙山的弟兄们回应。

仅仅用了 20 分钟，就结束了战斗。

万国彪向小白龙和小凤凰报告："大掌柜的、二掌柜的，缴获手枪、步枪 270 支，日本军刀 78 把。"

小凤凰说："好。"

万国彪说："还有呢，轻重机枪各 6 挺，缴获野炮 6 门，炮弹 200 发。"

"呵呵，更好。"小凤凰说，"收获不小啊。"

关东豹说："一共歼灭'爱川新村'的村民们 257 人。"

"真不错。"小白龙说，"把这个'爱川新村'给我点把火，烧了。"

关东豹说："嗯哪。"

正在下着的雨，忽然，停了下来。风，却依然强劲。

刚刚建成的"爱川新村"房屋，烧了起来，火借风势，熊熊燃烧……顷刻间，房倒屋塌，整齐的房屋却变成了废墟，变成了火葬场。

小白龙下令："撤离。"

二龙山的弟兄们，赶着所谓"爱川新村"的马车、牛车，车上满载着战利品，高高兴兴而又陆陆续续地开始撤离了。

小凤凰又带领几个弟兄在"爱川新村"里走了一圈，然后，她对万国彪和耿立仁说：

"你们俩骑上快马，分头去通知在'爱川新村'东、西两侧的铁道线上担任阻击任务的弟兄们，也撤离吧。"

"嗯哪。"万国彪和耿立仁答应。

说完，他们各自骑上一匹快马，向着铁道线的不同的方向跑去，下通知去了。

苍天仿佛善解人意。风，撕裂开了飘移的乌云，露出了一大片青天，晶莹的星星眨着眼睛，在青天上窥视着人间……这一切，使人们的心境，豁然开朗。风，继续推移着乌云，并且，逐渐地使乌云边缘化……夜空，晴朗而清澈。

在小白龙的弟兄们胜利回归二龙山的路上，小凤凰为庆贺胜利而放开了嗓门，清脆而高亢地唱起了《我的大辽河 我的四平街》，嘹亮的歌声在山谷中回荡：

一

我的大辽河，
我的四平街，
背倚长白山苍松翠柏，
牵手松花江黑土沃野。

努尔哈赤的黄龙旗，
——威风猎猎；
成吉思汗射大雕，
——弯弓如满月；
胸前佩饰着，
红山的图腾玉琢
——"天下第一龙"，
南进黄河流域的黄帝部落；
融汇了六千年华夏文明，
——辉煌的大中国。

（道白：）
（大辽河，黑土地。）

（棒打狍子瓢舀鱼，）
（野鸡飞进汤锅里。）
（大豆高粱加玉米，）
（旱涝保收很富裕。）

我的大辽河，我的母亲河；
我的四平街，伟岸的亲爹爹。
源远流长的大辽河，
亲吻着四平街。
四平街是关东的心窝窝，
烽火浓烈、铁马金戈、凤舞龙跃，
——英雄有气魄。
敌人胆敢来侵略，就把它坚决消灭。

黑土地上的关东的女儿哟，
端庄秀丽，激情似火，
敢恨敢爱，英武巾帼。
不怕寒冬的狂风暴雪，
为了美好的新生活，
追逐着春花烂漫的融冰绿野，
收获秋天的和平与强盛的硕果。

啊——
我的英雄壮美的四平街，
我的源远流长的大辽河，
我的辉煌的大中国地灵人杰。

二

我的大辽河，
我的四平街，
背倚长白山苍松翠柏，

牵手松花江黑土沃野。

努尔哈赤的黄龙旗,
——威风猎猎;
成吉思汗射大雕,
——弯弓如满月;
胸前佩饰着,
红山的图腾玉琢,
——"天下第一龙",
南进黄河流域的黄帝部落;
融汇了六千年华夏文明,
——辉煌的大中国。

(道白:)
(关东物产真富饶。)
(人道关东有三宝,)
(人参貂皮靰拉草。)
(金银铜铁矿脉好,)
(铁道纵横林广袤。)

我的大辽河,我的母亲河;
我的四平街,伟岸的亲爹爹。
源远流长的大辽河,
亲吻着四平街。
四平街是关东的要塞哟,
烽火浓烈、铁马金戈、凤舞龙跃,
——英雄有气魄。
敌人胆敢来侵略,就把它坚决消灭。

黑土地上的关东的大汉哟,
豪迈矫捷,胸怀壮阔,
强悍如铁,保家卫国。

不怕寒冬的狂风暴雪，
为了美好的新生活，
追逐着春花烂漫的融冰绿野，
收获秋天的和平与强盛的硕果。

哦——
我的英雄壮美的四平街，
我的源远流长的大辽河，
我的辉煌的大中国地灵人杰。

歼灭了建在东辽河畔的日本人移民的新实验点——"爱川新村"，这一仗很快就震动了满铁，也震动了设在旅顺的关东军司令部，使他们对东北的匪绺子，再也不敢小觑。

1905 年日俄战争以后，日本就开始了向我国东北地区移民。1915 年的"爱川村"的实验，揭开了日本向中国东北移民侵略的序幕。

"九一八事变"以后，日本加速了推进移民侵略的战略。1932 年 1 月，关东军在沈阳召开专门会议研究移民问题，逐渐形成了以加藤完治为核心的殖民集团。

1936 年，广田内阁将向中国东北地区移民，定为日本的"十大国策"之一，关东军为此制订了"满洲农业移民百万户计划"。

随后，大批移民组成"开拓团"向中国进发。

日本还制订了从 1937 年起，20 年内移民 100 万户 500 万人的庞大计划，这个移民数字相当于当时日本人口总数的八分之一。

截至到 1945 年，日本向中国东北派遣的"开拓团"总数达到 860 多个，实际移民数为 10.6 万户，共 31.8 万人，侵夺土地 152.1 万公顷。

"开拓团"强占，或以极低的价格，强迫收购中国人的土地，使 500 万中国农民失去土地，四处流离，或在日本组建的 12000 多个"集团部落"中忍饥受寒，其间，冻饿而死的人无法计数。

第二十六章

在八面城营救误入圈套的小凤凰

1924 年 9 月 1 日（农历甲子年八月初三）。

二龙山，聚义厅。

田梨果坐着马车，车上装着礼物——酒肉、衣料、裘皮……由堂妹田梨花陪同，上了二龙山，来找小凤凰，在聚义厅落座。

田梨果说："凤凰妹子，我来请你来了。"

小凤凰说："请我？有喜事呗。"

田梨果说："哦，结婚啊。"

小凤凰说："还是那个富商蔺宇轩？"

田梨果说："是啊。"

小凤凰说："大操大办？"

"嗯哪呗。"田梨果说，"你说也怪了啊，他老婆居然在 20 多天前，突然就得了暴病，'嘎嘣'一下子死了……我原来还说，我可以做'小'呢，这回不用了，我改偏房为正房了，我倒顺理成章地成了'大老婆'了，呵呵……"

田梨花说："蔺宇轩找了阴阳先生，阴阳先生说他中年丧妻，晦气……让他赶紧续弦，办喜事冲一冲……还有，他的大老婆接连生了三个孩子，都夭折了……这个蔺先生急于娶梨果姐，也是急于要续他们蔺家的香火……"

小凤凰说："蔺家的买卖咋样？"

田梨花说："蔺家的买卖可是不小，四平街、郑家屯、公主岭、昌图、长春等地，都有他家的买卖，主要是粮油和土特产方面的生意……他是老四平街人，他家就在老四平街。"

"蔺宇轩说，我们俩结婚，务必要请到你。"田梨果说，"他舍得花钱，要把我救出火坑里，却没有把我救得出来……还是你小凤凰，把我和梨花救出了火坑……蔺宇轩说了，我们能正大光明地结婚，你小凤凰是我们的恩人。"

田梨花笑着说："你小凤凰是最重要的嘉宾，我是最亲密的伴娘，呵呵。"

田梨果说："我们结婚，选了个安稳的地方，在老四平街。"

"梨果先结婚，然后，我和朱国英也举办婚礼……你小凤凰也得参加哟。"田梨花说，"我跟朱国英结婚，朱家不同意，我们结婚肯定不如梨果结婚排场……"

"蔺宇轩说了，只要是梨花和我能把小凤凰这个重要嘉宾请得来。"梨果说，"他说了，梨花婚事的所有花销，他全包了。"

"老四平街离这二龙山也近便。"田梨果说，"喏，这是请柬。"

说着，她从皮包里掏出了红色的请柬递给了小凤凰。

小凤凰看了看请柬，说："盛情难却，我决定去参加梨果的婚礼。"

田梨花说："我们还怕你架子大，难请呢。"

"不是难请不难请，自从上了二龙山，还从来没有人请我喝喜酒呢。"小凤凰说，"不会是有人设下陷阱来坑我吧？"

"二掌柜的，你要是不去就不去，咋把话说得这么难听。"田梨果生气了，她说，"你是我们姐俩的救命恩人，我们俩要是陷害自己的恩人，岂不是天打五雷轰？"

"小鬼子可是放出话来了，我和小白龙，抓住一个，赏钱8万，明码实价……"小凤凰笑了，她说，"只要是我落在了小鬼子的手里，我可就没命了，呵呵。"

田梨花严肃地说："让你这么一说，还真的不能不防，一旦要是有了意外，咋办？"

田梨果认真地说："是啊，咋办？"

小凤凰在她们俩的耳朵边上，小声地说："一旦有事，就赶紧去老四平街的火车站，给四洮铁路局的局长马龙坤打电话，告诉他，小凤凰掉进陷阱了。"

田梨花说："你的话，我记住了。"

田梨果说："让你这么一说，我还真的有点紧张了……我实在是没有想得那么多。"

"别紧张，我坚决地去参加梨果姐姐的婚礼……我身为二龙山的二掌柜，咋能不讲究个姊妹情义呢，如果不去，岂不是冷却了姊妹的火一般热情的心？"小凤凰说，"你们留下来吃饭，吃了饭，再下山。"

"嗯哪。"梨果和梨花说。

她们姐儿三个继续地叙谈，叙谈别后之情。

1924 年 9 月 8 日（农历甲子年八月初十）。

老四平街，蔺宇轩家的宅院。

八月秋高，天清云淡，暖日洋洋，金风送爽。

用老农的话来说，这个时候，正是庄稼"嗮红米儿"的时候；也是挂锄之后的农闲即将结束，庄稼就要丰收，男女老少准备一齐上阵而进行收获的时候；更是老农怀着一年一度的期盼，最为赏心悦目的时候。

蔺家的宅院，进门一道影壁墙，青砖白壁，白壁上画着"招财进宝"的图案。

越过影壁墙是宽敞的庭院，青砖铺地，整齐而洁净。正房的两侧是厢房，西厢房做了临时厨房，鸡鸭鱼肉……请来的厨师从头一天就来这里忙活着。

庭院里，还有正房内、东厢房内，以及正房之后的后院内，都摆满了桌子、凳子，以备亲朋好友落座婚宴，开怀畅饮……院里院外，张灯结彩。喜兴的红地毯，格外地耀眼，从庭院的门外，一直铺到正房之内。

迎亲的队伍回来了，走在前面的鼓乐班子，锣鼓唢呐，吹吹打打……鼓乐班子之后是骑着高头大马，头戴红花，身披绣球彩带、得意扬扬的蔺宇轩。他的身后是马拉的红布幔子的轿车，轿车里是新娘子田梨果。

婚礼的举行，在秋日的阳光下的温暖的庭院里，传统的礼仪，一拜天地，二拜高堂，三是夫妻对拜……之后，开始婚宴。

小凤凰如约而至，跟她一起来的是关东豹，他们被安排在正房内的娘家客的宴席桌儿上。新郎蔺宇轩和新娘田梨果首先来给娘家宴席桌儿上的客人敬酒，田梨花陪在田梨果的身旁。蔺宇轩来到了小凤凰的面前，他对小凤凰说：

"欢迎我太太的恩人——二掌柜的，来参加我们的婚礼，给我们增添了无限的喜庆。"

"祝贺、祝贺，同喜、同喜。"小凤凰站起身来，她说。

蔺宇轩给小凤凰斟酒，然后，新郎、新娘与小凤凰碰杯，同饮。之后，小凤凰坐下……新郎、新娘去下一桌敬酒去了。

忽然，在小凤凰这一桌的客人们都觉得头晕，而昏倒，或趴在了桌子上，或歪躺在了椅子上，或不由自主地出溜到了桌子底下……酒菜被碰翻，景象狼狈。

在小凤凰旁边的那一桌蔺家的男性客人们，掏出了手枪，站了起来，看着小凤凰那一桌的狼狈的景象，欢喜地叫道：

"麻翻了，麻翻了，好啊——"

"擒住女匪啦，擒住女匪啦，哈哈……"

"把小凤凰捆起来，请功去啊——"

田梨果见状，一愣，然而，她在倏忽之间又立刻清醒了，掐了身边的田梨花一把，向田梨花使了一个眼色，附耳说道：

"快，给四洮铁路马局长打电话。"

田梨花悄悄地溜了边儿，然后，悄悄地溜出了房门，又悄悄地出了院落，急匆匆地向四洮铁路的老四平街火车站跑去……

拿着手枪的蔺家的客人们，从小凤凰的身上拔出了两只盒子炮，七手八脚地把小凤凰用绳子捆了起来……同时，也将随小凤凰而来的关东豹身上的手枪搜去，绑了起来。

然后，乘着小凤凰和关东豹没有苏醒，把她们绑在了门板上，抬出正房……客人们听到捉到了女匪小凤凰了，又见一个个凶悍的拿枪的汉子，纷纷躲避、逃离……凶悍的拿枪的汉子们把小凤凰和关东豹抬向了老四平街的警署。

老四平街，警署。

凶悍的拿枪的汉子们，把小凤凰和关东豹用门板子抬到了这里。其中的一个人向等在这里的王永清说：

"报告营长，女匪小凤凰和她的随从，抓来了。"

"熊副官，你干得不错，事后必有嘉奖。"

"谢谢长官栽培。"熊副官说。

"用上解药，让女匪小凤凰和她的随从醒过来。"王永清说。

往小凤凰和关东豹的嘴里灌进解药，然后，又往他们的脸上喷冷水……

不一会儿，小凤凰和关东豹苏醒过来了，他们的上身被捆绑着，但是，腿脚动起来了。

小凤凰睁开了眼睛，巡视了一下子四周，说："这是把姑奶奶弄到哪儿来了？"

"女匪小凤凰，明告诉你，这是老四平街的警署。"熊副官说。

"哦，是老四平街的警署啊，呵呵。"小凤凰说，"你们这些个废物点心啊，跟姑奶奶我不敢放明枪，却尽搞些阴损的手段……来，把你姑奶奶搀起来。"

王永清一使眼色，他的兵过去，把小凤凰和关东豹搀扶了起来。

小凤凰说："你们想把姑奶奶我咋样？"

王永清说："我们不想把你咋样，只是想把你送到四平街的满铁日本守备队……怎么处置你，是他们的事。"

小凤凰说："噢，你图希的是小鬼子给你的8万大洋啊，你的人格也太不值钱了，是不是？汉奸。"

王永清说："我作为官军的营长，清剿土匪，是我们官军的职责……谈不上啥人格啊，汉奸啊——这些都谈不到。"

小凤凰说："你既然是中国的官军，小鬼子在铁道线上打死了我们中国人，在东辽河畔驱赶中国人而霸占他们的土地，建立啥'爱川新村'……你干啥去了？"

王永清笑了，说："你说的这些，都不是我能够管的……来人哪。"

"有。"他的士兵们答应道。

王永清命令道："把这个女匪给我押往四平街……"

"是。"他的士兵们答应道。

正在这时，有人走了进来，说道："不是押往四平街，而是押往八面城。"

王永清一看，来的人是马忠华，说："噢，马营长怎么来了？"

"王营长，我就不能来吗？"马忠华说。

王永清说："你来干啥啊？"

"押解小凤凰啊。"马忠华说。

王永清说："我设圈套，套住了猎物，为啥要给你呢？"

"我是奉命而来。"马忠华说。

王永清说："谁的命令？"

"吴大帅的命令。"马忠华说。

王永清说:"你马营长要小凤凰,是为了要日本人的赏金呗?"

"我只是执行吴大帅的命令。"马忠华义正词严地说。

王永清说:"我要是不执行你所说的命令呢?"

"谅你也没有那个胆量……"马忠华说。

"哎哟喂……我还真就不听你马营长的这个邪。"王永清命令他的部下,"把女匪小凤凰押往四平街。"

王永清和他的部下刚动脚步向外走,只听马忠华叫道:"来人哪……"

马忠华的士兵荷枪持弹,蜂拥而入,一部分士兵用枪顶着王永清和他属下,另一部分士兵把小凤凰和关东豹拥入他们的身后。

王永清说:"哎哟,你们是来抢人、抢赏金,是不是?"

"不是,是来执行吴大帅的命令。"马忠华说。

这时,又有人进来,说道:"抢人来啦,也有我一份。"

王永清一看,是姜恩波,说:"姜营长,你也来啦?"

"抢人,就是抢赏金……我咋能不来呢?"姜恩波说。

王永清说:"哎,这可就奇了怪了,你们咋就来得这么及时呢?"

"来的都是骑兵部队,咋能不及时呢?"姜恩波说。

"我告诉你,王营长,这老四平街里都是我的骑兵……"马忠华说。

"还有呢,我把整个老四平街的外围,都包围了,呵呵。"姜恩波说。

这时,又有人进来了,他说:"沿四洮铁路线的公路,在老四平街站的东、西两端的路段,已经被我们四洮铁路的警力控制了。"

王永清一看,是四洮铁路局警署的署长张小山,说:"张署长,这么悠闲?"

"这么大个事儿,我能不来掺和吗?"张小山说。

王永清说:"哎哟喂,我就纳了闷儿了,我就逮住了这么一个女匪小凤凰,咋就招来了两个营长、一个署长呢?"

"我都说了,我们来,就是为了执行吴大帅的命令。"马忠华说。

"我也是。"姜恩波说。

"我也是。"张小山说。

王永清说:"要不,这么吧,日本人答应,逮住了小凤凰给赏金8万银洋,我把女匪小凤凰押往四平街……马营长、姜营长、张署长,咱们每人两万银洋,咋样?8万银洋,原来是要给蔺宇轩5万的,现在,就顾不得他了。"

"我们对钱不感兴趣，我们只是坚决地执行吴大帅的命令。"马忠华说，"押小凤凰到八面城……交由吴大帅处置。"

熊副官说："报告王营长，刚刚接到少帅来电……"

王永清说："说——"

熊副官说："少帅让把女匪小凤凰押往奉天……"

王永清恼火地说："这消息，他咋就这么快呢，连少帅都知道了……逮住了女匪小凤凰，我还以为赏金到手了呢，这可倒好，却自己给自己找了个麻烦……又是吴大帅的命令，又说少帅的命令，我到底听谁的？"

"别为难，你给吴大帅打个电话吧。"马忠华说。

王永清操起了警署的电话，拨通了吴大帅的电话，说道："喂，吴大帅啊，我是王永清……我设圈套逮住了女匪小凤凰……"

"把小凤凰押往八面城了吗？"吴大帅在电话里说。

王永清说："还没哩……"

"执行我的命令，立即押往八面城。"吴大帅在电话里说。

王永清说："大帅，有这么个情况啊，刚才少帅来电，让把女匪押往奉天……"

"你是说，小六子呗……"吴大帅在电话里说。

"小六子"，少帅张学良的小名。大帅张作霖拜把子的弟兄们的儿子里，少帅张学良的排行是第六。吴俊升不仅是张作霖的拜把子弟兄，而且，此时此刻，他还是东北保安副总司令，总掌兵权，仅次于大帅张作霖。

王永清说："是啊。"

"你他妈了巴子的，你是听我的，还是听小六子的？"吴大帅在电话里说，他火了，"记住，我是小六子他二大爷儿……"

说完，吴大帅就把电话挂断了，电话里的忙音，吱吱地响。

王永清的脸上，一脸的迷茫和尴尬……他说："由我来把女匪小凤凰带往八面城，亲自交给吴大帅。"

"不行，吴大帅命令我们来执行吴大帅的命令。"马忠华说，他下令他的士兵，"把小凤凰他们带走。"

"是。"马忠华的士兵们回应。

他的士兵簇拥着小凤凰和关东豹走出了警署，来到了郊外，给小凤凰和关东豹松了绑，马忠华对小凤凰说："吴大帅说，他要在八面城见你……"

"见就见。"小凤凰倔强地说。

马忠华对关东豹说:"你这位弟兄,跟着张署长走吧。"

"嗯,跟我走。"张小山说。

关东豹跟着张小山走……小凤凰上了马,跟着马忠华和姜恩波他们,去往八面城。

1924年9月9日(农历甲子年八月十一日),入夜。

八面城,奉军驻地的庭院里。

吴俊升骑着战马,精神矍铄,带着他的几名卫兵来了,他命令:"把桌子给我搬到院子里来,掌上马灯,我要在这里亲自审讯女匪小凤凰,我倒要看看这个远近闻名的占据二龙山的二掌柜的女匪小凤凰,是何等的模样,何等的胆量?"

"是。"卫兵答应。

桌子摆上了,数盏马灯点亮了,照在庭院里,如同白昼,吴俊升说:"呜呜,把女匪小凤凰给我带上来。"

"是。"卫兵答应。

一会儿,卫兵把小凤凰带上来了,小凤凰站在了距离吴俊升三米开外。

吴俊升眼睛一瞪,严厉地问道:"呜呜,你是二龙山的二掌柜小凤凰吗?"

小凤凰把头一扬,两手一抄,邪睨了吴俊升一眼,说:"我是。"

吴俊升说:"呜,你知道我是谁吗?"

小凤凰说:"你是吴大帅。"

吴俊升说:"呜,你咋知道我是吴大帅,你以前见过我?"

小凤凰说:"听你说话听出来的,再加上你那派头……"

"呜,可也是……"吴俊升沉吟了一下,心想,这还用问吗?谁不知道自己是"吴大舌头"呢?他说,"你知道我?"

"知道。"小凤凰说,"赫赫有名的吴大帅,从东、西辽河到松、嫩两江,从长白山到大兴安岭……小到刚会走,大到九十九……哪个不知晓你吴大帅?喊。"

"呜呜,看来,我是出了名儿了。"吴俊升说,"不过,听你的口气,你好像还没咋瞧得起我吴大帅?"

小凤凰说:"有瞧得起你的一面,也有瞧不起你的另一面。"

吴俊升说："瞧得起的一面，咋讲?"

小凤凰说："吴大帅，名俊升，字兴权；出身贫寒，放猪放牛，褴褛衣衫；扛活吃劳金，夜里睡在车辕，睡意正酣，被人撞见，乍一冷眼，恍若天熊星下凡；贫苦少年，立志图变，破枪瞎马，却似魏武挥鞭；跻身行伍，战功赫然，屡屡升迁；人称吴大帅，吴氏吴兴权，与那张雨亭，并驾可比肩；名扬黑土地，威震山海关。"

吴俊升笑了，说："你个小丫头片子，挺会吹捧我的，嘿嘿。"

小凤凰说："我说的都是实话，我还没说完呢。"

吴俊升说："你继续吹捧我……我爱听。"

小凤凰说："频频出击，辽河两岸，杀得老毛子，哭地喊天……管带吴兴权，潇洒一军官；老毛子操纵，乌泰造反，名为'独立'，实则分裂江山……统领吴兴权，奋战洮南，炮轰葛根庙，乌泰兵败流窜；肃亲王策反，倭寇军援，巴布扎布，复辟谋叛……大帅吴兴权，率部迎战，鏖战突泉，叛军溃至郭家店……大帅负伤，不下前线，疗伤取弹，谈笑风生，痛不眨眼，恰如三国关云长，疗毒拔箭，千古美谈……"

"听你说话，咋就像说书似的呢?"吴俊升说，"小凤凰，你念过书?"

小凤凰说："读过私塾。"

"我说呢，原来你有文化底子，比我强多了……"吴俊升感叹地说，"你个小丫头片子，吹捧我，吹捧完啦?"

小凤凰说："还没哩。"

吴俊升说："你继续吹捧我，尽量把我吹得晕头转向、五迷三道……你要是能吹捧，就尽量把我吹到云彩里去，嘿嘿。"

小凤凰说："吴大帅重教育，慷慨捐款，建立'兴权小学'，功德万年；吴大帅赈济灾民，设粥棚，施银钱……佛心慈善。"

吴俊升说："挺会拍马的，拍得我舒舒服服的……说完了?"

"还没有呢。"小凤凰说，"这只是说了你光鲜的一面，还没有说你的另一面呢……"

吴俊升说："你继续说啊。"

小凤凰说："吴大帅当年何等贫寒，如今家财千千万，土地、作坊、大粮栈……不知哪个是正路得，哪个又是巨腐贪?"

吴俊升一拍桌子，怒了，说道："你个小匪妮子，你骂我呢?"

小凤凰说："我还没有说完呢。"

吴俊升说："好，让你把话说完。"

小凤凰说："小鬼子在铁道线上随意地枪杀中国人，又在铁道线的线路旁，强行驱赶中国人，侵占中国人的土地……你身为大帅，你干啥去了？"

"我也知道啊，但是，有时候身不由己啊，不得不睁只眼、闭只眼……就连张大帅的身边还有日本的军事顾问呢。"吴俊升说，"小鬼子怂恿的巴布扎布的叛变，我可是毫不留情地镇压了。"

小凤凰说："说到乌泰、巴布扎布，你是民族大英雄。"

吴俊升说："这话，还真就说到我心坎里去了。"

小凤凰说："我呢，我在四平街南殪地伏击日本守备队，在东辽河畔突袭小鬼子的'爱川新村'……我是巾帼小英雄。"

吴俊升说："我咋听着，这么别扭，好像你这'巾帼小英雄'，比我这'民族大英雄'还自豪呢？"

"小鬼子心地歹毒，妄想蛇吞象……"小凤凰说，"吴大帅，你要是没有早早地做好心理准备，你早晚得让小鬼子给害了。"

吴大帅说："你个小匪妮子，你是在咒我死，是不是？"

小凤凰说："我说的是实话。"

吴大帅翻脸了，叫道："来人。"

"有。"卫兵答应。

"把这个小匪妮子给我绑起来，太嚣张了。"

卫兵把小凤凰绑了起来。

"小凤凰身为二龙山匪绺子的二掌柜，在公主岭郊外枪杀日本兵，在四平街南殪地伏击日本守备队，在东辽河畔突袭日本人的'爱川新村'……数百名日本人葬身于她的枪口下，以至于日本人悬赏8万银洋，要她的人头。"吴大帅说，"今儿个，我就毙了她，取下她的项上人头，给日本人送去……"

小凤凰毫不畏惧，说："那你就是汉奸。"

"你的胆儿，也太肥了，居然敢骂我吴大帅是'汉奸'……我要亲自毙了你。"吴大帅说，他叫道，"来人——"

"有。"卫兵答应。

吴大帅抽出了腰中的双枪，掰开了保险机关，说："把这个匪妮子的身子扭过去，让她脸朝墙……"

小凤凰说："吴大帅，你要是条汉子，就面对着我开枪。"

吴大帅说："为啥?"

小凤凰说："我就是死，也要死得光明正大，绝不能在背后挨黑枪……吴大帅，你看看你身上的伤痕，是在前面还是在后面。"

吴大帅说："当然在前面。"

小凤凰义正词严地说："伤在前面，是在冲锋陷阵的时候挂彩的，是英雄；伤在后面，是在临阵脱逃的时候负伤的，是狗熊；我要当英雄，决不当狗熊。"

"那好，我就成全你……"吴大帅咬着牙，狠狠地说。

说着，他挥起双枪，"嘭嘭"就是两枪……两枪射出，举目震惊……两盏马灯灭了火，小凤凰却眼睛瞪着吴大帅，身子纹丝儿没动。

"好枪法——"卫兵们赞赏道。

吴大帅用嘴巴，吹了吹枪口冒出的残余的硝烟，然后，撩起了眼皮儿，看了看小凤凰，说："来人啊——"

"有。"卫兵答应。

吴大帅说："给这个小丫头片子松绑。"

卫兵给小凤凰解去了绳子。

小凤凰扬了扬胳膊，抖了抖肩膀……好像啥事儿也没有发生一样，若无其事地看着吴大帅，说："吴大帅的枪法不怎么着，子弹打偏了。"

吴大帅哈哈一笑，感叹地说："中国的丫头、小子，要都像张凤珍这样，不管老毛子还是小鬼子怎么觊觎中国……中国也绝不会亡国。"

小凤凰说："吴大帅，你叫我啥?"

"叫你小凤凰，你是匪妮子；叫你张凤珍，你是我干妹子李凤莲的干女儿……你果然如我的干妹子李凤莲所说，是位巾帼小英雄，我佩服。"吴大帅说，又吩咐卫兵，"你们去把她送到马忠华那里。"

"是。"卫兵答应。

卫兵簇拥着张凤珍，把她送到了马忠华的营房。

1924 年 9 月 10 日（农历甲子年八月十二），清晨。

郑家屯，四洮铁路公寓。

马忠华护送张凤珍来到了这里，随同马忠华护送的还有魏俸禄和刘成海，他们都骑着高头大马。

在公寓的门口，迎接张凤珍的，有李凤莲和马龙乾、那淑荣和蓝芳姿，还有马忠民。张凤珍见了他们，叫了声，"忠民哥。"又叫了声，"淑荣嫂子、芳姿姐。"

张凤珍看见了李凤莲，叫了声："娘——"扑在李凤莲的怀里，就哭了。

李凤莲把张凤珍搂在了怀里，然后，在张凤珍的额头上亲了亲，说："走，咱们到公寓里边唠去。"

说着，她们进了公寓。

落了座，那淑荣和蓝芳姿给大家沏了茶，端到各自的面前。

李凤莲对张凤珍说："你吴大舅吓唬你了，是不是？"

张凤珍说："嗯哪。"

"你打鬼子的传奇，一个弱女子……你吴大舅有点不信，所以，他要试探试探你的胆量。"李凤莲说，

张凤珍说："我不惧他。"

"我就知道你不惧他。"李凤莲说，"这下子，让他服了你了。"

张凤珍说："我打的是小鬼子，就是死了，也会受人祭奠，名垂千古。"

"你吴大舅是个钦佩英雄好汉的人，特别钦佩巾帼英雄。他说，鲜见有巾帼英雄，一百年也鲜见能有一个。"李凤莲说，"你吴大舅还说，他要收编了你们二龙山的绺子……但是，被你二叔马龙坤给挡住了。"

蓝芳姿说："为啥呢？"

李凤莲说："你二叔说了，留着二龙山这样的义匪，能干官军干不了的事情……你吴大舅问，你跟二龙山的绺子有勾连？你二叔说，有勾连，是他的别动队，一些武器还是他送给二龙山的呢。又说，小鬼子有他们的别动队，那就是诸如在满蒙的地面上，纠集为匪的号称薄天鬼的日本人——薄益三，还有日本人笼络的恶匪左宪章等，小鬼子不遗余力地铺垫他们的势力……听了你二叔的这话，你吴大舅哈哈地笑了，他说，啥叫'兵匪一家'，找到答案了……你二叔说，如果说'兵匪一家'，还有一个意思，那就是，把'匪'往高了说呢，例如张大帅出身绿林；往低了说呢，例如王永清那伙子人，兵了又匪，匪了又兵，反反复复……经过你二叔这么一说，你吴大舅就再不提收编的事儿了。"

那淑荣说："凤珍妹子上了二龙山几年了？"

蓝芳姿说："一晃儿，都五六年了。"

李凤莲说："凤珍不再上二龙山了，今儿个就跟忠民在郑家屯把婚事办

了，从此，就留在娘的身边了。"

马龙乾说："你爹你妈，还有你小山子哥、嫂，待会儿就到了。你二叔马龙坤和你二婶于桂花，还有忠国两口子，昨晚就到了。"

"忠民他爹呀，你和忠民去换衣服去吧。"李凤莲说，"凤珍在我们这里洗个澡，然后，梳妆打扮，换上新娘的衣服……还有三天就是中秋节了。今年的中秋节，咱们老马家啊，就过个团团圆圆的中秋节。"

马龙乾说："好嘞。"

马龙乾和忠民出去了。

张凤珍沐浴香汤，梳理发型，略施粉黛，蚕眉朱唇……本来就长得俊美，一番俏打扮之后，更像是梨花带露，真真个无比的娇媚；举止形态，婀娜多姿，宛若沉鱼落雁、出水的芙蓉，可谓风韵无限；艳丽的红花插在了她的发鬓上，足蹬红绣鞋，披上了新娘的灿烂的红锦袍……一位新娘，即将步入婚礼的殿堂。

1924 年 9 月 11 日。

老四平街，恒荣祥粮栈，后屋。

田梨花来了，说："你们当家的……我那姐夫呢？我来了，咋没有看见他？"

"啥姐夫不姐夫的，他根本就不配给你当姐夫……"田梨果说，"你别提他了，他是畜生一个。"

"咋的呢？"田梨花说。

"我印证了，小凤凰就是他勾结那个叫王永清的，共同布下的陷阱……"田梨果说。

"这是蔺宇轩说的？"田梨花说。

"蔺宇轩谋害了小凤凰，自以为得意。蔺宇轩跟我说，原来就跟王永清熟悉。他听到了小鬼子悬赏缉拿小白龙和小凤凰的事情，就去找王永清去了。两人合谋……8 万银洋，两人分赃，蔺宇轩得五，王永清得三。他还说，这钱来得轻巧、容易。"田梨果说。

"啊？这也太阴损了。"田梨花说。

"也是怨我，我跟他说了，救出我们出了火坑的二龙山的小凤凰……我们同小凤凰的关系，形同干姊妹……我可以给他做'小'了，而且，小凤凰暗中还可以是我们平安的保障。"田梨果说。

"于是，蔺宇轩就去找王永清去了……"田梨花说。

"是这样。"田梨果说，"他们设计，由蔺宇轩娶我，大张旗鼓地举行婚礼，邀请小凤凰来参加婚礼……他们猜测，小凤凰肯定会来参加婚礼，因为，他们断定小凤凰是个讲究义气、感情的侠女……唉，就在这个关键时刻，他老婆彭氏突然就得了暴病死了……我就纳闷了，彭氏咋就这么死在了节骨眼儿上了呢？"

"你的这个疑问，问得好。"田梨花说。

"你想想，小凤凰是他要明媒正娶的媳妇的恩人哪，这个蔺宇轩为了钱，他啥都可以出卖，难道还可以有他不会出卖的吗？难道他还不能为了5万银洋，害了他老婆吗？况且，这样更可以除旧续新？"田梨果说。

"心狠手辣啊。"田梨花说。

"这一两天，蔺宇轩好像忽然悟道了，二龙山的匪绺子会不会对他进行报复？他说，他的右眼的眼皮老是跳……他说，他找算卦的了，算卦的给他算了，说他有血光之灾……他害怕了，这不，到四平街的满铁火车站，去找日本守备队，要求他们给予他人身保护。"

"他还挺敏感的啊。"田梨花说。

"敏感？你看。"田梨果说，"这是蔺宇轩攥在手里的报纸。"

说着，她从怀里掏出一张《滨江时报》，递给了田梨花。

田梨花接过了这张《滨江时报》，看到上边刊登着新闻《女匪小凤凰在八面城被执行枪决》，还附有一张照片《女匪小凤凰被枪决后的绝命照》。

绝命照上的小凤凰，尸首仰面躺地，还穿着那天在老四平街出席田梨果婚礼时的衣服。脸部有灰土，显然，她的脑袋中了枪之后，仆倒在地，脸面上流出的鲜血沾染上了地上的泥土，然后，又被翻转过来，进行了拍照……面容实在是难以分辨。

两人看了之后，触景伤情，呜呜大哭。

田梨果边哭，边叩咕道："小凤凰啊，姐姐害了你啊——"

"蔺宇轩这样的无情无义，我们该咋办？"田梨花说。

"自古道，商人重利轻情义，但是，无情无义到了蔺宇轩这种禽兽程度的，极为罕见。跟这样的人过日子，他早晚也得把我给卖了。他娶我，只是把我当作他的一个新鲜的玩物而已。"田梨果说，"你去二龙山找小白龙吧，让他们给小凤凰报仇……我做内应。"

"也只有这样了。"田梨花说。

"事不宜迟，你趁着蔺宇轩还没有回来，赶紧去二龙山。"田梨果说。

"嗯哪。"田梨花答应。

田梨果又给了田梨花几块大洋。田梨花改扮成男人的装束，牵了匹马，出了恒荣祥粮栈，扬鞭策马，向东疾驰，去了二龙山。

深夜，恒荣祥粮栈后屋。

蔺宇轩醉醺醺地回来了，径直来到了后屋，找田梨果。蔺宇轩高兴地说："你猜，我跟王永清去日本人那里邀功求赏，日本人给了我多少钱？"

田梨果鄙夷地说："多少钱能咋的，那钱埋汰。"

"你管他干净、埋汰，能花就行。"蔺宇轩说，"日本人给了我和王永清各自两万白花花的大洋，真他妈的够意思。日本守备队司令官平岩纨彦亲自给我开的支票，我已经到银号把钱转到我的账户上了……说我为'日中亲善'和'王道乐土'作出了贡献，是日本人的大大的朋友。"

田梨果说："不是说给你5万大洋吗？"

蔺宇轩得意地说："日本人说，报纸上枪决小凤凰的照片，影像有些模糊……无法确定就是小凤凰，否则的话，8万大洋会全数付给我们的；还说了，如果有一天能够确认在八面城枪决的就是小凤凰，会把所拖欠的另外4万大洋补上。"

田梨果说："哼，当了汉奸了，你也别那么得意。"

"我协助抓获的是土匪，跟当汉奸有啥关系？"蔺宇轩说，"哎，我那张报纸呢？我倒要仔细地看看，能不能确认出就是小凤凰？"

他翻来覆去地找……田梨果拿出了那张《滨江时报》，说："在这儿呢。"

蔺宇轩仔细地端详着报纸上的照片，说："枪决犯人之前，有一个环节，就是验明正身……这还能差了吗？我说这个，给日本人听，日本人就是不听我的……也是他妈的有点抠门，压着我3万不给。"

田梨果的眼前一亮，仿佛看到了一线希望，说："在八面城枪决的，有可能不是小凤凰本人吗？"

"或许，也有这种可能性吧，你没唱过评剧《狸猫换太子》吗？那不就是妃子为了争宠而施行的'调包计'吗？"蔺宇轩说，"听王永清说，在老四平街的警署，是两个营长外加一个四洮铁路警署的署长，对着王永清一个营长，抢夺小凤凰……而且，还惊动了吴大帅和奉天的少帅张学良……最后，把小凤凰押往了八面城……要是依着王永清，就直接押往四平街，交给日本守备队……倘若真的如此，我那5万大洋，不就稳稳地全部揣进了我的腰包里了吗？呵呵呵……唉，好事儿多磨。"

田梨果听了，心里想，但愿如此……略感欣慰，她说："哦。"

"得两万是两万，我就赶紧拿着支票去银号转账……然后，如约去了酒楼，跟王营长喝酒……"蔺宇轩说，"离开日本守备队的时候，我对日本人说，我的人身安全有可能受到二龙山的匪绺子的威胁……日本人爽快，赏了把手枪给我……告诉我，一旦遇到啥事儿，马上向他们报告，他们会保护我，呵呵。"

他的酒劲上拱，情绪昂扬，血液偾张……面带淡淡愁绪的田梨果，在他的眼里，此时此刻，反而显得别有一番性感、别有一番诱惑……他感到，自身的肉体里，他的欲望在冲撞、在奔突，他产生了要发泄的性冲动……他感到，他那两腿间丑陋的东西，挺拔了起来，仿佛要刺破他的裤裆，破洞而出……他嬉皮笑脸地把田梨果搂在了自己的怀里，要在她的细腻的脸蛋上亲昵她……

然而，她的脸蛋却左闪右躲，让他难以亲吻到她香喷喷的脸蛋，更不要说能够亲吻得畅快了……这令他不爽。

他又去抚摸她，他要抚摸她的酥软的双肩、抚摸她隆起的乳峰、抚摸她翘起的丰臀……但是，她的身子却左扭右旋，仿佛他抚摸她的手掌，是她身上爬动的臭虫和虱子，令她感到瘙痒而烦躁。

他恼了，骂道："你这个婊子……"

她也恼了，回击道："你骂谁是婊子？是婊子，你还明媒正娶地把我娶到家？难道你不成了硬盖儿的大王八？"

他说："我娶你，不过是把你当个玩物，可以随时地把玩，随时地尝个新鲜……你还以为你有多么重要？"

她从他的搂抱中，挣脱了出来，说："我看出来了，你是个没有人性的东西。"

"你还敢骂我？"他说，"我就告诉你，我表面上，明媒正娶的是你，但是，实际上，暗中要娶的是5万大洋……我要是对你不明媒正娶，小凤凰咋能上钩？"

"卑鄙。"她说。

"我娶了你，你就是我的老婆，你就得随时让我干……"他说。

　　说着，他硬性地把她抱了起来，按到炕上，撕扯她的衣衫，他要扒光她的衣衫……他要骑在她的身上，发泄他的欲望……但是，她的两眼却冒出冰冷的目光，而且，抬起胳膊来，冷不丁地，狠狠地抽了他一个耳光，他的脸上落下了一个紫不溜丢的大手印。她骂道：

　　"你个畜生，你出卖了做人的良心……小凤凰是我的干姊妹，是我的恩人哪。"

　　这个嘴巴，打得他光火，他怒了。他说：

　　"我今儿个，就权当是逛窑子了，我还非得干了你不可。"

　　她说："我已经从良了，是小凤凰把我救出了火坑，你还想把我当成窑姐……你休想，我就是死也不从。"

　　他掏出了日本人给他的手枪，说："我他妈的毙了你。"

　　她说："小凤凰死了，我也就没想活，我愿意跟小凤凰到天堂里做伴。"

　　"你知道吗，彭氏是咋死的？她是暴死的，她是我下了药，毒死的。为的是，让你成为正房，明媒正娶，诱惑小凤凰……让你们好上钩。"他凶狠狠地说，他晃了晃握在手中的闪着寒光的手枪，"你想要死，那还不是太容易了……我他妈的，举手之劳。"

　　她说："为了钱，你真是费尽心机，不择手段——毒蝎心肠。"

　　他说："你要是明智，省得我动手，你就自己把衣衫都脱光了……我今天非干了你不可，然后，饶你不死。"

　　她斩钉截铁地说："我就是死也不从。"

　　他恼怒成火，火气上攻，攻进心脑，他像是癫疯了。他把手枪的枪口对准了她。然后，声嘶力竭地咆哮道："那我就毙了你……"

　　"嘭嘭"两声枪响，枪声响过，仰身倒在地上的，却是蔺宇轩。

　　原来，从窗外射进来两颗子弹，击毙了蔺宇轩，一个汉子破窗而入……

　　从窗子外破窗而入的是关东豹。

　　他对田梨果说："梨果妹子，吓着你了吧？"

　　田梨果仿佛罹难之中，见到了亲人，她扑在了关东豹的怀里，哇哇大哭，她说："关大哥……你可来了。"

　　关东豹说："梨花去了二龙山，向小白龙大掌柜的说明了蔺宇轩设圈套坑害小凤凰二掌柜的情况……大掌柜的就命令我带两个弟兄，随梨花来老四平街恒荣祥粮栈，我们是从后门进来的……"

随即，田梨花也从窗子跳了进来。她说："姐，没事儿吧？"

"亏得你们来得及时，不然的话，我的命就没了，蔺宇轩要杀了我……"田梨果说，"我的命，咋就这么苦啊，先前是小凤凰救了我，这回是关大哥救了我……这恩情，我如何能报答啊，呜呜……"

她紧紧地贴着关东豹的胸膛，抱着关东豹的腰身，哭得有些泣不成声……关东豹是个硬汉子，他本来想到传统的"男女授受不亲"，要推开她……但是，硬汉子却在女人的眼泪面前，软弱了，并且，在瞬间，他的硬朗给她的眼泪融化了、崩塌了……女人的眼泪，是融解硬汉子的最好的催化剂。

她贴在他胸前的脸颊，热乎乎的，令他感到温暖；她隆起的乳峰，触动着他的胸肌，酥酥软软令他感到震颤；她的双手搂住了他的腰身，令他意欲推开她而不能，反而把她紧紧地搂在了怀里，仿佛怕她离开自己了。

他感到了，她在自己的怀里，是自己的一种情迷意荡的享受……他把他的下颌贴在了她的亮泽的黑发上，他闻到了她的发香，更确切地说，是她的体香——这是男女之间体内的雌、雄激素，为繁衍而纠集与交合，所产生的亘古以来就存在的大自然的性吸引的迷香……他感到格外地舒服与畅快。

"嘭嘭"，隐隐约约从前边传来敲门声。

关东豹的两个弟兄从前屋跑了过来，报告说："关大哥，前屋有人在使劲儿地砸门，还乱喊乱叫……"

"啥人呢？这深更半夜的，胆敢来胡乱砸门？"关东豹说，"走，过去看看。"

他们向前屋走去。

前屋，是恒荣祥粮栈的门市。

"嘭嘭……"胡乱地砸门声，还有喊叫声：

"蔺宇轩，你他妈的赶紧开门。"

"你要是不开门，我们就把门给你砸碎了。"

"蔺宇轩，你他妈的别装犊子，找你算账来了。"

"……"

关东豹听声音有些耳熟，叫道："谁呀？是黄龙岭的关东青吧？"

他这一叫，外面居然不砸门了。

一个声音："你是谁？怎么知道是我。"

关东豹说："哎哟哟，自家兄弟，我是关东豹啊。"

"哎哟，大哥，我正是关东青啊。"外面说。

田梨果上前开了门。

外面的人进了门来，关东青对关东豹说："大哥，你咋在这儿呢？"

"小白龙大掌柜的派我来的……"关东豹说，"巧啦，遇上你们啦，咋来的？"

关东青指着他们中的一个说："这是彭家大兄弟，他上了黄龙岭，说是蔺宇轩厌旧娶新，他怀疑他姐姐彭氏被这恒荣祥的老板蔺宇轩给害了……这不行啊，我们黄龙岭行侠仗义，替天行道……大掌柜的冯大吉就派我领着一些弟兄来了。"

关东豹说："噢，原来是这样。"

田梨果说："彭家大兄弟真是一位有情有义的好兄弟……"

关东豹说："咋说呢？"

"他怀疑自己的姐姐被谋害了，就上了黄龙岭，想要讨个说法……说明彭家大兄弟惦记着自己的姐姐，有骨肉深情。"田梨果说，"唉，我要是有这么一个兄弟就好了。"

关东豹对彭家大兄弟说："这就是你说的蔺宇轩要续娶的那个……她叫田梨果。"

"噢——"彭家大兄弟说。

田梨果说："彭家大兄弟，你猜得没错，你姐姐的确是被蔺宇轩给害死了……蔺宇轩当着我的面承认的，是他下了毒……"

"我杀了他……"彭家大兄弟咬牙切齿地说。

关东豹说："彭家大兄弟，不用你动手，我已经把蔺宇轩给杀了……走，咱们到后屋去看看吧。"

他们来到了后屋，看到了横尸在屋地上的蔺宇轩，蔺宇轩的手里还紧紧地握着日本人给他的手枪。

田梨果说："东青大兄弟，我很钦佩你。"

关东青说："咋的呢？"

田梨果说："你敢于替天行道，兴师问罪——就这一点，你就够仗义的。"

关东青说："应当的。"

"我虽然是女流之辈，头发长见识短……但是，黄龙岭的弟兄们来老四平街一趟，不容易。"田梨果说，她打开了柜子，从中拿出十封大洋，"这是 1000 块大洋，是给弟兄们的辛苦费，给弟兄们分一分。"

关东青高兴，说："好嘞。"

"彭家大兄弟，你既有骨肉深情，又懂得人伦大道理……敢上黄龙岭，搬取英雄好汉为亲姐姐讨个公道……理应有所抚恤，这是抚恤你的 1000 块大洋。"田梨果说，她又拿出十封大洋，摆在了彭家大兄弟的面前，"从今往后，我这儿就是你的家，我就是你的干姊妹，咱们从此是一家人。"

这话说得彭家大兄弟感动，他收下了大洋，说："谢谢了。"

关东青说："东豹大哥，你跟这位小嫂，是咋结识的？"

"我跟你东豹大哥是青梅竹马，打小就在一起，心心相印……只是后来失散了，"关东豹刚要开口，田梨果却截住了话语说，"这不，又遇着了，要不说呢，人生就是缘分。"

"哦、哦……"关东豹只好点头，认可。

田梨果说："东青大兄弟，我求你个事儿，不知肯否？"

关东青说："你说……"

田梨果说："蔺宇轩虽然杀人、害人，但是，我们毕竟结识许久……他该死，但是，我不想让他曝尸郊野……你们黄龙岭的弟兄能否帮我把他埋了？"

关东青说："没问题。"

田梨果说："谢谢大兄弟了。"

说完，黄龙岭的弟兄们七手八脚地把蔺宇轩的尸体拖了出去……关东青双手抱拳，向右后方一甩，说道："告辞了。"

彭家兄弟也跟着黄龙岭的弟兄们一起走了。

田梨花见没啥事儿了，又见姐姐跟关东豹缠缠绵绵……她也走了。

田梨果锁了前屋的门，她又安排二龙山的两个弟兄休息。然后，她领着关东豹来到了后边的偏房。

她含情脉脉地说："关大哥，你要了我吧，好吗？"

关东豹说："咋呢？"

田梨果说："一个是灭了蔺宇轩，我一个弱女子，心有余悸；另一个，我是明媒正娶的蔺家的老板娘，这么大的一片家业，都归了我了……没有你，我如何能撑得起来？只有你能帮我……你是男子汉，也是我的靠山。"

关东豹说："这……大掌柜的小白龙，能同意吗？"

田梨果说："从此以后，你我都是二龙山的人啦，他咋能不同意呢？"

关东豹说："哦，也是。"

田梨果说："关大哥，你会嫌弃我曾经是窑姐吗？"

关东豹说："你本身良家女子，你是被迫的啊……"

田梨果说："我知道你是侠义心肠，英雄好汉……我会给你生个一男半女，一辈子伺候你……这个恒荣祥的大老板，你来当吧？"

关东豹说："不，你是正儿八经的东家啊，你是大老板，我顶多是个扶持你的……我当个二老板，也就是了。"

田梨果说："也好，我听你的。"

她给他端来了热水，让他洗脸、洗脚……然后，帮他脱衣服……她又自己给自己脱衣服。然后，她拉着他钻进了被窝……

第二十七章

赵翰章风流 "怡红苑" 喜获大订单

1925 年 8 月 12 日，上午。

四平街，火车南站，行李取货处。

四洮铁路的售票处和火车站，跟南满铁路的售票处和火车站，合并使用。这是四洮铁路租用满铁的。

"取货。" 来这里取货的，是日本商人吉本喜代吉。

"货是从哪儿发来的？" 喜和顺说，他是四洮铁路的货运员。

"从郑家屯发来的。" 吉本喜代吉说。

"哦，把你的货运单拿给我。" 喜和顺说。

"这儿呢。" 吉本喜代吉把手中的货运单递给了喜和顺。

喜和顺接过了单子，看了看，说："哦，是台自行车。"

他转身走进了货运仓库……把吉本喜代吉的自行车拎了过来，交给了吉本喜代吉。

吉本喜代吉把缠绕在自行车上的包装——草绳子，拆解了下来，说："你们把我的自行车的车条给弄断了一根……"

喜和顺过去一看，说："哦，果然啊，后轱辘断了一根车条。"

吉本喜代吉说："你们得包赔我。"

喜和顺说："咋能证实这根车条，是在我们运输当中给弄断的呢？"

吉本喜代吉说："咋能证明这根车条，不是你们给弄断的呢？"

喜和顺说："先生，你这么说话叫抬杠，第一，你这自行车在运输的时候，有保护性的包装；第二，你在这运单上，没有写明你的自行车是完好无损的，何况，你这是一台旧自行车。所以，无法证实你这自行车是完好的自行车，还是台破旧自行车？"

吉本喜代吉说："你们不给包赔？"

"哎呀，你这人咋这么磨叽呢？"喜和顺说，"一根车条，多大点事儿，回去自己换一根，就是了。"

吉本喜代吉眼睛一瞪，说："你说得轻巧，你给我换啊？"

喜和顺说："先生，我要是有时间，你买根车条，我可以帮你换……但是，我现在是在班上……没工夫。"

吉本喜代吉说："要是这么说，你得给我赔偿。"

喜和顺说："咋的呢？"

吉本喜代吉说："你刚才把这台自行车拎来的时候，朝着我的自行车的后车轱辘踹了一脚……以致我的后车轱辘的车条断了。"

喜和顺说："你睁着眼睛说瞎话，说话跟放屁似的，会讹人哪……"

吉本喜代吉瞪着眼睛，说："我这可不是讹你，是我亲眼所见。"

喜和顺说："我要是朝着你的自行车的轱辘上踹上一脚，别说你的车条得断，就是你的车圈，也得瓢瓢了……"他一挥手，示意让吉本喜代吉滚蛋，"别他妈的无理取闹了。"

吉本喜代吉说："我说了，我亲眼见你朝着我的自行车上踹了一脚。"

喜和顺看吉本喜代吉的鼻唇间的小髭胡，说："我听你说话，舌头根子发硬……你是个小日本儿吧？"

吉本喜代吉说："是，又咋的？"

喜和顺说："我说呢，我听你说话，咋那么有点狗仗人势呢？"

吉本喜代吉恼了，说："你骂谁呢？"

"小鬼子，我骂的就是你。"喜和顺说，"要是骂了别人，还真就对不起你。"

吉本喜代吉过来，揪住了喜和顺的袄领子，说："走，咱们到日本警察署……"

喜和顺看了看吉本喜代吉揪住自己袄领子的手，说："小鬼子，你把手放开。"

吉本喜代吉说："我不放。"

喜和顺膀大腰圆，他一只手掐住了吉本喜代吉揪住他袄领子的手，另一只手掐住了吉本喜代吉的颈嗓咽喉，掐得吉本喜代吉喘不上气儿来，不得不松开了揪住喜和顺袄领子的手，随即，喜和顺也松开了掐住吉本喜代吉颈嗓咽喉的手……这时，别的货运员和来托运行李、领取行李的旅客也纷纷劝解。

吉本喜代吉指着喜和顺说："你等着……我让我们警署的人，来收拾你。"

喜和顺淡淡一笑，说："小鬼子，甭跟我来这一套，这天底下，有理走遍世界，无理寸步难行。"

吉本喜代吉走了，一会儿，他领来了两个日本警署的人。吉本喜代吉指着喜和顺说："就是他，踹了我的自行车，还打了我。"

"你叫啥名字啊？"日本警署的人说。

"我叫喜和顺。"

"你咋骂人、打人呢？"日本警署的人说。

喜和顺指着吉本喜代吉，说："这小子，血口喷人，蛮不讲理，还过来揪住了我的袄领子……"

"走吧，跟我们到警署走一趟吧。"日本警署的人说。

"我是四洮铁路的员工，你们日本警署是管不着我的……四洮铁路有四洮铁路的警署。"喜和顺说。

"可是，这地界儿，是日本附属地。"日本警署的人说。

这时，四洮铁路的其他货运员和来这里办理货运的中国人，见日本人蛮不讲理，脸上露出了愠怒，他们挡在了日本警署的两个人面前……喜和顺为了缓解事态，说：

"别介，我跟他们走一趟，没啥了不起的。"

说着，他先自走了出去，两个日本警署的人跟在了后面，吉本喜代吉佝偻着身子，像一条狗似的，跟在最后面。

四洮铁路警署署长张小山由北站去南站，他在电话里已经同南站的日本警署电话沟通好了……他去接喜和顺。

他没有走大街，而是顺便拐进了铁道线，沿着铁道线走。他远远地看见前面熙熙攘攘的，聚集有一大群人，那儿正是日本大仓株式会社驻四平街铁道工程局的门口。

聚集的人群喊着口号：

"坚决反对再拖欠我们的工资。"

"发还拖欠我们的工资。"

"反对歧视中国人。"

"……"

张小山一看，在聚集的人群里，有一个是他认识的，是条子河村的乡亲，叫栾家旺。他叫道："栾家旺。"

栾家旺听见有人叫他，扭过头来，一看，是张小山，就从聚集的人群里走了出来，说："小山哥，你咋来啦？"

"我去日本人的站前警署……"张小山说。

"去那儿干啥？"栾家旺说。

"他们把喜和顺扣在那儿了。"张小山说。

"喜和顺不是在火车站那儿当货运员吗？咋让小鬼子给扣住了呢？"栾家旺说。

"一个日本人从郑家屯运来了一台自行车，硬说是喜和顺给弄断了一根车条……这个日本人就到日本警署把喜和顺给告了……日本人就把喜和顺带走了。"张小山说，"我打了电话，谴责他们违规带走了我们四洮铁路的员工……他们说是误会，因为，他们对我们的员工没有管辖权。我说，我过来，把喜和顺领回来。他们自知理亏，答应了。"

"唉，这些个小鬼子啊，真他妈的狗仗人势。"栾家旺说。

"你们这是咋的啦？"张小山说。

"小鬼子拖欠我们的工资，"栾家旺说，"他们日本人的工资却一天不欠，一分不少。"

"多长时间没有发工资了？"张小山说。

"四个多月了。"栾家旺说，"你看，我们这是四十几号子人，家里都等着用钱买粮吃、买煤烧呢……"

"日本人有钱啊，咋还不给呢？"张小山说。

"我们都闹了三天了……"栾家旺说，"小鬼子不给工资，我们不干活了。"

"小鬼子是牵牵不走——打倒退，"张小山说，"最后，他还得给。"

"小鬼子放出风儿来了，他们说，如果我们再闹……就把我们都开除。"栾家旺说。

"欠债还钱，把拖欠的工资给发了呀……谁他妈的还怕威胁吗？"张小山说。

"小山哥，如果你们四洮铁路要人，我们这些人都去……还真不想伺候这帮小鬼子了。"栾家旺说。

"我走了。"张小山说,"我回去看看……听我个信儿。"

"嗯哪。"栾家旺说。

张小山离开了日本大仓株式会社驻四平街铁道工程局的门口,直接去了日本人的站前警署。栾家旺又走进了抗议日本人,要求补发被拖欠的工资的人群里。

四洮铁路局,督办兼局长办公室。

下午,张小山走进了这里。

马龙坤问:"喜和顺呢?"

张小山说:"领回来了。"

马龙坤说:"把他再安排在别的岗位,避免他见了小鬼子就来气……"

"嗯哪。"张小山说,"刚才栾家旺来了。"

马龙坤说:"栾家旺?"

张小山说:"就是咱们村东头的老栾家的三小子。"

马龙坤说:"哦。"

张小山说:"他们被日本人给解雇了。"

马龙坤说:"为啥?"

张小山说:"日本人欠了他们四十多号人工资四个多月,还不给发……他们就去大仓株式会社驻四平街铁道工程局的门口抗议……日本人不得不给补发了工资,但是,同时又宣布,把他们开除了。"

马龙坤说:"咱们四洮铁路正在扩张……他们对于工程都是熟练工了,咱们要啊。"

张小山说:"我来,也是问你这个意思。"

马龙坤说:"收下这些日本人为咱们培训的工程熟练工……呵呵。"

这时,那淑荣进来了。她说:"前几天马忠民他们举报日本人每隔一天,派专人负责在四洮铁路的沿途各站,私自运送邮件……这件事情是属实的。"

马龙坤说:"多长时间了?"

那淑荣说:"自打四郑铁路通车以来,就如此。"

马龙坤说:"这涉及四洮铁路的邮政权益,难道原来的局长、副局长不知道吗?"

那淑荣说："咋能不知道？知道了，也是装聋作哑，就像郭必瀛之流。"

马龙坤说："日本人私自运送邮件的行为必须取缔，我们四洮铁路局要向奉天交通委打报告，报告这件事情，请他们跟南满铁路的日本人进行交涉，要求日本人必须将邮件交给四洮铁路局邮送……"

那淑荣说："是。"

马龙坤说："小山，你查一查，是谁在干这件事情？依据四洮铁路的运输章程，扣留这个人……没有内奸，引不来外患，日本人这么肆意妄为，我们内部是不是有人在配合日本人？一经查实，严肃处理。"

张小山说："是。"

那淑荣出去了，她回到她的办公室起草报告，向奉天交通委报告日本人私自运送邮件的事情……张小山也出去了，他要查扣私自运送日本人邮件的人，调查四洮铁路是否有人配合日本人？

1925 年 8 月 19 日，上午。

四洮铁路起点，四平街站外的铁道线。

工务段的工友们正在更换铁轨，工友们呼叫着抬起了长长的沉重的铁轨……这时，马忠民的脚下绊了一下，险些跌倒……工头是小鬼子松田，他大吼一声：

"巴嘎。"

马忠民用眼睛瞪了一瞪松田，然后，继续往前走，把铁轨放置好了之后，他返回身来，对松田说："你不干活，你还骂我们——'巴嘎'，我看你才是——'巴嘎'。"

松田听了，又大吼道："巴嘎。"

马忠民说："你他妈的还敢骂人？"

松田说："骂的就是你们支那人……"

马忠民听了，说道："我揍的就是你日本人。"

说着，他手中正握着抬铁轨的木杠子，他操起木杠子就朝松田的屁股打了一杠子，打得松田身子一晃，疼得龇牙咧嘴……他瞪了瞪眼睛，看见除了他之外，工友都是眼睛里冒着怒火的中国人，没敢再开口骂人。

松田悄悄地溜走了。

工友们坐下来休息。

他们七嘴八舌地议论着：

"松田一天啥活不干，还拿咱们工资的双倍的钱，这不公平啊，凭啥啊？就凭他是日本鬼子？"

"不仅是咱工务段的，就是其他部门的日本职员跟咱们中国职员的工资，也是相差悬殊啊——真他妈的心里来气。"

"按惯例，每年4月1日或10月1日，都给工人长一次工资……这可倒好，年度给咱们中国职工的花红也给取消了……郁闷啊。"

"可是，日本人的这些却没有取消啊。"

"这事儿，是咱们四洮铁路的财务处长干的……他是日本人哪。"

"我就纳闷了，这四洮铁路到底是中国人的，还是日本人的？"

"当然是中国人的，督办兼局长是马龙坤大人啊。"

"……"

"大家说的，还真是这么回事儿……中国的铁路，却歧视中国人……"马忠民说，"咱们是不是找局长去说道说道？"

"走，找马局长去说道说道这些事儿……"大家一哄而起。

"我看，有必要。"马忠民说。

说着，他带领这十几个工友，一路上吵吵嚷嚷，去了四洮铁路局办公大楼……

四洮铁路局，督办兼局长办公室。

这十几个工友还是一身工装，一进四洮铁路局的大楼之后，手里的锹、镐、木头杠子……就嘀里当啷地响，他们说话又都是大嗓门，喧喧嚷嚷……到了局长办公室的门前，也不敲门，直接推门而入。

马龙坤见工友们进来了，站起身，说：

"工友们辛苦了？"

"马局长，我们不辛苦，只是命苦。"一个工友说。

"呵呵，命苦，为啥啊？"马龙坤说。

"因为我们是中国人。"另一个工友说。

"要不是中国人，这命就不苦了？"马龙坤说。

"这小鬼子工头松田，说骂人就骂人；还说，骂的就是支那人。"一个工友说。

"这个日本人实在是粗鲁。"马龙坤说。

"凭啥小鬼子他们的工资要比我们高一倍还多……在你们局办公大楼

里，中国职员跟日本职员相比，工资的差距更是悬殊……"一个工友说。

"为啥同工不同酬？就因为他们是日本人吗？日本人分花红，却把中国人的花红给取消了，凭啥啊？"另一个工友说。

"每到 4 月 1 日或者 10 月 1 日，四洮铁路里的日本人涨工资，却不给中国人涨工资……这还叫中国人的铁路吗？"再一个工友说。

马忠民说："工友们对这些事情心里有气，所以，大家伙儿就来了……说说心里话。"

"你们能到我这里来反映情况，说说心里话，这很好。"马龙坤说，"你们所说的，引起了我的高度重视……你们很快就会看到解决事情的结果。"

"既然咱们反映的情况得到了重视，而且，很快会有结果……咱们来这里的目的也就达到了。"马忠民说，"咱们回工地吧。"

"嗯哪。"工友们答应。

马忠民和工友们出了局长办公室，回工地去了。马忠民和工友们前脚走了，张小山和那淑荣后脚就进来了。

张小山说："我们把来送邮件的日本人给扣留了，问询他，他说他是满铁站前邮局的……问清了情况之后，我们警告他，以后不允许私自运送邮件，然后，把他放了……经过我们了解，他们之所以有恃无恐地运送邮件，是因为有人暗中下了话。"

马龙坤说："谁？"

张小山说："车务处长，日本人谷川达四郎。"

那淑荣说："奉天交通委跟日本人进行了交涉，要求日本人把邮件交给四洮铁路局运送……日本人答复说，这是因为四洮铁路方面不受理日本邮局的包裹和邮件，他们才不得不派专人运送……"

"日本人是胡说八道，倒打一耙。"马龙坤说，"刚才马忠民他们来了，他们说，咱们四洮铁路内的日本员工每年涨工资，而且，还有花红……而中国员工原本有的这些，却被取消了，是这样吗？"

那淑荣说："这是会计处的处长——日本人由利元吉决定的，当然，也是原来的副局长郭必瀛默许了的。"

"日本人是通过在四洮铁路安插的这些人，来控制我们的四洮铁路……我们要自己经营自己的国有铁路，就必须稳定中国员工的信心和情绪……"马龙坤果断地决定了，说，"到了解聘日本员工的时候了，除了必要的技术人员，其他的日本员工都要解聘。"

一个星期之后，四洮铁路内的日本员工——职员 266 人，以及拥役 622 人，其中的大多数，陆陆续续地都被解聘了……他们所占有的岗位，都换上了中国人。

1925 年 9 月 3 日。

四平街，四洮铁路局，督办兼局长办公室。

尹泽民和纪义方来了。尹泽民说：

"我和纪署长工作，一起被调动了……"

"知道。"马龙坤说，"把你们俩调到了怀德县，你们现在是怀德县的尹县长和纪署长了，呵呵。怀德县和梨树县，都是大县。奉天方面对你们俩的政绩表示满意。"

尹泽民说："只是尽心尽力而已。"

马龙坤说："听说你们要走，四平街的老百姓在道东，还特地给你们立了一尊高高的'功德碑'……可见，你们所做的奉献，老百姓是看在眼里，深深地铭刻在心头啊。"

纪义方说："调到了怀德县，我们也会一如既往，踏踏实实地为老百姓干点事儿。"

马龙坤说："我前些日子去了奉天，奉天交通委开了会，对东北铁路网线，进行了具体的规划……很激动人心。"

纪义方说："马局长，既然很激动人心，你就说说给我们听。"

马龙坤说："好，那我就说说……人们常说，火车一响，黄金万两。满铁资金，从开始的两亿日元，到第一次世界大战结束时，增加到 24 亿日元。1907 年，满铁年利润为 201 万多日元。经过我们的推算，到了 1929 年，满铁的利润能够达到 5550 余万日元，是 1907 年的 17 倍之多。"

事实上，也正是如此，日本人控制的满铁，1929 年的利润，也正是达到了 5550 余万日元，是 1907 年的 17 倍之多。

尹泽民说："嘁，小鬼子占了大便宜了。"

马龙坤说："1913 年，日本人曾经提出'满蒙五路'计划，采取秘密换文的方式，与袁世凯政府订立《满蒙五路借款修筑预约办法大纲》，取得四洮（四平—洮南）、长洮（长春—洮南）、开海（开原—海龙）三路的借款权以及洮承（洮南—承德）、吉海（吉林—海龙）两路的优先贷款权。但是，天不作美，该五路，除了咱们四洮铁路如期完成外，其余四路，都因为袁世凯的倒台，而成了'悬案'。"

纪义方说："这是老天爷不待见小鬼子。"

马龙坤站起身来，用墨笔，比画和勾连着身后的地图……他说："随着时间的推移，日本人又推出了'满蒙新五路'计划，他们又将目光瞄准了敦图（敦化—图们江）、长大（长春—大赉）、洮索（洮南—索伦）、延海（延吉—海林）、吉五（吉林—五常）五路的承建权……尹县长和纪署长，你们看好了……这个'满蒙新五路'计划，是以南满铁路作为骨干线，目的在于为滋补南满铁路骨干线而建造分支，使所谓'满蒙新五路'，成为日本人的南满铁路的营养线……日本人意欲通过对这新五路的控制，来攫取在中国东北的最大利益。"

尹泽民说："看出来了。"

马龙坤说："还要指出的是，南满铁路的这条黑蛇的蛇头，是旅顺港；旅顺港为南满铁路向内和向外吞吐着进出口的货物……请尹先生和纪署长注意，这个日本人控制的旅顺港，是我们东北唯一的进出口的大型商业港口，否则，就得东走苏联的海参崴港。可以说，日本人对我们东北的交通大动脉进行着垄断，而且，他们还想继续推高垄断地位，妄图通过这种垄断，控制东北……"

尹泽民说："日本人的鬼算盘，打得好啊。"

马龙坤说："日本人用南满铁路钳制我们，不仅在经济上，更在军事上。因为奉军的军事调动，会用南满铁路。日本人严格规定，军需要得到日本驻奉天总领事和关东军司令部的批准方能乘车；奉军还必须临时解除武装，枪支弹药另行托运，日本关东军和铁路守备队有权监督；奉军的军用物资，也必须得到日本关东军的批准方能运输；而且，日本方面随时可以拒绝奉军的运输。说一句直白的话吧，张大帅对日本人的这些规定，早就恼了，他要坚决摆脱日本人的钳制。是啊，我们必须摆脱日本人的钳制，也有能力、有智慧摆脱日本人的钳制。不仅如此，我们还要反擒拿，钳制住日本人……"

尹泽民说："这是中国人的领土，小鬼子却要横行霸道，必须来个反擒拿。"

马龙坤把他手中的墨笔换成了红笔，依旧在身后的地图上比画和勾连着……他说："有买卖生意，就会有竞争。有垄断，就必然有反垄断。有钳制，就必然有反钳制。我们的东北交通委针对日本人的垄断，规划了东北的交通网……这个规划，得到了张大帅和少帅的支持。"

纪义方说："嗯，详细说说。"

马龙坤说："我们的规划就是贴着日本人的南满铁路这条黑蛇，营造两条中国人的青龙……用这两条中国人的青龙，夹击日本人的黑蛇。"

尹泽民说："好啊。"

马龙坤说："两条中国人的青龙，分为南青龙和北青龙。北青龙，从打虎山起，经过通辽、郑家屯，向北延伸，这条铁路直至黑龙江省城齐齐哈尔。"

尹泽民说："南青龙呢？"

马龙坤说："以奉天为起点，修筑铁路至吉林省的海龙，再延伸至吉林市的东部干线，以及鹤岗和开丰铁路。"

尹泽民说："哦。"

马龙坤说："成立奉海铁路公司，由奉省军民共同出资，用本国人才，完全自主建设；在吉林成立吉海铁路局，由吉林出资，也是用本国的技术人才，自主建设……但是，即使这南北两条青龙修筑成了，还需要有一个点睛之笔。"

纪义方说："点睛之笔？是啥呢？"

马龙坤说："修筑商业大港——葫芦岛港。"

纪义方说："噢？"

马龙坤说："这既是画龙点睛之笔，同时，又是进出口，吞吐货物的海上明珠。"

纪义方说："我明白了，针对的就是日本人控制的旅顺港。"

"对了。"马龙坤说，"两条青龙，一颗明珠，这是啥呢？用一个中国的成语来形容，这是——'二龙戏珠'。"

纪义方说："嗯，妙啊。"

尹泽民说："呵呵，中国人的南、北两条青龙，夹击日本人的一条黑蛇，能把日本人的这条黑蛇斗得遍体鳞伤，血流满地……"

"必然的。"纪义方说，"中国人的南北两条青龙，夹击、厮打、截杀日本人的这条黑蛇，这条黑蛇要吃，没得吃；要喝，没得喝；不但遍体鳞伤，而且，还得饥渴而死。"

马龙坤笑了，说："还有呢……"

尹泽民说："还有啥？"

"再加上京奉铁路，组成了西部干线……东北铁路网的这三条铁路干线的重心点，在于葫芦岛港。"马龙坤说，"东北铁路网形成的三条铁路大干线，客、货联通联运……又可以用中国人的一个成语来形容了，是不是？这个成语呢……"

尹泽民说："这个成语就是——'三阳开泰'。"

他的话音刚落，三个人就不由自主地哈哈大笑起来。

1926 年 5 月 9 日。

四平街，道东北市场，东海兴酒店。

怀德县县长尹泽民和警署署长纪义方从公主岭来到了四平街，赵翰章闻讯，把他们俩请到了这里。

赵翰章又雇了两辆马车，一辆请来四洮铁路局的督办兼局长马龙坤；另一辆请来了怡红苑的红妓白莲花。

雅间，烹炒熘炸，飞禽走兽，山珍海味。

白莲花笑脸盈盈地轮番地给大家斟酒，酒过三巡。

赵翰章说："四平街的道东，能有这么一个繁荣的大市场，以及兴旺的人口……泽民兄和义方兄功不可没。"

马龙坤笑了，说："起因是有人在道西日本人的附属地，居然敢到日本人的粮栈去揭人家的舞弊行为……又跑到我那儿控诉日本人的横行霸道……于是，给张大帅当副官的尹泽民就回到了四平街，当了管辖四平街的梨树县的县知事，又有了梨树县警署的纪署长，建道东市场，八方招商……呵呵。"

尹泽民说："反对日本人垄断四平街的粮食大市场，建立中国人自己的大市场，要为中国人争利益嘛……据统计，从 1911 年到 1924 年，我们四平街输往日本等国的粮食为 570501.1 吨，居整个南满的第一位；输出的不仅是'大豆三品'——大豆、豆饼、豆油，还有小麦、高粱、小豆、谷子、玉米……"

他发自内心的骄傲之情，溢于言表。

赵翰章说："给泽民兄立'功德碑'，可是我张罗的……我是四平街商会的会长嘛。"

当时，在四平街有两个商会，道东的中国商人一个，道西的日本附属地里也有一个，但是，各自独立，互不隶属。

尹泽民说："谢谢喽——"

赵翰章说："谢啥啊，你给中国人做了那么多的德事善事……就应当给你立碑。"

纪义方说："一晃儿，过去二十五六年了，想当年咱们是民工，修筑南满铁路，波澜起伏……现如今，要么经商赚银子，要么当官走仕途……归根到底，当年的弟兄还是当年的弟兄。"

赵翰章说："有缘啊，应了那句老话了——有缘千里来相会，无缘对面不相逢。"

尹泽民说："赵老弟最近的买卖做得咋样？"

赵翰章叹了口气，说："唉，别提了……"

纪义方说："咋的呢，不景气？"

马龙坤说："日本人为了垄断粮谷交易，在咱们四平街开了交易所。翰章就投资，加入了这个交易所，指空卖空……粮谷的行情变化比较大，有时大起大落……结果呢，偷鸡（投机）不成——蚀（失）把米，这把米的分量还不轻呢，呵呵。"

尹泽民说："期市买卖，一句话可以成为富翁，一句话也可以倾家荡产……也恰如一场赌博。"

赵翰章苦着脸儿，说："我说实在话，今年以来，我在交易所空买大豆，空买了很多。我以为，东北的大豆三品——大豆、豆油、豆饼，在国际市场上走俏啊。但是，却行情日落……卖空又赔钱，又不甘心赔钱化市。可以说，我是一筹莫展……现在，深感财力不足、力不从心啊。"

马龙坤说："赵老弟都哭穷啦，我看哪，既然赵老弟的财力不足……这顿饭的饭钱哪，还是我来吧。"

赵翰章说："别介，请泽民、义方二位兄长喝酒……我张罗的，这钱还得是我花啊，常言道——人倒派不倒啊，我毕竟还是四平街商会的会长嘛。"

马龙坤说："我只是那么一说……呵呵。"

赵翰章说："莲花，歌助酒兴，你给唱上一曲吧？"

白莲花爽快而又娇媚地答应："嗯哪。"

她招来了吹奏的、拉弦的……奏乐声起，她唱起了苏轼的《念奴娇·大江东去》：

大江东去，浪淘尽，千古风流人物。故垒西边，人道是，三国周郎赤壁。乱石穿空，惊涛拍岸，卷起千堆雪。江山如画，一时多少豪杰……

歌曲的腔调，古风古韵……被白莲花唱得雄浑而壮丽，高亢而悠远。

在座的诸位，听得入耳入心，热血荡漾，激情澎湃，不由自主地随着节拍而击掌……接着，他们又兴致勃勃地听白莲花唱了几曲。

天下没有不散的宴席。

宴席散了，尹泽民和纪义方随马龙坤先自走了，到马龙坤家里喝茶去了。

雅间里，剩下了赵翰章和白莲花……赵翰章叫来了马车，揽着白莲花的腰肢，亲昵地陪送白莲花，回到了怡红苑。

四平街，火车站前的日本附属地，怡红苑。

赵翰章把白莲花送到了怡红苑的门口，他转身要走……这时，白莲花娇滴滴地叫了声："翰章哥哥——"

这一声叫，叫得赵翰章心旌摇曳，他即时地清脆地答应着：

"哎——"

他向白莲花看去，只见白莲花含情脉脉地向他抛了一个媚眼，然后，她又来到了赵翰章的跟前儿，扭动着腰身，用芊芊的手指抚摸着他的脸颊，嘟嚷着小嘴，情深深地说：

"翰章哥哥，别走了，陪我嘛……行不行啊？"

"嗯哪。"赵翰章说。

然后，他们挽着臂膀，进了怡红苑……已经由公主岭的怡红苑，回到了四平街的怡红苑，来主持前堂的独眼儿老鸨子见了，答话儿道：

"哟，莲花姑娘回来了？"

"妈妈，我回来了。"白莲花说。

"赵先生也跟回来了？"独眼儿老鸨子热情地招呼道。

"哦，来了。"赵翰章笑嘻嘻地点头，答话。

他随同白莲花，进了白莲花的洞房。

沏好的上品的龙井茶，连同鲜果、香果的果盘，都由外边送进来了。

白莲花给赵翰章斟茶，说："饮茶吧，茶水解酒。"

"好啊。"赵翰章答应着，他饮茶。

然后，白莲花又从果盘里，捡起一个天津鸭梨，用小刀削去皮，切成小块儿，送到赵翰章的嘴边，她说：

"吃吧，鸭梨解酒。"

"嗯，既脆又甜，梨汁儿肥美。"赵翰章咀嚼着，说，"这滋味……"

"这滋味……咋的呢？"白莲花说。

赵翰章笑眯眯的，说："有点像搂着光巴出溜儿的你，那身子啊——白亮亮而又丰腴腴，咂么滋味呢——脆脆甜甜而又汁儿肥美……在你身上的那种感觉，真可以说是飘飘欲仙……美妙至极哟。"

白莲花靠在了赵翰章的胸前，她用手解开他大褂上的一个个纽襻，又解他内衣的扣子，然后，又解下他的裤腰带……之后，她一边脱自己的衣服，一边说：

"瞧你，越说越下道儿了……挑逗我呢，是不是？还没等我挑逗你呢，你却急不可耐地挑逗起我来了？瞧你的样子，色眯眯……来劲儿了，是不是？"

"嗯哪。"赵翰章说。

"你说得不对，啥脆脆甜甜的呀？应该是硬硬的、甜甜的，才对。"白莲花说。

"我之所以用了'脆'字，是因为女人以柔克刚。不管是大战几十回合，最终，失败的都是男人。所以，男人虽然有刚性，但是，终究被折断，所以，显得脆弱……"赵翰章说，"你没听见人们对男女关系的一个比喻吗？"

"啥比喻？"白莲花说。

"女人是肥田沃土；男人是被套上了夹板，用钢铁的犁铧，耕种肥田沃土的黄牛；累死了黄牛，却累不死肥田沃土；相反，累死了黄牛，却使得肥田沃土更加肥沃，长出的庄稼更加茂盛、丰硕。"赵翰章说。

"真能比喻……"白莲花娇嗔地说。

赵翰章的脸蛋儿越发显得红润，嘴巴里喷吐着气息，含着浓浓的酒味。他的酒劲涌上来了，酒劲加速着他的血液循环。酒劲与血液在高速的循环中，不断地摩擦与碰撞，爆出了火花。火花点燃了他的欲望之火，欲望之火不可遏制地熊熊燃烧起来了。

他把她搂在了自己的袒露的怀抱里，他抚摸她的黑得发亮的瀑布般的头发，他抚摸她的酥软的肩胛，他抚摸她的曲线美的腰身，他抚摸她的白嫩嫩的翘臀……他开始亲吻她，她闭上了眼睛，让他在她的粉似桃花的脸颊上、耸直的鼻峰上、温存的朱唇上、桃形的下颏上……热情而又热烈地亲吻。

5月上旬的四平街，虽说是已经立夏的节气了，但是，乍暖还寒。

尽管她贴着他，他的体温是热的，但是，她还是说：

"我有点凉……"

"咱俩进被窝。"他果断地说。

他们俩迅速地钻进了被窝。绣着鸳鸯戏水的缎子被面，内里蚕丝的被套，使被子盖在身上，觉得轻飘飘的。被窝里，暖暖的、柔柔的，不仅仅因为他俩的体温，更因为褥子的下面是火炕。

他骑了上去，像春天里的一头黄牛踏进了需要耕种的土地，他使出浑身的力气，开始耕耘……她享受着由于他在她身上稳扎稳打的耕耘，而给她带来的舒适与愉悦。

同样，他也在享受她给他带来的愉悦与快感，而且，让他体验到了那句老话——家花没有野花香。

耕耘是为了播种，他播出了种子……他躺在了她的身旁开始疲惫地喘息，她依偎在他的脖颈下面，抚摸着他的袒露的胸膛……她说：

"买卖真的不那么景气吗？"

"是的，投资在交易所里，买空卖空，期货交易，再加上日本人作为庄家的炒作……一旦跟庄跟得不及时，或者误判……亏空就不小。"他说，"再聪明的人，都会始料不及……投资交易所的，都是自以为聪明的人；交易所挣的，就是从那些自以为聪明人的口袋里往出掏钱……俗话说得好'打死犟嘴的，淹死会水的'。"

"这么说，你的买卖陷入困境了？"她说。

"唉，是啊。"他说，"不过，终究还是瘦死的骆驼比马大。"他把自己手指上的钻戒摘了下来，轻柔地戴在了她的纤巧的手指上。

"你每次来怡红苑就必定点我，你每次点我就必定给我留下个稀罕物，给我留下个念想……"她说，"你对我真好。"

"好吗？"他说。

"好，不像是逢场作戏。"她说，"所以，我愿意接待你……"

"你是红妓，我能得到你这句话，不容易。"他说。

"我看了就烦的嫖客，我绝不接待。"她说。

"要不说，你是个'倔巴子'呢……"他说，"对于给你送钱来的嫖客，你居然还敢挑挑拣拣。"

"倔巴子"，东北方言，形容性格倔强，咬死理儿，而不因势、因利而转变自己，去跟随大溜儿。

"我不是有奶就是娘的小羊羔。"她说。

"所以啊，连你们老板任玉堂都拿你没办法。"他说，"谁让你是红妓呢？呵呵。"

"我能让你发一笔大财。"她轻声而又神秘地说。

"真的？"他说。

"当然。"她说。

"我信。"他说。

"不过，有一个条件……"她说。

"啥条件？你说。"他说。

"你赚了钱之后，把我从怡红苑里赎出去……让我名正言顺地做你翰章哥哥的姨太太，好吗？"她说。

"嗯哪。"他说。

"红妓，在官僚显宦、巨商富贾面前，表面上挺风光；可是，人们背后里，却鄙夷地指指点点，说我是'下九流'，叫我'窑姐儿'，听听这词儿吧，多他娘的晦气……"她说，"翰章哥哥，你答应了？"

"嗯哪。"他说。

"这种暗无天日的日子，我真的过够了……"她又问，"翰章哥哥，你真的答应了？"

"嗯哪。"他说。

"任玉堂可是个阴辣的主儿，他要是圈住了我不放，就是不让我赎身呢？"她说。

"……我让他同意给你赎身也得赎身，不同意给你赎身也得赎身。"他咬着嘴唇，铁定地说，然后，又发誓道，"我要是不把你从怡红苑里赎身出来，我就不是我亲爹亲妈养的……"

"奉天官办银号来了个主管，叫霍学海，他来四平街，就是为了购买大豆……至少是200个车皮。"她说。

每个车皮的吨位，是30吨。

"哦，数量这么大。"他说，"咋能联系到他……"

"当年在关里，马局长还是云骑尉的时候，霍学海就是马局长的拜把子小弟兄……后来，马局长来到了四平街，霍学海去了奉天……"她说，"霍学海在奉天都督府谋了个差事，之后，又被派到奉天官办银号当了个主管……"

"噢。"他领悟地说。

"霍学海是马局长马龙坤的拜把子弟兄。"她说，"你呢，你跟马局长又形同拜把子弟兄……所以，你跟霍学海不也就是形同拜把子弟兄了吗？"

"你讲得很有道理。"他说，"这个信息，太重要了，也太及时了……事不宜迟啊，我明天一大早，就去马二哥家。"

"这笔交易，你肯定会'马到成功'。"她说。

"借你的吉言。"他说。

"别琢磨了。"她说，"睡吧。"

此时此刻，她像是个宝儿，他怕丢了，他要把她含在嘴里，似乎才放心。于是，他把搂在了怀里的她，搂得更紧了些……然后，才觉得安稳一些，但是，他哪里能够睡得着？他一心想着见霍学海的事情……恨不得马上就能够天亮。

第二天，一大早。

马龙坤宅邸。

"咚咚"，有人敲宅邸的大门。家人把大门打开，走进来的是赵翰章。赵翰章直奔马龙坤的房间。

"嘭嘭"，又去敲马龙坤房间的门。

"谁啊？"于桂花问。

"二嫂，我啊。"赵翰章说，"我找二哥有急事。"

"噢，是翰章啊。"于桂花说，"你到前屋客厅等着，我叫醒他。"

赵翰章去了前屋客厅，等待。

一会儿，马龙坤来了。

赵翰章问："二哥，有个叫霍学海的，你认识吗？"

"那是咱自家弟兄，咋能不认识呢？"马龙坤说，"大前天来的我家……他这两天儿就在四平街呢，咋啦？"

"他来四平街干啥，你知道吗？"赵翰章说。

"他就说是来四平街，考察农产品，特别是大豆的行情。"马龙坤说。

"他是来四平街，主要是为了购买大豆，而且，数量巨大……"赵翰章说。

"哦。"马龙坤说。

"二哥，这笔买卖，咱得做啊，拉下这个主导……"赵翰章说。

"好啊。"马龙坤说，"你说说，让我咋做？"

"你牵个线儿，让我跟霍学海大哥见个面儿……你是中间人，自然有中间人的好处。"赵翰章说。

"那就晚上吧，我请他到我家吃个饭，你作陪……咋样？"马龙坤说。

"嗯哪，就这么定了。"赵翰章说。

他起身要走，于桂花进来了，她说："翰章，你要走吗？吃了早饭，再走呗。"

"谢谢二嫂，我还有事儿。"赵翰章说。

说完，他出了客厅，又出了马家的宅门。

他叫了辆马车，拉他回家。

昨天夜里，他跟白莲花在一个被窝里折腾……虽然说，在过半夜的凌晨，也迷迷糊糊地睡了个小觉儿，但是，一想起白莲花跟他说的奉天官办银号霍学海，来四平街考察行情，购买巨量大豆的事儿，他就兴奋……他哪里还睡得着觉，早就准备着只要天一亮，就去马龙坤家……现在，他想回家睡个好觉，养精蓄锐，准备着晚上同霍学海谈话的思路、要点……商谈这么一大笔买卖，到时候，精神头儿得足点儿。

晚上，马龙坤宅邸。

马龙坤预备好了酒菜，款待拜把子弟兄霍学海，赵翰章作陪。

席间，他们谈及大豆买卖的事情。

霍学海说他购买的大豆，销往欧洲和美国。

他谈到，1923年东北大豆出口，为110万吨。从1923年起，每年东北大豆的出口，都增加12万吨左右。

他又谈到，到了今年，即1926年，东北大豆的出口，应该达到创纪录的160多万吨——这会比第一次世界大战之前，猛增两倍半，其中三分之二，被英国和德国等西欧各国作为油脂原料，消费掉了。

席间，他们又谈及在四平街收购大豆的代理的事情……霍学海慷慨地答应，有哥们儿马龙坤的信誉，购买大豆的事情，由赵翰章的"义德厚"粮栈，全权代理；在火车站的货场，车板交货，一手交货，一手付款，货、款两清……他们签订了代理收购的合同。

霍学海要走，赵翰章出了马龙坤的宅邸，亲自给霍学海叫了辆马车，把霍学海送走了。然后，赵翰章又磨回身，进了马家的宅邸。

赵翰章说："二哥，合同签了，车板交货……这是最重要的一步，但是，我们的收购资金还不足，我就是赔钱，也把在交易所里的投资，全部套现……二哥、二嫂，你们还得帮我得张罗钱款，算是合股。"

马龙坤说："桂花，把咱们家的钱款都拿出来，入股……"

于桂花说："嗯哪。"

赵翰章说："我知道二嫂有多少钱……还不够，还得张罗。"

"放心，翰章。"于桂花说，"剩余的钱款，不论多少，二嫂帮你张罗就是了。"

"二嫂历来是一言九鼎，我相信。"赵翰章说，"那我就走了。"

他起身走了。

赵翰章走了之后，马龙坤问于桂花道：

"还需要不少钱呢，你上哪儿去张罗啊？"

于桂花说："我让张小山去找小白龙，我亲自去找田梨果和关东豹……这么好的买卖，入股啊。"

马龙坤笑了，说："呵呵，还是你有辙儿。"

于桂花也"扑哧"地笑了。

……赵翰章的"义德厚"粮栈和田梨果的"恒荣祥"粮栈，以及他们在外地的分支机构，都开足马力，收购大豆……结果呢，这一笔买卖下来，他们大赚了银洋60余万。

入股分红，赵翰章分得了银洋30余万；另30余万银洋为于桂花、小白龙，还有田梨果和关东豹所得。

至此，作为交通枢纽的四平街，已经发展成为东北的粮豆集散地——"大豆都市"。

在东北的黑土地上——农民庆有秋，有秋必丰收。

这里不像其他地方，必是工业先兴，而后商业兴……围绕农业盛产大豆，随着大豆的贸易流通，东北的商业活跃起来。

腰包鼓了，胆气也壮了。

赵翰章的"义德厚"粮栈和田梨果的"恒荣祥"粮栈，在四平街以及他们在外地的分支机构，都开设了以大豆为原料的机器榨油的工场。

这一年，四平街有榨油工场29家，其中21家是华商，8家是日商。然而，耐人寻味的是，日商的榨油工场都招致亏损而惨败；华商的榨油工场反而秀茂丰盈，而且，华商的榨油工场继续在增加。

从这一年起始，以后的连续五年，东北大豆、豆粕、豆油的出口，占东北出口总额的百分之五十六。

也是从这一年起始，到1931年"九一八事变"前，赵翰章他们为东北官银号倒卖大豆1000多个车皮，发了大财。

1926年8月17日。

四平街，怡红苑。

赵翰章大摇大摆地走进了这里，瞎了一只眼的老鸨子见他来了，连忙喊道："姑娘们，快出来，见客啊——"

赵翰章向她摆了摆手，说："我不是来见姑娘们的，我是来见你们任老板的。"

老鸨子迷惑，说："你要见我们堂主——任老板？"

赵翰章说："嗯哪。"

老鸨子向南边的一个屋子指了一指，赵翰章明白了，他径直地走了过去，敲了敲门，问道："任老板在吗？"

"请进。"任玉堂在里面答话。

赵翰章推门走了进去。

任玉堂见了，站了起来，说："哦，是赵会长啊，有啥事儿？"

赵翰章说："来给一个姑娘赎身。"

任玉堂说："哪一个？"

赵翰章说："白莲花。"

任玉堂说："白莲花可是我们怡红苑的红姑娘啊。"

赵翰章说："知道。"

"赵会长，你可要知道，我们干花会这一行的，培育出来一个红姑娘，不容易啊，我们是下了大本钱的。"任玉堂说，"红姑娘是干我们这一行的靓招牌、摇钱树……走了一个红姑娘，好比拆了我们的一根顶梁柱啊。"

赵翰章说："知道。"

"既然知道，就最好别张这个口。"任玉堂说，"我们也有难处啊。"

赵翰章说："我用一万银洋给白莲花姑娘赎身。"

任玉堂摇了摇头，说："不行。"

赵翰章说："三万银洋。"

任玉堂又摇了摇头，说："不行。"

赵翰章说："五万银洋。"

任玉堂还是摇了摇头，说："不行。"

赵翰章恼了，说："你想要多少？"

"实话对你说，这棵摇钱树，我还准备让她继续开花，结出万千个银元宝、金元宝呢。"任玉堂说，"所以，你要给白莲花赎身的事情，对不起，免谈。"

赵翰章怒了，说："任玉堂，你个老龟头，你是敬酒不吃，吃罚酒啊，是不是？"

任玉堂也恼了，说："这里不是四平街的道东，你是啥会长，这里是火车站前日本人的附属地。"

赵翰章一个冷笑，说："我再也不来找你给白莲花赎身了，但是，有人会找你……你别怨我赵翰章不给你面子，而是你任玉堂不给我赵翰章的面子，你可别后悔，喊。"

说完，他气哼哼地扭头走了出去，"嘭"地一声，把房门一摔。

1926 年 8 月 24 日。

二龙山，聚义厅。

"嘿嘿，大掌柜的，把任玉堂给绑了票了，上了咱们的二龙山了。"万国彪喜形于色地报告。

"把这个老龟头给我带上来。"小白龙说。

弟兄们把任玉堂带了上来……小白龙说："哎哟，请个客人，咋还五花大绑的呢，快给任老板松绑，看座。"

弟兄们给任玉堂松了绑绳，递过来一把凳子，让他坐了下来。

小白龙说："知道为啥请你上二龙山来吗？"

任玉堂说："不知道。"

小白龙说："请你到山上来，第一，跟你借五万银洋，但是，不开借据……我们手头实在是紧张了点；第二，做个交易，用你们怡红苑里的白莲花来换你任玉堂下山。"

任玉堂说："我要是不答应呢？"

"任老板是慷慨之人，咋能不答应呢？"小白龙说，"如果你要是不答应，我们就像你对待卖到你们怡红苑的姑娘，要是不答应为你当窑姐，你所施行的刑罚那样……不过，任老板财大气粗，不必享受这皮肉之苦的。"

"我还真就不答应。"任玉堂说，"不就是赵翰章请你们干的吗？"

"任老板，江湖上的事情，你也知道，拿人钱财，与人消灾……我们也是不得已而为之啊。"小白龙说。

"我会找赵翰章算账的。"任玉堂气哼哼地说，"我不会答应他。"

"现在是我二龙山的大掌柜的找你……给个面子吧？"小白龙说。

"赵翰章直接找我，我都没给他面子……恐怕对你也一样。"任玉堂硬气地说。

小白龙恼了，说："老龟头，你他妈的是给你脸，你不要脸，是不是？"他叫道，"弟兄们，把这老龟头给我扒光了，然后，穿上宽松的裤子和袍子，把他的腿脚和袖头，用带子给我扎紧了。"

"是。"弟兄们答应。

然后，按照小白龙的吩咐去做……又把任玉堂的双手吊了起来，让他的双脚的脚跟翘起，不落地儿。

然后，把一只小猫塞进了任玉堂的裤裆里，用棍子抽打小猫……小猫被抽打得"吱哇"地叫着，在任玉堂的黑咕隆咚的裤裆里，乱跑乱窜。小猫的脚上伸出四只利爪，在乱跑乱窜的同时，乱挠乱蹬。小猫的每一挠、每一蹬，都会划破或者撕裂任玉堂腿股上的皮肉，留下一道道不浅不深的血痕。

疼痛，划破或者撕裂皮肉的疼痛，在小猫被打得"嗷嗷"叫的同时，任玉堂也疼痛得受不了了，他也鬼哭狼嚎般地"吱哇"地叫着。

"哎哟，我的妈呀，疼死我了呀——"他喊道，"我服了，我给钱，同意赎人……"

小白龙说："弟兄们，停。"

抽打小猫的弟兄，停止了抽打小猫。

小白龙骂道："你八辈祖宗的，老龟头，你就是这么折磨良家的闺女，逼良为娼的……我恨不得让小猫把你的全身都抓成个血葫芦。"

万国彪说："大掌柜的，算了，让他写下字据，给咱们二龙山送银洋来，把白莲花也送到二龙山来。"

弟兄们把任玉堂裤裆里的小猫取了出来。

无奈之下，任玉堂写下了字据，让给送到怡红苑去……小白龙派了一个小崽子，骑着快马，去了四平街，给怡红苑送信儿。

后半夜，一辆马车，载着白莲花和五万银洋，到了二龙山。二龙山见了白莲花和五万银洋，决定放人。

任玉堂坐着这辆马车，返回四平街。说是坐着马车，但是，他的腰身以下血葫芦似的皮肉伤……他哪里坐得了？坐不是，躺也不是；蹲也不是，站也不是；可是遭了罪了。

马车进了四平街，天已经是蒙蒙亮了。

任玉堂对马车夫说："直接去日本守备队。"

马车夫说："不是去怡红苑吗？"

任玉堂说："先不回怡红苑，直接去日本守备队，我要告赵翰章通匪，勾结二龙山的小白龙，对我绑票……"

马车夫说："这个时候，日本守备队还会有人接待吗？"

任玉堂说："他们有值班的，他们说过，他们随时都对我进行保护。"

马车夫说："嗯哪。"

这个时候，人们还都没有醒来，街道上冷冷清清的……马车撒欢儿一般地奔向了四平街火车站旁边的日本守备队。

拐过弯儿，就是日本守备队了……突然，几声枪响，几个蒙面人击毙了辕马，辕马倒地，马车停了下来。

一个蒙面人过来，向坐在马车上的任玉堂连开数枪，又上车验查，看到身中数枪的任玉堂，倒在了血泊里，的确是死了，才向其他几个蒙面人挥了挥手，然后，扬长而去。

之后，街面上传言：

任玉堂这个老龟头，开窑子，坑害了好多良家闺女，逼良为娼啊……还逼死过几条人命……被坑害过的和被逼死过的——人家的亲人不干了，愤怒了，对他不依不饶……这才要了他的命。

第二十八章

"九一八事变" 马龙坤军援马占山

1931 年 8 月 14 日。

四平街火车站南站，日本守备队司令部。

司令官平岩纨彦正在跟满铁四平街地方事务所阿川幸寿所长，以及日本大仓株式会社的铁道工程部的森连部长在一起。

森连说："不妙啊，自我们接手满铁以来，今年上半年第一次出现了亏损的赤字……预计，今年我们满铁的纯利润将减少 2000 余万元——这是个危险的信号。"

阿川幸寿说："我们将不得不解雇 2000 名职工……我感觉，满铁已经到了生死关头。"

森连说："去年就比前一年减少了 380 万元金洋，去年的货物输送量比前一年减少了 320 万吨。"

平岩纨彦说："这都是来自中国铁路的冲击……"

森连说："现时的银价暴跌，使中国铁路由于用白银结算运费而处于有利地位，因此使我们满铁的运营收入，源源不断地流入运费越来越低的中国铁路……他们在前年就施行了客、货的联通联运，使中国铁路同我们满铁的竞争，处于更有利的地位。"

阿川幸寿说："我们满铁处于中国铁路的南北夹击状态，南有奉海铁路，北有打通铁路，好比两把利剑贴在身边，刺向了我们……他们正在紧锣密鼓地修筑葫芦岛港，如果他们把葫芦岛港修筑完成了，那么，不仅仅是把我们满铁废了，而且，连我们投巨资，苦心经营的旅顺港，也在劫难逃。"

森连说："满蒙的铁路规划是东北的交通委制订的，张作霖拍板的。"

平岩纨彦说："原以为在 1928 年，我们在皇姑屯炸死了张作霖和吴俊升，就可以阻止他们……但是，张作霖的阴魂不散，张学良却继续按照东北交通委的规划办理，很明显，是在对抗我们大日本……"

阿川幸寿说："中国国民革命军进入北京之后，国民政府主张废除治外法权和所谓不平等条约，甚至还宣布废除业已期满的中日通商条约……还有，中国人抵制日货的运动，也使我们日本对中国的贸易，遭受了沉重打击。"

森连说："1928 年 12 月 12 日，张学良易帜后，宣布服从国民政府领导，于是，他加强了与国民政府的联系，对抗我们日本……他推进和加速了旨在包围我们满铁的铁路网的建设。而且，他还下令严禁向我们日本人出卖土地，实际上，是否认了我们日本人的土地商租权。"

平岩纨彦愤愤地说，近似于咆哮：

"我们日本，对于在满蒙所取得的租借权、满铁经营权、满铁附属地区行政权、军队驻扎权、满铁并行线路禁止权、铁路借款权、矿山开采权、土地商租权等——向来视为禁区，绝不允许遭到染指。"

森连说："是的，我们向来把满蒙地区看作是我们日本国域里的一个州——关东州。"

"说是不能染指，但是，已经染指了。"阿川幸寿悲切地说，"截至到今年，满蒙共有铁路 6330.23 千米。其中，中国修筑的占 50.5%，中、俄合作修筑的占 28.2 名，中、日合作修筑的仅仅占 17.7%。我们日本修筑得最少，说明我们日本在铁路修筑方面，已经被边缘化了。"

森连说："看到没？这明显的是要把我们日本驱逐出满蒙……我感到了失落和悲哀。"

阿川幸寿说："我们日本对外投资的 70% 在满蒙，这里是我们的煤炭、钢铁等重工业原料，以及农用肥料豆饼的供应地，同时，也是我们日本纺织品的巨大的出口市场……当前，我们日本的经济一片萧条……我们怎么办？我们的出路在哪里啊？"

说完，他仿佛陷于绝望之中，倏尔，居然又号啕大哭起来。

"逼急了，狗还要咬人呢。"平岩纨彦皱紧了眉头，瞪大了眼睛，眼睛里闪烁出恶狼一般的绿色的凶残的荧光，他毅然决然地说，"身为天皇陛下的军人，我认为，还是我们已故的前首相、陆军大将田中义一阁下说得好：'欲征服世界，必先征服中国；欲征服中国，必先征服满蒙。'"

说完，他"嗖"地一下子，抽出了挎在腰间的寒光闪烁的战刀。他把战刀用双手捧在了胸前，刀刃向外，笔挺地立了起来。战刀的刀背儿，在他的眉宇、鼻峰、喉头之间，呈一条直线，他像是在祭刀。

他沉默了些许时分。

他突然地怪叫了一声——"巴嘎"。

然后，他用捧在双手之中的战刀，朝着面前的案几猛砍下去，只听得"嘭"的一声，案几的一个犄角儿，被他砍掉了。

1931 年 9 月 13 日，晚上。

四平街，四洮铁路局，督办兼局长办公室。

张小山说："日本关东军司令本庄繁昨天到了公主岭，接见了已经恢复军职，并且，被任命为关东军满洲独立守备队司令官的森连等人。"

马龙坤说："本庄繁窜到了公主岭……这是个值得警惕的动向。"

张小山说："据透露，森连向本庄繁报告，'中国官民排日行动已经非常地组织化，他们轻视我军、仇视我军……向我满铁附属地靠近，威胁我军……'本庄繁训示道，'对不法之徒，要主动地采取断然措施，在完成铁道守备任务的同时，必须扫除对帝国及其侨民可能构成的威胁。'"

马龙坤说："日本国内陷入了经济危机，日本人霸占的南满铁路让我们挤压得亏损了，日子越来越不好过……日本人早就觊觎满蒙，要防止狗急跳墙。"

张小山说："我们在去年末就做好了预防日本进军的准备，我们在咱们四洮铁路局所辖用地的四周，用水泥柱埋电网和两道刺线网，在四道街、五道街和七道街设立三道南卡子门，还用方钢焊接了带孔的双扇钢门，以及北卡子门，两处还用麻袋装土搭成堡垒。"

马龙坤说："嗯。"

张小山说："从上个月开始，电网日夜送电，而且，夜间 9 点以后，南门不准出入。"

马龙坤说："我们要小心谨慎，以防不测。"

张小山说："是的。"

1931 年 9 月 18 日。

东北的政治中心——奉天。

傍晚，日本关东军虎石台独立守备队第二营第三连，离开原驻地虎石台兵营，沿南满铁路，向南行进。

22时20分。

以这个连柳条湖分遣队队长河本末守中尉为首的一个小分队，在奉天北面约7.5千米处的柳条湖南满铁路段上，引爆小型炸药，炸毁了一小段铁路。

然后，将三具身穿东北军士兵制服的中国人尸体放在现场。借此，伪造出东北军破坏铁路的现场——作为诬陷东北军的证据。

爆炸后，河本末守立刻向中国军队的北大营方向射击，并且，向日军独立守备队报告："北大营的中国军队，炸毁铁路，攻击守备队……"

独立守备队又立刻报告了关东军司令部。

时任关东军高级参谋的板垣征四郎下令："向中国军队开火，进攻东北军的北大营和奉天城。"

东北军第七旅在事先已经得知日军将要在近期制造挑衅事件，但是，张学良电令："中日关系现甚严重，我军与日军相处须格外谨慎。无论受如何挑衅，俱应忍耐，不准冲突，以免事端。"

经过反复研究，第七旅决定对于日军的进攻，采取"衅不自我开，做有限度的退让"的对策，如果敌军进攻，在南、北、东之间待敌军进到营垣七八百米的距离时，在西面待敌人越过铁路即开枪射击，在万不得已的情况下，全军退到东山嘴子附近集结候命行动。

事变发生时，旅长王以哲没在军中，旅参谋长潘镇源用电话向东北军参谋长荣臻请示，荣下令："全取不抵抗主义，缴械则任缴械，入占营内即听其侵入。"并且，还告知，"虽然这是口头命令，亦须绝对服从。"

第七旅三个团中有两个团按指示撤走，只有王铁汉的六二零团未及时接到撤退命令，被迫自卫抵抗。

日本人谋本舍三在《关东军史》写道："因虑营内设伏，为激烈之反抗，故前线士兵，不敢十分挺进，只以极猛烈之炮火相恫吓。"

直到次日两点多，铁岭、抚顺的日本守备队相继来到，敌人兵力增加，才勉强迫近北大营四周的铁丝网，从南面突入营垣。

留守的沈阳公安总队，在警务处长黄显声的带领下，同日军展开了巷战……中国官兵与敌展开巷战，激战到三点多钟……在王铁汉团长率领部下，冒着弹雨突围，撤退到东山咀子集结待命。

第二天，日军占领了整个沈阳城。

日军继续向辽宁、吉林和黑龙江的广大地区进攻，短短四个多月内，128万平方千米——相当于日本国13.5倍的中国东北，全部沦陷。

东北的3000多万父老成了亡国奴。

这就是震惊中外的"九一八事变"。

9月18日，就此成为中国人的"国耻日"。

第二天，张学良在协和医院，对日本新闻记者谈话说："据昨夜接到辽宁之报告，关于沈阳中日不幸事件之情形，早已知矣，唯因对此不独无抵抗之能力，且又无交兵之理由，是以绝对不加抵抗，任日本之所为，此种严命，余早已发出。"

其实"九一八事变"，一开始也是试探性的发动。

"九一八事变"，更多的是日本陆军部，特别是关东军等侵华激进派（他们对当时内阁政府侵华的谨慎政策不满）铤而走险的一次正面试探行动，由于中国军队的不抵抗……竟使他们的一次试探行动的突袭，大获成功。

原本的目的是逼迫张学良妥协，但由于没有遭到丝毫的抵抗，助长了日本军方的气焰，从而演变成了大规模的军事占领。

以当时日本在中国东北的兵力，只有区区两万人左右的兵力，是无法和拥有近四十万军队东北军抗衡的。

1931年"九一八"前夕，中日军事对比是：

——东三省的日军正规军只有第二师团的两个旅团和六个守备大队共1.04万人，在乡军人（退伍军人）一万人，警察3000人，共2.34万人。

日本在1931年夏季，才开始在国内部队装备国产坦克和装甲车，关东军此时还没轮到；能迅速支援的日军只有驻朝鲜的两个师团，共3万人。

——驻扎在东三省的东北军有20多万，平津一带还有东北军11万主力部队，可以迅速回师关外。

海军方面：东北海军拥有大小舰只21艘，3.22万吨，舰队官兵3300人。主力舰"海圻"号为当时中国最大的巡洋舰，其余还有"海琛""镇海""威海""同安""永翔""楚豫""江利""定海"等战舰。

日军攻占沈阳后，大肆抢掠公私财物。据不完全统计，仅官方财产损失就达18亿元以上，损失飞机262架，各种炮3091门，机枪5864挺，步枪、手枪 11 万余支。

——这些武器，足可以再装备 10 个师，何况，沈阳还有一个全国最大的兵工厂。

——但是，这些中国人制造的先进武器和中国人管控在手中的先进武器，最终却成了杀害中国同胞的屠刀。

日本国内本没有全面对华作战的准备，日本在"九一八"时期根本没有做好大战的准备，驻朝鲜的日本军甚至怕关东军会完蛋，急电国内要求："不能不救关东军！"（日本祢津正志著《天皇裕仁和他的时代》）可以看出日本占领东北，一是军方激进分子强行拖入的，二是张学良不抵抗所造成的直接后果。

"九一八事变"，张学良下令"不抵抗"，已经招致海内外舆论的强烈谴责，但是，他却二度不抵抗。

30 日，国民政府再电令张学良坚守锦州，谓"日军攻锦紧急，无论如何，必积极抵抗"。手中依然握有重兵而坐镇北平的张学良，依然钟情于不抵抗主义，置若罔闻。张学良更无坚守锦州之心，他深知日本的侵略野心是欲壑难填，但认为如无全国发动，东北军孤军作战必然失败，因而，继续坚持不抵抗主义。

1932 年 1 月 2 日，东北军队各部已从锦州撤退完毕，再演不抵抗一幕。第二天，日军轻取锦州，关内外宣告隔绝。

正是由于"九一八事变"，使日本关东军的势力迅速膨胀，极盛时，关东军兵力多达 70 余万。

张的不抵抗行为，再一次遭到海内外舆论的强烈谴责。

有新闻报道说，"九一八事变"当晚，作为东北军统帅的张学良不组织抵抗，却在酒店和当红影星胡蝶等人跳舞。此论一出，举国哗然。

于是，南国诗社著名诗人、广西大学校长马君武。他在 1931 年 11 月 20 日的上海《时事新报》上，以"马君武感时近作"为题，发表了《哀沈阳·二首》：

> 赵四风流朱五狂，翩翩蝴蝶正当行。
> 温柔乡是英雄冢，哪管东师入沈阳。
>
> 告急军书夜半来，开场弦管又相催。
> 沈阳已陷休回顾，更抱佳人舞几回。

诗中开头出现的这三位女子，一是赵四，即赵一荻，人称赵四小姐，后来与张学良结婚；二是朱五，即朱湄筠，其父朱启钤曾任北洋政府国务院代总理，她排行第五，是张学良秘书朱光沐的夫人；三是著名影星胡蝶。诗中虽然没有点出张学良的大名，但明眼人一看便知，她们是沈阳事变那晚陪张学良跳舞的"佳人"。

虽然"九一八事变"当晚，张学良没有同著名影星胡蝶在一起，但是，他正带着夫人于凤至和赵四小姐在前门外中和戏院，看梅兰芳的新戏《宇宙锋》，以至于参谋副官半天找不到他。

所以，马君武的诗《哀沈阳》："告急军书夜半来，开场弦管又相催。"其实也不算冤枉他。

又有媒体的主编作诗哭曰：

> 五百日兵攻沈阳
> 探囊取物淫威扬
> 大好河山顿色变
> 九月十八人断肠

他又有诗叹曰：

> 千古奇耻张学良
> 纨绔子弟难逞强
> 国仇家恨抛脑后
> 醉心吸毒嫖女忙

中国人把吃、喝、嫖、赌、抽，定为"五毒"，张学良是真正的"五毒俱全"。一个把精力花在吸毒、玩女人的少帅，怎么可能会去抵抗……并且，取得胜利？

人们送给张少帅的雅号是："不抵抗将军。"

身为"将军"，在外侮进犯领土面前，临阵畏怯，临阵脱逃……一而再地下令"不抵抗"，使1130余万平方千米的锦绣河山沦陷于敌手——这片辽阔的国土面积，占整个中国960万平方千米的国土面积的八分之一还要多，3000万东北同胞惨遭日寇的奴役和蹂躏……这等失职的"将军"，按国法、军法处置，该当何罪？

——这该是千古奇辱、千古奇耻、千古笑柄、千古骂名啊。

提起大帅张作霖，有记载说——

那是北伐战争时期，张学良从前线回来，因为战况不利，劝张作霖不要继续和南方打仗，老将（当时张学良背后叫张作霖"老将"）不听。

张学良说："日本人盼着我们打，不要我们向前打，日本人抄了我们的后路，我们打不过日本人，要吃苦头的。"

张作霖听了，勃然大怒，拍桌子叫道：

"我有30万东北军，我才不怕小日本子！他撑死了在南满有13000人，要想收拾他，我让藏式毅把辽宁各县的县长、公安局长召集起来开个会，用不了三天把他的铁路给扒了。东北军先打重镇大连旅顺，他13000人怎么跟我打？我怕什么小日本子？"

提起大帅张作霖，还有记载说——

张作霖主政东北时，必然要同虎视中国东北的日本人打交道，商谈与谈判。张作霖多是巧妙地与之周旋或应付，不使日本人捞到实惠，故此日本人很仇恨张作霖，总想给以报复，或挑逗、耍弄，令其丢丑。

有一天，日本驻东北高官们，设计邀请大帅张作霖，专场出席高规格盛大酒宴，当酒过三巡、菜过五味、宾客喜气洋洋得意之时，一个日本高官突然站起，大声喊叫：

"现在，文房四宝，已经准备妥帖，请张大帅为酒宴命笔献墨宝。"

日本众高官则鼓掌号叫欢迎。

这事之前，日本人竟没有同张作霖打过招呼，想要识字不多的张作霖当众丢脸出丑，施以嘲笑耍弄。

哪曾想，张作霖却不慌不忙走近画桌旁，挽袖伸臂提笔，饱蘸浓墨，连下几笔，快速写成了一个斗大的"虎"字，略停片刻，没有加盖什么官印，只在落款处题写"张作霖手黑"五个大字。

张作霖的侍卫长见之慌了神，急忙走上前附耳对大帅说："应该题手墨，怎能写成手黑，黑下面还有土，不能忘了。"

张大帅一听，瞪大了眼睛高声说："我早知道黑字下面有个土，才是墨。我能写上土吗，我这是警告日本高官们，我张作霖是寸土不让，想侵略我东三省土地，没门。"

说完了这一番话，张作霖即对文武随从人员下令：

"打道回府。"

一场盛大酒宴也由此不欢而散。

中国进入了网络时代，有作为后人的网友，评论大帅张作霖和少帅张学良：

"虎父犬子。"

然而，东北沦陷于日军之手之后，张学良要通过"国联"来光复东北的幼稚而天真的幻想，肥皂泡般地破灭了……这位年轻的少帅，对自己曾经下达过的"不抵抗"的命令，追悔莫及。

嚣张的日军妄图"蛇吞象"，他们对整个中国的版图，虎视眈眈。

张学良对蒋介石"攘外必先安内"的政策，颇为不满……于是，在1936年12月12日，扣押蒋介石，对蒋介石实行"兵谏"，要求"停止内战，一致抗日"，这就是震惊中外的著名的"西安事变"。

"西安事变"，促成了以国共合作为标志的中华民族的抗日统一战线的形成——中华民族的枪口一致对外，坚决进行捍卫国家主权与领土完整的伟大的抗日战争。这种喜人的局面，恰恰是张学良促成的，可谓是豪迈的决绝壮举。

"西安事变"的豪迈的决绝的壮举，形成了举国一致的中华民族的抗日统一战线——这是中华民族战胜日本法西斯侵略的至关重要的第一要件。

因此，日本鬼子对张学良恨得咬牙切齿——虽然说，此乃后话；但是，他的这一"惊天地，泣鬼神"的豪迈的决绝壮举，又足以显示出，他不失为一位爱国的民族将领。

大帅张作霖苦心经营东北，使其成为在诸军阀中最具有军事与经济的实力，可谓：权重一时。

1928年6月13日，大帅张作霖由北京回奉天，日本关东军在皇姑屯立交桥上放置炸药，于4日晨炸毁张作霖专列，大帅张作霖连同专程去迎接他的副帅吴俊升，被炸身亡。

7月2日，东北三省议会联合召开大会，推举少帅张学良为东三省保安总司令兼奉天省保安司令；少帅张学良正式主政东北，时年少帅张学良仅为27岁。

面对东北复杂而微妙的形势，日本帝国主义野心勃勃，要把东北从中国分裂出去，企图独占东北。

张学良主政后，处理的第一个问题就是宣布"易帜"，高高地悬挂"青天白日满地红"的旗帜，与南京国民政府实现和平统一。

因此，张学良为维护国家的统一和领土完整，作出了卓越的贡献。

——从这一点上说，少帅张学良又不失为一位具有浓重的家国情怀的民族将领。

身为国民政府最高统帅的蒋介石，主张"攘外必先安内"，同时又主张让"国联"来遏止日本的侵略野心。张学良后来虽然说，蒋介石没有给他下达"不抵抗"的命令，但是，他的"不抵抗主义"，却来自蒋介石的战略理念。

后来，张学良曾说"小鬼子坏了我的名声"；他对于当年实行"不抵抗主义"，表示了深深的内疚和忏悔。

有人说日本鬼子毁了张学良的名声，但是，张学良却毁了军国主义的整个日本。

为啥这么说呢？

1931 年"九一八事变"，日本鬼子以区区不足两万人的兵力，由于握有 30 万重兵的东北军少帅张学良的"不抵抗主义"，使日本鬼子在不足三个月的时间里，迅速地占领了整个大东北……轻易而取得的巨大的胜利，冲昏了日本鬼子的头脑，使日本军国主义者野心急剧膨胀，俨然以亚洲的霸主自居，甚至，认为可以"蛇吞象"，霸占整个中国。

于是，在 1937 年发动了"七七事变"，叫嚣"三个月内吞并与占领中国"——面对国家的生死存亡，中国人民的"全面抗战"骤然间爆发了。

——中国人民成为世界反法西斯的东方战场的主力军。

日本鬼子非但在"三个月内没有吞并与占领中国"，反而，深陷于战争的泥沼之中……欲自拔而不能。

日本发动的侵略战争，惹得天怨人怒。

1941 年，日本偷袭"珍珠港"，这一事件之后，中美联盟打击军国主义的日本，并且，经过铁血抗战，终于，日本战败而投降。

——不屈不挠的中国人民及世界反法西斯阵营，取得了抗日战争及整个反法西斯战争的第二次世界大战的伟大胜利。

张学良的"不抵抗主义"，难道如中国兵法所言——"欲擒故纵"？还是——"欲使其灭亡，先使其疯狂"？

——是，也不是。

中国人民在抗日战争中，付出了 3500 万人的巨大牺牲。

张学良的"不抵抗主义"，使日本军国主义者轻易地得到了中国的整个大东北，这诱使日本军国主义者变成了被胜利冲昏了头脑的贪婪的"疯魔",于是,妄想全面吞并和占领整个大中国,吞并和占领整个亚洲,又偷袭美国的珍珠港——大有要吞并整个世界之势……终于,太平洋战争爆发了,促使中美结盟,共同消灭法西斯主义的日本。

中国人有句老话叫作"否极泰来";军国主义的日本以惨败、投降,而告终。

所以,有人说,日本鬼子最初的巨大的胜利与其后凄凉而悲惨的败局,可谓:"成也张学良,败也张学良。"

张学良对于中国与世界,在 20 世纪上半叶,是较具影响力的关键性的人物之一。

1931 年 9 月 19 日,上午 8 时。

四平街,道西的北四道街,通往四洮铁路局的南卡子门。

日本守备队 20 多人骑着高头大马,从南站来到了北二纬路的路角,为首的是林清中佐,他用望远镜向四洮铁路局这里观望。

四洮铁路局在北三纬路以北。北二纬路和北三纬路虽然已经有了道路的路基,但是,这中间却是长着荒草的空场。

所以,日本守备队对四洮铁路局外部,可以一览无余。但是,他们所看到的是四洮铁路的警察全副武装,手中是德国造的手提式步枪。林清用望远镜清晰地看到了,卡子门的堡垒的枪眼里,还探出了德国造的机枪的枪口。

以林清中佐为首的这二十几个骑着高头大马的日本守备队的家伙们,瞭望了一阵子,无声无息而又垂头丧气地走了。

24 日的午后,太阳要落山的时候。

日本守备队又来了 30 多个骑着高头大马的家伙,他们慢悠悠地顺着四道街向北走,走过了北二纬路,接近了北三纬路的卡子门。

他们距离卡子门还有 30 米的时候,四洮铁路的警察指着日本守备队的家伙们,高声地命令道:

"站住,退回去。"

但是,带着武器的日本守备队的家伙们,仿佛没有听到警告,还不理不睬地骑着高头大马试探性地往前走……在堡垒里的张小山用望远镜清楚地看到,为首的还是林清中佐,他向他的警察们下达了命令:

"鸣枪示警。"

各道卡子门都同时响起了枪声,枪声连成了一片,但是,都是向空中高射……骑马前行的日本守备队的队员们，仿佛受到了惊吓，骤然间勒住了马缰绳，马匹立刻裹足不前。

随着林清中佐的无可奈何地折返身，并且，做了个后撤的手势，其他的日本守备队员也掉转了马头，迅速地折返身，退了回去。

1931 年 9 月 25 日（农历辛未年八月十四日）。

四平街，马龙坤宅邸，客厅。

"我今天把家里人都召集来，就是商讨如何应对小鬼子在沈阳发动的'九一八事变'……小山子从小就是我看着长大的，后来当兵了，是我的部下，现在，又是我手下的四洮铁路警署的署长，我一直把他当作自己的家人。"

张小山说："二叔，我也认为我是马家的人，凤珍嫁给了忠民，我们更是亲上加亲。"

马龙坤说："现在，姜团长虽然他在洮索铁路沿线屯垦，我跟他通了电话……他的家在四平街，所以，国难当头之际，我把芳姿也请来了……说心里话，我们马家一直把芳姿当作马家的干闺女。"

蓝芳姿说："二叔说得对，我和恩波也是这么认为的。"

马龙坤说："忠华、忠国，你们两个团长指挥的两个团，小鬼子虽然未动你们，但是，小鬼子打的算盘，却是招安你们……小鬼子仅仅在南满铁路沿线有一万多人，在 20 万东北军面前，他们实在是兵力单薄，却突袭奉天成功……皆因为小六子下达了'不抵抗'的命令。张大帅和吴大帅在皇姑屯被小鬼子炸死，即使再愚钝，难道小六子还没有警觉到小鬼子的狼子野心？国恨家仇啊。小六子，实在是天真、幼稚、浪漫……还发表谈话，大言不惭地说啥依靠'国联'……'国联'是个啥东西？那是个耍嘴皮子、纸上谈兵的地方……中国有句老话：兵来将挡，水来土掩；面对来敌，我们必须拼杀……小鬼子是一条毒蛇，它胆大妄为、自不量力地要吞了中国这只大象，最后，它的肚皮就得涨破，必定是自取灭亡。"

马忠华说："上级来了命令，让我们走西线，撤退到锦州……"

"将在外，君命有所不受。"马龙坤说，"将士的使命，是在前线，是在战场……面对倭寇，绝不是临阵畏怯，更不是临阵脱逃。"

马忠国说："爹，我们咋办？"

马龙坤说："我跟马占山、张海鹏、王永清等东北军的将士，进行了电话沟通……听取他们对于时局的意见……唯马占山将军，对于抗战的态度最为坚决；因而，忠华、忠国要率领你们的两个团，乘四洮铁路的专列去黑龙江省。日本关东军的势力范围在南满铁路，南满铁路的末端在长春，仅仅跨越辽宁和吉林两省，所以，黑龙江省在日本关东军的势力之外，是关东军势力的空白。嫩江铁路大桥是北进黑龙江省会齐齐哈尔的咽喉，你们可以驻扎在江桥附近，那里有徐宝珍的卫队团。我跟马占山已经说好了，你们去了之后，听从马占山的指挥。马占山很快就会去黑龙江省府所在地——齐齐哈尔。日本人要占领满蒙，他们的心里应该明白，黑龙江省是他们一块难啃的骨头。"

"是。"马忠华和马忠国两个团长站起来，向马龙坤敬礼，严肃而庄重。

"这是战争，战争是残酷的。"马龙坤说，"明天是八月十五中秋节，你们要跟你们的部队的官兵讲清楚，奔赴抗日战场……对部属官兵，家里父母需要他赡养，又拖儿带女的，劝其归乡……对于打仗有畏惧情绪的，也予以遣散……留下来的必然是精兵强将，兵将在于精，而不在于慵。"

"是。"马忠华和马忠国说。

那淑荣说："二叔，小鬼子秘密地给张海鹏运去了一批军火……据内部情报，张海鹏颇有'民族大义'地声称——以'这批军火是接济蒙匪的'为由，退了回来。"

"哈哈哈……"马龙坤讥讽地仰面大笑，说，"我非常了解张海鹏，年过六旬了，可下子做上了洮辽镇守使，还觉得生不逢时，他做梦都想官升三级……他跟王永清一样，都是土匪出身，也都是有奶便是娘的主儿。他之所以把小鬼子给的军火退了回去，目的是跟小鬼子讨价还价，要挟小鬼子给他更大的官儿，要挟小鬼子给他更多的军火。"

那淑荣说："这批军火，我已经以你的名义，悄悄地扣留在了八面城车站。"

张小山说："我已经派去了警署的人，秘密监视着这批军火呢。"

马龙坤说："小鬼子以啥名义秘密偷运的？"

张小山说："三个车皮的军火，小鬼子是以'农业机械'的名义运输的，发送的目的地是洮南火车站。"

"小鬼子是故伎重演啊……"马龙坤说，"这批军火绝对不能到了张海鹏手里，或者又回到了小鬼子手里，一定要为我所用。"

"二叔，巧了。"那淑荣说，"日本商人吉本喜太吉从奉天向郑家屯也发了三个车皮的货物，一个车皮是酱菜，另外两个车皮是火柴，也让咱们扣留在了八面城车站。"

"哈哈，好啊，来他个狸猫换太子。"马龙坤说，"把日本人的军火偷换在我们去往齐齐哈尔的军事专列的车皮里，把日本商人吉本喜太吉三个车皮的货物对号地装在小鬼子的军火车皮里……给日本商人吉本喜太吉的车皮里，装上砂石……让日本商人吉本喜太吉来个空欢喜，这项行动，由忠华和忠国部队的官兵们来完成。"

"是。"马忠华和马忠国说。

马龙坤说："最后，到底是满铁把他吉本喜太吉的货物盗窃了，还是四洮铁路把他吉本喜太吉的货物弄糊涂了？几个月也闹不清的。"

马忠民说："啥时候行动？"

马龙坤说："事不宜迟，明天夜里行动，明月高悬……我亲自到场，签署专列密令。"

蓝芳姿说："二叔，姜恩波的屯垦军呢？"

马龙坤说："我已经告知姜团长，在洮索沿线的——洮安北站，秘密的军事专列会停下来，让他们集结好了的屯垦军，登上军事专列……他们把辎重弹药，还有野炮，用大马车拉到这个指定的车站。"

蓝芳姿说："好啊。"

马龙坤说："我下达的密令，迅速地转移车辆，阻止小鬼子用我们四洮铁路的车辆运兵、运军火，遏止他们侵略的步伐……都已经转移了吧？"

那淑荣说："已经按照你的密令，把200多个车皮，还有机车，全部转移到了黑龙江省会齐齐哈尔附近的昂昂溪一带了。"

"很好。"马龙坤说，"签署完这个军事专列的密令，我将辞职，退休了……"

马忠民说："二叔，你辞职？"

"是的，我身为四洮铁路局的督办兼局长，还兼任东三省巡阅使署的高等顾问、黑龙江省军政两署的顾问，以及中华民国政府授予的中将军衔。"马龙坤说，"小鬼子会来找我，让我留任四洮铁路局的督办兼局长……目的在于让我当汉奸，用我的招牌蛊惑人心……我绝对不会为他们所利用。"

于桂花说："对啊。"

张凤珍说："是的，二叔，绝对不能被他们利用。"

马龙坤说："可惜啊，我年事已高，年过六旬，国难当头，不能同忠华和忠国、恩波三位少壮团长一起上战场，抗击小鬼子……但是，我大半生的戎马生涯，保家卫国，却仍然燃烧着一颗炽烈的爱国之心啊。"

说完，老泪纵横，啜泣起来；男儿有泪不轻弹，只因家国逢罹难。

马龙乾和李凤莲也掉下了眼泪。

张小山说："二叔，如果小鬼子接收了四洮铁路，我也不干了。"

那淑荣说："我也是。"

马忠民说："我也是。"

"不行，你们跟我不一样。"马龙坤说，"你们要身在曹营心在汉，配合忠华、忠国和恩波他们……你们要学孙悟空，钻进铁扇公主的肚子里，在铁扇公主的肚子里兴风作浪。"

"是，二叔。"那淑荣和马忠民说。

马龙坤说："小山，你要把你警署的忠心爱国的骨干，分散地插到各个处室，以及各个站段里……埋伏下来。"

张小山说："是。"

马龙坤说："大家各自行动去吧。"

于是，大家按照马龙坤的部署，各自行动去了。

1931 年 9 月 26 日（农历辛未年八月十五日）。

四洮铁路，八面城火车站。

入夜，东北的大地，恰逢中秋佳节，却寒霜骤降，一片清冷。

天空中，高悬一轮圆月，时而浓密的流云汹涌而来，黑云遮月；时而虚妄的黑云又流去，露出晶莹的圆月。明明暗暗，暗暗明明，光明与黑暗交替着；但是，黑云终究是黑云，月亮终究是月亮，黑云只能擦亮月亮，月亮越擦越明，并且，黑云在擦亮月亮的过程中，不断地逸散与消亡，而充满定力的月亮会更加皎洁与明媚。

火车站的货场，外围是张小山布置的警察警戒着；里圈儿，有马忠国的部队守卫。

马忠民小心翼翼地把装有军火的车厢门子的铅封打开，马忠华的部队开始向停在旁边的军事专列，转移军火……行动迅速，而且，轮班替换。

接着，又把日本商人吉本喜太吉的货物搬上了原来装军火的车皮，再把砂石袋子搬上原本是装有日本商人吉本喜太吉货物的车皮，充当日本商人吉本喜太吉的货物……然后，马忠华和马忠国部队的战士们，都上了军事专列。

马忠民又把原来装军火的车厢门子的铅封,原汁原味地封好;再把原本是装有日本商人吉本喜太吉的货物的车厢门子的铅封,也原汁原味地封好。

那淑荣把军事专列的运输的密令,递给了马龙坤。马龙坤挥笔签署了四洮铁路的运输密令……军事专列鸣响了汽笛。汽笛的高昂的怒吼声,像犀利的倚天长剑,划破了悠远的夜空,响彻云霄。

雄壮的抗击日寇的军事专列,将要出征了。

站台上,张凤珍给马龙坤、马忠华、马忠国、马忠民,还有代表姜恩波的蓝芳姿,递上了酒碗。那淑荣和乌云琪琪格分别给他们的酒碗里,倒满了用高粱烧制的白酒。

然后,那淑荣、乌云琪琪格、张凤珍也端起了倒满了白酒的酒碗。

马龙坤说:"忠华和忠国,还有恩波,马上就要出征了,踏上抗击日寇的战场……即使战死在沙场,也是华夏雄魂,也是我们马家的自豪与骄傲。"

忠华和忠国说:"以血肉之躯,精忠报国。"

"我们将在不是战场的战场,精忠报国。"那淑荣、乌云琪琪格、蓝芳姿、张凤珍说。

马龙坤说:"如果张大帅和吴大帅活着,他们对日寇绝对不会'不抵抗',将大好河山拱手送人……小六子'不抵抗',那么,身为国民政府最高军事领袖的蒋介石又干啥去了?他醉心于'窝里斗',实行'攘外必先安内'的政策,对内东讨西伐,狂热于'中国人斗中国人、中国人杀中国人',目的在于巩固自家的权力与地位……却置东北沦陷于麻木之中。小六子听了蒋介石的。记住,别说是命令你们撤退到锦州,甚至撤退到关里……就是下十二道金牌,让你们离开抗日的战场,你们也绝不能离开。否则,有可能会重蹈岳飞父子遭遇的'风波亭'的悲惨结局……你们一定要抗战到底。"

"谨遵父命。"忠国说。

"抗战一定会胜利。"马龙坤说,"还是中国人的那句老话——蛇吞不了大象。"

"二叔的教导,侄儿记住了。"忠华说。

马龙坤举起了酒碗,说:"作为你们的长辈,我代表马家的列祖列宗,敬你们一碗壮行酒,为你们壮行。"

"孩儿不辱使命。"忠华和忠国说。

马龙坤豪壮地说:"干。"

随即，一饮而尽。

"干。"所有在场的晚辈齐声地说。

晚辈们也把壮行酒，一饮而尽。

马龙坤把手中的酒碗，"咔嚓"一声摔在了站台上。

晚辈们也把手中的酒碗"咔嚓、咔嚓"地摔在了站台上。

此情此景，正可以用中国经典的古诗句来形容——"风萧萧兮易水寒，壮士一去兮不复还"，战士们抱着不畏牺牲而保家卫国的壮烈、激昂的精神，走上战场，将拼死与日寇决斗；这时，正值东北的中秋，北风萧萧而河水寒凉，所以，对于这古典的诗句，仅仅需要改动一个字，就更为贴切了，那就是把"易水"改为"辽水"——"风萧萧兮辽水寒，壮士一去兮不复还"。

马龙坤说："出征吧。"

马忠华和马忠国，向马龙坤，向在场的马家亲人，敬了军礼，然后，转身上了军事专列……

军事专列徐徐地开动了，继而，如一条钢铁巨龙，向前奋进。

望着向西北再折向东北行驶的军事专列，渐行渐远……马龙坤的眼睛模糊了，他又一次老泪纵横；马忠民、那淑荣、蓝芳姿、张凤珍眼圈儿也湿润了，落下了依依不舍而又激情满怀的眼泪。

那淑荣在心中默默地唱起了《我送夫君上战场》：

八月十五的晚上，

乌云遮蔽了明媚的月光。

黑土地上，

凝结着清冷的白霜。

火车的汽笛鸣响，

悠远而高昂。

我送我的夫君，

戎装上战场，

从辽河奔赴嫩江。

我的夫君啊，

切莫儿女情长，

眷恋你的妻子和儿郎，

——你要打鬼子保家乡。

期盼着你们，
英勇杀敌屡打胜仗。

八月十五的晚上，
乌云遮蔽了明媚的月光。
黑土地上，
凝结着清冷的白霜。
火车的汽笛鸣响，
悠远而高昂。
我送我的夫君，
戎装上战场，
从辽河奔赴嫩江。
我的夫君啊，
你要儿女情长，
为了你的妻子和儿郎，
——你要打鬼子保家乡。
期盼着我们——
驱赶鬼子滚回东洋。

军事专列在四洮铁路上豪迈地行驶着，发出势不可当的"咣啷啷、咣啷啷"的钢铁的车轮与钢铁的路轨摩擦与撞击的雄壮的声音，军事专列冲过了曲家店、傅家屯……将会再冲过三江口、郑家屯、洮南、洮安、镇赉……直奔昂昂溪方向，支援和参加即将到来的由黑龙江省代主席马占山将军指挥的江桥抗战。

军事专列风驰电掣般地跨越着四洮铁路的三江口大桥。

马忠国坐在第一节车厢里，火车头再一次鸣响了汽笛。"呜呜"的汽笛声，咆哮般地怒吼着，震撼着黑土地，撕裂长空。

在三江口大桥上，行驶的军事专列，发出别样的轰轰隆隆的雄浑的声响，在寂静的夜色里，越发显得震耳欲聋而又传播悠远。这轰轰隆隆的雄浑的声响，震撼着辽河两岸，唤醒着东北的黑土地。

三江口，汇合在一起的东辽河和西辽河的河水，凝聚在一起，奔流不息而又滚滚滔滔……三江口大桥下，沉郁的水面上，闪烁着流动的粼粼波光。

　　大辽河的河水，冲击并滋润着肥沃的松辽平原，造就了广袤的黑土地，然后，汇入了浩瀚的渤海……坐在军事专列的尾车上的马忠华，还有他的几名亲兵，他们望着钢铁架起的辽河大桥和桥下的大辽河，充满激情与豪情地唱起了《我的大辽河，我的四平街》：

一

　　　　我的大辽河，
　　　　我的四平街，
　　　　背倚长白山苍松翠柏，
　　　　牵手松花江黑土沃野。

　　　　努尔哈赤的黄龙旗，
　　　　——威风猎猎；
　　　　成吉思汗射大雕，
　　　　——弯弓如满月；
　　　　胸前佩饰着，
　　　　红山的图腾玉琢，
　　　　——"天下第一龙"，
　　　　南进黄河流域的黄帝部落；
　　　　融汇了六千年华夏文明，
　　　　——辉煌的大中国。

　　　　（道白：）
　　　　（大辽河，黑土地。）
　　　　（棒打狍子瓢舀鱼，）
　　　　（野鸡飞进汤锅里。）
　　　　（大豆高粱加玉米，）
　　　　（旱涝保收很富裕。）

　　　　我的大辽河，我的母亲河；
　　　　我的四平街，伟岸的亲爹爹。
　　　　源远流长的大辽河，

· 454 ·

亲吻着四平街。
四平街是关东的心窝窝，
烽火浓烈、铁马金戈、凤舞龙跃，
——英雄有气魄。
敌人胆敢来侵略，就把它坚决消灭。

黑土地上的关东的女儿哟，
端庄秀丽，激情似火，
敢恨敢爱，英武巾帼。
不怕寒冬的狂风暴雪，
为了美好的新生活，
追逐着春花烂漫的融冰绿野，
收获秋天的和平与强盛的硕果。

啊——
我的英雄壮美的四平街，
我的源远流长的大辽河，
我的辉煌的大中国地灵人杰。

二

我的大辽河，
我的四平街，
背倚长白山苍松翠柏，
牵手松花江黑土沃野。

努尔哈赤的黄龙旗，
——威风猎猎；
成吉思汗射大雕，
——弯弓如满月；
胸前佩饰着，
红山的图腾玉琢，
——"天下第一龙"，

南进黄河流域的黄帝部落；
融汇了六千年华夏文明，
——辉煌的大中国。

（道白：）
（关东物产真富饶。）
（人道关东有三宝，）
（人参貂皮乌拉草。）
（金银铜铁矿脉好，）
（铁道纵横林广袤。）

我的大辽河，我的母亲河；
我的四平街，伟岸的亲爹爹。
源远流长的大辽河，
亲吻着四平街。
四平街是关东的要塞哟，
烽火浓烈、铁马金戈、凤舞龙跃，
——英雄有气魄。
敌人胆敢来侵略，就把它坚决消灭。

黑土地上的关东的大汉哟，
豪迈矫捷，胸怀壮阔，
强悍如铁，保家卫国。
不怕寒冬的狂风暴雪，
为了美好的新生活，
追逐着春花烂漫的融冰绿野，
收获秋天的和平与强盛的硕果。

哦——
我的英雄壮美的四平街，
我的源远流长的大辽河，
我的辉煌的大中国地灵人杰。